中国翻译家译丛

盛澄华 译

一生
Une Vie

伪币制造者
Les Faux-monnayeurs

［法国］莫泊桑 ◎ 著
［法国］纪　德 ◎ 著
盛澄华 ◎ 译

人民文学出版社

Guy de Maupassant
UNE VIE
根据 Librairie Ollendorff, Paris 版本译出

André Gide
LES FAUX-MONNAYEURS
根据 Bibliothèque de la Pléiade, Editions Gallimard, Paris, 1980 版本译出

图书在版编目(CIP)数据

盛澄华译一生　伪币制造者/(法)莫泊桑,(法)纪德著;盛澄华译.—北京：人民文学出版社,2015
(中国翻译家译丛)
ISBN 978-7-02-011387-3

Ⅰ.①盛… Ⅱ.①莫…②纪…③盛… Ⅲ.①长篇小说—法国—近代 ②长篇小说—法国—现代 Ⅳ.①I565.4

中国版本图书馆 CIP 数据核字(2016)第 022181 号

选题策划　欧阳韬
责任编辑　黄凌霞
责任印制　任　祎

出版发行　人民文学出版社
社　　址　北京市朝内大街 166 号
邮政编码　100705
网　　址　http://www.rw-cn.com

印　　刷　北京盛通印刷股份有限公司
经　　销　全国新华书店等

字　　数　465 千字
开　　本　710 毫米×1000 毫米　1/16
印　　张　29.75　插页 1
印　　数　1—5000
版　　次　2019 年 7 月北京第 1 版
印　　次　2019 年 7 月第 1 次印刷

书　　号　978-7-02-011387-3
定　　价　69.00 元

如有印装质量问题，请与本社图书销售中心调换。电话：010-65233595

出 版 说 明

人民文学出版社自一九五一年建社以来,出版了很多著名翻译家的优秀译作。这些翻译家学贯中西,才气纵横。他们苦心孤诣,以不倦的译笔为几代读者提供了丰厚的精神食粮,堪当后学楷模。然时下,译界译者、译作之多虽前所未有,却难觅精品、大家。为缅怀名家们对中华文化所做出的巨大贡献,展示他们的严谨学风和卓越成就,更为激浊扬清,在文学翻译领域树一面正色之旗,人民文学出版社决定携手中国翻译协会出版"中国翻译家译丛",精选杰出文学翻译家的代表译作,每人一种,分辑出版。

人民文学出版社编辑部
二〇一六年十月

"中国翻译家译丛"顾问委员会

主　任

李肇星

顾　问

（按姓氏笔画排序）

于友先　卢永福　孙绳武　任吉生　刘习良
李肇星　陈众议　肖丽媛　桂晓风　黄友义

目 录

一生 ··· *1*
    译本序 ·· 艾珉 *3*

伪币制造者 ··· *209*
    译本序 ·· 柳鸣九 *211*
    第一部　巴黎 ·· *221*
    第二部　萨斯费 ·· *326*
    第三部　巴黎 ·· *361*

一　生

〔法〕莫泊桑　著

盛澄华　译

译 本 序

十九世纪末叶,法国的一位作家曾经半开玩笑地说:"我像流星一样进入文坛",不幸的是,他的创作生涯也如流星般一闪而过。但这道闪光是如此耀眼,不仅使法国人惊叹不置,而且为全世界所瞩目。

这位作家,就是被法朗士誉为"短篇小说之王"的莫泊桑。

莫泊桑在进入文坛之前,是巴黎一个默默无闻的小职员。一八八〇年,他的短篇小说《羊脂球》在著名的《梅塘夜话》小说集中发表,引起了强烈的反响。这篇小说巧妙的构思,圆熟的技巧和对现实的深刻剖析,受到人们的交口称赞;还有他那清新、优美而又准确、简练的文体,即使最挑剔的文体家也认为无懈可击。法国公众只道发现了一位天才,却不知这位天才已在高人的指导下,刻苦奋斗了十余年;更不会想到,这位天才是在无法逃脱的遗传性精神病的威胁下,以顽强的毅力与自己的命运做斗争。

莫泊桑的母亲,是诗人兼小说家勒普瓦特万(1816—1848)的妹妹,本人也酷爱文学。莫泊桑自幼受母亲熏陶,十三岁开始写诗。在中学阶段,巴拉斯派诗人路易·布耶曾经热情地关怀这个年轻人的成长。从一八七三年起,他在舅舅及母亲的老友福楼拜的悉心指导下,接受了极严格的写作训练。福楼拜培养他对生活的感受力和敏锐的观察力,培养他严谨的写作态度和对文体美的执着追求。这位老师对弟子的关心和爱护是十分感人的,每当莫泊桑丧失勇气,老师总是以热情的鼓励和督促使他振奋起来。福楼拜强调"才能就是持久的耐性",他要求莫泊桑以长期不懈的努力,去获得自己的独创性。这位勤奋而听话的学生也没有辜负老师的期望,他孜孜不倦,所写习作数以百计,终于写出了使老师拍案叫绝的《羊脂球》。

从《羊脂球》开始,莫泊桑的作品如喷泉般涌射而出,短短的十年之中,他发表了三百五十多篇中短篇小说,六部长篇小说,三部抒情游记,一部诗集①,还有若干戏剧和相当数量的评论文章。不幸多年折磨他的疾病恶性发作,一八九一年他不得不告别文坛,一八九三年七月与世长辞,终年四十三岁。

在十九世纪群星灿烂的法国文坛,能跻身于巴尔扎克、雨果、司汤达、福楼拜、左拉等大师的行列而不黯然失色,这绝不是一般的才华所能达到的,必定是在某些方面有其独创的才能;何况莫泊桑还是一个同时使读者、批评界和同代作家为之倾倒的人物,这就使我们不能不怀着极大的兴趣去探究其个人特色及魅力之所在。

与前述那些第一流的大作家相比,在气魄的宏伟、画面的广阔和哲理的深度方面,莫泊桑显然要略逊一筹。他不是哲人,也不是历史家,他缺乏巴尔扎克那种深邃的历史洞察力,不具备司汤达那种政治敏感,不像他的老师福楼拜那样缜密细腻,也不如左拉的视野宽广。但他自有一种非凡的捕捉生活的本领,善于从一般人视而不见的凡人小事中,发掘带有本质意义和美学价值的内容,从而大大丰富了文学的题材。

就一般人的眼光看来,莫泊桑的生活阅历并不十分丰富。他出身于诺曼底一个破落的贵族之家,在家乡的田园景色中长大,中学毕业后到巴黎学法律,不久因普法战争爆发应征入伍,未及作战又在大溃退中返回故乡,接着先后在法国海军部和普通教育部当了十年小职员,直至《羊脂球》使他一举成名。这样,诺曼底的农民和乡绅、普法战争以及巴黎小职员单调沉闷的生活,就成为他的主要创作源泉。莫泊桑正是利用这些平淡无奇的生活素材,给读者提供了一组组丰满生动的社会风俗画,出色地勾画了社会中为数众多的小人物的群像。

写小人物,不能说是莫泊桑的创举,其他作家的作品中,也出现过不少小人物,但小人物一般不能成为他们作品的主人公:巴尔扎克的主人公都是些叱咤风云的人物,要么是各行各业的拿破仑,要么是尚未得志或惨遭失败的才智之士,至少是具备某种非凡气质的个性;司汤达的主人公无一例外具有过人的才华、坚强的意志和性格,从外表到内心都出类拔萃;雨果的主人公几乎超凡入圣,全都带有浓厚的传奇色彩。而莫泊桑的作品却大都以芸芸众生为主人

---

① 这部诗集曾于一八七五年以笔名发表,但未引起广泛注意。

公——农民、铁匠、船工、修椅垫的女人、穷公务员、流浪汉、乞丐、妓女、俗不可耐的小资产者……都是他着意观察和描绘的对象。

若在巴尔扎克笔下，即使平庸的人也写得不同凡响：赛查·皮罗多是个普通的买卖人，"相当愚蠢、相当庸俗，他的厄运也很寻常"，于是巴尔扎克把他搁置了六年之久，直到赋予这个买卖人某种高贵的品格，并且使他的死达到悲剧的高度。但是莫泊桑认为："如果昨日的小说家是选择和描述生活的巨变、灵魂和感情的激烈状态，今天的小说家则是描写处于常态的感情、灵魂和理智的发展。"①所以他听任他的人物目光浅短、举止平庸，从里到外一无出众之处，即使他们中的某些人完成了某件英雄壮举，那也多半出自他们淳朴的天性，甚至是相当原始的本能，而不是由于具备何等样的英雄气质。然而这个芸芸众生的世界，却成为莫泊桑创作的特殊领域，使他的作品别有新意。没有他所描绘的这个世界，十九世纪的社会风俗画卷就不够完整，尤其是不能充分反映十九世纪后期的法国社会特征。

应当承认，使莫泊桑在十九世纪文坛上发出异彩的首先是他的短篇小说。这种文学体裁在法国本不十分受人重视（尽管许多名家都不乏优秀的短篇杰作），直到莫泊桑，短篇小说才充分施展其魅力，显示出巨大的容量，承担起描绘社会风貌的重任。如果说巴尔扎克的作品好比巨幅壁画，莫泊桑的作品却类似一帧帧小巧的素描，表面看去彼此毫无联系，却的确是十九世纪后期的社会风俗写真。

以凡人小事为题材，以短篇小说为主要创作形式，应该说是莫泊桑在文学题材和体裁上的突破，也是他个人独创性的主要表现。但是，如果没有他在语言上的突出成就，莫泊桑也不可能引起如此广泛的赞叹和重视。

莫泊桑曾将法兰西语言比作"一泓清水"，他的语言也确实像"一泓清水"一样，清新流畅、朴素自然，优美而不流于柔弱，精确洗炼而不乏幽默机智，在语言艺术上可说达到了很高的境界，这一点正是使他的同代和后代作家最为折服的。本身也以文体的优美著称的阿那托尔·法朗士，对莫泊桑的语言艺术给予了极高评价，左拉不能不感到望尘莫及，马拉美、纪德等都把莫泊桑的语言视为法语的典范，法国的教科书纷纷选莫泊桑的作品作范文。

---

① 莫泊桑：《小说》。

在创作方法上,莫泊桑直接师承福楼拜,和福楼拜同属十九世纪后期现实主义文学的代表。虽然福楼拜拒不接受现实主义者的称号,莫泊桑也曾宣称自己不属任何流派,但从他们的艺术理论到艺术实践,都说明他们与法国现实主义文学传统一脉相承,而又有所变化发展。

莫泊桑从事写作的年代,适逢自然主义在法国风行一时,使他的创作多少受到这一流派的影响。如对所谓人的"动物本能",莫泊桑就有与自然主义相类似的看法和描写。但他始终坚持福楼拜的美学体系,不赞同自然主义的理论主张,尽管他十分敬重左拉的才能和为人,也不否认自然主义集团的作家创作了不少有价值的作品。莫泊桑的文艺观,在他为《皮埃尔和让》所写的题为《小说》的序文和有关福楼拜、左拉的论文中,有着明确而系统的阐释。莫泊桑反对批评家的门户之见,不同意给小说定下某些不可更改的创作法则,主张给予作家"根据自己的艺术见解来想象、观察和写作"的"绝对权利"。在莫泊桑看来,作家的才能来自独创性,而独创性就是思维、观察、理解和判断的独特方式。因此,他不反对自然主义作家按照他们的艺术见解写作,而他自己却不愿遵循他们的法则行事。首先是在"真实感"的问题上,他不同意自然主义的"绝对真实"论。莫泊桑认为:"一个现实主义者,如果他是艺术家的话,就不会把生活的平凡的照相表现给我们,而会把比现实本身更完全、更动人、更确切的图景表现给我们。"因为把一切都叙述出来是不可能的,势必要进行选择。艺术家"只能在这充满了偶然的、琐碎的事件的生活里,选取对他的题材有用的、具有特征意义的细节,而把其余的都抛在一边"。莫泊桑也不同意过分贬低构思的作用,因为"写真实就要根据事物的普遍逻辑,给人关于'真实'的完整印象,而不是把层出不穷的事实死板地记录下来"①。

当然,对于一味强调主观意象的浪漫主义,莫泊桑更加不以为然。他承认浪漫主义时代出现了许多不朽的艺术杰作,但讨厌浪漫主义的"浮夸作风"和"逻辑的混乱",不赞成像他们那样"在实际生活之外另创造一种比生活本身更美的生活",并批评浪漫主义者"抛弃了法国人的健康思想和蒙田、拉伯雷的传统智慧"②。

可见,在文学与现实生活的关系问题上,莫泊桑和十九世纪前期批判现实

---

① 以上引号内文字均引自莫泊桑的《小说》。
② 莫泊桑:《梅塘夜话》。

主义作家的观点是十分接近的。和巴尔扎克、司汤达一样,福楼拜和莫泊桑都很重视对现实的观察、分析、提炼和概括,重视对事物内在关系的探究,不仅要求准确地把握事物的外貌,而且力求"深入到对象的精神和心灵深处,理解其未暴露出来的本质,理解其行为的动机"[1],进而以典型化的手段,以具有高度概括性而又个性鲜明的艺术形象描绘出来。这种艺术方法,正是巴尔扎克式的再现"典型环境中的典型性格"的现实主义创作方法。福楼拜的《包法利夫人》、《情感教育》,莫泊桑的《羊脂球》、《漂亮朋友》……都是这种创作方法极为成功的实践。

不过,福楼拜和莫泊桑的艺术,与以巴尔扎克、司汤达为代表的前期批判现实主义又有所不同。主要是在对待现实生活的态度上,前期的作家热情洋溢,积极参与社会生活,介入现实斗争,而且在作品中以极其鲜明的态度表现出来。福楼拜和莫泊桑却竭力对生活抱旁观态度,以客观冷静的描摹来掩盖作家对现实的分析。在福楼拜和莫泊桑看来,作家只能通过"选择具有特征意义的细节"来刻画事物的实质,而不允许作家在作品中直接表露自己的观点,因此,应当"小心翼翼地避免一切复杂的解释和一切关于动机的议论,而限于使人物和事件在我们眼前通过"[2]。莫泊桑认为,"心理分析应该在书里隐藏起来,如同它在生活中实际上是隐藏在事件里一样"[3]。作家只能将心理分析作为"作品的支架",如同看不见的骨骼是人身体的支架。巴尔扎克和司汤达却不然,尽管他们同样重视"选择具有特征意义的细节"来突出事物的本质,却不甘心让自己完全退到幕后。他们时时刻刻和他们的人物生活在一起,和这些人物同呼吸、共命运,随时随地剖析他们的心理,或对他们的遭遇发出慨叹,甚至有时要借用他们的舌头,长篇大论地阐述自己关于政治、经济、哲学、历史、司法、行政、宗教、伦理,乃至自然科学等五花八门的见解。

从纯艺术的角度看,福楼拜和莫泊桑所追求的,也许是一种更为微妙精深的艺术境界,需要艺术家付出更多的心血和劳动。事实上,这两位作家在艺术上的确比巴尔扎克、司汤达更严谨、更细腻,文体也更为简洁优美。但从整体看,前期两位大师的作品却更有感染力,更能震撼人心。这一差距,当然不能归咎于艺术上的力求完善,问题也不在于作者的观点是隐蔽还是公开,而是后

---

[1] 莫泊桑:《居斯塔夫·福楼拜》。
[2] 莫泊桑:《小说》。
[3] 莫泊桑:《小说》。

期的两位作家根本缺乏前期作家那种有强大吸引力的激情。

巴尔扎克和司汤达生活在法国的重大历史转折时期,大革命的动荡和拿破仑的丰功伟绩在人们头脑中留下了深刻的印象,那正是产生英雄梦想和伟大热情的时代,在文学上则是产生浪漫主义的时代。即使是现实主义作家,当时一般也都带有浓重的浪漫主义气质,他们满怀理想,热切盼望出现一个容许个人才智充分发展的合乎理性的社会;而且深信自己在当代历史中应当扮演一个重要的角色。所以他们以全部热情投入现实生活,密切注视历史的进程、时代的交替,猛烈抨击一切不合理的现象,努力探索更加合理的未来。

可是福楼拜和莫泊桑生活在资本主义稳定发展的时期,一切幻想早已破灭,剩下的只是平庸、鄙俗的现实。他们愈是观察,就愈是对这个社会感到恶心和蔑视,以致根本不屑于参与政治和社会生活。福楼拜遁世隐居,莫泊桑超脱一切。于是他们成为这个社会的批判的旁观者,以一种冷漠的讥刺态度,把人们尚未识透的社会如实描绘出来,不加评论,不加分析,让人们自己去判断。

这些冷漠,与其说是无动于衷,毋宁说是一种丧失理想的悲哀。从莫泊桑的某些作品可以看出,他的天性并不冷漠。他对统治者充满憎恨,对弱者寄予无限同情,对下层人民身上淳朴善良的品质常常发出由衷的赞叹。可是他对生活缺乏信念,找不到任何理想做支柱。年复一年,他看见生活就这样在虚伪、可耻的氛围中缓缓流动,心中只觉一片空虚和厌倦。这种情绪随着时间的推移愈来愈严重,使他愈来愈倾向于叔本华的悲观主义哲学。

福楼拜也是悲观的,他怀疑一切,甚至怀疑自己,但他至少还信仰艺术;莫泊桑到后来甚至对艺术也感到厌倦:"我现在对一切都感到漠然,我有三分之二的时间在极度的厌倦中度过,三分之一的时间用来涂写我尽可能高价售出的文字,一面为从事这可憎的职业而痛苦。"[①]他痛苦,是因为作家的职业使他习惯于解剖一切,使他身上产生了"第二种视力",这种视力"既是作家的本领,又是他们的不幸","我写作,因为我了解,我痛苦,因为我认识现实太清楚。"[②]

实际上,他那超脱一切的冷漠态度,他那使文学孤立于社会政治之外的企图,不知不觉已缩小了他的视野,使他不能广泛和全面地研究和认识社会,使

---

① 莫泊桑给玛丽·巴基舍芙的信。
② 莫泊桑:《在水上》。

他不可能看见代表人类前途和希望的因素。因此,他虽然对现实保持着清醒的头脑,却不比他的读者更有远见。他和许多同时代人一样,把现存秩序看成永恒不变的东西,把一切企图改变现状的斗争都看成是愚蠢的、徒劳无益的举动,甚至把某些丑恶的东西看成人类固有的本质,从而更深地陷于悲观绝望而不能自拔。"哀莫大于心死",莫泊桑的漠然,恰是极度悲观的表现。正是这种悲观,削弱了他的作品的力量,导致他创作力的逐步衰退,并且直接危害了他的健康。

莫泊桑固然是以短篇小说的建树闻名于世的作家,但并不意味他在长篇小说方面才具平庸。他共计创作长篇小说六部:《一生》(1883)、《漂亮朋友》(1885)、《温泉》(1887)、《皮埃尔和让》(1888)、《如死一般强》(1889)和《人心》(1890)。其中影响最大的是前两部。他的长篇小说非但具有他的短篇小说那种主题集中、结构严谨、形象鲜明、文笔清新流畅等优点,且因容量上的便利,人物塑造更为丰满,主题的发挥也更加深入。

《一生》(1883)是莫泊桑对长篇形式的第一次尝试。这部小说试图通过一个善良女子平凡而辛酸的身世,来剖析和探索人生。

小说的主人公约娜,是诺曼底一个没落贵族家庭出身的少女,在修道院寄宿学校受教育后,便怀着一般女孩儿都有的对幸福的甜蜜憧憬,回到父母身边,准备走向生活。

这是一个平凡的女性,既没有远大抱负,也没有强烈的个性,更没有什么出众的才能。她只是个极普通的好姑娘,心地单纯、温柔善良,而且很有教养,既不庸俗,也不虚荣;从父亲那儿接受的一点温和的启蒙思想,使她对人对事明达宽厚;从母亲那儿感染到的一点浪漫气质,并没有过分到使她像福楼拜的爱玛那样想入非非。她正是莫泊桑心目中最正常、最普通的女性典型:没有狂暴的激情,没有过分的欲望,她的全部追求不过是做一个幸福的妻子,一个幸福的母亲。

整个故事沿着约娜的经历平铺直叙,没有任何曲折离奇、惊心动魄的情节,全部内容都是日常的、"处于常态的感情的发展",似乎是生活本身在我们面前移动,丝毫看不出作者剪裁的痕迹。约娜怀着对生活的天真梦想,和父母一道回到诺曼底的庄园,结识了当地的贵族青年于连·德·拉马尔。这位年轻的子爵温文尔雅,风度翩翩,虽然已经没有财产,仍可算是门当户对。于是他们相爱、结婚,一切都进展得像约娜所梦想的那样甜蜜。然而幸福也就到此为止了。蜜月旅行中,拉马尔自私贪婪的本性已经有所暴露,旅行归来,爱情也随着蜜月一起消逝得无影无踪。丈夫一心算计钱财,对妻子愈来愈粗暴冷淡。不久,约娜发现丈夫欺骗自己,精神上受到很大刺激。重病一场后,她将全部感情寄托在孩子身上,但孩子成人以后却离开母亲和一个暗娼姘居,把他母亲和外公的财产挥霍净尽。约娜被逼得走投无路,只得卖掉心爱的住宅,和她的老使女一起节俭度日。她受到这一连串打击,已经心力交瘁,虚弱不堪,但仍然想念儿子保尔。最后,保尔的女人死了,他把刚出世的婴儿交给了老母亲。约娜满心喜悦,感到生活又有了生气。

约娜的故事究竟揭示了什么样的"人生"?作者没有作任何解释说明,甚至不曾为约娜发出一声慨叹。但精彩的一笔是通过使女萝莎丽的嘴,指出约娜并不是世上最不幸的人:"如果您必须为面包而工作,如果您不能不每天清晨六点就起来去干活,真要那样,您又怎么说呢?天下有的是这样的人,后来老得干不了活的时候,还不是穷死。"

事实的确是这样,约娜在她那美丽如画的家乡,看到过不少这样的人,"他们(渔人)为饥饿所迫,夜夜都要去冒生命的危险,然而他们还是那么贫困,嘴里从来吃不上肉。"比起他们,约娜毕竟不必为衣食奔忙,毕竟还有短暂的幸福的回忆,毕竟还有一个新的生命让她寄托感情。所以萝莎丽在全书结尾说了一句意味深长的话:"人生从来不像意想中那么好,也不像意想中那么坏。"这句点题的话,是否作者本人对生活的感受呢?

莫泊桑似乎想借约娜的一生,说明人们永远不可能得到他所期待的幸福,然而又不能完全无所期望。当约娜是少女的时候,她期待着爱情的幸福,因而生活对她充满了吸引力;而一旦这期待变成现实,就"把无限的希望之门关上了,把不可知的美丽的向往之门关上了",剩下的只是平庸单调、死气沉沉的日常生活和冷冰冰的夫妻关系。爱情似乎是美丽的,可惜像是一件美丽的礼服,结了婚,这礼服就脱掉了。于连在婚前是何等温柔体贴,一旦结了婚,成为约娜的财产的主人,便立刻还原成粗暴吝啬的地主。做母亲,似乎是幸福的,一旦孩子长大成人,却给母亲带来种种烦恼。生活就是如此:幸福总是短暂的,而且往往是人们受自身梦想的欺骗时才感到幸福;痛苦却是无限的,因为现实永远不像人们想象的那么美好。所以,对待生活既不能有太多幻想,也不能完全不抱希望。也许,这就是当时作者想要阐明的"人生"。

约娜的故事,很容易令人想起福楼拜的《淳朴的心》,虽然福楼拜写的是一个没有受过教育的女仆,约娜却是一位贵族门第的小姐,但两篇小说的主题、构思、艺术手法都十分近似,甚至对生活的结论也是一致的。两位作者都没有选取惨剧题材,而是以极寻常的两个妇女的凄凉身世表现人生。这两位不同社会地位的妇女,同属淳朴善良、欲望不高的类型,而且同样的安分守己、逆来顺受。她们所求不多,却从未如愿;她们温柔的天性需要感情有所寄托,而她们诚挚的感情往往受到伤害。可是她们所遇到的事情又极为寻常,几乎在每个屋顶下面都可以发现类似的故事,——她们的确不比其他人更不幸。惟其如此,这"人生"的凄凉才表现得更普遍、更典型。也正因为作者仿佛不曾"哀其不幸",反而竭力让她们从不幸中寻出几点聊以自慰的事情,这"人生"才显得更加辛酸、更加惨淡。

  对待于连·德·拉马尔这个形象,莫泊桑也运用了类似的手法。作者既刻画出他的自私贪婪、道德败坏,却又不把他作为恶人加以谴责,反而描写社会对他如何谅解,神甫如何为他辩护,约娜的父母如何因忆起自己年轻时的荒唐而缄默不语,甚至约娜自己也渐渐习惯了丈夫的欺骗。当于连和他的情妇一道惨死在山崖下后,约娜居然只忆起他给她的短暂欢乐,忘却了他给她造成的痛苦……。的确,正如神甫所说,德·拉马尔子爵的种种行为也不过和大家差不多。一个乡村贵族,占有了家中的使女,让她怀了孕,然后把她赶走或嫁出,这样的事几乎天天都会发生,有什么值得大惊小怪的呢!作家对恶行的这种"轻描淡写",有时不是比义正词严的谴责更能给人以深刻的印象,使人们对现实的丑恶更感到触目惊心么?

  显然,莫泊桑在《一生》中的许多细节处理,都吸取了福楼拜的"平淡中求深刻"的特点,充分发挥了自己在白描技巧上的长处,使这部小说真正达到了他所追求的"以单纯的真实来感动人心"[①]的艺术效果。加之作者善于运用富有乡土味的优美散文,展示他最熟悉的诺曼底傍海村庄的迷人景色和人情风俗,更增添了小说的魅力。

  只是,这部小说虽然揭露了人世的腐朽堕落,却不曾挖掘产生这些丑恶现象的社会根源,而是过分地强调了"人性"的缺陷,仿佛这就是造成一切不幸的根本原因。这样一来,作者以高超的艺术技巧展开的主题,便突然拐进了一条狭窄的死胡同,本来具有相当深度的社会题材,竟演变成人类对自身"弱

[①] 莫泊桑:《小说》。

点"的无可奈何的叹息;于是对一切只好容忍,恶行本身似乎也变得不那么可恨,整部作品也就显得绵软无力了。

总之,《一生》是莫泊桑在长篇小说上的一次成功的尝试,大大巩固和提高了他在文坛的地位,但这部作品显然不是他的顶峰之作,真正代表他的思想、艺术最高水平的,是一八八五年出版的《漂亮朋友》。

《漂亮朋友》基本上沿用《一生》的艺术手法,但比《一生》具有广阔得多的社会内容和深刻得多的现实意义。这是一部有直接针对性的、政治性很强的作品。小说通过一个无耻之徒的飞黄腾达,揭露了第三共和国时期法国政界人物的丑恶嘴脸,并把批判的矛头直接指向了当时法国的金融寡头政治和殖民主义战争政策。

《漂亮朋友》是莫泊桑的作品中现实性、批判性最强,艺术手法也最丰富多采的一部小说。可以说,无论是思想上还是艺术上,这部作品都是他的一次自我超越,自我突破。但是和十九世纪前期的批判现实主义作品相比,《漂亮朋友》仍然缺乏某种激励人的东西。同样是揭露现实的黑暗,同样是描写恶人的胜利,巴尔扎克和司汤达能激起愤慨;莫泊桑却只能使人感到苦闷、压抑。这可能是前者着意描写了天才的受摧残,正直人的被迫害,使小说具有悲壮的意味;而莫泊桑则完全是描写恶的发展和恶人的所向无敌。在任何时候,前者的作品中总不乏追求正义者,自强不息者,即使这些人未能指出社会的正确出路,至少让读者感到有一股不与恶浊环境同流合污的对抗力量;莫泊桑却对人类缺乏信心。他所看到的人要么是坏蛋,要么是弱者,很难找到一个真正站得起来的正面人物。如果说他前期的某些作品中还反映了下层人民身上某些闪光的东西,愈到后来,这种闪光就愈罕见。莫泊桑只看见眼前一片黑暗,他自己也被这黑暗所征服、所压倒。他陷入悲观主义不能自拔,最终导致自己精神崩溃。

一八八五年以后,莫泊桑的创作事实上已开始走下坡路。主题日趋狭窄,思想渐呈病态,不过一八八七年的《温泉》仍不失为一部杰作。这部小说刻画了资产阶级的惟利是图和贵族子弟的放荡不羁,有较充实的社会内容和较丰满的人物形象。一八八八年以后他基本上没能写出什么好作品,一八九一年终因神智失常完全搁笔。

莫泊桑带着一颗痛苦的灵魂度过了短暂的一生。人们甚至感到奇怪,他那有病的大脑,何以能写出那么清晰的文字,何以对现实有那么清醒的认识。可见莫泊桑并不属于生活中的弱者,他明知等待自己的是何等可悲的命运,却不曾向命运屈服。他始终努力保持健全的理智,尽可能有效地利用生命,终于在极短促的时间内,留下了一笔丰厚的文学遗产。虽说这笔遗产中并非全部都是杰作,但确有相当大一部分堪称世界文学宝库中的瑰宝。他的整个建树即使说不上壮丽辉煌,却自有独特的意趣和价值。

艾　珉
二〇〇二年八月

一

约娜收拾好行装以后,走到窗子跟前,但雨还是下个不停。

一整夜,暴雨哗啦哗啦地打在玻璃窗和屋顶上。低沉的、蓄着雨的天空仿佛裂了缝,把水倾泻到大地上,使泥土变成稠浆,糖一般地溶化了。吹过一阵阵闷热的暴风。行人绝迹的街道上,阴沟像泛滥了的小溪,发出潺潺的水流声。街道两旁的房屋海绵似的吸收着水分,湿气渗入内部,从底层到顶楼,墙上全是那么湿漉漉的。

从清早起,约娜观望天色,该有百来次了。她是昨天刚从修道院回家的,以后可以长此自由下去了。她准备要享受一番向往已久的人生的百般幸福,现在她所担心的是,天气要不放晴,她父亲肯不肯动身。

约娜发现自己忘了把日历放在手提包里。她从墙上把一个小小的月份牌摘了下来,月份牌上花边中间有用金字印成的一八一九年这个年份的日期。她拿起铅笔,划掉前面的四栏和每一个圣名,一直划到五月二日,也就是她离开修道院的这一天。

"小约娜!"有人在房门口叫她的名字。

约娜回答说:"爸爸,进来吧!"她父亲就走进她的房间来了。

这就是勒培奇·德沃男爵,名字叫西蒙·雅克。男爵属于上一世纪的贵族,心地善良,但有些古怪脾气。他非常崇拜卢梭,热爱大自然、原野、树林和动物。

身为贵族,男爵对一七九三年①所发生的事件本能地怀有反感;但他那哲人的气质和所受的非正统的教育,使他痛恨暴政,当然这种痛恨也就只限于无

---

① 法国资产阶级革命时期资产阶级左翼雅各宾党人开始专政的一年,也是国王路易十六夫妇被人民送上断头台的一年。

关痛痒地发发牢骚而已。

秉性善良是男爵最大的优点,也是他最大的弱点。这种善良,不论为爱怜,为施舍,为拥抱都是心有余而力不足的,一种造物主式的善良,佛光普照,来者不拒,仿佛出于意志的迟钝和魄力不足,几乎像是一种毛病。

男爵是一个理论家,因此他为女儿的教育想出了一套完整的方案,希望使她成为一个幸福、善良、正直而温柔多情的女性。

约娜在家里一直住到十二岁。然后,尽管做娘的哭哭啼啼,父亲还是把她送进圣心修道院去寄宿了。

他让她在那里过严格的幽禁生活,和外界隔绝起来,不使她知道人世间的一切。他希望在她十七岁上把她接回来时仍然是童贞无邪,然后由他自己诗意地来灌输给她人世的常情,在田园生活中,在丰饶和肥沃的大地上来启发她的性灵,利用通过观察动物的相亲相爱和依恋不舍来向她揭示生命和谐的法则。

如今她从修道院回来了,喜气洋洋,精力充沛,急想尝一尝人生的幸福和欢乐,以及种种甜蜜的奇遇,这一切都是她在修道院闲愁无聊的白日里,在漫漫的长夜里,在孤独的幻想中一再在心头出现过的。

她长得教人想起韦洛内兹①的一幅肖像画:闪闪发亮的鲜栗色的头发,仿佛使她的皮肤显得更为光彩,这是生长在贵族家庭里的人所特有的一种白净而红润的皮肤,在阳光的抚弄下,隐约可以分辨出在皮肤上还蒙着一层细绒般的汗毛。眼睛是暗蓝色的,就像荷兰小瓷人的眼睛一样。

她在左鼻翅上有一粒小黑痣,右颊上也有一粒,还有几根初看时分辨不出的和皮肤同一颜色的汗毛。她身材修长,胸部丰满,腰身显出柔美的曲线。她说话时清脆的嗓门有时显得太尖,但是她爽朗的笑声可以教她周围的人们都感染快乐。她常有这种习惯性的动作:把双手举到鬓角边,像是要掠平她的头发。

看见她父亲进来,她迎过去抱住他,吻着他,叫道:"到底走不走呢?"

他微笑了,摆动着他那留得很长的苍苍白发,一面伸手指着窗外说:

"你说这样的天气怎么能动身呢?"

然而她撒着娇,甜蜜蜜地央求他:

---

① 十六世纪意大利的名画家。

"啊！爸爸，我求求您，我们走吧！到下午天一定会晴的。"

"但你母亲可绝对不会答应呀！"

"行！我担保她会答应的，我去跟她讲就是啦。"

"好吧，你要能说服你母亲，我这方面就不成问题。"

她连忙奔向男爵夫人的卧室，因为她等候这动身的一天，早等得愈来愈不耐烦了。

自从她进圣心修道院以后，她没有离开过卢昂，因为不到一定年龄，她父亲不放心她享受任何娱乐。只有过两次把她带到巴黎去，每次住了半个月，但巴黎也是一个城市，而她所向往的却是乡村。

现在她就要到白杨山庄去过夏天，这个古老的庄园是他们家的产业，房子造在意埠附近的高岩上。她相信这种在海边的自由自在的生活一定是其乐无穷的。而且，庄园的这份产业早已决定是留给她的，等她结婚以后她就要在那里长住下去。

可恨这场大雨从昨夜下起，片刻不停，这真是她一生中第一次遇到的最倒霉的事情。

可是才过了三分钟，她就从她母亲的卧室冲出来了，满屋子都听得见她的叫声："爸爸，爸爸，妈妈答应了；快备车吧！"

雨仍然哗啦哗啦地下个不停。而当那辆四轮马车到门口时，雨反而下得更大了。

约娜正要上车时，男爵夫人才从楼梯上被搀下来，一手是她丈夫扶着，另一手是一个高个儿的使女，这位姑娘结实矫健得像一个小伙子。她是诺曼底省格沃地方的人，年纪至多才十八岁，不过看去少说也像有二十岁了。这一家人拿她当第二个女儿看待，因为她妈妈原先是约娜的奶妈，这样她和约娜就成了同奶姊妹。她的名字叫萝莎丽。

萝莎丽主要的职务是搀扶她的女主人走路，因为近几年来男爵夫人由于害了心脏扩大症，身体变得异常肥胖，她时刻都为这个叫苦。

男爵夫人步行到这所古老的府邸的台阶前，已经气喘得厉害，她望一望院子里满处淌着水，叹气说："这真是不讲道理。"

男爵始终堆着微笑，答道："这可是您自己拿的主意，阿黛莱德夫人。"

由于她有阿黛莱德这么一个华贵的名字，她丈夫一叫她时，便总要带上"夫人"这个称呼，表示尊敬，其实却是含有几分讥笑的意味。

17

男爵夫人又向前走了几步,很吃力地上了车子,把车身的弹簧压得咯吱咯吱地响。男爵坐在她身旁,约娜和萝莎丽坐在对面的板凳上,背向着马。

厨娘吕迪芬抱来几件外套,盖在他们的膝头上,又拿来两个筐子,塞到他们腿底下;然后自己爬上车,坐在西蒙老爹身边的座位上,用一块大毡子裹住了全身。门房夫妇走过来关上车门,向全家鞠躬告别;行李是随后另用两轮车送的,主人为这事又向他俩叮嘱了一番,全家这才起程。

马车夫西蒙老爹在雨下低着头,弓着背,缩在三幅披肩的长外套里,看也看不见了。呼啸的暴风雨吹打着车窗,路面淹没在雨水中。

两匹马拖着那辆四轮马车快步沿着河岸驰去,赶过一排排的大船。船上的桅杆、帆架和网绳像落了叶子的光秃秃的树木一样凄然挺立在湿漉漉的天空里。然后马车转入漫长的里节台山的林荫大道。

不久车子穿过一片一片的牧野;偶尔一株被淹的垂柳,枝叶像尸体那样无力地垂着,从雨水迷茫中显露出它那沉重的神态。马蹄在路上嗒嗒地响着,四个车轮溅起成团的泥浆。

车上谁也没有说话;旅人的心情也和大地一样,仿佛是湿漉漉的。男爵夫人仰着脑袋,合上了眼皮,把头靠在车厢上。男爵凄然瞭望着雨中田野忧郁的景色。萝莎丽膝头上搁着一个包,像乡下老百姓常有的那样,在那里兀然出神。独有约娜,在这种温暖的下雨天,仿佛刚从紧闭的室内被移到露天的一棵植物,觉得自己又复活了;她那浓厚的兴致,像是密集的枝叶,把她的心和忧愁隔绝开了。虽然她也默不作声,但心里却想歌唱,恨不得把手伸到窗外接一点雨水来喝;她欣赏马儿载着她飞奔,她观望沿路凄凉的景色,而感到自己安稳地坐在车中,倾盆大雨,淋不到她,心里真是快活极了。

在滂沱大雨下,两匹马儿发亮的臀部上冒出一阵阵的热气来。

男爵夫人渐渐睡熟了。六股梳理得很整齐的下垂的发鬈,像框子似的围住她的脸庞,脸庞慢慢沉下来,绵软软地被托住在脖子下三道厚厚的肉褶上,脖子最靠下的几道褶裥已经和汪洋大海似的胸部连接在一起了。每呼吸一次,她的脑袋昂起来,然后又垂下去;两个腮帮子都鼓着,同时从半开的嘴唇缝里呼噜呼噜地发出热闹的鼾声。她丈夫向她偏过身子去,轻轻地把一个皮制的小钱包放到她交搭在肥大肚皮上的双手里。

这一触动把她惊醒了;她以人们在瞌睡中突然被惊醒时的那种发呆的神色,看了看这个钱包。钱包掉下去,散开了。金币和钞票哗啦一下撒了满车。

这时候她才完全清醒;她女儿乐得哈哈大笑。

男爵把钱币拾起来,搁在她的膝头上,说道:"你看,亲爱的朋友,从艾勒多田产得来的钱,全部都在这里了。我把它卖了,为的可以修理白杨山庄,以后我们常要住在那里了。"

她数了数,总共是六千四百法郎,然后从从容容地放进自己的口袋里。

在祖遗的三十一处田产中,艾勒多是其中被卖掉的第九处了。他们手头现有的田产,每年还能有两万法郎的进益,如果管理得法,每年收入三万法郎也是毫不费事的。

由于他们生活简单,如果不是因为家里始终有着一个敞开的无底洞,这笔收入照理也就满够开销的了。那无底洞是什么呢?就是秉性善良。这种善良吸干他们手心里的钱,就像太阳吸干洼地里的水一样。金钱流出去,流得无影无踪了。到底是怎么回事呢?谁也说不上来。他们中总不免有一个人说:"究竟是怎么回事,今天我花了一百法郎,可并没有买什么值钱的东西。"

这种慷慨好施倒也是他们生活中的一大乐趣;在这一点上,他们彼此心里都有同感,毫不介意。

约娜问道:"我那庄园,现在很美观吗?"

男爵喜滋滋地回答说:"孩子,你去看吧!"

滂沱大雨渐渐过去了;后来只不过剩下烟雾中飘着的极细的雨丝。天空的乌云拨开了,天色清朗起来;而突然,一抹斜阳仿佛从看不见的洞口照射到牧野上。

先是云散开了,从隙缝中露出蓝色的天幕;然后云层的裂口,像被撕碎了的面纱,越来越扩大;明净碧蓝的天空终于整个展开在大地上了。

吹过一阵凉爽的和风,仿佛大地满意地透过一口气来;而当马车驰过田园和树林时,人们偶尔可以听到一只晾着羽毛的鸟儿的欢快歌唱。

夜色降临了。现在车子里除了约娜,人人都瞌睡了。马车两次在小旅店前停下来,为让牲口歇一歇,喂它们点水和饲料。

太阳早已落山;远方响着教堂的钟声。他们在一个小村庄里点上了车灯;这时天空已布满了繁星。一路上,从疏疏落落的村舍中,在黑夜里透露出点点灯火。猛然,在一座小山背后,透过杉林的枝叶,升起一轮圆月,又红又大,仿佛还带着浓重的睡意。

夜晚非常和暖,车窗都打开了。尽情饱尝了梦境和幸福的幻想后的约娜,这时也已疲倦,而在那里闭目养神了。有时一个姿势坐得过久了,感到麻木,她就又睁开眼睛,向外边望望。在这满天星斗的夜色里,她看见农庄上的树木从她身边滑过,躺在场地上的几头牛听见车声昂起头来。于是,她又另换一个姿势坐着,想重温一个恍惚的梦境;然而车轮持续不断的转动声在她的耳朵里隆隆地响着,使她倦于思索,于是她又合上眼睛,感觉身心实在都太疲乏了。

最后马车终于停住了。男男女女手提灯笼,站在车门跟前。他们已到目的地了。约娜突然醒来,很快就跳下车子。她父亲和萝莎丽由一个农户照着亮,几乎是把男爵夫人抬下车来。她已筋疲力尽,难受得直哼哼,却不断用微弱的声音重复说:"啊!天哪!我的可怜的孩子们哪!"她什么也不肯喝,什么也不肯吃,在床上躺下,立刻就睡熟了。

约娜和男爵,父女俩共进晚餐。

两人相对微笑,在桌上手握着手;父女俩满怀着孩子般的喜悦,最后便一同去察看经过修理后的住宅。

这是一所诺曼底式的高大的建筑,包括农庄和邸宅。正屋全部是用白石建成的,但现在已经呈露灰色了,宽敞得足够住下整族的人。

一间宽广无比的厅堂贯穿着这整所住宅,并使它分隔成左右两部分,厅堂前后对开着两道大门。进门处两面都有楼梯,梯级像桥一样从两面各向上升,汇合到二楼,这样楼上正中就留出很大的空间来。

楼下右首是一间其大无比的客厅,墙上挂着花鸟图案的壁毯。全部家具上都覆着细绣的锦毡,图案全是拉封丹《寓言》中的故事;约娜发现了她幼年时所喜爱的一把椅子,高兴得跳起来了,这把椅子上绣的是《狐狸和仙鹤》的故事。

紧挨客厅的是一间放满古书的藏书室和其他两间空着的屋子;左面是新换了壁板的餐厅,此外还有洗衣房、餐具储存室、厨房和一小间浴室。

二楼有一条贯穿全楼的长走廊。十个房间的十扇门都是对着走廊的。右首最靠里的一间便是约娜的卧室。父女俩走进这个房间里。这个房间是男爵最近叫人重新整修过的,家具和挂毡都是利用原先存在阁楼上不用的东西。

挂毡是弗朗德勒的产品,都已很古老了,这就使这间房间里增添了许多图案中古怪的人物。

但是当约娜一看到她的床,她高兴得叫起来了。床的四个角上,有四只橡木雕制的大鸟,全身乌黑,上蜡后闪闪发亮,它们像守护天使一般围抱着床。

床架两旁雕的是绕着花朵和鲜果的两个大花环;四根带有哥林多式的柱头、细刻精镂的凹纹床柱,托着檐板,上面刻着身缠蔷薇花的小爱神。

这张床气派十足,虽然年代已久,木料变暗了,显得有些严肃,但仍然是很雅致的。

床面的罩单和床顶的天幕灿烂如繁星闪耀的天空,那都是用深蓝的古式丝绸做成的,上面绣着一朵朵金色的大百合花。

约娜细细地把床观赏了一番以后,又举起蜡烛去照墙上的挂毡,想看一看绣的是些什么。

一个贵族青年和一个贵族少女穿着绿色、红色和黄色的离奇古怪的服装,正在一棵结着白色果子的青色的树下谈天。一只大白兔子啃着一点点灰色的小草。

就在这两个人物头顶上,有用写意法表示出来的远处的五所尖顶的小圆房子;再往上,几乎接近天空的地方,是一架红色的风车。

在整幅挂毡上,还环绕着许多花卉的图案。

另外两幅和第一幅差不多,不同的是可以看到从房子里出来四个小人儿,他们身穿弗朗德勒人的服装,高举着胳膊,表示万分惊异和愤慨的样子。

但最后一幅挂毡上绣的是一个伤心的场面:兔子仍然在那里啃草,但在它旁边,那个年轻人已经倒在地上,像是死去了。少女面对着他,正用利剑刺进自己的胸膛,树上果子的颜色已经都变成了黑的。

约娜不了解这里绣的都是什么,正想走开不看了,却发现原来在一个角上还有一只小得看不清的野兽。图案中的那只兔子要真是活的,会把它认作是一片草屑而吞下去。可是那野兽却是一头狮子。

这时她才看懂,原来挂毡上绣的是皮拉姆和蒂丝佩悲惨的故事![①] 虽然这里图案的天真使她觉得好笑,但自喜有这个爱情冒险故事作伴,倒是怪有意思的,因为那可以时刻唤起她内心的期待和向往,这个古老传说中的温情蜜意夜夜都会盘旋在她的梦中。

室内其他的陈设和家具,各种式样和风格的都有。世代祖传下来的用物使这种古老的邸宅成了包罗万象的博物馆。一口路易十四时代式的富丽堂皇

---

① 古代巴比伦传说:皮拉姆和蒂丝佩是一对相爱的男女。皮拉姆看到他情人的面纱被狮子撕毁,以为她本人也已遇害,便悲痛自杀。蒂丝佩发现皮拉姆已死,跟着也用利剑自杀了。传说这个悲剧是在一棵大树下发生的,从此那棵树上永不再结红色的果子。

的五斗衣橱,边上镶着光彩夺目的铜饰件;摆在衣橱两边的,却是路易十五时代式的两把圈手椅,还带着当年的花绸椅套。一张花梨木的大书桌和壁炉遥遥相对,壁炉台上摆着一座用圆玻璃罩罩上的帝政时代的台钟。

钟本身的式样是青铜制的一个蜂房,被四根大理石的柱子凌空架在一座满开金色花朵的花园上。蜂房下端有一条细长的缝,从这里伸出一根纤细的钟摆,钟摆上是一只珐琅质翅膀的蜜蜂,这只蜜蜂就在花园上来回不停地摆动。

钟面是彩色瓷质的,嵌在蜂房中间。

钟声响了十一下。男爵抱吻过女儿,就回到自己的房间去了。

这时约娜还未尽兴,但也不得不上床了。

她向卧室最后环视了一遍,才把蜡烛吹灭。她那张床只有床头靠着墙,左首临窗,月光从窗口射进来,倾泻在地上,晶莹清澈,恍如水泉。

月色反照到墙上,悄悄地抚弄着皮拉姆和蒂丝佩永生的爱情。

从床脚那端的另外一个窗口,约娜望得见一棵大树,这时也整个浸在柔和的月光里。她转过身去,闭上眼睛侧卧着,但不到一会儿,眼睛又睁开了。

她仿佛还在马车上受着颠簸,脑子里老听到车轮在那里转动。最初她仍然躺着不动,希望静卧一阵就可以睡熟了;然而不久,焦躁的情绪又侵占了她的全身。

她觉得两条腿有些发麻,浑身愈来愈热。于是她起来了,光着脚,裸着胳膊,穿着一身长睡衣,看去有如一个幽灵,踏着地板上的月光,走去推开窗子,眺望夜色。

月光是那样皎洁,看去像在白天,少女约娜对自己儿时所喜爱的景物,一草一木都还记得很清楚。

在她面前,首先是那一大片草地,这时在月光下,涂上了一层奶油般的黄色。邸宅正面,挺立着那两棵大树,靠北的一棵是梧桐树,靠南的一棵是菩提树。

在这一大片草地的尽头,有一座小小的灌木林,这是庄园的一道分界线。为了防御海面暴风的侵袭,这里还种着五排古榆,它们受海风不断的折磨,都已枝柯拳曲,树梢削平而倾斜成像一个屋顶了。

园景的左右两面,各有一条林荫路,把正中主人住的邸宅和毗邻的两个农庄分隔开来。长长的林荫路旁都种了长得高大无比的白杨树;左右两个农庄,一个归库亚尔一家人看管,另一个归马丁家看管。

白杨山庄这个名字就是由这些白杨树而来的。在这围圈之外,伸展着一大片未经开垦的荒地,长满了金雀花。不分昼夜,海风都在那里呼啸。然后海岸突然倾下,形成一道陡直的高达百公尺的白色悬崖,崖脚浸没在海波里。

约娜眺望着远处微波荡漾的海面,它仿佛正在星光下酣睡。

在这不见阳光的岑寂的时刻里,大地上散发出各种气息。攀缘在楼下窗口四周的一株素馨花不断吐出浓郁的香味,和嫩叶的清香搅和在一起。海风阵阵袭来,带着强烈的盐味和海藻粘液的气息。

约娜起初放开胸怀,痛痛快快地呼吸着,乡间宁静的气氛,像一次凉水澡似的,使她的心境平静下去。

暮色降临时才苏醒的夜行动物,在黑夜的静寂中度过默默无闻的一生,这时在月色薄明中悄悄地活动起来。大鸟像斑点,像黑影,无声地掠过天空;看不见的飞虫,嗡嗡地在耳边擦过;轻轻的脚掌窜过浴着露水的草地或是杳无人迹的沙径。

只有几只发愁的癞蛤蟆对着月光发出短促而单调的叫声。

约娜仿佛觉得自己的心扩展了。像这明净的夜晚一样,在她心中也充满了细声密语;像在她周围活跃的夜行动物一样,无数彷徨的欲念都突然在她心中蠕动起来。像有一种吸引力把她和这充满生命的诗境融合在一起了。在这柔和的月夜里,她感到神秘的东西在颤栗,不可捉摸的希望在悸动,她感到了一种像幸福的气息似的东西。

于是她开始幻想起爱情来了。

爱情!两年来在这怀春的少女身上愈来愈成为迫不及待的东西了。现在,她已有了恋爱的自由,只要能够遇见这个人,遇见"他"!就行了。

"他"是怎么样一个人呢?她并不十分了然,甚至也没有考虑过。总之,"他"就是"他"。

她只知道她会忠心耿耿地崇拜他,而他也会一心一意地喜欢她。在这样的夜里,在星光下,他们会一同出去散步。他俩会手牵着手,脸偎着脸走去,能听得见两颗心的跳跃,能感觉到紧贴着的肩膀的温暖,他俩会把自己的爱情和夏夜柔和的月色交织在一起。他们是那样地结合成一体,只凭相亲相爱的力量,就能渗透彼此内心最隐秘的活动。

而此情此景将在一种无法明言的温情蜜意中,无穷尽地保持下去。

她蓦地觉得仿佛他真的就在她身边,紧挨着她;一种令人销魂的肉感突然从她脚尖直升到头顶。不知不觉中,她用自己的双臂紧搂着胸膛,像是要拥抱住这个梦境;她把嘴唇伸给那不可知的人儿,便像有什么东西落到她嘴唇上,宛如春风给了她一次爱情的接吻,几乎使她晕倒了。

出其不意地,在庄园后面的大路上,她听到有人在黑夜中走路的声音。于是,在她极度紧张的精神激动下,她竟把必不可能的事情、天定的机缘、神赐的预感、命运浪漫的巧合诸如此类的东西都信以为真了,她想道:"万一是他呢!"她放心不下地倾听着旅人一高一低的脚步声,以为他必定要停在大门口,来要求借宿了。

他走过去了,她像是受了一场欺骗似的感到伤心。但是她立刻明白了,这是她自己的精神作用,并对这种痴情感到好笑了。

当她稍稍安静下来时,她把自己的思想引导到更为合理的向往中去,她猜测自己的前途,计划自己的生活。

她要和他一起在这里过共同的生活,住在这俯瞰大海的安静的庄园里。她一定会有两个孩子,男孩给他,女孩给自己。她想象孩子们正在那棵梧桐树和菩提树之间的草地上跑来跑去,做父母的得意地瞧着他们,互相交换着甜情蜜意的目语。

她这样梦想了很久很久,这时月亮在天空已将走尽它的旅程,正要隐没到大海中去。空气变得愈加清凉了。东方的天色已渐渐发白。右首农庄里的一只公鸡叫了;左首农庄里的公鸡随声应和。它们嘶哑的啼声穿过鸡舍的板壁,像是从很遥远的地方传来;天空无际的苍穹在不知不觉中发白了,群星一一消失。

鸟儿唧唧地叫响了。起初是怯生生地从树叶丛中传来;逐渐胆大起来,叽叽喳喳闹成一片,枝枝叶叶间都响彻颤动的、喜悦的欢唱。

约娜顿时觉得天已大亮了;她把埋在双手里的头抬起来,然后又闭上眼睛,黎明的光彩使她目眩。

翻腾着的紫红的朝霞半掩在白杨树的大路后面,向着苏醒的大地投射出万紫千红的光芒。

逐渐,拨开耀眼的云彩,太阳像火球一般出现了,把火一样的红光倾泻到树木上、平原上、海洋上和整个大地上。

这时约娜欣喜若狂。在这光辉壮丽的大自然面前,一种醉人的快乐,一种无限的柔情,淹没了她那软弱的心。这是她的日出!她的黎明!她生命的起点!她希望的再现!她用双臂伸向光辉灿烂的空间,想要和太阳拥抱;她要说出、她要大声高呼像这黎明一般神圣的事物;但她只是木然凝固在这股无从表达的热情中。于是,她感觉两股热泪夺眶而出,她用双手抱住额头,如醉如痴地哭了。

她重新抬起头来的时候,黎明的灿烂景象已经消散。她觉得自己心境也平静了,感觉有点疲倦,刚才那种兴奋仿佛已经过去了。她没有关上窗子就倒在床上,又空想了一阵,然后才沉沉入睡。她睡得那么香,到八点时她父亲喊她,她都听不见,直到他走进她的房间里,她才醒来。

他要带她去看修缮后的庄园,"她"的庄园。

邸宅对田野的一面,有一个种着苹果树的大院子和村路隔开。这条村路两旁都是农家的田园,走半法里路的样子,便接上从勒阿弗尔通往费岗的公路了。

一条笔直的甬道,从木栅栏的大门起一直通到邸宅的台阶面前。院子两旁,沿着左右两个农庄的沟渠,各有一排用海滨鹅卵石砌成的茅顶小屋。

邸宅的屋顶已经翻新;所有门窗墙壁都修缮过,房间重新装饰过,整个内部粉刷一新。新添上的银白色的窗扉和正面高大的灰墙上的修补,使这座褪了色的古老邸宅,看去像是生了许多斑点。

从邸宅的背面,也就是从约娜卧房中有一扇窗口对着的那一面,越过灌木林和久经海风剥蚀的一排榆树,远远可以望见大海。

约娜和男爵,臂挽臂,到处察看了一遍,连一个墙角都不漏过;然后父女俩,顺着那两条长长的白杨路,散起步来。白杨路所环抱的一带,总称为"花园"。树下生长起来的青草看去已成一片绿茵。灌木林就在花园的尽头,这一带最是迷人,曲曲折折的小道交错在一起,树木的枝叶形成了一道道分隔的矮墙。突然间蹦出一只野兔来,使约娜吃了一惊,野兔越过斜坡,蹿进悬崖边的蔺草中间去了。

午餐之后,阿黛莱德夫人还是十分疲倦,说是要去休憩,男爵便建议和他女儿到意埠去走一遭。

父女俩出发了,先是穿过白杨山庄所在的埃都旺村。三个农民,仿佛一向就认得他们似的,对他们敬礼。

他俩顺着曲折的山谷,进入通向海边的斜坡上的树林中去了。

不久,意埠那个小镇就在眼前。坐在门口缝补衣服的妇女们,望着他们走过。那条倾斜的街道中间有一道水沟,两旁人家的门口到处都有垃圾,发散出一股刺鼻的盐卤气味。棕色的鱼网,晾在门口,网上还留有小银币似的闪光的鱼鳞;小屋子里,每间房间要住上好几口人,发出一股难闻的气味。

几只鸽子在水沟边走动,寻觅食物。

约娜看着这一切,觉得新鲜而又稀奇,仿佛在看舞台上的一幕布景。

但当他们在一道墙角拐弯时,她猛然望见了极目无际、碧绿而平静的汪洋大海。

他们在海滩前站住了,瞭望海面的景色。点点帆影,有如飞鸟白色的翅膀掠过海面。左右两面都矗立着高大的悬崖。在一边,有一个海岬挡住了视线,在另一边,海岸线无穷无尽地伸展开去,到最后只能望见淡淡的一线。

在附近的一个海湾里,可以望见一个港口和一些民房。微波冲击着岸边的礁石,发出一阵阵轻微的声响,它所激起的泡沫,替海岸镶上了一道白色的花边。

当地的渔船,被拉在岸边,侧身斜躺在鹅卵石的沙滩上,在太阳下晾着涂上了沥青的椭圆形的船舷。几个渔夫,为了要赶晚潮,正在那里收拾渔船。

一个船夫走过来兜售鲜鱼,约娜买了一尾大比目鱼,她要亲自把它带回白杨山庄去。

船夫还建议他们以后坐他的船到海上去游玩。他为了使人记住他的名字,三番五次地重复说:"拉斯蒂克,约瑟芬·拉斯蒂克。"

男爵答应他不会忘记。

父女俩这才走回庄园去。

那条大鱼真把约娜累坏了,她便用她父亲的手杖穿在鱼鳃上,这样两人各执一端,就可以抬着它走了。他们快活地向山坡走去,像孩子般地谈个不停,面迎着风,眼睛里是一股得意的神气;只是那条比目鱼的分量,越来越使他们的胳膊感到沉重,肥大的鱼尾巴后来只能扫着草地,被拖着往前走了。

二

约娜开始过起闲适的自由自在的生活来。她读读书,幻想一阵或是独自跑到附近一带去闲逛一番。她顺着大路慢步徘徊,整个心沉浸在梦幻中;有时她蹦蹦跳跳,走下那曲折的小山谷,山谷两面的岩石上如同披着金线的围巾,长满了整片的金雀花。浓烈而芬芳的香味,受着热气的蒸发,使约娜如饮了醇酒般地沉醉;从远方传来的拍岸的波涛声,使她的心灵像坐在摇篮中似的感到睡意。

有时候,一阵懒洋洋的感觉使她在山坡上茂密的草丛里躺下去;有时候,在山谷拐弯的地方,在一方长着浅草的洼地里,她猛然望见一角蓝色的海在阳光下闪烁,海面上漂着一叶孤帆,这时她便喜出望外,好像一种神秘不可捉摸的幸福就要落到她身上来了。

在这乡间温柔清新的气氛里,在这水天交接的宁静的境界里,她很喜欢孤独,她会许久许久独自坐在山冈上,听凭那些小野兔在她脚边蹦着过去。

她时常到悬崖上去奔跑,被海面的和风吹拂着,不知疲倦地穿梭来往,像水底的游鱼和空中的飞燕一样,浑身感到一种说不出的痛快。

正像人们在大地上播种一般,她处处留下纪念,这些纪念生下了根,除非到了死亡,否则就会一直保存下去。在约娜看来,这些山谷的每一个隐蔽处,都播种下了她的一分心意。

她对海水浴发生了强烈的兴趣。由于她强壮、勇敢,从来不想到什么是危险,她就每每游泳到很远很远的地方去。清凉、透明而碧绿的海波托着她,轻轻地摇晃着她,她真觉得舒服。当她游得离海岸很远的时候,她就仰卧在水上,双臂交搭在胸口,凝望着深邃而蔚蓝的天空,那里不时掠过一只飞燕,或是海鸟白色的侧影。除了海浪冲击岸边碛石时遥远的微响,除了由隔着水波传来的、地面上模糊得几乎分辨不出的喧嚣的喧声以外,什么都听不见。这时约娜会欠起身来,欣喜若狂地,双手拍着水,尖着嗓子叫喊。

有时,当她游得实在太远的时候,便有小艇来把她接回去。

她回到庄园时,面色已饿得发青,但仍然感到轻松愉快,唇边浮着微笑,眼睛里充满着快乐。

至于男爵呢,他正在那里考虑农业上的远大计划;他想作各种试验,推广新法,试用新农具,移植外国种子;他每天一部分的时间用来和农民交谈,但他们总是摇摇头,怀疑他的那些做法。

他也常常和意埠的船户们到海上去。当他游览了附近一带的岩洞、泉水和山峰之后,他就想作为一个普通的渔民那样去捕鱼了。

在和风的日子里,宽边的渔船张着帆,在海波上滑行,从船舷两边撒下长线,一直沉到海底,便有成群的鲭鱼追逐过来,于是男爵用慌张得发抖的手握住那根细绳子,鱼在钓钩上挣扎,绳子就震动起来了。

他每每趁着月光,乘船出发去收回前一个晚上撒下的鱼网。他爱听船桅咯吱咯吱的响声,他爱呼吸夜间拂过的凉爽的海风;他凭山岩的脊背、教堂的钟楼和费岗的灯塔来测定方向。长时间地在海上探寻浮标之后,他喜欢在日出时安静地坐下来,欣赏甲板上在晨光中闪闪发亮的扇形滑背的扁鱼和大肚皮的比目鱼。

每次在餐桌上,他总兴致勃勃地讲起他的这些远征;而这位被称作"小母亲"的男爵夫人,这时也向他报告她曾经在白杨路上散步了多少趟。她指的是右手靠库亚尔家农庄的那一条,因为另外那条白杨路上没有足够的阳光。

因为人家劝她"要活动活动",所以她现在努力散步。每天早上,等夜间的寒气消散尽了,她便扶着萝莎丽的胳膊走下楼来,身上裹着一件斗篷和两方披肩,头套在黑风兜里,外面再包上一条红围巾。

她拖着她那不大灵便的左脚,从邸宅的墙角直到灌木林的第一排灌木跟前,在这一条直线上无休止地走她那走不尽的旅程。这只笨重的左脚,不断走在这条路上,一去一来,已踏出两道灰蒙蒙的印迹,这里青草也长不起来了。她叫人在路的两头各安置了一条靠背长凳;每走五分钟,她便停住脚步,对那耐心地搀扶着她的可怜使女说:"孩子呀!我们坐一下吧,我有点累了。"

每一次休息时,她总要在这两头的长凳上留下一点东西,最初是包头的围巾,然后是一方披肩,接着又是另一方披肩,再就是风兜,到最后是那件斗篷;所有这些东西,在林荫路两端的长凳上,各积成一大堆,到午餐的时候,萝莎丽便用那只空着的胳膊抱了回去。

午后,男爵夫人再继续散步,但腿力较前更软弱了,休息的时间也拖得更长了。有时甚至在一张躺椅上一打盹就是一个小时,这张躺椅是专为她推到外边来的。

她管这一切叫作"她的锻炼",正像她说"我的心脏扩大症"一样。

十年以前,她患气喘,请了一个医生诊治,当时医生用过心脏扩大症这个名称。虽然她并不很懂是什么意思,但从此以后,这个字却深印在她脑海里了。她老让男爵、约娜和萝莎丽摸她的心脏,只是心脏深埋在肥厚的胸膛里,谁也摸不到它的跳动;但是她坚决拒绝再请任何医生检查,害怕医生检查出其他的毛病来;这样时时刻刻她就提到"她的"心脏扩大症,仿佛这种病是她独有的,只是属于她的,任何人都无权侵占。

男爵说"我太太的心脏扩大症",约娜说"妈妈的心脏扩大症",就像在说"连衣裙、帽子,或是雨伞"一样。

男爵夫人年轻时长得很漂亮,苗条胜过一根芦苇。帝政时代的军官都和她跳过舞,她读《柯丽娜》[①]这部小说时淌过许多眼泪;从此这部小说像是在她心灵中打上了烙印。

当她的身材一天天肥胖起来,她在灵魂深处像是愈来愈充满了诗意;过度肥胖的身子使她离不开靠手椅时,她的思想却飘游在种种浪漫故事的情节中,而她设想自己就是故事中的女主人公。她所喜爱的有些情节,会反复地在她幻想中出现,就像那种音乐匣子一样,上紧了发条,那同一支曲子就老弹不完了。一切哀艳的传奇小说,里边讲到燕子,讲到女主人公的落难,都会使她眼眶里含着眼泪;她甚至还喜欢贝朗瑞[②]一部分轻松的歌谣,因为这些歌谣表达了怀旧的情意。

她常常好几个钟头动也不动坐在那里,沉浸在她的幻想中;她非常喜爱白杨山庄,正因为这里有使她陶醉的传奇小说中所需要的背景:周围的树林、荒野,近在咫尺的大海,都使她想起几个月来她在耽读的司各特[③]的作品。

[①] 《柯丽娜》,法国女作家斯达尔夫人的小说。小说中的女主人公是一个具有浪漫气质的天才女诗人,在爱情中受到挫折,抑郁而死。
[②] 贝朗瑞,十九世纪法国最具民主倾向的诗人。他的作品富于揭露性和战斗性,但其中也有一些诗是吟咏美酒和爱情的。
[③] 司各特,十九世纪英国浪漫派历史小说家。

遇到下雨天,她就躲在自己的卧室里,把她称为"老古董"的那些东西,拿来检阅一番。那是她全部的旧信件,有她父亲母亲写给她的,有她订婚后男爵写给她的,也还有各种其他的信。

这些她都收在一张桃花心木的写字台里,台面四个角上各装有一只铜的人面狮身像;她有专为在这种情况下用的语气:"萝莎丽,我的孩子,替我把那只装'纪念品'的抽屉拿来!"

小使女便打开柜门,取出抽屉,拿来放在女主人身边的一把椅子上。男爵夫人一封一封地细读着那些旧信,偶尔还掉下一滴眼泪在上面。

有时候,约娜代替萝莎丽,扶着母亲出去散步,男爵夫人便把她儿时的回忆讲给约娜听。少女在母亲当年的这些故事中照见了自己,很吃惊她母亲当年所想的,她自己也都想过,她母亲当年的渴望和向往,也和她自己的相仿佛;这因为每一个人都以为那些触动人们心弦的感情只有自己经历过,其实最初的人类经历过的,直到最后一代的男女也都一定会经历到的。

母女缓缓地散着步,这和男爵夫人缓慢的叙述正是节拍相合的,有时一阵气喘,故事就被打断;这时约娜的思想,越过故事本身,飞翔到充满欢乐的明天,盘旋在种种希望和向往中了。

一天下午,当母女俩在白杨路尽头的长凳上休息时,突然瞥见一个肥胖的神甫,正从路口向她们走来。

他远远就行了礼,笑容满面地走近来,快到跟前时,又行个礼,喊道:"怎么样,男爵夫人,一向都好吧!"这是当地的教区神甫。

男爵夫人出生在哲学昌盛的十八世纪,在革命的年代①里,由一个并不笃信宗教的父亲教养成人,所以她难得进教堂去。她对神甫有好感,只因为自己是一个女性,本能地带有一点宗教情绪。

她把这位本教区的比科神甫早已忘得一干二净了,现在看见他未免脸红。她请他原谅这次回来竟没有能事先通知他。但是这位好好先生倒像毫不见怪;他瞧着约娜,称道她的气色好,然后坐了下来,把那顶卷边的三角帽放在膝头上,用手绢擦着额上的汗。他很肥胖,满脸红光,冒着大汗。他不时从口袋里掏出一条浸透了汗水的大幅的方格手绢,擦着脸部和脖子;但是他刚把手绢放回到道袍里,新的汗珠又已从皮肤里钻出来,滚落到裹着肥大肚皮的道袍

---

① 指法国十八世纪末的资产阶级革命。

上,和路上沾来的灰尘搅和在一起,形成一块一块的小圆斑点。

这是一位地道的乡村神甫,性情快活宽容,健谈而又仁慈。他讲了好些故事,谈论当地的居民,但仿佛并没有注意到他这两位教民还没有去望过弥撒;男爵夫人对信仰淡泊,自然就懒得到教堂去,而约娜在修道院里早就腻透了这一套,现在刚解放出来,正感到舒服呢。

男爵过来了。这位泛神论者对教义是漠不关心的。但他认识这位神甫已多年了,殷勤地留他共进晚餐。

许多能力极其平凡的人,由于机会偶然把他安置在一个管辖别人的地位,就会不知不觉中养成一种狡猾,这位神甫就是这样,由于他的职位在于如何巧妙地去处理人们的灵魂,他就懂得讨人的喜欢。

男爵夫人爱惜他,大概是出于一种物以类聚的吸引力。这个大胖子充血的面色和短促的呼吸,配着他那喘不过气来的肥肿,怎么能不引起她的同情呢!

晚餐快完的时候,美酒佳馔使神甫已有点飘飘然,他的兴致就愈来愈高了。

仿佛一个得意的念头一下掠过他的脑筋,他突然叫道:"我的教区里新来了一个教民,那就是德·拉马尔子爵!我真应该把他介绍给你们。"

男爵夫人对本省的贵族世家一向是了如指掌的,便问道:"难道就是欧尔省的德·拉马尔这一家子的人吗?"

神甫点头说:"正是,夫人!他就是去年故世的约翰·德·拉马尔子爵的公子。"

于是这位对贵族最感兴趣的阿黛莱德夫人,便问长问短,提了许许多多的问题,终于知道了这个年轻人为了偿还他父亲的债务,把老家的庄园卖掉了,他在埃都旺这一乡还有三个农庄,如今就在其中之一安顿下来。这些农庄的产业每年总共有五六千法郎的收入;但子爵生性俭朴,为人正派,他打算在农庄的住宅里过上两三年朴素的生活,积蓄起一笔钱来,然后再到社会上去露面,结一门有利的亲事,既无须乎借债,也可不必把农庄抵押掉。

这位教区神甫还补充说:"这是一个很可爱的年轻人;多么稳重,多么沉静!只是他觉得当地没有什么可以消遣的地方。"

男爵说:"神甫先生,带他到我们这儿来,这可以不时让他散散心。"

到这里谈话就转到别的方面去了。

他们喝完咖啡,回到客厅去的时候,神甫要求到花园里去散散步,因为他在餐后照例要稍稍活动一下。男爵陪他一起去。他们顺着邸宅正面的白石墙壁来来回回地从这一头走到那一头。他们在月下的影子,一个是瘦削的,另一个是滚圆的,而且头上还覆着一顶香菌式的帽子。当他们面向月光时,影子就落在他们的身后,当他们背向月光时,影子又赶在他们的面前。神甫从口袋里掏出一支烟卷,叼在嘴边吸着。他以乡下人坦率的口吻解释着烟草的好处:"这可以帮助消化,因为我的消化力不强。"

然后,突然望望月色皎洁的天空,神甫感叹说:"这样的景色真是永远看不厌的。"

末了,他回到客厅里,向女主人们告别。

三

下一个星期日,为了对神甫表示一点敬意,男爵夫人和约娜去望弥撒了。

望完弥撒,她们等候神甫,想要约他在星期四到家里来午餐。神甫从圣器室出来时,一个高大漂亮的年轻人和他亲密地挽着胳膊同行。神甫一看到这两位女客,显出惊喜交集的样子,叫道:"真巧呀!男爵夫人和约娜小姐,请容许我给你们介绍你们的邻居德·拉马尔子爵。"

子爵弯腰行礼,说自己早就希望能认识男爵夫人和小姐,然后自自然然地交谈起来。由于他是一个有社会经验的人,一切都做得恰到好处。他生有一副漂亮的面孔,让女人见了钟情,让男人见了生厌。乌黑的鬈发遮盖着光润的棕色的前额;两条匀称的长眉毛,像是特意修饰过的,使一双眼白微带蓝色的忧郁的眼睛显得幽深而温柔。

浓长的睫毛使他的目光中添上一种热情的感染力,会在客厅中使高傲的美妇人心乱,在街头上使头戴便帽手提篮子的贫家女儿顾盼。

他的眼神里那种懒洋洋的惑人的魅力,令人相信他的思想深刻,使他所说的一言一语都增添了力量。

他那厚密的胡子,又光泽又细密,掩盖住了他那过方的腮骨。

大家各说了一番客套话之后就分手了。

两天之后,德·拉马尔先生第一次到男爵家里来拜访。

他到来时,主人们正在研究一张田园风味的长凳子,这是当天早晨刚安放在对着客厅窗口的那棵大梧桐树下的。男爵的意思想在另一面的菩提树下也摆一张,形成对称;男爵夫人讨厌对称,表示反对。他们征求子爵的意见,他却赞成男爵夫人的看法。

然后他谈起当地的风光,认为真是美丽"如画",又说他在孤独的漫步中,已发现了许多悦目的"景致"。他的眼睛,像是出于偶然,常常和约娜的眼睛打个照面;这突然扫射过来而顷刻又避开的目光,在约娜心里挑起一种极不寻常的感觉,在这目光中既有亲切的赞扬,又有爱慕的情意。

德·拉马尔先生去年去世的父亲,恰巧生前认识男爵夫人的父亲居尔托先生的一个要好朋友;这一重交谊的发现,就使他们滔滔不绝地谈论起婚姻、年代和亲戚关系来了。男爵夫人表现出惊人的记忆力,叙述着各家族的祖先和后裔,她在错综复杂的家谱的迷宫里绕来绕去,却能谈得有条有理,丝毫不乱。

"子爵,请告诉我,您可曾听到谈起过索诺瓦·德·瓦弗勒这一族人吗?老大贡特朗,娶了库尔西家的一位小姐,老二娶了我的一个表姐妹德·拉罗舍·奥贝尔小姐,她和格里臧日家是亲戚。而格里臧日先生原是我父亲的至交,因此也一定和您父亲是熟悉的。"

"对呀,夫人。不就是那位亡命到国外,后来儿子弄得倾家荡产的格里臧日先生吗?"

"正是他。我姑母艾勒特利伯爵夫人寡居以后,他曾经向她求过婚;我姑母不肯答应,就因为他吸鼻烟。谈起这件事,我不免想问问您,后来维洛瓦兹这一家的景况变得如何?他们家道中落以后,于一八一三年光景离开土兰,迁到奥弗涅去居住,后来就一直没有他们的消息了。"

"就我所知,夫人,那位老侯爵仿佛是落马死的;两位小姐,一位和英国人结了婚,另一位据说被一个叫巴梭勒的富商利诱,后来就嫁给了他。"

他们把从幼年起在长辈聊天中印在心上的这些姓名都托出来了。这些名门望族之间的婚事,在他们心目中,就如同一般社会大事件一样重要。他们谈论这些从来没有见过面的人,仿佛就和谈论熟人一样;而这些人,在其他地区,也以同样的方式在谈论着他们;尽管相隔很远,彼此却都很熟悉,几乎就像是朋友或亲戚,这没有别的,只因为他们都属于一个阶级,门第相同,血统相等。

男爵生性不爱交际,他所受的教育也使他和自己同一阶级的人们的信仰和偏见颇有距离,他与住在周围的一些望族都无来往,因此他向子爵探问底细。

德·拉马尔先生回答说:"啊!这一地区的贵族不多。"他说这话时的语调,就像说山坡上兔子不多一样的自然;然后他就详详细细地介绍他们的情况。附近一带可以算得上贵族的不过三家:古特列侯爵,他是诺曼底贵族阶级的首脑;勃利瑟维勒子爵夫妇,他们都是世家出身,不过不大与人来往;然后就是福尔维勒伯爵,这人是个怪物,据说把他妻子都折磨得快愁闷死了,他住在建筑在湖边的佛丽耶特庄园里,终年的消遣就是打猎。

此外还有几家暴发户,他们互通声气,这里买田,那里置地,但是子爵并不认识他们。

他告辞时,最后又向约娜瞟了一眼,那目光仿佛是对她表示的一种更亲切更温柔的特殊告别。

男爵夫人认为他很可爱,尤其是很懂道理。男爵回答说:"是呀!确实是这样,这是一个很有教养的年轻人。"

他们约他下一周来晚餐。从此他就经常来拜访了。

他总在下午四点光景到来,陪着男爵夫人在"她的林荫便道"上散步,挽着她的胳膊帮助她"锻炼"。遇到约娜没有出门,她便在另一边挽着她母亲,这样三个人不断顺着那条笔直的路,从这一头到那一头,缓缓地来回走着。他很少和约娜说话,但他那黑绒般柔和的目光却时时和约娜蓝玛瑙色的眼睛遇在一起。

好几回他俩和男爵一同到意埠去。

一天傍晚,当他们正站在海滩边上,拉斯蒂克老爹就凑上去和他们打招呼了。这个船夫的嘴上总是衔着一根烟斗,他要没有这根烟斗,就会比缺了鼻子还更教人诧异。拉斯蒂克老爹张口说:"老爷,趁这样的风,明天满可以到艾特勒塔去逛一逛,来回都不费事。"

约娜高兴得拍起手来:"啊!爸爸,我们去吧!"

男爵转过身去,问德·拉马尔先生:

"子爵,您同意吗?我们可以在那边用午餐。"

事情立刻这样决定下来了。

第二天天刚亮,约娜就起床了。她等候她父亲,因为他穿着起来需要更多的时间,然后父女俩踏着朝露,穿过田野,走进鸟声啁啾的丛林。子爵和拉斯蒂克老爹已经都坐在拴船用的绞盘上了。

另外两个船户帮着把船拖进水里去。他们用肩膀抵着船舷,使出全部力气把船推出去。在海滩的砂石上要推动船身是十分费劲的。拉斯蒂克用涂了油的圆木棍塞到船身底下,然后回到他原来的位置上,拉长了嗓子,有节奏地喊出"嗨唷嗨"的声音,使大家跟着他一起用力。

当船已推到斜滩上时,一下就轻松了。小艇顺着圆卵石滑下水去,发出撕裂布匹似的喧声。船在激起泡沫的小浪花上停稳了,大家就都上了船,坐定在长板凳上;那两个留在岸上的船户便把船一送,推向海面。

从海上吹来阵阵微风,使水面漾起片片涟漪。帆扯上了,略微鼓着;小艇在微波上静静地滑行。

他们已远离海滩。一眼望去,地平线上水天相连。靠陆地的一面,陡直高耸的峭壁在脚下的水面上投出一大片暗影,只有浴在阳光下的小片草坡在黑影上形成几个缺口。远处,在他们身后,望得见棕色的帆船正在离开费岗白色的码头;往前看时,有一块圆而带孔的山岩,样子非常奇特,就像一匹大象,把象鼻伸进在水波中。这正是艾特勒塔小港的入口处。

海波的荡漾使约娜感觉有点眩晕,她一手攀着船舷,目光瞭望着远方;她仿佛觉得在大自然中只有三件东西是真正称得上美丽的,那就是光、空间和水。

谁也不说话。拉斯蒂克老爹把着船舵和帆脚索,不时从他的坐凳下取出酒瓶,喝上一口;一面片刻不停地吸着他的瓦烟斗。那烟斗像是永远也不灭的,一缕青烟从他的烟斗中冉冉上升,同时另一股烟又从他嘴角边飘散出来。人们从来不见他需要点燃那比乌木还黑的瓦烟斗,或是添装一些烟草进去。偶尔他用手从嘴里取出烟斗,从喷烟的嘴角里,向海中吐出一大口浓痰。

男爵坐在船头上,占着船夫坐的位置,管着船帆。约娜和子爵并排坐着,两人都感到有点不大自在。一股不可知的力量,使他俩的目光时时相遇,像是有什么吸引力叫他们同时抬起眼睛;在他们之间已经交流着一股微妙的、朦胧的感情,只要男孩子长得不丑,而女孩子又很漂亮,在年轻的男女之间,这种感情原是很容易产生的。他们相依在一起都感到快乐,也许由于彼此都在思慕着对方。

太阳上升了,像是要从更高的地方,来窥探仰卧在它下面的大海;海却像一个调情的女郎,用一层薄雾裹着身子,挡住了阳光。这是一重透明的金黄色的雾幕,贴近水面,但遮掩不了什么,只是使远方的景色更形柔和罢了。太阳射出它的光芒,把闪亮的雾幕溶化开了,当它发挥了威力的时候,雾气便蒸发和消失了;这时候,大海光滑如镜,在阳光下闪闪跳动起来。

约娜感动极了,低声说:"多美呀!"

子爵回答说:"对呀!真美丽!"

宁静明朗的晨景在这两颗心里唤醒了回音。

忽然间，艾特勒塔巨大的拱门出现了，就像悬崖的两条腿跨在海上，高得船只可以穿行。在第一道拱门前面，矗立着一柱尖形的白色山岩。

小艇靠岸了。男爵第一个跳上去，拉住船索，使船停住。这时子爵把约娜抱上来，免得让她的双脚沾水；然后两人并肩走上崎岖的沙滩，心中都为那一瞬间的拥抱激动着；他们听见拉斯蒂克老爹在对男爵说："我看这真可以结成一对小夫妻呢！"

他们在海滩附近的一家小旅店里共进快乐的午餐。一路上辽阔的海面，仿佛使他们的思想静止了，各人都沉默无言，而这时在餐桌面前，就像度着假期的小学生一般，言谈就热闹了。

一点点小事情都教他们高兴得欢笑不停。

拉斯蒂克老爹在餐桌前坐下时，小心翼翼地把那还在冒烟的烟斗收在便帽里；大家便都笑起来了。一只苍蝇，一定是受了他那酒糟鼻子的引诱，屡次飞来想停在他的鼻尖上；当他用手去抓，可又慢了一步，没有抓到，苍蝇就飞向蝇屎斑斑的洋纱窗帘上栖息下来，但对船夫的酒糟鼻子仿佛仍然恋恋不舍，因为它立刻又飞起来要去停在上面。

每当苍蝇飞动一次，便引起一阵哄笑；老汉被刺痒得不耐烦了，叽里咕噜地说："这家伙真够啰嗦，"这时约娜和子爵都忍不住了，捧腹大笑，笑得眼泪也出来了，他们赶快用饭巾堵上嘴，来抑止住笑声。

大家刚喝完咖啡，约娜便建议说："我们出去散散步吧！"

子爵站起身来；但约娜的父亲却宁愿到沙滩上去躺一躺，晒晒太阳，说道："孩子们，你们去吧，一个钟点之后再到这里来找我。"

他俩一直走去，穿过当地的几家茅舍，后来又越过一个不大的庄园，便来到了一个空旷的山谷面前。

海的波动曾使他们有些失去平衡，感觉困倦，海上饱含盐味的空气却刺激了他们的食欲，加上这顿喧嚣欢快的午餐时所产生的激动，此刻他们兴奋得真想在田野上飞奔。约娜听到耳朵里嗡嗡地响着，整个身心被新奇的突如其来的感觉所扰乱了。

烈日当空。道路两旁，成熟的谷物在炎热下弯着腰，低着头。蚱蜢多得像草叶，在小麦和黑麦地里，在岸边的苇草丛中，四外都发出微弱而嘈杂的鸣声。

在这酷热的天空下，再也听不到别的声音。天色蔚蓝耀眼，带着那种即将变成火红的橙黄，就像金属过于挨近炉火时一样。

他们望见右手稍远处有一个小树林,便朝着这个方向走去。

一条狭窄的小径穿行在两个斜坡中间,路旁大树参天,浓荫蔽日。他们一进去,便感到一种清凉的潮气,这种潮湿教人毛孔发冷,沁入肺腑。由于缺乏日光和流通的空气,这里长不起青草,只有一片青苔掩盖着地面。

他们向前走去。

"瞧!我们可以到那儿坐一下,"她说。

有两棵老树已经枯死了,它们仿佛在周围的绿叶丛中打开了一个天窗样的窟窿,一道阳光从这里射进来,温暖了大地,使青草、蒲公英、葛藤都发了芽,使地面布满了薄雾似的小白花和卷丝似的狐尾草。蝴蝶、蜜蜂、肥短的黄蜂、像瘪苍蝇似的大蚊子、带红色斑点的瓢虫、闪着绿光的硬壳虫、长着甲角的黑壳虫,各种各样的飞虫,都麇集在这一块井口似的明亮温暖的地方,在这周围,四面都是浓密的阴暗冰凉的树荫。

他俩坐下了,头躲在树荫中,脚伸到阳光下。他们观望着那些在阳光下浮动的小生命;约娜感慨起来,叹道:

"生活是多么有意思呀!乡间是多么可爱啊!有些时候我真想化成一只苍蝇或蝴蝶,藏在花朵里。"

他们谈起自己来,谈到各人的习惯和爱好,用低微亲切的语声,互诉衷曲。他说自己对社交生活早已厌烦了,倦于再过那种无意义的生活;天天都是老一套,从来遇不见一点真心和诚意。

社交生活!她却很想经历一番;不过她预料那必然不及乡间快乐。

两颗心越是接近,他们越是彬彬有礼地互相称呼着"先生"和"小姐",他们的眼睛也就越发含笑相对;他们仿佛感觉在心头滋生了一种从未有过的仁慈,一种更广阔的爱,一种对千万事物的兴趣和关怀。

他们走回来;但是男爵已经步行去游览悬崖顶上的那个"宫女洞"了;他俩便在小旅店里等着他。

男爵在山坡上漫步了许久,直到傍晚五点钟才回来。

他们回到船上。小艇顺着风缓缓滑行,没有一点动荡,几乎不像是在前进。和风一阵阵地吹来,一下子把帆扬开,但紧接着它又瘫痪地垂在桅杆上。不透明的海水像是静止的;消失了热力的太阳,循着弧形的轨迹,渐渐接近水平线了。

海上沉滞的气氛又一次使大家沉默起来。

终于约娜开口了:"我是多么喜欢旅行啊!"

子爵接应说:"是的,不过一个人独自旅行太孤单了,至少应该有两个人,彼此可以谈谈各人的印象。"

她沉思了一下,说道:"这话是对的……不过我还是喜欢一个人出去散步;……一个人独自沉思,该是多么有意思啊!……"

他对她凝视许久,说道:"两个人一起,也不妨碍沉思呀。"

她垂下了眼睛,心里想:这话中有什么含义吗?也许是有的。她凝望着水平线,像是想要看得更远;然后,慢吞吞说:"我想到意大利去……到希腊去……啊!是的,到希腊去……还要到科西嘉去!那里一定很粗犷,但也一定很美!"

他却喜欢瑞士,喜欢那里的木屋和湖水。

她说:"不,我喜欢的要就是像科西嘉那样新鲜的地方,要就是像希腊那样古老而令人怀古的地方。这些民族的历史,我们从小就知道,今天要能去游览他们人民遗留的名胜和古迹,该是多么有意思呢!"

子爵比较更实际,他说:"我呢,倒很想去英国,在那里一定可以学到很多东西。"

这样,他俩谈遍了全世界,讨论着从南北两极直到赤道每一个国家的美妙之处,叹赏着他们意想中的某些国家的景物和人民奇异的风俗习惯,如像中国的和拉波尼人①的;最后得出结论,认为世界上最美丽的国家,还是要数法兰西,因为它有宜人的气候,冬温夏凉,有肥沃的田野、葱绿的森林、漫长的平静的河流,以及从伟大的雅典时代以来世界各国所未曾有过的艺术上的成就。

之后,他俩也都沉默了。

落日像血一般地鲜红;一道宽广的耀眼的光波,在水上闪闪跳动,从海洋的边际一直伸展到小艇的周围。

风完全静止了;水浪也平静下去;帆叶在晚霞中染成通红,无声无息地飘着。无际的沉寂笼罩了整个空间,在大自然的交合中,一切都静默了;这时候,大海在天空下袒露出它光润起伏的胸腹,等候那火一般热烈的情郎投入到她的怀中。太阳被爱情的欲望燃烧着,急忙扑下身去。终于他们合并在一起,大海逐渐把太阳吞没了。

---

① 拉波尼人,北欧面临北冰洋地区的居民。

这时天边吹来一股凉气,使海面激起一阵颤栗,仿佛那被吞没了的太阳向天空舒出一口满足后的叹息。

黄昏是短促的;夜色展开了,星光满天。拉斯蒂克老爹荡着双桨;他们看见海面发出点点磷火。约娜和子爵并肩凝视着被小艇抛在身后的荡漾的点点波光。他们几乎什么都不想,茫然默视,在一种舒适甜蜜的境界里欣赏着夜色。约娜的一只手搁在长凳上,子爵的手指,似乎出于偶然,放下来时触到她的皮肤;她并不缩回,这轻轻的接触使她感到吃惊、幸福和慌乱。

晚上她回到卧室里的时候,感觉心乱如麻,同时却又那样地受到感动,看到什么,就止不住想流泪。她凝视着壁炉台上的那座时钟,心里在想那只小蜜蜂的来回摆动,就像一颗跳着的心,一颗朋友的心;这小蜜蜂将是她一生的见证人,它将用那活泼而有规律的滴答声分享她的欢乐和哀愁;于是她捉住那只金色的蜜蜂,在它翅膀上接了一个吻。她见到什么,就想亲什么。她记起在抽屉里藏着一个旧日的洋娃娃,便去寻找,找到时快乐得像是重见一个心爱的朋友;她把它紧抱在怀里,热情地吻着那洋娃娃红润的双颊和浅黄色的鬈发。

她怀里抱着那个洋娃娃,沉思起来。

难道这个男人就是平日自己内心里隐隐约约盼望着的终身伴侣吗?这个人就是主宰一切的天意投在她生命途中的人吗?他不就是为了她而创造的吗?而她自己不就是要把一生奉献给他的吗?他俩不就是命定要心连心,永远紧抱在一起而产生爱情的吗?

她还从来没有经验过这种全身心所感到的骚动的情绪,这种如痴如醉的欢乐,这种内心深处的激动,而她相信这就叫作爱情;她觉得自己开始爱上他了,因为每一思念到他,她常感到自己有点魂不守舍,而她又不断地想起他来。他在面前时,她心就要跳动;目光相遇时,她的面色就红一阵白一阵;听到他的声音,浑身就感到颤栗。

那一夜,她几乎没有入睡。扰人的爱情的欲念在她心中一天强似一天。她总是问自己,问雏菊,也问流云,还把钱币抛向空中来预卜自己的命运。

一天晚上,她父亲对她说:

"明天早晨,你多打扮打扮吧!"

她就问:"那是为什么,爸爸?"

他答道:"这是个秘密。"

第二天她换上了一身浅色的新装,更显出青春动人。当她下楼来时,她看见客厅的桌上堆满了糖果盒子。一把椅子上，放着很大的一束鲜花。

一辆车子进到院子里来，车身上写着："费岗勒拉面包房，专办喜庆筵席"；厨娘吕迪芬在一个助手的帮助下，从后边车门口取出许多平扁的提篮，香味扑鼻。

德·拉马尔子爵到了。他的裤腿是笔挺的，裤管紧裹在一双精致的漆皮靴里，从皮靴的轮廓可以看出他的脚型是很细巧的。他的礼服在近腰处剪裁得十分合身，胸前露出衬衫的花边；一条讲究的领巾，围着脖子绕了几道，使他棕黑头发的脑袋显得很挺直，完全是一副高贵严肃的气派。他的神情和平时大不一样。在最熟悉的面孔上，一经打扮，都会突然给人这种出奇的印象。约娜惊呆住了，凝视着他，仿佛过去从来没有见到过这个人似的；她觉得他从头到脚都显得是一个极有气派的贵族。

他一鞠躬，微笑着说："亲家，您准备好了吗？"

她嗫嚅地问："怎么回事呀？究竟是怎么回事呀？"

男爵说："一会儿你就知道了。"

马车过来了。阿黛莱德夫人由萝莎丽搀着，盛装从卧室走下楼来。萝莎丽看见德·拉马尔先生这么漂亮，羡慕极了，以致男爵小声对子爵说："您看，子爵，我猜想我们的使女可看中了您啦！"子爵脸红得一直到了耳根，假装没有听见，捧起那一大束鲜花，献给约娜。她接过来，但越发感到惊异了。四个人都上了车；厨娘吕迪芬替男爵夫人端来一杯冷肉汁，为的给她提提精神，同时说："真的，夫人，别人会说这是做喜事呢！"

到了意埠，大家便下了车；当他们穿过小镇时，船户们身穿带着褶痕的新衣服，都从屋子里出来，向他们敬礼，并和男爵握手，然后跟在他们身后，像是列队前进。

子爵挽着约娜的胳膊，两人走在最前头。

到了礼拜堂门前，人们都站住了；唱诗班的一个儿童直挺挺地捧着一个银质的大十字架走了出来，后面还跟着一个白衣红袍的孩子，手上端着一个圣水盂，里边浸着一把洒水刷。

随后又出来三个唱圣诗的老人，其中一个是跛脚的；接着是一个吹奏蛇形管的乐师；然后是那个肚子上佩着金十字绣花圣带的教区神甫。他用微笑和点头道了早安；然后眯上眼睛，嘴里念着祷告，那顶四角形的法冠已经压到鼻子上，他跟在一群穿白法衣的侍僧后面，一直朝着海边走去。

42

海滩上，一大群人围住一艘系着花环的新游艇，正在那里等候。船桅、船帆和绳索上都缠了彩带，迎风飘扬，船尾用金色漆上了这艘游艇的名字："约娜"。

拉斯蒂克老爹就是这艘由男爵出资建造的游艇的船主，他走上前来，迎接这一行人。所有男人一齐脱帽致敬；一排信女，身穿宽大的黑道袍，肩上带有下垂的大褶裥，当她们一望见十字架，便围成一圈跪倒在地上。

教区神甫左右跟着两个唱诗班的儿童，走向船的一端。在船的另一端，那三个唱圣诗的老人，身穿白色法衣，面容污浊，满腮胡髭，态度严肃，眼睛盯着唱本，放开喉咙，在明净的晨空里大声歌唱。

每当他们停声换气的时候，那个蛇形管的吹手便独自继续呜呜地奏乐；他鼓胀着双颊，吹得那么起劲，连前额和脖子上的皮肤仿佛都已和肉脱开，那双灰色的小眼睛缩小得看也看不见了。

平静而透明的海，仿佛也变得十分严肃，在那里参加这艘小艇的命名典礼；它只漾起指头般高的小浪花，轻击着海滩边的砂石，发出轻微的声响。白色的大海鸥展开双翼，在蔚蓝的天空盘旋，飞过去，又转回来，在那些跪着祷告的人们头上飞翔，像是也要看看人们究竟在做什么。

在一声拖长到有五分钟之久的"阿门"之后，唱圣诗的声音就停止了；神甫用滞重的声调，喃喃地背诵着一段拉丁文，人们听出来的，只是拉丁文响亮的语尾。

然后他环绕小艇走了一圈，一面洒着圣水，接着又开始喃喃地诵读祝福的祷告，这时他是站在船边，面对那两个手牵手一动不动站着的教父和教母，即游艇的保护人德·拉马尔先生和约娜小姐。

男的保持着一个美少年的庄重面容，那少女却由于过分的激动，身子发软，颤抖得连牙齿都打战了。这一时期以来久久在她脑海中盘旋的梦想，猛然在一种幻觉里，仿佛已成了现实。她听到人们用了"喜事"这个字眼，神甫又站在那里，为他们祝福，身穿白色法衣的人们唱着圣诗；这难道不是在为她举行婚礼吗？

她在指头上感觉到的，难道只是一种神经质的颤栗吗？她内心的苦恼，会不会已经通过她自己的血管传达到她身旁站着的那个人的心坎上去了呢？他明白吗？他猜想到吗？他也和她一样沉醉在爱情中了吗？或是他只从经验里知道什么女人也抵抗不了他？她突然觉得他在按她的手，起初是轻轻的，越来越重,快要把她的手捏断了。他的面容上一无动静,谁也注意不到他在轻声对她说,是的,很清楚地说:"啊!约娜,如果您愿意的话,这就算是我们的订婚吧。"

她慢慢低下头去,意思或许就是表示同意。这时神甫还在洒着圣水,有几滴正落到他们的手指上。

仪式完毕了。妇女们全站起来。回去时,一路上是乱哄哄的。唱诗班儿童手中的十字架已经失掉了尊严,在人群中穿来穿去,东歪西撞,有时几乎要扑倒在地上了。已经不再念经的神甫,跟在后面直跑;唱圣诗的和那蛇形管的吹手,因为忙着要脱去法衣,抄着一条小路,早走得无影无踪;船户们也成群结队地急忙赶路。他们脑筋里都只转动着一个念头,这一个念头就像厨房里送来的香味,使他们的腿伸得更长,使他们嘴里流着口水,并钻进到他们的肚皮里,使他们的饥肠辘辘地歌唱。

一顿丰盛的午餐,正在白杨山庄等候着他们。

一张长餐桌摆在院子里的苹果树下。船户和农民约有六十人都已入座。男爵夫人坐在正中,意埠的神甫和本区的神甫,分坐在她两边。男爵坐在对面,他左右两边是镇长和镇长的妻子。镇长的妻子是一个细瘦的上了年纪的乡村妇女,她向四处点着头,打招呼。她那狭窄的面庞,紧裹在一顶诺曼底式的大帽子里,看去真像一个长着白冠的鸡脑袋,一双滚圆的眼睛总是带有惊惶的神情;她吃东西时,小口小口地吃得很快,像是用鼻子在盘中啄食一般。

约娜坐在子爵身边,梦游在幸福中。她什么也看不见,什么也听不见。她默默地坐着,脑袋里快乐得嗡嗡直响。

她问他:"那末您的小名叫什么呢?"

他回答说:"于连。您以前不知道吗?"

她不做声,心中却在想:"这个名字,今后我会不断地挂在嘴上。"

吃完午餐,院子里只剩下船户们了,其余的人都转到邸宅的另一面去。男爵夫人开始她的"锻炼"去了,她由男爵搀着,还有两位神父簇拥着。约娜和于连一直向灌木林走去,然后进入枝叶密集的小路;突然,他握住她的双手问道:"说呀!您肯做我的妻子吗?"

她低下头去;他又嗫嚅地追问说:

"答复我呀,我央求您!"她缓缓地抬起眼睛望着他;在这目光中他已看到了她的答复。

四

一天早晨,约娜还没有起床,男爵便走进她的卧室里,坐在床脚边,告诉她说:"德·拉马尔子爵到我们这里来向你求婚呢。"

她真想把脸藏到被单里去。

她父亲接着又说:"我们没有立刻答复他。"她激动得说不出话来,只是喘气。过了一会儿,男爵又微笑着补充说:"没有你的同意,我们决不会硬作主张的。我和你母亲都不反对这门亲事,却也不想替你来做主。你远比他富有,不过说到人生的幸福,就不能够光从财产上来着眼了。他是个没有了父母的人,倘若你和他结婚,那就等于我们家里招进了一个女婿,如果嫁给别的人,那就是你——我们的女儿,到陌生人家去过活了。这孩子讨我们喜欢。不过你呢……你喜欢他吗?"

她脸红到头发根,羞涩地回答说:"我也很愿意,爸爸。"

父亲凝视着她的眼睛,始终微笑着,低声说:"我猜得差不多,小姐。"

这一天,从早到晚,她浑身都像飘飘然似的,不知道自己在做什么,随手抓起一件东西,却把它错当成是另一件东西,虽然并没有走什么路,两条腿却软绵绵地感觉疲乏不堪。

快到六点的时候,当她正陪她母亲坐在那棵梧桐树下,子爵来了。

约娜的心突突地跳动起来。年轻人不慌不忙地走到她们跟前,吻了男爵夫人的手指,然后又握起少女颤动着的手,把嘴唇贴在上面,温柔而怀着感激地印上了一个长吻。

订婚后最幸福的季节开始了。他俩单独地在客厅的角落里谈心,或是面对着靠海的旷野,并坐在灌木林里的斜坡上。有时他们一同在白杨路上散步,他谈说着将来,她呢,低着头,眼睛望着男爵夫人在泥土上留下的脚印。

事情既然已经决定,大家都想早日完成婚事;婚礼选定在一个半月以后的八月十五日举行,然后新夫妇立刻动身去度蜜月旅行。征求约娜的意见时,她选定到科西嘉去,因为那里要比去游览意大利的城市更清静些。

他们等着这结婚的一天到来,心里倒并不过于焦急;他们被缠绕在一种细腻的柔情中;轻微的爱抚、手指的接触,都使他们体味到一种不可言传的甜情蜜意;有时从相互热情的凝视中,两颗心仿佛就连接住了;但是朦胧地希望紧紧拥抱在一起的欲念,也常使他们暗暗地感到苦恼。

举行婚礼时,除邀丽松姨妈参加,决定不再请其他客人。这位姨妈是男爵夫人的妹妹,住在凡尔赛的一个女修道院里。

在她们父亲去世之后,男爵夫人原想留她妹妹和她住在一起;但是这位老小姐,认定自己给无论什么人都是添麻烦,既无用又啰嗦,就退隐到一个女修道院里,那里专门备有房子,出租给寂寞孤独的人居住。

她只偶尔到她姐姐家里来住上一两个月。

丽松姨妈是一个矮小的女人,不大讲话,不爱露面,只在进餐时才出来,然后又上楼去,整天关在自己的卧室里。

她的态度很和善,目光温柔而带有哀愁,虽然才四十二岁,样子却显得衰老了;她在家里毫不受人重视。小时候,既不美丽,也不顽皮,从来没有人吻过她抱过她;她总是很安静很老实地呆在墙角里。后来她就一直被人冷落。及至成了年轻的小姐,便也没有人来关心她了。

她就像一个影子,或是一件常见的物品,一件活动的用具,大家天天都见到它,却无人去注意它。

她姐姐在父母家里时,就养成一种习惯,被看成是一个无足轻重、可有可无的人。大家对她也都很随便,毫无拘束,但这种亲密里却隐藏着一种轻蔑。丽松姨妈原来的名字叫丽丝,她仿佛嫌这名字太漂亮了,听去不舒服。后来大家看她不结婚,而且已经再没有结婚的可能,就把丽丝这名字改成了丽松。自从约娜出世以后,她就成了"丽松姨妈"了。这位没有地位的亲戚,喜欢洁净,非常胆小,连对她姐姐和姐夫也是十分怯生生的。他们待她不错,不过那只是出于一种泛泛的同情,一种不自觉的怜悯和一种天生的仁慈。

有时候,男爵夫人谈到自己遥远的青年时代的往事,为了指明发生在什么年代,便说:"就在丽松头脑发疯的那时期。"

此外再没有更多的说明,因此,关于"头脑发疯"这回事,就像笼罩在雾中。

原来丽丝二十岁那年,一天晚上,她忽然投水自杀,谁也不知道原因是什么。她的生活、她的行为,都绝不能叫人想到她会做出这种怪事。她被救起时,已经半死;她父母气得高举起胳膊,但并不去追究其中的原因,只说她"头脑发疯",就算完事了。这正像他们谈那匹叫作骦骦的马的遭遇一样,这匹不幸的马,就在这事情发生前不久,在车辙里跌断了一条腿,后来只好宰掉了事。

丽丝,也就是不久以后的丽松,从此就被人看作是一个神经不很健全的人。一家人对她的淡然的轻蔑心理,逐渐感染给她周围所有的人了。就连小约娜,出于孩子天然的敏感,对她也满不放在心上,从来不上楼去到她床上和她亲吻,从来不进入她的卧室。只有使女萝莎丽,由于替她料理必要的打扫,仿佛是惟一知道她的卧室是在哪里的人。

当丽松姨妈到餐室来进午餐时,"小家伙"才照例走过去,伸出前额让她亲吻,这就包括一切了。

如果有人要和她说话,就得派仆人去找她;她不在时,谁也注意不到,谁也想不起她来,谁也不把她放在心上,谁也不会顺口提一句:"真的,今天早晨,我还没有见到过丽松呢。"

她是一点地位都没有的;她就属于这样一种人:连自己的亲人对她也毫不了解:死了,在这家庭里也不会感觉缺少了什么,或是引起空虚和遗憾;她正是这样一种人:不善于参加到她周围人的生活中去,迎合大家的习惯,使大家关心自己。

当人称呼"丽松姨妈"时,这几个字在别人心目中并不带有任何感情的成分,就像人们说"那个咖啡壶,那个糖缸"一样。

她总是用急促而无声的小步走路,从来不嚷嚷,从来没有碰响过什么东西。她像是把不声不响的性质传给了她周围的一切用物。她那一双手像是棉絮做成的,不论接触什么东西,都显得轻柔而灵活。

丽松姨妈是七月中旬来的,这场婚事使她感到无比的兴奋。她带来一大堆礼物,但就因为是她送的,谁也没有放在心上。

她到达后的第二天,人们就不再注意到有她这个人的存在了。

但是在她内心里却异样地激动,眼睛老是盯住那一对未婚夫妇。她为新娘做贴身的衣物,独自关在卧室里,就像一个普通的女裁缝,谁也不进去看她,但她却干得那么起劲,那么专心。

她不断把亲手锁了边的手绢,或是绣好了号码的餐巾,拿给男爵夫人看,问:"阿黛莱德,这样行吗?"而男爵夫人不过顺手翻一翻,回答说:"你用不着这样费心,我可怜的丽松啊!"

那是七月底的一个夜晚。白昼逼人的炎热过去了,月亮已经升起来,夜色明净而温暖。正是这种令人烦恼、令人感动、令人兴奋的夜,它似乎要唤醒一个人灵魂深处隐藏的诗情。田野温暖的气息飘向安静的客厅里来。遮着灯罩的灯在桌上投射出一轮光圈,男爵夫人和她丈夫,无精打采地在那里玩纸牌,丽松姨妈坐在他们身旁织毛衣;那一对年轻人,凭倚窗栏,从开着的窗口眺望月光下的花园。

菩提树和梧桐树的影子洒在草地上,那一大片浴着月光的草地,一直伸展到黑压压的灌木林边。

约娜不由自主地被温柔娇美的夜色,被树木和林中朦胧的光影所吸引,转过身来对她父母说:

"小爸爸,我们到邸宅前面的那片草地上散一回步去。"

男爵一面玩牌一面回答说:"孩子们,去吧!"他又继续玩他的牌。

这对年轻人走出去了,开始在银色的草地上慢慢地散步,他们一直走到顶端的小树林边。

时候晚了,他俩还不想转回来。男爵夫人已经疲倦,要上楼回她的卧室去:"把那对情人叫回来吧,"她说。

男爵向月光下宽阔的花园里望了一望,只见一双人影正在月光里慢步徘徊。

他便说:"随他们去吧,外边的月色多好啊!让丽松等着他们。对吧,丽松?"

老小姐抬起那双发愁的眼睛,用她那胆怯的声音回答说:

"当然,我等着他们。"

小爸爸搀起男爵夫人,由于白昼的炎热,他自己也累了,便说:"我也要去睡了。"

他就和他妻子一同离开了客厅。

这时丽松姨妈也站起身来,她把手上的活计、绒线和钢针都搁下,放在圈椅的靠手上,走向窗口,倚着窗栏,欣赏动人的夜色。

那一对未婚夫妻在草地上来回不停地散步,从灌木林到台阶前,又从台阶前回到灌木林。他们紧握着手,都不做声,心灵仿佛脱离了形骸,而和大自然

49

活生生的诗情诗景合而为一了。

约娜忽然望见窗口被灯光映出的那位老小姐的侧影。

"瞧!丽松姨妈望着我们呢!"她说。

子爵抬起头来,不假思索地应声说:

"是的,丽松姨妈望着我们。"

然后他们继续梦幻,继续漫步,互相热恋着。

夜露沾湿了草地,凉气使他们略微有点寒颤。

"我们回去吧,"约娜说。

他们就回来了。

当他俩走进客厅时,丽松姨妈已经又在那里织毛衣了;她低下头在做活计,纤瘦的手指有点发抖,像是十分疲倦了的样子。

约娜走近去,说道:

"姨妈,该睡了。"

老小姐转过脸来,眼圈发红,像是刚哭过似的。这一对情侣却丝毫没有注意到;但是青年人忽然发现约娜薄薄的凉鞋上已沾满了露水。他有点担心,温柔地问道:

"这双可爱的娇小的脚,一点不觉得冷吗?"

姨妈的手指一下子颤抖起来,抖得那么厉害,她的活计也落在地上了;毛线球在地板上滚得远远的;她慌忙用手遮住了脸,抽搐着,伤心地哭泣起来。

那对未婚夫妻站在那里呆望着她,都发愣了。约娜突然跪下去,拉开她的胳膊,惶惑地一再问道:

"怎么啦?怎么啦?丽松姨妈!"

于是这个可怜的女人,声音里满含着哭声,全身伤心地抽搐着,断断续续地哭道:

"他刚才问你……说这双……可爱的……娇小的脚……不觉得冷吗?……从来没有人对我讲过这样的话……这样的话……从来没有过……"

约娜又惊讶,又觉得可怜,只是一想到果真有人来和丽松谈情说爱,就使她忍不住想笑;子爵早已转过身去,为了掩藏起自己的笑脸。

这时姨妈忽然站起来,毛线球落在地板上,活计留在圈椅里,她没有拿灯便跑向黑暗的楼梯口,自己摸着回到卧室去了。

当只剩下这对年轻人时,两人互相望着,觉得有趣而又难过。约娜悄悄地说：

"可怜的姨妈呀！……"

于连答道："她今天晚上一定有点疯了。"

他俩手握着手,还舍不得分离,温柔地,十分温柔地,在丽松姨妈刚刚离开的那张空椅子面前,两人的嘴唇第一次相遇在一起。

第二天,他们便全然忘记那老处女的眼泪了。

结婚前的两个星期,约娜过得很平静,仿佛这一阶段来卿卿我我的柔情已使她疲乏了。

决定她终身的那天早上,她也没有时间去思索。她只感到全身都有一种空洞的感觉,仿佛她的肉、她的血、她的骨骼,全在皮肤下溶化了;她发现接触东西时,自己的手指颤抖得厉害。

直到在教堂里举行婚礼的时候,她才重新镇静下来。

结婚了！她终于结了婚！她仿佛觉得自从清早起,连续不断的种种场面、行动和事件,全像一场梦,一场真正的梦。人生中有些时刻里,仿佛我们周围的一切都改了样子;一举一动都有了新的意义;就连每日的时辰都和平常不一样了。

她感觉有点眼花缭乱,特别是感觉有点惊惶。昨天晚上,她生活里还没有起一点变化;她长期以来的希望不过是更接近了,几乎伸手可及了。她睡下去时还是一个年轻的女孩子;而现在,她成了别人的妻子。

她已经越过了一道防线,幻想中未来的种种欢乐和幸福都已在眼前。她觉得一扇大门已经在她面前打开,她就要进入她所梦想的境界里去了。

仪式完毕了。他们进入圣器室,那里显得冷冷清清,因为他们没有邀请任何来宾;接着他们就退了出来。

他们一出现在教堂的门口,一阵惊人的轰响使新娘吓了一大跳,弄得男爵夫人呼叫起来:这是农民们放的礼炮;礼炮声一路不停,一直伴送他们回到白杨山庄。

全家的人、本区的神甫、意埠的神甫、新郎和当地富农中挑选来的证婚人,都先用了茶点。

然后大家在花园里蹓跶,等候喜筵。男爵、男爵夫人、丽松姨妈、镇长和比科神甫都在男爵夫人经常"锻炼"的那条林荫路上散步;而意埠的神甫则在对面的那条林荫路上踱着大步,嘴里念着祈祷经文。

51

从邸宅的另一面,可以听见农民们快活喧嚣的声音,他们在苹果树下痛饮苹果酒。附近的居民都穿着新衣服,挤满了院子。小伙子们和姑娘们相互追逐着。

　　约娜和于连穿过灌木林,登上斜坡,两人都不做声,远望着大海。虽然正在八月中旬,天气却还凉爽,风从北面吹来,炽烈的阳光辉耀在一碧无际的天空。

　　这一对年轻人想寻找一个幽静的地方,便往右穿过旷野,走向面对意埠的绿荫起伏的山谷。他们一走进矮树林,一点微风也吹不到了,于是他们便离开便道,走向一条树叶密集的小径。他们几乎不能直着身走;这时她觉得有一条胳膊轻轻地伸过来抱住了她的腰。

　　她不做声,喘着气,心房跳动着,呼吸感到急促。低垂的树枝抚弄着他们的头发;他们时常须弯下身子才能过去。她摘下一片叶子,叶下隐着一对瓢虫,像是两个纤细的红贝壳。

　　这时约娜已平静一些,天真地说:"瞧!正好一对。"

　　于连用嘴轻轻吻着她的耳朵,说道:"今天晚上您就要做我的妻子了。"

　　虽然从她住到乡间以来,已经懂得了许多事情,但她心里所想的,还只是爱情的诗意的一面,因此她觉得惊讶了。他的妻子?难道这还不算是他的妻子?

　　于是他又接连迅速而急促地吻她的鬓角和颈部靠发根的那一个角上。这种男性的接吻,她还没有习惯,每一吻到时,她本能地把头歪在一边,躲避那使她快乐的戏弄。

　　他们突然发现已经走到丛林的边缘了。她停住脚步,奇怪怎么已经走得这样远。别人会怎么想呢?

　　"我们回去吧,"她说。

　　他把胳膊从她腰间抽出来,两人都转过身子,恰好面对面,站得那么贴近,各人脸上都可以感到对方的呼吸了;他们彼此眼对着眼,相互凝视。这种凝固的、锐利的、能穿透一切的目光,仿佛使两个人的灵魂都已融化在一起了。他们想从彼此的眼睛里,并透过眼睛,从生命不可窥测的深处,来认识对方;他们默默而固执地彼此探究着。他们彼此的命运将是怎样呢?他们正在共同开始的生活将是怎样的呢?在这悠长而不可分解地融合在一起的婚姻生活中,各人能给对方的是欢乐?是幸福?还是幻灭呢?他们两个人都觉得彼此仿佛还是第一次见面。

出其不意地,于连把双手搭在他妻子的肩膀上,对准她的嘴,紧紧地亲了一个长吻。她从来没有这样地被人吻过。这个吻深深地渗透到她的血管里,到她的骨髓里,在她身上引起那样一种神秘的震动,她用双臂猛力推开于连,而自己也几乎跌倒在地上。

"我们走吧!我们走吧!"她颤声说。

他不回答,只抓住她的双手,紧握在自己的手中。

他们一直走回家去,谁都没有再说话。午后这段时间过得很慢。

快黄昏时,大家才入席。

喜筵和一般诺曼底人的风俗相反,既简单而时间也不长。客人显得都很拘束。只有那两位神甫、镇长和四个被邀请的庄稼人还开点玩笑,增添几分热闹。

欢笑快冻结时,镇长说了一句话,才算又鼓起大家的兴致。时间已快到九点;就要喝咖啡了。在屋外第一个院子的苹果树下,田园风味的舞会正在开始。从开着的窗口,可以望得见喜庆的全部情景。挂在树枝上的彩灯,照得树叶发出青灰色的光彩。附近的农民,男男女女,围成一圈,边跳舞,边唱着古老的曲子。两把提琴和一支笛子微弱地伴奏着,乐师高坐在厨房用的一张大案桌上。农民们喧嚣的歌唱有时完全淹没了乐器的声音;那微弱的音乐,通过喧嚷的歌声,割裂成支离破碎的音节,零零落落,像是从天上降下的破片。

两个大酒桶,周围燃着火炬,供应人群解渴的饮料。两个女仆不停地在一只木盆里洗杯洗碗。杯碗还滴着水,就拿到酒桶的龙头下面去接红色的葡萄酒,或是金黄的纯苹果酒。口渴了的舞客、静观的老人、满头大汗的姑娘们都纷纷挤过来,伸出胳膊,接住不论什么样的杯子,仰着头,把自己喜欢的饮料一口气灌进喉咙里去。

一张桌上摆着面包、黄油、奶酪和香肠。随时有人过来,抓在手里,吞下一口。在这灯光照明的绿荫丛中,这番健康而狂热的节日景象,引诱得那些在餐厅里待得发闷的上宾,也都想来跳一次舞,从圆而粗的大肚皮的酒桶里倒一杯来狂饮,嚼一口抹上黄油的面包和生葱头。

镇长用手里的餐刀敲着音乐的拍子,叫道:"天哪!这真不错,正像人家说的加纳希的婚宴。"

这时响起一阵压抑不住的笑声。比科神甫和地方上的掌权者原是天生的

仇敌,便驳他说:

"您的意思是说迦纳①吧!"

镇长不接受这番教训,回敬说:

"神甫先生,我明白我要说的是什么;既然我说加纳希,那就是加纳希。"

大家站起身来,向客厅走去。宾客们接着又挤到狂欢的人群里去混了一阵,然后才向主人告辞。

男爵和男爵夫人低声地争吵着。比平时更喘不上气来的阿黛莱德夫人,像是正在那里拒绝她丈夫的一个要求;最后她几乎大声嚷着说:

"不行,我的朋友,我干不来,我简直不知道怎么开口。"

男爵这时突然丢下她妻子,走到约娜身边。

"孩子,你愿意和我出去蹓跶蹓跶吗?"

她很感动地回答说:

"只要你高兴,爸爸。"

父女俩便一同出去了。

一走到门口,从海边迎面吹来一股凉风。虽然还是夏天,这阵风却已叫人感到秋意了。

云在天空奔腾,星星一时被遮隐了,一时又露出脸来。

男爵让女儿的胳膊紧贴在自己的身边,同时温柔地握住了她的手。他们步行了几分钟。他显出犹疑不决,仿佛很为难的样子。最后他才打定了主意。

"我的宝贝,这个角色本来应当由你母亲来担当的,我来做就很为难;但是她拒绝了,我便不得不替代她。你对人生的事情,究竟知道了多少,我不清楚。人生中有些秘密,一向都是小心地不让孩子们知道的,尤其是女孩子们,因为女孩子要保住心灵的纯洁,白璧无瑕的纯洁,直到把她们交到某一个男人的怀里为止,这个男人就应当照顾她一生的幸福。他有权利去揭开这层隐藏人生欢乐的纱幕。倘若女孩子们根本没有想过这种事情,到那时,便要对这种没有梦想到的、比较粗暴的现实,发生反感了。她们在心灵上,甚至肉体上受了伤,便会拒绝她们的丈夫,但是不论从人类的法律,或是从自然的法则来说,这都是做丈夫所应有的绝对权利。我的好宝贝,我不能讲得更多了;只是千万

---

① 迦纳是《新约》中古叙利亚的一个地名,在那里举行的一次婚宴上,耶稣第一次显示奇迹,把水变成了酒。镇长把迦纳误读作加纳希。

不要忘记这一点:你完全是属于你丈夫的。"

她听懂了什么呢?她猜测些什么呢?她开始颤抖了,一种沉重而痛苦的悲伤,像一种预感似的,压得她透不过气来。

他们走回去。到了客厅门口,两人都惊得愣住了。阿黛莱德夫人正倒在于连怀里痛哭。她的眼泪,滴滴答答的眼泪,像是被鼓风箱所扇动,同时从鼻孔、嘴角和眼睛一起往下流;那个惊惶失措的年轻人,滑稽地托住这位胖太太。她扑倒在他的怀里,就是为要嘱咐他好好体贴她的小女儿、小心肝、小宝贝。

男爵急忙赶上前去,劝阻说:

"啊!别做戏了,别哭哭啼啼啦,我求求您!"

于是他把妻子接过来,让她在一张圈椅上坐下,这时她还不停地擦着眼泪。然后转过身来对约娜说:

"来吧,小东西,赶快亲亲你母亲,然后就去睡吧!"

约娜几乎也要哭了,她匆匆吻过了她父母,便逃走了。

丽松姨妈已早回到自己的卧室去了。男爵夫妇俩单独和于连留在客厅里。三个人都觉得很窘,谁也找不出一句话来讲:两个男人身穿晚礼服,站在那里茫然若失,阿黛莱德夫人倒在圈椅里,不时还有点抽噎。这局面的窘迫已到不能忍受的地步,于是男爵便开始谈起新婚夫妇旅行的事情来,他们准备在几天之后就要出发。

萝莎丽正在约娜的卧室里,帮她解衣服,使女哭得泪如泉涌。她的双手慌乱地摸索着,连带子和扣针都找不着了。她显然比她的女主人还激动得厉害。但是约娜并没有注意到使女的眼泪,她仿佛觉得已走进另一个世界,到了另一个天地,过去她所熟悉的和她所心爱的种种,都已恍若隔世了。她觉得自己生命里和思想里的一切都引起了剧变,甚至她产生了这样一个奇怪的念头:"她真的爱她丈夫吗?"这时他在她眼里成了一个几乎不相识的陌生人了。三个月以前,她完全不知道有这个人的存在,而今她却成了他的妻子。这都是为什么呢?为什么要这样快落入结婚的圈套,就像走路不当心跌到脚下的窟窿里去一样?

她穿好睡衣,上了床;被单有点凉,使她的皮肤寒战,这更加深了两小时以来重压在她心头的那种寒冷、悲哀和寂寞之感。

萝莎丽走开了,始终是哭哭啼啼的;约娜等待着。她焦虑不安地等待那已被她猜到了几分,而后来由她父亲用含糊的语言暗示给她的莫测底细的意外事情,这个所谓爱情中最大的秘密。

她并没有注意有人上楼来的声音,这时却听见门上轻轻敲了三下。她大吃一惊,害怕得答不出声来。又有了敲门声,接着门上的锁簧嚓嚓地响了。她把头藏进被窝里,仿佛有贼进了她屋子似的。靴声轻轻地踏在地板上;突然间有人触动着床了。

她的神经震动了一下,轻轻地叫唤了一声;她探出头来,看见于连站在面前望着她微笑。

"啊!您真让我害怕!"她说。

他问道:"那末您没有等着我吗?"

她不回答。他穿着晚礼服,露出美少年的一副正经面孔。约娜觉得在一个穿得这样整齐的男人面前,自己却躺在床上,实在太害羞了。

在这严肃而紧要的关头,在他们一生幸福所系的这一时刻,他们却都不知道说什么,做什么,甚至彼此都不敢互相看一眼。

他或许已多少感觉到这场战斗的危险性,感觉到应该如何灵活自如,如何运用聪明的温柔手腕,才不致使一个充满幻想的少女的心灵——它那种极度的敏感和细微的害羞心理——受到伤害。

他轻轻地握住她的一只手,拿起来亲吻,然后他像在祭坛前一样跪倒在床边,用轻如呼吸的声音,悄悄地说:

"您爱我吗?"

她这时忽然安心了,从枕头上抬起戴了镶花边睡帽的头,微笑着说:

"我爱您呀,我的朋友。"

他把他妻子纤巧的指头贴在自己的唇边,由于把嘴堵住了,从指缝中发出压抑的声音:

"您愿意证明您爱我吗?"

她又重新为难起来了。她联想到她父亲所说过的话,虽然她并不很明白这话的意思,这时便用来回答说:

"我就是您的,我的朋友。"

他在她手腕上热烈地吻着,然后慢慢地抬起身来,贴近她的脸去,但她又躲藏了。突然,他的一只胳膊从床下伸过去,隔着被,搂住他的妻子,同时他把另一只胳膊插到枕头底下,连枕带头一起托了起来,低声问道:

"那就是说您愿意在您身旁留一点小小的地方给我?"

她害怕了。这是一种出于本能的恐惧,她嗫嚅说:

"啊,先不要,好不好,我央求您。"

他似乎失望了,略微有点生气,虽然还是央求着,但语气却更急躁了:

"既然迟早要躺在一起,那还等什么呢?"

这句话很引起她的反感;但出于顺从和退让,她又一次地重复说:

"我就是您的,我的朋友。"

他立刻进到盥洗室去。她可以清晰地听到他在室内的声音和动作:他窸窸窣窣地脱去衣服,口袋里的钱币丁丁当当地响着,然后两只皮靴先后落到地板上。

他突然匆匆地穿过卧室,去把表放在壁炉台上,身上只着了一条短裤和一双短袜。他又跑回到那个小房间去,翻弄了一阵,约娜听到他就要出来了,连忙闭上眼睛,把身子侧转到另一边去。

一条毛茸茸的凉腿擦到她腿上时,约娜惊跳起来,像要扑到床下去;她慌慌张张地用双手蒙住脸,缩进被窝里,惊惶和害怕得想要叫喊起来。

她背朝着他,但他还是立刻把她搂在怀里,贪婪地吻着她的脖子、她睡帽上飘着的花边和睡衣上的绣花领子。

她的身子僵硬地躺着,一动不动,心里真是又急又怕,她用双肘夹着胸脯,但这时她感觉到一只粗壮的手,正向胸脯上摸来了。她的呼吸急促起来,全身被这种粗暴的接触所震动了;她真希望能逃走,逃出屋子去,把自己禁闭起来,远远地躲开这个男子。

他却不动了。他热呼呼的体温传到她的背上。这时她的恐惧就又平息下去,她突然想到:只要转过身去,她就能和他拥抱了。

最后他像不能再忍耐了,发愁地说:

"那末真的您不愿意做我的小妻子吗?"

她从指缝中轻轻地说:

"难道我现在不是吗?"

他烦恼地回答说:

"亲爱的,好啦,别和我开玩笑了。"

他语气中的不满,使她感到难受;她便立刻向他转过身去,求他原谅。

他如饥似渴地把她整个抱在怀里;急促地、猛烈地、疯狂地吻遍她的面部和脖子,把她抚弄得透不过气来。她松开了双手,毫不抗拒地任他摆布,她的思想完全混乱了,她再不知道自己在做什么,他在做着什么,她什么也不知道了。这时她感到一阵被撕裂似的剧痛,她呻吟起来,在他的怀里扭动着。她被他粗暴地占有了。

她完全慌乱了,后来的经过,她已不很记得;她只感觉他感激得在她的嘴唇上,雨点一般,不停地吻了又吻。

之后他一定对她说过话,她也一定回答了。接着他又想再来尝试,她惊慌地推开他;当她挣扎着时,她接触到他胸前浓密的硬毛,和他长在腿上的一样。她猛然一惊,便把身子躲开。

一再要求没有成功,最后他也倦了,便仰身躺着不动了。

这时她独自沉思起来;她从心灵深处,感到了绝望,这和她梦想中的爱情是多么不同啊! 多年来的希望被打碎了,幸福成了泡影。她在幻灭中自语说:

"看哪!这就是他所谓做他的妻子;原来就是这么回事!原来就是这么回事!"

她这样伤心地躺了许久,眼睛转来转去,望着墙上的挂毡,寻思那环绕着她卧室的古老的爱情传说。

因为于连不说也不动,她便把目光慢慢转移到他身上。她发现他已经睡着了!他半张着口,泰然自若地真的睡着了!

她简直不能相信有这样的事。她气愤极了。他的酣睡比他的狂暴更使她受到侮辱,他竟拿她当作不拘什么样的人看待了。他能在这样的一个夜里睡熟吗?那末他俩之间所发生的关系,在他心上就完全不足为奇?啊!她宁愿被鞭打、被蹂躏、受那种种可厌的戏弄直到使她失去知觉!

她躺着不动,用肘支着身子,望着他,听他从唇边发出轻微的呼吸,这呼吸时而像带着鼾声。

黎明了,天色起初是黯淡的,渐渐明亮起来,转成玫瑰色,最后就大放光明了。于连睁开眼睛,打了个呵欠,伸一伸懒腰,望望他的妻子,微笑着问道:

"亲爱的,你睡得好吗?"

她发现他用"你"称呼着她了。她微微一惊,回答说:

"好呀,您呢?"

他说:"我吗,啊!好极了。"

他便转过身来,吻了她一下,安安静静地谈起天来。他讲到他一生的计划和他的经济观点;他多次提到"经济"这两个字,这叫约娜有点诧异。她听着

58

他讲,可是捉摸不住他话中的意思,她的眼睛望着他,千头万绪的思虑都从她心头飘拂过去。

钟敲八点了。

"该起来了,"他说,"晚了,别人会笑话我们呢!"

说着他首先下了床。他自己打扮好了,就殷勤地替他妻子在梳妆时干些零星事情,他不肯让她使唤萝莎丽。

出卧室时,他又叫住她说:

"你要知道,我们之间,从此可以'你''我'称呼了,但是在你父母面前,暂时还不能这样称呼,等到我们蜜月旅行回来,那时听着就自然了。"

她到午餐时才露面。这一天过得和平常一样,仿佛并不曾起过什么新的变化。只是家里多了一个男人。

五

四天之后，一辆四轮马车来到门前，他们就坐着这辆车子去马赛。

约娜经历了初夜的苦恼之后，已经习惯了于连的接吻和温柔的抚弄，但对夫妇间更进一层的亲密关系，仍然抱着厌恶的心情。

她觉得于连很漂亮，她喜欢他；她又感到幸福而快乐了。

这次离别是暂时的，并没有什么值得悲伤。只有男爵夫人又动了点感情；车子快要动身的时候，她把一个沉甸甸的大钱包塞到女儿的手里，嘱咐说：

"这是给你当新娘留作零花用的。"

约娜把钱包放进衣袋里，马就拉着车子走了。

傍晚时，于连问约娜说：

"你母亲给你的那个钱包里有多少钱？"

她完全没有想起过，这时她便把钱倒在膝上。金光闪闪的一大堆，总共是两千法郎。她拍着手说："我可以花个痛快了！"然后她又把钱收起来。

在酷热的天气里，途中走了一个星期，他们才到达马赛。

第二天，一条小海轮路易王号，载他们到科西嘉去，这条船是开往那不勒斯去的，中途要在阿耶佐靠岸。

科西嘉！那里的丛莽！强盗！山岳！拿破仑的故乡①！约娜仿佛觉得自己正在摆脱这个平凡的现实生活，睁着眼睛，踏入梦境中去。

她和于连并肩站在海轮的甲板上，眺望那从眼前滑过的普罗旺斯的悬崖。在无垠的蔚蓝的天空下，伸展开一片静止的、碧绿的大海，太阳灼热的光芒像是使海凝固了，成为坚硬的了。

约娜说："那次我们乘拉斯蒂克老爹的小艇到海面去游玩，你还记得吗？"

---

① 科西嘉岛西南端的一个港口是拿破仑的诞生地。

作为答复,于连轻轻地在她耳边吻了一下。

海船的机轮鼓动着水,惊醒了海的酣睡;船过时,一条长长的航迹,翻腾着香槟酒般白色的泡沫,笔直地拉长到眼界所不及的远方。

忽然,离船头不过几十尺远的海上,一条大鱼——一条巨大的海豚,跃出水面,随即头向下钻进水去,不见了。约娜吓了一跳,惊叫了一声,扑在于连怀里。之后,看到自己的大惊小怪,便又笑起来了;她焦急地望着,想看那条大鱼是否还再出来。不到几秒钟,果然它又出现了,像一个机械玩具似的跳了起来。它钻进水去,又钻出来;后来来了两条、三条、六条,它们在船身周围跳跃着,像是护送它们的弟兄——这条铁鳍木身的大怪鱼。有时它们游向船的左舷,有时又出现在右舷,忽而成群,忽而一条跟着一条,仿佛是在游戏,在追逐作乐,它们会猛然跳起,飞向空中,划成一道弧线,然后又一条接着一条地没入水中。

那些动作灵活的大鱼每出现一次,约娜便全身感到颤动,随即快活得为它们鼓掌。她的心,跟鱼一样,在一种原始而童贞的欢乐中跳跃着。

忽然间,它们都消失了。后来,在很远的大海上,又出现了一次;从此便再也不见了;约娜为它们的离开,刹那间感到一阵伤心。

黄昏来临了,那是一个灿烂的宁静的充满了幸福与和平的黄昏。天空和水面,没有一丝波动;天和海无限的宁静沁入到那同样没有一丝波动的沉醉了的心灵里。

太阳在远方静静地沉落下去,沉向那望不见的非洲,那大地如燃烧般的非洲,它那灼人的炎热仿佛已经有点教人感觉到了;但在落日完全隐没之后,却有一阵清凉的气息,微弱得几乎不能叫作微风,拂过人面。

他们不想回到舱里去,那里散发出海船上特有的叫人恶心的气味;他们裹着大衣,并排睡在甲板上。于连马上就睡熟了;但是约娜依然睁开着眼睛,旅行的新奇使她感到兴奋。机轮单调的转动声在替她催眠,她仰望那灿烂的繁星,在这南方明净的天空里,水晶般闪烁着夺目的光芒。

黎明时,她迷迷糊糊地睡着了。喧哗的人声使她惊醒,原来水手们唱着歌已在洗刷甲板。她推醒还在酣睡中的丈夫,他们便都起来了。

约娜得意地呼吸着带有盐味的海雾,它一直渗入到她的指尖。四外是海。但在前方,在曙光里已望得见一种灰色的、模糊的东西,像是一簇畸形的、尖尖的、罅裂的云飘浮在水上。

61

随后就显得更清楚了；在明朗的天空里，轮廓映得更加分明，峰峦起伏的群山出现了：那就是笼罩在薄雾里的科西嘉岛。

太阳从山后升起，把所有突出的尖峰如暗影般刻画出来，接着山巅上都染得通红，而岛上其余的部分依然淹没在雾气里。

船长走上甲板来，这是一个身材矮小的老人，被强烈的带有盐味的海风吹成焦黄、干瘦、起皱、坚硬而枯缩，三十年来的发号施令和在暴风雨中的喊叫，使他的声音发哑了。他对约娜说：

"您闻到了吗，那个女妖精的香气？"

她真的嗅到了一股草木浓烈而奇特的香气，一种野生植物的芳香。

船长接着说：

"夫人，这就是科西嘉的香气，就是这个漂亮女人特有的香气。即使离别了二十年，我在海上五法里远的地方，还是可以辨别出来。我是这岛上的人。据说他①在那边，在圣赫勒那岛上，也还仍然一直在谈他故土的香气。他和我是同族的人。"

这时船长摘下了帽子，向科西嘉致敬，通过海洋，又向被囚禁在那边的他的同族人大皇帝致敬。

约娜被感动得几乎要哭出来了。

然后船长手指着天边，说着："那就是桑吉内尔群岛②。"

于连站在妻子身旁，搂着她的腰，这时两人都望着远处，探寻船长所指的目标。

他们终于望见了几座金字塔形的山岩，船马上就要绕过那里，驶进一个宽阔平静的海湾里去，海湾四周都是高山，山坡上看去像是长满了青苔。

船长指着那一大片绿叶葱茏的地带说："那就是丛莽。"

船徐徐前进，群山的环抱仿佛就在船的后方合拢了；船在碧绿的湖上缓缓航行着，海水透明得有时可以望得见湖底。

在海湾尽头的傍山面水处，突然出现了一片耀眼的白色的市区。

几艘意大利的小船停泊在港口。四五条划子穿梭在路易王号周围来迎接乘客。

---

① 指被囚禁在圣赫勒那岛上的拿破仑。
② 在科西嘉岛阿耶佐海湾的进口处，航行危险，但风景瑰丽。

于连正在把行李集在一起,他小声问他妻子说:"给服务员二十个苏不算少吧?"

一个星期以来,他老是爱问这一类事情,而她每次听到都很烦厌。她显出有点不耐烦地回答说:"多给点总比少给好。"

他总是和旅馆主人、仆役、车夫以及各种商贩讨价还价,每当费尽口舌才得到一点便宜时,他就擦着双手对约娜说:"我不愿意上人的当。"

她一看到账单送来时,心里就要发抖,因为她料到她丈夫在每一项目上都会有意见,她为这些计较感到很丢脸,特别当仆役们手里摊着那给少了的酒钱,用轻蔑的眼光望着她丈夫时,她的脸会羞红得直到头发根上。

他和送他们上岸的船夫又发生了争论。

她看见的第一棵树是棕榈。

他们到了一家没有旅客的大旅馆里。旅馆是在一个辽阔的广场的拐角上,他们便在那里午餐。

他们刚吃完甜食,约娜站起来想到市上去游玩,于连就牵住她的胳膊,温存地附在她耳边轻声对她说:

"我们去睡一会儿好不好,我的小乖?"

她吃了一惊:

"去睡一会儿?我可并不感觉累呀!"

他搂着她说:

"我想你。你懂我的意思吗?已经有两天啦!……"

她羞得满脸通红,支吾说:

"啊!就在现在!别人会怎么说呢?别人会怎么想呢?你怎么敢在白天里问他们要房间呢?啊!于连,千万不要这样。"

但他插嘴说:

"我才不在乎旅馆里的人爱怎么说或是爱怎么想。你就看我来办好啦。"

他按了铃。

她不再做声了,垂下了眼睛,不论在精神上和肉体上,她对丈夫这种无休止的欲望都很反感。她虽然嫌恶,却又不能不忍痛而委屈地服从,她把这看作是一种兽性,一种堕落,总之是龌龊的。

她的性感还没有觉醒,而她丈夫却以为她已分享他的热情了。

服务员走来时,于连叫他带他们到卧室去。这是一个地道的科西嘉人,胡髭一直长到眼睛边,他起初不明白是什么意思,连说晚上一定能有房间。

于连忍耐不住了,只好又向他解释:

"不,我的意思是现在就要。我们在路上疲乏了,想要休息一下。"

这时服务员从他的浓胡髭里现出一道微笑,约娜简直想要逃走了。

一小时以后,他们下楼来时,约娜不敢再在众人面前经过,认为别人一定会在背后窃笑他们,议论他们。她对于连不了解这种心情,不顾一点面子,缺乏天生的细腻和敏感,心里很是生气;她感到她和他之间隔着一层帘子,横着一道屏障,她第一次发觉,既然是两个人,就永远不能从心底里,从灵魂深处达到相互了解,他们可以并肩同行,有时拥抱在一起,但并非真正的合而为一,因此我们每个人的精神生活会永远是感到孤独的。

他们在这个蓝色海湾尽头的小城市里住了三天。城市包围在群山中,吹不进一丝风来,热得像关在火炉里一样。

然后他们把旅行的路线确定下来了。为的能穿行任何难走的道路,他们决定骑马。他们雇了两匹目光凶猛、瘦小而耐劳的科西嘉种的小马,便在一天清晨起程了。一个骑着骡子的向导陪他们同行,并且带了食品,因为在这种荒野的地方,是没有什么旅店的。

道路最初沿着海湾,不久进入一个浅谷,便对着高山直上了。他们不时越过几乎干涸了的溪涧;乱石下还流动着一条细水,像隐伏的野兽般发出微弱的咕噜咕噜的声音。

这地方还没有开垦过,看去是一片荒芜的景象。山腰上长满了高高的野草,在火热的天气里已晒成焦黄。偶尔遇见一个山上的居民,步行着,或是骑着一匹小马,或是跨在一头狗一般大的毛驴上。他们人人背上都有一杆装好了弹药的枪,虽然是生了锈的旧武器,拿在他们手里却是让人害怕的。

岛上遍地是香料植物,发出浓烈的香味,仿佛使空气也变得沉重了。道路在群山中盘旋,慢慢愈伸愈高。

蔷薇色或青色的花岗岩的山峰,使远近的景色染上了仙境般的色彩;由于地形起伏的坡度十分险峻,较低的山坡上一望无际的栗树林,看去就像是绿叶的灌木。

有时向导伸手指着峻峭的高峰,说出一个名字来。约娜和于连抬头望去,却看不见什么,最终才发现了一点点灰色的东西,像是从山顶滚下来的一堆乱石块。原来这是一个小村落,一个在花岗岩上的孤零零的小村,像一个真正的

鸟巢似的悬贴在那里,在这高山上几乎是望也望不见的。

长时间在马上蹒跚而行,使约娜有些厌倦起来。"我们跑一阵吧!"她说。她的马就冲向前去。由于听不见她丈夫的马在她身边奔跑的声音,她又回过头去;当她看见他面色发青,揪住了马鬃,在奔驰的马上扑通扑通地跳动,不禁大笑起来。他那副漂亮的外表,那副骑士的神气,越发使他的笨拙和胆小显得滑稽。

于是他们策马小步前进。这时道路两旁,伸展开无边无际的丛林,就像一件大衣一样,裹着整个山坡。

这就是丛莽,不可探测的丛莽,这里有青櫕树、杜松、岩梨、乳香树、水蜡树、石南竹、月桂、桃金娘、黄杨,在这些树木的枝叶间,还有如头发似的绞缠在一起的牡丹蔓、巨大的羊齿草、金银花、金雀花、迷迭香、熏衣草、野蔷薇,它们在山脊上摊成乱羊毛般无法清理的一团。

他们都饿了。向导赶上来,带他们到一处美丽的泉眼边,这种泉眼在岩石崎岖的山区里是常见的,冰冷的泉水从岩石的小洞里,像一条细线似的喷射出来,然后流进一片栗树叶子里,叶子是过路行人留下在那里的,用来把泉水接到嘴里去。

约娜觉得那么幸福,她禁不住要大声欢呼了。

他们继续前行,开始向环绕着萨贡海湾的下坡路走去。

傍晚时刻,他们穿过了卡耶斯村,这是从前一群希腊的亡命者从祖国被驱逐出来时建立起来的。在一口水泉边,围聚着一群美丽的少女,细手纤腰,圆圆的臀部,苗条的身材,姿态十分动人。于连高声向她们道了"晚安",她们用故国悦耳的语言,带着音乐般的声调答谢他。

到了比阿纳,他们必须像在古老时候僻远地区的遗风一样,向人求宿。于连去叩门,约娜等着开门,快乐得浑身发抖了。啊!这真正是一次旅行,在这荒僻的旅途中可以遇到种种意料不到的事情。

他们去求宿的那家人,恰好是一对青年夫妇。主人接待他们,有如古代的族长接待神所派遣的远客一样。这是一所虫蛀了的古老的房子,木料上全部都有蛀洞,专吃横梁的长条的蛀木虫在上面蠕动着,屋架窸窸窣窣地发出响声,就像活人的叹息。约娜和于连就在那房子里铺着玉蜀黍的草荐上睡着了。

天明时,他们就又动身,不久他们在一座石林面前停下来休息。这是一座紫红色花岗岩形成的真正的森林,这里有石峰、圆柱、钟塔和种种奇形怪状的形象,都是多少年代来经海风和海雾剥蚀成的。

这些令人惊异的岩石,有高达三百公尺的、有细长的、圆形的、弯扭的、钩状的、残缺的、出人意表而古怪有趣的,它们看去像树、像草木、像野兽,也有像碑石、人物、穿袈裟的和尚、生犄角的魔鬼和巨形的飞鸟,这全部怪物,这梦魇中的兽苑必然是按一个狂妄的神的意志而塑造成的。

约娜心中感动得说不出话来,她紧紧地握住于连的手,面对这瑰丽的景物,她的心渴望着爱情了。

从这个神奇诡异的石林中出来,猛然间他们又碰上了另一个海湾,被一圈血红的花岗岩的峭壁环抱着。血红的岩石倒映在碧绿的海水里。

"啊!于连!"约娜叫了一声,感动得再也说不出话来了。满怀的赞美仿佛把她的喉咙扼住了,两颗泪珠从她的眼里滚了出来。于连望着她,惊得怔住了,问道:

"我的小乖,你怎么啦?"

她擦去眼泪,微笑着,声音有些发抖,说道:

"没有什么……只是神经有点……我不知道为什么……有点太感动了。我太快乐了,一点小事情都激动了我的心。"

于连对于女性的这种神经质是不理解的。她们往往为一点小事可以浑身都震动起来,一股热情可以使她们兴奋得像是遇了大祸,一种不可捉摸的感动会使她们神魂颠倒,会使她们快乐得或是失望得发狂。

约娜这种眼泪在他觉得是滑稽的,他一心只注意山路的崎岖:"你顶好还是多照顾你的马吧,"他说。

他们从一条几乎无法通过的道路上,向着海湾下行,然后转往右首,攀登阴暗的奥塔山谷。

但是这条小路实在太难走了。于连便建议说:"我们步行怎么样?"她十分同意;在刚才那阵感动之后,能够单独和他步行,在她是最快乐不过的了。

向导带着骡子和两匹马在前面先走了,他俩缓缓地步行着。

那座从上到下裂开的山,中间留出一道空隙,小道就在裂缝中穿行。两边都是巨大的石壁,一股汹涌的激流在裂罅间奔腾。空气是冰凉的,花岗岩看着是黑色的,向上一望,一线青天令人目眩心惊。

忽然一阵响声,使约娜吃了一惊。她举目看时,看见一只巨鸟正从一个窟窿里飞了出来:那是一只苍鹰。它那展开的翅膀,仿佛探索着这条坑道的两壁,然后直上青空,就不见了。

再往前,山的裂缝分成两股;小道曲曲折折地上升,两边都是深谷。约娜轻松雀跃地走在前面,踢着脚下的鹅卵石,勇敢地俯瞰着深渊般的山谷。他追随着她,气喘吁吁的,两眼盯着地,生怕头晕。

阳光忽然照耀在他们身上了;他们觉得像是走出了地狱。他们都口渴了,便顺着一条水迹,穿过许多乱石堆,找到了一个泉眼。泉水由一条小木管接引出来,是供牧羊人使用的。周围的地面上覆满了青苔。约娜跪下身去饮水;于连也仿效着她。

当她正欣赏着泉水的清凉时,他把她拦腰抱住了。并想抢夺她在泉眼口用木管接水的地盘。她抵抗着;他俩的嘴唇你推我挤地战斗着。在这场争夺中,他们都有机会抢到过管子的尖端,然后咬住了不肯放开。那一线清凉的泉水,在不断的你抢我夺中,时而中断,时而喷射出来,溅在他们脸上、颈上、衣服上和手上。水珠缀在他们头发上,珍珠般地闪着光。他们的吻和流水合而为一了。

约娜忽然动了爱的灵感。她嘴里含满了一口泉水,把面颊鼓得像个小皮囊,然后授意给于连,让她嘴对着嘴,替他解渴。

他微笑着,张开胳膊,伸长了脖子,头向后仰着,一口气从这活的泉眼里吸尽了泉水,一股热火般的欲望注入到肺腑。

约娜超乎寻常地温柔,偎依在他身上;她的心扑通扑通地跳着,她的乳峰膨胀起来;眼睛显得娇弱无力,水汪汪地闪着光。她轻声悄悄地说:"于连……我爱你!"这次是她来挑逗他了,她仰起了身子,用双手掩着羞红的脸。

他扑在她身上,热烈地拥抱她。她在兴奋的期待中喘着气;突然她尖叫了一声,像是被她所招来的刺激雷电般地击中了。

他们很久才到达山顶,她的心一直在跳,并且已疲惫不堪;傍晚时分,他们到了爱维沙,在向导的一个亲戚保利·巴拉勃莱蒂家里住下。

这是一个身材高大的汉子,微微驼背,带有肺病患者的那种忧郁的神情。

他带领他们到住宿的房间里。这是一间阴暗的石屋,室内一无陈设,但在这个不懂享受的地区里,就已算是很像样的了;他用科西嘉的方言——一种法语和意大利语的混合语——表达他对他们的欢迎。这时,一种爽朗的语声插了进来;这是一个棕色头发的矮小女人,眼睛又黑又大,焦黑的皮肤,纤细的腰身,不断地露着牙齿笑着,她抢前一步,拥抱了约娜,热烈地握着于连的手,反复说:"好啊,太太,好啊,先生,你们都好吧?"

她用一只手臂接过了帽子和披肩,因为她的另一只手臂是用带子悬着的,她又叫大家一起到外边去,她对她丈夫说:"带他们去散一会步,到晚餐时再回来。"

巴拉勃莱蒂先生立刻顺着她的意思,他走在这对青年夫妇中间,带他们到村庄上去看看。他慢吞吞地走着,慢吞吞地说话,常常咳嗽,而每一咳嗽便说:"这是山谷里的凉气吸进到我的胸口去了。"

他带领他们走在一条荒僻的小路上,路旁长着穿天的栗树。他忽然停住脚步,用他低沉的音调说:

"我的表兄若望·里纳耳迪就是在这里被玛提·洛利杀死的。瞧!当时玛提离我们十步远的地方出现时,我就站在那里,离若望很近。'若望,'他喊道,'你不要再到阿尔贝塔斯那里去;你不要再去,若望,你去我就宰了你,我先关照你。'

"当时我拉住若望的胳膊:'若望,别去了,去了他会干得出来的。'

"那是为了一个女孩子,他们两个都在追逐她,她的名字叫保荔娜·西娜古比。

"但是若望大叫说:'我要去的,玛提;你不能阻止我。'

"这时玛提端起枪来,我还来不及拿起我的,他就开枪了。

"若望双脚同时跃起,如同孩子跳绳似的,是的,先生,他倒下来了,正倒在我身上,打落了我的枪,这杆枪一直滚到那边那棵大栗树下。

"若望的嘴张得很大,但他一个字也说不出来,他已经死了。"

这对青年夫妇惊呆了,睁大了眼睛望着这一桩凶杀案的冷静的见证人。约娜问道:

"那个凶手呢?"

保利·巴拉勃莱蒂咳嗽了一大阵,接着说:

"他逃到山里去了。第二年,我哥哥把他杀了。您知道,我的哥哥菲利比·巴拉勃莱蒂是一个强盗。"

约娜打了一个寒噤。

"您的哥哥?是一个强盗?"

那个沉着的科西嘉人眼睛里掠过一股自豪的神采。

"是的,太太,他是很出名的,真的。他打死过六个宪兵。后来他和尼古拉·摩拉里在尼奥洛被包围了,经过六天的战斗,直到快要饿死了,他才和尼古拉一同送了命。"

他毫无怨言地补充道:"这是本地的风气,"这声调正如他说"这是山谷里的凉气"是一模一样的。

他们回去晚餐,那个科西嘉的小妇人招待他们,就像她和他们相识已有二十年了。

约娜被一种忧虑苦恼着。回头被于连抱在怀里时,会不会像在泉水边的青苔上一样,又感觉到那种奇怪的、猛烈的震动呢?

当只剩下他们俩在卧室时,她发愁了,生怕于连的热情不能引起自己同样的反应。但她很快就安心了;而那竟成了她爱情的第一夜。

第二天要动身的时候,她几乎舍不得离开这所简陋的房子,因为正是在这里,她觉得她开始了一种新的幸福。

她把这家的女主人拉进卧室里,一面说得明明白白并非想送她什么礼物,可是一面她又坚持一定要在回去之后,从巴黎寄一件纪念品来,而这一件纪念品,在她认为几乎是具有神圣的重要意义的。

这位科西嘉的少妇推托了很久,不肯接受。最后才同意了:"好吧,"她说,"替我寄一支小手枪来,一支很小很小的。"

约娜睁大了眼睛。那少妇又凑近她的耳边,像吐露一桩可喜的、内心的秘密似的,悄悄地说:

"这是为杀死我小叔子用的。"

她微笑着,一面兴冲冲地解开那只受了伤的胳膊上的绷带,露出雪白滚圆的肌肉,上面有一块很宽的刀伤,现在已快结疤了。

"如果不是我力气和他一般大,"她说,"我早被他杀死了。我丈夫并不妒忌,他是了解我的;而且他有病,您知道,火气也小一些。何况我是一个正经的女人,太太,但是我的小叔子听见什么都相信。他替我的丈夫抱不平;他一定不肯罢休。所以如果我有了一支小手枪,我就安心了,不怕不能报复了。"

约娜答应寄枪来,温柔地拥抱过她新交的朋友,便又起程了。

她后来的旅行,过得就像一场春梦:夫妇二人难分难解地拥抱在一起,陶醉在百般的恩爱中。她什么都不放在心上了,不论是风景人物或是她停留过的地方。她的眼睛里只剩了于连。

他俩之间产生了一种孩子般动人的亲昵,他们在爱情中胡闹开了,他们制造出种种甜蜜的、无聊的称呼,替身体上经常吻到的每一线条、轮廓和隐蔽的角落都取了动听的名字。

约娜睡觉时身子总侧在右边,这样,睡醒时左边的乳房便悬在空中。于连注意到了,就称左乳为"游荡汉",而由于右乳峰上蔷薇色的花苞被吻时更为敏感,就被称为"有情郎"。

两乳之间的空道,成了"小母亲林荫路",因为他经常在那里游玩;另一条路更隐蔽,为纪念奥塔山谷中的爱情,被命名为"大马色路"①。

到了巴斯底亚,他们应当付钱给向导了。于连在口袋中掏了一阵,数目不合适,便对约娜说:

"你母亲给你的两千法郎,你现在不用,交给我带着吧!放在我身边更稳当些,这样我也免得再去换零钱了。"

她便把钱包交给了他。

他们到了利武讷,游览了佛罗伦萨、热那亚,以及沿科尔尼希大道的全部风景地区。

在一个刮着北风的早晨,他们终于回到了马赛。

他们离开白杨山庄,已经有两个月了。这时已到了十月十五日。

那像是从遥远的诺曼底吹来的寒冷的大风,使约娜感到几分愁闷。不久以来,于连仿佛变了样子,既疲惫又冷淡;她心里起了一种无名的忧虑。

她有点舍不得离开阳光明媚的南方,因此又把归期延缓了四天。她觉得她已完成了幸福的旅程。

他们终于不得不离开了。

他们准备到巴黎购置为在白杨山庄安家所需的一切用物。约娜想到可以用母亲给她的钱,带回许多心爱的东西,不禁快乐起来;但她首先想到的,就是她答应寄给爱维沙那位科西嘉少妇的小手枪。

他们一到巴黎的第二天,她便对于连说:

"亲爱的,你把妈妈给我的钱还给我,好不好?我要去买东西。"

他满脸不高兴地转过身来,问她说:

"你要多少呢?"

---

① "大马色路"的出典见《新约·使徒行传》。圣保罗去大马色途中,遇耶稣显灵,此后他就从基督徒的迫害者成了基督的使徒。这个典故广泛应用来指思想、感情或观念的突然转变。这里暗指约娜从最初对性爱的反感到后来在奥塔山谷泉眼边所产生的性的觉醒。

她吃了一惊,讷讷地说:

"这是怎么回事?……你说多少就多少吧。"

他接着说:"我给你一百法郎;可千万不要乱花。"

她真不知道怎么说才好,感到既惊愕而又狼狈。

最后她踌躇着说:

"但是……我把那钱交给你……是为了……"

他不等她说完,就抢着说:

"是的,一点不错。既然我们生活在一起,钱放在你的口袋里或是放在我的口袋里,那又有什么区别呢?我并没有不给你,我不是给你一百法郎吗?对不对?"

她不敢开口要得更多,就一言不发地接过那五枚金币来,除了那支小手枪之外,她什么也没有买成。

一个星期之后,他们起程回白杨山庄了。

六

全家的人,上上下下都在砖柱子的白栅栏门前等候着。驿车到来了,大家抱吻了许久。男爵夫人哭了;约娜一阵心酸,也掉了眼泪;男爵兴奋得来回地走着。

门口还在卸行李的时候,约娜已在客厅里的炉火前讲述他们旅行的经过了。她谈得十分起劲,除了有些细节在这匆忙的叙述里不免被遗漏掉,其他一切在半小时之内,全被她说尽了。

然后她去解开那些小包。萝莎丽也很兴奋,从旁帮助她整理。当一切都安排妥当,衬衫、连衣裙、化妆品也都归了原位,使女才离开她的女主人;约娜也有点疲倦了,这时才坐了下来。

她不知道这以后该做什么,她的心需要有个寄托,她手上需要有件事情可做。她不想再下楼到客厅里去,那里她母亲正打着瞌睡;于是她想出去散散步;但是野外的景色显得那么凄凉,仅仅从窗口眺望,已使她心头感到一种沉重的忧伤。

她觉得自己再没有什么事可做了,从此再没有什么事可做了。在修道院时,她青春的岁月全部指望着将来,沉湎于梦想。在那个时期,盼望和期待无时不激动着她,所以她注意不到岁月的飞逝。及至她一离开了那曾经使她遐想奔放的严峻的围墙,她的爱情的期望就立刻实现了。她遇见了、爱上了她心目中所希望的男人,并且像那些一见钟情的男女一样,在几个星期之内就结了婚,她来不及作任何考虑,已被那个男人抱在怀里了。

但是如今,温柔的蜜月已成过去,摆在眼前的,将是日常生活的现实,它把无限希望之门关上了,把不可知的美丽的向往之门关上了。确实,再没有什么可期待的了。

再没有什么事可做了,今天如此,明天如此,以后也永远如此。她模糊地意识到这种幻灭的心情,她的梦想消沉了。

她站起身来,把额头贴在冰冷的玻璃窗上。她向那阴霾的天空望了一阵,便决心到外面去走一走。

哪里再见得到五月间的草木和景色?树叶上阳光的嬉跃、草地上那种葱绿、那火焰般的蒲公英、血红的罂粟花、耀眼的雏菊,还有那像是系在眼不能见的线梢上飞舞的黄色蝴蝶,这诗一般的景色都到哪里去了?再不见那充满着花粉和香味、充满着生命的令人陶醉的空气了。

被连绵的秋雨浸湿了的林荫路在颤巍巍的白杨树下伸展着。白杨树几乎都已光秃秃的了,枯叶落了满地。瘦长的树枝在寒风中摇摆,抖动着那即将飘向空中的残叶。这些黄得和金圆一般仅存的残叶,整日里,像不停的秋雨,凄凄切切,离开枯枝,回旋飘舞,落到地上。

约娜一直漫步到灌木林中。这里如今凄惨得如同死人的卧室。围绕着曲折的小径并使它隐蔽得分外幽静的碧绿的枝叶都已凋零。嫩枝交织成花边似的密植的灌木,只剩下枯瘦的树干;风扫落叶,在地面卷成一堆一堆,瑟瑟作响,有如垂死的季节发出深沉的叹息。

小得可怜的鸟儿,畏寒啁啾,四处跳跃着,寻觅栖身之地。

只有那棵菩提树和那棵梧桐树,受到防御海风的榆树林的保护,还是枝叶繁茂,在这初寒天气,根据树液不同的性质,一棵像是披上了红色的天鹅绒,另一棵穿上了橙黄的锦缎。

约娜沿着库亚尔家的农庄男爵夫人经常散步的那条小道,慢慢地来回走着。她的心情十分沉重,像是预感到展开在眼前的,将是单调生活中数不尽的烦恼。

后来她又在面海的斜坡上坐下来,这是于连第一次和她谈恋爱的地方;她懵懵懂懂地呆坐在那里,心灰意冷,几乎什么也不想,她巴不得能躺下身子睡一觉,来躲开这愁闷的日子。

忽然她望见一只海鸥,乘风掠过长空;这使她回想起在科西嘉阴沉的奥塔山谷里曾经见过的那只苍鹰。想到那已逝的欢乐,她心中感到一阵酸痛;她眼前突然又出现了那弥漫着野花香味的明媚的海岛,那使橙子和柠檬成熟的阳光,那蔷薇色花岗岩顶峰的群山和碧绿的海湾,以及那湍流奔泻的深谷。

然而在她的周围,却是落叶飘零,阴霾愁人,这一种潮湿凄凉的景色,使她陷入在那样深沉的悲伤中,她再不回去,简直要放声痛哭起来了。

她母亲呆坐在壁炉前瞌睡,她已经过惯了这种漫长乏味的日子,也就感觉不到什么了。男爵和于连到外面散步去了,他们忙着谈自己的事情。夜色来临了,宽阔的客厅笼罩在惨淡的暗影中,只有壁炉偶然投射出明亮的火光。

窗外,暮色中一线余光,还能让人分辨出岁末大自然的凄凉景象,和沾上污泥般的灰暗的天空。

不久,男爵进来了,于连跟在他身后;一走进这间阴暗的客厅,男爵就打铃叫人,嚷着说:

"快点灯!快点灯!屋子里阴暗得好难受呀!"

他在壁炉面前坐下来。他那双沾湿了的鞋子,在炉火边冒出热气来,鞋底上的泥泞被火烤干了,碎落下来,他快活地摩擦着双手,说道:

"我看就要结冰了;北面的天色晴朗起来;今晚是满月;夜里一定冷得很!"

然后转过身来对他女儿说:

"我说,小宝贝,你又回到了家乡,回到了自己的家里,和老人团聚在一起,你满意吗?"

这一句简单的话,却使约娜浑身激动了。她扑到父亲怀里,眼眶里噙着眼泪,兴奋地吻着他,像是在请求他的原谅,因为尽管她心里想强作欢笑,她却已伤心得不能支持了。她想起原先觉得再见到父母时,一定会很快乐的,而她诧异她所预期的亲昵,却被一种冷漠的心情束缚住了,就像我们在远地思念自己所爱的人,及至一下见了面,由于许久不在一起,感情仿佛突然中断,必须经过共同生活中的种种接触,才能恢复过来。

晚餐吃得很久;话却讲得很少。于连似乎已经忘掉他的妻子。

后来回到客厅里,约娜坐在壁炉前沉沉欲睡,男爵夫人在对面已经睡熟了;两个男人谈话的声音,一下子使约娜清醒过来,她想振作精神,自问以后会不会也和她母亲一样,在无尽的沉闷的常规生活中,陷入到可悲的昏睡状态中去呢?

壁炉里白天微红而无力的火焰,这时变得活泼、明亮,发出哔哔卜卜的爆炸声。有时突然射出亮光,照在圈椅褪了色的锦毡上,照见狐狸和仙鹤,还照见忧郁的鹭鸶、秋蝉和蚂蚁。

男爵面带笑容,走进炉边,伸开手指在跳动的火上取暖,一面说道:

"啊!今晚这火烧得真旺。要结冰了,孩子们,要结冰了。"

然后把一只手搭在约娜的肩膀上,指着火说:

"孩子,你看,这就是人世间最可爱的东西:炉边,一家人团聚在炉边。没有比这更有意思的了。但是大家该去睡觉了吧。孩子们,你们一定都疲倦了吧?"

上楼回到卧室,约娜不禁自问,为什么两次回到她所心爱的老家来,这一次和上一次竟是那么不同呢?为什么她觉得自己像是受了创伤?为什么这所房子,这可爱的故乡,以及至今使她心弦为之激动的一切,今天都使她觉得是这么凄凉呢?

她的目光偶然落在那座时钟上。钟摆上的那只小蜜蜂,依然轻松而连续地,在金色的花朵上,左右摆动着。于是一种突然的感情冲动,使她面对这个像是有生命的、替她报时而像胸口一般跃动着的小机件,伤心得落泪了。

确实,当她和她父母拥抱时,她也没有这么感动过。人心中原有许多秘密,不是任何理性所能窥测的。

自从结婚以来,这是第一次她独自一个人睡在床上,于连推托说他疲乏了,睡到另一间卧室去了。他们原已同意各人有各人自己的房间。

她很久不能入眠,自己身旁少了一个人,感觉很是异样。她失去了独自睡眠的习惯了,而且阴惨的北风嗖嗖地吹打着屋顶,也使她心烦。

早晨,一片通红的日光照在她的床上,把她催醒;结霜的玻璃窗也映得通红,像是整个天空都着了火。

她裹上一件厚厚的浴衣,跑向窗口,把窗打开。

一股爽朗透骨的寒风侵入室内,使她觉得皮肤上冷如针刺,眼泪都流了出来;在红艳艳的天空中,旭日像醉汉的面孔般涨得通红地从树后出现了。大地上覆满了白霜,干燥而坚硬,在农庄里的人们的脚下,被踏得簌簌作响。一夜之间,白杨树上的叶子完全落光;在那片荒地后面,望得见一条长长的碧绿的波涛,翻腾着白色的泡沫。

梧桐树和菩提树的叶子在疾风中纷纷凋落了。每吹过一阵寒风,经霜的树叶猝然脱离树枝,像一群飞鸟一般,在风中飞舞。约娜穿好衣服,走出门去,由于无事可做,便去看望左右两个农庄中的农户去了。

马丁一家人招手欢迎她;主妇在她面颊上接了吻;接着他们一定要她喝干一小杯果仁酒。然后她又到另一个农庄去。库亚尔这一家人招手欢迎她;主妇在她耳边上吻了一下,她又被灌下一小杯覆盆子酒。

之后,她回家午餐。

这一天和前一天一样,在不知不觉中过去了,所不同的只是寒冷代替了潮湿。一个星期里的其余各天和这两天并没有不同;一个月中的每个星期也都和第一个星期一样。

她对远方的怀念逐渐淡却了。她慢慢在生活中习惯于听天由命,就像有些水使水壶逐渐积起一层水碱一样。她的心思用到对日常生活中琐琐碎碎的事情上去了,简单而平凡的每天例行的事务也都成了她的牵挂。对生活失去了幻想,她的心情逐渐变得忧郁。她还需要什么呢?她所希望的是什么呢?她全不知道。她没有任何世俗荣华的向往,没有任何人间乐趣的渴望,连任何欢乐的念头都没有;再说,有什么可欢乐的呢?正像客厅里那些古老的圈椅年久而褪了色,在她眼里,一切都逐渐失去了光彩,一切都暗淡了,显出一种苍白而幽暗的色调。

她和于连的关系完全改了样。自从蜜月旅行回来之后,他仿佛完全成了另外一个人,就像一个演员扮演完一个角色,现在恢复他平时的面目了。他很少关心到她,连说话也很难得;任何爱情的影子都突然不见了;夜里到她卧室去已经成为稀有的事情。

他接管了全家的财产和房屋,修订契约,刁难农民,紧缩开支,并且由于改换成土财主的装束,他在订婚时期的那种光彩和仪表也都不见了。

他从年轻时穿过的衣服里,找出了一身带铜钮扣的绒料的旧猎装,虽然都是污斑,穿上后却不再脱掉了;他觉得没有讲究修饰的必要了,因此脸也不刮,胡子又长又乱,看去简直不成样子。他从此不再修饰他那双手;而且每当餐后,总要喝上四五小杯白兰地酒。

约娜想要委婉地规劝他几句,他便粗暴地回答她:"不要管我的事情,行不行?"从此她再也不敢给他提意见了。

她对这些变化竟能听其自然,连她自己都觉得惊讶。于连在她心里已成了一个陌生人,一个在精神上和情感上都使她猜不透的陌生人了。她常常想着这件事,不理解为什么起初两个人遇见了,相爱了,并在一股热情的冲动下结了婚,后来会突然间彼此成了几乎是素不相识的人,像是他们并不曾在一起睡过似的。

对于他的冷淡,她何以并不感到更深的痛苦呢?难道人生就是这样的吗?难道双方都看错了人吗?难道她一生就是这样了吗?

如果于连还是像从前一样漂亮、整齐、优雅、动人,是否她会感到更痛苦呢?

已经商量好了,新年之后,这对新婚夫妇将单独住在这里;男爵和他的妻子要回卢昂的住宅去住几个月。这对年轻人今年冬天不再离开白杨山庄,为的可以定居下来,使他们对自己要过一辈子的这个地方能够习惯,并且对它产生好感。此外,这里也有几家邻居,是于连准备带他妻子去拜访的。那就是勃利瑟维勒、古特列和福尔维勒这几家人。

但是这对年轻夫妇还不能出去做客,因为马车上的纹章还是原来那个样子,而直到目前那位专画纹章的油漆匠始终没工夫来。

事实是男爵已把家里的这辆旧马车让给他女婿用了;而于连坚持要把德·拉马尔家的纹章和勒培奇·德沃家的纹章画在一起,否则他决不同意到邻近的庄园去做客。

然而这一带只有一个人还懂得纹章图案这项专门技术,那就是博耳贝的一个油漆匠,名叫巴塔伊,诺曼底省的所有贵族家庭都约请他去描绘用在车门上的这项珍贵的装饰,所以他忙得东跑西奔。

终于,在十二月的一天里,快用完午餐的时刻,他们看见一个人推开栅门,从笔直的白杨路上走来。这人背上背着一口小木箱。他就是巴塔伊。

他们把他请到餐厅里,招待贵宾似的替他准备了午餐。因为他有这项专门技能,他就同本省的所有贵族经常有来往,他对有关纹章学及其专门术语的各种知识,使他成了专家一样的人物,士绅们可以同他握手而无愧色了。

他们立刻叫人取来铅笔和纸张,在巴塔伊用午餐的时候,男爵和于连便在设计两家纹章如何安排的草样了。男爵夫人一遇到这类事情,便异常兴奋,提出自己的意见;连约娜也参加了讨论,仿佛某种神秘的兴趣把她也唤醒了。

巴塔伊一面用午餐,一面发表他的意见,有时拿起铅笔,画出一个草样,举了好些例子,描述了本省各贵族家庭马车的式样,仿佛在他的见解里,甚至在他的声调里,都带来了一种贵族的气息。

他是一个身材矮小的人,头发已灰白并且剪得很短,满手带着油漆的痕迹,身上发出一股煤油味儿。据说他从前在男女问题上出过一些丑事;但是因为他受到所有世家的重视,这个污点也就早被忘掉了。

他刚喝完咖啡,他们就带他到车房里,揭开了盖在车上的油布。巴塔伊察看了一番,随即对图案上所用的尺寸认真地发表了他的意见;经过又一次互相磋商之后，他便着手工作了。

男爵夫人不顾寒冷，叫人端来一把椅子，为的坐在那里看他工作；后来她的脚凉了，又叫人送来一个脚炉。她同那个油漆匠静静地谈着天，向他打听她所不知道的各家生男育女、婚丧喜事等近况，用来补充那牢记在她心里的贵族家谱。

于连跨坐在一把椅子上，守在他岳母身旁。他吸着烟斗，随地吐痰，一边倾听，一边看着巴塔伊用油彩描绘他家的纹章。

不久，西蒙老爹肩着铲子到菜园去，也停住脚步来观望了；巴塔伊来到的消息，传到了那两个农庄，两家的主妇少不得立刻赶来。她们站在男爵夫人两旁，赞叹不止，连连地说："干这细巧的活儿，得要多大本领啊！"

两扇车门上的纹章，直到第二天上午十一点，才算完工。立刻人人都赶了来，他们把车子拉到外面，以便仔细观看。

大家都很满意。巴塔伊受过一番夸奖，背起他的小木箱告辞了。男爵、男爵夫人、于连和约娜都一致承认这个油漆匠是大有天才的，如果遇到好的环境，毫无疑问一定是个艺术家。

于连由于想节省开支，已经进行了一些改革，这就必然要作许多新的安排。

原来赶车的西蒙老爹已经派作园丁，子爵自己担任了这个职务；为了节省一笔草料钱，驾车的马也早卖掉了。

不过当主人下车的时候，总要有人牵住牲口，于是他把原来放牛的牧童马里于斯改作一个小跟班。

最后，为了要有驾车的马，他便在库亚尔和马丁家的佃约上附加了一个额外条款，规定两个农户每家每月在他指定的那一天，必须出一次马来拉车，并以免缴他们贡奉的鸡鸭作为交换条件。

这样，库亚尔家牵来了一匹黄毛大马，马丁家带来了一匹长毛的小白马，两匹马并驾在一起；马里于斯缩在西蒙老爹穿的那套旧号衣里，把马车带到邸宅的台阶前。

于连自己也修饰了一番，挺直了腰板，多少恢复了一点他过去动人的仪表；但是他的长胡须，仍然使他摆脱不了那股土气。

他把那两匹马、那辆马车和那个小跟班，一一观察了一遍，觉得都还满意，因为他惟一看重的东西，是车门上新漆的纹章。

男爵夫人靠在她丈夫的胳膊上,从卧室走下楼来,十分吃力地上了车,坐下身去,背上放了靠垫。约娜也出来了。她首先就笑那两匹马的配搭,她说那匹小白马是黄毛大马的孙子;及至看到牧童马里于斯,面孔埋在那顶缀有帽徽的大帽子里,全靠鼻子把它托住,两只手消失在那又长又肥的袖管里,两条腿被号服的下摆像裙子似的围着,下面滑稽地露出套在大鞋子里的两只脚,要看东西时,必须仰着脑袋,每走一步,必须像过河似的弓起膝盖,全身淹没在肥大的号服里,一听到吩咐,动作简直像一个瞎子,当她看到这副样子,她怎么也忍不住放声大笑,而且简直笑得不可收场。

男爵回头一望,看到这小家伙手足无措的那副狼狈样子,立刻受到传染,也哈哈大笑起来,笑得简直说不上话来,他拼命叫他的妻子:

"快……快……快看马里于斯!他多滑稽呀!天哪,真是滑稽,真是滑稽!"

这时男爵夫人从车窗口探出头来,一看这情景,笑得浑身发抖,使车身在弹簧上跳个不停,像是走在高低不平的路上一样。

于连面色变得铁青,问道:

"什么事情会有这么可笑;你们一定都疯了!"

约娜笑得扭成一团,实在按捺不住,便坐在一级台阶上。男爵也跟着坐下来;这时在车子里,一阵阵爆发的喷嚏声,连续不断的咯咯声,这说明男爵夫人笑得透不过气来了。突然,马里于斯的大礼服也摆动起来了,毫无疑义他懂得了别人为什么在笑,因此把头躲在大帽子下面,他自己也尽情地大笑起来。

这时于连怒不可遏地冲了过去。他一巴掌打掉了牧童头上的帽子,这顶其大无比的帽子一直滚落到草地上;然后转过身来对着他的丈人,声音气得发抖地叽咕说:

"照我看,您没有发笑的资格。如果您不坐吃山空,浪费财产,我们还不会弄到这步田地呢。家道衰落,这应该怪谁?"

欢笑完全被冻结了,鸦雀无声,谁也不再说一句话。约娜这时几乎要哭,一声不响地上了车子,坐在她母亲身旁。男爵也惊得怔住了,默默无言,面对母女俩坐下;于连先把那个打肿了脸、流着眼泪的孩子举到车子前头的座位上,然后自己就坐在他的身旁。

路上走得很久,气氛是令人愁闷的。车里的人谁都不说话。三个人都心情黯淡,很不自在,谁也不愿意提到自己的心事。他们都感觉到只要这痛苦的

思虑还纠缠在心头,就无法谈别的事情,与其触到这个令人难堪的题目,倒不如保持忧闷的沉默。

两匹步调不同的马,拖着车子擦过许多农庄的院落,几只黑母鸡吓得急忙跑开,钻进篱笆缝里躲藏起来,偶尔有一条狼狗吠叫着跟在车子后面奔跑,然后又回到它的窝里,竖直了毛,回转头来,再对着车子吠叫。一个少年穿着泥泞的木靴,无精打采地拖着两条长腿,双手插在口袋里,蓝布罩衫在背上被风吹得鼓鼓的,懒散地走着,看到车子过来时,站在一旁,笨手笨脚地摘下他的鸭舌帽,露出贴在脑门上的光滑的头发。

每个农庄之间,都留有一片空旷的平地,一处接着一处,远远地伸展开去。

最后他们进入和大路连接着的一条宽阔的大道,道旁都种上了松树。车子在泥泞而深陷的车辙上东倒西歪,把男爵夫人震得叫喊起来。大道尽头,是一道关着的白栅栏门;马里于斯跳下车去把门推开,车子便进到一条环抱着一大片草地的便道上,最终在一所高大而阴森的邸宅前停了下来,邸宅的百叶窗都紧闭着。

正中的大门忽然开了,出来一个上了年纪的老仆人。他穿着一件黑条纹的红坎肩,外面系着一条工作时穿的白围裙;他侧着身子迈着小步从台阶的右侧走下来。他问过了客人的姓名,把他们引到一间宽大的客厅里,一面很费力地打开那些一直关着的百叶窗。客厅的家具上都罩了套子,座钟和高脚烛台上蒙着白纱布;一种发霉的气息,一种陈腐、冰冷和潮湿的气息一直渗入到客人的皮肤、心脏和肺腑中去,叫人感到十分忧闷。

大家都坐下来,等着。可以听得见楼上走廊里慌慌张张的脚步声。被惊动了的庄园的主人正在那里急忙打扮起来。那是需要费很长时间的。唤人的铃声响了好几次。下楼来上楼去的脚步声都很紧张。

男爵夫人经不起刺骨的寒冷,接连打着喷嚏。于连来回地踱着步,约娜垂头丧气地坐在她母亲身边。男爵低着头,背靠在壁炉的大理石台上。

终于,客厅中一扇高大的门被推开,勃利瑟维勒子爵夫妇进来了。两个人都瘦小利落,看不出多大年纪,装腔作势,显得很不自然。女的穿着一件花丝袍,头上戴着一顶结丝带的小帽,嗓音尖酸,说话很快。

丈夫穿着一身绷得很紧的华贵的礼服,向客人答礼时膝有点屈。他的鼻子、眼睛、长长的牙齿、打过蜡似的头发、华贵的礼服,像受人们细心保护的东西一样,都闪闪发出光亮。

经过见面时的客套和寒暄之后,大家都找不到什么话可说了。于是东一句,西一句,凭空地互相恭维了一番。双方都表示,希望这种亲密的来往能保持下去。因为常年住在乡间,大家互相见见面,是最好不过的事情。

客厅里冰冷的空气刺人骨髓,连说话时嗓子都发哑了。男爵夫人既咳嗽,又打喷嚏。于是男爵表示要告辞了。勃利瑟维勒子爵夫妇却竭力挽留:"怎么?那么急吗?何不再多坐一会儿呢。"尽管于连作着手势,认为拜访的时间过短了,但约娜已经站起身来。

主人想要打铃唤仆人去叫马车开过来。但铃是坏了的。主人急忙亲自赶出去,回来时说马已经牵在马房里了。

大家只好等着。每个人都想找一两句话来说。于是就谈到多雨的冬天。约娜愁闷得直打寒噤,便问主人,两个人孤单单地成年做些什么。但是勃利瑟维勒夫妇却为这个问题吃惊了;因为他们整天都很忙碌,他们经常要和散布在全法国境内的贵族亲戚们通通信,平日有那么多琐琐碎碎的事情要处理,夫妇间像在陌生人面前一样保持着各种礼节,还要像煞有介事地商讨着无聊的芝麻般大的事情。

在这间无人来往的宽大的客厅里,头上是黑魆魆的高大的天花板,所有东西都罩上了布套,这一对那么娇小,那么洁净,那么讲规矩的夫妇,在约娜看来,正像是封在罐头中保存起来的贵族。

最后车子由两匹搭配得不相称的马拉着,终于来到窗前了。但是马里于斯却不见了。他以为天黑以前不会有他的事情,一定跑到附近闲逛去了。

于连气极了,叫人关照他走路回去;双方再三行礼告别,然后客人便上路回白杨山庄去了。

他们一上了马车,约娜和她父亲尽管心里还没有忘掉于连先头那种粗暴的态度,却都笑了起来,模仿着勃利瑟维勒夫妇谈话时的姿势和音调。男爵装丈夫,约娜扮演他的妻子,但是男爵夫人心里不乐意,觉得这有伤对贵族的尊敬,便说:

"你们不应该这样嘲笑人,他们都彬彬有礼,不愧是世家出身的人。"

为了不触犯男爵夫人,他们就不做声了,可是过了一阵,父亲和约娜互相望着,禁不住又开起玩笑来了。男爵先是规规矩矩地一鞠躬,然后用庄重的腔调模仿说:

"夫人,你们那白杨山庄,整日面临海风,其冷无比吧!"

于是约娜就模仿他妻子那种装模作样的神气,像鸭子洗澡一般,迅速地摆一摆脑袋,又娇又媚地说:

"噢!男爵先生,我可整年忙不过来呀!我们有这么多亲戚,都要给他们写信。勃利瑟维勒子爵万事不管,一切都堆在我身上。他呀,他光和贝勒神甫做研究工作。他们一起在写一本诺曼底的宗教史。"

男爵夫人又有点生气,又觉得好笑,一再劝导说:"不许可这样讥笑我们自己阶级的人。"

但是马车忽然停住了;于连大声嚷着,在呼唤后面的一个什么人。约娜和男爵把头探向窗口,望见一个怪样子的东西,像是向他们飞滚过来。这正是马里于斯使出他全部脚力拼命在追赶着车子:他的两条腿被号服飘着的下襟牵制着,眼睛掩盖在那顶不断下沉的帽子里,两只大袖子像磨坊风车的翼子似的挥舞着,他慌乱地踩过一个又一个的大水坑,不断被路上的石头绊倒,他蹦着跳着,满身沾上了污泥。

他刚赶上车子,于连就弯腰一把抓住他的衣领,把他提了起来放到身边,丢开缰绳,举起拳头,照准他的脑袋就打,打得那顶帽子一直罩到孩子的肩膀上,击鼓似的咚咚作响。孩子在帽子里嘶叫,挣扎着想要从车座上跳下去逃走,于连用一只手把他按住,另一只手还在打。

约娜害怕得说不出话来,频频地呼喊着:"爸爸……啊!爸爸!"

男爵夫人也气忿极了,抓住她丈夫的胳膊说:

"雅克,快拦住他呀!"

男爵这时急忙放下前座的玻璃窗,伸手牵住他女婿的袖子,声音气得发抖,嚷着说:

"你把这孩子打得还不够吗?"

于连吃惊地回过头去,说:

"您不看见这畜生把号服糟蹋成什么样子了吗?"

男爵把头插到他们两个人中间,说道:

"这算什么!何必粗暴到这种地步。"

于连重新发起火来:"请您不要管,好不好,这和您不相干!"说着他又动手要打,但是他丈人立刻把他的手抓住,往下直拉,用力过猛,使那只手撞到座位的木板上,一面厉声喝道:"您再打,我就下车,我有办法阻止您!"这时子爵才突然平静了,耸了耸肩,没有答话,他在马背上抽了几鞭,两匹马拉动车子奔跑起来了。

两个女人,脸色发青,一动也不动地坐在那里,人们可以清楚地听到男爵夫人胸口突突跳动着的声音。

晚餐时于连反显得比平时更可亲些,好像并没有发生过任何事情一样。约娜和她父母本着那种息事宁人的厚道气质,很快把过去的事忘了,他们看见他这么和悦,也就带着病后恢复健康时的那种舒坦心情,跟着他高兴起来;约娜又谈起勃利瑟维勒夫妇来,于连也一同打趣,但他很快补充说:"到底他们是很有气派的。"

他们不再去拜访其他邻居了,因为大家都害怕又惹起马里于斯的问题来。他们决定在新年时发个贺年片,等到明年春暖时节再去访问。

圣诞节到了。他们请了神甫和镇长夫妇一同晚餐。新年时又邀请了他们一次。这是他们日复一日的单调生活中惟一的调剂了。

男爵老夫妇预定一月九日离开白杨山庄。约娜想要留他们,但是于连没有表示挽留,男爵看到女婿的态度愈来愈冷淡,便派人到卢昂去雇了一辆长途马车来。

别离前夕,虽然结了冰,夜色很明净,行李收拾好了,约娜和她父亲决意到意埠去走一趟,因为从科西嘉旅行回来之后,他们再没有到那里去过。

他们穿过那个树林子,这正是她在结婚那一天和那个已成为自己终身伴侣的人散步过的树林子,那时她心中只有他,就在那个树林里,她接受了他第一次的爱抚,她第一次从爱情中感到浑身的战栗,至于肉欲的爱,那时她还只有一种预感,这是直到她在荒僻的奥塔山谷里,在泉水旁嘴对着嘴吸水时,才真正体味到的。

如今树叶落尽了,蔓草不见了,只有枝柯在冬天的树林里发出干枯的声响。

他们走到那个小镇上。街道上静寂无声,不见一个人影,只留下那股海水、海藻和鱼的气息。棕色的大渔网依旧晾在那里,有的挂在门前,有的铺在沙滩上。灰色而寒冷的大海,载着永远起伏动荡的泡沫,正在开始退潮,费岗那边,悬崖脚下灰绿色的岩石已经露出海面。斜躺在海滩一带的大渔船,看去就像一条条死了的大鱼。夜降临了,渔夫们穿着水手的大靴子,迈着沉重的步子结队而来,脖子上裹着毛围巾,一手提着酒瓶,一手提着船上用的风灯。他们在斜躺着的渔船四周转来转去,转了很久,以诺曼底人固有的从容不迫的姿态,把渔网、浮标、一大块面包、一罐黄油、一只酒杯和一瓶烈酒一一放到船上。然后把船躺正了,向水里推去,船在沙滩上磨擦着,发出切切咔咔的响声,随后冲开泡沫,漂到水浪上,摇晃了一会儿,张开棕色的帆翼,带着桅杆顶上的小灯光,在黑夜中消失了。

渔人们的妻子,个儿高大,在单薄的连衣裙下,可以看出她们结实的骨骼。她们守在海边,一直等到最后一个渔夫上了船,才回到静寂沉睡的小镇去。她们尖锐响亮的语声惊动了黑夜中街巷的睡梦。

男爵和约娜一动也不动,默默地看着渔人们在黑暗中消失,他们为饥饿所迫,夜夜都要这样去冒生命的危险,然而他们还是那么贫困,嘴里从来吃不上肉。

男爵面对大海,感慨起来,他低声说:

"真是既叫人害怕而又吸引人。看这片大海,黑夜渐渐地降下来,多少人的生命正在受着威胁,但它又是多么壮丽啊!小约娜,你说对不对?"

她冷淡地微笑说:"远比不上地中海。"

但是她父亲不服气地说:"地中海!那就像油和糖水,或是洗衣桶中发青的漂白水。你看看这个海,翻腾着汹涌的泡沫,多可怕呀!再想想那些出发的人们,现在都已无影无踪了。"

约娜叹了一口气,表示同意:"是的,如果你爱这么说。"

但是地中海这个名字一到了她口边,不免又刺痛了她的心,把她的种种思想吸引到寄托着她的梦想的遥远的国土去。

父女俩不再从树林回去,他们走上大路,慢步顺着山坡走去。他们都不说话,眼看就要分离,心头感到悲伤。

父女俩走到农家的沟渠边时,一阵阵捣碎了的苹果气味扑面而来,在这个季节,所有诺曼底的乡村里,都散发出这种新鲜的苹果酒的香味。偶尔还从牛栏里吹来一股浓烈的气味,这是牛粪里发出来的一种好闻的热呼呼的气息。从小小的窗口,透出一线灯光,说明院子的尽头住着一户人家。

约娜觉得自己的心灵扩大起来,并能洞察目力所不及的事物。分散在原野上的点点灯光,猛然使她强烈地感觉到一切生命的孤独,他们被分散、被隔绝,远离开自己所心爱的一切。

她感到无可奈何地说:"人生,可并不总是快乐的。"

男爵叹息说:"孩子呀,这有什么办法呢,我们谁也无能为力。"

第二天,当男爵夫妇离开后,白杨山庄只剩下约娜和于连了。

七

纸牌成了这一对小夫妻生活中的消遣品了。每天午餐后,于连总和他妻子玩上几盘纸牌,这时他一面吸着烟斗,一面慢慢地喝着白兰地酒,他渐渐已能喝到六杯或八杯之多。之后,她上楼回到自己的卧室去,在窗口坐下,尽管风雨吹打着玻璃窗,她却把全副精神用在刺绣裙子上用的一道花边。有时疲倦了,她便抬起头来,静看远处阴沉的、白浪翻腾的大海。这样茫然眺望了几分钟之后,她又回头做她的活计。

此外她也没有任何其他事情可做了,因为全部家务的管理已由于连一手包揽,这样就充分满足了他做主人的威风和处处节约的愿望。他吝啬到了极点,对下人从来不赏一点酒钱,伙食减缩到最低限度;约娜自从回到白杨山庄以来,每天早晨总要叫面包店送来一个诺曼底式的小蛋糕,于连把这笔开支也取消了,限定她吃普通的烤面包。

她一句话也不讲,为了避免解释、辩论和争执;但是每当她丈夫表现出一种新的吝啬作风时,她心中就像针刺般受到痛苦。她觉得那是卑鄙可耻的,因为她生长的家庭,从来没有拿钱当过一回事。她经常听到她母亲说:"钱本来就是为人花的。"如今于连却一再说:"难道你总不能改掉乱花钱的习惯吗?"每次他在工资或是账单上克扣到几个小钱的时候,他便沾沾自喜地把钱放进自己的口袋里说:"积少就能成多呀。"

有些天约娜又沉入在幻想中了。她轻轻地放下活计,双手无力,目光茫然,重温起她做女孩子时的美梦来,迷失在动人的浪漫冒险的境界里。但是于连在那里吩咐西蒙老爹的声音,猛然打断了她甜蜜的梦境,这时她重新拿起她孜孜不倦在进行的活计,自言自语说:"完了,一切都成过去了!"一滴泪珠落到她正在穿针的手指上。

萝莎丽以前是很快活的,经常歌唱,但是近来也变了样子。她那圆鼓鼓的腮帮子失掉了红润,几乎凹成两个坑,有时看去带着土青色。

约娜常常问她:"孩子,你病了吗?"小使女总回答说:"没有,太太。"她脸上会微微泛起红潮,然后急忙退出去了。

她不像以前一样爱跑爱跳,现在连迈步也很吃力了,而且不再注意打扮。那些小贩把丝带、胸衣和各种香水放在她面前时,她却什么也不买了。

这所大邸宅现在显得空空洞洞,完全是一副阴森的气象,雨水在墙上留下了一道一道灰色的痕迹。

到了正月底,天下雪了。从远处阴暗的海面上,可以看到从北方飘来的朵朵乌云,团团的雪花开始下降了。一夜之间,整个原野都被掩埋,到清早树木都像是穿上了冰雪的冬装。

于连脚上穿了长靴子,一身破旧的打扮,走到灌木林里,躲在面对荒野的壕沟后面,窥伺着迁徙的候鸟,消磨时光。不时一声枪响,震动了原野冰冻的沉寂;成群的乌鸦从大树上惊飞起来,绕空盘旋。

约娜闷得不堪,有时下楼来站到台阶上。从遥远地方传来的嘈杂的人声,在死一般沉寂的阴凄惨白的雪地上发出了回声。

随后她什么也听不见了,除了远方波浪的冲击声和不停地下降的雪花的沙沙声。

轻松而稠密的飞絮无止无休地下降,地面的积雪愈来愈厚。

就在这样一个阴沉的早晨,约娜呆坐在卧室里,双脚伸在炉边取暖,这时萝莎丽正在慢慢地替她铺床,小使女的样子已经一天一天地起了变化。突然间约娜听见自己身后发出一声痛苦的叹息,她没有回过头去,便问道:

"你怎么啦?"

使女像平时一样地回答说:

"没有什么,太太。"

但是她的声音非常凄凉并且微弱得几乎听不见。

约娜心里已想着别的事情,忽然她发觉听不见小使女的动静了。她叫道:"萝莎丽!"仍然没有一点动静。她心想也许她已悄悄地出去了,便更大声地叫她:

"萝莎丽!"她正要伸手去打铃,这时候,就在她身边发出一声深长的呻吟,她一阵寒战,立刻站了起来。

小使女脸色惨白,两眼发愣地坐在地上,伸着腿,背靠在床边。

约娜冲上去问她：

"你怎么啦？你怎么啦？"

萝莎丽一言不发，一动也不动；她的目光呆呆地盯着女主人。她像是被一种无比的痛苦折磨着，老是喘着气，然后突然挺直了全身，仰翻在地上，咬紧牙关，发出一声痛苦的叫唤。

这时她那裹在连衣裙里的、叉开着的双腿下，有什么东西在动了。并且从那里发出来一种异样的声音，波浪波动一般的声音，一种被扼住了脖子的窒闷的喘息；接着忽然是一种拖长的猫一般的叫声，一种脆弱而已感到痛苦的哀鸣，这是婴儿进入人世来第一声痛苦的叫唤。

约娜顿时明白了，她慌乱极了，赶忙跑到楼梯口，大声喊叫：

"于连！于连！"

他在楼下回答："干什么呀？"

她十分为难地说：

"是……是萝莎丽，她……"

于连两步并作一步地冲上了楼，冲进卧室，一下撩开小使女的连衣裙，发现一小团难看的起皱裥的血肉，浑身带着粘液，抽搐着，哀鸣着，在那赤裸的大腿中间蠕动。

他面色凶恶地站起身来，把那吓坏了的妻子推到门外，说道：

"你不必管，走吧！把吕迪芬和西蒙老爹叫到这里来。"

约娜浑身发抖，下楼到了厨房里。她不敢再上楼去，便走进那冰冷的客厅。自从她父母走了以后，客厅里就没有再生火，她在那里忧闷地等候消息。

不久她看见男仆跑着出去。五分钟之后，他带了当地的接生婆唐屠寡妇回来了。

之后楼梯上忙乱了一阵，像是在搬运一个受伤的人似的；最后于连进来告诉约娜，说她可以回到自己的卧室去了。

她发着抖，像是刚遇见了一桩惨剧似的。她重新在炉火边坐下，然后问道：

"她怎么样啦？"

于连怀着心事，焦躁不安，在屋子里踱来踱去；一阵怒火像是激动着他。起初他一字也不回答，过了几秒钟，他站住了，问道：

"你打算怎么处理这个女孩子呢？"

89

她没有听懂他的意思,眼睛望着她的丈夫,说道:

"怎么?你说什么?我不知道呀!"

突然他像激怒起来,大声嚷着说:

"我们总不能在家里收留一个私生子呀。"

约娜感觉很为难了。长时间的沉默以后,她建议说:

"不过,朋友,也许我们可以把孩子寄养出去吧?"

于连不等她说完,紧接着问:

"那末谁来付钱呢?当然又是你喽?"

她又思索了许久,想找出一个解决问题的办法;终于她说:

"当然这个孩子的父亲要负责任;而且只要他娶了萝莎丽,一切困难也都解决了。"

于连似乎再也不能忍耐了,怒气冲冲地说:

"孩子的父亲!孩子的父亲!……你知道孩子的父亲……是谁吗?你也不知道,是不是?那末怎么办呢?……"

约娜心中受了震动,也激昂起来:

"但他总不能就这样把这个女孩子扔了。那这个人就太卑鄙了!我们一定要探问出他的名字来,这个人,我们一定要把他找到,非叫他把事情说个明白不可。"

于连那股气平下去了,又开始踱来踱去:

"亲爱的,她不愿意说出那个男人的名字来;难道她对我不肯说对你就肯说吗?……而且,如果那男人不要她,又怎么办呢?……我们总不能在家里留下一个养了私生子的小姑娘和她的私生子,这你懂吗?"

约娜还是固执地说:

"那末,这个男人真是可恶到极点了;但是我们一定要弄清他究竟是什么人;到那时候,我们就去和他办交涉。"

于连面色涨得通红,怒气又上来了:

"但是……目前怎么办呢?"

她也拿不定主意,问道:

"那末,你主张怎么样呢?"

他马上说出他自己的主张:

"啊!我看这事情很简单。我赏给她一点钱,就让她和那孩子一起滚出去算了。"

约娜很气愤,反对说:

"这个,我怎么也不能答应。她是我的同奶姊妹,我们是一起长大的。她犯了错误,那是她活该;但是我决不能因此就把她赶出去;如果必要的话,归我来养这个孩子就是了。"

于是于连暴怒起来:

"那样我们就要有好名声了,我们这些人,还有我们的门第和我们所来往的人!别人会到处说我们包庇罪恶,收容贱货,以后有声望的人都不敢上我们的门了。你到底怎么想呢?我看你疯了!"

她还是非常镇静。

"我决不让人把萝莎丽赶出去;如果你不愿意把她留下,我母亲会要她的;迟早我们一定要把孩子父亲的姓名弄个清楚。"

于是于连砰的一声带上门,十分气愤地出去了,一面嚷着说:

"女人和她们的想法真叫蠢!"

下午约娜上楼去看产妇。小使女由唐屠寡妇看护着,她睁大了眼睛,一动也不动地躺在床上,看护把初生的婴儿抱在怀里摇着。

萝莎丽一看见女主人就痛哭起来,用被蒙住脸,伤心得浑身颤抖。约娜想抱吻她,她盖住脸躲开了。看护过来把被揭开,使她露出脸来;这时她不再躲藏,但仍然低声哭泣着。

微弱的火在壁炉里燃烧;屋子里很冷;婴儿在啼哭。约娜不敢提到那个小东西,生怕又伤她的心;她握住使女的手,不由自主地反复说:

"不要紧,不要紧。"

可怜的小使女偷偷往看护那里望去,孩子一哭,她就心惊;她心头的悲伤还没有完全消除,时而迸裂出一两声抽搐的哽咽,她抑止住眼泪,吞回到嗓子里,发出咯咯的声响。

约娜又一次吻了吻她,小声在她耳边安慰她说:

"我们会很好照顾他的,你放心好了,好孩子。"

于是萝莎丽又哭泣起来,约娜便赶忙退出去了。

约娜每天都要去探望一次,而萝莎丽每次看到她的女主人时,便伤心地哭泣起来。

婴儿送到邻居家去寄养了。

于连很少和他妻子说话,自从约娜拒绝辞退使女以后,他好像一直对她怀着很大的愤怒。有一天,他又提起这个问题来,约娜便从口袋里掏出男爵夫人的一封信,信中告诉他们说,如果白杨山庄不留萝莎丽的话,可以立刻把她送到他们那里去。于连气极了,大叫说:

"你母亲和你一样的蠢。"

不过从此他也不再坚持了。

半个月以后,产妇已能起床,并又照常工作了。

一天早晨,约娜叫她坐下,她握住她的双手,眼睁睁地盯着她,说道:

"孩子,把一切都告诉我吧!"

萝莎丽哆嗦起来,支吾说:

"讲什么呢,太太?"

"那孩子究竟是什么人生的?"

小使女满脸露出痛苦而绝望的神色,她慌张地想把手挣脱出来,遮住面孔。

但是约娜仍然抱吻了她,安慰她说:

"这是一桩不幸的事情,但是有什么办法呢,孩子?你一时软弱了;不过这也是很多人都免不了的。如果那孩子的父亲娶了你,以后也就没有人谈论了;我们可以雇用他,让他在这里和你一起工作。"

萝莎丽像是受了酷刑似的呻吟着,时时挣扎着想要脱身逃走。

约娜接着又说:

"我很了解你心里感到的羞愧;但是你看我并没有生气,我耐心地和你谈。我所以向你追问那个男人的名字,这是为了你好,因为看你悲伤的样子,我想是他抛弃了你,不过我不能容许他这样做。于连会把他找来,我们可以迫使他和你结婚;我们要把你们两个人都留在这里工作,我们一定要他使你幸福。"

这时萝莎丽猛一挣扎,就把手从她女主人手里摆脱出来,她像疯了一般地逃走了。

晚餐时,约娜对于连说:

"我劝说了萝莎丽,叫她把那个引诱她的男人的名字告诉我,结果她不肯说。你也从你那方面试一试,我们总要做到叫那个可恨的家伙娶她。"

于连立刻生气了:

"唉！你知道,这件事情我早听厌了。你舍不得这个使女,你就留下她好了,但是再也别拿她的事情来给我添麻烦。"

自从萝莎丽分娩以来,他的脾气比过去显得更坏了;他已养成一种习惯,每和他妻子说话,就要大嚷一通,仿佛他总是怒不可遏。她却相反,总是小声地说话,采取温和的、商量的态度,避免争执起来;不过到了夜间,她常常躺在床上,独自流泪。

自从他们旅行回来之后,于连很少和他妻子同床,现在他尽管经常要发脾气,夫妇之爱却恢复了,难得有相隔三夜他不到他妻子的卧室去的。

不久萝莎丽完全恢复健康了,她也不再那样伤心,不过她仍然很惊慌,一种不知名的恐惧始终追逐着她。

有两次当约娜又想追问她时,她都逃开了。

于连忽然也变得更可亲了,年轻的妻子展望未来,又有点乐观起来。她的心情比以前快乐了,只是偶尔生理上出现某种异样不舒服的感觉,不过她从来也不谈起。冰雪还没有解冻,五个星期以来,白天天空明净得像蓝色的水晶,夜间繁星闪烁,有如严寒季节中的满天冰霜,覆盖在纯洁、坚硬而闪光的雪地上。

农庄孤零零地被隔绝在四方的院子里,藏在缀满霜雪的大树后面,就像是穿上白色的睡衣睡熟了。再不见有人和牲畜从那里出来,只有茅屋的烟囱吐出缕缕炊烟,飘升到寒冷的天空中,显示出这里还隐藏着生命。

原野、篱垣和御风的榆树林全像被寒气杀害了。时而可以听到树木的折裂声,仿佛它们的肢体在树皮下碎裂了;偶尔一截粗大的树枝断下来落到地上,那是由于严寒冻结了树液,把纤维折断了。

约娜焦急地盼望着春暖的日子就会到来,以为她浑身的不舒适都是由于季节寒冷的缘故。

有时她一点东西也吃不下,看见任何食品都觉得恶心;有时脉搏跳动得非常剧烈;有时稍稍吃进一点东西就要呕吐;神经紧张得嗡嗡地响,使她不断地生活在一种难以忍受的兴奋状态中。

一天晚上,寒暑表降得更低了。餐后于连浑身哆嗦着,因为他要节省木柴,餐厅总是烧得不够热,他擦着双手取暖,一面低声地说:

"这样的晚上两个人睡在一起多好呢,小猫儿,你说对不对?"

他用他从前那种孩子气的笑声笑着,约娜伸出胳膊搂住他的脖子;但不巧那天晚上她身上感觉很不舒服,心里烦乱而又异样地紧张,她便嘴对嘴轻声地央求他,让她一个人睡。她向他解释了几句,说她很不舒服:

"亲爱的,我央求你;确实我很不舒服。明天一定能好些。"

他不坚持。

"随你高兴吧,亲爱的;既然病了,就应该好好休息。"

后来就谈别的事情了。

约娜早早地睡了。于连破例叫人在他睡的屋子里生起炉子来。等到他们通知他说"炉子生好了",他在妻子的额上吻了一下,就出去了。

整所房子像是受着寒气的侵袭;连墙壁也轻轻地发出颤动的声音,约娜在床上冷得发抖。

她两次起来,在壁炉里添一些木柴,又把袍子短裙和旧衣服都找来压在被上。然而什么也不能教她暖过来;她的脚冷得发木,从小腿直到臀部都发着抖,使她不停地翻来覆去安不下心,神经焦躁到极点了。

不久,牙齿格格作响;两手发抖;胸口紧压得难受;心怦怦地跳得很慢,有时简直像要停止跳动了;嗓子仿佛就要喘不上气来。

难以抵挡的寒冷一直透入她的骨髓,同时她精神上也产生了一种极度的恐怖。她从来没有过这种感觉,从来没有这样地受到过生命的威胁,简直就只剩下最后的一口气了。

她心里想:"我活不下去了……我就要死了……"

受着恐怖的袭击,她跳下床来,打铃喊萝莎丽,等了一阵,又打铃,又等,身子冰冷地颤抖着。

小使女始终不见来。她第一觉睡过去,一定睡得死极了,怎么也叫不醒的;约娜急了,不顾一切,光着脚跑到扶梯口。

她不声不响地摸上阁楼去,摸到了门,推了进去,叫唤"萝莎丽!"。她再往前走,撞在床上,用手在床上摸了一下,发觉床上并没有人。床是空的,而且冰冷,不像有人在上边睡过。

她惊讶了,自语说:"这是怎么回事!这样的天气,她仍然跑出去了!"

这时她的心突然跳动得很猛烈,使她喘不过气来,她的腿很软弱,她下楼来想去叫醒于连。

她以为自己一定快要死了,希望在没有失去知觉以前能见到他,便猛然闯进他的卧室去。

在炉子快要熄灭的火光下,她看见她丈夫的头和萝莎丽的头并排躺在枕头上。

她一声叫喊,两个人都坐了起来。这一发现使她惊傻了,约有一秒钟光景,她站在那里不能动弹。然后她逃跑了,逃到自己的卧室里;于连惊惶地叫着"约娜!",这使她引起了一种剧烈的恐怖:她怕看见他,怕听到他的声音,怕听他辩解和说谎,怕面对面地遇到他的目光,于是她又冲到扶梯口,冲下楼去。

这时她在黑暗中奔跑,她已顾不得会从梯级上滚下去,会在石头上跌断四肢。她一直向前冲去,急于要躲开一切,什么事都不想知道,什么人都不愿意看见。

当她下了楼,她坐在梯级上,两脚光着,身上只穿着一件睡衣;她出神地坐在那里。

于连已从床上跳下来,急忙穿上衣服。她听到他的行动,听到他的脚步声。她要躲开他,就立即站立起来。这时他正在下楼,他叫喊着:"听我说,约娜!"

不,她不愿意听,也不愿意让他的指尖触到她,她像逃避杀人犯一样闯进餐厅去。她寻找一条出路,一个可以隐藏的地方,一个黑暗的角落,一种能够躲避他的办法。她蹲到餐桌底下去了。但是他已经把门推开,手里拿着蜡烛,连声叫着"约娜!"。她像野兔一般又冲了出去,蹿进厨房,像被围的野兽似的兜了两个圈子,看他还要追来,她就猛力打开那扇通向花园的门,直奔野外而去。

她赤裸的脚在雪地上有时深陷到膝盖,这种冰冷的感觉突然给了她在绝望中挣扎的力量。虽然全身几乎是光着的,她却并不觉得寒冷;她没有什么感觉了,内心的痛苦已使她的躯体麻木,她向前奔跑,脸色惨白得和地面的积雪一样。

她顺着林荫路,穿过灌木林,越过壕沟,在旷野中奔跑。

天上没有月亮;灿烂的群星像是撒在黑暗天空里的点点火种;原野上积雪反射出一片黯淡的白光,一切都凝冻成无声无息,大地笼罩在无垠的静寂中。

约娜屏住呼吸,飞快地往前跑,她脑海中什么也不知道,心里什么也不想。突然她发现自己已经走到悬崖的边缘。她本能地急忙站住,在雪地上蹲了下来,什么也不想,失去了意志和力量。

在她面前是阴暗的深渊,沉默的、望不见的大海从那里散发着潮退时海藻的咸水气息。

许久她呆在那里,精神和肉体都已麻木了;然后突然她开始发抖,颤抖得就像在风中摇摆的船帆。她的胳膊、她的手和她的脚被一种不可抗拒的力量所震动,猛烈而急促地抖动起来;她的知觉突然清醒了。

往事的回忆一一出现在她的眼前:和于连在拉斯蒂克老爹小艇上的漫游,他们的谈心,她爱情的开端,那艘小艇的命名典礼;然后她回想得更远,一直想到她初返白杨山庄时那通宵的梦想和陶醉。而如今!啊!如今她的一生已经毁灭了,一切的欢乐已成泡影,一切的期望都成为不可能了;展示在她眼前的,是漆黑的未来,充满着痛苦、欺骗和绝望。倒不如一死,一切也就立刻化为乌有了。

这时,远处有人在叫喊:

"在这里,这是她的脚印;赶快,赶快,快往这里来!"

这是正在寻找她的于连的声音。

啊!她不愿意再看见他。深渊就在她面前,她听到海波轻轻地冲击着岩石的声响。

她猛然站起来,决心要向空中跳去;她向生命作最后的告别,叫出了人们在临死时和年轻的士兵在战场上牺牲时最终的呼声:"妈妈!"

母亲的形象突然在她心中出现了,她看见她在痛哭;她看见父亲跪在她血肉模糊的尸体面前,刹那间她感到了他们在绝望中的痛苦。

于是她软弱无力地倒在雪地里了。之后于连和西蒙老爹,还有提着灯跟在后面的马里于斯都过来了,她也就不再躲避了,他们握住她的胳膊往里拖,因为她的身子已经紧挨在悬崖边上。

她听任他们摆布,因为她已一点不能动弹。她觉得他们把她抬走了,后来放到一张床上,用热手巾替她摩擦;这以后她一切都不记得了,她完全失去了知觉。

后来她做了一场噩梦——真是一场噩梦吗?她睡在自己的卧室里。天亮了,但是她起不来。什么缘故呢?她一点都不了解。她只听见地板上有微弱的声音,一种爪抓和轻轻擦过的声音,突然一只老鼠,一只灰色的小老鼠从她被上蹿过去。另一只跟着来了,接着又是第三只,它轻松活泼地跳动着,直向她的胸前奔来。约娜并不害怕;她想捉住它,她伸出手去,但是捉不到。

这时又有许多只老鼠,十只、二十只、几百只、几千只,都从四面八方钻出

来。它们往床柱上爬,在挂毡上跑,后来满床都是老鼠了。不久它们就钻进被窝里;约娜觉得它们在她的皮肤上溜过,使她腿上感到痒痒,又在整个身上跑上跑下。她看到它们从床脚边跑出来,钻进被里,扑向她的胸口;她挣扎着,伸手想要捉住一只,但总是扑一个空。

她被激怒了,想要逃走,她大声叫喊,但仿佛有人按住了她,不让她动,仿佛有人用粗壮的胳膊把她拖住了,教她无能为力;但是她并看不见有人。

她已经失去时间的观念。这种状态延续了很久很久。

然后她醒了,醒后又疲倦又疼痛,但心里却很安静。她觉得浑身都很软弱。她睁开眼睛,看见她母亲坐在她的卧室里,此外还有一个她不认识的肥胖的男人,这一切她都并不惊奇。

她有多大年纪了?她一点不知道,她以为自己还是一个小女孩子。此外,过去的事情,她一点也不记得。

那个肥胖的男人说话了:

"瞧,她恢复知觉了。"

这时她母亲就哭了。

于是胖子又说:

"安静一些,男爵夫人,现在我可以向您担保了。不过不要和她讲话,什么也不必讲。让她睡吧!"

约娜觉得自己又迷迷糊糊地生活了很久,每当她要想什么,她就昏昏沉沉地要熟睡;她也不去回想任何事情,像是暗暗地害怕记忆中又会触到过去的种种。

有一次,她刚醒来,看见于连独自站在她身边;突然就像那掩盖起她过去生活的幕布被揭开了,她想起了一切。

她内心感到万分的痛苦,于是她又想逃走。她推开被,跳到地板上,她的双腿支持不住,跌倒了。

于连赶忙想去搀她,她尖声叫喊起来,不准他去碰她。她蜷曲着身子,在地上打滚。门开了。丽松姨妈和唐屠寡妇都跑来了,接着是男爵,最后是男爵夫人惊慌得上气不接下气地也赶来了。

他们把她放回到床上,她立刻故意把眼睛闭上,免得和他们说话,同时也可以静静地想一想。

她母亲和姨妈在她身边手忙脚乱地守护着,争先恐后地问她:

"约娜,小约娜,我们现在说话,你听得见吗?"

她装作没有听见,什么也不回答;她很清楚地知道天快黑了,夜已来临。看护守在她的床边,时时给她点水喝。

她喝着水,却什么也不说,但她再也睡不着了;她竭力思索着那些记不起来的事情,好像她的记忆中有着漏洞,有着整片的空白点,许多事情都没有留下痕迹。

经过长时间的努力之后,她才逐渐把事情的经过都想起来了。

她把全副精神都用到这上面去了。

既然她母亲、丽松姨妈和男爵都来了,那末她一定病得很厉害。但是于连呢?他说了些什么呢?她父亲都知道吗?还有萝莎丽呢?她在哪里呢?而且以后怎么办?怎么办?突然她想出了办法:像从前一样,和父母回到卢昂去吧。她就算成了寡妇,一切也不过如此而已。

于是她等待,静听她周围的人们在讲些什么,她都听懂了,但不让旁人看出来,她庆幸自己又能理解事物了,她很耐心,知道需要用一点手段。

到了晚上,终于只留下她和男爵夫人两个人时,她低声叫道:

"小母亲!"

她自己的声音使她吃了一惊,仿佛和以前不一样了。男爵夫人握住她的双手:

"我的女儿!我亲爱的约娜!我的女儿,你认得我吗?"

"认得,小母亲,可是你不要再哭;我们有好多话要说。于连和你说过为什么我要逃到雪地里去吗?"

"是呀,我的宝贝,你当时高烧得厉害。"

"不是这样的,妈妈。发高烧是以后的事情;可他对你说过我是怎么发烧的吗?为什么我要逃走呢?"

"没有,我的宝贝。"

"那是因为我发现萝莎丽睡在他的床上。"

男爵夫人以为她又神志不清了,便安慰她:

"睡吧,小宝贝,安静一些,想法子睡吧。"

但是约娜固执地要说下去:

"现在我完全清醒了,小妈妈,我不像前几天那样语无伦次了。有一天夜里,我觉得我病了,我就去找于连。萝莎丽和他睡在一起。我伤心得失掉了理

99

智,我就逃到雪地里,想从悬崖上跳下去。"

但是男爵夫人又重复说:

"是的,我的宝贝,你当时病得很重,病得很重。"

"事情不是这样的,妈妈,我发现萝莎丽睡在于连的床上,我不愿意再和他生活下去了。你把我带走吧,像从前一样,带我回到卢昂去。"

男爵夫人曾经受医生的嘱咐,绝不可违拂约娜的意思,便答应说:

"好的,我的宝贝。"

但是病人不耐烦起来:

"我知道你不相信我的话。把爸爸叫来吧,他一定会了解我的。"

男爵夫人很吃力地站起身来,扶着两根手杖,拖着脚步出去了。几分钟以后,男爵搀着她一同进来了。

老夫妇俩坐在床前,约娜立刻开口了。她把一切都说了:于连古怪的性格、他的冷酷、他的吝啬和他对妻子的不忠实。她说话很缓慢,声音很微弱,但叙述得清清楚楚。

她讲完之后,男爵看得很明白,她不是在说梦话,但是他不知道如何来考虑,如何解决,如何回答。

他十分慈爱地握着她的手,就像从前为要使她入睡,他给她讲故事时一样。

"亲爱的,听我说,我们做事要慎重,急躁不得;在我们没有决定出一个办法之前,对你丈夫,暂且迁就一些吧……你肯答应我吗?"

她絮声说:

"我同意,但是我病好之后,我决不能再留在这里了。"

接着她又低声说:

"现在萝莎丽在哪里呢?"

男爵回答说:

"你再也见不到她了。"

但是她还是追问:

"她在哪里呢?我要知道。"

这时男爵才承认她还没有离开白杨山庄;但是他肯定说她就要离开的。

男爵从病人的屋子里出来,做父亲的心受了创伤,憋着一肚子气,便去找于连。他开门见山地对他说:

"先生,我来请您解释一下您对我女儿的行为。您和她的使女一起做了见不得人的事情,这对她是一种双重的侮辱。"

但于连说这是冤枉他的,他竭力否认,指着上帝发誓。而且他们有什么证据呢?约娜不是在说疯话吗?她不是刚得过脑膜炎吗?她刚生病时,有一天晚上,突然发狂了,她不是逃到雪地里去了吗?而正是在她发狂的时候,她几乎赤身裸体在屋子里乱跑,才胡说她看见她的使女睡在她丈夫的床上!

他大发脾气;他以提出诉讼来威胁;他表示愤慨极了。男爵倒被弄得糊涂起来,又向他道歉,又赔不是,真心地伸出手去请他原谅,于连却拒绝和他握手。

当约娜知道她丈夫说了些什么以后,她一点也不生气,只回答说:

"爸爸,他撒谎,但是我们最后一定有办法叫他承认的。"

整整两天,她一声不响,集中精神,独自在那里思考。

到了第三天早晨,她要见萝莎丽。男爵不许人叫那使女上楼来,说她已经离开了。约娜不答应,一再说:"那么派人到她家里把她找来吧!"

当医生进来时,她已经非常激动了。他们把一切都对他讲了,好让他判断。但约娜突然哭起来了,神经紧张到了极点,几乎喊叫着说:

"我要见见萝莎丽,我要见她!"

这时医生握住她的手,低声向她说:

"镇静一些,太太;任何激动都会引起严重的后果;因为您已经怀孕了。"

她像挨了一下打,惊傻了;她立刻觉得自己身子里像有什么东西在动。她呆着不做声,甚至也不听别人在说什么,完全陷入了沉思。在她肚子里怀着孩子的这个新奇的观念,使她彻夜辗转不能入眠;想到这是于连的孩子,就使她心里难过和悲痛;害怕那孩子将来也会像他父亲,就又使她忧虑不安。天一亮,她就叫人把男爵请来。

"爸爸,我已经下了决心;我要把一切都弄个明白,尤其是在现在的情况下;你明白吗,我一定要这样做;你知道在我目前的情况下,阻止我是没有好处的。你听我说。你去把神甫先生请来。我需要他,免得萝莎丽撒谎;他一到,你就把使女叫上来,你和小母亲也都不要走开。最要紧的是事先别让于连怀疑。"

一小时之后,神甫来了,他比以前更胖了,和男爵夫人一样,气喘得厉害。他坐在她旁边的一张圈椅里,肚子垂到两条张开的腿中间;他照例用他那条方

格子的手绢擦着前额,一面用诙谐的口吻开始说:

"可不是,男爵夫人,我看我们是瘦不下去了;我说我们简直可以成双搭对了。"

说着把脸转向床上的病人:

"嗳!嗳!少夫人,我听人说,不久我们又要来一次新的洗礼了吧?啊!啊!啊!这一次可不是一只小船了。"接着又用庄重的语调补充说:"将来一定是个祖国的保卫者;"然后,又一动脑筋,说:"要不然就是一位贤妻良母,像您老夫人一样。"说时向男爵夫人弯一弯腰。

卧室靠边的门开了。萝莎丽满脸泪水,惊慌万分地攀住门框子不肯进来,男爵在后面推着她。他已经不耐烦了,一使劲就把她推进卧室。于是她用手遮掩着脸,站在那里啼哭。

约娜一看见她,就猛然坐了起来,脸色比被单还白;她的心在那贴身的薄衬衣下突突地狂跳着。她连话也说不出了,呼吸困难得喘不上气来。最终她开口了,由于情绪的激动,声音时断时续。

"我……我……没有必要……来盘问你。只看你……在我面前……这副惭愧的样子……也就够了。"

她喘不过气来,停了一阵,又接着说:

"但是我要知道一切,一切……一切。我把神甫先生请了来,就是要你说真话,你懂吧。"

萝莎丽一动也不动,在颤抖着的双手间,发出几乎像是号叫的哭声。

男爵恼火了,抓住萝莎丽的双臂,猛力拉开,把她按倒在地上,让她跪在床边:

"说吧……回答吧!"

她跪在地上的姿势就像画像中的玛德兰娜①一样。她的软帽歪在一边,围裙铺开在地板上,她又用双手把面孔掩盖起来了。

这时神甫对她说:

"孩子,问你什么,你就回答什么。我们不是要伤害你;而是要知道事情的经过。"

约娜偏着身子,歪在床边,眼睛望着她,问道:

---

① 即《新约》中的抹大拉的马利亚,被耶稣所感化的一个妓女。

"我撞见你们的时候,你正在于连的床上,这完全是事实吧?"

萝莎丽从指缝间哭泣说:

"是的,太太。"

男爵夫人这时也突然哽哽咽咽地哭泣起来;她那抽噎着的哭声和萝莎丽的交织在一起了。

约娜的目光死盯在使女身上,问道:

"这种事情已经有多久了呢?"

萝莎丽吞吞吐吐地说:

"自从他来了以后。"

约娜不懂了。

"自从他来了以后……那末……自从……自从春天起?"

"是的,太太。"

"自从他进了我们家以后?"

"是的,太太。"

约娜心里压着一连串的问题,这时都倒了出来:

"但事情是怎么发生的呢?他是怎么向你要求的呢?他是怎么把你弄到手的呢?他当时对你说了些什么呢?什么时候你就答应了呢?你怎么能把自己的身子给了他呢?"

这一次萝莎丽把手放了下来,她也激动得想要说话,想要回答问题:

"我怎么知道呢?就是那一天,他第一次到这里来晚餐,他进到我的屋子里来了。他先是藏在阁楼里。我不敢叫喊,怕让人笑话。他就和我睡了,当时我也不知道我在做什么;他爱怎么样就怎么样。我什么也没有说,因为我觉得他很可爱!……"

这时约娜尖叫一声,问道:

"那末……你……你的孩子……就是他的?……"

萝莎丽呜咽说:

"是的,太太。"

接着两人都沉默了。

只听得见萝莎丽和男爵夫人嘤嘤啜泣的声音。

约娜心里感到十分伤痛,眼眶里也挂满了眼泪,泪珠簌簌地滚落到颊上。

她的使女的孩子竟和她自己的孩子是同一个父亲生的!她的愤怒平息下

去了。她沉浸在一种忧伤、消沉、深刻而无止境的绝望中。

她终于又开口了,但声音已完全变样,是一种嘶哑的、女人哭泣时含泪的声音:

"当我们回来时……从旅行回来时……他又是什么时候开始和你在一起的呢?"

小使女已经完全伏倒在地上,讷讷说:

"第……第一天晚上他就来了。"

每一句话绞痛着约娜的心。原来第一夜,就在他们回到白杨山庄后的第一夜,他就抛开了她去找这个丫头了,所以他让她自己一个人睡!

她现在已经知道得够多了,她不想再听下去;她喊道:

"快走吧,快走吧!"

萝莎丽已经精疲力竭,不能动弹了,约娜便招呼她父亲说:

"带她走吧,拖她走吧。"

但是直到现在,神甫还没有说过一句话,他看这正该是由他来训诫一番的时候了。

"我的孩子,你做了坏事,做了很坏的事情;仁慈的天主不会轻易饶恕你的。想想地狱吧,今后你的行为再不改好,地狱就等着你哩!眼前你已经有了一个孩子,你应该重新做人了。男爵夫人免不了要给你一点照顾的,我们会替你找一个丈夫……"

他还会不断地说下去,但是男爵已抓住萝莎丽的肩膀,把她从地上拖了起来,一直拖到门口,然后把她当作一包东西似的扔在走廊里了。

男爵气得面色比他女儿的还苍白,神甫等他一回来,便接着说道:

"这有什么办法呢?这里的女孩子都是这个样子。这是可悲的事情,可是谁也想不出办法来,所以我们只好宽容一些这种人性的弱点。她们从来没有不先怀孕而后结婚的,夫人,从来没有的。"他又微笑着说:"这几乎成了当地的风俗。"然后用愤慨的语调说:"就连孩子们也跟大人学。去年我不就在坟地里碰到过两个孩子么,一男一女,还都是在教理问答班听讲的孩子呢!我通知了他们的父母!您说他们怎么回答我?'神甫先生,这有什么办法呢,这些脏事情,不是我们教他们的呀,我们也没有办法。'所以,男爵先生,您那使女的行为和其他的人是一样的……"

男爵气得发抖了,截断他的话说:

"她吗？我倒没有放在心上！叫我气愤的是于连。他这种做法是下流的,我要把我的女儿带走。"

他踱来踱去,愈来愈激动了,气愤地说:

"这样欺负我的女儿,太无耻了,太无耻了！这个人,是个流氓,是个坏坯子,是个下流的东西;我要当面说给他听,我要给他几个耳光,我要用我的手杖打死他！"

神甫坐在满脸是泪的男爵夫人身旁,从容地吸着鼻烟,正在想怎样能做到息事宁人,于是他接着说:

"男爵先生,听我说句自家人的话,他也不过和大家所做的一样。忠实的丈夫,您倒认识过多少呢？"他又狡猾地用半开玩笑的态度说:"您看,我敢打赌,您自己年轻时也胡闹过。我说,问问您的良心,这话对不对？"

男爵一愣,面对神甫站住了。神甫又说:

"对吧,您也和别人一样。谁知道您就没有调戏过这样的小丫头呢。我对您说,人人都有过这种事情的。您夫人却也并没有因此少得到幸福和爱情,您说对吧？"

男爵被弄得不知所措,站着不动了。

的确,这话是真的,他也同样有过这类事情,而且决不止一次,问题就看有没有机会;他也并没有尊重过夫妻之间的家庭生活,只要太太的使女长得漂亮,他也就毫无顾忌了！难道因此他就是个下流东西吗？既然觉得自己这样的行为不算一回事,为什么对于连就要这样苛刻呢？

泪痕未干的男爵夫人,一想到她丈夫年轻时代的风流行为,唇角上不禁现出了微笑,因为她属于多情善感的那一类好心肠的人,在她看来,爱情的浪漫行为原是人生的一部分。

疲乏不堪的约娜,垂着双臂,直挺挺地仰卧着,茫然睁大了眼睛,落在悲痛的沉思中。萝莎丽的那一句话,有如锥子刺进了她的心坎,最使她伤痛:"我呢,我什么都没有说,因为我觉得他很可爱。"

她也觉得他很可爱;正是为了这一点,她才嫁给他,和他结成终身夫妻,终于放弃了任何其他的希望,放弃了原先的种种打算,放弃了日后可能的良缘。她所以掉进这个婚姻的圈套里,掉进这个再也爬不出来的陷阱里,掉进这种不幸、悲伤和绝望的境地里,也和萝莎丽一样,因为她当时觉得他很可爱！

门被猛然地推开了。于连气势汹汹地走了进来。他瞥见萝莎丽在楼梯上

105

啜泣,就知道有人在设圈套,使女一定已经把事情讲了出来,所以他要来知道个究竟。一进门看见神甫在那里,他就突然站住不动了。

他用微颤而又镇静的语调问道:"什么事情呀?怎么啦?"

刚才还是那么激忿的男爵,这时却一点也不敢做声了。他害怕神甫的论断,也怕女婿反过来引用他的例子。男爵夫人又泪如泉涌了;但是约娜用手支起身子,喘着气,望着这个那样狠心地带给她痛苦的人,断断续续地说道:

"事情就是我们什么都知道了,你所做的那一切不要脸的事……自从……自从你到这里来的那一天起……事情就是……那个使女的孩子是你生的,正像……正像……我的那个……他们倒是兄弟了……"

她一想到这,伤心到极点了,倒在被窝里,放声痛哭起来。

他愕然站在那里,不知道该说什么,该做什么。神甫又来解围了。

"好了,好了,我们不用伤心到这种地步,少夫人,理智一些吧!"

他站起身来,走到床前,把他温暖的手放到伤心绝望的少妇的前额上。这种简单的接触产生了意外的效果,她立刻安静下来并且感觉疲倦了,仿佛这个乡下神甫的粗手,经常替人赎罪,给人以希望和慰藉,凭它这一抚摸,给她带来了不可思议的和平心境。

神甫一直站在那里,接着又说:

"少夫人,我们应该经常地宽恕人。您看,厄运落到了您头上,但是仁慈的天主却用最大的幸福来报偿您了,因为您就要做母亲了。这孩子将来就是您的安慰。现在我用他的名义恳求您,恳求您原谅于连先生的过错吧。这孩子将成为您两位之间的新的结合,也是以后他对您忠实的保证。您身子里怀着他的孩子,难道您和他能老是两条心吗?"

她答不出话来,她的心碎了。她感觉又伤心又疲乏,连愤慨和怨恨的力气都没有了。她觉得自己的神经已经松懈了,一一地被割裂了,她已只剩下最后的一口气。

男爵最不习惯对人记恨,他也最缺乏一种持久的意志力,这时轻声地说:

"算了吧,约娜。"

于是神甫握住年轻人的手,拉他到床边,把他的手放到他妻子的手里。他在他俩手上轻轻地一拍,像是从此就把他们永久结合在一起了;然后收起他作为神甫的说教的口吻,满意地说:

"好了,事情就这样办妥了:相信我,这样做是最好的。"

两只手,合拢了一会儿,很快又分开了。于连不敢亲他妻子,在他岳母的额上吻了一下,转过身去,挽住男爵的胳膊。男爵看到事情这样解决,心里已经很满足,其他也就算了;他们两人就一同到外面吸雪茄烟去了。

神甫和男爵夫人还在那里低声商谈,这时约娜精疲力竭,已快睡熟了。

神甫进一步解释并发挥自己的看法;男爵夫人总是点头同意。最后,作为结束,他说:

"那末,事情就这样说定了;您把巴维勒的农庄给这个丫头,我来负责替她找一个丈夫,找一个稳重的规规矩矩的小伙子。啊!凭两万法郎的财产,就不怕没有人找上门来。我们会感到困难的,倒是挑选谁的问题。"

男爵夫人满意了,脸上也有了笑容,只是泪痕已干,面颊上还挂着两颗泪珠。

她再三叮嘱说:"事情就这样说定了。巴维勒这份产业,少说也值两万法郎,但要写明产业是属于孩子的,他父母在世的时候,他们只能有使用权。"

神甫站起身来,和男爵夫人握手告辞:

"您千万不要送,男爵夫人,千万不要送;我知道对您我来说,走一步路是多么费力啊!"

他出去时正好遇见丽松姨妈,她是来看望病人的。她什么也没有察觉,和平时一样,别人什么也不和她讲,而她也就什么都不知道。

八

萝莎丽已经离开白杨山庄,约娜进入了痛苦的怀孕时期。她丝毫没有因为要做母亲而心里感到快乐,数不尽的忧伤压在她的身上。她毫无兴致地等待着孩子的降临,内心沉重地怀着不可知的灾难的预感。

春天悄悄地来到了人间。赤裸裸的树木还在阵阵的寒风中颤抖,沟渠里,秋天的败叶正在腐烂,但那里,黄色的莲馨花已在潮湿的草丛中开始探出头来。从整个原野上,从农庄的院子里,从渗透了水分的耕地里,到处可以闻到一种潮湿的、发酵似的气息。无数嫩绿的幼芽从褐色的泥土里钻出来,在阳光下闪闪发亮。

一个生得十分魁梧的胖使女接替了萝莎丽,她搀扶了男爵夫人在那条白杨路上单调地来回散步,那一条特别沉重的腿,不断在路上留下湿润而泥泞的印迹。

男爵把胳膊伸给约娜挽着,她现在身体已一天天笨重起来,而且总是不很舒服;丽松姨妈在另一边扶着她,她为约娜即将到来的大事十分操心,并对这项她自己无缘体会的神秘感到忧虑。

他们就这样一起走着,几个钟头也不说话,这时于连却骑着马在乡间驰骋,他这种新的爱好是突然产生的。

再没有什么来惊动他们沉闷的生活。男爵夫妇和女婿曾到福尔维勒家去拜访过一次,于连像是已经和他们很熟悉,只是谁也不了解其中的经过。和勃利瑟维勒家又互相作了一次礼节上的拜访,这对夫妇总是隐居在他们死气沉沉的邸宅里。

一天下午,四点光景,一男一女骑着马跑进了白杨山庄的前院,于连大为兴奋,跑到约娜的卧室里。

"赶快,赶快下楼去。福尔维勒夫妇来啦。他们知道你的身体情况,作为邻居顺便来看看你。你就说我出门了,就要回来的。我去换一下衣服。"

约娜觉得很惊异,走下楼来。一个面色苍白的、漂亮的年轻妇人,不慌不忙地替她丈夫作了介绍。她的面容带有病态,双眼闪闪发光,金色的头发枯黄得像是从来没有见过太阳;男的像个巨人,那种满脸长着大红胡子的怪物。之后她又说:

"我们已和德·拉马尔先生会面过好几次了。我们从他那里知道您身体很不舒服;我们不想再耽误时间,就作为邻居,毫不拘礼节地来看望您了。您看,我们骑着马就来了。前几天,承蒙令尊和令堂光临舍间,我们感到十分荣幸。"

她说话自然、亲切而又文雅。约娜受她迷惑了,立刻觉得她很可爱。她想:"这真够一个朋友。"

福尔维勒伯爵恰巧相反,就像跑进了客厅的一只大熊。他坐下后,把帽子搁到身旁的椅子上,迟疑了一阵,决不定把手搁在哪里,先放在膝头上,然后又放到圈椅的靠手上,最后把指头交叉起来,仿佛在做祷告。

这时于连忽然进来了。约娜吃了一惊,简直不认得他了。他刮了脸,显得就像他们订婚时期那样漂亮、整齐而诱人了。他一进来,伯爵仿佛也醒了。于连握了握伯爵毛茸茸的大手掌,吻了伯爵夫人的手,这时伯爵夫人象牙般的面颊上微微一红,眼皮一上一下地跳动着。

他说话了。他像从前一样和蔼可亲。那双大眼睛,像爱情的明镜,又显得非常动人;刚才还是黯淡而枯涩的头发,经过刷子和香膏的润饰,突然恢复了柔软而光亮的波纹。

当福尔维勒伯爵夫妇告别的时候,伯爵夫人转过身来对他说:"亲爱的子爵,星期四我们骑马去散步好吗?"

他一面鞠躬一面低声说道:"一定奉陪,夫人。"

这时伯爵夫人握住约娜的手,深情地微笑着,用温柔而恳切的音调说:

"啊!将来等您身体好了的时候,我们三个人一起骑马到乡下跑跑。那该多有意思呢!您愿意吗?"

她顺手撩起骑马服的长后襟,鸟儿般轻捷地跳上了马鞍,这时候,她丈夫笨拙地行完了礼,跨上他那匹诺曼底种的大马,四平八稳地安顿在马背上,就像神话中那个半人半马的怪物。

当他们转过木栅门不见了的时候,于连得意洋洋地叫道:

"这两口子多么讨人喜欢啊！交这种朋友将来对我们是大有好处的。"

约娜不知道为什么也很高兴，答道：

"伯爵夫人生得小巧玲珑，怪讨人喜欢的，我觉得我一定能和她合得来，但她丈夫却真像是个老粗。你在哪里认识他们的呢？"

他快活地搓着双手：

"我是偶然在勃利瑟维勒家遇见他们的。丈夫显得有些粗鲁。这家伙真爱打猎，但不失为一个真正的贵族。"

这一天的晚餐吃得有说有笑，仿佛家庭里不知不觉中又有了新的幸福。

直到七月末，再没有发生什么新的事情。

一个星期二的晚上，他们都坐在那棵梧桐树下，围着一张木桌，桌上放着两只小酒杯和一瓶烧酒，约娜忽然叫喊了一声，手抱着肚子，脸色变得非常苍白。一下子她浑身感到一种急剧而尖锐的疼痛，但很快就过去了。

过了十分钟光景，又一阵疼痛上来了，虽然不及前一次厉害，但时间却持续得更久。她费了很大的力气，几乎由她父亲和她丈夫抬着，才走回卧室去。从梧桐树到她卧室这一段短短的距离，在她觉得遥远得走也走不完；她不由自主地呻吟着，肚子里那种难以忍受的沉重的感觉，使她不能不走几步，就得歇下来坐一阵。

她怀孕还没有足月，生产预计要在九月间；但怕发生意外，就由西蒙老爹套上马车，飞奔去接医生了。

半夜时，医生赶到了，他一看情况，就肯定是早产的征象。

约娜躺在床上，痛苦虽然稍稍缓和了，但心中感到一种难以忍受的恐惧，像是整个生命已绝望地瘫痪下去，自己已面临死亡的边缘了。生命中有时有这样的时刻，死神离我们那么近，从我们身边轻轻擦过，他的气息使我们的心都感到冰凉了。

满屋子都是人。男爵夫人倒在圈椅里，喘得透不过气来。男爵双手发抖，忙乱地张罗着，递送东西，和医生商量，脑子弄得糊里糊涂了。于连踱来踱去，面色很紧张，心里却很镇静；唐屠寡妇站在床脚边，不动声色，类似的场面她经历得多了，什么也不会使她感到惊慌的。看护、接生和守尸都是她的职业，她迎接那些新生的婴儿，第一声听到他们啼哭，第一次用水替他们洗干净新生的肌肤，第一次将他们包在褓褓里，她用同样安静的态度，听到垂死者最后的遗言、最后的喘息和最后的战栗，最后一次替他们打扮起来，用醋擦净他们衰亡了的躯体,裹进到尸衣里,面对生生死死的任何场面,她已养成了一种绝对冷静的态度。

厨娘吕迪芬和丽松姨妈一直悄悄地隐藏在靠近走廊的门口。

产妇时时发出微弱的呻吟。

两个小时过去了,可以肯定短时间内还不会有什么变化;但快到天亮的时候,疼痛又突然剧烈起来,而且很快就可怕地发作了。

约娜咬紧牙关,但痛叫声仍然不由自主地迸发出来,她不断地想起萝莎丽,想到她当时并不受什么痛苦,几乎哼也不哼一声,便毫不费力、毫不受折磨地把那个孩子,那个私生子,生下来了。

在她心灵的痛苦和纷乱中,她一再拿自己和萝莎丽来比较;她就诅咒起一向她都认为是公正的天主,她愤恨命运不可原宥的偏爱,愤恨那些宣扬正直和善良的人们口中的罪恶的谎言。

有时阵痛来得那么剧烈,她脑子里任何想头都没有了。力量、生命、知觉,一切都用来抵御痛苦了。

在几分钟平息的时间里,她的眼睛就盯在于连身上;这时便有另一种痛苦,一种心灵的痛苦吞噬着她。她想到那一天,她的使女就是倒在这同一张床的床脚边,双股间夹着那个孩子,而那孩子却正是如今使她痛裂脏腑地翻腾着的这个小生命的弟兄。她十分清楚地记起了她丈夫那天在那个躺在地上的使女面前的动作、目光和言语;而现在从他的一举一动上,还是反映了他的思想,她可以看出对她也和对萝莎丽一样,他所表现的是同一种苦恼,同一种冷淡,总之是一个自私自利的男人不愿做父亲的那种漠不关心。

这时一次可怕的抽搐又袭来了,这阵剧痛是那样残酷,她就想:"我可要死了,要死了!"于是她心灵中充满了一种愤怒的反抗,一种诅咒的欲念,她对这个给她惹起这一切痛苦的男人,对这个正在残害她的不相识的婴儿,痛恨到了极点。

她挺着身子,使出生平最大的力气,要扔掉身上的这个包袱。她突然觉得她肚子里的一切都倒出来了;她身上的痛苦也平息了。

看护和医生都歪在她身上动作起来。他们取出了一件什么东西;马上一种她曾经听到过的憋闷着的声音使她颤抖了;接着是初生婴儿脆弱的呱呱的哭声钻进了她的灵魂、她的心脏和她那精疲力竭得可怜的全身;她下意识地动了一动,企图伸出手去。

展示在她眼前的是一幅新的幸福的图景,喜悦顿时在她的心头欢腾起来。仅仅一秒钟,她已经得救了,她轻松了,她从来没有像现在这样感到幸福过。她的心情和肉体都复活了,她觉得自己已经做了母亲!

她要看一看自己的孩子!孩子由于早产,还没有头发,也没有指甲;但当她看到这个幼小的软体动物蠕动着,张开小嘴呱呱啼哭,当她摸着这个带皱纹的、怪样子的、动弹着的不足月的孩子时,她沉醉在一种不可抗拒的喜悦中了。她知道自己得救了,不怕再受任何绝望的侵袭了。她的爱情有了寄托,其他一切都可以不顾了。

从此她只有一个念头:她的孩子。她立刻成了一个盲目地溺爱的母亲,正因为她在爱情中受了骗,她的希望幻灭,她的母爱也就显得特别狂热。她一定要把摇篮昼夜搁在她自己的床边,后来当她能起床时,她就整天坐在窗口,轻轻地摇着婴儿的小床。

她妒忌孩子的奶妈;每当那个饥饿了的小生命张着手偎向那满布青筋的丰满的乳房,贪婪的小嘴吸住褐色起皱的乳头时,她面色发青,浑身颤抖地望着那个强壮安详的农妇,心里真想抢过她的儿子来,用指甲把他贪婪地在吮吸的乳房抓个稀烂。

为了打扮孩子,她又要亲自替他绣精致复杂的衣饰。孩子满身都裹上了花边,头上戴着华丽的软帽。她一开口,就离不开这些,她不惜打断别人的谈话,为了教人欣赏一块小毛毯,一个围嘴或是一条精制的丝带;她周围的人在说什么,她一律都听不见,她的全副精神都被几件小衣服吸引住了,拿在手上,转来转去,然后再举高一些,以便更仔细地端详一番;然后突然问道:"你们看他穿上这个漂亮吗?"

男爵夫妇对这种狂热的母爱,一笑置之。但是于连却因这个吵吵嚷嚷而势力高于一切的小暴君的来临搅乱了他的生活,削弱了他的威严,夺取了他在家庭中的地位,不自觉地对这小家伙怀着妒忌,他忍耐不住,一再愤怒地说:"她和她这个小东西可要烦死人了!"

不久,她对孩子的疼爱到了这种地步,她可以整夜坐在摇篮边,望着他睡觉。这种狂热而病态的守护耗尽了她的精力,她一点也不休息,她逐渐衰弱和消瘦下去,她咳嗽了,医生只好吩咐把她和孩子隔离。

她气哭了,她哀求;但是大家都不理会她。孩子每天晚上被放在奶妈身边了;母亲却夜夜起来,光着脚,把耳朵贴在房门的锁孔上,静听他是否睡得安稳,有没有醒,要不要什么东西。

有一次,于连在福尔维勒家晚餐,回来晚了,发现她正在那里窥伺孩子的动静;从此,为了使她能睡觉,他们便把她锁在卧室里。

八月底,替孩子举行了洗礼。男爵做了教父,丽松姨妈作了教母。孩子取名为比埃尔·西蒙·保尔;平时就叫他保尔。

九月初丽松姨妈默默无声地离开了;反正她在与不在,都是无人注意的。

一天晚上,晚餐之后,神甫来了。他显得有些坐立不安,仿佛他身上带来了什么秘密一般;他不着边际地闲聊了一阵之后,要求和男爵夫妇单独谈几句话。

他们三个人出去了,漫步到白杨路的尽头,商谈得很起劲,这时留下于连一个人在约娜身边,他对这种秘密的举动,心里感到诧异、不安而又气愤。

神甫告辞时,于连要送他,他俩在晚祷的钟声中,一同往教堂的路上走去。

天气很凉爽,几乎已带寒意,一家人都又回到客厅里。他们都有点睡意了,这时于连突然回来了,面红耳赤,仿佛很气愤的样子。

他一到门口,顾不得约娜也在那里,便向他岳父和岳母喊道:

"老天爷,您两位可真发疯了,为这么个丫头,一扔就是两万法郎。"

他们都大吃一惊,谁也不答话。他怒吼着又说:

"做人不能愚蠢到这种地步,那末您两位连一个铜子儿也不给我们留啦!"

这时男爵恢复了镇静,想要阻止他:

"不许再说了! 想一想您妻子就在您面前哩!"

但是他暴怒得跺脚说:

"我才管不了这许多呢;事实上,她知道得很清楚。这种盗窃就是叫她受损失啊!"

约娜弄得莫名其妙了,她望着他,讷讷地说:

"究竟是怎么一回事呀?"

这时于连向她转过身来,想要她也站在同一条战线上,因为这笔财产的意外的损失是牵涉到他们两个人的利益的。他立刻把嫁萝莎丽的秘密谈判,和赠送价值至少两万法郎的巴维勒农庄这回事情,都向她讲了。他一再不断地说:

"亲爱的,你爹娘疯了,实实在在的疯了! 两万法郎! 两万法郎! 他们真的是昏了！把两万法郎送给一个私生子！"

约娜若无其事地听着，一点也不生气，她这种镇静使她自己也奇怪起来了，现在只要与她孩子无关的事情，她全不放在心上。

男爵气得喘不过气来，想不出用什么话来回答他。最后他实在忍不住了，跺着脚嚷道：

"想一想您说的是什么话，这简直太无理了。不能不给这个养了孩子的丫头一份嫁妆，这件事情该怪谁呢？孩子是谁生的呢？您现在倒想把他一扔就算啦？"

男爵激烈的态度使于连吃了一惊，他目不转睛地打量着他，然后用更和平的语气回答说：

"但是一千五百法郎也就足够了。这些女人，结婚之前，早就有过孩子。至于孩子是什么人的，谁也不会去追究。现在您给了她价值两万法郎的一个农庄，不仅让我们受了损失，反而使大家看穿了这是怎么回事；至少您也应该替我们的名声和地位想一想呀。"

他说话的语调很厉害，就像一个人确信自己很有道理，讲得合乎逻辑。男爵被这番料想不到的论据弄得不知如何是好，反倒在他面前呆住了。于连这时觉得自己占了上风，便下结论说：

"幸而一切都还没有说定；我认识那个准备娶她的小伙子，他倒是一个顶好的人，和他一定什么都好商量。这事情由我来办吧。"

他马上就出去了，显然害怕再继续争论下去。他很高兴大家都没有做声，这就被他看作是默认了。

他刚一出去，男爵惊异和气愤得实在忍耐不住了，大声喊道：

"真是岂有此理！真是岂有此理！"

但是约娜望着父亲束手无策的脸色，竟哈哈大笑起来，这种爽朗的笑声，是她从前一遇到什么滑稽的事情才有的。

她反复说：

"爸爸，爸爸，你可听见他说'两万法郎'时的那股腔调吗？"

随时都能哭笑的男爵夫人，当她想起她女婿那副忿怒的脸色、他的怒吼，想起他坚决反对别人拿出一部分与他不相干的钱给那被他诱惑而失身的小使女时，约娜的这番打趣使她也开心起来，她仰头大笑，笑得眼泪也出来了。这时男爵受到她们的感染，也跟着笑了；这三个人，像在过去快乐的日子里一样，

114

乐得连肚子都快笑痛了。

当他们稍许平静下来,约娜连自己都感到吃惊了:"这真是怪事,这一切早都不在我心上了。现在我已经把他看成是一个与我无关的人了。我都不能相信我还是他的妻子。你们看,他这种……他这种不要面子的行为都使我觉得好笑了。"

他们自己也不很知道为什么,竟激动得互相拥抱起来,一面还是快乐地笑着。

过了两天,午餐之后,正当于连骑马外出的时候,一个年纪约在二十二岁到二十五岁左右的小伙子,鬼鬼祟祟地从木栅栏门外溜进来了。他身上穿着一件全新的、熨得笔挺的蓝布罩衫,鼓着宽大的袖管,袖口上扣着钮扣。他仿佛从早晨起就潜伏在门口,这时顺着库亚尔家农庄的水沟,绕过邸宅,踌躇不前地向男爵和他的两位女眷走来。他们一家三口子当时正坐在那棵梧桐树下。

他一看见他们,便摘下头上的鸭舌帽,局促不安地一面鞠躬,一面朝前走。当他走近到觉得他们可以听得见他说话的声音时,他便讷讷地说:

"小的向男爵先生和太太小姐问安。"

因为没有人答话,他又自我介绍说:

"我就是代西雷·勒科克……代西雷·勒科克就是我。"

这个名字一点也不说明问题,男爵便问道:

"你想干什么呢?"

小伙子到了必须说明来意的时候,心里就慌张起来。一双眼睛时而低下来看看手里拿着的鸭舌帽,时而抬起来望望邸宅的屋顶,嘴里支吾着说:

"就是神甫先生为那件事情向我提过两句……"

他又不响了,怕话说多了对自己不利。

男爵没有听懂,追问说:

"你说的是什么事情呀?我可不明白。"

这时对方下定了决心,终于放低声音说:

"就是您府里的使女……那个萝莎丽的事情……"

约娜心里已经猜到了,就站起来,抱着孩子走开了。男爵便说:"你过来,"然后指着他女儿刚才坐过的那把椅子,叫他坐下。

那个庄稼人马上就坐下了,讷讷地说:

"您真是太好啦。"

他说了就等着,仿佛再没有别的话要说了。沉默了好大一阵子以后,他终于又下了决心,抬头望着青天,说道:

"在这个季节里,现在可真是好天气。不过地里已经下种了,就得不到什么好处啦!"说完他又不说话了。

男爵实在忍耐不住了,就干脆开门见山地问他说:

"那么,想娶萝莎丽的就是你了?"

小伙子立刻又不安起来,这种担心表现出诺曼底人小心谨慎的特性。他怀了戒心,用比较兴奋的语调回答说:

"那得看情形了,也许是的,也许不是,那得看情形了。"

但是男爵听了这番叫人摸不着头脑的话,心里有些着恼了:

"真是见鬼!爽爽快快地回答吧:你是不是为这件事情来的?你到底想不想娶她?"

小伙子十分为难地把眼睛望着自己的脚,说道:

"倘若是照神甫先生所说的,我就娶她;倘若是照于连先生所说的,我就不娶她。"

"于连先生对你怎么说的呢?"

"于连先生说给我一千五百法郎;可是神甫先生说给我两万法郎;两万我就要,若是一千五百我就不要。"

这时身子瘫在圈椅里的男爵夫人,望着乡下佬这种焦急的表情,不禁咯咯地笑了。庄稼人不懂她笑什么,懊恼地从眼角里望了望她,就又等着了。

男爵对这番讨价还价,感到心烦,便直截了当地说道:

"我对神甫先生说过,把巴维勒的那个农庄给你,你活着时一辈子归你享用,将来就留给那个孩子。农庄值两万法郎。我说过的话就算数。这样说定了,行不行呢?"

小伙子满意了,谦恭地微笑起来,马上话也多得说不完了:

"啊!照这么说,我就答应。原先我心里不踏实,就是为的这个。神甫先生对我说的时候,我马上答应了,这还用说,当时我就这样想,男爵先生这样照顾,我也一定要让他老人家称心。话可不是这么说吗:利己利人,彼此帮忙,大家都得好处。可是后来于连先生出头了,他说只给一千五。我就想我要弄个明白,所以我自己来了。这并不是说,我不相信男爵先生,而是我想弄个明白。

116

常言说,先小人后君子,男爵先生,您说这话不对吗?……"

男爵觉得没有必要让他再说下去了,便打断他的话头问道:

"你打算什么时候结婚呢?"

这时小伙子又突然胆小起来,满脸为难的神气。他迟疑不决,最后才说:

"先写一个字据,行不行呢?"

这一次,男爵真生气了:

"你这个鬼东西!将来你不是有结婚证书吗?那不是最好的字据是什么?"

庄稼人还是很固执:

"暂时我们不妨先写个小纸条,那总没有坏处。"

男爵不愿意再谈下去,便站起身来,说道:

"你是愿意还是不愿意,回答一句话就行了,要快!你不愿意,你就说出来,还另有人等着呢。"

这个狡猾的诺曼底人听说另有对手,害怕得着急起来。他下定决心,像买下了一头牛似的伸出手来:

"这就说定了,男爵先生,拍吧!① 翻悔的不是人。"

男爵在他手上拍了之后,便喊道:

"吕迪芬!"

厨娘从窗口探出头来。

"拿一瓶酒来!"他们互相碰杯,庆贺这件事情的圆满解决。小伙子走出去时,脚步显得很轻松了。

他们一点也没有把这件事情告诉于连。婚书是在极其秘密的情况下准备的,等到结婚公告在礼拜堂里张贴之后,婚礼就在一个星期一的早晨举行了。

一个女邻居抱着那个小娃娃到教堂来,站在新郎新娘的背后,作为财运的可靠保证。当地人谁也不以为奇;大家反倒羡慕代西雷·勒科克,都说他生下来运气就好。说这话时虽带会心的微笑,但一点也没有恶意在内。

于连大吵了一场,男爵夫妇终于提前离开了白杨山庄。约娜看他们走了,并不感到过分的伤心,因为在她心中,保尔已经成了她取之不竭的幸福的泉源了。

---

① 乡间习俗,双方在手心上互拍一下,以示一言为定。

117

九

约娜产后健康完全恢复了,他们夫妇就决定先到福尔维勒家去回拜,此外也要去拜访古特列侯爵。

于连在拍卖场上买了一辆新车,一辆只用一匹马拉的四轮马车,这样他们每月就能出门两次了。

他们在十二月一个晴朗的日子里,驾起车子出发了。马车在穿越诺曼底平原的大路上跑了两小时之后,开始顺着一个小山谷的斜坡下去,山谷的两边树木成林,中间留作耕地。

走尽播种了的耕地之后,紧接着就是牧野,牧野后面便是芦苇丛生的沼地。在这季节里,高大的芦苇都已干枯,长长的芦叶在风中飕飕作响,有如黄色的飘带。

顺着山谷陡然转了一个弯,便可以望见佛丽耶特庄园了。庄园的一边靠着树林密布的斜坡,另一边面临湖塘,邸宅的墙脚伸在湖中,湖的对面是沿着山谷另一斜坡上展开的高大的松林。

他们先越过一座古式的吊桥和一道路易十三时代式的大拱门,然后才进入邸宅的正院,邸宅精致的格局也是路易十三时代式的,门窗都用火砖砌出框边,邸宅四角各有用青石片盖顶的小塔楼。

于连十分熟悉地把这座建筑的各个部分解释给约娜听。他大加赞赏,尤其称道它的壮丽。

"你看那道拱门!这样一所住宅才真叫作富丽堂皇,你说对不对?邸宅的那一边面对湖塘,一列皇家式的台阶一直通到湖边,四只小艇停泊在台阶底下,两只是伯爵的,两只是伯爵夫人的。靠右手,你可以看见那一带白杨树林,那就是湖塘的尽头,从那里有一条小河,直通费岗。这一带鸟兽多极了,伯爵就最爱在那里打猎。这才真正称得上是爵爷的府第。"

邸宅的正门开了,面容苍白的伯爵夫人笑盈盈地出来迎接客人。她身上穿的是一件曳地的长裾裙袍,如同中世纪庄园的女主人一样。她正像那"湖上美人",生来就为住在这座爵府里的。

邸宅的客厅有八扇窗子,其中四窗面向湖塘和湖塘外山岗上一片苍郁的松林。

松林阴暗的色调使湖水显得幽深、寒冷和阴沉,风吹过时,松涛就像沼泽的叹息声。

伯爵夫人握住约娜的双手,好像她们从小就是朋友一般,然后她请约娜坐下,自己就坐在她身旁的一把矮椅子上。这时于连有说有笑,温柔而又和蔼,最近五个月以来,他已经完全恢复到过去那种可爱的风度了。

伯爵夫人和于连谈论起他们骑马的事情来。她笑话他骑马的姿势,管他叫"坐不稳的骑士"。他也笑着,称她为"女儿国的骑士皇后"。这时窗外一声枪响,使约娜惊叫了一下。原来是伯爵打中了一只野鸭。

他的妻子立刻叫唤他。人们可以听见湖上的桨声和石阶前小艇傍岸时的撞击声,接着伯爵奇大的身材就出现了,他足登长靴,身后跟着两条湿淋淋的猎狗。猎狗的毛是棕红色的,正和伯爵头发的颜色一样,到门口时,狗就在门外的地毯上躺下了。

伯爵在自己的家里显得自然多了,他见了客人非常高兴。他叫人在壁炉里添了木柴,端来马代尔产的红葡萄酒和饼干,然后又突然叫道:

"我说您两位留在这里晚餐吧,对,就这么办了。"

约娜心里丢不下孩子,竭力婉辞;伯爵十分坚持,约娜一定不肯,这时于连焦急地使了个眼色,约娜害怕他又发脾气,引起争吵,因此虽然要到第二天她才能看得见保尔,心里不免很难过,却也只好同意留下了。

下午过得很快乐。他们先去游览泉水。水从长满青苔的岩石脚下喷涌出来,落到一个清澈的水池里,翻腾不息;然后他们又坐了船,在干枯的芦苇丛中开辟出来的航路上穿行,伯爵荡着桨,两条狗分坐在他的两旁,扬着鼻子在向空中闻嗅;每一桨下去,船身向前一冲,推进了一大步。约娜有时把手伸进水里去,一股清凉的感觉从她的指尖直奔到心头。于连和围着披肩的伯爵夫人坐在船尾上,像那默默无言地沉醉在幸福中的人们一样,时时刻刻都在微笑。

暮色降临,带来了冰冷的寒气,一阵阵的北风吹拂着枯萎了的灯心草丛。太阳已经沉落到松林后面,通红的天空里,飘浮着奇形怪状、小片小片红艳艳的云彩,令人望去就感到寒意。

他们回到那个宽大的客厅里,壁炉里的火正熊熊地燃烧着。一进门就给人一种温暖和舒适的感觉。这时伯爵的心情愉快极了,伸出粗壮的双臂,抱住他的妻子,把她像孩子似的举到他自己的嘴唇边,就像一个称心如意的老好人一样,在她左右面颊上都亲了一个响吻。

约娜笑嘻嘻地望着这个善良的巨人,他那骇人的胡髭会叫人想起童话中吃人的妖怪,于是她就想:"看人是多么容易看错啊!"这时她几乎不由自主地把眼睛转到于连身上,看到他正站在门框前,面色铁青,眼睛盯在伯爵身上。她担心地走到她丈夫身边,轻声问道:

"你病了吗?你怎么啦?"

他气愤愤地回答说:

"没有什么,你别管我。我刚才有点冷。"

当他们走进餐厅时,伯爵请求客人们允许他把狗也带进来;于是那两条狗立刻在主人的左右蹲下了。主人不时丢下一点吃的去,一面摸着它们那光润的长耳朵。两条狗都伸着脑袋,摇着尾巴,得意洋洋地浑身颤动着。

晚餐后,约娜和于连准备要告辞的时候,伯爵又留住他们,让他们看他用火炬打鱼。

他请他们和伯爵夫人都站在湖塘边的石阶上,他自己带着一个仆人上了船。仆人一手拿着渔网,一手举着点燃了的火炬。夜色清澈而寒冷,天上布满了星斗。

火炬在水面上映出一道道奇异而流动的火光,把耀眼的光亮投射到芦苇上,照明了湖边高大的松林。突然间船转换了方向,一个巨大的人形的怪影耸立在松林明亮的边缘上。人影的头部越过了树梢,消失在天空中,两条腿却一直伸进到湖塘里。然后那巨人扬起胳膊像要摘取天上的星星。这一双粗大无比的胳膊猝然举起来,顿时又放下去;水面立刻可以听到一阵轻微的激溅声。

船又缓缓地转过去,火光随着船在移动,照亮了树林。那个巨大的怪影就像沿着树林在奔跑,一眨眼却不见了,接着又突然出现在邸宅正面的墙上,但影子已不及原先那么庞大,那些古怪的动作也映得更清楚了。

这时听到伯爵的嗓子喊道:"琪尔蓓特,我捉到了八条!"

船上的双桨击打着水波。那巨大的影子这时一动不动地耸立在墙壁上,但轮廓已逐渐缩小;头低垂了,身子细瘦下去;而当伯爵走上石阶,身后跟着那个掌火炬的仆人,这时影子已缩小到和他本人一般大了,但还在那里表演他的一切动作。

他在网中带回了八条蹦跳着的大鱼。

当约娜和于连裹着主人借给他们的大衣和毛毯回家时,途中约娜情不自禁地说道:

"这个大汉可真是个好人!"

于连驾着车,答道:

"对呀,不过他在别人面前太放肆了一点。"

一星期之后,他们又去拜访古特列夫妇。这是本省最知名的贵族。他们的勒米尼庄园靠近卡尼镇。在路易十四时代新盖的那所邸宅,深藏在一个有围墙的宏丽的花园里。从高处可以望见旧庄园的遗迹。身穿制服的仆役把客人们引到一间气派堂皇的大厅里。大厅正中,在圆柱形的台座上供着一只塞佛尔瓷的大盘子。台座的基脚上,有用玻璃板罩着的一封国王的亲笔信,写的是把这只盘子赐赠给莱奥波德·埃尔韦·约瑟夫·日尔迈·德·瓦尔纳维勒·德·罗勒博斯克·德·古特列侯爵。

约娜和于连正在观赏这件御赐的礼品时,侯爵和侯爵夫人进来了。夫人的头发上扑了粉,她摆出做主人的一副和蔼态度,但是为了要表露出自己更高贵的身份,就显得很装腔作势。侯爵本人身材硕大,头上的白发梳得溜光,无论从他的姿势、他的声调和他整个态度上,都流露出他地位的高人一等。

他们属于那些最讲究礼节的人,他们的思想、感情、言谈无一不安放在那副居高临下的臭架子上。

他们自言自语,并不等待别人的答话,心不在焉地微笑着,仿佛总是在履行着由于自己的地位不得不彬彬有礼地接待附近小贵族的这个义务。

约娜和于连显得手足无措了,他们竭力想讨主人喜欢,局促得再也坐不下去,却又不知如何告退;但是侯爵夫人像一个懂礼貌的皇后辞退觐见的人一样,简简单单自自然然,把话谈到适当的时机就不再说下去了,这样就便于客人自动地告辞。

归途中,于连对约娜说:

"如果你愿意,我们访客就到此为止吧;对我来说,和福尔维勒家来往就已经很够了。"

约娜完全同意。

十二月这个岁暮的月份,这个阴沉晦暗的月份,日子过得很慢。像去年一样,幽居的生活又开始了。约娜倒一点都不觉得烦闷,因为她时刻为保尔忙碌着,于连对孩子只是冷眼旁观,目光中露出烦厌的神情。

常常当母亲把孩子抱在怀里,并像一般母亲对自己的孩子一样,百般爱吻和嬉弄之后,把孩子递给父亲,一面说道:"亲亲他呀,人们会说你不喜欢他哩。"这时他露出厌恶的神气,转着圈,偏着身子,仿佛生怕碰到孩子痉挛地乱抓的小手,用唇尖在他光秃秃的脑门上轻轻地接触一下,然后便不胜其烦地急忙走开了。

有时镇长、医生和神甫到家来晚餐;有时是福尔维勒夫妇,他们两家人现在越来越亲密了。

伯爵对保尔仿佛十分钟爱。他一上门来,总把那孩子抱在膝上,有时整整抱上半天。他把他放在自己巨人般的大手掌中小心翼翼地嬉弄着他,用自己长长的胡髭尖儿搔痒他的鼻子,然后像许多母亲一般,激动而热情地抱吻他。他因婚后妻子一直没有生育,不断地感到苦恼。

三月间天气爽朗而干燥,几乎显得温暖了。琪尔蓓特又提议他们四个人一同骑马去游玩。漫长的白昼,漫长的黑夜,日复一日,这种单调的生活,使约娜觉得有点厌倦了,所以她十分高兴地接受了这个建议;整整一个星期里,她兴致勃勃地缝制她骑马的服装。

他们开始出游了。每次伯爵夫人和于连总是走在前面,伯爵和约娜相隔他们约有百步远的距离。后面这一对如同朋友一般安安静静地聊着天,这两个人都为人正直,心地坦率,一接触就成了朋友;前面的那一对常常低声细语,有时发出一阵哄笑,突然互相对望着,仿佛他们嘴里没有讲出的话想从眼睛里传达出来;忽然两人都纵马疾驰起来,像是想逃走的欲念支配着他们,叫他们跑向更远更远的地方去。

后来,琪尔蓓特似乎变得很暴躁。她发脾气的声音,被风传送过来,有时钻进走在后面的那两个骑马人的耳朵里。伯爵就微笑着对约娜说:

"我的太太不是天天都那么好脾气的。"

一天傍晚骑马回来的时候,伯爵夫人挑逗她骑的牝马,她先用马刺刺激它,然后又猛然勒住缰绳,可以听到于连几次告诫她说:

"小心,要小心哪!它会把您摔下来的。"

她回答说:"您别管,这不干您的事!"

那语调既干脆又强硬,那斩钉截铁的字眼远近都听得见,像是久久地悬挂在空中。

那匹牝马忽而竖起了前蹄,忽而向后反踢,嘴里吐着白沫。伯爵担心起来,使尽力气大声喊道:

"小心哪,琪尔蓓特!"

她像女人在神经激动的时刻什么也不能阻拦的情况下,出于挑衅,狠狠地鞭打那匹马,鞭子一下一下地落到牲口两耳间的脑门上,马被激怒得直立起来,两条前腿向空中乱扑,然后一落地,猛力向前一蹿,飞也似的向原野狂奔而去了。

它先越过一片牧野,接着闯进耕地里,把湿烂的泥土抛得四外飞溅;在它飞速的奔驰中,人和马看去也全然分不清了。

于连吓呆了,一直站在那里,绝望地呼喊:

"伯爵夫人!伯爵夫人!"

这时伯爵咆哮起来了,他把身子贴到高大的马颈上,用全身的力量迫使马前进;他用呼喊、用手势、用马刺激动它,激励它,激怒它,叫马飞奔,这个巨人般的骑士就像用双腿夹住这头笨重的牲口,要提起它来腾空飞去。人和马以不可想象的速度向前直闯;这时约娜远远望见他夫妇俩的影子飞奔着,飞奔着,愈缩愈小,模糊难辨,最终消失,如同一对鸟儿互相追逐着,一直追到天边隐灭了。

这时于连骑着马,慢步走来,一面恼怒地叽咕着说:"我看她今天是疯啦!"

于是两人朝着他们朋友所走的方向走去,但这时伯爵夫妇已在起伏不平的原野里隐没不见了。

一刻钟之后,约娜和于连望见伯爵夫妇正迎面走回来;不久他们又都汇聚在一起了。

伯爵满面通红,流着汗,带着胜利的神情得意地笑着,在他的铁腕中牵着他妻子那匹哆嗦着的牝马。伯爵夫人面色惨白,显出一副痛苦而畏缩的表情;她的一只手搭在她丈夫的肩膀上,像是要晕倒的样子。

那一天,约娜才了解伯爵是十分疼爱他的妻子的。

在这之后的一个月中,伯爵夫人露出从来不曾有过的快乐心情。她来白杨山庄的次数比以前更多了,老是笑着,热情地抱吻约娜。仿佛她的生命陶醉在一种神秘的喜悦中。她丈夫也很快乐,眼睛从来不离开她,时刻热情倍增地想摸摸她的手和衣裙。

一天晚上,伯爵对约娜说:

"现在我们真的生活在幸福中了。琪尔蓓特过去从来没有这么可爱过。她心情变好了,再也不发脾气了。我感到她是爱我的,这一点过去我就不敢相信。"

于连似乎也改变了,比以前快活多了,不再烦躁,仿佛这两家人的友谊替每一家都带来了和平和快乐。

这一年,春天来得特别早,天气已经非常暖和。

从柔和的早晨到宁静温暖的夜晚,阳光滋育着大地。转眼间,所有嫩芽一齐欣欣向荣地萌放了,液汁不可抗拒地上升着,发散出热力,这是在不寻常的好年头里大地回春的景象。

这种生命的悸动使约娜的心绪在不知不觉中引起纷乱了。她会面对草地上的一朵小花,突如其来地感到困倦,有时甜蜜的惆怅袭上她的心头,她常常会几小时沉湎在无目的的幻想中。

随后她又回想起动人的初恋时期的种种;这并不是说她心里对于连重新产生了爱情,这已经是一去不复返的了;而是她的肉体受和风的爱抚,为春的气息所陶醉,引起了不安,像是有一种看不见的温柔的呼唤在挑逗她一般。

她喜欢独自一个人,在温暖的阳光下,忘怀一切,不受任何思想的触动,享受那种朦胧而恬静的愉快心情。

一天早晨,当她正在这种梦幻的境界中时,心里突然涌现出往日的一幅图景,那是在艾特勒塔附近的一个小树林里,周围都是阴暗的枝叶,阳光从天窗般的一个窟窿里照射进来。就是在那林荫下,在这个爱恋着她的年轻人身边,她第一次感到肉体的战栗;在那里,他第一次怯生生地吐露了他心头的愿望;也是在那里,她突然觉得接触到了自己希望中的美好的未来。

她想再去看看那个树林,作一次感伤性的、迷信的巡礼,仿佛旧地重游能在她的生活历程中产生什么新的变化。

于连一清早就出门了,她不知道他到哪里去。她叫人把马丁家的近来她常骑的那匹小白马鞴上了鞍子,接着她就出发了。

这一天到处都非常安静,连一草一叶都一动也不动;风像是死灭了,一切仿佛都将永远地静止下去。昆虫也都像是隐藏得无影无踪。

太阳炽烈地照耀着,静寂的原野笼罩在金黄色的雾霭中,约娜骑着那匹小马,怡然自得地缓步前进。她不时抬起头来,望着碧空中棉花似的那朵小小的白云,这是一小块凝聚的水汽,孤零零地像被人遗忘了似的悬挂在那里。

约娜顺着山谷下行,山谷直通到海边,在称为艾特勒塔拱门的悬崖高大的穹隆下入海;然后她缓缓地向树林走去。阳光从稀疏的枝叶间散泻下来。她走遍了许多小路,却找不到她所探寻的地点。

当她穿过一条漫长的小道时,她突然望见路的尽头有两匹带鞍的马拴在一棵树上,她立刻认出那是琪尔蓓特和于连所骑的马。她正开始感觉寂寞,这种意外的相遇使她喜出望外,她便策马向前跑去。

那两匹拴着的马非常悠闲,像已习惯于长时间的等待。当约娜跑到它们跟前时,她大声呼唤。但是没有人答应。

一只女人的手套和两条马鞭被扔在踩平了的草地上。显然他们在那里坐过,然后把马留下,走到远处去了。

她等候了一刻钟,二十分钟,心里有点惊讶起来,不明白他们去干什么。当她下了马,靠在一棵树干上站着不动的时候,两只小鸟儿,没有注意到她,就飞到她身边的草地上 。一只小鸟在另一只的四周忙碌地跳着,抖动着展开的翅膀,点点头,唧唧喳喳地叫喊;忽然间它们交尾了。

约娜吃了一惊,仿佛她并不熟悉这些事情似的;然后她暗自想道:"真的呢,这是春天呀!"紧接着,另一个想头,一种猜疑,出现在她心中了。她重新看了看那只手套,那两条马鞭和那两匹丢在那里的马;她立刻跳上自己的马,迫不及待地想避开了。

她飞马奔回白杨山庄去。她不停地思考着,把一连串的事实和情况联系到一起,翻来覆去在思考这个问题。她怎么没有更早就看出来呢?她怎么一点也没有注意到呢?于连经常外出,他恢复了过去整整齐齐的打扮,他的脾气变好了,怎么对这一切她都没有看清楚呢?她也记起了琪尔蓓特那种突然的神经质的暴躁,那种过分的娇媚和亲密,以及最近这一段时期以来她生活中心境的特别愉快,这是连伯爵也都替她高兴的。

她勒住马,让它慢步前进,因为她需要静静地思考一番,跑快了,会扰乱她的思想。

最初的那种激动过去之后,她心中几乎又恢复了平静,既不妒忌,也不憎恨,而是轻蔑。她根本不去想于连;他所做的一切已没有什么使她吃惊的了;

但是她的朋友伯爵夫人的这种双重欺骗却使她感到愤懑。这样看来,世界上的人个个都是阴险的,说谎的,虚伪的。想到这里,她的眼眶里不禁满噙着眼泪了。有时人们为幻灭而哭泣就像为死者而哭泣一样地感到伤心。

可是她决心装作什么也不知道,从此只爱保尔和她自己的父母,除此之外,再不使任何感情触动自己的心,对其他一切人都采取冷静旁观的态度。

她一回到家里,便扑倒在儿子身上,把他抱到自己的卧室里,足足有一个小时,疯了似的不停地和他亲吻。

于连回家晚餐时,笑容满面,殷勤可亲,处处想讨她的欢心。他问道:

"难道爸爸和小母亲今年真的不来了吗?"

这种关心深深地触动了她,使她几乎就要原谅他在树林中被她所发现的行为;想重见这两位老人的强烈愿望顿时袭上她的心头,因为除保尔以外,他们是她最心爱的人了。她把整个晚上的时间都用来写信,敦促他们早日回来。

他们通知说五月二十日可以到达。这时才五月七日。

她带着越来越焦急的心情等待他们到来,仿佛除了想念父母之外,她还感到另有一种需要,那就是她要使自己的心接触那些诚实的心,她要敞开胸怀和那些不染污行的纯洁的人们交谈。在他们的一生中,无论行动、思想和愿望,素来都是正派的。

她觉得生活在自己周围的,都是一些精神上不健康的人,这才使她心灵上感到孤独;虽然她也突然学会了喜怒不形于色,装着笑脸,伸出手去接待伯爵夫人,但是她内心的那种空虚之感和对周围人们的鄙视却越来越扩大起来,把她整个包围住了;每天在当地传播的那些琐琐碎碎的闲话,只能在她心灵上引起更深的厌恶,对人产生更大的蔑视。

库亚尔家的闺女生下了孩子,最近不能不结婚了。马丁家的女仆,那个孤女,肚子大了;邻居一个十五岁的小姑娘肚子也大了,那个瘸腿的、其脏无比的寡妇,诨号叫作"烂污"的穷婆子肚子里也有了孩子。

随时随刻所听到的,总不外是当地的一个小姑娘,或是一个有丈夫、有儿女的农妇,或是平素为人所尊敬的一个富农的妻子大了肚子或是干出了其他丑事。

在这个火一样热情的春天里,仿佛不仅草木的精力旺盛了,人也一样。

而约娜呢,她的感官已经不再激动了,只有她那受了创伤的心和那多愁善感的灵魂,还在受着温存的春风的波动,她已只沉醉于不染欲念的梦想,在梦

幻中消耗热情,至于肉的要求则早已绝迹,这才使她对污浊的兽性感到吃惊,从嫌恶而到了愤恨。

一切生物的性行为都使她恼怒,仿佛那是违反天性的事情;她所以怨恨琪尔蓓特,倒不是因为她抢了自己的丈夫,而是因为她也不免于跌进这种普遍存在的泥坑里。

琪尔蓓特理应和那些受低级本能支配的乡下人有所不同。怎么她竟也做出这种畜生一般的行为来呢?

就在约娜父母要到来的那一天,于连兴致勃勃地对他妻子讲了一件在他看来是十分自然而又非常滑稽的事情,这就更引起了约娜的反感。他讲到面包房的那个老板听到烘炉里有什么响声,那一天却并不是烘面包的日子,因此他以为是钻进了野猫去,结果却发现了自己的老婆,"她并不是在那里烘什么面包。"

他还接着说:"面包房的老板把炉门关住了;叫那一对几乎闷死在里面;还是那小儿子去告诉了邻居;因为他看见他母亲是和铁匠一起进去的。"

于连一再笑着说:"这些家伙倒想让我们尝他们的爱情面包啦!这真不愧是拉封丹笔下的一篇好故事。"

约娜听了这个之后都不敢再摸面包了。

当长途马车停下在石阶前,男爵慈爱的面容从窗口探出来时,约娜像从来不曾有过地受到了深刻的感动,一种思慕之情在她心灵深处激荡和翻腾起来。

但是当她一看见小母亲时,她不禁愣住了,几乎昏晕过去。男爵夫人经过了这个冬天,仅仅六个月不见,竟衰老得像相隔了十年。她那肥大的、松软下垂的双颊,像是胀满了血而发紫;她的眼睛已昏黯无神;除非两臂有人扶持,她都不能行动了;呼吸时发出嘶嘶的声音,而且愈来愈困难,这使她左右的人都感到痛苦不堪。

男爵天天和她在一起,反而觉察不到这种每况愈下的衰弱;当她诉说呼吸不断地感到困难和身子日见滞重时,他便答道:

"那倒不一定,亲爱的,我知道你一向都是这样的。"

约娜陪她的父母到他们的卧室之后,回到自己的房里,心慌意乱,不禁痛哭起来。接着她眼眶中含着眼泪,又去找她的父亲,倒在他的怀里,问道:

"啊!母亲的样子变得多么快呀!她怎么啦?告诉我,她究竟怎么啦?"

他大为惊讶,答道:

"你是这么想吗？哪有这回事呢？还不就是这个样子？我和她天天在一起,我可以保证说,她并没有坏下去,仍然是这个样子。"

当天晚上于连对他的妻子说:

"你母亲的情况很不好。我看不会太久了。"

约娜听了哭泣起来,他显得不耐烦了。

"好啦,我并没有说她已经完了。你怎么这样大惊小怪。她改了样子,这是事实,她也到了年纪啦!"

过了一个星期,她已经看惯了她母亲改变了的容颜,便不再想这件事情了,正像我们为了需要心境的平静,出于自私的本能,排除或抛开威胁着我们的惊惶和忧虑,她也就这样排除了她的恐惧心理。

男爵夫人没有力气走路了,一天只能出来半小时。每逢在"她的"林荫路上走完一趟,她就疲乏得不能动弹,需要在"她的"长凳上坐下了。当她觉得连一趟也走不完的时候,她便说:

"就到这里吧;我的心脏扩大症今天把我的腿要压断了。"

她不再大笑了,那些在去年还会使她笑得浑身发抖的事情,今年只能使她微微一笑。但是她的目力仍然很好,她接连好几天重温《柯丽娜》和拉马丁的《沉思集》来消磨时光;随后她又叫人替她端来那只装"纪念品"的抽屉。她把那些使她念念不忘的旧信件统统倒在膝上,再把抽屉搁到身边的椅子上,把这些"老古董"全部重读过一遍,然后再一一放回到抽屉里。当她一个人的时候,真正是一个人的时候,她就拿起一些信来吻着,正像人们偷偷地吻着亲爱的死者的头发一样。

有时约娜突然闯了进去,发现她在那里掉泪,伤心地掉泪,便吃惊地问道:

"怎么回事呀,小母亲?"

男爵夫人深深地叹一口气,答道:

"就是这些老古董叫我伤心。一翻弄这些东西,就会想起快乐的日子,但现在已经都结束了。有些我们已经忘记了的人,一下子又都出现了。你仿佛看见了他们,听到了他们的声音,这真叫人心惊。这一切,将来你会明白的。"

男爵若在这种伤心的时刻走进来,就轻声地对女儿说:

"约娜,亲爱的,你听我的话,就把信烧掉,不论是你母亲写的或是我写的,统统烧掉。人到老年,再去回想年轻时候的一切,没有比这更可怕的了。"

但是约娜也保存了她的信,准备着她的"放老古董的匣子",尽管她在别方面都和她母亲不同,但她却本能地继承了这种好幻想而又多愁善感的性情。

几天之后,男爵因为要去料理一件事情,就离开了。

这正是最美好的季节。天天一清早是灿烂的晨曦,然后是晴朗的白日,接踵而来的又是宁静的黄昏和柔和而星光满天的夜晚。不久男爵夫人身体就好了些;约娜忘掉了于连不正当的恋情和琪尔蓓特阴险的行为,她几乎觉得完全幸福了。乡间到处都是花香,大海从早到晚静静地在太阳下闪闪发光。

一天下午,约娜抱着保尔,走向田野去。她时而望望她的儿子,时而望望沿路草地上的野花,心里感到无比的幸福。她不停地吻着孩子,把他紧偎在自己的怀里;从田野里吹来一阵阵甜蜜的香气,她感觉自己完全沉醉并融化在一种极乐的境界中了。她梦想着孩子的将来。他将成为怎样的人呢?有时她希望他成为一个有名望、有势力的大人物。有时她又宁愿孩子终身守在自己身边,虔诚孝顺,永远讨妈妈的欢心。每当她从母亲的自私心理来爱他的时候,便希望他永远做她的儿子,光是做她的儿子;但是当她在热情中怀有理性地恋爱他的时候,她就一心盼望他能成为世界上一个有地位的人。

她在水渠边坐下来,细细地端详着他,仿佛她从来不曾见到过他似的。当她想到这个小生命有一天长大了,迈着矫健的步伐走路,脸上长了胡子,说话时发出洪亮的声音,她心里不禁惊异极了。

她听到远远有人在叫她。她抬头一看,却是马里于斯正向她直奔而来。她想一定是家里来了客人,她站起身来,受了打搅,心里觉得满不痛快。这时那孩子已飞奔到面前,当他跑近时,他嚷着说:

"太太,男爵夫人不好了。"

她像被人从背上泼了一盆冷水,慌慌张张地大踏步奔回家去。

她远远望见一大群人围在梧桐树下。她奔上前去,人们让出一条路,她看见她母亲直躺在地上,头底下垫着两个枕头。脸色完全是黑的,眼睛闭上了,她那喘了二十多年的胸部再也不动了。奶妈从约娜怀里接过孩子,把他抱开了。

约娜瞪着眼睛问道:

"怎么回事呢?她是怎么跌倒的?快请医生去。"

当她一回头时,看见神甫已经在那里,他不知是什么时候得了消息赶来的。他卷起黑袍的袖子,张罗着在那里帮忙。但是无论用醋,用花露水抹擦,都已经不见效了。

"不如让她宽了衣服睡到床上去吧!"神甫说。

农户约瑟夫·库亚尔、西蒙老爹和厨娘吕迪芬当时都在场。比科神甫帮着他们,大家想把男爵夫人抬走;但是他们刚把她扶起来,她的头就向后倒垂下去,由于她身肥体重,难于搬动,弄得她身上的裙袍也被撕裂了。约娜看到这种情形,害怕得叫喊起来。他们便把这肥胖成软绵绵的身体重新安放在地上。

人们不得不从客厅里搬来一张圈椅,然后把她放进圈椅里,这才把她抬走。他们一步一步地登上台阶,再上楼梯,终于抬到卧室里,把她安置在床上。

正当厨娘一个人怎么也脱不下衣服时,唐屠寡妇及时地赶到了。按仆人们的说法她也和神甫一样,是"嗅到了死亡的气息",顿时出现的。

约瑟夫·库亚尔骑马飞奔去请医生;神甫正打算回去取圣油,看护便在他耳边悄悄地说:

"不必了,神甫先生,您可以相信我的话,她已经过去啦!"

约娜疯了似的向人恳求,她不知道怎么办,该从哪里着手,还有什么药可用。神甫坚持诵读赦罪礼的祷文。

人们守着这个青紫色的无生命的躯体已有两个小时了。约娜这时跪在地上,哀痛地哭泣着。

当医生打开门进来时,约娜仿佛在他身上看见了救星、安慰和希望。她扑过去,把就她所知道的事情的前后经过,断断续续地说给他听:

"她和每天一样散着步……她没有觉得不舒服……一点也没有觉得不舒服……午餐时吃了清肉汤和两个鸡蛋……她忽然倒下了……人就和现在一样发黑了……就再也不动了……我们用尽一切办法想让她醒过来……用尽一切……"

说到这里,她看见看护暗暗地向医生做手势,表示病人早完了,她便呆住不出声了。但是她还不肯相信,焦急地一再问道:

"情形严重吗?您看这个情形严重吗?"

医生终于回答说:

"我想恐怕……恐怕是……完了。要拿出点勇气来,要有很大的勇气。"

约娜伸开胳膊,扑倒在她母亲身上了。

这时于连回来了。他一下呆住了,显然心里很不高兴。他并没有表示出悲伤或哀痛,仿佛面对突如其来的场面,一下子他还来不及准备好适当的表情。他喃喃地说：

"我早就料到了，我早知道就要完啦。"

于是他掏出手绢来，擦着眼睛，跪到地上，在胸前画了个十字，嘴里喃喃地念着什么，然后站起身来，同时还想把他妻子也扶起来。但是她抱住尸体吻着，几乎全身扑在尸体上。人们只好把她拖走。她仿佛已经疯了。

一小时之后，才又让她进来。一切希望都完了。这时卧室已布置成停尸室了。于连和神甫正在窗口低声交谈。唐屠寡妇舒舒适适地倒在一张圈椅上，已经快要睡熟了。她守尸惯了，哪一家死了人，在那里她就像住在自己的家里一样。

天黑了。神甫走到约娜身边，握住她的双手，用宗教的大道理鼓励她，劝解她，企图使这颗破碎了的心得到安慰。他谈到死者，说了些神甫本色的话来赞美她，显出一副在他职业上应有的假慈悲的哀痛样子——其实死了人对他总是有好处的——要求守在尸体旁做一夜的祈祷。

但是约娜抽搐地哭泣着，不肯答应。在这永别的夜里，她愿意一个人，只有她一个人留下来。于连走来说道：

"这可不行，我和你一起留下吧。"

她说不出更多的话了，只是摇摇头表示拒绝。终于她又说：

"这是我的母亲，我自己的母亲，所以我要一个人守着她。"

医生悄悄地说道：

"听她做主吧，看护可以留在旁边的屋子里。"

神甫和于连想到睡在床上更舒服些，也都同意了。于是比科神甫跪下去做祷告，然后站起身来，临走时，口里说："这是一个圣女，"那声调就像他念"天主保佑你"一样。

这时子爵用平时的语气问道：

"去吃点东西好吗？"

约娜不知道是在对她说话，一点没有做声。他又说：

"你最好还是吃点东西，这样身子才支持得住。"

她心不在焉地回答说：

"你马上派人去找爸爸回来。"

于是他出去派人骑马到卢昂去。

她沉入在默默的哀痛中，仿佛要等待那最后面对面的时刻，来尽情发泄心

132

头极度的悲伤。

屋里渐渐阴暗起来,夜色笼罩在死者的周围。唐屠寡妇用极轻的脚步走来走去,用看护病人的那种悄悄的动作,在黑暗中摸索着看不见的东西,一一把它们拿来安放好了。然后她点燃两枝蜡烛,轻轻地放在铺着白布的床头桌上。

约娜仿佛什么也看不见,什么也不觉得,什么也不了解。她只等待能独自一个人留下来。于连晚餐后又进来了,又一次问道:

"你不吃一点东西吗?"

他的妻子摇头表示不要。

他带着不是悲伤而是无可奈何的神情坐下了,一言不发。

他们三个人离得远远的,各人坐在自己的位子上,一动也不动。

有时看护睡熟了,发出轻微的鼾声,接着突然又醒了。

最后于连站起身来,走向约娜身边:

"你愿意一个人留在这里吗?"

她突然不由自主地握住他的手,答道:

"啊,是的,让我一个人留下吧。"

他在她额上吻了一下,喃喃地说:

"我会时常来看你的。"

他出去了,唐屠寡妇也推着圈椅,坐到旁边屋子去了。

约娜关上了门,然后去把两扇窗子完全打开。一股带有干草气息的夜晚的和风向她迎面吹来。前一天割下来的青草,在月光下都成堆地晾在草地上。

这种温柔的感觉使她痛苦,像嘲弄似的刺伤了她的心。

她回到床边,握住一只冰冷而僵硬的手,望着她母亲。

她已经不像刚倒下时那样肥胖了;她仿佛安静地睡在那里,睡得非常安静,这是她过去从来不曾有过的;蜡烛惨淡的火光在微风中抖动着,光影投在死者的脸上,移来移去,看去仿佛她在那里活动了。

她凝神地注视着;遥远的幼年时代的种种回忆,一齐都涌现到她的心头。

她记起小母亲几次到修道院来看她时的情景,她在接待室里把一纸袋糕点递给她的那种样子,记起许许多多的小情节和小动作,她的笑貌和言谈,她说话时的声调和平时熟悉的手势,她微笑时眼角的皱纹,她坐下时带喘的叹息。

她留在那里端详着死者,若痴若呆地反复说:"她现在死了;"于是这个死字所包含的一切恐怖都出现在她的眼前。

这个躺着的人,她的妈妈,她的小母亲,她的阿黛莱德妈妈,果真死了吗?她再也不会动弹了,再也不会说话了,再也不会笑了,永远也不会和小爸爸面对面地吃饭了;她再不会说:"早安,约娜!"她已经死了。

她快要被钉进棺材里,埋葬在地下,到那时一切都完结了。从此再也不会见到她了。这是可能的吗?这是怎么回事呢?她就永远没有母亲了吗?这个在心头如此熟悉如此亲爱的人儿,这个从她一睁开眼睛时就认识了的,一张开胳膊时就喜爱的人儿,这个爱情的泉源,这个惟一的生命,这个在她心上比任何人都更可宝贵的她的母亲已经不见了。她只有几个小时还可以守着这张面孔,这张毫无表情一动也不动的面孔;以后什么也没有了,除了一个记忆,什么也没有了。

在一阵悲惨的绝望的挣扎中,她跪倒在地上;她用痉挛的双手绞着被单,嘴贴着床,头裹在被褥中,发出令人心碎的呼声:

"啊!妈呀,我可怜的妈呀!"

她觉得她要发疯了,疯成像那天黑夜里逃跑到雪地里去一样,因此便站起身来跑到窗口去清凉一阵,去呼吸一下和这死人室内的气息全然不同的新鲜空气。

修剪了的草坪、树木、荒野、远处的大海,都安憩在静穆的和平里,沉睡在幽美的月光下。这种温柔而平静的夜色触动了约娜的心灵,她的眼睛里渐渐充满了眼泪。

她再回到床边,坐下来,把小母亲的手又握在自己的手中,仿佛她病了,自己守在她的身边。

一只大甲虫被烛光吸引,飞了进来。它像个球似的撞着墙壁,在房间里飞来飞去。她被翅翼嗡嗡的响声所吸引,抬头去看那只甲虫;但她只在白色的天花板上望见了它那晃来晃去的影子。

随后她听不见飞虫的声音了。这时她注意到台钟发出轻轻的滴答声,但除此之外,还有另一种轻得几乎察觉不到的细微的声音。这是床脚边的一张椅子上,忘在脱下的裙袍里的小母亲的表还在那里走动的声音。人死了,而这个机械却还在不停地跳动,突然这个无意识的对比在约娜心上又引起了一阵刀割似的伤痛。

她看了看时间。这时还不到十点半;想到要在这里度过一整夜,她实在害怕得有点不能忍受了。

接着在她心中又引起了其他的种种回忆:她自己的一生、萝莎丽、琪尔蓓特,以及爱情苦味的幻灭。人世间的一切不外是苦痛、悲伤、不幸和死亡。人人都在欺骗,人人都在说谎,事事令人烦恼,事事令人落泪。在哪里才能找到一点安静和快乐呢?显然只能在另一个世界里!那时灵魂已从人世的苦难中解救出来。灵魂!她开始对这个深不可测的神秘作种种幻想,一时突然投入到诗意的信念中,一时这些信念又立刻被同样空虚的臆想所否定。那末她母亲的灵魂,这个冰凉的已经一动也不动了的躯体里的灵魂,此刻到底落在哪里呢?也许落在很遥远的地方。在空间里的某个地方?但究竟是哪个地方?是像一朵枯萎了的花中的香气一般蒸发了吗?还是像脱笼的鸟儿一般无影无踪地在那里飞翔呢?

被上帝召回去了呢?还是偶然散布到新的创造物中,或是掺和到刚露出来的幼芽中去了呢?

会不会就在很近的地方呢?就在这间屋子里,就在这个它刚离开的失去了生命的肉体周围呢?这时约娜突然以为有什么东西从她身边吹拂而过,仿佛自己和无实体的精灵发生了接触,她吓坏了,确实吓坏了,吓得既不敢动,也不敢呼吸,更不敢回头看一看。她的心恐怖得怦怦地跳着。

忽然间那看不见的甲虫又飞起来,在墙壁上撞来撞去。她从头到脚都颤抖了,然后她看明白那不过是甲虫振翅飞舞的声音,立刻就又安心了,她站起身来,回头望了一望。她的目光落在四角上镶有人面狮身像的那张搁"老古董"的写字台上。

顿时她心中出现了一个亲切而古怪的念头;她要在这永别的夜晚,像读祷告书一般,把死者所珍爱的旧信读一读。在她看来,这是为实现一种微妙而神圣的义务,这仿佛真正是一种孝心的表示,这会使她母亲在另一个世界里感到高兴。

这些都是她从未见过面的外祖父和外祖母给她母亲的信。她想越过她母亲的遗体向他们伸出手去,仿佛在这个哀悼之夜,他们也一定会感到痛苦,并在那逝世久远的人们和刚故世的母亲以及还活在世上的她自己之间联成一道神秘的爱的锁链。

她走过去拉开写字台的柜门,从底层的抽屉里,取出十来扎纸色发黄了的旧信,这些信都是按次序用绳子扎好,整整齐齐排列在那里的。

出于感伤的细腻心情,她把那些信全都放在床上,搁在她母亲的怀里,这才开始读起来。

这些旧信是在许多家庭的古老的书桌里都可以找到的,它们带有上一世纪的气味。

第一封信的称呼是"我的亲女儿",另一封是"我的美丽的小女儿",其他还有"我亲爱的小人儿","我的小爱女","我最宠爱的女儿","我亲爱的孩子","我亲爱的阿黛莱德","我亲爱的女儿",这些称呼是按收信人生活中各个不同的时期而改变的,最初是小女孩儿,后来是少女,再后来是少妇。

信里充满了热情而稚气的疼爱,身边种种琐碎的小事情,和在一个不相干的人看来毫无意思的家庭中的日常大事:"父亲患了感冒;女仆荷尔当斯烫伤了手指;捉耗子的猫儿死了;栅栏门右首那棵松树砍掉了;母亲从礼拜堂回来时丢了她的那本弥撒经,她想是被人偷走了。"

信里还谈到好些约娜所不认识的人,但她似乎记得在她童年时代曾听到过这些人的名字。

这些琐碎的细节都像启示一般,引起她的感动;仿佛一下子她踏进小母亲全部过去的私生活中,她的内心生活中。她的眼睛望着躺在那里的尸体,突然大声念起信来,念给死者听,就像是替她解闷,使她得到安慰。

死者一动不动地躺在那里,似乎感到幸福了。

她把这些信一封一封地抛到床脚边,心想应该和人们安放鲜花一样,把它们放进棺材里去。

她又解开另一束信。这里笔迹和以前的不同了。她开始念道:"没有你的爱抚我简直不能生活下去了,我爱你爱得快发疯了。"

信上只有这两句话,也没有署名。

她拿信笺翻来覆去地看了一遍,不能了解。收信人明明写着是:"勒倍奇·德沃男爵夫人"。

于是她又打开第二封:"今晚等他一出门,你就来吧。我们可以有一小时的工夫在一起。我热情地爱着你。"

在另一封信里:"我徒然疯一般地彻夜想念着你。我仿佛抱着你的身子,眼对着眼,嘴贴着嘴。当我想到这时候你却睡在他的身边,他可以随心所欲地……我真发狂得想从窗口跳下去了。"

约娜惊呆得不能了解。

这些都是什么？这些情话都是写给谁的？为谁写的？是谁写的？

她继续看下去，每封信里都是狂热的表白，密约幽会和谨慎的叮嘱，信尾总带着这一句话："此信务必焚毁。"

最后她翻到一张便条，一张接受应邀晚餐的普普通通的便条，笔迹却和前面那些信中的一样，署名是"保尔·德·恩纳马尔"，这人在当时每逢男爵谈起时，总是用"我可怜的老保尔"称呼他的，而他的妻子是男爵夫人最要好的朋友。

于是约娜顿时产生了疑惑，这个疑惑立刻又得到了证实：她母亲就是他的情妇。

她头脑一阵昏乱，急忙扔掉她手上这些龌龊的信，就像扔掉爬在她自己身上的毒虫一样，然后她跑到窗口，不禁震动着嗓门放声痛哭起来；接着她精疲力竭地倒在墙脚边，怕让人听见她的哭声，用帘子蒙住脸，在悲痛绝望中呜咽不止。

她也许会整夜地这样哭下去；但这时隔壁屋子里的一阵脚步声使她吃惊地跳起来。这会不会是她父亲呢？而所有这些信还都摊在床上和地板上！他只要打开一封，那就完了！他到底知不知道呢？他呀！

她扑过去，双手抓起那些发黄了的旧信件，不管是她外祖父母写的，她母亲的情夫写的，连同她还不曾打开的以及那些用绳子捆着还留在写字台的抽屉里的，统统成把地扔进壁炉里去。然后她端起燃点在床头桌上的一枝蜡烛，把这一大堆信点着了。顿时冒出一道高高的火焰，火光闪闪地跳动着，照亮了卧室、床铺和尸体；死人僵硬的面孔和被单下庞大的躯体的轮廓，在床后白色的布帘上，映出一幅颤动着的黑色的侧影。

当壁炉里只剩下一堆纸灰时，她又回到敞开的窗口，像是她已不敢再停留在死者的身边，她坐在那里，用手遮着面，又哭泣起来，悲痛地呼喊着：

"啊！我可怜的妈妈，啊！我可怜的妈妈！"

她十分痛苦地想道：如果小母亲真的没有死，如果她只是昏昏沉沉地睡熟了，如果这时她突然起来说话了，那末她会不会因了解了她母亲这个可怕的秘密而削弱对她的孝心呢？她还会用同样虔敬的心去抱吻她吗？她还会用同样圣洁的爱去对待她吗？不！那是不可能的！而这一思想撕裂了她的心。

夜已阑珊；星光黯淡下去；这是破晓前清凉的时刻。月亮正在沉到大海里去,使水面闪出螺钿色的银光。

约娜顿时回忆起她初回白杨山庄时倚窗眺望夜色的那第一个晚上。那已是多么遥远的事情,一切都改变了,现实中的明天和她想象的是多么不同啊!

现在天空又涂上一片蔷薇色了,一种欢乐的、温柔的、娇媚的蔷薇色。她看着这初升的曙光,像是面对一种不可思议的现象似的,感到了惊讶。她不禁自问,世上既有这样美丽的晨曦,怎么可能就没有一点快乐和幸福。

推门的声音使她一惊。于连进来了。他问道:

"怎么样,你不觉得太累吗?"

她含糊地回答说"不",心里却高兴现在不再是独自一个人了。

"现在你去休息一下吧,"他说。

她沉重、悲痛而哀伤地和母亲抱吻,然后回到自己的卧室去了。

这一天就在准备丧事的凄切中度过。男爵傍晚才赶到家。他哭得很厉害。

葬仪在第二天举行。

约娜在母亲冰冷的面额上亲了最后一次吻,替她作好了最后一次的打扮,看着尸体钉到棺材里,这才退了出来。客人都快要到来了。

琪尔蓓特到得最早,她一见到约娜,就抱住她痛哭起来。

从窗口可以望见几辆马车正在拐进栅栏门快跑而来。宽大的外厅里充满着一片人声。穿着丧服的女客陆续走到房间里来,好些都是约娜没有见过面的。古特列侯爵夫人和勃利瑟维勒子爵夫人都过来和她拥抱。

忽然间她看到丽松姨妈悄悄地躲在她背后,她那么亲切地抱住了姨妈,使这位老小姐感动得快晕倒了。

于连进来了,他全身丧服,穿得很有气派,神情忙忙碌碌,显然对这样热闹的场面感到非常满意。他压低声音和他妻子商量了一番,又机密地提醒说:

"所有贵族都来了,场面确实很像样。"

他庄重地和女客们一一打了招呼,然后又出去了。

丧礼开始后,只有丽松姨妈和琪尔蓓特伯爵夫人一直陪伴在约娜身边。伯爵夫人不断地拥抱她,一再安慰着说:

"我可怜的好朋友!我可怜的好朋友!"

当福尔维勒伯爵来接他妻子时,他也痛哭得像死了自己的母亲一般。

十

　　接踵而来的这些日子都过得很悲惨,在这些日子里,因为亲人永逝了,屋子里就显得凄凉和空虚,在这些日子里,每遇到死者日常使用过的东西,就会令人感到难过。时时刻刻都会触动回忆,叫人心酸。这里是她坐的圈椅,那里是她留在外厅里的洋伞,还有女仆忘了收起来的死者曾经用过的酒杯! 在每一间屋子里,都能发现零零碎碎的小东西:她的剪刀,一只手套,被她的粗手指翻破了的书,许许多多本来算不了什么的零星用物,正因为它们叫人想起她的种种琐事,无一不令人感到伤心。

　　还有她的声音到处追逐着你,响在你的耳边;你想躲开这所房子的魔力,逃避到不论什么地方去。但是却又不能不留在这里,因为别人也都忍受着痛苦留在这里。

　　此外,约娜始终痛心地忘不了她在她母亲旧日的信件中所发现的那桩事情。这使她思想上感到非常沉重;她那破碎了的心再也不能复原了。由于这桩可怕的秘密,更增加了她目前的孤独;她最后的一点信任连同她最后的一点点信仰,一齐都消失了。

　　父亲不久之后就离开了,他需要活动一下,换一换空气,跳出使他越陷越深的那种悲伤的心境。

　　这所大房子,见惯了它的主人一个又一个地离去,便又恢复了平静和正常的生活。

　　不久保尔病了。约娜快急疯了,接连十二天没有睡觉,也几乎不吃什么东西。

　　孩子病好了;但她仍然胆战心惊,总想到有一天他会死去,到那时她怎么办呢? 她会弄成什么样子呢? 逐渐地在她心中不自觉地产生了再要一个孩子的念头。不久,过去的愿望重燃起来,她梦想能有两个孩子,一男一女,环绕在自己身边。这种想法把她纠缠住了。

但从发生萝莎丽的那桩事情之后,她和于连一直不同床了,在当前的情况下,要恢复他们之间的关系,简直是不可能的。于连另有所欢,这是她所知道的;她只要一想到必须再去接受他的爱抚,就憎恶得浑身发抖。

她为想要再生孩子的念头深深地苦恼着;为了这个,她是情愿忍受一切了;但是她自问怎么去和于连恢复关系呢?如果让他猜透了自己的心思,那真会叫她羞死的;并且他显得早已不再想念她了。

她也许可以抛弃这个念头;但是她夜夜梦想着生一个女儿;她看见保尔和他的小妹妹在那棵梧桐树下一同游戏,有时她觉得简直忍耐不住,就想从床上爬起来,一言不发地跑到她丈夫的卧室去。事实上,已有两次她都偷偷地溜到了他睡房门口,可是心里一阵羞愧,又急忙退回去了。

男爵走了,小母亲死了;约娜现在再也没有人可以商量了,再也没有人可以诉说自己的心事了。

最后她决心去找比科神甫,想用忏悔的方式保守秘密,把这个难题讲给他听。

她去时,神甫正在他那个种着果树的小花园里读经。

闲谈了一阵不相干的事情之后,她红着脸,很难开口地说道:

"神甫先生,我想要忏悔。"

神甫吃惊了,他把眼镜往上一推,对她仔细端详一番;然后他笑了。

"我想您不会是良心上有什么重大的罪过吧。"

约娜更慌张起来,回答说:

"不是的,我只是有一个问题想征求您的意见,一个很难……很难开口的问题,所以我不敢在这里讲给您听。"

他立刻收敛起他那副好好先生的脸色,显出祭司般的神情说道:

"既然如此,我的孩子,我就到忏悔室里去听你讲,走吧!"

但是她突然一想,在那严肃而寂静的圣堂中,这样羞人答答的话怎么能出口呢,便又犹疑不决,退避不前了。

"神甫先生,我看……我看不必了吧……我可以……我可以,……如果您愿意的话……就在这里把我要讲的话讲给您听。或是您看,我们坐到那边那个小亭子下面去吧。"

他们慢慢地走了过去。她心里盘算着应该从哪里说起,怎么说法。他们

141

坐下了。

于是,就像忏悔时一样,她开始了:

"我的圣父……"

她踌躇了,又一遍地说:"我的圣父……"便心慌得说不下去了。

他把双手搭在肚皮上,等待着。他看出她很为难,便鼓励说:

"喔,我的女儿,有什么不可以讲呢;来,拿出勇气来。"

像一个胆怯的人再不顾任何危险,下定了决心:

"我的圣父,我想再要一个孩子。"

他没有答话,因为他不明白是怎么回事。于是她想解释,但是惊惶失措得不知道怎样来表达。

"我现在的生活很孤单;父亲和丈夫彼此不融洽;母亲又死了;再加……再加……"说到这里,她浑身发抖了,她把声音放得更低……"那一天,我的孩子差一点完了!果真那样,我怎么办呢?……"

她停住了。神甫还是莫名其妙,用眼睛瞪着她:"我说,开门见山地讲吧。"

她重复说:"我想再要一个孩子。"

神甫习惯于农民们在他面前毫无顾忌地开点粗鲁的玩笑,听到这句话时,他微笑了,一面会意地点点头,答道:

"不过,我觉得,这事全仗您自己呀!"

她用天真的眼睛望望他,羞得前言不搭后语地说:

"但是……但是……您得知道自从那次……那次关于……那个使女……那是您知道的……那件事情之后……我和我丈夫,我们就完全……不在一起生活了。"

神甫见惯了乡间男女的混杂和不正当的关系,听到这番话时不觉吃了一惊;突然他以为猜到了那少妇真正的心思了。他用眼角望着她,对她的不幸抱着满腔的好心和同情:

"是的,现在我完全懂了。我懂得您的……您的孤单的生活使您烦恼。您正年轻,身体又很健康。这当然是自然的,完全自然的。"

他显出乡村神甫毫不拘束的快活性格,便又微笑了;他轻轻地拍拍约娜的手,说道:

"依照戒律,这是许可的,完全许可的。'肉体的结合仅仅只能由结婚才得到许可.'您是结了婚的人,可不是吗?那就完全不是乱插萝卜了。"

这次轮到她不懂对方话中所暗藏的意思了;等到她一下明白之后,羞得满面通红,把眼泪也急出来了。

"啊!神甫先生,您说的是什么呢?您在想什么呢?我向您发誓……我向您发誓……"她啜泣得哽咽住了。

他吃惊了,安慰她说:

"好了,我没有要使您难过的意思。我只是说了句笑话;只要心里诚实,说句笑话也没有关系。您把这事交给我;尽管交给我好了。我可以跟于连先生谈一谈。"

她简直不知道该说什么。她怕这种调停是笨拙的,而且是危险的,她想阻止,但是又不敢开口;她含糊地说了一声:"谢谢您,神甫先生,"便匆匆忙忙地离开了。

一个星期过去了。她生活在令人苦恼的不安中。

一天晚上晚餐的时候,于连古怪地望着她,嘴角上带着一点微笑,她知道这是他平时戏弄人的时候惯有的一种表情。他甚至对她表示殷勤,但其中暗暗地带有嘲弄的意味;餐后两人在小母亲经常散步的那条白杨路上走着的时候,他附在她耳边低声说道:

"这样看来,我们又和好如初了。"

她什么也没有回答。她望着路上那道笔直的痕迹,现在由于长出了青草,几乎快看不清楚了。这是男爵夫人平时散步所留下的足迹,现在也像一个回忆一样,逐渐地被磨灭了。约娜凄苦地感到一阵心酸;她觉得自己在人生道上迷了路,孤独到与世隔绝了。

于连接下去又说:

"在我,这是求之不得的。我原来只怕你不肯。"

太阳西沉了;夜色温柔而幽静。约娜心里郁积得真想痛哭一场,她需要对一个知心的人敞开自己的胸怀,紧偎着他来倾诉自己的哀怨。她已经忍不住要哭出来,便伸开双臂,倒在于连怀里了。

她哭泣着。他吃惊了,他望着她的头发,但看不见藏在他怀里的脸。他以为她还爱着他,便大模大样地在她的发髻上亲了一个吻。

然后他们一言不发地走回去了。他跟她进了卧室,那一夜他就睡在她那里了。

他们旧日的夫妇关系恢复了。他就像在尽自己的义务,但心里却也并不讨厌;在她这方面,心里觉得既痛苦又可厌,但也作为一种必要来承受了,她只等待一怀了孕,就决心断绝这种关系。

　　但是不久,她发现她丈夫在爱情上的举动和过去不同了,也许显得更有经验了,但是有所保留。他像一个小心翼翼的情夫一般地对待她,而并不像一个泰然自若的丈夫。

　　她诧异了,暗自观察,很快发觉他每次和她发生关系时,都在她能受孕之前就停住了。

　　于是有一天夜里,正当嘴对着嘴的时候,她就讷讷地说：

　　"为什么你不像从前一样毫无保留地给我呢？"

　　他冷笑起来：

　　"天哪,就是为了不让你肚子大起来。"

　　她哆嗦了一下：

　　"为什么你不再要孩子了呢？"

　　他惊呆住了：

　　"嗯？你说什么？你发痴啦？再要一个孩子？唉！那可要不得！有一个孩子哭哭啼啼已经够受的了,人人为他操心,还要花钱。再要一个孩子！谢谢老天爷吧！"

　　她把他搂在怀里,亲他,吻他,低声对他说：

　　"啊！我央求你,让我再做一次母亲吧。"

　　他仿佛受了她的伤害似的,大怒起来：

　　"你真是发昏啦！我求求你,别让我再听这种疯疯癫癫的话了。"

　　她不做声了,决心想对他使用圈套,来获得她所梦想的幸福。

　　于是她竭力设法要拖长他拥抱的时间,像演戏似的表现出疯狂般的热情,在那假装的神魂颠倒的时刻,她用痉挛的双臂把他紧紧地抱住。她用尽了种种诡计;但是他始终能控制住自己,一次也不敢大意。

　　她越来越被想做母亲的强烈的欲望所激动,她决心不顾一切了,什么都不怕,什么都敢做,就在这种情况下,她又找到比科神甫那里去了。

　　神甫刚用完午餐,由于餐后经常心跳,所以满面通红。他一看见她进来,便大声问道：

　　"事情怎么样？"因为他也急于想知道那次调解的结果。

约娜现在已下定决心,也就不再胆怯害臊了,她立即答道:

"我丈夫不想再生孩子了。"

神甫对这事极感兴趣,转过身来望着她,准备以教士的好奇心来探问床笫间的秘密,这些原是他在忏悔工作中足以消遣解闷的部分。他问道:

"这话怎么讲?"虽然她已下了决心,到要解释时却又觉得为难了:

"但是他……他……他不肯和我再生孩子了。"

神甫明白了,他对这一类事情是内行的;他像一个斋戒而又贪嘴的人一般,连同种种精确的细节,一概都详详细细地询问了一遍。

他思索了一阵,然后用平静的声调,就像在估计丰收的年成似的,替她拟定了一个考虑得很周到的巧妙的计策:

"亲爱的孩子,您现在只有一个办法,那就是要使他相信您已经怀了孕。这样他就不再戒备了,到那时您便真的会怀孕了。"

她连眼睛都羞红了;但是既然她一切都在所不惜了,便又追问道:

"可是……可是他要不相信我的话呢?"

神甫对掌握人们的心理是最擅长不过的:

"您把怀孕的事情对所有人都讲,到处宣传,结果他自己也就会相信了。"

然后像是为自己这道策略辩护,他又补充说:

"这是您的权利。教会容许男女间的关系,只有一个目的,那就是为了生育。"

她听从了这个巧妙的主意,半个月以后,便告诉于连说自己可能怀孕了。他吓了一跳。

"那怎么可能呢!那不会是真的。"

她立刻指出她所以怀疑有孕的理由,可是他还自信地说:

"那可不一定,等着看吧!"

从此每天早上他都问:

"怎么样?"

她却总是回答说:

"没有,还是没有来。要不是怀了孕,那才怪呢!"

他也焦急起来,心里又懊恼又奇怪,反复说道:

"这个我可真不懂,简直不懂。吊死了我,我也不知道那是怎么搞的!"

一个月之后,她把这个消息到处宣传,只是出于爱面子的这种复杂而微妙的心理,才独独没有告诉琪尔蓓特伯爵夫人。

于连从最初产生了顾虑之后,就不再和她接近了;后来懊恼极了,也就索性算了,说道:

"这一个可真是自己找上门来的。"

从此他又和他妻子同床了。

神甫所预料的一切完全实现了。她真的怀了孕。

这时约娜欢喜得快疯了。她出于对她所崇敬的那不可知的神祇的感恩,立誓要永守贞洁,从此,每天晚上,她把卧室的门关得紧紧的。

她重新感到自己几乎很幸福了,暗自惊奇在母亲死后,悲哀会消失得这么快。她原以为自己再得不到安慰的了,可是现在不到两个月,敞开的伤口竟痊愈了。剩下的只是一种淡淡的忧郁,就像是笼罩在她生活上的一层惆怅的纱幕而已。她觉得不可以再发生任何其他事故了。孩子们会长大起来,都会很爱她;她毋需再去为她丈夫操心,她的老境会过得平静而称心。

将近九月底的时候,比科神甫穿着一件上身才一个礼拜的新法衣,正式来告别了,同时也为介绍他的后继人托耳彪克神甫。这是一位很年轻的神甫,身材瘦小,说话有些夸大,一对深陷的眼睛周围有一道黑圈,说明他性情的急躁。

老神甫调到戈德镇去当首席神甫去了。

约娜为他的离别实在感到伤心。这位好好先生的面影是和她做少妇的全部回忆联系在一起的。为她举行婚礼的是他,给保尔施洗礼的是他,主持男爵夫人葬礼的也是他。她要一想到埃都旺村,就一定会联想到比科神甫挺起大肚子沿着农庄院子路过的神气;她喜欢他,因为他快活而又自然。

神甫虽然高升了,心里却并不觉得高兴。他对约娜说:

"子爵夫人,我心里是难过的,我心里是难过的。我在这里已经十八年了。啊!这个村庄收入少,进益不大。男人对宗教的信仰不高,妇女呢,您也知道,品德不好。女孩子不先朝拜大肚皮圣母,是不会到教堂来结婚的,因此这个地方桔花①不值钱。尽管如此,我对当地一向是有感情的。"

新神甫听得很不耐烦,满脸涨成通红。他突然插嘴说:

"我在这里,一切都不能这样下去。"

他那样子,就像一个瘦弱而性格暴跳如雷的孩子,他身上穿着一件干净的

---

① 桔花象征贞洁,常用作装饰新娘的花冠。

旧法衣。

比科神甫斜眼望着他。每逢他兴致好的时候,他总是这样看人的,接着说道:

"您看吧,神甫,您想防止这些事情,除非把全区的教徒都用链子锁住;就是这样,也得不到什么效果。"

那个青年神甫厉声答道:

"我们将来看吧。"

老神甫往鼻子里送了一撮鼻烟,慢慢嗅着,微笑地说道:

"神甫,年纪大起来,您就会心平气和了,这和经验也有关系;按您的做法,只会把最后的几个信徒也从教堂里赶跑了;此外再不会有什么好处。这里的人宗教信念是有的,但也很能胡闹,这一点您要注意。说老实话,每当我发觉一个肚子有点大了的姑娘来听讲道的时候,我心里就想:'这一下,她要替我多带进一个教徒来了,'我就尽力帮助她结婚。您要知道,您无法防止他们不出乱子,但是您可以去把那个小伙子找出来,免得他抛弃那个做了母亲的姑娘。使他们结婚,神甫,使他们结婚,别的事您不要管。"

新来的神甫冷冷地答道:

"我们的想法不同;争论也没有用。"

这时比科神甫又恋恋不舍地谈起他的村庄,谈起从他教会住宅的窗口就能望见的大海,谈起那些漏斗形的小山谷,那里他常常一面诵读着经文,一面瞭望在大海上航行的船只。

两位神甫都告辞了。老神甫抱吻了约娜,她几乎要哭了。

一个星期之后,托耳彪克神甫又来了。他像一个新接王位的王子似的,谈到他正在进行的改革。然后他请求子爵夫人千万不可在礼拜日望弥撒时缺席,并且所有节日也都必须参加。

"您和我,"他说,"我们是地方上带头的人;我们应该管理这个地方,并且凡事要以身作则。我们必须联合起来,才能有势力,才能受人尊敬。教堂和庄园携手合作,住茅屋的人就会服从我们并且怕我们了。"

约娜的宗教完全是从感情出发的,她的信仰,像一般女人的信仰一样,是带有梦幻色彩的;她所以还能勉强尽她做教徒的责任,那完全出于在修道院时所养成的习惯,至于她的宗教信念,则早受她父亲那种自由思想哲学的影响而抛到九霄云外了。

比科神甫看见她多少能对教会尽点责任,心里就满足了,因此从来不作过分的要求。但是新来的神甫发现她上个礼拜日没有去望弥撒,就严厉而焦急地跑来了。

她不愿意和教会的关系破裂,便答应了,但心里却是有保留的,她只准备为了情面关系在最初几个星期到教堂去。

从此她渐渐养成了到教堂去的习惯,并且接受了这个严格而专横的瘦个儿神甫的影响。他的那种狂信者的激昂和热情使她喜欢。他挑动了她那根每个女人心灵中都有的宗教诗情的心弦。他那种执拗的苦行,他对于世俗和肉欲的蔑视,他对人世间种种牵挂的厌恶,他对天主的敬爱,他那种年轻人对人情世故的无知,他生硬的言辞,他那不屈的意志,所有这一切给了约娜一种印象,以为这就是殉道者的形象;于是饱经人世忧患的约娜,便被这个孩子、这个天国使臣的狂热信仰吸引住了。

他引导她走向救苦救难的基督,指示她宗教虔信的快乐一定能解除她的一切痛苦;当她驯顺地跪在这个看去不过十五岁的神甫面前忏悔时,真觉得自己既软弱又渺小。

但是不久这个神甫被全村的人所痛恨了。

他因为对自己要求十分严格,所以对别人也丝毫不能宽容。其中爱情这件事情特别引起他的愤慨和恼怒。他在布道时,常常按照教会的习惯,用狠毒的辞句,十分激烈地指摘爱情,并在乡下听众的面前不时地大发雷霆,谴责淫风;而且因为他在愤怒中描绘出来的形象,刺激着他的神经,他会气得浑身发抖,甚至跺起脚来。

年轻的小伙子和姑娘们,在教堂里挤眉弄眼,偷偷地你看看我,我看看你;一向喜欢在这些事情上开开玩笑的老年农民,望完弥撒,在回家的路上走在穿蓝布外罩的儿子和披黑斗篷的老婆身边时,谈起这个可恶的小神甫的偏激,也纷纷表示不满。整个村庄里,群情激愤起来。

人们窃窃地议论在忏悔室时他是多么的严酷,惩罚人时又是多么的厉害;当他坚决拒绝赦免那些贞操受到侵犯的姑娘们时,大家就都讥笑他。节日做大弥撒时,人们看见有些青年男女还留在座位上,不和别人一起去领圣体,便哄堂大笑。

不久,小神甫就像看守人追逐私猎户一般,去侦察和阻止情人们的幽会。在明月的夜晚,他到路边的沟渠里,到谷仓背后或是海边小山坡的草丛里去驱逐幽会中的男女。

有一次,他碰到了一对,他们当着他的面仍然不分开,互相挽着腰,在满是乱石的溪谷里,一边走一边接吻。

神甫嚷道:

"不要脸的东西,你们够了吧!"

那个小伙子回过头来答道:

"神甫先生,您管您自己的事情好啦;这里的事情和您不相干。"

于是神甫拾起一些鹅卵石,像赶野狗一样,向他们扔去。

那两个人笑着逃走了;可是下一个礼拜日,他在教堂里当众宣布了他们的名字。

从此,当地所有的年轻小伙子都不去望弥撒了。

神甫每星期四到庄园来晚餐,在其他的日子里也常来和他的女信徒谈天。她也和他一样,一谈起精神的事物,便变得非常兴奋,宗教论辩中所使用的古老而复杂的种种武器,她也全盘掌握了。

他俩在男爵夫人经常散步的那条白杨路上边走边谈,当他们谈到基督和他的使徒或是圣母和教会的圣者,那简直就像谈论他们所认识的熟人一样。有时候,他们停下来,为的讨论相互提出的一些莫测高深的问题,这时她就腾云驾雾似的发出种种诗意的议论,而他呢,要求更严格,就像一个偏执狂热的辩护人一般,抱定主意非要做到数学般精确地从圆形里求得相等的方形面积。

于连十分尊敬地对待新来的神甫,屡次说:

"这位神甫很合我的胃口,他一点都不妥协。"

因此他按例去做忏悔和领圣体,出色地起着示范作用。

他现在几乎每天必到福尔维勒伯爵夫妇家去,他和伯爵一起打猎,伯爵似乎没有他都不行了,同时不论刮风下雨,他都陪着伯爵夫人去骑马。伯爵说:

"他们骑马骑得入迷了,不过这对我妻子的身体倒有好处。"

男爵在十一月中旬回来了。他变了样子,苍老而又衰弱,精神上再也摆脱不了那种阴沉忧伤的心情。他对他的女儿更恋恋不舍了,仿佛几个月来的寂寞孤独,使他更迫切地渴望家庭的温暖,亲人的爱和精神上的安慰。

约娜一点没有向男爵谈起她新近思想上的变化、她和托耳彪克神甫的交往和她的宗教热情;但是男爵第一次和这位神甫见面,心里就对他产生极大的反感。

晚上当约娜问他：

"你觉得这人怎么样？"

他就回答说：

"这个人吗，这是一个十足的宗教裁判官！所以是个危险的人。"

后来，他从他所熟悉的那些农民口中，知道了这个青年神甫的严酷和凶暴，他那种违反自然法则和对人性本能的迫害，他心里对他就越发憎恨了。

男爵原是属于崇拜大自然的前辈哲学家的信徒，当他看见一对生物的交合，他会受到感动，他是个热心肠的泛神论者，因此怒斥天主教观念中的那个"天主"，那个合乎资产阶级的意图、具有耶稣会教士的迫害狂和暴君的复仇心理的"天主"，那个"天主"，在他看来，实际上是缩小了不可避免的、无边无际的、全能的"创造"，而"创造"同时也就是生命、光、大地、思想、植物、岩石、人、空气、牲畜、星辰、神、昆虫等这一切的总和，"创造"所以称之为"创造"，就因为它创造一切，它比意志更坚强，比理念更广阔，它随着时机的需要和温暖宇宙的日月星辰的运行，在无限的空间里，四面八方，不问形式，无目的、无理知、无终结地产生着一切。

"创造"包括万物的萌芽，它培育了生命和思想，正如树木的开花和结果。

所以在男爵看来，生殖是自然的大法则，是圣洁而可敬的行为，它实现了宇宙本体永恒而不可索解的意志。因此男爵开始在各个农庄里激烈地鼓动农民起来反对这个顽固的神甫，这个"生命"的迫害者。

约娜感到很苦恼，她向天主祷告，向她父亲央求；但男爵总是回答说：

"必须和这样的人斗争，这是我们的权利，也是我们的义务。这种人简直毫无人性。"

他摇动着长长的白发，反复说道：

"这种人简直毫无人性；他们什么都不懂，简直什么都不懂。对什么都是昏头昏脑地乱来一气；这种人是违反自然的。"

他喊出"违反自然！"，这几个字在他口中就像是给人下的咒语。

神甫很清楚遇见了敌人，但是由于他要把庄园和年轻的女主人掌握在自己的手中，并且确信他能获得最后的胜利，他便等待着时机。

不久，一个固执的念头时刻出现在他脑海中了：他曾经在无意中发现了于连和琪尔蓓特之间有着不正当的男女关系，现在他就想不惜用一切手段来打散他们。

有一天,他去看约娜,经过一番神秘的长谈之后,他要求她联合作战,和他一同来驱除她家庭中的邪恶,挽救那两个走向毁灭的灵魂。

她不懂他的意思,想要问个明白。他却答道:

"时机还不成熟,不久我会再来看您的。"说完就突然走了。

冬天快过去了,按乡间的说法,这是一个发霉的冬天,既潮湿又温暖。

不到几天神甫又来了,他隐隐约约地说,在有些人中间存在着不正当的关系,而这些人照理应该是无可指摘的。他又说,知道这种事情的人,有责任想尽一切办法去阻止他们。他发了许多冠冕堂皇的议论,然后握住约娜的手,劝她一定要睁开眼睛,弄个明白,并且和他合作。

这一次,约娜已经懂了,但是她不做声,想到家庭里如今平安无事,又要招来一场风波,心里就很害怕;因此她装作没有听懂神甫话中的意思。这时他就不再犹疑,明白地摊出来了。

"子爵夫人,我要来做的这件事情是令人很痛苦的,但这是我的责任,我没有别的办法。我所处的职位有必要叫您明白一件您能阻止的事情。您要知道,您丈夫对福尔维勒伯爵夫人的友谊是罪恶的。"

她忍辱无力地低下了头。

神甫接下去说道:

"现在您准备怎么办呢?"

她讷讷地问道:

"神甫先生,您叫我怎么办呢?"

神甫粗暴地回答说:"您必须出面干涉这种罪恶的情欲。"

她哭了,带着悲痛的声音说道:

"他已经和一个使女欺骗过我,但是他并不听我的话;他已经不爱我了;如果我有什么要求不合他的意,他会很粗暴地对待我。我有什么办法呢?"

神甫不做正面回答,咆哮说:

"那就是说,您默认啦!您屈服啦!您同意啦!通奸的罪人就在您自己家里,而您就容许啦!罪恶发生在您的眼前,而您竟装作看不见吗?您是一个妻子吗?一个基督教徒吗?一个做母亲的人吗?"

她啜泣着:

"您叫我怎么办呢?"

神甫答道:

"什么都比容许这种可耻的事情好。我告诉您,什么都比这要好。离开他吧!逃出这个肮脏的家庭。"

约娜又说:

"但是,神甫先生,我自己没有钱生活,而且我现在也没有勇气;再说我并没有证据怎么就离开呢?我没有权利这样做的。"

神甫气得浑身发抖,站起身来:

"夫人,这都是因为您懦弱无能啊,我没有想到您是这样的人。您是不配受天主的怜恤的!"

她在他面前跪下去了:

"啊!我央求您,不要抛弃我,请您指点我吧!"

他说得很干脆:

"您叫福尔维勒先生睁开眼睛看看吧。来斩断这种关系,那是他的事情。"

她一想到这个,真是觉得可怕极了:

"他会把他们杀死的,神甫先生!那我就犯了告密的罪!啊!那可不行,绝对不行!"

这时神甫生气极了,举起手来像对她发出诅咒似的,说道:

"您就生活在您的耻辱和罪恶中去吧;因为您的罪过比他们更大。您是一个容忍奸情的妻子!我没有必要留在这里了。"

他走了,愤怒得浑身发抖。

她慌张地跟在他后面,准备让步,要答应他了。但是他仍然怒不可遏地匆匆往前走去,手里激动地挥舞着那柄几乎和他身子一般高的蓝色大雨伞。

他瞥见于连站在栅栏门附近,正在那里指挥修剪树枝;于是他向左一拐,想从库亚尔家的农庄穿过去,嘴里反复说:

"夫人,让我走吧,我没有什么可对您说的了。"

就在他要经过的农庄的院子中间,一群庄上的和附近邻居的孩子们正聚拢在母狗米尔扎狗棚的周围,这群孩子一声不响,好奇而又紧张地在那里观看什么东西。男爵就像一个小学里的老师似的,也站在孩子们中间,背着手,在那里好奇地观望着。但是当他远远看见神甫走来时,为了免得和他见面、打招呼和寒暄,便躲开了。

约娜还在那里恳求说:

"给我几天时间吧,神甫先生!请您再来一趟,那时候,我可以告诉您我所能做的,和我所能准备的一切;然后我们再一起商量。"

这时他们已来到那群孩子身边;神甫便走近去看看到底是什么东西使孩子们这样感到兴趣。原来是那条母狗正在生小狗。在狗窝前,已经生下的五条小狗,正在母狗的周围蠕动着,母狗疲惫不堪地侧身躺在那里,喜爱地舐着它们。正当神甫弯下身去观看时,母狗痉挛地把身子一挺,第六条小狗钻出来了。这时孩子们都乐极了,拍手嚷道:

"又是一条,又是一条!"

在孩子们眼里,只觉得这是很好玩的,除了很自然地觉得好玩以外,并没有任何不洁的观念在内。他们看着小狗生下来,就像看见苹果落到地上一样。

托尔彪克神甫最初惊呆了一阵,然后怒不可遏地举起他的大雨伞,用全身的力气,向孩子们的头上打去。小家伙们都吓坏了,拔腿就跑;只剩下神甫面对着那条正在分娩中的母狗。母狗挣扎着想站起来,但是神甫已不能控制自己,他不等狗站起来,便拼着命想把它打死。狗被链子锁着,不能脱身,在他的痛打下,一面挣扎,一面骇人地哀号。他的雨伞打断了。这时他赤手空拳,只好跳到狗身上,疯狂地踩着、踢着,想把它弄个稀烂。在他的践踏之下,最后的一条小狗被挤出来了;母狗已被打得鲜血淋淋,还在那堆没有睁开眼睛、呜呜地叫着正在寻找奶头的小狗中间颤动着,他最后又抬起脚跟,狠狠地踢过去,这才结果了它的性命。

约娜早已逃开;但是神甫突然觉得有人抓住了他的脖子;一个耳光打飞了他头上的三角帽;愤怒到了极点的男爵一直把他拖到栅栏门前,然后一下把他扔到大路上去了。

当勒培奇先生回转身来,他看见他的女儿正跪在那堆小狗中间,一边哭泣,一边把它们捡起来放到自己的裙兜里。他指手画脚地匆匆向她走来,大声嚷道:

"你看这个家伙,你看这个家伙,这个穿道袍的家伙!现在你看明白了吧?"

农庄里的人都跑来了,人人看着那条在血泊中的母狗;库亚尔大娘叹道:

"真会有这样野蛮的人哪!"

这时约娜已经把那七条小狗都拣起来了,想要把它们抚养起来。

人们试着用牛奶来喂它们;有三条第二天就死了。于是西蒙老爹跑遍各处,想要找出一条带奶的母狗来。他没有找到带奶的母狗,结果却找来一只带奶的母猫,说那也能顶事。结果只好把其他三条小狗也牺牲了,留下最后一条交给母猫来抚养,这个异族的奶娘立刻收容了它,侧躺着身子给小狗喂奶。

为了不使母猫过分吃力,两星期之后小狗就断奶了,另由约娜自己用奶瓶给它喂奶。她替小狗取了名字,叫"多多"。男爵坚决要替它取名为"屠杀"。

神甫不再来了,可是在下一个星期日讲道时,他便对庄园痛施诅咒、辱骂和威吓,说一定要无情地扑灭一切病疫,革除男爵的教籍,男爵自然一笑置之;同时神甫还风言风语,影射于连另有了新欢。子爵听得非常恼怒,但是生怕丑事宣扬出去,也只好把怒火压在心头。

从此,每次讲道,神甫必定要宣讲一番他报仇的心愿,预言天罚的日子就要到了,所有他的敌人都不能脱身。

于连给大主教写了一封既恭敬而又强硬的信。托耳彪克神甫有被撤职的危险,就不再做声了。

人们常常遇见他迈着大步,十分激动地独自在四处漫游。琪尔蓓特和于连每次骑马外出散步时,总能望见他,有时远远地看去,在原野的尽头或是在悬崖的边上,就像一个黑点子,有时当他们正要走近一个窄谷时,他却正在那里读经。这时他们便掉转马头,免得从他身边经过。

春天来到了,他们的爱情更炽烈起来。天天不是在这里,就是在那里,骑马找个隐蔽的地方,互相搂抱在一起。

不过树叶还很稀疏,草地又很潮湿,所以他们不能像在盛夏时节那样,躲进小树林里去。为了避免被人撞见,他们秘密的幽会经常利用伏高特小山坡顶上牧羊人休息用的一间小木屋,这木屋是能移动的,但从去年秋天起就一直被弃置在那里。

木屋高高地架在轮子上,孤零零地竖立在那里,和悬崖相距约有五百公尺,正在山谷开始陡峭直降的山坡上。他们隐蔽在木屋里是万无一失的,因为居高临下望得见整个原野;两匹马拴在木屋的辕木上,一直等待到主人们的欢乐兴尽而止。

但是有一天,当他们离开那小屋时,望见托耳彪克神甫坐在山坡下,几乎是隐藏在芦草丛中。

于连说道:

"以后应该把马留在山谷里,不然人们老远就能望见了。"

从此他们总是把牲口拴在一个长满荆棘的山坳里了。

又有一天傍晚,当他们正返回佛丽耶特庄园去,那里伯爵等着他们晚餐,他们遇见埃都旺的神甫正从里面出来。他站在一旁让他们过去,低着头向他们打了个招呼。

他们感到一阵担心,可是很快也就忘记了。

谁知五月初的一个下午,外面刮着大风,约娜正在火炉边看书,她从窗口望见福尔维勒伯爵急急忙忙地步行而来,以为一定发生了什么意外的事情了。

她赶快下楼来招呼他,当她站在他面前时,以为他真的疯了。他头上戴着那顶平时只在家里戴的大皮帽,身上穿着猎装,面色变得那么铁青,一向和他鲜红的皮肤很调和的红胡子,这时看去就像一团火焰了。他的眼睛很凶猛,眼珠滚来滚去,显出丧魂失魄的神情。

他喃喃地说:"我的妻子在您这里吗?"

约娜不知所措地答道:

"没有呀,我今天还没有看见过她。"

他的两条腿仿佛直发软,他便坐下了;他摘下帽子,三番五次不由自主地用手绢擦一擦前额;然后身子一挺又站了起来,伸着手,张着嘴,向约娜走去,像要向她吐露内心极度的痛苦;可是他又站住了,眼睛盯着她,像说梦话似的自语道:

"但是您的丈夫……您也……"

说着他就直奔海边而去。

约娜跑去想阻拦他,一面叫唤他,恳求他。她已吓得胆战心惊,暗自想道:"他全都知道了!可是他想去做什么呢?啊!但愿他找不着他们!"

但是她没有能赶上他,她的话对他也不起什么作用。他仿佛很自信,毫不犹疑地直奔而去。他跳过水沟,迈着大步穿过那片芦草地,然后登上了悬崖。

约娜站在种了树木的土岗上,久久地望着他,直到看不见了,才满怀忧虑地回到家里。

这时伯爵转向右手,开始奔跑起来。喧腾的大海上,波涛汹涌;大片大片的乌云从天边飞奔而来,每一片云都带来一阵暴雨。风飕飕地怒啸着,掠过草地,刮倒禾苗;大群的白鸥,像起伏的浪花似的,乘风向大陆飞去。

大粒的雨点阵阵地打在伯爵的脸上,他的双颊和髭须上湿淋淋地挂着雨珠,雨声在他耳边哗啦哗啦地响,他的心房突突地跳动着。

那边,就在他眼前,伏高特山谷张大了幽深的咽喉。一眼望去,只看见一个空寂的羊栏和羊栏旁牧羊人的小木屋。两匹马拴在这所活动房子的辕木上。在这样暴风雨的天气,还有什么可不放心的呢?

伯爵一望见那两匹马时,便伏倒在地上,然后用两膝和双手匍匐前进,这个浑身是泥、头上戴着兽皮帽的庞然大物,看去真像一个鬼怪。他一直爬到那所孤零零的木屋边,为了不叫人从木板缝里望见他,他便躲到木屋底下。

那两匹马一看见他,便骚动起来。他用手中的小刀悄悄地割断了马身上的缰绳;骤然吹来一阵狂风,冰雹敲打着木屋的斜顶,木屋在轮子上摇动起来,把两匹马吓得都逃跑了。

伯爵跪直了身子,眼睛贴在门缝里,向里面窥望。

他一动也不动,像是在等候着什么。经过了一阵相当长的时间,他突然站起来,身上从头到脚沾满了烂泥。他愤怒地拨动门闩,把门从外面反扣住了,然后握住辕木,把小屋拼命地捣动着,仿佛想把它捣得粉碎似的。忽然间他挽住辕木,像牛拉车似的,弯着高大的身躯,喘着气,拼死命地把这所活动的木屋连同关在木屋中的那对情人,一起拖向陡峭的山坡边上。

关在木屋里的人,一边用拳头敲着木板,一边大声叫喊,他们还不了解究竟出了什么事情。

当伯爵把木屋拖到斜坡边缘时,一松手,轻巧的小屋子便顺着斜坡滚下去了。

它势不可当地往下直滚,就像一只野兽,横冲直撞,愈滚愈快,辕木拍打着地面。

一个蜷缩在山沟里的老乞丐,看见那木屋从他头顶上跃过;他听到从里面发出骇人的叫喊。

猛然间那木屋撞掉了一个轮子,倒向一边,接着就像一个皮球,就像一所连根拔起的房子从山顶上翻滚下来。当它滚到最后那道山坳边时,一跃而在空中划出一道弧形,跌到谷底里,像一个鸡蛋似的,砸得粉碎了。

木屋一撞碎在石头上,那个曾经看到它从头上跃过的老乞丐,立刻蹑手蹑脚地踩着荆棘,从山坡上走下来;他带着乡下人的那种小心谨慎,不敢直接走近那间砸碎了的木屋,便先到附近的农庄去报信。

人们都跑来了,拨开碎片,发现了两具尸体,但全已血肉模糊,惨不忍睹。男的前额裂开,面孔压得稀烂。女的受了撞击,颚骨脱落下来;他们的四肢折

157

断,软酥酥的皮肉下,仿佛都已没有骨头了。

但是人们对死者都还认得出来,便开始纷纷议论,推究产生这场惨剧的原因。

"他们到这里面去干什么呢?"一个女人说。

这时那个老乞丐便说他们显然是为了避暴风雨,躲到里面去的,后来狂风把小屋吹倒,这才滚了下来。他还解释最初他自己也想躲到木屋里去,只因看到辕木上拴着两匹马,他才知道里面已经有了人。

他又得意地补充说:

"不然,我就送了命了。"

有人打岔说:"那不更好吗?"

于是老汉怒不可遏地说道:

"为什么那就更好呢?难道就因为我是穷汉,他们都是阔人吗?看看现在他们这副样子!……"

老汉气得发抖了。他衣衫褴褛,浑身湿透,乱蓬蓬的胡子和从破帽子里钻出来的长头发脏成一片,他用手里的那根弯曲的棍子,指指那两具尸体,叫道:

"死了,我们大家还不都是一样。"

这时又有一批农民赶来了,他们带着不安、疑虑、惊慌、自私而又胆怯的神色,冷眼旁观着。接着大家商量办法,最后决定把两具尸体分别运回到各自的庄园里去,企图获得一笔犒赏。两辆小篷车驾好了,但这时又发生了新的难题。有些人主张车子里铺上一点稻草就行了,另一些人却认为要放上垫褥才成个样子。

刚才说过话的那个女人嚷道:

"但是垫褥上会染得满处是血,将来还得用漂白水才能洗掉。"

一个气色快活的胖农民答道:

"自然会有人出钱的。东西越贵重,钱就越出得多。"

这话使大家都信服了。

两辆没有装弹簧的高轮小篷车,一辆向左,一辆向右,快步出发了,这两个生前搂抱在一起,从今再不会见面的尸身,每当车轮走在高低不平的车辙中时,在车子里被震动得晃来晃去,东摇西摆。

伯爵一看到小屋从陡峭的山坡上滚下去,便在狂风暴雨中飞奔地逃走了。他越过大路,冲开篱笆,跳下土岗,这样跑了几个小时,在黄昏时才到了家,连

他自己也不知道是怎么回去的。

仆人们惊慌地正在家里等着他,告诉他两匹马——于连的那一匹跟在另一匹后面——刚到家,却不见马上的人。

福尔维勒先生一阵眼花,用断断续续的语声答道:

"在这样可怕的天气里,也许出了什么意外的事情,让所有的人都去找他们吧。"

他自己也出去了;但一走到人家看不见他的地方,便躲进树丛里,偷偷地朝大路上探望着,至今还被他死命地爱着的这个女人,就要从这条路上回来,她也许已经死了,也许还留着最后的一口气,或是折断了四肢,永远成为残废的人了。

不久一辆小篷车从他面前经过,像是载了什么奇怪的东西。

车子先在庄园门前停住,后来才进去。对呀,那一定是"她";但是一种极度的恐怖把他牢牢地钉在那里了,他害怕面对事实的真相;他一动不动,畏缩成像一只野兔,任何声响都会使他发抖。

他等了一小时,也许是两小时。那辆篷车并没有出来。他对自己说,他妻子也许只剩最后一口气了;一想到去见她,去面对她的目光,他心里就恐怖极了,他害怕有人会在他隐藏的地方发现他,强迫他回去目睹她垂死时的惨状,便又一直逃进树林中去。但是他忽然间想起,也许她正需要照料,而周围显然没有任何人能服侍她,他便疯了似的跑回家去。

进门时,他遇见了家里的园丁,便叫道:

"怎么样啦?"

那人不敢应声。于是福尔维勒先生更大声地吼道:

"她死了吗?"

仆人讷讷说:"是的,伯爵先生。"

顿时他心中感到无比的轻松。他的血液和他紧张的肌肉突然间都恢复正常了;于是他稳步登上高大的台阶。

这时另一辆篷车到达了白杨山庄。约娜老远就望见了,她看到车上的垫褥,猜想那上面一定躺了人,她一下都明白了。她所受的刺激是那样的强烈,她立刻晕倒了。

当她恢复知觉时,她父亲正托着她的头,拿香醋擦在她的鬓角上。他犹疑地问道:

"你知道吗？……"

她喃喃地说：

"是的，爸爸。"

但是当她想站起来时，她痛得怎么也站不住。

当天晚上，她就分娩了，生下的婴儿是死的。那是个女孩子。

于连下葬她一点都没有看见，一点也不知道。她只知道一两天之后丽松姨妈已经回来了；在昏昏沉沉的噩梦里，她总是想知道那个老处女究竟是什么时候，在什么时间和在什么情况下离开白杨山庄的。后来在她神志清醒的时候，她也仍然记不起来，只是肯定在小母亲死后，她还见过她的。

十一

约娜三个月不出房门,她变得那么虚弱,那么面无人色,看去是无可挽救的了,谁都这样想,谁都这样说。后来她却逐渐有了起色。她父亲和丽松姨妈都在白杨山庄住下来,不再离开她了。她在这一次的打击中,得了神经衰弱症,动不动就头晕,一点细故就会使她昏过去很久。

她从来没有细细地问过于连是怎样死的。她管这些做什么呢?难道她还知道得不够吗?人人都以为那是意外的遭遇,其实她却知道内情;他们通奸的行为她知道,出事那一天,伯爵怒气冲冲突然跑来看她的那一幕她记得很清楚,这些折磨着她的秘密,只有她自己心里知道。

但是现在占据她整个心灵的,却是对往事温馨而惆怅的回忆,她丈夫所曾经给予她的短暂的爱情的欢乐。每当她突然想起他时,她的心就发抖了;这时在她眼前出现的,是他们订婚时期的那个于连,是他们在火热的科西嘉岛上旅行时她在短促的时刻中所热恋着的于连。现在人已进了坟墓,随着相隔的距离愈来愈远,他的种种缺点缩小了,他的粗暴不见了,就连他那些不忠实的行为也不是那么不能令人容忍了。约娜对这个曾经把她抱在怀里的男人,在他死后,产生了一种对他近乎感激的心情,她只去回忆那些幸福的时刻,而不再计较过去他所带给她的痛苦了。时光不断地消逝,一个月又一个月,遗忘就像逐渐积聚的尘埃,遮盖了她所有的回忆和痛苦;从此她把自己的一生完全寄托在儿子身上。

保尔成了围绕在他身边的三个亲人的偶像,成了他们惟一念念不忘的对象;他就像暴君似的骑在他们头上。而在他这三个奴隶中间,甚至还产生了一种妒忌,约娜心里怪不舒服地看着孩子骑在外祖父的膝上,骑完了还亲热地抱吻他。丽松姨妈常常躲到自己的房间里去流泪,因为这个还不大能说话的孩子也像人人一样,冷落了她,有时像对待女仆似的对待她,孩子对自己的母亲和外祖父亲亲热热,而她则煞费苦心才能讨得他一点欢心,两相比较,姨妈心里就觉得很委屈。

两个安静的年头都在专心照顾孩子的身上太太平平地度过。到了第三年初冬,他们决定到卢昂去住到春天,全家就都出发了。到了久未有人居住的潮湿的老房子里,保尔害了严重的支气管炎,大家又怕是肋膜炎;三个大人慌张起来,都说这孩子离开了白杨山庄的空气是不行的,因此等他病刚复原,全家就又搬了回来。

从此便开始了平静而单调的岁月。

他们总是包围着这个小人儿,有时在他的卧室里,有时在大客厅里,有时在花园里。孩子已能结结巴巴地说话,他那些滑稽的用语,他的一举一动,都逗起他们的惊喜。

他的母亲为了称呼得更亲昵,管他叫保莱,孩子咬音不准,说成了普莱①,这就引得他们笑个不停。从此普莱就成了他的小名,大家都这样称呼他了。

他长得很快,这三个大人——男爵所谓"三个妈妈"——最感兴趣的事情之一,就是替他量身材。

他们在客厅的门框上,用小刀刻上了一连串的横道,标记他每个月长高的进度。这一道一道的记号,也就是所谓"普莱的进度表",在全家人的生活中成了一件大事。

然后,家庭里又出现了一个新的重要的角色,那就是小狗屠杀。自从约娜全神贯注在她儿子身上以后,早不去注意那条狗了。它一直被人用链子锁着,孤单单地生活在马房前面的一只旧木桶里,由厨娘吕迪芬喂它一点吃的。

一天早晨保尔看见了,嚷着要去抱它。人们小心翼翼地把孩子带到那里。狗和孩子玩得很亲昵,孩子哭叫着不肯再离开了。于是只好把屠杀解去了锁链,让它住在屋子里了。

它成了保尔一刻也离不开的游伴。孩子和狗在地毯上一起打滚,挨着睡觉。后来屠杀竟睡到它小朋友的床上去了,因为保尔再也不肯让它离开。约娜担心狗身上的跳蚤,有时显得很着急;丽松姨妈讨厌那条狗,因为她觉得它霸占了这孩子的心,她自己在孩子心中应有的地位,倒被那只狗夺去了。

他们很难得同勃利瑟维勒和古特列这两家人有来往,经常在这寂寞和古

---

① 保莱是法文中保尔的爱称,"普莱"(Poulet)仅一音之差,却成了"小鸡"。

老的庄园里进进出出的,只有镇长和医生两个人了。自从神甫杀害母狗,以及在伯爵夫人和于连的惨死中约娜对神甫起了疑心之后,她就不再到教堂去,她对天主手下竟能有这样的神甫,感到愤懑不平。

托耳彪克神甫仍然时时对庄园进行攻击,他毫不隐讳地暗示说,庄园里有"罪恶的精灵"、"永恒反叛的精灵"、"谬误和谎言的精灵"、"不义的精灵"、"败德和不洁的精灵"在作祟。他所指的是男爵。

很少有人到教堂去了;每当托耳彪克神甫经过田间时,正在耕地的农民从来不停下活来和他谈天,也不转过头来和他打招呼。由于他曾经从一个中了魔的女人身上驱走了魔鬼,他就被看作是一个弄妖术的人。大家都说他懂得驱除妖魔的咒语,这些妖魔在他看来,都不过是魔王所设的圈套。他把手按在奶牛身上,牛奶就变成蓝的,牛尾巴就挽成一个圆圈;他念几句咒语,失掉的东西就能重新找回来。

他那狭隘而固执的头脑,特别喜欢钻研记述有关魔鬼在世上出现的历史、魔鬼权力的各种表现、魔鬼变化莫测的作用、魔鬼所使用的一切手段以及最常见的诡计之类的宗教典籍。他认为自己负有特殊的使命,要来和这种神秘的宿命的恶势力作斗争,因此他学会了教士手册上的各种驱除妖魔的咒语。

他随时都觉得有恶魔在黑暗中徘徊,因此嘴上总是挂着这一句拉丁文:Sicut leo rugiens circuit quoerens quem devoret。①

因此周围的人对他都害怕了,这是一种为他的神秘力量所引起的恐惧。连他那些同行,那些无知的乡下神甫也都把宗教和魔术混为一谈,因为在他们的信仰中,魔王占着一个重要的地位,魔王显灵时有关仪式上的种种详尽的规定使他们感到迷惑,因此他们也把托耳彪克神甫看作是一个多少懂妖术的人;他们设想他具有一种神秘的力量,他们对这种力量和对他日常生活中无可訾议的谨严作风,表示同样的敬佩。

现在当他遇见约娜时,他不再和她打招呼了。

这种情况使丽松姨妈心里感到痛苦和不安,在这位老处女胆怯的心灵中,简直不能理解人们怎么可以不到教堂去。她自己毫无疑问是虔敬的,她去忏悔和领圣体,不过谁也不知道,谁也不想知道。

当她独自和保尔在一起的时候,她便悄悄地对他讲述"仁慈的天主"。当

---

① "他像怒吼的狮子般来往奔驰,追逐可以吞噬的一切"。

她讲到有关开天辟地的那些神奇的故事时,孩子多少还听一点;但当她告诉孩子应该多多地,多多地敬爱仁慈的天主时,有时孩子就问道:

"姨奶奶,天主在哪里呢?"

这时她就用指头指着天上说:

"就在那里呀,普莱,但是不要说出来。"

因为她害怕男爵不乐意。

但是有一天,普莱对姨妈说:

"仁慈的天主到处都在,就是不在教堂里。"

显然他已经把姨妈那些神秘的启示对外祖父讲了。

孩子已长大到十岁,他母亲看去却像四十岁的人了。他很健壮,蹦蹦跳跳,爬起树来胆子很大,但是并不懂事。他不喜欢读书,一读就厌。每次男爵管住他多念一会儿书时,约娜马上就过来了,说道:

"该让他去玩一玩了。他还那么小,不要让他累着了。"

在她眼里,他始终像是个一岁或半岁的孩子。她好像不知道他能走能跑,说话已经像个小大人了;她总是不放心,怕他跌跤,怕他着凉,怕他活动多了太热,怕他吃多了不消化,吃少了又不够营养。

保尔到了十二岁,这时就产生了一个很大的难题,那就是关于他第一次领圣体的问题。

一天早上,丽松姨妈来找约娜,劝她不能再拖延孩子的宗教教育,不能不教他去履行初步的宗教义务了。她百般劝说,举出种种理由,其中最主要的是周围人们的议论。做母亲的很为难,犹疑不决,最后却说还可以等一个时期。

但是过了一个月,约娜去看勃利瑟维勒子爵夫人时,子爵夫人偶然提到说:

"您家的保尔今年一定要参加第一次领圣体了吧!"

约娜事前没有防到,便信口答道:

"是的,夫人。"

这一句话就使她决定下来了,她并没有和父亲商量,就托丽松姨妈把孩子带去进教理问答班了。

一个月很顺利地过去了;但是有一天晚上普莱回家时嗓子哑了。第二天就咳嗽起来。做母亲的惊慌了,问他是怎么回事,这才知道他在班上不规矩,神甫罚他站在迎风的教堂门口,一直站到下课为止。

165

她只好把他留在家里，由她自己来教他初步的宗教知识。但是托耳彪克神甫认为他学习不够，拒绝他参加第一次领圣体。尽管丽松姨妈一再恳求，神甫仍然不肯答应。

第二年仍然如此。男爵非常生气，公开地说孩子要长大成为一个正直的人，本来就没有必要去相信那种无稽之谈，去相信"圣体"①这类愚蠢的象征；于是决定用基督徒的精神来教养这个孩子，而毋须使他成为一个地道的天主教徒，等他成年之后，再听他自由选择好了。

过了不久，约娜又拜访了勃利瑟维勒夫妇，可是这次他们没有来回拜她。她深知这些邻居都是极讲究礼节的人，这就使她感到诧异了；但是古特列侯爵夫人却高傲地向她解释了不通往来的理由。

侯爵夫人由于她丈夫的地位和真实的头衔以及巨额的财产，素来把自己看作是诺曼底贵族中的女王，而她也真像女王般统治着一切，她说话一点没有顾忌，看情况有时表现出对人很关怀，有时又毫不留情，她什么事情都过问，她教训，她批评，有时她也夸奖。约娜去见她时，这位贵妇人冷冰冰地敷衍了几句话之后，便板着面孔说道：

"社会分作两个阶级：一个是信天主的，一个是不信天主的。信天主的，即使是最贫苦的人，也是我们的朋友，和我们是一种人；至于那些不信天主的人，那我们就完全没有把他们放在眼里。"

约娜觉得这是在攻击自己，便反问道：

"难道一个人不到教堂去就不能相信天主吗？"

侯爵夫人答道："那不成，夫人。信徒一定应该到教堂去祷告天主，这正像我们要找人总得到他家里去一样。"

约娜受了屈辱，反驳说：

"天主是无处不在的，夫人。说到我自己呢，我是从心底里相信天主的慈悲的，但是当有一些神甫站在我和天主之间，我倒反而看不见天主了。"

侯爵夫人站起身来：

"神甫是教会的旗手，夫人；谁不跟着这面旗帜走，便是反对教会，也便是反对我们。"

---

① "圣体"，指天主教参加宗教仪式时所吃的面包和葡萄酒，面包象征耶稣的肉体，葡萄酒象征耶稣的血。

这时约娜也站起来,浑身颤抖着:

"夫人,您相信的是某一派人的天主。我呢,我相信的是正直人的天主。"

她一鞠躬就出来了。

农民中间也在那里议论约娜,责备她没有让普莱去参加他的第一次神功。尽管他们自己不去望弥撒,不参加领圣体,或是只按教会的明文规定在复活节才去参加,但是对于孩子们,那就是另外一回事了。谁也不敢违背了这条人人尊重的戒律去教养一个孩子,因为宗教毕竟是宗教啊。

约娜对这种责备看得很明白,她觉得这些人表面是一套,实际是另一套,他们违背良心,对一切都害怕,明明是怯懦却还要用许多冠冕堂皇的理由来粉饰,她对所有这一切从心底里感到气愤。

男爵亲自督促保尔学习,教他拉丁文。他母亲只叮咛着一句话:"千万别让他累着了!"她还是不放心,在书房附近踱来踱去,男爵不让她进去,因为进去了她会时刻打断学习的进行,不时问孩子说:"普莱,你脚上不冷吗?""普莱,你不头痛吗?"或是来阻拦男爵:"别教他说这么多的话哟,你会把他嗓子累坏了!"

孩子一下课,便同母亲和姨妈到花园里去。他们现在都对园艺特别感兴趣;春天,三个人一起栽树苗,撒种子,种子发了芽,长出苗来,他们就看得乐极了,他们还修剪树枝,采摘鲜花拿去扎成花束。

保尔最感兴趣的是种菜。他在菜园里开辟了四大片地,极细心地种了各式品种的生菜。他松土、浇水、锄草、分秧,他母亲和姨妈帮着他,他指使她们仿佛是他所雇用的两名短工。她们一连几小时跪在地埂上,裙袍和双手都沾满了泥,在那里用指头在地上掏着窟窿,然后把菜秧插进去。

普莱长大了,他已满十五岁;客厅里的进度表上他身高已达一公尺五十八公分,但是整天和这两个女人以及一个跟不上时代的慈祥老人生活在一起,他始终还是一个傻头傻脑、稚气而不懂事的孩子。

一天晚上,男爵终于提出了要送他进中学去念书的问题;约娜一听就啜泣起来。丽松姨妈也吓坏了,缩在一个阴暗的角落里。

他母亲终于回答说:

"他要那么多知识有什么用呢。我们就让他在乡下住下去,做一个乡下绅士就行了。就像许多贵族一样,他种自己的地。我们在这所房子里生活过来,我们死也死在这里,他也可以在这里舒舒服服地生活到老。还有什么可求的呢?"

但是男爵摇摇头,说道:

"等他长到二十五岁,他来质问你说:'我无知无识,一无用处,这都是由于你的错误,由于你做母亲的太自私自利了。我没有工作能力,在社会上毫无地位,可是我的命运不该过这种不见天日、穷愁潦倒的生活,都是因为你只顾了疼我,瞎了眼睛,把我害成这个地步。'到那时,你又怎么回答呢?"

她一直哭着,央求她的儿子说:

"普莱,你说,你将来一定不会责备我今天太疼你了吧?"

这个吃惊的大孩子答应说:

"不会的,妈妈。"

"这话是真的吗?"

"是的,妈妈。"

"你愿意在这里住下去,对吧?"

"是的,妈妈。"

这时男爵大声而坚决地说道:

"约娜,你没有权利来支配这个孩子的一生。你现在这种想法是最没有出息的,几乎是犯罪;你为了个人的幸福而去牺牲你的孩子。"

她双手遮着脸,呜呜咽咽地哭泣着,从眼泪中断断续续地说道:

"我的命真苦……真苦!现在我和他生活得好生生的,可又要把他带走了。如今……孤单单的一个人……我又怎么办呢?……"

她的父亲站起来,坐到她身边,抱住她说:

"我呢,约娜?"

她突然搂住他的脖子,激动地吻着他,边咽泪边抽噎着说:

"是的。……也许……你说得对……小爸爸。刚才我太糊涂了,但是这也因为我经受的痛苦太多了。我很愿意他到学校去。"

普莱并不十分了然他们准备怎样摆布他,这时也开始掉眼泪了。

于是这三位妈妈都来抱吻他,安慰他,鼓励他。到上楼去睡觉时,每个人的心里都很悲伤,各人都在自己的床上流泪,连一直支撑着的男爵也不例外。

他们决定在下学期开学的时候,送保尔到勒阿弗尔中学去;因此在那一个夏天里,他更受宠爱了。

他母亲一想到离别,就常常伤心叹气。她替他准备的行装,就像他要在外面住上十年的样子;然后,在十月的一个早晨,这两位妇女和男爵一夜也没有合上眼睛,终于陪他一同上了马车,两匹马拉着车子嘚嘚地出发了。

他们上次去的时候,已替他选定了寝室里的床位和课堂里的座位。这次来到学校,丽松姨妈帮着约娜把衣服整理好放在一个小五斗柜里,这就忙了一整天。柜子太小,装不下他们带来的东西的四分之一,约娜就去找校长,想再要一个柜子。庶务给找来了,但他表示这么多的衣服和用物完全没有必要,反倒是碍手碍脚;他按校规办事,不同意再另给一个柜子。母亲发愁了,决定替他到附近的一家小旅馆里租一个房间,并且特别关照旅馆主人,普莱需要什么时,他就得亲自送去。

然后他们到勒阿弗尔港的码头上去走了一圈,观望那些进进出出的船只。

凄凉的夜色降落到城市上,街灯逐渐都亮了。他们走进一家餐馆去,但是谁也不饿,各人含着眼泪,相互望着,菜一道接着一道送上来,但几乎原封不动地又撤回去。

之后他们缓步向学校走去。大大小小的孩子们,由家长或是由佣人护送着,从各个方向汇聚到学校来。许多孩子流着眼泪。在学校灯光暗淡的大院子里,可以听得见啜泣的声音。

约娜和普莱拥抱了很久。丽松姨妈站在后面,用手绢护着脸,完全被忘掉了。男爵也受了感动,他拉开女儿,为的可以早点离去。马车等在门口;三个人登上车子,当夜返回白杨山庄去了。

在黑暗中时时发出呜咽的声音。

第二天,约娜一直哭到晚上。第三天她叫人准备好车子,又到勒阿弗尔去了。普莱离别后倒像已经安于他的生活了。平生第一次他有了这么多同学;他一心惦记着游戏,在会客室的椅子上简直坐不住。

约娜每隔两天去看他一次,星期日就接他回家。平时上下课之间,她既舍不得离开学校,又没有其他事情可做,便一直坐在会客室里。校长差人请她到校长室去,当面劝她以后少来几次。她一点没有听从这个劝告。

于是校长警告她说,如果再要继续使她孩子下课时不能娱乐,上课时不能安心学习,学校只好请她把孩子接回去了;男爵还接到了学校书面的通知。从此约娜就像囚徒一样被看守起来,不准她离开白杨山庄了。

每次她等候假日,比她儿子还焦急。

她心里愈来愈感到烦恼。她开始在附近游来游去,独自一人整天带着狗儿屠杀,一面散步,一面空想。有时整个下午,她坐在悬崖顶上眺望大海,有时她穿过树林,一直走到意埠,重温萦绕在她记忆中的旧游之地。当年她在这些地方散步的时候,她还是一个做着美梦的少女,现在距离那个时代,已是多么遥远,多么遥远了啊!

每次和她儿子见面时,她总觉得他们像已离别了十年。他一个月一个月地长大成人,她却一个月一个月地衰老下去。她和父亲看去就像兄妹了,至于丽松姨妈,自从二十五岁起就已容颜憔悴,倒也一直老不到哪里去,现在都像她的姐姐了。

普莱在学校一点也不用功;四年级念了两年。三年级勉勉强强及了格;到了二年级,又重读了一年,升到修辞班时,已经二十岁了。[①]

这时普莱已是一个高大而漂亮的青年人,双颊和上嘴唇都开始长出胡须。现在每到星期日,他就自己回白杨山庄来。他早就学骑马,只消租一匹马,路上走两个小时就到家了。

星期日一清早,约娜就同姨妈和男爵到路上去迎接他。男爵已逐渐直不起腰来,走路时像个小老头儿,双手抄在背后,像为避免仆倒的样子。

他们顺着大路慢慢地走去,有时在沟边坐下来,望着远处看有没有骑马的人出现。每当在白茫茫的路上出现一个小黑点的时候,这三个人就挥动着他们的手绢;这时他便策马飞奔,像一阵旋风似的冲了过来,约娜和丽松姨妈害怕得心里噗噗地跳,外祖父高兴得不知如何是好,直嚷着:"真了不起啊!"

虽然保尔已比他母亲高出一头,但她始终把他看成是个孩子,总是问:"普莱,你脚上不冷吗?"午餐后,他抽着烟卷在台阶上散步时,她又推开窗子向他喊道:"我求求你,别光着脑袋出去,你会着凉的。"

保尔夜间骑马回学校时,她更是忧虑万分:

"千万不要跑得太快啊,我的小普莱!一定要谨慎,记住你要出了事,你那可怜的母亲可会急疯的。"

可是有一个星期六的早上,她接到保尔一封信,信里说他第二天不回家了,因为他的一些朋友组织了一个野餐会,也邀他去参加。

星期日一整天,她都是在焦急和忧虑中度过的,像是就要发生什么灾祸似的;挨到星期四,她再也忍不住了,就又自己赶到勒阿弗尔去。

---

① 法国中学学制年级的计算和我国相反,一年级是最高班,即修辞班。

她觉得他的样子改变了,但也说不出在哪一点上有了改变。他似乎兴致很高,说话的声音更像一个男人了。突然他显得非常自然地告诉她说:

"我说,妈妈,今天既然你来了,那么下个星期日我就不回白杨山庄了,因为我们又要去野餐。"

她吃惊得发呆,嗓子也噎住了,就像听到说他要到新大陆去一般;最后她终于说道:

"啊!普莱,告诉我,你怎么啦?这究竟是怎么回事情啊?"

他笑了,抱住他母亲说:

"真的什么事情也没有,妈妈。我只是和朋友们一道去玩,我已经这么大了。"

她找不出一句话可以回答,但当她独自一人坐在马车里的时候,各种怪念头都出来了。她已经认不出他就是她的普莱,从前的那个小普莱。她第一次发现他已经长大成人,他不再属于她了,他要过他自己的生活,顾不得那些老年人了。她觉得在一天中他已变作另外一个人。看呀!这难道还是她的儿子吗?从前叫她移植生菜的她那可怜的小东西,今天已成了自己心里有主意、长出胡子来的年轻人了!

三个月中保尔都不过是偶然回来看看家里人,来了又总是急着想走,晚上巴不得早走一个钟点也是好的。约娜心里着慌了,男爵一直劝解她说:

"他已经是个二十岁的孩子了,随他去吧!"

一天早晨,一个穿得不很体面的老头儿,说着德国人腔调的法国话,要求见子爵夫人。他对约娜恭恭敬敬地行了许多礼之后,从口袋里掏出一个油污的皮夹子,说道:

"这张小纸条是给您的。"

说时他把一张油腻腻的纸片展开了交给她。

约娜看了一遍又一遍,望望那个犹太人,再看了一遍,问道:

"这是什么意思呢?"

那个人满脸堆着谄媚的笑容,解释道:

"我来讲给您听。您的公子当时需要一点钱用,我知道您太太是个好心人,我就借给他一点儿钱,应他的急用。"

约娜浑身发抖了,说道:

"但是为什么他不向我要呢?"

那个犹太人解释了许久,说这是一笔赌账,当时必须在第二天中午以前还清,因为保尔还未成年,自然谁也不肯借钱给他,要不是他出来给这个年轻人"帮了个小忙",他可要"名誉扫地啦"!

约娜想要叫男爵,但她已激动得全身都麻木了,站也站不起来。最后她对那个放高利贷的人说道:

"请您替我按一下铃,好不好?"

他犹豫着,生怕上了圈套。他讷讷地说道:

"您要是觉得不方便,我下次再来吧。"

她摇了摇头,表示没有必要。他按了铃;两个人面对面默默无言地等待着。

男爵一进来,立刻就明白是怎么回事了。借据上写的是一千五百法郎。他付了他一千法郎,同时用眼睛盯着那个人,说道:

"下次可不能再来了。"

那人谢了又谢,鞠着躬,退出去了。

外祖父和母亲马上动身到勒阿弗尔去;到了学校之后,他们才知道保尔已有一个月没有上学了。校长收到过四封由约娜署名的信,最初的信是说学生病了,以后的都是报告病情。每封信里都附有医生的证明书,自然全部都是假造的。父女俩都呆住了,面面相觑地站在那里。

校长也很痛心,只好带他们一同去见警察所长。当天两位家长就在旅馆里住宿。

第二天,从当地一个私娼家里把年轻人找回来了。外祖父和母亲把他带回白杨山庄,一路上谁也没有讲一句话。约娜用手绢掩着脸,哭个不停。保尔无动于衷地望着田野。

在不到一个星期里,他们发现他在最近三个月中,已负了一万五千法郎的债。债主最初所以没有找上门来,因为他们知道不久他就成年了。

家里谁也不谈起这些事情。他们都想用好心争取他,给他吃好的,宠着他,惯着他。那正是春天;尽管约娜总是胆战心惊,他们还是替他在意埠租了一只船,好让他随时到海上去解解闷。

他们只是不许他骑马,怕他又到勒阿弗尔去。

他没有一点事情可做,常发脾气,有时态度很粗暴。男爵担心他的学业半途而废,约娜想到再要分离,真是忧心如焚,但又不知道如何替他打算。

一天晚上他没有回家。后来知道他是和两个水手乘船出去的,他母亲着急得没有戴帽子就在夜里自己赶到意埠去。

海滩上正有几个人在那里等待着那只船回来。

海面上出现了一小点灯光,摆动着渐渐靠近岸来。但是保尔不在船上,他叫人送他到勒阿弗尔去了。

警察多方探寻,也没有能找到他。上次把他藏起来的那个妓女也不见了,并未留下一点痕迹,她的家具卖了,房租也付清了。在白杨山庄保尔的房间里,找到了这个女人写来的两封信,从信里看出她像发疯似的爱着他。她讲到准备到英国去,还说必要的费用也已有了着落。

从此庄园里的这三位主人,无声无息,凄凄惨惨,就像住在让人受精神折磨的阴暗的地狱中一般。约娜的头发本来已变成灰色,现在完全白了。她天真地自问为什么竟这样受到命运的捉弄。

她接到托耳彪克神甫的一封信:

  夫人,天主的惩罚已经落在您头上了。您没有把您的孩子交给天主,现在天主便把他从您身边夺走,扔给一个娼妓去了。上天的这个教训还不够教您睁开眼睛吗?主的恩情是无边的。只要您肯回心转意来跪在他的面前,也许您能得到他的宽恕的。我是他谦卑的仆人,您若来敲他住宅的门,我一定会替您开门。

她把这封信搁在膝上坐了许久。也许神甫所说的话是对的。她过去对宗教的种种疑虑又开始折磨着她的良心了。天主难道真和凡人一样,既妒忌而又爱报复吗?但是如果他不妒忌,就没有人怕他,没有人崇拜他了。毫无疑问,他所以具有凡人的感情,就为的让我们更容易理解他。正是这种因怯懦而产生的疑惑,驱使游移的和受痛苦的人们去接近宗教。现在她心里也起了这种疑惑。一天傍晚,在夜色刚降临的时候,她便偷偷地跑去叩神甫住宅的门了,她跪在这个瘦小的神甫的脚跟前,祈求宽恕她的罪过。

他答应可以赦免她一部分罪恶,因为天主不能把全部的恩惠降给那个住着像男爵这样的人的家庭的。

"您一定很快就会感觉到神恩的效验的,"他很肯定地说。

两天之后,她果然接到了她儿子的一封信;她在极度的痛苦中把这封信看成是神甫所期许的吉兆的开端。

173

我亲爱的妈妈：

你不要担心。现在我在伦敦，身体很好，只是经济极成问题。我们一文钱也没有了，常常整天得不到吃的。我真心所爱的那个女伴陪我在一起，她为了不离开我，已把她所有的钱，共五千法郎，都用光了；你知道，我以名誉担保，首先一定要偿还这笔款子。我很快就成年了，你若肯从爸爸的遗产中先拨一万五千法郎给我，那你真是太好了；这样就解除了我一个很大的困难。

再见，我亲爱的妈妈，我用整个的心拥抱你、外祖父和丽松姨妈。我希望不久就能和你见面。

你的儿子

保尔·德·拉马尔子爵

他写信给她了！可见他没有忘记她。她根本不去想他要的是钱。既然他手里没有钱，那当然要寄给他的。钱算得了什么呢！主要是他写信给她了！

她哭着跑去把信拿给男爵看，丽松姨妈也给叫来了；这是他亲笔的信呀，大家把这封信上的每一个字又都读了一遍，还分析了每句话的意义。

约娜化忧为喜，拼命替保尔辩解：

"既然他来信了，他一定会回来的，他就要回来的。"

男爵比较平静，说道：

"那还是一样的，他原先离开我们就是为了那个女人。既然他当时毫不踌躇，这说明他爱她远胜于爱我们。"

一阵极强烈的痛苦突然袭上约娜的心头，那个夺走了她儿子的情妇在她身上燃起了一种憎恨；这是一种狂热的不可压抑的憎恨，一个妒忌的母亲的憎恨。在这以前，她心中念念不忘的是保尔。她很少想到她儿子所以走入歧途，就是为了这个贱女人的缘故。但是男爵这番话提醒了她，使她认清了自己面前的这个具有无比威力的敌手；她感到在她和这个女人之间正在展开一场激烈的搏斗，她觉得宁肯丢掉她的儿子，也不能让这个女人来和她分享她儿子的爱。

她满心的喜悦全部消失了。

他们寄去了一万五千法郎，但在五个月中间却再没有得到他的消息。

接着一个受委托的律师出面来清理于连遗产的详细账目了。约娜和男爵一句也不多说，便把账目算清，就连依法属于母亲的部分也放弃了。保尔回到巴黎时收进了十二万法郎。在这以后的半年中,他写过四封信,都是简简单单地报告他的消息,然后结尾时,写上一两句很冷淡的敷衍话。信中这样说:"我在工作,我在交易所里得到了一个位置。亲爱的老人家们,我希望有一天我能到白杨山庄去拥抱你们。"

信中一字没有提到他的情妇;即便他写满四页信纸来谈她,也比不上这种缄默更说明问题。在这些冷冰冰的信中,约娜仍然能嗅出那个隐蔽着不露面的女人,那个娼妇,那个在母亲的眼中永远势不两立的敌人。

这三个寂寞的老人经常商议怎样能解救保尔,但是他们什么办法也想不出来。到巴黎去一趟吗?这又有什么用处呢?

男爵常说:"等他这股热劲儿用完了,他自己也会回来的。"

他们继续过着凄凉的生活。

约娜和丽松姨妈常常瞒过了男爵,一起到教堂去。

很长一个时期没有任何消息,然后,一天早晨,保尔寄来一封在绝望中所写的信,把他们都吓坏了。

我可怜的妈妈:

我完了,如果你不来救我,我除了用手枪自杀,再没有其他的路可走了。我所做的一项绝对有把握的投机生意,竟意外地失败了;我欠了八万五千法郎的债。如果我不能偿清这笔款子,我就破产了,从此名誉扫地,什么事情也不能做了。我完了。我再说一遍:与其忍受这种耻辱,我宁愿用手枪结果我自己的生命。要没有那个女人鼓励我,我也许早就这么做了。我从来没有对你谈起过她,她是我的救星。

再见了,亲爱的妈妈,我衷心地拥抱你,但这也许就是最后一次了。

保尔

信中附有一叠商业上的单据,足以详细说明他这次生意失败的经过。

男爵立即回信说,他们尽力去设法解决。接着他自己动身到勒阿弗尔去了解情况,抵押了一部分地产,把得来的款子给保尔寄去。

年轻人写了三封信回来,表示非常感动和感激,并说他自己立刻就要回来拥抱这几位可爱的老人家了。

但他并没有回来。

整整一年又过去了。

正当约娜和男爵要动身到巴黎去找他,并企图作一番最后的努力去说服他,这时他们却突然接到他的一封短简,说他已经又到伦敦,正在组织一个以保尔·德·拉马尔命名的轮船公司。他写道:"公司的前途是完全有保障的,我还可能获得极大的财富。一点也不冒风险。目前你们就可以看到各种有利的条件。等我将来和你们会面时,我一定有很高的社会地位。在今天,要能有出路,只有经营商业。"

三个月之后,轮船公司就破产了,因账目上有不法行为,正在追究经理的责任。约娜神经失常了好几个钟点;接着便病倒在床上了。

男爵又到勒阿弗尔去,向各处探听情况。他访问了律师、经纪人、代理人、执达吏,终于了解到德·拉马尔公司负债达二十三万五千法郎,他只好又去抵押产业。这次把白杨山庄和附带的那两个农庄全部抵押出去,才弄到了一大笔款项。

一天晚上,正当他在一个经纪人的办事处办理最后的手续时,突然中风,倒在地上了。

他们派人骑马去向约娜报信。等她赶到时,男爵已经死了。

她把尸体运回白杨山庄,她所受的打击使她那么痛苦,与其说是绝望,还不如说是麻木不仁了。

托耳彪克神甫不顾两个女人的百般哀求,始终拒绝男爵的遗体抬进教堂去。遗体在日暮时分下了葬,没有举行任何仪式。

保尔从一个替他清理债务的代理人那里,才得知这次意外的事件。这时他还躲藏在英国。他写信回去,说他知道这个不幸的消息时已经太晚了,因此没有能赶回来,表示歉意。信中说:"不过,我亲爱的妈妈,你已经替我解除了困难,我就要回法国,不久一定能去拥抱你了。"

约娜陷于精神极度衰弱的状态中,她似乎对什么事情也不理解了。

冬天快过去时,年已六十八岁的丽松姨妈害了支气管炎,后来又转成肺炎;她无声无息地死去时,喃喃地说道:

"我可怜的小约娜,我就要去见仁慈的天主,求他对你发个慈悲。"

约娜把姨妈送到坟地里,看泥土落在她的棺木上,自己也真想一死了事,免得再去思想,免得再受痛苦,但正当她支持不住而倒下去时,一个粗壮的农妇把她抱在怀里,像抱孩子似的把她抱走了。

约娜已经在她老姨妈的床头度过了五个通宵,当这个不相识的农妇关切而又果断地把她抱回家里放在床上时,她只好完全听她摆布;痛苦和劳累一齐压在她身上,她竟精疲力竭地睡着了。

她到半夜才醒来。壁炉台上点着一盏小油灯。一个女人睡在圈椅上。这人是谁呢?她不认得。她靠到床边,借浮在油盏上的灯芯抖动着的微光,想要辨认出她的面目来。

她仿佛见过这个人。但在什么时候,什么地方呢?这女人安静地睡着,头歪在肩膀上,帽子落在地下。她看去年龄在四十到四十五岁之间,身体健壮,面色红润,肩膀宽阔,魁梧有力。两只大手悬在椅子的两边。头发开始斑白。约娜经过种种的不幸之后,从昏沉沉的睡眠中醒来,神志还不很清楚,目不转睛地窥望着她。

这张面孔,她确实一定是见过的。是从前呢?还是最近呢?她一点也弄不清楚,这个模糊的观念纠缠住她,使她心烦。她便轻轻地起来,踮着脚尖走过去,想更仔细地看看那个睡着的人。这时她才模模糊糊地记起,原来这正是从坟地里抱她回来把她安置在床上的那个女人。

但是在她过去的生活中,她曾经在别的地方遇见过她吗?或者她还以为只是在昨天模糊的记忆中才认识她的呢?而且她怎么又会在她的卧室里呢?那是为什么呢?

那个女人睁开眼睛看到约娜时,立刻站起来了。她俩面对面站得那么近,几乎是胸贴胸了。那个不相识的人叽咕着说:

"怎么?您起来啦!在这个时候,小心您可又会病倒的。您还是躺着去吧!"

"您是谁呀?"约娜问道。

但是这个女人张开双臂,把约娜抱住,使出男人一般的力气,又把她抱回床上。当她轻轻地把她放在褥单上时,她弯下身去,几乎贴到约娜身上,边哭边狂热地吻着她的双颊、她的头发、她的眼睛;她的眼泪落在约娜的脸上,她喃喃说道:

"约娜小姐,我可怜的女主人,我可怜的女主人,难道您竟一点不认识我了吗?"

这时约娜喊道:

"啊!萝莎丽,我的孩子啊!"

约娜伸开双臂,搂住她的脖子,抱着她接吻;两个人都呜呜咽咽地哭泣起

177

来,脸偎着脸,泪和着泪,互相紧抱着再也分不开了。

还是萝莎丽先平静下来,说道:

"好了,要懂事一些,别着了凉!"

于是她把床重新整理好,把被铺平了,把枕头搁回到她当年的女主人的头下。约娜由于心头涌起了旧日的种种回忆,还在浑身发抖,抽噎不止。

她终于问道:"我可怜的孩子,你怎么回来的呢?"

萝莎丽答道:"现在只剩您一个人了,难道我能这样丢开您吗?"

约娜又说:"点上一枝蜡烛吧,让我看看你。"

点燃的蜡烛端到床头桌上时,两人默默无言地面对面望了许久。然后约娜把手伸给她当年的使女,轻声说道:

"叫我怎么能认得你呢?我的孩子,你知道你的样子完全改变了,当然,我和你比,就更不如了。"

萝莎丽看到眼前这个瘦削而又憔悴的白发妇人,当年她离开时曾是那么年轻、美丽和鲜艳,答道:

"约娜夫人,说真的,您也变了,而且变得厉害。但是您想一想,我们已经有二十四年不见面了。"

两人又都不做声了,各人都在那里沉思。最后约娜嗫嚅说:

"至少你还过得幸福吧?"

萝莎丽踌躇了,害怕引起太令人痛苦的回忆,她结巴着说:

"可以……可以……那么说,夫人。我没有什么太可抱怨的,的确……我比您过得幸福。只有一件事情叫我心里难过,那就是没有能留在这儿……"

她话没有说完就突然停住了,因为一不留意,竟又触到了那个问题。但是约娜委婉地接着说道:

"我的孩子,那怎么能怪你呢?一个人总不能事事都称心如意。你丈夫也死了,对吗?"

这时一阵痛苦,使约娜的声音都发抖了,她继续问道:

"后来……后来你又有过孩子吗?"

"没有,夫人。"

"那末……你……你那个儿子……他现在怎么样了?你对他还满意吧?"

"是的,夫人,这孩子很好,很有股子冲劲。他结婚有半年了,他把我的农庄接过去了,所以,我到您这里来啦。"

约娜感动得颤抖着,喃喃问道:

"那末,我的孩子,以后你不会再离开我了吧?"

萝莎丽回答得很干脆:

"那是一定的,夫人,我把一切都安排好了。"

接着隔了相当时间她们都没有说话。

约娜忍不住把她们两人的生活做一番比较,但是她心里并不难过,因为现在她对不公平的残酷的命运,已经采取逆来顺受的态度了。她便问道:

"你的丈夫,他待你好吗?"

"啊!夫人,他是一个正直的人,又勤劳又俭朴。他是害肺病死的。"

约娜很想知道个底细,从床上坐起来说道:

"来吧,我的孩子,把一切,把你全部的生活都说给我听听。今天,这对我是有好处的。"

萝莎丽把椅子挪近一些,坐了下来,就开始谈她自己,谈她的房子,谈她那小天地。她把农村里的人所喜欢谈的细枝末节也都说了,还描绘了她的院子,谈到那些叫人想起过去幸福时光的古老的事情时她就笑了,谈话的声调一步一步高起来,这也正是习惯于支配一切的农妇的本色。最终她表白说:

"现在我手头有一点产业了。我什么也不怕了。"

接着她又露出有点为难的样子,把声音放得更低,说道:

"不管怎么说,这一切还不都是靠了您的照顾;所以您知道,我这次来是不能要工钱的。啊!真的不能要,真的不能要。您要不答应,我就走了。"

约娜问道:"你的意思总不是说要白白地来服侍我吧?"

"唉!夫人,我就是这个意思。给钱!您来给我钱!但是我可以说我的钱和您的也差不多了。您只要想一想,这多次的抵押和借债,再加上每期应付的越积越多的利息,除此以外,您所剩还有多少呢?您都知道吗?您不知道,可不是?好了,我可以告诉您,您一年的收入未必能有一万法郎。未必能有一万法郎,您明白吗?但是这一切,都让我来替您安排,并且越早越好。"

她说话的声音又高起来了,她看到欠息不去清理,破产的威胁就在眼前,心里就按捺不住,简直气愤极了。当她女主人脸上掠过一阵若有所思的微笑时,她真急得嚷起来了:

"这没有什么可笑的,夫人,因为没有钱,就不能好好生活。"

约娜把她的双手握在自己的手里;心里念念不忘的还是那个老念头,她慢条斯理地说道：

"啊！我呀，我的运气不好。所有倒霉的事情都落在我身上，我这一生都受着命运的打击。"

但是萝莎丽摇摇头：

"不能这样说，夫人，不能这样说。没有别的，只怪您结婚结错了。连对方是怎么一个人也没弄明白，不应该这样就结婚了。"

就像两个老朋友一样，她们一直谈着她们自己的事情。

太阳出来了，她们还在那里谈个不停。

十二

　　一周之间,萝莎丽已把庄园里所有的事和所有的人都掌握在自己手中了。约娜听凭她安排,对什么也不作主张。她衰弱得和当年的小母亲一样了,走路时拖着腿,出去时由萝莎丽搀着。这个使女不仅扶着她慢慢地散步,同时还用直率而关切的言辞劝诫她,安慰她,仿佛对待一个病了的孩子一样。

　　她们总是谈起当年的事情,这时约娜嗓子里咽着眼泪,萝莎丽却像那些农民一样,语调平静,一点不动感情。老使女几次都提到有待解决的利息问题;后来她要求约娜把各种契约和单据都交给她,约娜对这些经济上的问题毫无观念,她之所以藏起来,只为的不使她儿子丢丑而已。

　　于是一个星期中,萝莎丽天天跑到费岗去,找她所认识的一个公证人,帮助她了解这些单据的内容。

　　然后一天晚上,她照料女主人上床之后,便坐在她的床头,突然说道:

　　"现在您已经躺下了,夫人,我来跟您谈谈吧。"

　　接着,她把实际情况都摊开来谈了。

　　把一切旧账都算清之后,所剩也就只是每年七八千法郎的收入,再也不能更多了。

　　约娜答道:

　　"我的孩子,你还想怎么样呢?我知道我活不到很大年纪的;这已经够我用的了。"

　　萝莎丽却生气了:

　　"夫人,为您一个人,那倒够了;但是保尔先生呢,您就一个钱也不留给他吗?"

　　约娜一阵寒战。

　　"我求求你,再别跟我谈起他来。一想到他,我心里太痛苦啦!"

"我倒偏要谈他,因为,约娜夫人,您太懦弱了。他犯了很多错误;但是他总不能老犯错误呀!而且以后他还要结婚,还要生孩子。孩子就要用钱去养。听我一句话:您还是把白杨山庄卖了吧!……"

　　约娜大吃一惊,跳起来坐在床上,说道:

　　"把白杨山庄卖了!你怎么想的呢?啊!那可万万不能!"

　　但是萝莎丽一点也不慌张。

　　"夫人,我跟您说要把它卖掉,因为非这样做不可。"

　　接着她说明了她的打算、她的计划、她的理由。

　　一旦把白杨山庄和附带的两个农庄卖给她已经物色好的买主之后,就可以保留下已经抵押出去的在圣莱奥纳的那四个农庄,把押款偿清之后,这四个农庄每年还可得八千三百法郎的收入。除了每年提出一千三百法郎做庄上的修理和保养费用之外,还剩下七千,其中拿五千来作为每年的开支,留下两千以备急需时使用。

　　她又补充说:

　　"其他什么也没有了,剩下的就是这些。将来钥匙由我管,您明白吧!至于保尔先生,一点也不能给他了,一点也不行;不然他会把您最后的一文钱也拿走的。"

　　约娜默默地流着眼泪,喃喃说道:

　　"倘若他连一点吃的也没有了呢?"

　　"他饿肚子找上门来,我们就请他吃。反正这里总有他可睡的地方,也有他可吃的东西。从一开头,您要一个钱也不给他,他就不会搞出这种种蠢事来的,您说对不对?"

　　"但是他欠了债,不替他还清,他就没有脸做人了。"

　　"到您什么都没有了的时候,就能使他不欠债了吗?您替他还了债,那很好;以后您可不能再替他还债了;我就是这样对您说的。晚安啦,夫人。"

　　说完她就走了。

　　约娜翻来覆去不能入睡,心里老想着出卖白杨山庄这回事儿,想到要搬家,从此就要离开这所和她一生分不开的房子。

　　第二天,当她看见萝莎丽走进她的卧室来时,她告诉她说:

　　"我可怜的孩子,不论怎么样,我可不能离开这儿。"

　　使女恼怒了:

"夫人,非这样办不可。公证人和那个想买这所房子的马上就要来了。您不这样做,四年之后,您手里什么也不剩了。"

约娜绝望地反复说道:

"我不能离开这儿,我怎么也不能。"

一小时之后,邮差送来保尔的一封信,又是向她要一万法郎。怎么办呢?约娜没有了主意,便找萝莎丽商量。萝莎丽把胳膊一举,说道:

"您看我刚才对您说的话对不对,夫人?唉!我要不回来,您母子俩可有意思啦!"

约娜只好听从她使女所出的主意,给保尔写了一封回信:

我亲爱的儿子:

我再没有什么可给你了。你害得我破了产,我弄到只好卖白杨山庄了。但是不要忘记:无论什么时候你没有路可走了,愿意回来,我这里总给你留着一个栖身的地方。你老母亲为你受的苦够多的了。

约娜

当公证人和前糖厂厂主约弗伦先生到来时,约娜亲自接待他们,带他们把房子仔仔细细看了一遍。

一个月之后,她在卖契上签了字,同时在戈德镇附近买进了一所中等人家的小房子,坐落在巴特维勒村中,在蒙提维利公路旁边。

那一天,她怀着凄惨悲痛的心情,独自在小母亲的白杨路上散步到傍晚,她望望远处的天空,看看周围的树木和那张在梧桐树下已经虫蛀的靠背长凳,这一切事物她都熟悉得仿佛就在她的眼睛里,就在她的心灵里,还有那灌木林,荒野上她经常坐过的那个土岗,于连送命的那一天,她就是从这土岗上看着福尔维勒伯爵奔向海边去,还有那棵秃顶的老榆树,她过去常常靠在这棵树上,还有那整个熟悉的花园,她对这一切一一致以伤心和绝望的告别。

萝莎丽过来牵着她的胳膊,把她拉回屋子里。

一个二十五岁左右的高个儿的庄稼汉等在门口。他向她问候,说话的语气很亲切,仿佛他已经认识她多年了。

"您好啊,约娜夫人。母亲叫我来帮您搬家。我想知道您要搬的东西都是些什么,这样我可以随时带走一些,不会影响下地干活儿。"

这个人就是她使女萝莎丽的儿子,于连的儿子,也就是保尔的兄弟。

她觉得自己的心脏都停止跳动了,但她又多么想和这个小伙子拥抱在一起。

她望着他,想看出哪些地方他像她的丈夫,或是像她的儿子。他面色红润,身强力壮,金黄的头发,碧蓝的眼睛,这些都像母亲。然而他也像于连。究竟像在哪些地方?为什么像?她说不上来,总之在面貌的整体上有和他相似的地方。

小伙子又一次说道:

"您要能立刻指给我看一遍,那就好了。"

新房子很小,她自己也还不知道该带些什么过去;她约他过一个星期再来。

从这时起,她心里总惦记着搬家这件事情了,虽然这是很凄惨的,但在她黯淡而无目的的生活里,也算有了一点事情可做。

她从这间屋子走到那间屋子,搜寻那些对她说来特别能唤起回忆的家具。那些家具就像是和我们一起生活过的朋友,成了我们生活中的一部分,几乎也就是我们自身的一部分,从青年时代起就相识,我们欢乐和悲伤的记忆,我们一生的各个时期都和这些家具有联系,它们曾是我们美好的或阴沉的时刻无言的伴侣,如今它们和我们一样上了年纪,变得衰老了,布套上有了破洞,里子撕破了,榫头松了,光彩消失了。

她一件一件地挑选,常常犹疑不决,为难得仿佛在作什么重大的决定,在两把圈椅中挑一把,或是搬走那张旧写字台呢还是那张针线台呢,她都要考虑了又考虑,比较了又比较,拿不定主意。

她拉开抽屉,作了种种回想;然后等她下了决心说:"是的,我带走这一件,"这时人们才把那件家具搬到楼下餐厅去。

她要把自己卧室里的家具全部带走,包括床、挂毡、台钟和其他一切。

她选定了客厅中的几把椅子,那些椅子上面的图案是她从小时候起就喜欢的,像狐狸和仙鹤、狐狸和乌鸦、秋蝉和蚂蚁,还有那忧郁的鹭鸶。

她在这所就要离别的住宅里,走遍了每一个角落,有一天,她登上了阁楼。

这使她大吃一惊:阁楼上堆满了各式各样的东西,有些是破的,有些不过是脏了,也有一些谁也不知道为什么放在那里,也许觉得不好看了,也许另有了新的。她还发现了许许多多从前她熟悉的小摆设;这些东西后来突然不知去向,也就不再想起来了,一些没有什么价值的小物件,在她身边摆了十五年,天天见到,可也从来没有注意过,这时在阁楼上突然发现了,并且和那些更古老的东西堆在一起,她还记得在她初到白杨山庄时这些东西都摆在什么地方,所有这些零零碎碎的小东西,犹如被遗忘了的见证人,犹如久别重逢的朋友,一下都具有很重大的意义了。在她心目中,它们就像是来往很久而相知不深的朋友,而忽然一天晚上,想也没有想到,竟畅所欲言地谈起来,把自己心里的话全部吐露了出来。

她看了这一件,又看另一件,心头噗噗地跳着,自言自语说:

"瞧!那是在我结婚前几天的一个晚上被我打破的一个瓷杯子。啊!这是小母亲的小灯笼,那是父亲的手杖,那时,因为他想去打开那扇被雨水泡胀了的栅栏门,结果把手杖弄断了。"

那里还有许许多多是她祖父祖母或是曾祖父曾祖母所留下来的东西,这些她都不认识,自然对她也不能唤起什么回忆。时代过去了,这些东西被丢在一边,积满了尘埃,看去更显得凄凉。谁也不知道这些东西的历史和经历,谁也没有见过曾经选购、收藏和喜爱过这些东西的人,谁也不熟悉经常使用过这些东西的手,欣赏过这些东西的眼睛。

约娜摸摸这些东西,拿到手上看一看,在厚厚的尘土上留下了许多指印;她在从屋顶小玻璃窗射进来的暗淡的光线下,在那些老古董中间,逗留了许久。

她仔仔细细地察看了那几把只剩了三条腿的椅子,思索着能否回想起一点什么来;她又看了一个铜汤壶,一个她仿佛有点认识的破脚炉,和一大堆不能使用了的家常用具。

然后她把要带走的整理了出来,下楼叫萝莎丽去取。那使女看到这些"破烂东西"就生气了,不肯替她搬下去。约娜平时什么也不坚持,这一回却坚持不让步;萝莎丽也就不得不迁就她了。

一天早晨,那个年轻的庄稼汉德尼·勒科克——于连的儿子——赶着大车来作第一次的搬运。萝莎丽为了照顾把东西从车上卸下来并作适宜的安置,陪着她儿子一起去了。

当留下约娜一个人时,她又陷入一阵绝望的痛苦中。她从这一间屋子走到那一间屋子,四处徘徊,有时狂热地抱吻一切她所不能带走的东西,客厅挂毡上的大白鸟,古老的高脚烛台,遇到什么就吻什么。她眼眶里挂着眼泪,发疯似的在屋子里走来走去,然后她又出门去和大海"道别"。

这时已近九月底了,低沉而灰白的天空笼罩着大地;愁惨而黄浊的海浪,一眼望去,无边无际。她在悬崖上伫立了很久,种种痛苦的回忆在她脑海中翻腾。直到夜色降临时,她才走回去。这一天她心里的感受,不下于她生平最悲痛的日子。

萝莎丽已经回来,正在家里等着她。老使女对新房子非常满意,说比这远离公路死气沉沉的庄园痛快多了。

约娜整整地哭了一个晚上。

农庄上的人自从知道白杨山庄已经卖出去,对约娜就不是那样有礼貌了,在背后管她叫"疯婆子",原因是什么也不很知道,想必他们从敌意的本能出发,觉得她那病态的娇气愈来愈严重了,胡思乱想更厉害了,种种倒霉的事情使她那可怜的灵魂已经失去了常态。

临走的前一天,她偶然走进马房里去。一声吼叫使她吃了一惊。原来是屠杀。几个月以来她都没有想到这条狗。它已活到超出了一般狗的年龄,眼睛也瞎了,身子也瘫痪了,仍然躺在那张草荐上,全仗厨娘吕迪芬给它一点照料。约娜把它抱了起来,亲着它,把它带进屋里。它的身子变得又粗又圆,像一个装酒的木桶,走路时四条腿僵硬得摆也摆不稳,叫起来就像儿童的玩具木狗一样。

最后的一天终于到来了。前一夜约娜睡在从前于连的卧室里,因为她自己的房间已经搬空了。

她起床时非常疲乏,喘着气,就像刚跑过了一大段路似的。院子里停着一辆车子,装满了衣箱和最后的一些用具。后面还有一辆双轮敞车,是准备给女主人和使女乘坐的。

只有西蒙老爹和厨娘吕迪芬暂时还留在庄园里,要一直等到新主人到来;那时他们就将各回自己的亲戚家去。约娜给他们安排了一笔数目不大的年金,此外他们自己也都有一点积蓄。他们都是家里多年来的老佣人,现在变得既啰嗦,又没有什么用处。马里于斯成家之后,早就不在庄园了。

八点光景,天下雨了。这是一场寒冷的细雨,乘着海上的微风轻轻地飘着。他们不得不用油布盖在车上。片片木叶从树上吹落下来。

几杯牛奶咖啡在厨房的桌上冒着热气。约娜坐下去,拿起自己的一杯,小口小口地喝着,然后站起身来,说道:"我们走吧!"

她戴上帽子,围上披肩,正当萝莎丽替她穿套鞋时,她哽咽着叹道:

"孩子,你还记得吗,我们从卢昂动身到这里来时,那一天下着多么大的雨啊!……"

她突然起了一阵痉挛,双手抚着胸口,仰面倒下去,失去了知觉。

她像死了一样昏过去足有一个多钟点;然后她睁开眼睛一面抽搐着,一面簌簌地流着眼泪。

她稍稍平静下去的时候,浑身觉得那么软弱,连站也站不起来了。萝莎丽害怕迟迟不走又会发作,便出去把她儿子找来。母子俩托着她,把她送进车厢,让她坐在那条漆皮的长木凳上。老使女也上了车,坐在她的身旁,拿毯子替她裹住腿,把一件大斗篷盖在她的肩上,然后撑开雨伞遮在她的头上,向她儿子喊道:

"德尼,快一点,我们走吧!"

年轻人跳上车子,挤在他母亲身边,因为凳子不够宽,只搁下了一条腿。他抽动鞭子,马便放开步子奔跑起来,一上一下,把车上的两个妇女震得东倒西歪。

到村口拐弯的时候,他们看见一个人在大路上徘徊,那正是托耳彪克神甫,他像在那里窥伺他们的起程。

他站住让车子过去。他生怕溅着路上的泥水,便用一只手撩起法衣。他那穿着黑袜子的两条细腿,伸在一双沾满烂泥的大皮鞋里。

约娜为了免得和他照面,低着头;萝莎丽对事情前后的经过完全清楚,这时生气极了。她嘴里咕噜着:"坏蛋!坏蛋!"接着拉住她儿子的手,吩咐说:"赶快抽他一鞭子!"

年轻人趁车子经过神父面前时,让那转得很快的车轮突然冲到车辙里,哗啦一声,把神甫从头到脚溅了一身泥浆。

萝莎丽快活极了,转过脸去向他伸伸拳头,神甫却在那里用一条大手绢擦着泥水。

他们又走了五分钟之后,约娜忽然嚷道:

"我们把屠杀忘掉了!"

车子只好停下来,德尼下了车,跑回去找狗,萝莎丽拉着马缰。

年轻人终于抱着那条脱了毛、胖得不成样子的狗走了回来,他把狗搁在两个妇人的腿底下。

十三

两小时以后,马车在靠大路的一所小砖房面前停下来了。房子周围是一个果园,种着修剪得很整齐的梨树。

园子的四个角上各有一个格子花棚,攀悬着金银花藤和牡丹蔓。园子里是一小垅一小垅的菜圃,垅上种了果树。

园地四周围着一圈很高的树篱,和旁边的农庄之间隔着一片田地。前面离开百步远的地方,是大路上的一家铁匠店。其他最近的人家相距都有一公里光景。

从这里一眼望去是满布在高奥平原上的农庄,这些农庄的外围都有四排双行的大树,圈在里面的是种了苹果树的园子。

约娜一到就想歇着,但是萝莎丽不允许她,怕她又会想得悲伤起来。

为了布置房子而从戈德镇叫来的木匠已经在那里,最后一车行李就会到来,到来以前,他们立刻先动手安排已经运到的家具。

这是一桩很费工夫的事情,需要多方的斟酌和考虑。

一小时之后,运行李的那辆马车已停在栅栏门前了,他们不得不在雨中把东西搬下来。

到了晚上,屋子里还乱得不成样子,到处堆满了东西;约娜已经十分疲倦,一上床就立刻睡着了。

接连几天约娜忙于料理,弄得精疲力竭,也就没有悲伤的闲空了。她甚至对布置新居还颇有兴致,因为她思想上总觉得她儿子一定会回来的。她把原先自己卧室里的挂毡挂在餐室里,这个餐室同时也当作客厅使用;二楼有两个房间,其中有一间她特别花了心思去布置,那就是她心目中的"普莱的房间"。

另一间是留给她自己的;萝莎丽住在顶上阁楼旁边的一间小屋里。

这所小房子经过一番布置,倒也很美观,她在最初一段时期住得很高兴,尽管她心里还是感到有些缺陷,但也说不出到底是什么。

一天早晨,费岗那个公证人的办事员给她送来三千六百法郎,这是留在白杨山庄的那一部分家具经家具商估价后折旧的一笔款子。她收到这笔钱时,简直高兴得发抖了;等那个人一走,她就赶快戴上帽子,立刻想到戈德镇上,把这笔意外的款子寄给保尔。

但当她急急忙忙走在大路上时,碰上了萝莎丽从市场回来。那使女没有立刻猜到是怎么回事,但心里起了疑心;约娜是什么也瞒不过她的,萝莎丽一发觉之后便把筐子往地上一放,大闹起来。

她两手叉着腰,大声叫嚷;之后,她用右手牵住她的主妇,左手挽着筐子,怒气冲冲地走回家去。

一到家,使女便要约娜把钱交给她。约娜藏起了六百法郎,把其余的都拿出来了;但是萝莎丽已怀戒心,立刻就拆穿了她的把戏;约娜只好把全部都交了出来。

萝莎丽同意把那六百法郎寄给保尔。

几天之后,他写了一封信回来,表示感激:"你帮了我一个很大的忙,我亲爱的妈妈,因为我们实在穷得厉害。"

约娜在巴特维勒总住不惯;她时刻感到呼吸不像从前那样畅快,自己比以前更孤单、更冷清、更无依靠。她常常独自出去散步,一直走到韦纳村,然后再从三池村绕回来,可是一到家,还是坐不住,又想出去,仿佛刚才恰恰忘了到她应去的地方,到她想要去散步的那个地方。

天天都是这样,她自己也不明白为什么会有这种古怪的念头。但是有一天晚上,坐下来晚餐时,她无意中叹道:"啊!我多么想去看一看大海呀!"这才使她恍然大悟,她所以安不下心来的原因,就是为的这个。

她那样地渴望的,正是大海。二十五年来,海一直是她伟大的邻舍,那带有盐水的气息、呼啸奔腾、吹起烈风的海,那从白杨山庄的窗口每天早晨她都见到、昼夜都呼吸到、时刻都感觉在身边的海,她在不知不觉中就像爱一个人似的爱上了它。

屠杀也生活得极其不安。刚到的那天晚上,它就躲到厨房的柜子底下,再也不肯走开了。它整天几乎动也不动地躺在那里,偶尔才转动一下身子,发出低沉的怨声。

可是天一黑,它便爬起来,拖着身子,撞着墙,向园子的门口走去。在露天停留了它所必需的几分钟之后,便又进来,蹲在还温暖的炉灶面前,但一到它的两个女主人走开去睡觉,它就哀号起来。

它彻夜地哀号,声音凄厉而悲伤,有时停了一个钟点,等再开始时,听来就更凄惨。她们把它拴到屋子前的一个木桶里,它便在窗口哀号。后来看它病得快要死了,才又把它搬进厨房里。

约娜听着老狗不断的呻吟和抓搔,弄得再也不能入睡了。这狗总像努力想使自己适应新居的生活,因为它知道这里已经不是它的老窝了。

但是什么也不能使它安静下来。白天里,当一切生物正在活动的时候,它却昏昏沉沉地躺着,仿佛它意识到自己已经双目失明,病弱不堪,就懒得再动弹了;可是一到夜间,它却开始不停地转来转去,仿佛在黑暗中一切生物都失明了,这才使它敢于出来活动似的。

一天早晨,发现它死掉了。大家这才安了心。

时已隆冬;约娜陷入一种无可奈何的绝望里。这不是那种啮噬心灵的尖锐的痛苦,而是一种凄迷愁人的忧伤。

没有任何事情能使她振作起来。再也没有人想到她了。门前向左右伸展的大路上,难得见到人影。偶然一辆轻便马车疾驰而过,赶车的人露出红红的脸,身上的罩衫迎风鼓得圆圆的,就像一个蓝色的气球;有时出现一辆缓慢的大车,或是望见远远走来两个农民,一男一女,在地平线上时显得很小,愈近愈大起来,但当他们走过屋门前以后,又逐渐缩小,直到随着地形的起伏,在远处蜿蜒伸展的白线尽头时,看去小得就像两个甲虫了。

初春野草萌芽的时候,一个穿短裙的小女孩,每天早晨带着两条在大路上沿沟啃草的瘦牛,从栅栏门前经过。到傍晚时,她又经过,仍然慢吞吞地跟在牛后面,每隔十分钟,才走上一步。

约娜每天晚上都梦见自己还住在白杨山庄。

像从前一样,父亲和小母亲都和她在一起,有时甚至还有丽松姨妈。她重新做着已经过去了的、早被遗忘了的事情,她梦见自己挽着阿黛莱德夫人在那条白杨路上散步。每当梦醒时,她总是带着眼泪。

她经常想起保尔,自言自语说:"他做着什么呢?他现在怎么样啦?他有时想到我吗?"每当她缓缓地在农庄之间的小路上散步时,脑子里翻腾的尽是这些痛苦的念头;特别使她感到苦恼的,是她极度妒忌那个不相识的女人,因为她抢走了她的儿子。正是这种怨恨使她留在家里,使她不能有所行动,使她没有到他的寓所里去找他。她仿佛看到那个女人站在门口,问道:"您到这里来干什么,夫人?"想到会遇见这种场合,她做母亲的自尊实在不能忍受。一个始终纯洁没有沾染一丝污点的女性的尊严,使她愈来愈愤恨男人的懦弱行为,他们沉溺在肉欲的享乐中,使他们的心也变得污浊了。当她想到男女间那些淫秽的秘密、龌龊的戏狎、如胶似漆难分难解的肉体关系时,她觉得人这东西也是污秽的了。

又是一个春天和夏天都过去了。

当秋天来到时,天色阴沉,秋雨连绵,使她对生活厌倦到极点了,于是她决心要作最后的尝试,想把她的普莱争取回来。

年轻人的那股热情现在也该过去了吧。

她给他写了一封哭诉的信。

我亲爱的孩子:

我恳求你回到我的身边来。你想想吧,我年老而又多病,孤孤单单,常年只有一个使女和我在一起。现在我住在靠大路边的一所小房子里。生活真够凄凉。但是如果你在这里,我的一切就会大不相同了。在这世界上,我只有你了,但是我已经七年没有见到你了!你永不会知道我生活得多么不幸,我是怎样把自己的心全部寄托在你身上。你就是我的生命,我的理想,我惟一的希望,我惟一所爱的人。而你却不在我身边,你丢下了我!

啊!回来吧,我的小普莱,回来拥抱我,回到你老母亲的身边来,她绝望地伸着胳膊在等你回来。

约娜

几天之后,他回了一封信:

我亲爱的妈妈:

我但愿能去看你,但是我身边一个钱也没有。寄一点钱来,我就可以回来。我本想去看你,和你谈谈我的计划,这个计划如能做到,就可以实现你对我的要求了。

在我最困难的日子里始终和我在一起的那个人,她对我的恩情真是一言难尽。我对她这种无限的忠诚和始终如一的爱情,今天不能再不公开承认了。她的举止和礼貌都很周到,将来一定会使你喜欢。她的知识很丰富,书念得很多。更主要的是你很难想象她一直对我是多么的好。我对她不表示感激,那我就太没有良心了。所以我现在要求你允许我和她结婚。你会原谅我过去的种种错误,将来我们大家可以一起住在你的新房子里。

  如果你认识她,你一定会立刻同意我的要求的。我向你保证她是一个完美和高贵的人。我相信你一定会喜欢她的。至于我呢,要没有她,我简直生活不下去。

  我急切地等候着你的回音,我亲爱的妈妈,我们衷心地拥抱你。

  你的儿子

  保尔·德·拉马尔子爵

  约娜简直气坏了。她把信搁在膝上,一动也不动地坐在那里。她看透了这个女人的计策:她一刻不停地缠住她的儿子,一次也不放他回家来,她等待着会有那么一天,那绝望的老母亲盼子心切,再也抵抗不了,到那时候,她会软化下来,她会答应他们的一切要求。

  保尔对那个女人宠爱到这种程度,实在叫约娜伤心极了。她反复地对自己说:"他不爱我。他不爱我。"

  萝莎丽进来了。约娜喃喃说道:

  "他现在想和她结婚了。"

  使女吓了一跳,答道:

  "啊!夫人,您可不能答应呀!保尔先生可不能要这种下流的女人。"

  约娜绝望地挣扎说:

  "这可绝对不行。现在既然他不肯来,我就自己去找他,倒要看看,我和她之间究竟谁的本领大。"

  于是她立刻写信给保尔,通知他说她要去,并且要不在那个女人住的地方和他会面。

  然后她一面等回信,一面就做动身的准备。萝莎丽替女主人把内衣和服装都装在一只旧箱子里。但是当她折叠一件连衣裙时,发现那还是许多年前式样很土气的服装,便嚷着说:

  "您一件可穿的衣服也没有。我不能让您这样出门去。人人都要为您丢脸;巴黎的太太们会把您看成是一个女佣人了。"

  约娜听从她的意见办事。两人一同到戈德镇去选了一身绿色花格子的衣料,交给镇上的女裁缝去做。然后她们又去找那个每年要在首都住上半个月的公证人鲁塞勒先生,向他打听情况。因为约娜已经二十八年没有到过巴黎了。

公证人一再提醒她们,要怎样躲避车辆,怎样防备小偷,劝她们只把随手要用的钱放在口袋里,其余的都缝在衣服里子的夹缝里;他讲了许多关于中等餐馆的情况,指出其中有两三家是女客去得最多的;最后又提到车站附近他经常住的那家诺曼底旅馆。到那里可以说明是由他介绍去的。

巴黎和勒阿弗尔之间火车已经通了六年了,人人谈论火车,但是约娜由于自己痛苦的遭遇,一直心情沉重,至今还没见过使附近地区引起重大变革的这种用蒸汽推动的车子。

保尔一直没有回信。

约娜等了一个星期,接着又等了半个月,天天早晨到大路上去迎接邮差,向他颤声问道:

"马朗丹老爹,有我的信吗?"

由于时令不调,马朗丹老爹的嗓子总是沙哑的,每次他都回答说:

"老太太,这一趟还没有。"

显然是那个女人不让保尔写回信!

因此约娜决定立刻动身。她想把萝莎丽带在身边,但是那使女为了免得多花旅费,没有答应。

她只许她女主人带三百法郎去,说道:

"不够时再写信给我,我会托公证人给您寄去。现在我要给多了,结果又都落在保尔先生的荷包里。"

这样在十二月的一天早上,德尼·勒科克赶了马车来接她们到火车站去。主仆一同上了车子,萝莎丽准备护送她的女主人一直到车站上。

她们先问清了火车的票价,然后一切手续都办好了,行李也登记了,她俩便在铁轨面前等着,想弄明白这火车究竟怎样开动,一心都被这个奥妙吸引住了,也就不去想这趟叫人伤心的旅行的目的了。

终于,远远的汽笛声使她们转过头来,她们望见一架黑色的机器,愈近愈大,开到她们面前时,声音可怕极了。那机器拖着一长串活动的小房子,一个乘务员打开一扇车门,约娜哭着抱吻过萝莎丽,就走进一间小木屋里去了。

萝莎丽很激动,叫道:

193

"再见,夫人！一路平安,早早回来!"

"再见,孩子。"

汽笛又响了,一整串的车子起初蠕蠕地转动起来,愈转愈快,到后来飞奔前进,快得怕人。

约娜坐的那间车厢里,只有两位男客靠在两个角落上打瞌睡。

她看着田野、树木、农庄、村落飞越过去,这种速度使她惊骇,她觉得自己落到一种新的生活里,被带到一个新的世界去,这个世界不再是她的了,既不像她青年时代那么安静,也不像她的生活那么单调。

薄暮时分,火车开进了巴黎。

一个搬运行李的人替她拿了箱子,她慌慌张张地跟着他,很不习惯地在乱哄哄的人群中挤来挤去,因为怕走失了搬运夫,她几乎就跟在那个人的后面跑。

到了旅馆的账柜前,她急忙声明说：

"我是鲁塞勒先生介绍来的。"

旅馆的女主人是一个一本正经的大胖子,她坐在账柜前,问道：

"鲁塞勒先生是什么人哪?"

约娜吃了一惊,答道：

"就是戈德镇的那个公证人,他每年来都在你们这里住。"

胖女人说道：

"那是可能的。我不认识他。您要一个房间吗?"

"是的,太太。"

一个茶房提着她的行李,带她上楼去。

她觉得心里很难过。她在一张小桌子面前坐下,要了一盆清汤和一份子鸡翅膀,叫他们送上楼来。从清早起到现在,她还没有吃过东西。

她在一枝蜡烛的微光下,冷清清地进晚餐,心里回想起许许多多的事情,想到她从蜜月旅行回来时曾经路过这个城市,而且就是住在巴黎的那几天,于连的性格第一次暴露出来。但那时她年轻,精力充沛,朝气勃勃。现在她觉得自己已经衰老了,又拘谨又畏缩,一点点小事情就弄得颓丧不安。餐后她靠到窗口,望着那满是行人的街道。她很想出去,但又不敢。她想她一定会迷路的。她上了床,吹灭了蜡烛。

但是那喧嚣的声音、刚到一个陌生城市的感觉和旅途的困顿使她不能入睡。时间一个钟点一个钟点地过去。外面的闹声渐渐平静下去,但她还是睡不着,这种大城市的半休息状态使她心烦。她已经习惯于乡间那种安静而浓重的睡眠,无论人畜和草木都不出一点声音,而现在呢,她觉得周围总像充满了神秘的活动。细微得不可捉摸的声音就像从旅馆的墙壁上渗透进来。有时地板格格地响,再是关门的声音,打铃的声音。

快到早晨两点钟时,她刚要睡着,突然隔壁房间里一个女人嘶叫起来;约娜立刻从床上坐起身来;这时她似乎又听见一个男人的笑声。

离天亮愈近,她想念保尔的心也愈切;天刚一破晓,她就穿好了衣服。

保尔住在旧城区的索瓦热街。为了听从萝莎丽的嘱咐,节省用度,她想走着去。天气晴朗,寒风刺痛着皮肤;匆忙的人群在人行道上奔走。她按别人给她指点的路,尽快地走着,走完这条街,应该先向右转,后来再向左转,到一个广场以后,她还得重新问路。她因为没有找到那个广场,便向一个面包房的人打听,他指点的路却是另一个走法。她又走了一程,仍然没有走对,东问西问,后来完全弄不清方向了。

她着慌了,逢路便走。正当她决心想叫一辆车子的时候,她却望见了塞纳河。于是她便顺着码头走去。

大约又走了一小时光景,她终于找到了索瓦热街,那是一条十分阴暗的小巷。她到门口时停了下来,心里激动得一步也不能再走了。

普莱,他就住在这里,住在这一所房子里。她感到四肢都发抖了;最后她才走进门去,顺着走廊,看见管门人住的一个小房间,她递过一枚钱币去,问道:

"可否麻烦您上楼去告诉一下保尔·德·拉马尔先生,说有一位老太太,他母亲的一个朋友,在楼下等他。"

管门人回答说:

"太太,他已经不住在这里了。"

她浑身一阵战栗,嗫嚅道:

"那末他……他现在住在哪里呢?"

"我不知道。"

她感觉一阵头晕,几乎像要跌倒,好一阵呆着说不出话来。她竭力挣扎,才终于恢复了神志,讷讷地问道:

"他离开多久了?"

管门的这才详细告诉她说：

"已经半个月了。一天晚上他们走了，就再没有回来。他们在附近到处欠了钱，您就能明白他们是不会留下地址的。"

约娜眼前闪过一阵火光，就像有人在她面前开了几枪。但是一个坚定的念头支持着她，使她站在那里表面上很镇静，很理智。她要知道普莱在哪里，并且找着他。

"那末，他走的时候什么也没有说？"

"啊！什么也没有说，他们是为逃债才跑的，就是这么回事。"

"但是他总要有人来替他取信吧？"

"通常是我交给他们的。不过他们一年里也收不到十封信。在他们离开的前两天，倒有一封信是我替他们送上楼去的。"

毫无疑问那就是她写的那封信。她急忙说道：

"您听我说，我是他的母亲，我就是来找他的。这里十个法郎给您。要是您得到他什么消息，请您到勒阿弗尔路诺曼底旅馆给我送个信，我一定重重地酬谢您。"

他回答道："太太，您托给我好啦！"

她就匆匆地走了。

她跑在路上，自己也不知道要到哪里去。她急急忙忙的，像是有什么要紧的事情；她沿着墙脚走去，有时被拿小包的行人撞着了；她穿过街道时不先望一望迎面过来的车辆，因而受到车夫的辱骂；她一点不注意人行道的石级，有时几乎要摔倒；她丧魂失魄地匆匆向前奔跑。

忽然她已经在一个公园里了，她觉得十分疲乏，便在一条长凳上坐下来。显然她在那里坐了很久，不知不觉地流着眼泪，因为经过的人都停下来望着她了。她觉得身上很冷，便站起来想走；但她已经那么疲乏和虚弱，两条腿几乎不听使唤了。

她想走进餐馆去喝一点热汤，但是内心的羞愧和胆怯，怕被别人看出自己的悲伤而丢面子，这一切都使她不敢进去。她在门口站了一会儿，向里面张望，看见一桌一桌都是在那里用餐的人，便又胆怯地缩回来了，暗自说道："换一家再进去吧！"但是走到第二家餐馆仍然没有胆量进去。

最后她在一家面包店里买了一个半月形的小面包，在路上边走边吃。她很口渴，但又不知道哪里去找喝的，也就忍着算了。

她穿过一道穹顶的大门,来到另一个有环廊的公园。她认得那是故宫公园。

在太阳下走了很多路,这时她身上觉得暖和一些了,便又在公园里坐了一两个小时。

一群人进来了,这是一群衣饰很讲究的男女,礼貌彬彬,谈笑自如,这些有福气的人,女的美丽,男的富有,他们就是为了打扮和享乐而活在世上的。

约娜夹在这群豪华的人中间,心里慌张起来,便站起身来想跑;但突然她又想到在这种地方也许可以遇见保尔,她便开始来回徘徊,胆怯而又急促地从公园的这一头走到那一头,暗暗窥探着游人的面目。

有些人回过头来望望她,另一些人指着她互相笑笑。她感觉到了,赶快避开,心想别人一定在笑话她那副样子和她所穿的那身绿色花格子的连衣裙,这是萝莎丽选定了料子特意叫戈德镇的女裁缝替她缝制的。

她连向行人问路也不敢了。但最后还是鼓起勇气问了一下,才算回到了旅馆。

这一天其余的时间,她就动也不动地坐在床脚边的椅子上消磨过去了。晚餐时,她像前一天一样,要了一份汤和一点肉。然后她就上了床,每一行动都只是机械地按习惯做去。

第二天她到警察局去,请求他们替她找回她的孩子来。人们不能向她保证,但同意替她去找。

于是她又到街上走来走去,总希望能遇见保尔。但在这熙熙攘攘的人群中,她觉得自己比在荒野里更孤单、更可怜、更无路可走。

傍晚回去时,旅馆里的人告诉她,保尔先生曾经派人来找过她,并且这人明天还要再来。她心中感到热乎乎的,整夜没有合眼。这人就是他吗?是的,一定是他,虽然从别人描述的细节来判断却又不像他。

早晨九点钟光景有人敲她的门,她叫道:"请进来!"一面伸着双臂准备扑过去了。一个不相识的人进门来了。当他道歉在这个时候来打扰她,说明他来访的目的是为索还保尔欠他的债,这时候,她觉得眼泪已经抑止不住了,但她不愿意显露出来,泪珠涌到眼边时,便赶快用指头抹掉。

这人从索瓦热街的门房那里听说她来了,因为找不到保尔,他就来找他的母亲。他取出一张纸条,她毫不思索地接过来。她看到数目是九十法郎,便掏出钱来,还给了他。

197

这一天她没有出门。

第二天,又一批债主上门来了。她把所有的钱都给了他们,自己只留下了二十来个法郎;她写信给萝莎丽,告诉她目前的情况。

她等候她使女的回信,自己不知道做什么是好,不知到哪里去消磨这漫长的愁惨的时光,没有一个人理解她的困苦,没有一个人可以诉说一句知心的话,她仍然只能天天在街头流浪。她毫无目的地走去,心里只惦记着能赶快回去,回到她那冷清清的大路边的小房子里去。

几天以前,她觉得那里凄凉得叫她不能生活下去,现在反过来了,她觉得只有那里才是她能生活的地方,因为她那沉闷的生活习惯已经在那里生下了根。

终于一天晚上,她接到了信和二百法郎。萝莎丽在信中写道:

约娜夫人:

快回来吧,因为我不能再给您寄钱了。至于保尔先生,等我们有了他的消息时,由我去找他吧。

向您致敬礼!

您的女仆　萝莎丽

一个下雪的严寒的早晨,约娜又回到巴特维勒了。

十四

从此以后,她不再出门,不再走动了。每天早晨,她在一定的时间起床,从窗口望一望天气,然后下楼去坐在客厅的炉火面前。

她整天坐在那里不动,目光凝视着火焰,过去种种伤心的遭遇一一在她眼前涌现,她听凭这一切悲苦的念头在脑际盘旋。暮色渐渐笼罩了这个小客厅,她除了偶尔向壁炉里添进一些木柴以外,仍然一动不动地坐在那里。这时萝莎丽把灯端进来,嚷道:

"来吧,约娜夫人,您应该去活动活动,不然到晚上您又吃不下东西了。"

一些固执的念头常常不断地缠绕着她,种种无足轻重的琐事也都使她苦恼;在她病态的头脑中,极小的事情都有了极重大的意义。

她尤其忘不了过去,思想总爱逗留在已往的日子里,经常出现在她脑海中的是她早年的生活,她在科西嘉岛上的蜜月旅行。久已忘却了的海岛的风光突然在她眼前的炉火中涌现出来;她记起了当时的一切细节,一切琐事,以及在那里遇见过的一切人物;向导若望·腊沃利的面貌时时出现在她面前,有时她仿佛还听见他说话的声音。

然后她又想到保尔童年时代恬静的岁月,那时候为了替他种生菜秧,她和丽松姨妈跪在肥沃的泥土上,两人都不辞辛苦要讨孩子的喜欢,互相竞赛着,看谁种的菜秧长得快,看谁种的菜秧长得旺。

她在唇边轻轻地呼唤着:"普莱,我的小普莱,"仿佛她在和他说话一样;她的幻想就停留在这个名字上,有时接连几个钟点,她伸着手指,在空中比划构成这个名字的字母。她对着炉火慢慢地划着,仿佛这些字母就像停留在她面前,然后发现划错了,她不顾手酸得发抖,又从第一个字母开始,一直描到最后一个字母;整个名字写完了,便又从头开始。

最后,她疲乏得实在不能支持,笔划也乱了,写成了别的字,心里紧张得烦躁极了。

孤独生活的人所特有的种种怪癖都到了她的身上。任何手头的用物变动了一个位置,也会使她发脾气。

萝莎丽常常强迫她去走动走动,把她带到大路上去;但是才走上二十分钟,约娜便说:"孩子,我走不动了!"她就坐在路边。

不久任何活动都使她感到烦厌了;早晨躺在床上,她就尽可能地晚起。

本来她一直保持着从小养成的一个习惯,那就是一喝过了牛奶咖啡,她马上便起床。她对这杯牛奶咖啡看得比什么都重要,缺少了这个,比缺少了任何其他东西都要难受。每天早晨,她眼巴巴地等着萝莎丽把咖啡送来,满满的一杯刚放到床头的小桌上时,她便坐起身来,又香又甜地一口气把它喝完。然后,撩开被窝,她就开始穿衣服了。

但是后来她的习惯慢慢改变了:起先是把杯子放到碟子里以后空想一会儿再起床;接着索性又在床上躺下了;到后来懒成在床上愈躺愈久,直到萝莎丽生着气走进来,几乎强迫着她,才把衣服穿上。

而且她成了一个完全没有意志的人了,每逢她使女和她商量一件事情,问她一个问题,或是想了解一下她的意见,她总回答说:"孩子,你说怎么做就怎么做吧!"

她觉得自己碰来碰去都是厄运,也就像一个东方人似的相信起命运来了;她看到自己的梦想一再幻灭,希望一再落空,到后来每遇到一点点小事,就整天犹疑不决,认为自己一定又会走到错路上去,后果一定不好。

她时时刻刻说道:

"我这个人一生中没有过一点运气。"

萝莎丽就不平地嚷道:

"如果您必须为面包而工作,如果您不能不每天清早六点就起来去干活,真要那样,您又怎么说呢?天下有的是这样的人,后来老得干不了活的时候,还不是穷死。"

约娜答道:

"你也替我想一想,我是多么孤单呀,我的儿子把我扔掉了。"

于是萝莎丽气极了,叹道:

"那又算得了什么呀!多少孩子在那里服兵役!多少孩子都到美国去谋生!"

在萝莎丽的心目中,美国是一个虚无缥缈的地方,大家到那里去发财,却再不见回来。

萝莎丽继续说道:

"迟早人总是要分开的,年老的人和年轻的人哪能永远在一起!"

最后她毫不客气地问道:

"要是他死了,您又怎么说呢?"

这时,约娜什么也回答不出来了。

到了初春天气渐渐转暖的时候,她稍稍有了一点力气,但她没有更好地利用这点刚恢复的精力,却越来越深地陷入到忧郁的沉思中去。

一天早晨,她上阁楼去寻找什么东西,偶然打开一口木箱,发现里面装满了旧日历;因为乡间许多人有这种习惯,爱把逐年的日历保存起来。

她觉得仿佛找到了自己过去的岁月,面对这一大堆正方形的硬纸板,她落在一种异样复杂的感慨中了。

她把这些大大小小式样不同的日历都搬到楼下的客厅里,把它们按年份在桌上排列起来。忽然她找到了其中最早的一份,那是她自己带到白杨山庄去的。

她注视了许久,日历上的一些日子是她从修道院回家的第二天,也就是从卢昂动身的那天早晨用铅笔划去的。于是她哭了。面对展开在桌上的她自己凄惨的一生,她默默地流着沉痛的眼泪,一个老妇人伤心的眼泪。

她心里产生了一个十分强烈而固执的念头,想要把自己过去的生活,几乎一天不缺地寻找回来。

她把这些发黄了的纸板一份一份地钉在墙壁的挂毡上,她可以在这些日历面前接连消磨好几小时,看看这份又看看那份,自言自语地问道:"那一个月,我是怎么过的呢?"

她把自己一生中值得纪念的那些日子都一一标了记号,这样她以重大的事件做中心,把前后所发生的小事情一桩一桩地串连起来,有时便把整个月的情形都回想出来了。

她集中意志,费尽脑力,一心一意地去回想,终于把最初回到白杨山庄居住的两年间的情景几乎全部都整理出来了,她对自己生活中那一部分遥远的岁月记得非常清楚,往事的来龙去脉活生生地展现在她的眼前。

但对后来的年代,她记忆中就像隔着一重云雾,岁月交错,模糊不清了;她耗费了无数时间,在日历面前低着头,用尽心思追怀往事,但连某一件事情是否发生在这一年中,也仍然想不起来。

这样,在她的客厅里,就像耶稣受难的连环画一般,挂满了她已往岁月的图表。她在这些日历面前来回地浏览,有时突然她把椅子移过来,对着一份日历,一动不动地坐在那里望着,一直望到夜晚,陷入沉思。

然后,当草木在艳阳下开始欣欣向荣,作物在田间萌芽,树木变得一片葱绿,院子里的苹果树开出团团的粉红色的花球,在平原上弥漫着香气时,约娜忽然变得激动不安了。

她坐立不安,一天来来去去,进进出出,总要有二十次,有时她沿着农庄,走得老远老远的,兴奋得像是因遗憾而发了狂热病一般。

看到在野草中探出头来的一朵雏菊,照射在树叶间的一缕阳光,倒映在车辙积水中的一抹晴空都会触动她的心,使她神魂颠倒,仿佛她又回到遥远的少女时代在乡间梦幻的那种感情世界里去了。

那时候,她盼望着未来,曾经也有过这种激动,在暖洋洋的日子里品尝过这种恼人的温馨和沉醉。现在她又重新遇到了这一切,但是前途已经没有了。她心里还在欣赏这种风光,但同时却也感到哀伤,仿佛春回大地所带来的永恒的欢乐,如今当她的皮肤干枯了,她的血液变冷了,她的灵魂憔悴了,这欢乐的滋味对她不仅冲淡了,而且反更引起痛苦了。

她觉得周围的一切都多少发生了变化。太阳不再像她年轻时候那么温暖,天空不再那么蔚蓝,青草不再那么碧绿,而朵朵鲜花不及过去的鲜艳和芬芳,也不再像往日那样教人陶醉了。

不过也有些天,她感到生活是那么美好,使得她重新幻想,重新希望,重新期待;因为不管命运多么残酷,在美好的天气里,人怎么能始终不怀一点希望呢?

内心的激动驱使她接连几个小时地走着,一直往前走着。但有时她会突然站住,坐在路边,回想种种伤心的事情。为什么她没有像别的女人一样被人所爱呢?为什么她连平静的生活中最普普通通的幸福都得不到呢?

有时一瞬间她竟忘记自己已经老了,忘记在她面前除了还有几年孤独和凄凉的生活之外,再没有什么可以等待的了,忘记她自己的路已经走到尽头了;于是她就像从前还是十六岁的少女时,做着种种甜蜜的梦想,计划着自己所剩无几的美好的未来。然而无情的现实生活的感觉又落到她身上,她像险些儿被千钧重量压断了腰似的,疲乏不堪地站起身来,慢慢地走回家去,嘴里咕噜着说:"啊! 真是老糊涂! 真是老糊涂!"

现在萝莎丽时刻提醒她说道:

"您安静点吧,夫人,您这样跑来跑去究竟要干什么呢?"

于是约娜凄切地答道:

"有什么办法呢,我就像'屠杀'在最后的那些日子一样了。"

一天早晨,使女比平时早一些走进她的卧室里,她把一杯牛奶咖啡放在床头的小桌上以后,说道:

"来,快喝吧,德尼在门口等着我们。我们一起上白杨山庄去,因为我在那里有点事情需要料理。"

约娜激动得几乎要晕过去了;她边发抖边穿衣服,一想到就要重见亲爱的故居,心里又惶恐又焦急。

一抹晴空照耀着大地;那匹欢跳的小马时而飞奔起来。他们进到埃都旺村时,约娜胸口突突地跳着,连呼吸都觉得困难了;等到她望见栅栏门两边的砖柱子时,她不知不觉小声叫了两三次:"啊! 啊! 啊!"仿佛她看见了什么东西使她的心翻腾起来。

他们把车子停在库亚尔家的农庄里;接着萝莎丽和她的儿子办自己的事情去了。恰好白杨山庄的主人都出门了,农庄里的人便把钥匙交给约娜,让她趁这个机会到里面去看看。

她独自走去。来到邸宅临海的一面时,她站着观望了一番。从外面看去什么也没有改变。这一天,阳光正好照在这所高大的灰白色建筑物阴暗的墙壁上。所有的窗扉都关闭着。

一小截枯了的树枝落到她的连衣裙上,她抬头看时,原来是从那棵梧桐树上飘下来的。她走近那棵大树,摸摸那光滑的青灰色的树皮,就像人们抚摸一头牲口似的。她的脚在草地里踢到了一块烂木头,那是一张长凳剩下的最后的断片,她从前经常和一家人坐在这张凳子上,这还是于连第一次来拜访的那一天摆在那里的。

她走到正屋的大门口,这两扇双合门很不好开,那把生锈的大钥匙,怎么也转不过来。费了大劲,最后锁孔中的弹簧松动了,再用力一推,门才打开。

约娜立刻几乎跑着上楼到她的卧室去。墙上裱了浅色的花纸,她都不认识这间屋子了;但是当她打开了一扇窗之后,她感动得浑身都发抖了,眼前展开的正是这幅她那样地喜欢的景色:灌木林、老榆树、旷野和远处的大海,海面上漂着望去像是静止的棕色船帆。

接着她在这所空无人影的大房子里转来转去,边走边看,墙壁上的许多斑点都是她所熟悉的。她走到露出石灰的一个小窟窿面前站住了,这个窟窿是她父亲所留下的:男爵想起自己年轻时击剑的情景,每经过这里时,常爱用手杖当武器,对着墙壁舞弄一阵,拿来取乐。

在小母亲卧室的门背后,离床不远的一个阴暗的墙角里,她找到了一枚金头的细针,现在她才记起来这是从前她自己插在那里的,后来好些年她都在寻找这枚针,但是谁也没有能找到。她取下来作为一件无比宝贵的纪念品,拿在手上吻着它。

她走到每一间屋子里,在没有更换过的裱墙纸上,探寻和辨认过去所留下的最细微的痕迹;从织物和大理石的花纹中,从年久玷污了的天花板的暗影中,她重新见到了自己想象中所产生的古怪的形象。

她轻轻地走着,独自一个人在这静悄悄的高大的邸宅里就像在墓园里一样。她的一生就被埋葬在这里。她走到楼下客厅里。百叶窗都是关着的,室内阴暗得使她好一阵什么也分辨不出来;后来,当她的目力在黑暗中习惯了,她才慢慢辨认出高高的挂毡上绣着的鸟儿。壁炉前面,摆着两把靠手椅,看去仿佛刚有人坐过;正像各种生命都有自己的气味,这间客厅也仍然保存着一般老房子所特有的那股淡淡的既柔和而又能辨别出来的甜香味儿,这气息扑到约娜的鼻子里,逗起她种种回忆,使她的头脑感到沉醉。她喘着气,深深地呼吸着那已往时代的气息,双眼凝视着那两把椅子。猛然间,她固执的思念产生了刹那的幻觉,她仿佛看见、她真的看见了她父亲和小母亲在炉火前烤着脚,像她在往日常见的情景一样。

她惊骇了,身子直往后退,背撞着了门框,她靠在那里,免得跌倒,眼睛仍然盯在那两把椅子上。

但是幻景已经消失了。

她惊惶失措地又站了好几分钟,才慢慢地清醒过来;她害怕自己真会发疯,就想赶快走开。这时她的目光偶然落在她刚刚靠过的门框上,于是她瞥见了刻在那里的记录普莱身长的进度表。

油漆上留着许多轻微的记号,间隔不等的横线一道一道地往上升,用小刀所刻的数字标志着年月和保尔身高的尺寸。有的字大一些,是男爵写的;有的字小一些,是她自己写的;有的笔迹有些发抖,是丽松姨妈写的。她眼前仿佛又看见了那个金发孩子像从前一样地站在那里,那小脑袋贴着墙,让人家量他的身材。

男爵叫道:"约娜,他在一个半月中,又长高了一公分。"

她想到这过去的一切,便喜爱得像发疯似的对着门框亲吻。

这时外面有人在叫她了。那是萝莎丽的声音:

"约娜夫人,约娜夫人,大家等着您午餐呢!"

她走了出去,但脑子还是懵懵懂懂的。别人和她说话,她一点也没有听懂。别人给她什么,她就吃什么;她听着别人在谈天,但并不知道他们谈的是什么;农庄的女主人问起她的健康,她仿佛也应答了几句;她听凭人家抱吻她,当别人伸过脸来,她也抱吻人家,然后她登上了车子。

当隔着树林再望不见白杨山庄高大的屋顶时,她的心悲痛得快要碎裂了。她觉得自己从今已和老家永远告别了。

她们又回到了巴特维勒。

她刚要走进她的新屋去,却瞥见门下面搁着一件白色的东西;这是她出门的时候邮差塞在那里的一封信。她马上认出是保尔寄来的,她心里发着抖把信拆开。信上说:

我亲爱的妈妈:

　　我所以没有更早给你写信,是因为我不愿意让你来巴黎空跑一趟,应该由我经常去看你才对。目前我遭遇到一件非常不幸的事情,使我处在极大的困难中。我的女人病得快要死了,她在三天前刚生了一个女孩,而我手头却一个钱也没有。对这个婴儿我真不知道该怎么办,现在暂由门房的女人设法用奶瓶给她喂奶,但我怕不一定能保得住。你肯抚养她吗?我实在不知道怎么办好,我也没有钱给她寄养出去。盼你立即回信。

　　　　　　　　　　　　　　　　　　　你的爱子　保尔

约娜倒在椅子上,连叫唤萝莎丽的力气也没有了。使女走来之后,她俩又一起重读那封信,接着面对面沉默了许久。

最后萝莎丽说道:

"夫人,我去把那个小东西抱回来。我们不能把她丢在那里不管。"

约娜答道:

"孩子,你去吧!"

她们又都不做声了,后来还是使女提醒说:

"您把帽子戴上,夫人,我们先找戈德镇的公证人去。为那小东西的日后着想,如果那女人活不下去了,保尔先生应该赶快和她办好结婚的手续。"

约娜一声不响地把帽子戴上。她儿子的情妇活不下去了!这使她心里深深地充满了一种不可告人的喜悦,一种她要想尽办法掩盖起来的自私的喜悦,一种会令人羞红脸的可耻的喜悦,但正是这种喜悦使她内心深处感到无比的兴奋。

公证人向使女作了详细的指示,她又自己反复地重说了几遍;这时她心里有了数,知道不会再出什么错误了,便说道:

"什么也不用担心了,由我去办吧!"

她当夜就动身到巴黎去了。

约娜心乱如麻地度过了两天,什么事情也不能想。第三天早晨她接到萝莎丽的通知,说她乘当天下午的火车到家。别的话一句也没有。

快到三点钟的时候,她坐了邻居的马车到伯兹镇的火车站去接她的女仆。

她站在月台上,眼睛望着那两根笔直伸展出去的铁轨,直到远处,远处,在地平线上才终于合而为一了。她时时看着钟:还差十分钟!还差五分钟!还差两分钟!现在时间到了!但是在远远的路轨上什么也还没有出现。后来突然她望见一个白点,冒着烟,然后在烟雾下出现一个黑点,越来越大,飞奔着前进。那个庞然大物的火车头,终于逐渐放慢了速度,轰轰地喘息着从约娜面前经过,她睁大了眼睛望着一扇扇的车门。好几扇车门都打开了,旅客走下车来,有穿罩衫的农民,有挎着篮子的农妇,还有头戴软帽的小市民。她终于看见萝莎丽怀里抱着一个布包似的东西出来了。

她想迎上前去,但她的两条腿完全发软了,她害怕就会跌倒。使女一看见她,就像平常一样神态自若地向她走来,说道:

"您好,夫人;我回来啦,可也够麻烦的。"

约娜嗫嚅问道:

"怎么样呢?"

萝莎丽答道:

"昨天夜里她才死了。他们结了婚,小东西就在这儿哪。"

她把孩子递过去,婴儿包在襁褓里,谁也看不见她。

207

约娜毫不踌躇地接在手里,两人便走出车站来,上了马车。

萝莎丽又说:

"保尔先生等安葬完毕就回来。可能就是明天的这班火车。"

约娜低声说:"保尔……"话就不再接下去了。

太阳向天边降落下去,光芒普照在碧绿的原野上,原野里盛开着金黄色的油菜花和血红的罂粟花。无限的和平笼罩在欣欣向荣的宁静的大地上。马车轻快地奔驰着,赶车的农民用舌头嗒嗒作响,驱马前进。

约娜的眼睛一直向前望着,一群一群的燕子箭一般地掠过天空。突然间她感到一种轻微的热气、一种生命的温暖透过她的裙袍,传到她的腿上,钻进她的血肉中;这正是那个睡在她膝上的小生命传来的温暖。

这时一种说不出的感情涌上她的心头。她轻轻地揭开面纱,露出那个她还没有见过的婴儿的面庞,而这就是她的小孙女儿。这脆弱的小生命受到光线的刺激,睁开她那碧蓝的小眼睛,抖动着嘴唇。约娜紧紧地拥抱着她,用双手把她托起来,接连地吻着她。

萝莎丽心里虽然高兴,但同时也带有一点埋怨地阻止了她,说道:

"好了,好了,约娜夫人,别再逗她了,您要把她逗哭啦!"

然后,她好像是回答她自己心中的问题似的,自语说:

"您瞧,人生从来不像意想中那么好,也不像意想中那么坏。"

伪币制造者

〔法〕纪 德 著
盛澄华 译

译 本 序
终极目标与"纹心"术
——纪德:《伪币制造者》

纪德于1921年开始写这部小说,四年之后完成,1926年出版,此时,他眼见奔六十岁了。

在此之前,他实际上已完成了他毕生文学创作中的主要业绩:《地粮》(1897)、《背德者》(1902)、《浪子归来》(1907)、《窄门》(1909)、《伊萨贝尔》(1911)、《梵蒂冈的地窖》(1914)、《田园交响乐》(1919),这些作品已经奠定了他在当代文学举足轻重的地位,他还要给自己添加一点什么?

在他过去的作品中,除了《梵蒂冈的地窖》接近长篇小说外,其余的作品均属中篇的规模,这部《伪币制造者》可说是纪德的第一部长篇小说,此后,他再也没有写过长篇,甚至再也没有写出重要的小说,因此,《伪币制造者》要算是纪德书目中唯一的一部长篇小说了。如果说,他年过半百、业已功成名就之时还要为自己添加一点什么的话,那就是要进入长篇小说创作这个令人望而生畏的文学竞技场,来显示自己的力量。这可不是一件容易的事,要知道,这时的法国长篇小说领地中,已经出现了《寻找失去的时间》这样划时代的奇书,且不说早已有雨果、巴尔扎克、司汤达、福楼拜、左拉这些比肩而立的巨人了。

从长篇小说日益昌盛的时代以来,我们可以看到,往往那些最有气度的小说家都致力于在长篇创作中,追求这样一个终极目标:使自己的作品成为整个一个时代,整个一个社会的一面镜子,使自己成为整个一个时代社会的书记。不止一个这种作家都曾在有关的文学中宣告过自己这种宏伟的创作纲领。像《人间喜剧》与《卢贡-马卡尔家族》这样巨大的小说群体,固然是凝现了这种终极目标最典型的成就,即使是在不少单独成书的小说里,作家往往也要努力在一定程度上达到这样的目标。司汤达把"1830年纪事"当做小说《红与黑》的副标题,而该书1831年第一版的封面上则干脆标有"十九世纪编年史"的字样;雨果的《悲惨世界》虽然写的是一个人的命运,表达的是一种人道主义的激情,但其中填进了从滑铁卢战役一直到1832年巴黎起义等一系列重大的历史事件,而且每个历史事件都是以浓墨重彩的充足篇章描绘出来的,使整个小说真正具有了一个时代宏伟史诗的规模。

纪德进入《伪币制造者》的写作,看来也怀有这样的目标,不过,他的年龄已经不允许他进行巴尔扎克、左拉那样旷日持久的宏伟工程,他只可能以对自己来说是有可行性的方式来进行,以一种自己的独特的方式来达到虽然不能与《人间喜剧》匹对,但却也能以小见大、在一定程度造就类似的效果与境地。如果说,巴尔扎克是在几十部作品中采取人物再现的办法、左拉是在廿部长篇中通过人物的家族血缘关系,来实现自己写时代社会全景的目的的话,纪德则是在单独一部小说通过多线头、多线索的纠合来展现社会全景的。

在《伪币制造者》中,重要的线头与线索为数不下十个,例如:小裴奈尔发现自己是私生子而离家出走,在外闯荡奋斗;法官普罗费当第经办一批出身中上层家庭的青少年所犯流氓罪与贩卖伪币罪的案件;浮台尔一家艰辛困顿地在巴黎开办寄宿学校;卑鄙文人巴萨房以办刊物为诱饵拉青少年下水,俄理维受骗失足后而悔恨回头;萝拉与杜维哀结婚后不久就失身于文桑,怀孕后惨遭抛弃,最后又被丈夫原谅接纳;格里菲斯夫人饱经患难之后,放浪形骸,生活迭荡;拉贝鲁斯老夫妇晚景潦倒阴暗,寄希望于寻觅远在异国的唯一的孙儿;小波利命运多艰,精神抑郁,痛失女友勃洛霞之后,又被一群恶少捉弄以致死于非命;在教唆犯斯托洛维鲁的支持下,少年恶棍日里大尼索、乔治等人在校内恶作剧,在校外抛售伪钱币;作家爱德华为拉贝鲁斯到波兰寻觅小孙子;他在所有这些故事进行的期间,正在写一部名为《伪币制造者》的小说,等等,等等……

这么多的线索在一部作品里进行,对小说创作而言,是颇为壮观的,为以往文学史中的长篇巨制所罕见。而且,每条线索都带出了若干个人物,总共有数十人之多。这么多的线索与人物被作者用有时自然得不着痕迹、有时又巧合得令人拍案惊奇的手法组合纠绕在一起,构成了广阔的巴黎生活的场景,它包括了好几个生活层面与社会范畴:中产阶级的家庭生活,青少年生存状态与精神状态,文坛活动,教育状况,法院内外等等,集中起来则可以说是巴黎文化教育领域里知识阶层的生活现实。应该说,这是二十世纪上半叶法国文学中社会视野最广阔,社会生活内容最充实、最丰厚的长篇小说之一,在一定程度上,它可以说是一部微型《人间喜剧》式的作品。

如果纪德像放风筝那样舒展他的线索,那么他的每一根线索都足以引申出一个个有始有终、徐缓道来的故事,不难铺陈为一部部单独的枝条繁复、丛叶丰满的作品。巴尔扎克与左拉就是这样做的,纪德却没有这样做,也不可能在一部小说里这样做。他致力于放短线的艺术。他把自己的每一个线索都截得短短的,任何一个线索几乎都不超出一两章的篇幅,这样,他总算在四十多章的篇幅里容纳下了十多个线索,而每一个线索正是一幅幅现实图景、一种种社会生活的凝现。不难想象,对于作者来说,用这样分散的短线头,短线索,编织一幅完整的社会生活画面,要比用长线来进行编织来得更为困难,更需要技艺灵巧,就像要用零星线头编织出一件衣裳那样殊非易事。《伪币制造者》成功地做到了这点。它可以说首先就体现了一种线索编织的艺术,它不仅靠短线头编织出图景,编织出事件,而且有时还达到了类似套色印刷的效果,如文桑与有夫之妇萝拉的私情故事就是一例:

文桑与萝拉的关系第一次是通过一对少年朋友俄理维与裴奈尔就寝之前的闲聊透露出来的,第二次是通过罗培尔与莉莉安之间的打情骂俏由莉莉安转述出来的,这两场叙述在小说中都可谓故事中的故事,都同时表现了双重事实的过程。俄理维是文桑之弟,他的这场叙述既表现了他与少年朋友谈话的情境与意趣,又第一次露出了文桑猎艳的蛛丝马迹;莉莉安是文桑的新欢,她在与罗培尔打情骂俏时的一场叙述,则既是巴黎青年放荡生活的一个典型场景,又对文桑欺骗与玩弄女性一事的全部真情起了"竹筒倒豆子"的作用,而在这两场叙述之后,又有萝拉给作家爱德华写信求援的情节与萝拉得到这位作家救助以及丈夫杜维哀出场等的后话,于是一个典型的巴黎私情故事、一个完整的事件过程,就通过零星的断续的片段中完全呈现出来了。同一事件的始末,在不同的场合、不同的背景、不同的人际交往、不同的角度、不同的叙述中多次闪现,就如同经过几次套色印刷,轮廓更明朗,细节更清晰,色彩更鲜明,而且叙述或参与了这个事件的那一群人物的面目、性格、人品也都活脱脱而出,这不能不说是纪德高水平的叙述学艺术。

编织,需要有穿针引线的手艺,尤其是短线头的编织,由此,你就不难理解

《伪币制造者》中作者的匠心与机巧。在这里，我们可以看到作者那种得心应手、娴熟自如、出神入化的穿针引线术，在这里，线索与线索更多的时候是交织得自然而然，不着人工牵引的痕迹，像都德式的散文化小说的淡化情节。偶尔，线索纠合扭结得出自高度的偶然性，颇像雨果准浪漫小说的巧合情节，第一部中丢失提箱的情节就是典型的一例，爱德华在巴黎街道上丢失了寄存提箱的行李单，恰巧被他外甥的好友裴奈尔拾到，小裴因私自从家庭出走后生活无着，冒领了这个提箱，除得了一些钱外，还得到了提箱里的一本日记，其中又恰好记有乔治偷书一事，而乔治碰巧是爱德华的又一个外甥，因而也是小裴的好友的小弟，于是这个行李就把好几个分散的人物连成一片。更巧的是，萝拉写给爱德华的求援信也在箱里，小裴读到后，就萌生救助这个他早已听说过的女子的善心冲动，他来到萝拉面前，直陈自己的善意与身世，恰好又被在门外的爱德华听到，这种直接的巧合与间接的巧合，层层相套，其故事的奇情性简直有点像冉阿让经历中那些"无巧不成书"的情节。

在线索的编织中，没有起维系交织作用的机杼是不行的。《伪币制造者》中的机杼，显然就是那位作家爱德华。他是纪德特意安排的一个人物，其作用仅仅归结为机杼似乎还远远不够，他是各个生活领域之间的一个"中间地带"，既是这个家庭的亲戚，又是那个家庭的故友，既是文艺界的一员，又与教育界有渊源，与法律界也发生了关系，不论是哪个领域里发生的什么事，都要传感到他这里，加以他热心善良，乐于助人，于是，他就成为了各个领域之间的"交通员"，成为了各个生活层面之间的穿针引线者，没有他，也就没有了《伪币制造者》中的完整故事。他的作用还不止如此，他还起了类似希腊史诗中合唱队那样的作用，他那份特殊的日记，既叙述、补充与说明各个事件与人物，也对它们进行分析与评判。而且，小说家纪德还把自己的某些特征，甚至自己的同性恋癖好也赋予这个人物，使他成为了自己的化身，成为作家在小说里的直接代理人，作家本人与人物黏合得如此贴紧，如此没有任何间隙，这在小说史上是不多见的。这个人物在各个生活层面之间的来往穿梭，他日记中的断简残篇对人对事的叙述与议论，无不体现了作家本人的艺术匠心，这使得这部小说带有了明显的技巧化的色彩。

更带有技巧化与艺术匠心的安排是，小说里爱德华这个人物也在写一部小说，而小说的题名正是《伪币制造者》，他日记中所记的种种事情是他为小说所搜集的素材,而日记中所写的关于文学制作的札记,则是他要在小说中贯彻的理论与意图。纪德把这称之为"纹心"术,即如同在一个纹章的中心设置一个与纹章的形状、图像、花色完全相同的微型纹章。这种手法其实就是文学创作中的"戏中戏""画中画",日常生活中的"镜中镜",它新颖独特,极具匠心,然而并非绝无先例。《哈姆雷特》第三幕中就有一场类似的"戏中戏",在丹麦王子的指使下,戏班子在杀兄娶嫂的国王面前搬演了讲述同样一桩罪行的戏。在《红楼梦》里,贾宝玉游太虚幻境所翻阅的金陵十二钗名册,实际上是《红楼梦》中几乎所有那些著名女性人物的命运的缩影,可谓整个大图景中的微型画幅,如果这还不够典型的话,那末,整个《红楼梦》的构思,可以说完全是一个故事中的故事,一个故事是小说所构设的顽石"到那昌明隆盛之邦,花柳华地、温柔富贵乡去走一遭"之后"编述历历"的奇幻之事,一个故事是石头上所记述的大观园里的悲欢离合。这两个故事与小说互相套合,其效果更像是"镜中镜",颇有"先有鸡蛋还是先有鸡"的难解之妙。

匠心与手法尽管相似,效应与目的却各不相同,各不相同的关键在于戏中之戏,画中之画,也就是那个"纹心"的所占的地位与所起的作用。在《哈姆雷特》中,作为"纹心"的那场戏中戏,在整个"纹章",也就是在"戏"中的比重并不大,但完全是对"戏"本身的模仿与影射,也就是对丹麦宫廷中那桩骇人听闻的杀兄篡位娶嫂罪行的模仿与影射,"纹心"中人物的关系与格局与"纹章"中完全相同,只是改了姓名而已,"纹心"中的事件与"纹章"中的也几乎一模一样,而"纹心"的安排与设置,则是人为性的,完全出自"纹章"中的人物之手,是"纹章"中丹麦王子为了那场为父报仇、反对暴君的斗争的需要而故意安排的。在《红楼梦》里,"纹章"与"纹心"的比例则是另一种模式。在这里,"纹心"几乎占了整个的"纹章",以至顽石到温柔富贵乡走了一遭的"纹章",只不过是作为"纹心"的整个石头记的一个装饰性的框架,作者之所以设置这样一个框架,则是为了"将真事隐去,而借'通灵'说此《石头记》一书也",特别是为了达到将自己"半生潦倒之罪,用假语村言,敷演出来","以告天下"的目的,当然也是为了要赋予大观园中的兴衰故事以色空哲理的色彩。

纪德的纹心构设,虽为后来,但决非承继与模仿,而属不约而同、殊途同归,自有其匠心与巧思,即使不是独创性的,至少也是别致新颖的。

如果说"纹心"总要有加以浓缩、加以映照的对象的话,那末,纪德《伪币制造者》中的"纹心"可以说有两重意义上的浓缩与映照。第一重意义是,这本小说中的"纹心",是小说中所发生的事件与情节的浓缩与映照,但我们仅仅只能在一定程度上可以这样说,因为,纪德只告诉我们,小说中的小说家爱德华也正在写一部名为《伪币制造者》的小说,但对小说的整个内容以及故事情节、人物格局都并未明言,甚至故意隐而不露,只是隐约让读者感觉到,爱德华把他所见所闻记述在日记本里,这些内容也许可能成为他的小说的片断或组成部分,这样的话,纪德的《伪币制造者》的某一部分现实内容就会成为爱德华的《伪币制造者》的现实内容,因此,这个"纹心"对这个"纹章"的映照只是在一定程度上而言的。第二重意义是,爱德华的《伪币制造者》这一"纹心",不完全是纪德的《伪币制造者》小说内容的映照,而更多的是纪德本人写作《伪币制造者》这一事实与全部艺术实践的浓缩与映照,于是,这部小说的"纹心"本身的特点,就使得"纹章"并非一部小说,而成为了一部小说的创作实践,成为了纪德写《伪币制造者》这一事实。我们之所以这样说,是因为纪德在他小说的"纹心"中,虽然并未明确写出爱德华的《伪币制造者》的生活内容、故事情节与人物关系,但是非常明确、非常详尽、非常具体地写出了爱德华创作《伪币制造者》所要遵循的艺术原则,所要运用的艺术方法与艺术经验以及爱德华对所有这一切的思考。很显然,纪德这部小说的"纹章",是一个外延扩大了的"纹章",其扩大的外延在文学史上可说是绝无仅有的,这是纪德的《伪币制造者》的纹章纹心术的特征,也是它的价值。

毋庸置疑,纪德的《伪币制造者》中爱德华对于小说创作艺术的一系列思考与议论,是特别值得读者关注、重视的部分。

爱德华理想中的小说创作是这样的:"不离开现实,同时可又不是现实;是特殊的,同时却又是普遍的;很近人情,实际却是虚拟的。"这显然是一种追求真实与典型的现实主义小说创作观。当然在他看来,这只是所要实现的一种境界与状态,而不是一种法则,因为"在一切文学门类中,小说始终是最自由的",在这里无法规可言,即使是"巴尔扎克建立起了他的作品,但他从不自称替小说立下了法典",对于小说家来说,他自己就是"法典","试问我与户籍何关?户就是我自己,艺术家",这样,在给自己立了一个目标的时候,爱德华就授予了自己"条条道路通罗马"的自由选择权。

那么,爱德华要把他的《伪币制造者》写成一本什么样的小说?"一本相当奇特的书",按他的设想,此书的写作不遵循什么结构与纲要,没有预先的人工安排,一切顺乎自然,爱德华这样说:"一本这样的书,根本就不可能有所谓的计划,如果事前我先有任何决定的话,一切将显得非常做作。我等着按现实给我的吩咐去做。"他说得好,"按现实的吩咐去做"！因此,"我的小说没有主题";小说也没有任何剪裁,"我要把一切都放在这本小说里,决不在材料上任意加以剪裁"。在作家来说,这显然是要追求浑然天成的效果,这倒与纪德那种崇尚自然、崇尚天性的整个精神倾向很是一致。然而,"不加任何剪裁",恐怕只是自我标榜的假话,如果真的把所有一切都胡乱往一个口袋里装,肯定难成一部有可读性的小说,因此,作者的活计不能这么简单,不能这么不费劲,事实上,装哪些东西、如何装,倒的确是一件非常复杂,非常费劲的事情,特别是要装得像是不经心,像是无人工安排,像是浑然无序,那就更复杂,更费劲,更需要艺术与匠心了。难怪爱德华最后道出了其中的奥妙与艰辛:"这书的主题,如果你们一定要有一个主题的话,那就是小说家如何把眼前的现实用作他小说中的资料时所进行的一种挣扎。"

纪德的《伪币制造者》,就是正如爱德华所构想、所宣称的那样写出来的,整个作品的风貌可以说是散任自由。它的线索杂然纷呈,似乎并无主次之分,彼此之间亦无明显的焊接,如果没有爱德华的作为"中间人"的来往穿梭,这些线索很可能只构成一个个片断的故事,甚至只构成一个个零星的场景。它的结构松散自由,似乎并无一个程控全局、制导各方的严谨构思,没有出于统一构思的整体上的起伏跌宕与"开端—发展—高潮"式的典型全程,更没有作者归结全书式的结局,它的"结局"可以说是"开放性的""继续行进式的",最后,是爱德华以这样明显带有下文的一句话:"明晚我们还能见面……我很好奇地想认识卡鲁",宣告着一个新人物的登场。它的情节基本上都平淡无奇,似乎并无什么戏剧性,如果没有爱德华的那只手提箱,那末整个作品连一丁点儿的偶合也都没有了,情节的叙述并非为了营造动人的故事性,而仅仅是为了表现出日常生活事件,为了表现日常生活图景所必有的起码的时间绵延,而这种叙述又并非是有声有色,浓墨重彩,仅仅是以单线勾勒而出。它的人物众多而分散,彼此并不构成小说中常有的那种错综复杂的关系与纠合,更没有那种互为因果的人工的安排,它的人物描绘绝对是素描式,无意于追求油画肖像或立体塑像的效果,甚至连形貌与衣着也简略而不写,只限于勾画人物基本的言行与精神面貌、人品层次,特别是人性的真实,如像访问拉贝鲁斯夫妇的那两章素描式的场景,就把老年人晚景的凄凉与老年的"精神蜕化""人格矮化"表现得很出色。所有这些艺术特点使得《伪币制造者》有别于经典传统中常见的色彩瑰丽、戏剧性强烈、有立体感的小说模式，而明显带有散文化的倾向，使小说的现实生活图景像是一幅幅单线条的素描。

传统小说中的吸引人的故事情节，浓烈的色彩、强烈集中的戏剧性冲突，以及足以使读者大悲大喜的结局，固然需要有高明的艺术技巧，而放弃了所有这一切手段的散文化的小说，则更需要艺术气质与艺术氛围，以使读者认可、接受与入胜。把作者眼前如此分散的现实现象，都塞进一个口袋里，不求助于以上那些手段而构成一部作品，显然就需要作者付出艰苦的劳动，甚至作出一番"挣扎"。纪德在他的《伪币制造者》的"纹心"，点出了这个"题"。这样，他这部小说就具有了双重的作用，它所表现的既是作者眼前的巴黎知识阶层的生活现实，也是作者如何把他眼前的这一现实，以他目前这种浑然天成、无序中有序的方法写出来的这样一个问题。

这就是纪德的《伪币制造者》的意义与独特性之所在，这使得这部小说成为了二十世纪上半期法国最有新颖性的小说之一，最具有"作家味"、最艺术化的小说之一。

柳鸣九

附记：

本书译者盛澄华先生已在文化大革命中不幸去世。他是我在北大念书时的老师，给我们上翻译课。他讲课条理特别清楚，表述非常明洁扼要。他与我们这一班虽接触不多，但给人的印象是很和蔼可亲，平易近人的。周末，偶尔能在北大东门外的一家小饭铺里碰见他，他总跟你微笑打招呼，没有"师道尊严"的劲，也没有大教授的做派，虽然他在教授中是很有文名的一个。他怎么去世的，所知不详，只听说他吃了不少苦头，受了不少罪。

我从学生时代起，就知道盛先生是著名的纪德专家，著有关于纪德的学术论著，因建国后此书未得再版，我一直无缘拜读。

他所译的《伪币制造者》，于1945年由文化出版社出版，1983年又由上海译文出版社重排出版。比起四十年代的很多译作，盛先生的要算是经得住时间考验的佳品了，虽然其中的语言多少也有不合今日时尚习惯之处。

谨以这第一本小说献给罗歇·马丁·杜·加尔[①],作为我们深切的友情的纪念。

安德烈·纪德

① 马丁·杜·加尔(1881—1958),法国小说家,1937年以长篇巨著《蒂博一家》获诺贝尔文学奖。

第一部　巴黎

一

"这该是听到走廊上脚步声的时候了。"裴奈尔自语着。他抬起头,静听。但不,他父亲和他哥哥都还在法院办公,他母亲访客去了,他姊姊在听音乐会,至于那顶小的,小卡鲁,在学校寄宿,不能每天出来。裴奈尔·普罗费当第留在家里拚命准备他的会考,他眼前已只有三个礼拜。他家里人尊重他的孤独;可是魔鬼不答应。裴奈尔虽已解开上衣,但他依然透不过气。从那靠街的窗口直一阵阵地冒进热气来。他额上已成水流。一粒汗珠直沿着他的鼻子滚下来,快要掉在他手中的一封信上。

"简直像在装哭,"他想,"但流汗总比流泪强。"

是的,那发信的日期是个明证,不容置疑,信中所指的必然是他自己——裴奈尔,信是写给他母亲的,一封十七年前的情书,而且是未经署名的。

"这缩写究竟是什么意思?一个 V,但也可认作是 N……如果直接问我母亲是否妥当呢?……不如给她留个面子吧!我不妨任意想象就说这人是个王子。再,纵使我打听到我自己是个穷汉的儿子,那于我又有什么相干呢!不知道自己的父亲是谁,正足消除自己怕像父亲的顾虑。一切探究徒添麻烦,只要能求解脱,别的全可不管。别再问根究底。再者,我今天所知道的也已足够了。"

裴奈尔把信叠起。这信和一束中的其余十二封同样大小。他不必把那扎信的红丝带解开,他只把抽出的信重又插入原来的位置。他把这束信重新放回盒子中,把盒子收在柜子的抽屉中。抽屉未经打开,他刚才是把抽屉中的秘密从顶上取出的。裴奈尔重把柜面断了的铰链放正,轻轻地,小心地,把原有的那块沉重的白石台面盖上,又把台面上的两盏水晶烛台以及他方才拿来修理着玩的大摆钟放好。

摆钟正敲四下。他已把时间拨准。

"六点钟以前咱们这位大法官和他的少爷大律师是不会回来的。我还可以有时间来安排。必须使咱们这位大法官到家就发现他写字台上这封漂亮的信,这封我通知他出走的信。但未动笔以前,我必须先把精神振作一番——同时必须找到我亲爱的俄理维,为的使我至少暂时能有栖身之所。俄理维,我的朋友,这正是时候让我来一试你的诚意,同时对你也正是向我表白的一个机会。以往在我们友情中可喜的是我们始终用不着彼此借助。当然!他人能愉快地为你效劳的事,求之自不难启齿。麻烦的是俄理维不会是单独在那里。不管,我总有方法把他引开。我要用自己的镇静使他吃惊,只在最奇特的境遇下我自己才感到最为自然。"

裴奈尔·普罗费当第住的那条 T 街贴近卢森堡公园。每星期三下午四时至六时他的几个同学惯在公园中那条临美第奇喷泉的小道上见面。他们谈论艺术,哲学,运动,政治与文学。裴奈尔走得很快,但当他经过公园的铁栅时,瞥见俄理维·莫里尼哀,他立刻就把脚步放慢了。

无疑由于天气太好的缘故,那天聚会的人数比平时更多,有些新参加的裴奈尔还不认识。这些年轻人当着别人面前,没有一个不显得像在做戏一样,几乎完全失去自然。

俄理维看见裴奈尔走近就脸红起来,赶紧离开和他谈天的一位少妇,独自躲远了。裴奈尔是他最亲密的朋友,因此他特别不愿显出自己专在找他,有时他竟装作没有瞧见他。

裴奈尔要接近俄理维必须遇到好些熟人,他也不愿显出专在找他,便滞呆起来。

他同学中有四位正围着戴夹鼻眼镜、留着一撮小胡子的杜尔美。后者显然比他们年长,他手上拿着一本书。

"你说怎么办?"他像特别在对其中之一说话,但因为其余的人也都听着,自己显然觉得非常得意,"我已念到第三十页,但竟不曾发现一种颜色或是一个描写的字。作者在讲一个女人,但我连她穿的衣服是红色还是蓝色都不知道。在我,很简单,如果没有颜色,我就看不到什么。"为了夸张起见,同时更由于感到别人对他已不像刚才那样认真,他就坚持着说:"绝对看不到什么。"

裴奈尔已不再注意这位滔滔谈论的人,但觉得立时跑开也不相宜,便听着另一些在他身后的人争论,其中之一坐在长凳上看《法兰西行动报》①。俄理维离开那个年轻的女人以后也已加入到这个集团来。

在这一群中间,俄理维·莫里尼哀是显得多么严肃!可是他却是他们中最年轻的一个。他那几乎还带孩子气的脸和他那目光,衬托出他早熟的思想。他容易脸红。他是温柔的。虽然他对任何人都很和气,可是总有某种内在的缄默与腼腆使他的同学们不易接近。这使他很感痛苦。没有裴奈尔,也许他会更感痛苦。

像裴奈尔一样,俄理维出于礼貌起见,对同学中的每一群敷衍了一阵,实际一切他所听到的全引不起他的兴趣。

他靠在那个在看报的肩上。裴奈尔并未回头,但听他在跟那人说:

"你不该看报,那会使你头涨。"

那人嘲讽地说:

"在你,人一提到莫拉斯②的名字你就头痛。"

于是第三个人嘲弄地问道:

"你觉得莫拉斯的文章有趣吗?"

先说话的那一个就回答:

"使人头痛!不过我认为他是对的。"

于是,是第四个人,那人的语声裴奈尔辨别不出来:

"在你,只要一切不使你头痛的东西,你就认为不够高深。"

先说话的那一个反诘说:

"如果你认为笨货就配跟人开玩笑的话!"

"来吧!"裴奈尔突然拉住俄理维的手臂低声地说。他把他带开几步:

"快回答我,我还急着有别的事呢。你不是对我说过你和你家里人不住在同一层楼吗?"

"我曾告诉过你我的房门正对扶梯,在到我家的半楼上。"

"你说你弟弟也睡在那儿?"

"乔治,是的。"

"就只你们两人吗?"

---

① 法国极右翼组织"法兰西行动"于一九〇八年创办的报纸。
② 莫拉斯(1868—1952),《法兰西行动报》主编。

223

"是的。"

"那小东西能不做声吗?"

"当然可以办到。但究竟是什么事?"

"告诉你!我已脱离家庭,或者至少今晚我就离开家里,我还没有打算究竟上哪儿去。就只今天一个晚上,你能留我住宿吗?"

俄理维脸色变得非常苍白,他的情绪是那样紧张,竟使他不敢正视裴奈尔。

"是的,"他说,"但不要在十一点以前来。妈每晚下楼来跟我们说晚安,以后就把我们的房门上锁。"

"那怎么办呢?……"

俄理维微笑……

"我另外有一把钥匙。要是乔治已经睡了,你就轻轻敲门,免得把他惊醒。"

"门房肯让我通过吗?"

"我先关照他。啊!我和他处得很好。我那房门的钥匙也是他给我的。回头见吧。"

他们也不拉手便各自跑开。裴奈尔一面走远,一面想着他那封待写的信,那封法官回家时就会发现的信。这方面俄理维就去寻找吕西安·贝加,因为他不愿别人只看到他和裴奈尔单独在一起。人们都和吕西安相当疏远,俄理维要不更爱裴奈尔的话,一定会很喜欢他。裴奈尔与吕西安两人的性格适恰相反,前者勇毅,后者畏缩。他看去很柔弱,他像只凭借情感与精神去生活。他很少敢自己先找别人,但一见俄理维走近,他的欣喜实难言喻。若说吕西安能诗,别人一定怀疑;我相信只有对俄理维,他才肯透露他自己的计划。两人并肩跑到公园的石阶边。

"我想写的,是叙述一个故事,"吕西安说,"但并不是关于某一人物的故事,而是关于某一地点的故事——就以这公园中的一条小道作例吧,叙述这儿自清晨至黄昏所发生的一切。最先进来的是那些保姆,那些结着丝辫的奶妈……不,不……最先是那些不分性别不辨年龄的灰色的人们,他们在公园的铁门未开之前扫除道路,灌溉草地,更换盆景,最后准备场面与布景,你懂得我的意思吗?于是那些奶妈入场。那些小东西们用沙土做泥饼,相互争闹;那些保姆就飨以耳光。以后,小学生们散学出来——接着就是工人们散工出来。

一些穷人就在公园的长凳上啃起面包来。稍迟,一些少男少女上公园来相互寻找;有一些相互躲避;另一些,梦幻者,独自跑在一边。再是,有音乐会的时候或是大公司上门的时候,成堆的人群。此刻是学生们;傍晚,相互拥抱的情人们,另一些,流着眼泪各自离去;最后,日暮时分,一对老夫妻……而突然,公园闭门的击鼓声响了,所有人一齐散去,这幕戏就此终场。我的意思是:给人一种万象皆空的印象,一种死灭的印象……自然,并不提到'死'字。"

"唔,我很懂你的意思。"俄理维顺口回答,实际他一心只惦念着裴奈尔,对吕西安所说的一字未听。

"但还有呢,还有呢!"吕西安热心地继续说,"我还想取一种尾幕的方式写出这同一小径在黄昏的光景。当所有的人们已都离去,留下一片荒凉,但比白天显得更美。在庞大的岑寂中,开始大自然的欢声:喷泉的水声,树叶间的风声,以及一只夜鸟的歌声。我原想在这一切之间放入一些来回梭巡的黑影,或者利用公园中的那些雕像……但那样也许会显得更俗气。你的意思以为怎么样?"

"不,不必用那些雕像,不必用那些雕像。"俄理维心不在焉地反对着说;但在对方忧郁的目光下,他又赶紧热烈地鼓励说:"真的,朋友,如果你能写成的话,那一定是惊人的。"

二

在普桑①的书简中,绝无对他父母感恩的痕迹。此后在他生命中也从不曾因远离他们而自悔前非。自愿地移居罗马以后,他失去一切归思,或竟一切怀念。

保罗·德雅尔丹②《普桑》

普罗费当第先生急于回家,而在圣日耳曼大街同行的他那位同事莫里尼哀却走得太慢。阿尔培利克·普罗费当第今天在法院的工作特别繁重,右胁上的某种滞重使他焦心;由于肝脏柔弱,疲劳每积聚在那一部分。他惦念着回

---

① 普桑(1594—1665),法国画家。
② 保罗·德雅尔丹(1859—1940),法国伦理学家。

家入浴,没有再比一次痛快的沐浴更能使他安息日间的操劳。因此,他连午茶也不用,认为如果不是空着肚子,纵使用温水洗澡,也是不谨慎的事。归根说,这也许只是一种成见,但文化的基石就是由成见堆积成的。

俄斯卡·莫里尼哀已尽力加紧步子以免落后,但他的身躯比普罗费当第矮得多,而腿部尤其不发达,又因心脏的脂肪层太厚,所以最容易喘不过气。普罗费当第才五十五岁的中年,身轻步健,想把莫里尼哀撇开自非难事,但他很注重礼貌,他的同事年龄比他大,地位也比他高,他理应对他表示敬意。同时他更自惭经济地位的优越,因为自他岳父母过世以后,曾遗下一宗可观的财产;而莫里尼哀先生则除了他那笔菲薄的法院院长俸给以外,一无所有。这俸给实在和他的高位不成比例,虽然他态度的尊严倒足以掩藏他的低能而有余。普罗费当第不愿显露出自己的不耐烦。他回顾莫里尼哀,后者正满头大汗。莫里尼哀和他所谈的问题很吸引他的兴趣,但他们各人的观点不同,辩论也就开始了。

"把那所房子监视起来,取得门房与那假冒女仆者的口供,这一切都很对。"莫里尼哀说,"但您得当心,如果您想再进一步去查究这件案子,事情就会弄糟了……我的意思是:您会被牵入到您事前所没有想到的境地去。"

"但这些顾虑与正义毫不相干。"

"当然啰!朋友,您跟我,我们都知道正义应该是什么,而实际上所谓正义又是什么。我们尽我们的力量做去,那是一定的;但不拘我们怎样尽力,我们所能做到的也就是一种'差不多'的地步。今天在您门下的这桩案子特别应该审慎。十五个被告中,或是,只要您一句话,明天他们就可以成为被告,其中有九个是未成年的孩子。而您知道这些孩子们中有些都出自极有身份的家庭。因此我认为目前如果一出拘票,事情就弄得很棘手。一些有背景的报纸立刻会抓住这桩案子,而您反给他们大开敲诈与毁谤之门。这是没有办法的,不拘您如何谨慎,您总没有法子不使这些被告的名字宣布出去……自然我不配给您出主意,相反,您知道我更希望接受您的意见,您为人的正直,您的睿智卓见,是一向为我所钦佩的……但是,站在您的地位,我会这样做:我一定先设法把那四五个唆使者逮捕起来,使这可鄙的恶例告一段落……当然,我也知道这并非容易的事,但谁让我们吃这碗饭呢。我会把那幢房子,那纵乐的场所,封闭起来,而一面设法和缓地,秘密地,关照那些犯案的孩子们的家长,意在不使他们此后再犯。唉!譬如说,拘留那些女人,那我完全同意您;我觉得我们如今须做的只是替社会上肃清这一批祸深莫测的败类。但我再次声明,切勿把那些孩子们逮捕起来;威吓他们一下已很可以,然后就用'无知误犯'等字了此公案,而这些孩子们受惊以后又被开释定会恍然神失。试想其中三个竟还不到十四岁,不必说,他们的父母还把他们看做是天真纯洁的小天使。话可说回来,朋友——自然这只能在您我间说的——我们在他们那样年龄难道也已经想女人了吗?"

他站住了,他的雄辩可又比行路更使他喘不过气来,他拉着普罗费当第的衣袖,迫使后者也不能不停止下来。

"或是如果我们那时也想女人,"他又继续说,"那只是带着一种理想的意味,神秘的意味,或是我可以那样说的话,一种宗教的意味。而现在这些孩子们,您看,他们已再没有所谓理想……说回来,您的那几位怎么样?自然,刚才我说的话并不是对他们而发的。我相信在您的家教之下,加以您给他们所受的教育,自然不必顾虑到他们会误入类似的歧途。"

的确,直到如今普罗费当第对他自己的孩子们颇感自豪;但他不作妄想,天下最好的教育不足以战胜天然的劣根性。感谢上帝,他的孩子们身上并无劣根性,正和莫里尼哀的孩子们一样,所以他们都能自动远避可疑的场所,不良的书籍,因为无法阻拦的事纵使禁止又能有什么效果呢?禁止他阅读的书籍,孩子可以自己偷偷地暗中去念。普罗费当第,他的方法很简单:对于不良的书籍,他并不禁止孩子们阅读;但他设法使他们不想去阅读。至于眼前的这桩案子,他一定要再加考虑,并答应如有任何动作,一定事先通知莫里尼哀。既然这恶习已经三月之久,当然还会继续几天或是几个礼拜,暂时只能不断地暗中加以监视。而且暑假期间,这些罪人们也会自动地分散,好吧,再见。

普罗费当第终算可以加紧步子了。

一到家,他就跑入盥洗室,把浴盆的自来水打开。安东尼早在伺探他主人的回来,但装作像在走廊上偶然遇到他。

这忠仆在这家庭中已有十五年的历史,他眼看这些孩子们长大起来。他曾见过很多事情,他更猜疑到好些别的,但别人不愿让他知道的他都装作不知道。裴奈尔对安东尼不能没有好感。他不愿对他不辞而别。也许由于对他家里人的反感,他宁愿把他出走的事告诉一个普通的仆人而他自己的亲属反倒不知道。但我们应替裴奈尔辩护的是当时他家中人无一在家。而且,如果裴奈尔向他们告别,他们也决不能放他走的。他怕解释。对安东尼情形就不一样,他很可直截地说:"我走了。"但其时他伸出手去,那神情的庄严竟使这老仆人惊讶起来。

"少爷不回来吃晚饭吗?"

"不,也不回来睡觉,安东尼。"由于对方犹疑着不知应把这话作何解释,更不知是否应该作进一步的追问,裴奈尔便故意重复着说:"我走了。"但又加上一句,"我有一封信留在……"但他又不想说"爸爸"的公事房里,于是又接下去说:"……在公事房的书桌上。再见。"

和安东尼握手的时候,他感动得像立时他已和他整个的过去永诀;他赶快重复说句再见,随即径自离去,以免哽在喉间的呜咽夺腔而出。

安东尼怀疑任他这样离去在自己是否应负一种严重的责任——但他又如何能阻拦他呢?

裴奈尔的出走对全家会是一件突兀而骇人的事变,这一点安东尼很明白,但他站在一个十全十美的仆人的地位理应不表惊奇。普罗费当第先生所不知道的事他就不该知道。当然他可以很简单地对他说:"老爷知道少爷已走了吗?"但这样他就失去自己有利的地位,而且也显得毫无意义。如果他那么焦心地等着他主人回来,原为从旁用一种平淡的、恭敬的语调,好像仅是裴奈尔嘱他转达似的,说这一句他花了长时间所准备的话:

"少爷离开以前在老爷的公事房中留下一封信。"如此平淡的一句话也许有被忽视的危险;他枉然思索着一句更有力量而同时不失为自然的句子,可总想不出有合适的。但由于裴奈尔从没有不在家的时候,所以安东尼在眼角边已观察到普罗费当第先生不自禁地猝然起惊:

"什么!在……"

但他立刻又恢复镇静。他知道不该在一个下人面前显露自己的惊讶,以致失去为主人者的尊严,他用很沉着的、几乎是倨傲的语调说:

"知道了。"

但一面跑向公事房,又追问说:

"你说的那封信,你说放在哪儿?"

"在老爷的书桌上。"

一跑进室内,普罗费当第果然看到一个信封很明显地放在他平时写字坐的靠椅前;但安东尼怎能轻易放手。普罗费当第先生还未念上两行信,就听到有人敲门。

"我忘了告诉老爷有两位客人在小客厅中等着呢!"

"什么客人?"

"我不知道。"

"他们是同来的吗?"

"不像是。"

"他们要见我做什么?"

"我不知道,他们要见老爷。"

普罗费当第觉得不能再忍耐。

"我已经不知说过多少次我不愿别人到家里来打扰我——而尤其在这时候;我有我法院会客的时间和日期……你为什么让他们进来呢?"

"他们两位都说是有要事和老爷商谈。"

"他们来了很久了吗?"

"快有一小时了。"

普罗费当第在室内踱了几步,一只手放在额上,另一手拿着裴奈尔的信。安东尼侍立门前庄严而不动声色。终于,他欣喜地看到这位法官失去镇静,在他有生以来第一次听到他跺脚骂道:

"请他们滚吧!请他们滚吧!告诉他们我忙得很,请他们改天再来。"

安东尼才回头,普罗费当第又赶到门口。

"安东尼!安东尼!……把浴盆的自来水关上。"

原因还是洗澡问题!他跑近窗口,读信:

先生:

由于今天下午我偶然获得的某种发现,我知道此后我不应再把您认作我的父亲,而这在我是一种莫大的慰藉。自觉对您一无情感可言,很久我就猜想我不是您的亲子;而我更愿知道我根本不是您的儿子。也许您以为我受您的恩惠,因为您把我看做和您自己的孩子们一样;但一来我始终觉得在他们与我之间您的观点不同,二来我对您认识得很够清楚:您所做的一切只为不令家丑外扬,只为掩饰对您自己不很体面的一种境遇——最后也因为您想不出更好的办法。我宁愿对母亲不辞而别,因为我怕当我向她作最后的告别时,我会丧失自己的勇气,同时在我面前,她也会感到处身在一种难堪的境地——而这对我并不是愉快的事。我很怀疑她对我会有热切的爱念;因为平时我总在学校寄宿,她就很少能有认识我的机会,更因为我的存在会不断提醒她过去生命中的遭遇,而这正是她愿意遗忘的,所以我相信我的出走会使她感到快慰。如果您有勇气的话,不妨告诉她,说我并不怀恨她使我成为一个私生子;相反,我认为这比当您自己亲生的儿子更强。(原谅我的率直,我写这信并不想侮辱您,但这儿我所写的已尽够使您憎恨我,借此反能使您得到一点慰藉。)

如果您愿意我把出走的原因保守秘密,就请千万别设法使我回来。我离开您的决心可说绝无挽回的余地。我不知道过去您为抚育我花了多少钱;但在我没有今天的发现以前,我自然有权利接受您的供给,不用说,在将来我是决不愿再受您的接济的。受您任何恩惠,这观念已足使我难堪,我相信如果将来再有这样一天的话,我宁愿饿死也决不跑上门来求食。幸而我似乎记得听人说过,我母亲嫁您的时候比您富有。所以我很可假设我过去仗她生活。我感谢她。旧事也不必重提,但愿她永远忘怀我。对那些因我的出走而引起惊讶的人们,您尽可找一个借口给以解释。我允许您尽管把一切过失推在我身上(但我很知道您不待我的允许也会那样做的)。

我信末的署名带着您那滑稽而为我所不齿的姓,深愿从此一并奉还。

裴奈尔·普罗费当第

再启:我留下一切可供卡鲁用的物件,但愿他比我更有资格,这是我对阁下的希望。

普罗费当第先生蹒跚地向一张靠椅走去。他想细加思索,但千头万绪萦绕他的脑际。尤其,他感到右胁上,正好在肋骨下,一种轻微的疼痛;这是他的肝病发作,不易立刻止住的。是否家里还留有维希矿泉水呢?啊!至少要是他太太已回来的话!但他将用什么方法告诉她裴奈尔的出奔呢?他应该把信拿给她看吗?这信太不合理,实在太不合理。他理应愤慨。他愿把自己的悲痛权作愤慨。他用力呼吸,而每吐一口气时发出一种简捷而微弱的叹息:"唉!天哪!"他胁上的痛楚和他的悲哀混杂在一起,使他的悲哀凝固而更显得真切。在他,这悲哀像已跑到肝上。他倒在靠椅上,重读裴奈尔的信。他无可奈何地耸一耸肩。不用说,这信对他实在是太残酷了;但同时他在信中察觉出怨恨、挑衅与傲气。他别的那些孩子们,他自己亲生的那些孩子们中,决找不出一个能写那样的信,他自己也决写不上来。这点他很明白,因为一切在他们身上所能找到的,他已在他自身中认识得很清楚。他常想到应该申斥裴奈尔那种独特的、雄劲的、倔强的脾气;但这种想法总是枉然。他自己很明白正由于这一切,他才爱裴奈尔远胜于爱他自己的孩子们。

赛西尔从音乐会回来,已在邻室弹奏了好一会她的钢琴,尤其固执地重复那意大利舟子曲中的某一乐句。最后,阿尔培利克·普罗费当第实在忍不住了。他半开客厅的门,用着凄恻的、几乎是哀求的语调,因为他肝部的痛觉已开始剧烈起来(加以他在他女儿面前总显得有点胆怯):

"我的小赛西尔,请你去看一下家里还留下维希矿泉水没有;没有的话,让他们去买一点来。而最好你能停一会再弹琴。"

"你难受吗?"

"不,不。我只是想在开饭以前略作思索,而你的音乐打扰了我。"

由于想委婉一点,因为在痛苦中他变得更为体贴,他就加上一句:

"你刚才弹奏得可真好听。这是什么曲子?"

但他未待回答就退出客厅了。其实他女儿很知道他根本不懂音乐,而把《小亲亲,来吧!》和《汤豪舍》①中的进行曲混作一谈(至少这是他女儿所说的),所以原也无意去回答他的问题。但他又把门推开了:

"你母亲还没有回来吗?"

"不,还没有。"

真是荒谬。她会回来得那么晚,在开饭前恐怕他已来不及和她有密谈的机会。他能造一些什么话来暂时解释裴奈尔的失踪?至少他不能提到事实的真相,以致孩子们知道他们母亲一时失足的秘密。唉!一切已被原宥,遗忘,补偿。小儿子的出世已使他们重修旧好。而突然从过去中跃出这个冤鬼,这由浪花带回的尸体……

真怪!又是什么事?他公事房的门无声息地开了;赶快,他把手上的信塞入上衣贴身的口袋里。门帘轻轻地撩起。是卡鲁。

"爸爸,告诉我……这句拉丁文是说什么呢?我真一点不懂……"

"我已屡次告诉过你,进来时须先敲门。而且我也不愿意你这样不断地来打扰我。你已养成让别人帮忙的习惯,自己不用心,而尽依赖别人。昨天是

---

① 十九世纪德国作曲家瓦格纳所作歌剧。

你的几何题目,今天又是……你那句拉丁文是谁的呢?"

卡鲁把练习本递过去:

"他并没有告诉我们;但,你瞧,你一定知道是谁的。他让我们默写下来的,也许我默得不对。至少我想知道我默得对不对……"

普罗费当第先生接过练习本,但他肝痛得难受。他轻轻地把孩子推开:

"慢慢我告诉你吧。我们快吃晚饭了。查理回来了没有?"

"他跑回他的办事室去了。"(这位律师的事务所设在楼下。)

"你去告诉他让他到我这儿来。快去!"

有人按铃。普罗费当第太太终于回来了;她道歉回来已晚,因为她不得不有很多的拜访。她担忧她丈夫又病了。能给他想点什么办法呢?真的面色太坏。——他恐怕不能用饭了。好吧,那就不必等他。但饭后她会带孩子们去看他。——裴奈尔?——唉!对啦,他那朋友……你一定知道,那位替他温习数学的朋友带他出去吃饭了。

普罗费当第略觉轻松。最初他怕痛楚太剧而不能说话。但他必须把裴奈尔的失踪加以解释。如今他知道他应说些什么话,虽然这对他是万分痛苦的事。他自己感到非常坚决。他唯一的恐惧是怕他太太会用眼泪或是惊号打断他,也许她会昏晕过去……

一小时以后,她和三个孩子一同进来,她走近他身边。他让她面对他的靠椅坐下。

"勉力抑制你自己,"他用威压的语调低声对她说,"别说话,你懂我的意思吗?以后我再和你细谈。"

而当他说话时,他把她的一只手握在他自己的手掌中。

"孩子们,坐下吧。你们在我面前那么站着,像是应考似的,反使我感到拘束。我有一件很伤心的事要告诉你们。裴奈尔已离开我们,而最近……恐怕我们不能再见到他。今天我必须说明一向我隐瞒着你们的,原因是我希望你们爱护裴奈尔像是自己弟兄一样;因为你们的母亲和我,我们爱护他也像爱护自己的孩子一样。但他并不是我们的孩子……他母亲临终时把他托付给我们,但今天他的一位舅舅……来把他领走了。"

一片沉痛的岑寂紧接着他的语声,人们听到卡鲁的啜泣。每人等待着,以为他还有话说。但他做了一个手势:

"如今,回去吧,我的孩子们!我需要和你们母亲谈话。"

他们走后,普罗费当第先生很久不发一言。他手中是他太太那只冰冷得像是死人的手。她用另一只手把手绢蒙着眼睛。她靠在大书桌上,背面饮泣。从那断续的呜咽声中,普罗费当第听到她低声怨语:

"啊!你真残酷……啊!你把他赶走了……"

刚才他已决意不把裴奈尔的信拿给她看;但在这种冤屈之下,他只好递过去:

"好,你自己念吧。"

"我不能。"

"你非念不成。"

他已忘了他自己的痛楚。他瞪着眼看她逐行地念。适才和孩子们说话时他自己也几乎忍不住掉下眼泪。这时,他连情感也已消失;他正视着他的妻子。她想着什么呢?用着同一凄恻的语声,她依然且泣且诉:

"啊!为什么你告诉他呢……你不应该告诉他的。"

"但你很可以看出我并没有告诉他……你再仔细念念他的信吧。"

"我已仔细念了……但他怎么会发觉的呢?谁对他说的呢……"

什么!原来她所想的尽是这些!她所伤心的就是为这!这哀讯原应使他俩融成一体。可悲的是普罗费当第惶惑地感觉到他俩的思想竟各趋一端。当她一面哭诉,一面争理的时候,他设法想把这一种执拗的意气引向更虔敬的情感去。

"这算是赎罪。"他说。

他站起身来,本能地需要表示出自己的威势;这时他屹然挺着腰,忘却自己身体上的痛楚,严肃地,体贴地,威武地,把手按放在玛格丽特的肩上。他很知道她从不曾真正忏悔过她自己的过失——这在他始终愿意看做是一时的过失。这时他想对她解释:今日的悲剧正是赎回她昔日的罪恶;但他徒然思索着一种能使他自己满意而同时也能使对方接受的语气。玛格丽特的肩膀忍受着他手掌温和的压力。玛格丽特很知道她生活中的任何细故都会引起他那一套挂在口边令人难耐的道德教训来。他用他自己的定理来阐明一切,解释一切。他靠在她身上。下面是他所想对她说的:

"我可怜的朋友,你看,从罪恶中决不会产生出好结果来。仅仅隐藏你的过失终归是无用的。唉!我对这孩子已算尽了最大的可能;我待他像我自己的孩子一样。如今上帝指示我们过去想借……总是一种错误……"

但一言未竟他已顿住。

无疑,她一定理会这几个字中深重的含意;无疑,它们已透入她的心头,因为刚才她已止泪,这时却更伤心地呜咽起来。她屈身像是预备跪在他的跟前,他弯腰把她搀住。和着眼泪她在说些什么呢?他一直俯身到她唇边。他听到:

"你自己明白……你自己明白……唉!你为什么原谅我……唉!我根本就不应该再回到你的家来!"

他几乎不能不猜透她的语意。随即她又默然无言。她已不能再作更进一步的表明。她怎么能对他说他所苛求于她的这种德行,使她像幽囚在牢狱之中,使她感到窒息;她怎么能对他说如今她后悔的并不是她当日的过失,而是后悔她当日所作的忏悔。普罗费当第重又挺起腰。

"可怜的朋友,"他用一种庄重而严正的口气说,"我怕今晚你有点闹着脾气。时间也不早了,我们还是去睡吧。"

他搀她起来,陪她到她的卧室,在她的额上吻了吻,才又回到他的公事房,倒在一张靠椅上。说也奇怪,他的肝痛竟和缓了,但他已觉心碎。他用双手托着头,悲痛得已流不出眼泪。他没有听到有人在敲门,但门开的声音使他抬起头来。进来的是他的长子查理:

"我来向爸爸请晚安。"

查理走近。他想让他父亲知道一切他都明白。他想对他父亲表示他的同情,他的真诚,他的忠恳,但谁能相信一个律师会像他那么不善辞令;也许正因为他情感的真挚,才更使他讷讷难言。他拥抱他的父亲,他依恋地把头倚靠在他父亲的肩上,使后者相信他很了解。过分的了解使他禁不住抬起头来,笨拙地,像他所做的一切事情一样,问道,——他的内心是那样痛楚,他不能不问道:

"那么卡鲁呢?"

这问题显然是荒谬的,因为,正像裴奈尔和别的孩子们大有差别,在卡鲁身上亲族间的类似是很显著的。普罗费当第拍拍查理的肩头:

"不,不,你放心好了。只是裴奈尔一人。"

于是查理俨然地:

"上帝驱逐出捣乱者为的……"

"闭口！"普罗费当第阻止他，试问他何须别人对他说这些话呢？

父子间已再无话可说。我们不如离开他们吧。时间已快十一点。让我们把普罗费当第太太留下在她的卧室内。她坐在一张不很舒服的小椅上，不哭，也不想。她也希望跑掉，但她是不会的。当她从前和她情人——也就是裴奈尔的父亲——在一起的时候，她常对自己说："回去吧，一切都是枉费，你永远只能做一个贤妻良母。"她怕自由，怕罪恶，怕安逸；这使她在十天之后竟又忏悔地回到她丈夫家里。从前她父母跟她说的很对："你永不知道自己所要的是什么。"让我们离开她吧。赛西尔已睡觉。卡鲁绝望地看着他那快灭的蜡烛，它已支持不到让他看完那本冒险小说，这书使他把裴奈尔出走的事也忘了。我很好奇地想知道安东尼又会对他的朋友女厨子谈些什么，但人不能事事都听到，如今已是裴奈尔去找俄理维的时候了。我不很知道他今晚是在哪儿吃的饭，也许根本他就没有吃饭。他顺利地通过门房；他轻轻地跑上扶梯……

三

富有与升平产生懦夫；忧患乃坚韧之母。

莎士比亚

俄理维已上床等着他母亲，因为她每晚总下楼来跟她两个就寝的小儿子亲吻，道晚安。他很可以再把衣服穿上等待裴奈尔，但他怀疑他是否会来，而一面也怕把他的小兄弟闹醒。乔治平时很快就睡熟，早上醒得很迟，也许他根本不会注意到有什么变故。

听到有人在轻轻抓门的声音，俄理维跳下床来，匆忙地套上他的拖鞋跑去开门了。一无点灯的必要，室内有着月光。俄理维把裴奈尔紧紧抱在怀中。

"啊！我真等得心焦，我不能相信你竟会来。你父母知道你今晚不在家睡吗？"

在黑暗中，裴奈尔的目光凝视着。他耸一耸肩膀。

"你以为我得先请求他们的同意吗，嗯？"

他的语调是那样冷酷地带着讽意，俄理维立刻感到自己发问的荒谬。他还不懂裴奈尔的出走是为"上进"，他以为他只打算一晚不回家，而想不出他出奔的动机是什么。他问：——裴奈尔打算什么时候再回家呢？——永不！这时俄理维心中才明白过来。他尽力想显出自己的严肃，不因任何意外而愕然起惊，但一句"你在做的事简直是了不起的！"不自主地从他口中吐出。

他朋友的惊愕并不使裴奈尔不悦。他尤其暗喜这惊叹中所含的敬慕之意；但他重又耸耸肩膀。俄理维握着他的手；他非常严肃；他殷切地问道：

"但……为什么你要走呢？……"

"唉！老朋友，那，那是家庭间的事。我不能对你说。"不想使自己的态度太显严重，他用鞋头戏弄着俄理维脚尖摇晃着的那只拖鞋，使它落到地上，因为他们两人并肩坐在床边。

"那么你上哪儿去生活呢？"

"我不知道。"

"靠什么生活呢？"

"走着瞧吧。"

"你有钱吗？"

"够明天吃中饭的。"

"以后呢？"

"以后就得想法去找，不管它！我总可以有办法。你瞧着吧；以后我再告诉你。"

俄理维非常佩服他的朋友。他知道他性格的刚强；可是，他还怀疑，万一他经济断绝，为环境所迫，那时他是否会寻回家去呢？裴奈尔向他保证：他什么都干，但决不再回家去。因为他反复地说，而且愈来愈残酷：什么都干——俄理维心头感到一种无限的惨痛。他想说话，但又不敢。最后，低着头，带着一种犹豫的语调，他开始说：

"裴奈尔……至少你不会……"他停住了。他的朋友抬起眼睛，朦胧地看出俄理维惶惑的神情。

"不会什么呢？"他问，"你想说的究竟是什么呢？说吧。当小偷吗？"

俄理维略一摇头。不，他指的并不是那个。突然他呜咽起来；他痉挛地抱住裴奈尔。

"允诺我至少你不……"

裴奈尔抱住他，随又笑着把他推开。他已懂了。

"那，那我一定可以答应你的。不，我不会那样冒失，"但他又接着说，"不过也得承认那倒是最简便的办法。"俄理维安心了;他很知道最后这句话只是一种有意的讥嘲。

"你的考试呢?"

"对了,就是这事使我心烦。至少我不愿意把它牺牲。我自信已有准备,问题只要那天不太疲累就成。我必须很快想个办法。这当然是相当冒险的;但……我想不成问题。你瞧着吧。"

他们间有刹那的沉寂。第二只拖鞋又已落地。裴奈尔说:

"你会受凉的。睡吧。"

"不,该睡的是你。"

"别开玩笑了,快,睡吧!"他把俄理维推入散乱的床上。

"但你,你在哪儿睡呢?"

"不拘哪儿,地上也成,屋角也成。我必须使自己习惯。"

"别那样,听我说吧。我还有点儿事情想告诉你,但你如果不在我身边,我就不能说。到我床上来吧。"当裴奈尔解衣上床以后,他说,"你记得那次我对你说的……成了,我已干过了。"

裴奈尔会意。他把他朋友更拉近一点,后者继续说:

"老裴,说来那真令人作呕。那简直是骇人的……事后,我真想呕吐,撕去我的皮囊,自杀。"

"那你也过甚其辞了。"

"或是把她杀掉……"

"女的是谁呢?至少你不至于太不谨慎吧?"

"那倒没有,杜尔美跟那女的很熟;是他给我介绍的。但尤其是她的谈吐使我恶心。她不断地饶舌,你说多蠢!我真不懂在那种时刻何以还不闭口。我真想堵住她的口,把她缢死……"

"我可怜的朋友!可是你早该想到杜尔美最多只能替你找个笨家伙……但至少,她长得怎么样呢?"

"你以为我会抬起头来看她吗?"

"你真是个小傻瓜。你真是个小爱神。我们睡吧……那么至少你总已……"

"可不是吗!就是那事最使我作呕,就是说我仍一样的……干得正好像我对她很有热情似的。"

"老俄,那可了不起。"

"别胡扯！如果所谓爱情就是那么回事,我可早受够了。"

"你真可谓初出茅庐！"

"我倒想看看你在那情景中。"

"啊！我,你知道,我不追女人。我已告诉过你:我等着奇遇。那样,冷冰冰的,那对我一点没有意思。自然,如果我……"

"如果你？……"

"如果她……不说了。睡吧。"突然他转过背去,和俄理维的身子远离一点,因为热气使他难受。但俄理维过了片刻又说:

"你说……你相信巴雷斯会当选吗①？"

"天晓得！……那使你脑涨？"

"我才不睬呢！喂……告诉你……"他攀在裴奈尔的肩上,后者回过身来,"我兄弟有一个情妇。"

"乔治吗？"

那小的,假装入睡,原在黑暗中耸耳细听,这时听到人提到他的名字,就赶紧屏住呼吸。

"你真傻！我说的当然是文桑。"(比俄理维年长,文桑正念完医科前期。)

"他自己告诉你的吗？"

"不,他并不知道我知道这件事。我的父母也一点不知道。"

"如果他们知道了,他们会说什么呢？"

"我不知道。也许妈会非常失望。爸爸一定会叫他和那女的断绝关系或是正式结婚。"

"天晓得！这些正人君子们不懂得别人可以不和他们一样,而仍不失其为君子。但你怎么知道这事的呢？"

"事情是这样的:近来文桑每在我父母上床以后,夜间出去。他下楼时尽量小声,但我辨得出他走在街上的脚步。上礼拜,我想是礼拜二吧,夜间天气热得使我不能睡在床上。我就跑到窗口透透气。我听到楼下开门与关门的声音。我就伏在窗口,而当他在路灯旁经过时,我认出果然是文桑。那时已是十二点以后。这是第一次。我的意思是,这是第一次我注意到他。但自从我有

---

① 巴雷斯(1862—1923),法国小说家。此处指当选法兰西学院院士。

过这发现以后,我就监视他——啊!自然并不一定是有意的……而几乎每天晚上我听他出门去。他自己有钥匙,而我父母又把以前我和乔治住的那间房间给他改作了诊察室,为的预备将来他开业以后用。他的卧室正在进门的左手,而其余的房间则都靠右手。因此他可以随意进出不为别人知道。平时我没有听到过他回来的声音,但前天晚上,那是礼拜一晚上,我不知道什么缘故;我想着杜尔美出版杂志的计划……就一直睡不熟,我听到扶梯上有说话的声音;我当时就猜想一定是文桑。"

"那是几点钟?"裴奈尔问。其实他并不真想知道时间,不过要表示出他对这事极感兴趣而已。

"早晨三点钟,我想。我就起来,我把耳朵贴在门上细听。文桑在和一个女人说话。或者不如说那女的一个人在那儿说话。"

"那你怎么知道那男的一定是文桑?别的房客也都从你门口经过。"

"有时的确非常麻烦:这些房客回来愈晚,上楼时声音愈大;他们才不顾别人正睡觉呢!……但那次决不是旁人,我听到那女的一再叫他的名字。她叫他……啊!我都不便说,说起来会令人作呕……"

"说吧。"

"她说:'文桑,我的亲亲,我的情人,唉!您别走!'"

"她称他用'您'吗?"

"对呀!你说怪不怪?"

"说下去吧!"

"'您现在已没有权利把我抛弃了。您要我怎么办呢?您让我上哪儿去呢?告诉我!啊!告诉我。'于是她又重复地叫他,'我的亲亲,我的亲亲',而那声音愈来愈凄惨,愈来愈微弱。以后我就听到一种声音(他俩应该是在扶梯上)——一种像是什么东西落下去的声音。我想一定是她跪下了。"

"但他呢,他一句话也不回答吗?"

"他一定已跑上扶梯;我听到房门关上的声音。以后她就一直在我门口,而几乎是靠在我门上。我听到她呜咽的声音。"

"那你应当给她开门。"

"我不敢。文桑如果知道我知道他的事情一定会大发雷霆。而且,我怕她在哭时被人发觉反显得挺不好意思,何况我也不知道应该对她说什么话好。"

239

裴奈尔向俄理维转过身来：

"我要是你，我一定给她开门。"

"啊！天晓得，你总是什么都不怕，只要闪过你脑筋的事，你没有一件干不出来。"

"你是责备我吗？"

"不，我羡慕你。"

"那你看那女的究竟是谁呢？"

"那我怎么知道？晚安。"

"说……你敢担保乔治一定不会听到我们所说的吗？"裴奈尔在俄理维的耳边低声说，两人细听了一阵。

"不会的，他已睡了，"俄理维很放心地说，"况且他也听不懂。你说那天他问爸爸什么来着……他说'为什么……'"

这次乔治可真忍不住了。他在床上抬起头来，打断他哥哥的话：

"笨伯，"他叫着说，"我那天故意问爸爸，这你也看不出来？……我敢打赌，你们刚才所说的我全听到了；我犯不上和你们作对。至于文桑的事我老早就知道了。只是，伙计们，现在你们说话可该小声点了，因为我真困了。或是，闭口吧。"

俄理维翻过身去。裴奈尔还不睡，他默然注视着这间房子。月光使它显得比平时更大。实际上，他对这间房间并不熟悉。白天俄理维一向不在室内。裴奈尔难得到他家去看他，偶有的几次，俄理维都在楼上的房子内招待他。如今月光已照在乔治的床脚上，这孩子终于睡熟了。刚才他哥哥所谈的，他几乎全都听到；他已不乏入梦的资料。在乔治的床边墙上，可以看到一个双格的小书架，上面放着一些教科书。在俄理维床边的一张桌上，裴奈尔瞥见一本版本很大的书；他伸出手去，抓住那本书，想看看是什么书名：《托克维尔①》；但当他想再把它放回时，书掉在地上，那声音把俄理维惊醒了。

"近来你念托克维尔吗？"

"这是仲巴借给我的。"

"你喜欢吗？"

"相当乏味。但有些地方写得很好。"

---

① 托克维尔(1805—1859)，法国政治家，作家。

"听我说,明天你预备做什么呢?"

第二天是礼拜四,中学校向例是无课的。裴奈尔在想或许还可以看到他的朋友。他计划以后不再到学校去;最后的几课也不上了,打算单独预备他的考试。

"明天,"俄理维说,"十一点半我到圣拉扎尔车站去接我的舅父爱德华,他从英国回来,乘迪耶普开来的车子。下午三点钟杜尔美在卢浮美术馆等我。其余的时间我必须预备功课。"

"你舅父爱德华?"

"是的,他是我母亲的异母兄弟。他离开这儿已有半年,虽然我只见过他几面,我却很喜欢他。他不知道我会去接他,我怕在车站上不一定认识他。他和我家里其余的人完全不一样;他是一个很杰出的人。"

"他是做什么的?"

"他写作。他的书我几乎都看过;但近来他很久没有发表什么东西了。"

"是小说吗?"

"是的,也可说是小说。"

"为什么以前你从没有向我提起过呢?"

"因为提了你就会去念;而如果你念了不喜欢……"

"说吧!"

"那就,那就会使我难受。所以我不提。"

"为什么你说他是个杰出的人?"

"我也回答不出来。我已对你说过,我几乎不认识他,所以这也许只是一种预感。我觉得他对很多事情都感兴趣,而这些事情都不是我父母所感兴趣的,对他你可以什么都谈。有一天,那是在他动身之前不久,他在我家吃饭。他一面在和我父亲谈天,但我感到他目光却始终注视着我,那使我局促起来。我正想跑出那间房子——那是餐室,进咖啡后大家总在那儿闲谈——但他却向我父亲问起我来,这使我显得更局促。而爸爸突然站起来去找那时我才写成的诗,这些诗我以前很傻地竟拿给他看过。"

"你写的诗?"

"是呀,你知道,正是那一首,你说很像波德莱尔的《眺台》①。我自己知道

---

① 见法国诗人波德莱尔的诗集《恶之花》。

那些诗全无价值或是不值什么,所以爸爸去把那些东西拿出来使我非常生气。但当爸爸在找那些诗的时候,好一会,就只爱德华舅父和我两人单独在室内,而我知道自己满脸涨得通红,我想不出什么话可以对他说。我只好把头别转——而且,他也和我一样,他开始卷他的烟卷,无疑是为使我安心起见,因为他一定看到我通红着脸,以后他就站起来看着窗外。他低声地吹着口哨。突然他对我说:'我比你还局促呢。'但我相信这完全是出于好意。最后爸爸进来了;他把我的诗拿给爱德华舅父,他就开始读起来了。那时我已忍无可忍,如果他再恭维我一阵的话,我相信我一定会对他做出非礼的举动来。自然爸爸正等着他的恭维,而看到我舅父什么话也不说,他就问:'你看怎么样?'但我舅父笑着对他说:'在你面前我不便说话。'于是爸爸也笑着跑掉了。而当只有我们两个人的时候,他就对我说,他认为我的诗很要不得;但听他这样说,反使我心中很痛快;更使我高兴的是,当他突然用手指点着两行诗,而那正是全诗中我自己唯一认为得意的两行时,他微笑地看着我说:'这是好的。'你说这可不是了不起的?而如果你知道他说那话时的语调!我真想拥抱他。以后他又对我说,我的错处在于从一种观念出发,而不够让字句作我的前导。最初我不很理解他的意思,但我相信现在我已懂得他指的是什么——而我相信他是对的。这一点我以后再和你解释。"

"现在我懂得何以你要上车站去接他。"

"啊!我刚才对你谈的都没有什么。我也不懂为什么我要对你谈这些。我们还说了很多别的。"

"你说是十一点半?你怎么知道他乘这班车到站呢?"

"因为他给我母亲写了一张明信片;而以后我又查了时间表。"

"你打算和他一同吃中饭吗?"

"啊!不,我必须在十二点回家。我只有和他握一握手的时间,但那对我已很满足……唉!在我还没有睡熟以前,告诉我:什么时候我再和你见面呢?"

"至少不在这几天。至少到我有了办法。"

"但无论如何……如果我能帮你点忙。"

"你帮我点忙!——不,那就没有意思了。我会觉得我在舞弊。安睡吧!"

四

> 我父亲是个笨伯,但我母亲是有头脑的人;这温柔的小妇人是个静寂主义者,她常对我说:孩子,你会入地狱的。但这并不使她悲伤。
>
> 丰特奈尔①

不,文桑·莫里尼哀每晚出门并不是上他情妇家去。虽然他走得很快,让我们紧随着吧。从他所住的圣母院路顶头,文桑一直走尽连接着的圣普拉西德路,以后转到巴克路,那儿还有一些迟归的行人来往。他在巴比伦路一家大门前停住,门开了。这儿是巴萨房伯爵的住宅。如果他不常在这儿出入,他不会那么昂然地跑进这富丽堂皇的爵府。给他开门的侍役很知道在类似的假装镇静中所隐藏的胆怯。文桑故意不把帽子交给他,而随手扔在一张靠椅上。可是文桑在此出入还是不久以来的事。如今自称是他朋友的罗培耳·得·巴萨房原是逢人成朋友的那种人,我不很知道他们两人间究竟是怎么认识的。无疑是在中学的时候,虽然巴萨房显然比文桑年长得多。他们几年不见,最近,有一天晚上,很难得,俄理维陪他哥哥去看戏,偶然在戏院中遇见。在休息的时候巴萨房请他们两位吃冰淇淋。那天晚上他才知道文桑正念完医科前期,而尚在犹疑是否再进后期;实在说,自然科学比医学更使他感兴趣,但为谋生起见……总之,文桑欣然接受了罗培耳·得·巴萨房不久后向他提出的有利的建议,即是每晚去诊视他那位手术后尚未复原的年老的父亲:无非是洗涤、检验、注射之类,反正是需要一个专手才能担任的。但,除此之外,这位伯爵想接近文桑还别有内幕,而后者接受他的建议其中也另有原因。罗培耳的内幕,我们以后再来探究;至于文桑的即是:需钱孔亟。当你是一个心地正直的人,而自幼受教育的灌输,知道什么叫做责任,你不会使一个女人有了孩子——尤其这女人是为你抛弃了她的丈夫——而你自己则丝毫不感到你对她所应尽的义务。直到那时,文桑所过的是一种纯洁的生活。他和萝拉的关系,有时在他觉得很平常,有时却觉得是骇人的。很多琐细的事情,如果一一分列,往往显得很简单很平常,但加在一起却凑成一个骇人的总数。他方才一面

---

① 丰特奈尔(1657—1757),法国作家。

走一面就那样想,但这对他无济于事。自然他从不曾打算把这女人完全由他来负担或是在她离异以后娶她,或是和她同居。他不得不自认对她并无强烈的爱,但他知道她在巴黎一无接济,而是他自己使她落入这种困境:他想对她至少应负起初步援助之责,可是他很知道这援助是朝不保夕的——今天比昨天不如,比最近几天更不如。因为在上星期他还有他母亲克勤克俭为他开业而积贮下来的五千法郎,这五千法郎应该足够他情妇分娩,住院,以及婴儿出世后最初的费用。但他竟受了什么魔鬼的唆使?——这一笔早为这女人打算好的款子,这一笔奉献给她而他自己再无权动用的款子,有一天晚上,也不知由于什么魔鬼的耳语,他认为这数目也许是不够的。不,这并不是罗培耳·得·巴萨房。罗培耳从不曾说过类似的话,但他建议文桑上俱乐部去恰正落在那一天晚上,而文桑接受了他的建议。

这种赌场中最危险的是只要赌友就是朋友。罗培耳把他的朋友文桑介绍给所有的人。文桑因为事前没有准备,所以那一天晚上不能尽兴下注。他身边几乎什么也没有,伯爵想借给他的一点筹码他又不肯接受。但,因为他赢了钱,他就后悔不曾多冒险一下,便答应第二天再去。

"现在这儿的人都认识您了,以后我就用不到陪您同来。"罗培耳对他说。

这一切发生在彼尔·得·勃鲁维家,人通称他为彼特罗。自从这第一晚以后,罗培耳·得·巴萨房就把自己的汽车供给他的新交使用。每晚十一时文桑到罗培耳家,和他闲谈一阵,随即上楼,看老伯爵当时的心境与病状决定他逗留的久暂,以后汽车就送他到圣弗洛朗坦路彼特罗家,一小时后又接他回来,但车子并不直接送他到家而是停在最近的十字路口,因为他怕引人注意。

前天晚上,萝拉·杜维哀坐在通莫里尼哀家的扶梯上,守候文桑一直到早晨三点钟;那时他才回家。而且,那天晚上文桑并没有上彼特罗家去。他已无钱可输。两天以来,他那五千法郎已分文不剩。他把经过写信通知了萝拉,告诉她他再不能替她想办法,并劝她回到她丈夫,或是她父亲那儿去,直认一切。但这在萝拉已绝不可能,她对这事根本无法加以冷静的考虑。她情人的恳求只引起她的愤怒,而这愤怒徒使她沉入绝望的境地,文桑遇到她就在这种情况之下。她想把文桑拖住,但他撒手就跑。无疑,那一刻他只能忍心,因为他并非无情的人;但在他,欲胜于情,因此他很容易把这种冷酷也看做是他的一种义务。他完全不理会她的祈求,她的哀诉,正和俄理维对裴奈尔所说的一样,文桑把他房门关上以后,她倒在扶梯上,独自在黑暗中呜咽不止。

自从那晚以后又已过了四十多小时。前夜文桑并没有上罗培耳·得·巴萨房家去,他父亲的病状似乎已转好。但这天晚上一道电信把他找去。罗培耳想见他。当文桑踏进罗培耳常在的那间房子——这房子他自己特意布置作书室,而同时也是他的吸烟室——罗培耳并不起立,随便从肩头向他伸出手去。

罗培耳正在写作。他坐在一张堆满着书的写字台前。正面,一扇大玻璃窗正对花园中的月色敞开着。他伏在案上对文桑说话:

"您知道我在写的是什么?……但您不会告诉别人吧!……您答应我……这是给杜尔美所办的杂志的卷头语。反正以后别人一定会发现这杂志的后台是我,不过至少我不愿立刻让人知道我自己也在其中执笔。所以,千万别声张!但我正在想:您不是对我说过您的二弟也能写点东西?他叫什么名字?"

"俄理维。"文桑说。

"对了,俄理维,我倒忘了,别那么站着。坐在这张靠椅上吧。您不冷吗?您愿意我把窗关上吗?……他能写诗,对不对?他很应该拿到我这儿来。自然,我不能答应一定会用他……不过我相信总不至于太令人失望。他看来长得很聪明,您的二弟。而且,他对文坛的情形似乎很熟悉。我很想和他谈谈。您告诉他什么时候来看我,好不好?这事我拜托您。来根烟吧?"他把他那银质的烟盒递过去。

"好。"

"文桑,现在您听我说,我有几句很恳切的话要告诉您。那天晚上,您的举动真像是个孩子……而且我也一样。我并不是说我不该带您上彼特罗那儿去,但我觉得您输的钱我多少应该负一部分责任。我总想要是没有我,您是不会输这笔钱的。我不知道这是否就是人所谓的'内疚',但相信我,我为这事开始失眠并且患起消化不良症来,而我又想起您对我说过的那个可怜的女人……但那,那是另一回事;而且这种神圣的事,不如回避为妙。我想对您说的是,我很希望,我很愿意,是的,绝对愿意交给您一笔相等于您所输的款子,是五千法郎,对不对?而您再去冒一次险。我再说一遍,这款子,我自认是我让您输的,所以我应该偿还给您;您用不到感激我。如果这次您赢了的话,您就还我。如果又再输了,顶好!我们间算是清了账。过去一笔勾销,今晚您再上彼特罗那儿去。汽车把您送到以后,就来接我上格里菲斯夫人家去,而您回

245

头就上她那儿去找我。说定了,对不对?汽车会上彼特罗家去接您的。"

他打开抽屉,取出五张票子交给文桑:

"快去吧。"

"但您父亲……"

"唉!我忘记告诉您了:他故世已有……"他取出表,喊道,"不得了,那么晚啦!都快十二点了……快走吧。——是的,他故世已差不多四小时了。"

这一切他说得丝毫不带慌张,反倒是泰然不以为意。

"而您不在家里守……"

"守灵吗?"罗培耳打断他,"不,我的小兄弟在那儿照料;他和那老女仆都在楼上,他和死者比较契合,而我……"

他看文桑总是不动,就接下去说:

"听我说吧,朋友,我不愿使您以为我冷酷不近人情,但我痛恶现成的情感。我曾在心中对我父亲假设了一种亲子之爱,但不久我发现我假设的尺度还嫌太宽,因此我不得不把它收紧一点。我一生中受惠于老人的唯有烦扰,敌对,与拘谨。如果在他心中也有一点温存的话,至少他决没有用在我身上。我早年对他的怀慕,那时还是一片赤子之心,结果只受到他的厉声呵斥,从此我就得了教训,您自己总已亲眼见到,当人看护他的时候……他几曾对您说过一声谢谢?他几曾对您有过最低度的敬意,或是瞬间的微笑?他始终以为他对一切受之无愧。啊!这就是人所谓一个有气概的人。我相信他曾使我母亲很受痛苦,而这也算是他所爱的人,要是他真爱过什么人的话。我相信他使他周围的一切人痛苦,他的佣人,他的狗,他的马,他的情妇;只有他的朋友是例外,因为他根本没有一个朋友。他的故世让每个人舒一口气。他正是,我相信,人所谓在'某一方面'有特长的人;但我从不曾发现是哪一方面。他很有才智,那是真的。说回来,我曾对他相当钦佩,即在今日仍然一样。但至于说猫哭老鼠,至于要我流点眼泪……不,我已早不在这种年龄。好吧!还是赶快走,一点钟后上莉莉安家来找我。——什么?您没有穿晚礼服不好意思吗?傻小子!什么?没有别人。好吧,我也穿便服就是。知道了。出门以前点上一根雪茄吧。赶紧让汽车开回来,回头再去接您。"

他看文桑出门后,耸一耸肩,跑入卧室去换衣服。他的晚礼服已平直地在沙发上等着他了。

在楼上的一间房子内,老伯爵躺在那张临终的床上。人在他胸前放上一个十字架,但忘了把他的双手按在上面。几天不剃的胡子使他下颌峻峭的角度变得柔和一点。横在额上的皱纹在他耸立的灰发下已不显太深,而且好像松弛了。眼珠深陷在满覆浓眉的眼眶中。正因为以后我们不会再见到他,所以我特别向他端详一番。那年老的女仆赛拉菲坐在床头的一张靠椅上。但她站起身来,跑近一张桌子去。桌上一盏旧式的油灯发着黯淡的光,灯芯已不够了。灯上的灯帽使光正照在年轻的龚德朗在念的一本书上……

"您累了,龚德朗少爷。您不如先去睡吧。"

龚德朗抬起头来,用极温柔的目光看着赛拉菲。他撩开散在他两鬓的金栗色的头发。他才十五岁;他那几乎还带女性特征的脸上只充满着爱与柔情。

"你呢!可怜的菲,"他说,"该去睡的还是你,昨夜你已一夜没有休息。"

"啊!我已习惯,在我算不得什么;而且我白天睡了,而您……"

"不,你去睡吧。我并不觉得累,而且我留在这儿看书,或是默想对我很有好处。我对爸爸认识太浅,我相信如果我不乘这机会细细瞻仰一番,我会完全把他忘了的,我要看守他直到天亮。菲,你在我家已有多久了?"

"我是在您出世前一年来的;如今您快十六岁了。"

"你还记得我妈吗?"

"记得您妈?您问得真有意思!这正好像您问我我叫什么名字。自然,我怎么不记得您妈呢?"

"我也记得一点,但不很清楚……她去世那年我才五岁……告诉我……是不是爸爸常和她说话?"

"那就得看什么日子,您爸爸向来是很少说话的;而他也不喜欢别人先和他说话。但无论如何,那时比近来总还更多说一点,——而且,往事最好不提,让仁慈的上帝去审判这一切吧。"

"好菲菲,你真相信仁慈的上帝会去管这些事吗?"

"如果不是仁慈的上帝,那还有谁呢?"

龚德朗把嘴唇贴在赛拉菲赤红的手上。

"你知道你应该做什么吗?你去睡。天一亮我就一定叫你;那时我就去睡。去睡吧,我恳求你。"

赛拉菲留他一人在室内以后,龚德朗立刻跪下在床前。他的前额隐没在褥单中,但他哭不出眼泪;他心中一无情感的冲动。他的眼睛是绝望地干涸的。于是他又站起身来,他看着这已失去知觉的遗容。在这庄严的瞬间,他想认识不知何种崇高与稀有的情感,倾听从另一世界传来的消息,把自己的思想超升到一种超感觉的灵妙的境界去——但他的思想却始终羁住在尘俗的现世。他凝视着死者苍白的手,而自问死人的指甲还能长多长。他惊骇于这两只拆散的手。他想把它们拿近去,连在一起,握住十字架。这倒是个妙计。他想赛拉菲回来时看到死人的手已连在一起一定会大吃一惊,他想象她的惊奇自己觉得非常得意;但立刻他又鄙视自己的举动。他依然俯在床上。他把死人离他较远的那只手臂抓住。手臂已很僵硬,龚德朗要把它勉强弯曲过来,结果使整个尸体移动了。他又抓住另一只手臂,这一只似乎比较柔顺。他几乎已把它拉在适当的位置。他拿起十字架,想把它放在死人的大拇指与其余的手指间,但一接触到这冰冷的尸体他就心寒起来。他自觉已将昏晕。他想把赛拉菲叫醒。他放弃一切——十字架倾倒在折皱的褥单上,死人的手臂重又僵硬地落回原处。在这骇人的肃静中,他突然听到一声粗暴的呼唤"上帝"的声音,使他毛骨悚然,像是有人在……他惊惧地回过头去;但不,室内只有他独自一人。这大声的诅咒无疑出自他自己的口中,出自从不曾亵渎过神明的他。于是,他又坐下,沉湎在他的阅读中。

五

刺从来进不到这一具灵魂与身躯中去。

圣伯夫①

莉莉安支起半截腰身,用指尖抚摸着罗培耳棕褐色的头发。

"朋友,您开始脱头发了。您得当心点呀,您才不到三十岁。秃头对您太不好看。您把生活看得太严肃了。"

罗培耳向她抬起脸来,微笑地看着她。

"我向您担保,至少在您跟前我并没有把生活看得太严肃。"

"您已告诉莫里尼哀来找我们吗?"

"是的,既然您那么要求。"

"而……您借他钱了吗?"

---

① 圣伯夫(1804—1869),法国文学批评家。

"我已对您说了:五千法郎——还不是再上彼特罗那儿去输个精光。"

"为什么您愿意他输呢?"

"那是一定的。第一天晚上我就看出来。他完全外行。"

"他还可以慢慢地学……您愿意和我下赌他今晚准赢吗?"

"随您便。"

"啊!但我请求您不必把这看做是一种惩罚。我最不爱勉强人。人喜欢做什么就做什么。"

"别生气。就这样吧:如果他赢的话,他就把五千法郎还给您,但如果他输的话,那您得替他还我这笔钱。成吗?"

她按电铃:

"拿托卡依酒①来,要三只杯子。——而如果他回来仍是不多不少的五千法郎,那我们就把那笔钱算是他的了,对不对? 就是说如果他不输不赢……"

"那决不会的。我奇怪您怎么对他那么感兴趣?"

"我奇怪您怎么会对他不感兴趣。"

"您对他感兴趣因为您爱上了他的缘故。"

"亲爱的,那倒是真的! 对您,我很可以这么承认。但我对他感兴趣并不因此。相反,通常在我脑筋中如果有了某人的影子的话,倒反会使我冷下去。"

一个仆人进来,托盘上放着酒和杯子。

"我们先为东道庆祝,以后我们再和得胜者共饮。"

仆人把酒倒在杯中,他们举杯相庆。

"在我,我觉得他令人生厌,您的那位文桑。"罗培耳接着说。

"啊! '我的'那位文桑! ……好像最初并不是您自己把他带来似的! 而且我劝告您别再逢人便说他使您讨厌。别人很容易明白为什么您要接近他。"

罗培耳略偏身子,把自己的嘴唇印在莉莉安赤裸的脚上,后者赶紧缩回脚去,隐匿在她的扇子下面。

"我应该害羞吗?"他说。

"对我就用不到,您也不会的。"

① 原产于匈牙利的葡萄烧酒。

她干杯以后说：

"亲爱的,您愿意不愿意我告诉您:您有文人所有的一切习气。您好虚荣,又虚伪,又有野心,朝三暮四,自私自利……"

"您把我抬得太高了。"

"是的,这一切都是动人的,但您永远不能当一个小说家。"

"因为?……"

"因为您不懂得听别人说话。"

"我自己觉得很能听您说话。"

"唉!他,他不是个文学家,但他更能听我说话。但当我们在一起时,倒总是我听他说话。"

"他并不善于说话。"

"那因为您不断地演说。我很知道您:您绝不让他有插言的余地。"

"他能说的我预先已都知道。"

"真的吗?他和那女人的故事您都知道吗?"

"啊!别人的恋爱史,那我认为是世上最乏味的事!"

"我也很喜欢听他讲自然科学。"

"自然科学,那就比恋爱史更乏味。那么说,他倒给您上了一堂课?"

"啊!如果我能把他所说的都讲给您听……亲爱的,那简直是引人入胜的。他告诉我很多关于海中水族的故事。而我,我一向对于生长在海中的一切都感兴趣。您知道如今在美国,他们造一种两面都用玻璃的船,可以看到在海底的一切。那一定是可惊的。可以看到活的珊瑚,以及……以及……那叫什么来着?——以及石蚕,海绵,海藻,成群的鱼类。文桑说有几种鱼在太咸或太淡的水中就不能生存,而另几种鱼正相反,它们能适应水的各种咸度,它们就守候在咸度较低的水流边,等着那些不能支持的鱼类过来时把它们全吞了。您应该让他给您讲……我担保您那是顶有意思的。当他讲那些故事的时候,那简直是了不起的……您不再认识是他……但您不知道让他讲……这正像当他谈起他和萝拉·杜维哀的历史一样……是的,这是那女的名字……您知道他是怎么认识她的?"

"他也和你讲了吗?"

"人没有什么不对我说的。险恶的人,您很知道!"于是她用折扇上的羽毛戏弄他的面庞,"您可疑心到自从那天晚上您带他到这儿来以后,他就天天

250

来看我?"

"天天！不,真的,我可真没有想到。"

"到第四天,他已禁不住,他就什么都说了。但以后每天,他总再加上一点细节。"

"而那不使您讨厌！您可真是了不起的。"

"我不是对您说过我爱他。"她添势地抓住他的臂膊。

"而他……他爱那个女人?"

莉莉安笑了:

"他曾爱过那个女人。——啊！最初我必须装作对那女人非常关心。我还不得不陪着他流眼泪。但我心中却异常妒忌。现在我已不。你听我讲那是怎么开始的。他们两人都被认为患肺病,不约而同地被送到波城①的一个肺病疗养院。实际上,一个也不是。但他们两人都自以为病势很重。那时他们还各不相识。他们第一次见面是在疗养院花园的阶台上,他们两人恰好躺在并列的两张躺椅上,旁边还躺着很多别的病人,都整天在露天疗养。因为他们自信已都是命定了的人,所以觉得自己一切行动不会再生后果。他时刻向她诉说他们两人最多也只留下一个月的生命;而那正是春天。她在疗养院只是孤单的一人。她丈夫在英国当一个法文教员,她离开了他跑到波城去。那时她结婚才三个月。自然他得费尽心血才能供给她在那儿的费用。他每天给她写信。这年轻的女人出自一个很有名誉的家庭,很有教养,很沉默,很胆小。但在那儿……我也不很知道文桑究竟对她说了些什么,总之第三天她就向他直认,虽然和她丈夫同床,而且也发生关系,但她始终不知道乐趣是什么。"

"而他,他当时说什么呢?"

"他就握住她悬靠在躺椅旁的那只手,紧紧地按在他自己的唇边。"

"而您,当他对您讲到这些,您说了什么呢?"

"我！那可真够瞧……替我想想我竟大笑起来。我忍不住,而我又止不住……并不是他所说的使我觉得可笑,而是我自己想使他再继续说下去,因而不能不装出那副又关心而又惊惶的神情。我又怕自己显得太感兴趣。其实,这的确是很美而又很凄惨的。他对我说时他自己非常感动。他从没有对别人谈过这一切。他家里人自然完全不知道。"

---

① 法国城市。

"这样说来,您倒配写小说。"

"对呀,亲爱的,如果我要能知道用什么文字来写!……用俄文,用英文,用法文,我永远决不定。——终于,第二天晚上,他就找到他新认识的朋友的卧室去,而授给她一切她丈夫所未曾教她的,而我想他的教授法一定很高明。只是,他们既然认为可活的时间已经很短,自然双方都没有防备,而自然,有着爱情作助力,不久他们两人的健康也大大进步了。当她发现自己已有身孕,两人就都惊慌了。这是上一个月的事。天气已开始热了。在夏天,波城那地方是不能住的,他们就同回巴黎来。她丈夫以为她已回到她父母家里,他们在卢森堡公园附近办有一所补习学校,但她自然不敢去见他们。而她父母,他们倒以为她还在波城;但一切不久自然都会拆穿。最初,文桑向她发誓决不把她抛弃,他愿意和她跑到天涯海角,上美洲去,上大洋洲去。但那就非钱不可。就在那时他遇到了您,他开始赌博起来。"

"他从来没有和我谈到这一切。"

"尤其别告诉他是我说的!……"她停住了,倾听。

"我以为是他回来了。……他又告诉我,说从波城到巴黎的那段旅程中,他几乎以为她疯狂了。她才明白她已开始有孕。在车厢中她坐在他对面,车厢中就只他们两人。自从早晨起她就没有说过一句话,关于起程的一切全得他去照料。她任人替她布置,她似乎对一切已都失去知觉。他握着她的手,但她像是不曾意识到他就在眼前,带着怒容,目不转睛地看着前面,嘴唇微微颤动。他靠近她身边。她不住地说:'一个情人,一个情人,我有了一个情人。'她用同一的语调反复地说,总不出这几个字,像是她已不知道再有别的……亲爱的,相信我,当我听到这一段故事的时候,我再也笑不出来。我一生中,没有听到过比这更动情的。但他愈说下去,我愈明白他自己在和这一切逐渐脱离关系。可以说他的情感随着他的语声同时消失了。可以说他感激我替他作了传达他情绪的媒介。"

"我不知道这一长篇你用俄文或是英文应该怎么说,但我保证您用法文倒的确说得顶流利。"

"谢谢,我知道。这以后他才和我谈起自然科学;而我尽力勉励他不要为爱情而牺牲他的前途,否则真是太可惜了。"

"换句话说,您劝他牺牲爱情。而由您来替他补足这份爱情?"

莉莉安不答。

"这次我相信是他了，"罗培耳说，一面站起身来，"……在他没有进来以前，让我再说一句话：我父亲刚过世了。"

"噢！"她淡然回答。

"当巴萨房伯爵夫人对您不算一回事吗？"

莉莉安立时仰身大笑。

"但是，亲爱的……因为我似乎记起我还忘了一位丈夫在英国。什么！我以前没有对您说过？"

"恐怕没有吧。"

"总之在某处还有一位格里菲斯男爵。"

巴萨房伯爵从不曾相信他这位朋友的头衔能有几分可靠，他微笑了。女的接着说：

"告诉我，您想对我作这建议是否就为使您的生活多一重点缀？别那样，亲爱的。我们还是各守现状，做朋友，好不好？"于是她伸出一只手去让他亲吻。

文桑一跑进门就喊着说：

"好，我早料到，这奸贼准穿上了晚礼服。"

"是的，为不使他丢面子，我曾应允他我也穿便服，"罗培耳说，"朋友，真对不起，但我在出门前突然记起我在居丧呢！"

文桑昂着头，全身显露出胜利与喜悦。莉莉安看他进来已早跳起来了。她对他凝视一阵，就雀跃地奔向罗培耳，围着他跳着，舞着，叫着，一面用拳捶他的背（莉莉安这种撒痴撒娇的举动让我讨厌）：

"他的东道输了！他的东道输了！"

"什么东道？"文桑问。

"他打赌，说您准又是输的，快说，赢了多少？"

"我真算有莫大的勇气赢到五万时居然脱身。"

莉莉安快乐得大叫起来：

"真成！真成！真成！"她嚷着，跳在文桑颈上。文桑全身感到这一个带着檀香味的、火样热的、柔软的身躯的接触。莉莉安吻他的前额，他的双颊，他的嘴唇。文桑摇摇欲坠地摆脱出来。他从口袋中掏出一大卷钞票。

"把您借给我的拿走吧。"他说着把五张票子递给罗培耳。

"这钱已不是我的，您还给莉莉安夫人好了。"

她把罗培耳递给她的票子扔在沙发上。她喘息着。她跑到阳台上去舒一口气。这正是夜阑人静魔鬼作法的扑朔迷离的时刻。四围一无声息。文桑已坐在沙发上。莉莉安对他回过头来，第一次用"你"称呼他：

"如今，你想怎么办呢？"

他用双手支着头，呜咽着说：

"我不知道。"

莉莉安走近他，把手按在他的额上。他抬起头来，他的目光锐利而炽烈。

"好吧，让我们三人先来举杯相庆。"她说，一面把三只杯中注满托卡依酒。

酒喝尽了。

"如今，离开我吧。时候不早了，我已不能支持。"她送他们到前厅，趁罗培耳走在前面，她就赶紧把一样金属的小物件塞在文桑手中，耳语说：

"先和他一同出去，一刻钟后你再回来。"

在前厅睡着一个仆人，她推醒他。

"照先生们下楼吧。"

扶梯是暗的，其实一按电灯是最省力不过的事，但莉莉安一向坚持着让一个仆人把她的客人送到门口。

仆人把一个大烛台上的蜡烛点上，高高地擎在手中，在扶梯上引着罗培耳与文桑。罗培耳的汽车等在门口，仆人把门关上。

当罗培耳把汽车的门打开让文桑上去，后者回答说：

"我想我还是走回去吧。步行一阵可以使我的神志清醒清醒。"

"你真不愿意我送你吗？"突然，罗培耳抓住文桑紧握着的左手，"撒开，给我看你手中是什么？"

文桑还带着这点纯真，他怕罗培耳妒忌。他红着脸把手指展开。一个小小的钥匙掉落在人行道上。罗培耳立刻把它拾起，看了一下，笑着交还给文桑。

"原来如此！"他耸一耸肩，随即跳上汽车，回头对那木立着的文桑说道：

"今天是礼拜四。告诉您二弟说我下午四点起就等着他。"不让文桑有回答的时间，他就赶紧把汽车门关上了。

汽车开走了。文桑沿塞纳河走了几步，穿过河上的桥，进入杜伊勒里花园不围在铁栏内的那一部分，跑近一个小水池，用手绢浸湿了水，覆在他的前额与双鬓上。而后,他又慢慢地走向莉莉安的住宅去。让我们离开他吧,当魔鬼津津有味地看着他把一个小小的钥匙轻轻地塞入锁孔去……

在小旅馆的一间阴凄的斗室中,萝拉——他昨日的情妇,长时间地痛哭流涕以后,这时正待入眠。在那只把他载回法国的船上,爱德华在晨光熹微中在甲板上重读萝拉给他的那封信,那封凄楚地向他求援的信。晨雾中,可爱的祖国的海岸隐约在望。不带片云的苍穹行将透露上帝的微笑。天边已出现红色的光芒。巴黎会是那样热啊!这该是去找裴奈尔的时候了,他正从俄理维的床上醒来。

六

我们都是私生子;而我曾叫他"父亲"的那最可尊敬的人,我不知道他在哪儿,当我成形的时候。

莎士比亚

裴奈尔做了一个很荒诞的梦。他已记不起他所梦的是什么。他并不想去追忆他的梦,而是想由梦中解脱出来。当他回复到现实世界时,他感到俄理维的身体沉重地压着他。他的朋友,在他们睡熟的时候,或至少是在裴奈尔睡熟的时候,已挨近身来,而且这狭窄的床上实际上也不容许两人能有相当的间隔。他已翻过身来,如今,他侧着睡,他呼出的热气正痒痒地落在裴奈尔的颈上。裴奈尔只穿着一件短衬衣,俄理维的一只手臂很大意地压在他身上。他一时怀疑他朋友是否真的睡着。他轻轻地脱身。不使俄理维惊醒,他起来穿上衣服,重又躺下在床上。才四点钟,天未破晓,出发尚嫌太早。再休息一小时,养养精神勇敢地来开始这新的一天。但睡眠已不可能。裴奈尔默视着渐发蓝光的玻璃窗,斗室中灰色的墙壁,以及乔治睡着的那张铁床,那孩子还在梦中翻来覆去。

裴奈尔自语:

"顷刻间,我就将奔向我的前程。冒险!这是一个多美的名词!——一切必须遭遇到的。一切等待着我的惊奇。我不知道别人是否和我一样,但当我自己醒来以后,我就鄙视那些沉睡着的人们。俄理维,我的朋友,我已等不及和你告别。唉!起来吧,勇敢的裴奈尔!这已是时候了。"

他把手巾打湿一角擦脸,整发,穿上鞋子。他轻轻地把门打开。走到外面!

唉!这未经人呼吸的空气对身心是多么清新!裴奈尔沿卢森堡公园的铁栏,走入波拿巴路,直到塞纳河边,穿过河。他思量着自己最近对生活所定的信条:"你不做,谁做?此刻不做,何时再做?"——他思量着一些待做的重大的事情;他觉得自己正朝着它们前进。"一些重大的事情。"一边走,一边他反复地说。如果至少他能知道是些什么事情!……这时他感觉饥饿。他恰好在菜市附近。他袋中还剩十四个铜子,不多不少。他跑进一家小咖啡店,站在柜台上要了一杯牛奶咖啡,一个油卷。共计十枚。他还留下四枚;他很大方地向柜上丢了两枚作小账,把其余的两枚递给一个在翻垃圾筒的乞丐。慈善?反抗?这都无关紧要。如今他觉得和国王一样幸福。他已一无所有,一切都是他的。"我等着上天赐给我一切,"他思量着,"如果正午时分他能赏给我一盘嫩牛排,一切都好商量。"(因为昨晚他没有吃到晚饭。)太阳已升在天空。裴奈尔又跑回河岸。他感到满身轻捷。如果他跑,他就觉得自己在飞。在他脑中他的思想活泼地跳跃着。他想:

"生活中最难的是对同一事物能始终认真。因此,我母亲对这一个我一向称他父亲的人的爱情——这爱情,十五年来我都信以为真,昨天我还那么相信。她也不行,天啊!她也不能把她的爱情贯彻始终。我真想知道,她使她儿子成为私生子,在我是蔑视她,还是因此更尊敬她?……而其实,我也并不一定想知道。人子对于生育者的情感,正和有些事情一样,最好不去深究。至于对那王八,那很简单,从小我就恨他;但如今想来,在我实在不值得——这是唯一我所认为遗憾的。想到如果我没有打开那只抽屉,我对一个为父者的不自然的感想定会使我抱恨终生,那末,今日的发现在我真是一种莫大的慰藉!……可是我并没有强开抽屉;我也并不存心想开它……而且这还可以从别方面来解释。一来因为那天我实在无聊得可怕。其次是这种好奇心,这种费奈隆[①]所谓的'宿命的好奇心',必然是我生父的遗传,因为,在普罗费当第这一家中绝无这种痕迹。除了他也知道跟她生几个孩子以外,我从没有遇到过比我母亲的这位丈夫更缺乏好奇心的人。饭后……我必须再把他们细作思量。揭起盖在桌上的大理石面而发现抽屉大开着,这比起把锁撬开至少是不

---

① 费奈隆(1651—1715),法国作家。

一样的。我并不是个小偷。把盖在桌上的大理石面揭开,这是谁都有可能做的。忒修斯①举石恐怕也是在我这种年龄。普通挡着桌面的总是那种摆钟。如果最初我不想修理那口摆钟,我也决不会想去揭开那块大理石的桌面……这并不是人人所能遇到的:桌面下竟发现兵器,或是一些私通的情书!算了吧!重要的是我因此而得了证明。并不是每个人都能像哈姆雷特一样得到幽灵的启示。哈姆雷特!奇怪的是,由于当事人是合法之果或者是罪恶之果,在观点上竟会有那么大的差异。待我饭后……再来思量。我是否不应该念那些信呢?如果不应该……我一定会受到良心的谴责。而如果我不念那些信,我还必须继续在愚昧、欺骗、顺从中生活。透口气,抛开这一切吧!正像波舒哀②所说的:'裴奈尔,裴奈尔,这碧绿的青春……'裴奈尔,把你的青春留在这长凳上吧。这早晨的天气多好!有些日子阳光真像爱抚着大地。如果我能稍稍忘去自己,我一定会写出诗来。"

躺下在长凳上,他忘得那么干净,他竟睡熟了。

七

在一张宽大的床上,文桑躺在莉莉安身旁。日已高升,从开着的窗口射进的阳光嬉弄着文桑赤裸的脚,莉莉安不知道他已醒着,抬起身,凝视着他,她惊异地发现他面上的忧色。

格里菲斯夫人也许真爱文桑,但她所爱的是文桑的成功。文桑长得很高,年轻,俊俏;但他举止失度。他的面部富于表情,但他的头发太欠修饰。特别她爱慕他思想的雄健,无疑他学识丰富,但在她眼中,他缺乏教养,她以情人兼母性的一种本能俯视着这个大孩子,而以教养之责自任。她把他当做自己的作品,自己的偶像。她教他如何修饰指甲,如何把他往后梳的头发改作分在两边,他的前额半掩在头发下,便显得更白,更高。最后,她把他那朴素的现成的领结换上了时式的领带。格里菲斯夫人必然喜欢文桑,但她不能忍受他的沉默,或是像她所说的,他的"寡欢"。

她用手指轻轻地抹着文桑的前额,像是想抹去那两条竖在眉间的痛楚的

---

① 希腊神话中的英雄,成年后举一巨石,石下有剑、履。
② 波舒哀(1627—1704),法国作家。

皱纹。

"如果你非把追悔、忧虑和遗恨带到我这儿来不可,那以后你还不如不来好。"她伏在他身边絮絮地说。

文桑,好像处在一种太强的光度前,闭上眼睛。莉莉安奏着凯歌的目光使他眼花。

"这儿,好像在伊斯兰教的寺院中一样,谁进来就得脱去鞋子,免得把外界的污泥带了进来。难道你以为我不知道你在想些什么?"当文桑想用手掩住她的口,她抗拒着:

"不,让我正经地对你说。我已细细反省过那天你对我所说的。人都以为女人是不懂反省的,但那全看是哪一些女人。你对我说的关于杂配所生的劣种……以及选种的重要……你看,你教我的我不都记住了吗?……好了,你看,今天早晨,我就看出你身上怀着一种怪物,奇形怪状,而你却永远不丢开它;一个醉女与圣灵所生的杂种。我说得不对吗?……你抛弃了萝拉心中不安,这一点我在你额上的皱纹中看得很清楚,如果你愿意回到她身边去,立刻说,并且离开我;那就算我看错了人,我任你回去,一无抱憾。但如果你想和我留在一起,那就别再装这种哭丧脸。你使我想起有些英国人,他们的思想愈开明,他们愈揪住道德不放,因此没有比他们中有些以思想自由自居的人更带清教徒精神的……你把我看做是没有心肠的人?你错了。我很理解你对萝拉的同情。但既然如此,试问你在这儿做什么呢?"

当文桑避开她时,她又说:

"听我说,你上浴室去,让淋浴把你的悔恨洗净。我叫他们预备早茶,好不好?等你洗完澡,我再和你解释那些你似乎还不很了然的事情。"

他坐起身来。她也跟着跳起来。

"别立刻把衣服穿上。在热水炉右手的衣柜内,你可以找到各式的便服……总之……你自己选好了。"

二十分钟以后,文桑裹着一块暗绿色的丝巾出来了。

"啊!等一等,等我给你打扮。"莉莉安欣喜地叫着说。她从一个东方式的盒子内取出两块茄红色的丝巾,把较暗的一块围在文桑的腰上,把另一块替他裹在头上。

"我的心绪总和我衣服的颜色一样(她自己穿着一身带银条的紫红色睡衣)。我记得那一天,那时我还很小,那是在旧金山,我的一位姨母刚故世,别人一定要我穿上黑色的衣服。这位老姨母我从来没有见过面。我整天啼哭，我真悲伤，我自以为非常悲痛，对我姨母感到无限抱憾……没有别的，就因为穿了黑色的孝服。如果现在男人总显得比女人严肃，原因也就是他们衣服的颜色比较朴素。我敢打赌你这会儿的心绪已和刚才的很不同。在床边坐下吧。等你喝完一杯伏特加酒，一盅茶，再吃两三片夹心面包，我来给你讲一个故事。你告诉我什么时候我可以开始……"

她坐下在床前的地毯上，正好夹在文桑的两腿中间，蹲着身，下颌托在膝盖上，恰似埃及墓石上的雕像。当她自己也用完早点，她就开始了：

"你知道'拉·布尔戈尼号'出事沉没的那一天，我也在船上。那时我才十七岁，那也就等于告诉你我现在的年龄。我曾是泅水的能手。为证明我决不是一个全无心肠的人，我可以告诉你，如果那时我想到的第一件事是自救，第二件事就是救人。而也许当时我第一件事就是想救人。或是说，我相信当时我什么也不想。但在那种情况下，没有再比那些只顾自己逃生的人更使我厌恨的；对了，也有，那就是在叫喊的女人们，人们慌忙地把女人和孩子们放入在第一只救生艇中，而有些女人所发的惊怖的叫声真会使你魂不守舍。那救生艇吊下去的时候因为措施不当，没有使船身平放在海面，倒把船头先直着下去了，因此海水还没有浸入船内，而船内的人却全给倒在大海中了。这一切发生在火炬与探照灯的照明之下，你不能想象那凄惨的情景。浪势很急，一切不在光下的立刻就被黑夜与巨浪吞噬而去。我一生中再不曾遇到过比这更紧张的时刻，但我设想我当时正像一只纽芬兰所产的善泳的狗一样，会完全凭直觉跃入水去。我已想象不出当时一切的经过，我只记得我注意那只救生艇中有一个极可爱的五六岁的小女孩，当我看到船舶侧垂下去，立刻我决定想救的是她。最初她和她母亲在一起，但她母亲不很能泅水，普通在这种情景中，女人总受裙子的牵累，我自己，我一定已自动地把衣服脱去。别人把我安排在第二只救生艇上。大概当时我已上船，而以后一定又从那只船上再跳入海中。我只记得带着那个爬在我脖子上的孩子游了很多时候。那小东西自然是吓坏了，拚命揪着我的脖子使我已不能呼吸。幸而有人从救生艇中看到我们，等着我们，或是划过来把我们接了上去。但我所以对你讲这故事原因并不在此。印象最深的，而也是此生永难磨灭的是：在那只救生艇中，我们一共是挤得满满的四十个人，连我和那些与我同样游得气绝而被救的人计算在内。海水已

259

和船舷相并。我挤在船尾,紧紧地抱着这个我所救起的小女孩,为的使她取暖,同时也为避免使她看到我自己所不能不看到的情景:两个水手,一个水手拿着一柄斧头,另一个拿着一把菜刀,而你想他们做着什么?……他们砍着攀在绳子上挣扎着想上来的那些人的手指和腕节。我又冷,又惊,又怕,牙齿不住地发抖;其中一个水手(另一个是黑人)向我回过头来:'再上来一个,我们大家都要送命了。船太满了。'他又说每次船只遇难时都是那样做的,不过向来人不说就是。

"我相信我当时就昏迷过去,至少一切我都记不起来,好像一个人经过巨声以后长时间地失去听觉一样。当我再醒过来,我们已在另一只来搭救我们的船上。那时我才懂得我已不再是同一个人,我已永不能再是那个昔日多情善感的女孩子,我懂得一部分的我已跟着'拉·布尔戈尼号'沉向大海。此后对于无数娇柔的情感我也一律砍去它们的手指与腕节,不使它们潜入我的心底,免得使我的心同归于尽。"

她用眼梢瞧着文桑,又把腰身向后一仰说:

"这习惯是需要的。"

这时她的鬈发散了,披在肩上,她就站起来,跑到镜子前,一边收拾她的头发,一边说:

"不久以后,当我离开美国的时候,我觉得自己是金羊毛①,而我出发去探找一个征服者。有时我可能误会,我可能出错……也许今天我那么对你说在我就是一种错误。但你,你不必以为我把肉体给了你,你就算把我征服了。记住这一点:我憎恨一切低能者,我只能爱一个征服者。如果你需要我,那只为帮助你去征服一切。至于说哀怜你,安慰你,疼爱你……干脆跟你说,我不是那样的人,你应该去找萝拉才对。"

她说这一切,头也不回,始终在整理她的头发;但文桑在镜中遇到她的目光。

"希望你允许我到今天晚上答复你。"他说着,立起身来,脱去那东方式的装束,穿上他自己的衣服,"现在,我必须立刻回家,迟了我的兄弟俄理维会出去,我有一点要紧的事情要告诉他。"

他说这话权作自己告别的理由;但当他跑近莉莉安,后者微笑着回过脸

---

① 希腊神话中伊阿宋率阿尔戈英雄历尽艰难觅得的稀世珍宝。

来,她是那么柔美,他不禁又踌躇了:

"除非我给他留个条子,他回家吃中饭时可以看到。"他说。

"你们两人间说话很多吗?"

"不,我只为告诉他今晚有个约会。"

"是罗培耳的约会吧……Oh! I see①……"她快然微笑着说,"关于罗培耳,我们也还得谈过……那末,快去吧。但你得在六点回来,因为七点他用汽车来接我们到郊外去晚餐。"

文桑一面走,一面沉思着。他感到欲望满足后的一种悲哀,一种伴随着快乐而同时隐匿在这快乐后面的绝望的心境。

八

爱女人,或是认识女人,两者间必须择一。

尚福尔②

在开往巴黎的快车中,爱德华读着刚在迪耶普车站买的巴萨房的新著《铁杠》。无疑,这书在巴黎等着他,但爱德华亟欲先睹为快。到处都在谈论这本书。他自己的书从来没有一本受过放在车站报摊上的荣幸。别人曾告诉他这一种代售方法应办的手续,但他并不放在心上。他常对自己说,他绝不在乎车站的报摊上有没有他的书,但当他一看到巴萨房的书在那儿,他总免不了向自己再申说一遍。巴萨房所做的一切,以及有关巴萨房的一切,都使他不愉快。就说那些把他捧得比天高的书评吧。是的,这显然像是有计划的:他一下船所买的三份报上,每份中都有一篇标榜《铁杠》的文字。另一份报上刊出一封巴萨房的信,在那信中他对日前在这份报上所发表的一篇对他不很恭维的文章有所答辩。这比那些书评更使爱德华激怒。巴萨房借口唤醒舆论,实则他在巧妙地笼络舆论。爱德华自己的书从来没有引起如许的论评,所以他也从来不必设法去博得批评家们的欢心。如果他们对他冷淡,他并不在乎。但

---

① 英文:啊!我知道了。
② 尚福尔(1741—1794),法国作家。

当他读到别人为他敌手所写的那些书评,他不能不对他自己重说一遍:他并不在乎。

并不是他憎恶巴萨房。有时他遇到他,觉得他很有趣味;况且巴萨房对他也始终特别表示亲善。但巴萨房的那些书实在使他讨厌。他觉得巴萨房不配称艺术家,而只是一个走江湖者之流。对他的感想已够了……

爱德华从他的口袋中掏出萝拉的信,这一封他在甲板上重读过的信,他又拿来重读。

朋友:

在最后和您见面的那一次——您该记得那是四月二日在圣詹姆斯公园,正是我动身南下的前一天——您让我答应您如果我遇到困难,给您去信,我没有忘记这些话。而且除您以外我还再能向谁求援呢?我所最能依靠的那些人,尤其对他们,我必须隐瞒我的不幸。朋友,我已身在山穷水尽的境地。自从我离开法里克斯以后的生活,将来有一天我再告诉您。他一直送我到波城,由于功课关系,他就又回剑桥。我在波城所遇到的一切,孤寂,病后,春天……唉,我所没有勇气告诉法里克斯的一切我是否能有勇气向您直认呢?我应该回到他那儿去,但我已不再有面目见他。此后我给他写的信中是满篇谎言,而他每次来信,得悉我的健康日渐恢复,总是无限欣喜。我何不仍在病中!我何不在那儿死了!……朋友,我不能不承认:我已有孕,而腹中的婴儿并不是他的。我离开法里克斯已三月有余,无论如何,对他,我不能蒙混。我不敢再回到他身边去。我不能。我不愿。他太好了。他一定会原宥我,但我不愿,且也不配接受他的原宥。我不敢再回到我父母身边,他们都还以为我在波城。如果我父亲知道了,明白了这一切,他一定会诅咒我。他会拒绝我。我有什么面目站在他的德性之前,面对他的忌邪拒伪,以及对一切不纯洁事物的痛恨?我更怕令我母亲和我姊姊伤心。至于他……我也不愿把一切过失推在他身上,最初当他应允帮助我的时候,他的确是想那么做的。但正因为想能多帮助我一点,他才不幸地开始赌博起来。他把原为留给我作生活费以及分娩用的那笔钱全输掉了。整个地输完了。最初我计划和他出走,不论上哪儿去都可以,至少暂时和他同居,因为我不愿麻烦他,成为他的累赘;以后我一定可以想法自己谋生,但眼前实在太不可能。我知道他抛弃我心里很痛苦,而在他实是万不得已,所以我也不怨恨他,虽然他还是抛弃了我。我在此身无分文,我在一家小客栈中赊账度日。但这不能长久维持下去。我已不能设想一切会到什么地步。唉!这些快乐的途径原来只通向无底深渊。我这信寄往以前您给我的伦敦的住址,但什么时候它才能到您手上呢?而我,一个那么地等待着做母亲的人!整天以泪洗面。给我想点办法!除您以外我已失去一切希望。援救我!如果那对您是可能的话,否则……天哪!在平时也许我能更有勇气,但如今已不是我一个人生命的问题。如果您不来,如果您回答我"爱莫能助",我也决不会对您有任何怨言。当我对您说再见的一刻,我竭力使自己不致对生命感到遗憾,但我相信您从不曾明白,您昔日对我的友情始终是我一生中所最宝贵的——而您也不曾明白,我所谓的"友情"在我心的深处却是另一个名字。

萝拉·法里克斯·杜维哀

再启:此信付邮之前,我预备再去见他一面。我拟今晚到他寓所守候。如果您接到这信,那就是一切真算……再见,我已不知我自己所写的是什么。

爱德华在起程的早晨收到这封信。也就是说他的起程是在收到这信后临时决定的。无论如何,他原不拟再在英国耽搁太久。我说这话并不暗示他不能单为援救萝拉而专程赶回巴黎;我是说回巴黎对他是一件愉快的事。最近在英国的居留期间,他过度地与行乐绝缘;回巴黎后他的第一件事是去一个狎邪之所;因为他不愿把书信之类带到那种地方去,他就从车厢的行李网上取下他的手提箱,打开后,把萝拉的信塞在箱内。

这信并不夹在上衣与衬衫之间,他在衣服底层取出一本已写满一半的硬面日记本,翻阅一年前所写下的其中的前几页。萝拉的信就预备夹在这里面。

爱德华日记

十月十八日

萝拉似乎并没有意识到她自己的魅力;在我,洞察自己内心的秘密,我很知道直到今天,每一行我所写的都间接地从她身上汲取灵感。在我身边,我还把她看做孩子似的,而我的口才全是想教育她,说服她,吸引她的这种一贯的欲望所锻炼成的。我所见到的，我所听到的，无一不使我立刻就想到：她会说什么呢？我抛弃一己的情绪，而以她的唯命是从。我竟感到如果没有她在那儿控制我，我自己的个性会消失成模糊的轮廓；离开她，我自己只是涣散而无定形的一团。由于什么妄想使我至今以为我在使她铸入我的模子？实际可正相反，是我在适应她的一切，而我竟不觉得！或是说，由于爱情的一种奇特的交流，使我们双方都相互地脱离了原型。必然地，不自禁地，两个相爱的人各自依照对方的需求，尽力在模拟自己在对方心目中所见到的那个偶像……任何投入情网中的人没有不弃绝真诚的。

她能使我蒙昧正由于此。我爱慕她的趣味，她的好奇，她的修养，而我竟不知道她只是由于爱我，从而对我的一切爱好也热切地感到兴趣。因为她自己不知道去发现。如今我才懂得，每一件她所爱慕的东西对她只像是一张休息用的床铺，在那儿她的思想可以和我的紧偎而卧；这其中没有一点出于她自己本性深切的需要。她可以说："我的一切修饰，我的一切打扮，全是为你。"而相反，我所希望于她的是为她自己，希望她那样做只是为她自己内心的需要。但她为我而加在她自身的一切很快就会消失，纵连淡淡的一点遗恨或是一点缺憾之感也不会遗留下来，经过时日的剥蚀，有一天，虚饰脱尽，真身毕现。到那时如果对方所爱的只是这一切表面的装饰，他就会发现紧贴在自己胸前的原来仅是一架空洞的残骸，一个回忆……伤逝与绝望。

唉！我曾用了多少美德把她点缀成一无瑕疵！

这"真诚"两字的问题真够令人恼怒！"真诚"！当我提到这两个字，我所想的只是她的真诚。如果我一问我自己的时候，我立刻无法把握这两字的意义。我永远只是我自以为我是的那个人——而他又不断地在变，因此如果我不从旁守护着，早上的我就已不认识晚上的我。没有再比我和我自己更不同的。只在孤寂的时候我才偶然窥见自己的本体而感到自身本质上的一种连贯性，但那时我就感觉自己的生命变得迟缓，停顿，而行将终止。仅由于对人的同情，我的心才在那儿跳跃；我只为别人而生活；代人生活，或是说，跟人生活，而我从没有比躲开自己，而变作任何另一个人时，更感到生活的紧张。

这一种反自利的分化力量是那么强，它使我自身消灭了财产的观念——

从而是责任的观念。这样的一个人不是普通可以找来做丈夫的。这一切用什么方法能使萝拉理解呢?

十月廿六日

"诗境"(包括这字全部的意义)以外,一切对我都不存在——从我自己数起。有时我觉得我自己并不存在,而只是我自己想象我存在。在我最难置信的,是我自己的真实性。我不断地逃避自己,而当我看着我自己在动作,我不很理解何以那个在动作的我就是那个在看他动作的我。他惊奇地看着那个动作的我而怀疑他自己可以是动作者而同时又是旁观者。

自从我得到下面这个结论的那天起,任何心理分析我完全失去了兴趣。人所感到的只是他自己想象中所感到的。由此推及,他自己想象中所感到的就是他所感到的……我对于萝拉的爱是一个明显的例子。爱萝拉与我想象我爱她——想象我不很爱她与我不很爱她,天哪! 这其间试问有何区别? 在情感的领域中,真实的与臆想的分不出什么区别。而如果想象中的爱已足使人爱,那末当你爱的时候也许就是你想象中在爱,这样你立刻可以把爱减少一点——或是在你所爱的身上离解一些爱的结晶。但一个人如能那样反省的时候,他的爱不已就不如先前那么热切了吗?

在我的小说中,X 就用这一种推理竭力使他自己与 Z 疏远——而尤其竭力使她与他自己疏远。

十月廿八日

人们不断地谈到突然的爱情结晶。但是迟缓的"结晶分化"我却从没有听人提到过,而这对我却是一桩更感兴趣的心理现象。我相信任何由恋爱而进入婚姻的夫妻中,经过相当时期,都可以观察到这种现象。幸而,这一点很可不必替萝拉担心(而这也就最好),如果她依从理性,依从她家里人和我自己对她的劝告而和法里克斯·杜维哀结婚。杜维哀是一个很诚实的教授,品德兼优,而对他自己的职务很能胜任(我记得他很受学生们的爱戴)——尤其由于事前萝拉对他不存奢望,以后反能慢慢在他身上发现更多的美德。当她提起他时,纵使是对他的赞语,我也很少发现有超过某种界限的。杜维哀应该比她所设想的更有价值。

多有意思的小说题材:经过十五年,二十年后的婚姻生活,夫妻间相互的、逐步的"结晶分化"！当他爱对方而愿被对方所爱的时候,男人不会是他自己的本来面目,而同时他也看不清对方——相反,他所认识的对方只是他自己所雕塑的、神化了而创造成的一座偶像。

因此我警告过萝拉,教她防御她自己,同时也防御我。我试劝她我们的爱情对她对我都不会得到永久的幸福。我希望已多少使她信服。

爱德华耸耸肩,把信夹入日记本中,把日记本放在手提箱内。他从皮夹内取出一张一百法郎的票子,然后把皮夹也放在箱内。他预备到站后把箱子存在行李房,在没有取出那箱子以前,一百法郎一定已很够他使用。麻烦的是他的手提箱不能上锁,或是至少他已没有上锁的钥匙。他总把箱子的钥匙丢失。算了吧！行李房中的员役在白天总是很忙,决不会闲着无事。他预备在下午四点钟把这箱子取出,送回家去;然后去安慰萝拉,援救萝拉;他想设法劝她出来一同晚餐。

爱德华微微入睡;他的思路不自觉地转到另一个方向。他自问如果单读萝拉的信,是否他可以猜到她的头发是黑色的？他对自己说:那些把人物描写得太仔细的小说家们不但没有帮助,却反阻碍了读者的想象力。他们应该让每一读者依各人自己的喜欢,去设想小说中的每一人物。他想他自己正在写的那本小说,这书应该和他以前的作品完全不同。他没有确定用《伪币制造者》来当做书名是否适宜,他不该事前宣布。为吸引读者而刊登"预告"这习惯是最荒谬的。实际谁也没有吸引到而自己反给束缚住了……他也还没有确定他书中的题材是否合适。很久以来他就不断思索;但至今一行也没有写成。相反,他在一本小册子上记下备考和感想。

他从手提箱内取出这本小册子。在袋中掏出一支自来水笔。他写道:

取消小说中一切不特殊属于小说的元素。正像最近照相术已使绘画省去一部分求正确的挂虑,无疑留声机将来一定会肃清小说中带叙述性的对话,而这些对话常是写实主义者自以为荣的。外在的事件,遇险,重伤,这一类全属于电影;小说中应该舍弃,即连人物的描写在我也不认为真正属于小说。真的,我不以为"纯小说"(而在艺术中像在别的事物中一样,我所唯一关心的是纯洁)有这需要。同时戏剧也一样。人用不到辩解说剧作者不描写他的人物是由于观众可以在舞台上看到他们逼真的出现。因为我们不都有过这种经验:在剧场中我们的幻想往往被演员打破,因为他们的演出和我们理想中的人物相差太远。——小说家普遍都把读者的想象力估计得太低。

刚在眼前闪过的是什么车站?阿尼埃尔。他把手册放在箱内。但巴萨房的影子仍是缠绕着他。他重把小册子取出,再在上面写下:

> 对巴萨房,艺术作品与其谓为目的毋宁谓为手段。他需要那么咆哮着去确立他所炫耀的那些艺术信心,正因为它们不够深重;它们的出发点并不由于性格上任何内在的切需,而只为趋附时尚。"投机"两字可以当做它们的口号。

> 《铁杠》。很快变成最陈腐的那些东西,最初出现时一定特别显得新奇。每一殷勤,每一矫饰,都期许着一条皱纹。而巴萨房讨年轻人的喜欢正由于此。未来对他全不相干。他的对象是当代(这自然比一味守旧为强)——但正因为他的对象只是当代,所以他的著作也将随这时代而消逝。他明白这点,而且也并不希图不朽;由此,他非竭力自卫不可,不但当人攻击他,就是批评家们的每一评论,他也必作抗辩。如他自觉他的作品是有永久性的,他的作品本身就能作它自己的自卫,而用不到他不断替他的作品去辩护。我将说,他更应该由于不被理解,由于受到委屈而自感欣幸。这会给明日的批评家们更多一层辨正的工作。

他一看表,已十一点三十五分,早该是到站的时候。如果万一俄理维在月台上等他那该是多奇妙的事!但他认为绝对是不可能的,俄理维怎么会看到他写给他父母的那张明信片——那明信片上他显然是偶然地,附带地,草率地注明了车到的时刻——像是对命运所安排的一条诡计。

车停了。赶快叫一个脚伕!不,用不到,他的手提箱并不重,而行李房也不远……假定他在那儿,在人堆中他们两人能相识吗?他们才见过几面。就算他没有变得太多!……唉!天哪,那可不是他吗?

九

如果爱德华与俄理维双方见面时的喜悦能有更显著的表示,我们也就无须慨叹以后所发生的一切;但这一种奇特的心理——怕自己不能在对方心目中唤起同等的共鸣——却是他们两人所共有的,这才造成他们间的僵局。每人都以为只有自己单方面受感动，只有自己单方面有着这种热切的喜悦，因此感到惶惑，而尽量抑制自己的喜悦，不任情流露。

于是，俄理维不但没有向爱德华表达他自己特意跑来迎接他舅父的这种热忱，倒反以为应该另造一个借口，而说因为今晨到车站附近买一点东西才顺道而来的。他那极度的审慎使他认为他的在场也许会令他舅父讨厌。但他还没有说完这番谎话，面色却通红了。最初爱德华热烈地紧握着俄理维的手臂，但一看他脸红，同样由于审慎，就信以为是自己握着他手臂的缘故。

爱德华开始先说：

"我在车上尽想你是不会来接我的；但心底里我始终认定你是一定会来的。"

他会想俄理维一定在这话中看出太大意的自信。当听到他若无其事地回答"我正因为到车站附近来买点东西"，爱德华就放开俄理维的手臂，而他满腔兴致也随即消沉。他还想问俄理维有否懂得他寄他父母的那张明信片实际只是为他而写的；但话到喉头，竟无勇气出口。俄理维怕使他舅父厌倦或是引起他的误解，因此没敢谈他自己。他只默不作声地看着爱德华，而惊异于他嘴唇轻微的颤动，以后他就把眼睛低垂下去了。爱德华希望吸引他的目光，但同时又怕俄理维嫌他苍老。他神经质地在手指间搓着一张纸条。这正是刚才行李房中给他的收条，但他未曾注意。

"如果那是他存行李的收条，"俄理维自忖着，但看他把它搓成很皱，又随便往地上一扔，"他就不会那样把它扔掉。"而他一回头时，看到那纸条已随风吹远在他们身后的行人道上。如果他多注意一下，他就可以看到一个年轻人把它拾走。这人正是裴奈尔，他在他们步出车站以后，一直跟着他们……俄理维苦于无话可说，两人间的沉默已使他无法忍受。

"当我们走到孔多塞中学门前，"他在心中反复地说，"我就对他说：现在我得回家了，再见吧！"走到中学面前，他又决定把这话延迟到普罗旺斯路转角再说。但同为这沉默的重担紧压着的爱德华却不能设想他们就将这样分手。他把他的外甥带入一家咖啡馆。也许一杯葡萄酒会帮助他们打开这种困境。

他们举杯相庆。

"祝你成功，"爱德华举杯说，"考试是什么时候呢？"

"十天之后。"

"你自己觉得已有准备了吗?"

俄理维耸耸肩。

"自然谁敢肯定地说。只要那天稍有意外就糟了。"

他不敢回答说"是的",生怕自己显得倨傲。而同时使他不安的是他希望,而又不敢用亲密的"你"字称呼爱德华;他只好把每一句话绕着弯说,这样至少把尊称用的"您"字也省去了。爱德华原等待俄理维会用"你"称呼,但经他这样一绕圈,这希望也就被打消了。但他记得在他动身去英国的前几天,俄理维已用"你"称呼他。

"你工作得怎么样?"

"不算坏。不过也没有达到我自己所预想的。"

"勤恳的人总会感觉自己的工作还能做到更进一步。"爱德华俨然地说。

但这在他出于无意,因此他立刻感觉到自己所说的可笑。

"你还写诗吗?"

"偶尔……但我很需要有人指导。"他的目光投在爱德华身上。其实他想说的是"您的指导"。虽然他口中不说,但他的目光已很足使爱德华明白他的意思。爱德华相信他不直说是出于敬服或是谦逊。但他何须那么回答,而且又是那么唐突:

"啊!指导嘛,那就应该在自己身上找或是请教自己的友伴们;至于那些年长者的都不适宜。"

俄理维就想:"我又并没有求他指导,他又何必抗议?"

各人焦灼于自己口中所发出的枯燥与勉强的调子;而各人都以为自己正是使对方局促不安的原因。类似的谈话是不会有好结果的,除非临时能有使他们解围的机遇。但连这样的可能性也没有。

俄理维今晨起床时就不很舒服。当他醒来已不见身旁的裴奈尔,这一种无缘道别任他离去的悲哀,一度曾为重见爱德华的喜悦所克服,这时却整个袭上他的心头,像阴沉的波涛席卷了他一切的思念。他想向爱德华谈起裴奈尔的遭遇,告诉他一切,使他对他的朋友发生兴趣。

但爱德华偶一微笑就会使他心伤,纵使他的表情不显得太夸张,但已很足够泄露他心头沸腾骚动的情感。因此他缄口不言,他感到他自己面部的紧张,他真想投入在爱德华的怀抱中痛哭一场。爱德华却误会了他的沉默,误会了他愁眉的表情。他太喜欢俄理维,这才使他感到不知所措。如果他敢抬头正

视俄理维,他一定会把他抱在自己的怀中,像安慰一个孩子似的安慰他;但当他遇到俄理维忧郁的目光:

"我猜得不错,"他想,"我使他惹厌……我使他疲倦,我把他留得太久了。可怜的小东西!他只等我一句话把他打发。"全为怜恤对方,这句话,不由自主地从爱德华的口中出来了:

"现在你可以走了。我相信你父母一定等着你吃午饭。"

俄理维也以为自己使爱德华惹厌,因此也把对方的语意误会了。他赶紧站起身来,伸出手去。至少他想对爱德华说:"我什么时候能再见你呢?""我什么时候能再见'您'呢?"或是"什么时候我们能再见呢?"……爱德华等待着这句话。但俄理维只是一声最平凡的:"再见。"

十

太阳把裴奈尔晒醒。他从板凳上起来头胀欲裂。早晨那股刚毅的勇气已全消失。他陷入在一种无名的孤独中。他不愿把心头的酸楚认作是悲哀,虽然他的眼眶中满浴着眼泪。做什么好?上哪儿去?……如果他朝着圣拉扎尔车站的方向走,他并无一定的目的,他只知道那时俄理维也一定在车站,他希望也许能重见他的朋友。他自责早晨不该突然离去,这事一定会使俄理维难受。而他不正是裴奈尔认为在人间最可眷恋的人吗?……当他看到他朋友在爱德华的怀中,一种奇特的情绪使他一面紧随着他们,而同时又避免使自己露面。虽然他想加入在他们中间,但他痛楚地感到自己是多余的。他觉得爱德华是个可爱的人物,身材不比俄理维高多少,步履也几乎一样年轻。他决定等待着俄理维和他分手以后,自己上去向他招呼。但用什么作借口呢?

正在这当儿他看到那搓皱了的小纸团从爱德华的手中毫不经意地落了下来。他把它拾起,原来是一张行李房的收条……好巧,这不正是他所需要的借口吗!

他看他们一同进入一家咖啡馆,刹那间他感到一种极渺茫的心绪,接着又开始他自己的独白:

"换一个人无疑就会立刻把这纸条交还给他,我记得哈姆雷特的话:

   一切世俗之利对我是
   那么疲倦,陈腐,平淡,无用!

裴奈尔,裴奈尔,你在心头打算什么呢?昨天你已经掏了抽屉,今天你又打什么主意?留心点吧,好孩子……注意正午的时候,给爱德华存行李的那个家伙会去吃饭,另一个人会去值班。而你不是答应你朋友,说什么都敢做吗?"

可是他想,这事如果做得太匆促恐怕会出乱子。如果慌忙去取,管行李的人也许会疑心;他再一检查登录册,定会发现这事情不很平常:一件几分钟前存入的行李一会儿又把它取出。而且,如果一个路上的人,一个不相识者曾看到他捡起这张纸条……裴奈尔知道不宜操之过急,他就决定重又走向和平广场,挨过一顿饭的辰光。当人去吃饭的时候把手提箱存在行李房,饭后就去取,这不是很普通的事吗?他已忘去他的头痛。经过一家饭馆的时候,他就顺手在露天的餐桌上抓了一根牙签(它们在桌上都成簇地放着),预备到行李房前放在口中嚼着,装作才吃饱的样子。幸而他有着堂堂的仪表,优雅的衣饰,高贵的举止,真率的笑容与目光,以及我也说不上是怎样的一种姿态,总之可以使你觉得这是一个丰衣美食的人,什么都有,什么也不需要。只是躺在长凳上,这一切都起皱了。

当行李房的职员向他要十生丁①的保存费时,他可心慌了。他身边已无分文。怎么办?手提箱就在柜台上。稍一不安或是掏不出钱就会引起疑窦。但魔鬼不肯让他失败,当裴奈尔绝望地假装着在每只口袋中探掏,魔鬼已把一枚十苏②的钱币塞入在他慌张的手指间,谁也不明白这一枚钱币是什么时候忘在他的背心上的小袋中的。他就交给那管事的,丝毫不显露自己局促的心情。他提起箱子,若无其事地把找回的零钱放入袋中。他舒一口气,好热!他往哪儿去?他的双腿有点站不稳,而箱子对他又相当重。他预备如何处置它呢?……突然他想起他没有钥匙。不,不,决不,他决不能把锁撬开;他又不是小偷!……如果至少他知道箱内有些什么!箱子的重量全落在他手臂上。他满头大汗。他把他的负担放下在行人道上,预备休息一下。自然,这箱子他是打算送还的,但他先想加以探索。他顺手把锁一捺。啊!奇迹!锁瓣竟开了,箱内露出这颗珍珠:一个皮夹,皮夹内是钞票。裴奈尔取出珍珠,把蚌壳重又合上。

如今他可有了办法,赶快找一旅馆!他知道附近阿姆斯特丹路就有一家。

---

① 一生丁等于百分之一法郎。
② 一苏即五生丁。

他已饥肠辘辘。但坐下在饭桌之前,他先得把那箱子收好。在扶梯上一个侍役提着箱子给他引路。三道扶梯,一条过廊,一扇门,他就把他的宝藏锁在门内……自己再跑下楼来。

坐下在一道牛排前,裴奈尔不敢从他袋中掏出那只皮夹来(谁敢担保不会有人在偷看呢),但他的左手伸在衣袋中恋恋地抚摸着它。

"使爱德华明白我并不是一个窃贼,这实在不是容易的事。"他自忖着,"爱德华究竟是属于哪一种人呢?这一点也许看他的手提箱就可以知道。非常吸引人,那是一定的。但天下有很多这样的人,他们就根本不懂什么叫做打趣。如果他以为他的箱子是被窃了,那末当他再得到它时一定会很高兴。他应该感谢我替他送还,否则他只配是个笨伯。我有方法使他对我发生兴趣。赶快来一道水果,以后就上楼去细作部署。算账;赏茶房一点漂亮的小费。"

片刻间,他又重回到他的房间来了。

"手提箱,如今就剩您和我两口儿了!……一套替换的西服,穿在我身上也不会太肥。质料时髦,式样雅致。衬衫之类;化妆品。我还决不定是否这一切都预备还给他。但可以证明我并不是一个小偷,那是因为这些稿纸会比任何别的使我更感兴趣。先看这些吧。"

这正是那本日记,里面夹着萝拉那封凄楚的信。开首几页我们已经知道,下面是紧接以前的日记。

十一

爱德华日记

十一月一日

两周前……其实我早应把这事笔记下来。并不是我没有时间,只是我的心还整个地被萝拉占据着。——或是说得更切实一点:除了她以外,我不愿把自己的思想用在别的地方,而且我不喜欢在这儿记下任何偶然的不相干的枝节,而那时我还不认为我在下面要写的事会有什么后果,或是像人所说的:会有下文。至少在那时我不能承认,也正由此,所以我不把它放入在我的日记中;但如今我感觉到,而且我也无须否认,俄理维的面目已开始孕育着我的思想,他的形影指使着我的思路,没有认清这一点,今日我就无法解释我自己,无法认清我自己。

那天上午,我为料理那本旧书再版的事情,正从佩兰出版社回来。因为天气很好,我就一直沿河漫步,等待吃午饭的时候。

离法尼亚书铺不远,在一家旧书摊前我站住了。与其说那些旧书吸引我,倒不如说是那一个约莫十三岁光景的中学生。他在那些放在露天的书架上翻书。一个看守书铺的人坐在店门前一张草编的椅子上静视着他。我假装作看着书架上的书,实际我的眼梢也偷偷地注视着这小家伙。他身上的一件大衣已破旧不堪,上衣的袖子露出在大衣太短的袖筒外面。大衣一边的一只大口袋开着,虽然一看就知道袋中是空的,袋边的一角已磨破了。我当时想这大衣一定是经过好几个弟兄穿下来的,而他和他的哥哥们一定都有把袋子塞得太满的习惯。我也想到他母亲也许是一个很疏懒的人,或是事情太忙,否则决不会不给他把破袋补上。但这时那小家伙稍稍转过身来,我看到他另一只口袋已完全用一根结实的黑粗线草率地缝补过。立刻,我就仿佛听到那为母者的谴责:"别把两本书同时塞在你的口袋中,你会把大衣弄坏了。你的口袋又撕破了。我告诉你,下一次我决不给你再补。你看你成什么话!……"一切像我那可怜的母亲曾经对我说的一样,但当时我也丝毫不放在心上。从那未扣上的大衣中可以看到他的上衣,我的目光特别为他挂在钮孔中的一条黄丝带所吸引。这实在是一根丝辫,很像是那种挂勋章用的。我记下这一切完全为当做训练,其实正因为这是一件使我惹厌的工作。

有一阵,那管店的人跑到里面去了,不多一会就又回来坐在他的椅子上。但在这片刻间,孩子已有机会把他手上的书往大衣袋中一塞,立刻他又若无其事地在翻另外那些书架了。可是他有点忐忑,他抬起头来,注意到我的目光,知道我已经看到了。至少他想我应该是看到他的,自然他也不能十分确定,但在疑惑中,他就失去自信,他脸红起来,想设法镇静自己,但结果只使他更显得局促。我的眼睛始终没有离开过他。他从袋中抽出那本窃获的书,立刻又把它放回袋中,跑远几步,从他上衣里边的口袋中掏出一只小破皮夹,装作在那儿找钱,实际上他自己很知道皮夹中根本没有钱;他会心地装一个鬼脸,把嘴撇一撇,自然这都是做给我看的,意思是说:"袋中空空",但同时带点这种语调:"可真怪啦!我以为皮夹中还存着钱呢!"这一切都扮得有点过分,有点愚蠢,颇像一个不善于表情的演员。最后,而且我可以说,受我目光的追迫,他不得不重跑到书架前面,从口袋中抽出那本书,很快地把它放在原位。这一切做得非常敏捷,因此管店的根本没有留意到。于是孩子重又抬起头来,希望这一下可以被释放了。但不,像该隐①的眼睛一样,我的目光始终盯着他,所不同的,我的是一种微笑的目光。我想和他说话,我等候着他一离开铺面就上去和他招呼,但他站着不动,一直羁留在书架前面,这我才知道如果我总那么监视着他,他是不会动的。于是,像孩子们玩"抢四方"的游戏一样,为引诱别人转位,我就先离开几步,表示我对这事已不感兴趣。果然他也跑了,但他还没有走远,我就跟着上去了。

我劈头就问他:"那到底是一本什么书呢?"虽然我竭力在语气中和面色上表示亲善。

他正眼看着我,而我觉得他的疑念已消。也许他称不上漂亮,但他的目光多引人!在那儿我看到种种情感像溪水中的小草似的起伏着。

"那是一本阿尔及利亚的旅行指南。但它实在太贵,我买不起。"

"多少钱?"

"两法郎五十生丁。"

"但如果你不知道我在那儿看着你,你还不是把书放在袋中就跑了。"

那小家伙像是想抗辩,结果带着一种很粗暴的调子:

"不……但您难道把我当做一个小偷看吗?……"语调中怀着确信,意思是想使我怀疑我自己所看到的一切。我觉得如果再坚持,事情就会弄糟。我从袋中掏出三个法郎:

"好!你拿去买吧!我等着你。"

两分钟后,他从书铺出来,一面翻阅着那艳羡的目的物。我从他手上接过来。这是一本旧指南,还是在一八七一年出版的。

"你拿这有什么用呢?"我一面把书交还给他,"这已太旧了。不切实用。"

他说有用,说如果买新出版的那就更贵了,说"为他的需要",这本旧指南中的地图一样适用。我没有把他的话直接记下来,因为一写在纸上,他那特有的乡音就无法表达出来,而尤其使我感兴趣的是虽带乡音,但他的语句仍不失其为雅致。

非把这故事缩短不可。精确不应求诸详尽的描写,而应该用恰到好处的

---

① 《圣经》人物,系亚当与夏娃之长子,出于妒忌,杀害其弟亚伯。

两笔三笔打中读者自己的想象力。而且我相信这故事不如由孩子自己口中说出,他的观点一定比我的更有意义。这小家伙虽然受窘,同时暗喜于我对他的关心,但我沉重的目光总使他显得不很自然。孩子易感而不自觉的个性往往借某种姿态去作自卫而把他的真面目隐藏在后面。观察那些正在成长中的人是最困难的事。你必须从旁去留意他,从侧面去判别他。

那小家伙突然宣称"他最喜欢的"是地理。我猜疑到在这种爱好后面也许正潜伏着流浪的天性。

"你想上阿尔及利亚去吗?"我问他。

他耸一耸肩回答说:"天晓得!"

突然这观念掠过我的脑筋:也许他在家里不很幸福。我就问他是否和家里人住在一起。他说是的。又问他和家里人相处如何?他吞吐不说。他似乎因别人想知道他的私事显得有点不安。他就加上一句:

"为什么您问我这些?"

我立刻说:"不为什么。"一面又指着他钮孔中的那根黄丝带:

"那是什么?"

"这是一根丝带,您看不到吗?"

显然我的问题使他心烦。他突然向我回过头来,敌意地,用着一种嘲弄与傲慢的语调:

"您说,您常常这样盘问中学生们的行动吗?"我真没有想到他能说出这样的话,这使我颇为狼狈。

而当我正无以置答且又竭力想含混过去,他已把夹在手臂下的书包打开,把购得的书放在里面。书包中全是一些教科书,以及几本一律用蓝纸包上的练习簿。我取了一本,那是历史笔记。上面有他自己用粗笨的笔迹所写的名字。当我一看到那是我自己外甥的名字,我的心不禁狂跳起来。

乔治·莫里尼哀

(当裴奈尔念到这几行时,他的心也狂跳起来,这整个故事开始使他感到莫大的兴趣。)

如果把我自己在这儿扮的角色放入《伪币制造者》中,人就会怀疑,他既然和他姊姊未曾断绝交往,何以他就不认识她的孩子们呢?我最不善窜改事实。纵是把一个人物的头发换一种颜色,我也立刻会起失去真相的感觉。事

275

物间都存在着某种关联,一切来自生活中的经验,我都感到它们相互间有着一种密切的联系,如果牵动一发就会影响全局。可是我又无法说明这孩子的母亲和我是异母姊弟,因为她是我父亲前一个太太生的;而且老人们在世的时候,我始终没有和她见过面,直到遗产承继的种种问题发生以后,我们间的关系才重又恢复……这一切都是不可少的,而且我也想不出别种方法可以避免不提到这些家事。我本来知道我姊姊有三个孩子;但我只认识顶大的学医的那一个,而且我也只见过他一面,因为得了肺病以后,他不得不休学上南部去疗养。其余两个我去看菠莉纳的时候,他们总不在家。我眼前的这位无疑是最小的那一个。我绝不显露出自己的惊讶,但知道他就要回去吃饭,我就突然留下小乔治,自己先跳上一辆汽车,预备比他先赶到他们在圣母院路的寓所。我想在那时到达,菠莉纳一定会留我吃中饭。我可以把从佩兰出版社带回的那本再版的书送给她,当做这突然去看她的借口。

这还是我在菠莉纳家第一次吃饭。我以前不该对我姊夫存着戒心。我不信他会是个出色的法官,但幸而我们在一起的时候,他和我一样,各不谈自己的本行,因此我们还很合得来。

自然,那天我到他们家以后,绝不提到我在路上所遇见的一切。当菠莉纳留我吃饭的时候,我就说:

"这倒是一个使我和我外甥们认识的机会。因为您知道他们中有两位我还没有见过面呢。"

"俄理维回来得迟一点,"她说,"因为他在补课;我们可以不必等他。但我刚才听到乔治已回来。让我去叫他。"她跑到邻室的门口:

"乔治!快来见你舅舅。"

那小家伙走近,向我伸手,我和他亲吻……我真佩服孩子们作假的本领:他一点不显露惊奇,你可以相信他简直就像不认识我。只是,他脸涨得通红,但他母亲一定以为他是怕羞。我想他和刚才路上的猎犬重又遇见,心中大概有点不安,因为他几乎立刻就离开我们而回到邻室去了。那是一间餐厅,而我设想平时大概就给孩子们当书室用的。可是当他父亲进入客厅来时他又立刻出现,在大家走向餐厅的片刻间,他乘机走近我的身边,没有让他父母看到,赶紧拉住我的手。最初我以为只是一种亲善的表示,使我颇感兴趣。但不,他扳开我握在他手上的手,塞入一张一定是他刚才去写的小纸条,把我的手指按在上面,用力一搣。自然我顺从他的摆布。我把那张小纸条藏在口袋内,直到饭后才把它取出来看。纸上所写的是：

"如果您向我父母谈起那本书的事情，当心我（此处"恨您"两字用笔涂去）说那是您教我的。"

下面又附加：

"我每天十点钟从学校出来。"

昨天 X 来访，把我在写的打断。他的谈话使我堕入一种不安的心绪中。

曾仔细考虑 X 对我所说的。他对我的生活一点也不知道，但我详细地对他谈了我写《伪币制造者》的计划。他给我的劝告往往对我很有益，因为他的观点与我不同。他担心我太造作，结果是放弃了真题材，倒反抓住了这题材在我脑筋中的阴影。但使我自己不安的则是在这儿，第一次，生活（我的生活）和我的作品起了隔离。我的作品脱离了我的生活。但这一点，我无法对他说明。直到如今，我的作品全受我的趣味、我的情感以及我个人的经验所孕育；在我写得最好的句子中，我还可以认出我自己的心在那儿跳动。从今以后，在我所想的与我所感的之间，双方的联系已切断了。而我所怀疑的正是这一点：是否正由于今日我不让我自己的心尽量说话，这才使我的作品堕入抽象与虚拟之境。一想到这，"阿波罗与达佛涅"①这一个寓言的用意立刻出现在我的脑际。我那么想，那人是幸福的，当他在一拥抱间同时获得了桂冠和他所心爱的人。

我把遇见乔治的事写得那么长，以致俄理维出台时反非搁笔不可。我开始这叙述原为谈他，结果却谈了乔治。但每当要提到俄理维时，我知道我的存心迟缓原来就为延宕这一刻的到来。就在这第一天，当我一看到他，当他一坐下在他家的餐桌前，当我的第一道目光，或是更确切地说，当他投出第一道目光，我立刻就感到这目光射中了我，而此后我再无能安排我自己的生活。

波莉纳一再要我常去看她。她恳切地请求我照拂她的孩子们。她透露出她丈夫不很懂得孩子们的心理。我愈和她交谈，愈感到她的可爱。我真不懂何以过去我能一直不去看她。孩子们都在旧教的环境中长大的，但她自己还记得她早年所受的新教教育，虽然当我父亲娶我母亲的时候，她就离开家庭。但我发现在她与我之间仍有很多相似之点。她把她的孩子们送在萝拉家主办

---

① 希腊神话故事，达佛涅为躲避阿波罗的追求，乃化身为月桂树。

的补习学校,那儿以前我自己也住过很久。而且雅善斯补习学校向来以不特别带宗教色彩自居(在我那时候,学生中连土耳其人也有),虽然创办人雅善斯老人(他是我父亲的旧交)曾经当过牧师。如今学校的一切仍由他自己在主持。

菠莉纳接到文桑的消息说他都很好,不久就能出院。她说她给她儿子的信中提到我,并且希望我能多认识他一点;因为我只和他见过一面。她对她长子期望很大,家庭方面尽量节省为的不久可以使他自立——就是说可以使他有一间自己的门诊所。她已经想法给他留出一部分房间,把俄理维与乔治移到半楼上那间空房去。最大的问题是文桑的健康是否能允许他继续医科后期。

实在说,我对文桑一点不感兴趣,如果我和他母亲谈了很久,那只为对她表示恳切的意思,而且同时也可以使我接着多谈到俄理维。至于乔治,始终飨我冷面,我问他,他很少回答,有时遇到,他以极度猜疑的目光瞧我一眼。似乎他怪我不上学校门口去等他——或是怪他自己不该先出主意。

我也很少见到俄理维。当我去看他母亲时,我知道他在邻室用功,却不敢去惊动他;有时偶然遇到,我又心慌又笨拙,以致无话可说,而这使我更感到难受,所以我宁愿知道他不在家的时候才去看他母亲。

十二

爱德华日记(续)

十一月二日

与杜维哀长谈。他和我从萝拉家里出来,陪我穿过卢森堡公园,直到奥德翁戏院。他在预备一篇关于华兹华斯①的博士论文,但仅由他对我所说的三言两语中,已可看出他未能把握华兹华斯诗歌的特质。其实选丁尼生②也许对他更为适宜。我在杜维哀身上感到一种无名的空洞与寡断。他对人对物都只看到一个表面,这也许因为他对他自己也只看到一个表面的缘故。

---

① 华兹华斯(1770—1850),英国诗人。
② 丁尼生(1809—1892),英国诗人。

"我知道,"他对我说,"您是萝拉最亲密的朋友。无疑我应该对您生一点妒意。但我不能。相反,所有她对我谈到关于您的一切使我对她更多一层了解。同时使我希望成为您的朋友。那天我问她是否我娶了她,您会对我怀恨?她回答说这还是您劝她那样做的。"(我相信当时他对我说时也就用同样呆板的语调。)"我很愿向您致谢,"又加上说,"并且希望您不认为我这个人可笑,因为我的意思实在非常诚恳。"他勉力微笑,但他的声调是颤动的,他的眼眶中噙着眼泪。

我不知道对他说什么好,因为我丝毫没有受到应有的感动,因此无以唤起我情绪上的共鸣。他一定会认为我太冷淡;但他实在使我惹厌。虽然我仍不免热烈地握着他伸给我的手。把自己的心献给别人,而对方无此需要,这些场面往往是最难堪的。无疑他想强求我的同情。但他如果更敏感一点,他一定会大失所望;而我已看出他对他自己的举动感到满意,以为它已在我心中起了回响。我一言不发,也许由于我的缄默使他感到局促。

"我希望她到剑桥以后,换个新环境,可以不至于对我再有不利的比较。"

他这话是什么意思?我竭力装作不懂。也许他希望我会抗议,但那只能使我们双方更陷入泥淖。他是属于那种胆怯的人,他经不起别人的缄默,他以为必须用夸大的言辞去装缀。正是那种人,他立刻就对你说:"我对您始终非常坦白。"可是天哪,重要的不在乎你坦白与否,而在乎让别人也能对你坦白。他应该知道正由于他自己的坦白才使我无从坦白。

但如果我不能成为他的朋友,至少我相信他可以给萝拉当一个好丈夫;因为归根说,我在此所非难于他的特别是属于品质一方面。以后,我们谈到剑桥,我答应上那儿去看他们。

萝拉何至于荒谬得对他谈起我的一切?

女人依慕的倾向真令人可惊,她所爱的男人,十之九对她只像是一种挂衣钩,那儿她可以挂她的爱情。对萝拉,找一个替代人是多么简便的事!我知道她嫁杜维哀,实际我是第一个劝她那样做的人。但我以前总以为她会感到一点哀愁。他们的婚礼会在三天内举行。

关于我那本再版的书有几篇书评。人们最容易对我赞许的那些品质正是那些我自己认为最可憎恶的……我是否应该让这些陈腐的东西拿来再版?这已不合我今日的趣味。但以前我没有看清这点，我不是一定说我自己变了，而是今日我才确切认清我自己；以前，我始终不知道我自己是谁。难道我永远需要另一个人作我的提词者！这一本再版的书完全是从萝拉身上结晶成的，由此，我不愿再在那书中重认我自己。

这一种由同情而生、先于时代的预感，这一种机敏，我们是否永远不能把握呢？哪些问题该是明日的来者所最关切的呢？我为他们而写。供给那些尚在朦胧中的探索力以食粮，满足那些潜在的要求，今日的孩子会在他来日的途中遇到我，而发生惊奇。

我多么欣喜于俄理维的种种好奇心，以及他对过去焦灼的不满……

有时我感到，诗似乎是他唯一的爱好。而和他一比较，我不禁感到我们的诗人们能把艺术的情绪看得比一己的感触更重要的实在不多。奇怪的是当俄斯卡·莫里尼哀拿俄理维的诗给我看时，我劝后者更应听取字义的指引而不应去制服它们。如今我才感到反是他给了我一个教训。

以前我所写的一切，今日看来，显得多么理智！可悲可厌也复可笑！

十一月五日

今日婚礼在夫人路的小教堂内举行。我已很久没有再上那儿去了。浮台尔-雅善斯家全体出动：萝拉的外祖父，父亲，母亲，她两个姊妹，她的小兄弟，以及一大群姑亲表戚。杜维哀家有他三位服孝的姑母出席，我看在旧教下她们应该成为三个尼姑才对。据说三位住在一起，而杜维哀自他父母死后也和她们一同生活。经坛上坐着补习学校的学生。雅善斯家其余的亲友全挤在教堂的正中，我也在内。离我不远，我看到我的姊姊和俄理维；乔治大概和他年龄相仿的同学们坐在经坛上。拉贝鲁斯老人奏风琴。他那苍老面色较前显得更美，更庄严，但当年我跟他学钢琴时他那种令人起敬的炯炽的目光却已消失。我们视线相遇，我看出他向我微笑时所含的深沉的悲哀，我才决定散会后去找他。一阵挤动以后，菠莉纳身旁留出一个空位。俄理维立刻向我招呼，把他母亲往边上一挤，让我坐在他的身旁；接着就把我的手很久地握在他自己的手中。这还是第一次他对我那么表示亲昵。在牧师冗长的致辞中，他一直闭着眼睛，这使我能有一个仔细观赏他的机会。他真像那波利美术馆中浮雕上的那个熟睡的牧童，我在自己书桌上还有这张照片。如果没有他手指轻微的跳动,我真会把他当做睡熟了。他的手像小鸟似的在我手中悸动着。

那位老牧师以为理应追叙全家的历史,他先从雅善斯祖父开始。他自己和他是普法之战以前在斯特拉斯堡的同班同学,以后在神学院又成同窗。我以为他一定会缠不清这一句复杂的句子,其中他想解释他朋友虽然创办了一所补习学校,以教育青年之责自任,但同时也可以说并没有抛弃他牧师的职责。于是他又继述父代。同时他也启颂杜维哀家的门第,但他似乎对于对方的家庭所知有限。情感的真挚掩饰了演辞的贫匮,可以听到听众中用手绢擦鼻的大不乏人。我真想知道俄理维的感想。在旧教家庭中长大的他,新教的仪式一定对他很新奇,而我相信他跑到这教堂来一定还是初次。使我能认识他人情绪的某种独特的自忘力,这时不由自主地在想象中使我和俄理维应有的情绪相结合。虽然他闭着眼睛,而且也许正由于这缘故,我似乎用我的眼睛替代着他的眼睛,而第一次这四壁空空、阴沉的礼拜堂,这白壁前孑然孤立的讲坛,这些笔直的线条,四周坚冷的柱子,这一种生硬无色的建筑本身,第一次,它们对我引起了冷酷,偏执,吝啬之感。我以前不曾感到这一切,一定由于幼年起很早就已习惯了的缘故……这时我突然追忆起自己第一次宗教情绪觉醒时的热忱;记起萝拉,以及每礼拜日我们聚会的那个星期学校。那时她和我都是班长,我们天真地怀着一片赤诚,用烈火焚毁我们一切内心的不洁,驱尽魔道,回向上帝的怀抱。而我立刻慨念到俄理维不会有这种回忆,不曾经历过这种童年的贞洁,它使灵魂垂危地凌越现实的一切;但由于他对这一切漠然无关,同时也就帮助我逃避了这种境界。我热情地紧握着他留在我手中的手,但这时他突然把手缩回。他睁开眼睛对我一瞧——这时牧师正在宣说一切基督徒应尽的责任,以及对新郎新娘告诫,劝勉,督促——他带着那种孩子气的轻佻的微笑。虽然他额上始终保持着极度的庄重,却回过头来轻轻对我说:

"我才不听那一套呢,我是旧教徒。"

他的一切吸引着我,而使我感觉神秘。

在更衣所门口,我找到了拉贝鲁斯老人。他怅然对我说,但语调并不带谴责的意思:

"我相信您有点把我忘了。"

我借口说抽不出空所以一直没有去看他,并答应后天上他那儿去。我想拖他上雅善斯家,因为我也是他们婚礼后的茶会中被邀请的一个,但他说他自己的心境不很好,而且也怕遇到太多的人,而遇到了又非和他们寒暄不可。

菠莉纳把乔治带走,留下俄理维。

"我把他交给您。"她笑着对我说;这话使俄理维听了不很舒服,把头别转了。他拉我到街上。

"以前我不知道您和雅善斯他们有来往。"

当我对他说我曾在他们家寄宿过两年,他显出非常惊奇。

"您怎么会喜欢他家,而不想法找一个比较自由的寓所?"

"因为我觉到某种方便。"我只能那么含糊地回答他,因为不便对他说明那时我那么地热恋着萝拉,只要能在她身旁,最坏的环境我也能忍受。

"而这笼子的空气不使你感到窒息吗?"

因为我没有回答,他接下去说:

"其实,我也不知道我自己怎么过的,而且我也不知道我怎么会落在他们那儿……但我只是午膳生。这已够瞧。"

我只好对他解释这"笼子"的主人和他外祖父颇有交情,这才使他母亲日后把自己的孩子们也放在那儿。

"而且,"他补充说,"我也无从比较;不用说这种花房都是相差无几的;据别人所告诉我的,我推测别处恐怕更不如。但如果我能离开这儿总是好的。当时我要不因生病而需要补习的话,我才不会跑来。而近来我上这儿来也完全出于对阿曼的友谊。"

这时我才知道萝拉的小兄弟原来是他的同学。我告诉俄理维我对后者不很认识。

"可是在他家中称得上最聪明最有意思的是他。"

"你是说对你最有意思。"

"不;他实在是怪特别的。如果你愿意,我们可以上他屋子去谈谈。我希望他在你面前也敢什么都说。"

我们已走到补习学校门前。

浮台尔-雅善斯他们用比较经济的茶会替代了向例的喜筵。浮台尔牧师的会客室与办公室中接待着大群的来客。只有几个顶知交的才许跑入牧师夫人特别预备的小客厅。但为防止混杂起见,就把会客室与小客厅之间的那道门关断了,所以当别人问阿曼从哪儿可以找到他母亲,他就回答:

"从烟囱走。"

客人很多,挤得水泄不通。除了杜维哀的一部分"教席"同事以外,来宾中几乎是清一色的新教徒。一种极特殊的清教徒的气味,这种浊味在旧教徒或犹太人的集合中是同样的沉重,而且也许更令人窒息;但普通我们在旧教徒身上所看到的那种自得,以及在犹太人身上所见的那种自卑,在新教徒中间我认为是很难遇到的。如果犹太人的鼻子嫌太长,那末新教徒的鼻子就是堵住的;这是事实。而我自己,当我以前也在他们中间时,我就根本觉不出那种空气的特点来,一种说不上的崇高的、天国的、糊涂的气氛。

客厅的末端放着一张桌子当做饮食柜。萝拉的姊姊蕾雪,她的妹妹莎拉,以及她们朋友中预备出嫁的几个女孩子共同照料着茶点……萝拉一看到我,就把我拖到她父亲的办公室,那儿几乎已成为新教的教士总会。隐蔽在一扇窗口边,我们的谈话可以不被旁人听到。在窗槛上当年我们曾刻过两人的名字。

"您来看。我们的名字始终在那儿,"她对我说,"我相信别人一定没有注意到。那时您是什么年龄?"

名字上面还刻着年月日。我一计算:

"二十八岁。"

"而我十六岁。一下已是十年了。"

这不是适宜于重温旧梦的时候。我尽力规避,而她却固执地牵引着我;但突然,像是避免自己太受感动,她就问我是否还记得那个叫做斯托洛维鲁的学生。

斯托洛维鲁是个旁听生,在当时他曾使萝拉的父母苦于应付。别人准许他随班上课,但问他愿听哪些课,或是问他预备哪种考试,他总信口回答:

"我没有一定。"

最初像是为避免冲突,别人都把他的骄横姑且看做是无理取闹,而他自己也只憨笑一阵了事。但不久他的谑浪变作挑衅,他的笑声也愈来愈恶毒了。我不懂何以牧师会容忍这样的学生,如果没有经济的原因在内,而也因为他对斯托洛维鲁怀着一种怜悯与爱惜,也许是一种茫然的希望,以为最后可以使他感化,我是说,使他皈依。而我更不懂何以斯托洛维鲁始终不走,他尽有别的可去的地方,因为他不至于像我似的另有情感上的原因。但也许就为和那可怜的牧师斗趣,显然他对于这位牧师的拙于自卫,节节失利,感到非常得意。

"您还记得那天他问爸爸是否他布道的时候只在西服上罩了一件黑袍?"

"好家伙！他发问时是那么文静,您那位可怜的父亲就没有看出他的居心。那时大家正在吃饭,我还记得很清楚……"

"爸爸就坦然告诉他说,法衣并不厚,他怕伤风,所以没有把西服脱去。"

"而那时斯托洛维鲁表情多忧愁！问了他半天,他才说'其实也无关紧要',只是,当您父亲布道时手势太重,西服的袖管就露出在法衣外面了,那给信徒们一个不很良好的印象。"

"下一次可怜的爸爸讲经时自始至终就把两手夹着身子,而演说的效果也全毁了。"

"第二个礼拜天,由于脱了西服,回来时就得了重伤风。啊！还有关于福音书上无花果树以及不结果的果树的辩论……'我！我不是一株果树。我身上的只是阴影,牧师先生。我用我的阴影罩在您身上。'"

"那也是在吃饭时候说的。"

"自然,因为我们只在吃饭时才见到他。"

"而他的语调是那么阴险,那时我外祖父才把他赶出门去。您记得他突然站起身来的神情,他通常吃饭时总把鼻子对牢碟子,这时伸出手臂,喊着:'出去！'"

"那时他显得真庞大,真有点吓人,他实在太生气了。我相信斯托洛维鲁当时的确也怕了。"

"他把饭巾往桌上一扔,人就不见了。他跑后也没有付我们钱。此后就再没见过他了。"

"我倒真想知道他如今在干什么。"

"可怜的外祖父,"萝拉凄然接言道,"我觉得那天他真有点了不起。您知道,他很喜欢您。您应该上楼去,到他办事室去看他一下。我相信他见到您一定会非常高兴。"

以上我都是立刻记下的,因为我常说感到事后要再觅得一篇对话正确的调子是非常困难的事。但从这时起,我已不十分注意萝拉的谈话。自从她把我拖到她父亲的办公室以后,我始终不见俄理维,这时我才发觉他,虽然他离我相当远。他的眼睛冒着光,神色异常兴奋。过后我才知道莎拉接连灌了他六杯香槟酒。阿曼和他在一起,两人都在人堆中追逐着莎拉以及另外一个和莎拉年龄相仿的英国女孩子,后者在雅善斯家寄宿已有一年以上。最后莎拉和她朋友从客厅的门口逃出,我看到那两个男孩子也跟着追到扶梯上。顺从萝拉的主意,我刚想出去,但她向我做了一个手势。

"听我说,爱德华,我还想对您说……"突然她的声调变得极严肃,"我们也许会有长时间的分离。我愿意您告诉我……我愿意知道是否我还可以信赖您……像信赖一个朋友一样。"

我再没有比那一会更想拥抱她;但我只温柔地、热情地亲着她的手,而且小声地说:

"不论在任何情况之下。"而为避免使她看到我自己眼眶中涌起的眼泪,我就赶紧出去找俄理维了。

他和阿曼并坐在扶梯上,特意在守着我的出来。他一定已有点醉意。他立起来,牵着我的手臂。

"来吧,"他对我说,"我们上莎拉屋子抽烟去。她等着我们。"

"等一等。我必须先去看雅善斯。但我会找不着她的房子。"

"天晓得!你还找不到?那就是从前萝拉住过的那间房子,"阿曼喊着说,"因为那是全屋中最好的一间,所以就让给这位寄宿生住,但她缴费不多,所以就和莎拉合住。屋子中放了两张铺;其实是用不到的,装装样子就是……"

"别听他胡扯,"俄理维把他推了一下笑着说,"他已醉昏了。"

"你自己呢?"阿曼反诘说,"总之您一定来,对不对?我们等着您。"

我答应上那儿去找他们。

自从雅善斯老人把头发剪短以后,他就再不像惠特曼①了。他把住宅的第二层与第三层留给他女婿一家人住。从他办公室(红木,布帘,漆布垫)的窗口,居高临下,他正可以看到楼下的院子,监视学生们的来往。

"您看,人们真把我宠坏了。"他对我说,一面指着桌上的一大束菊花。这是一个学生的母亲而同时也是旧友给他送来的。室内的空气是那样严峻,这些花似乎也会干枯得更快。"我离开他们跑回来休息一会。我已老了,嘈杂的语声使我疲倦。但这些花陪伴着我。它们能说它们自己的话,而比人们更能宣扬我主的荣耀。"(反正就是相仿的那一套。)

这位高超的老先生,他不会去想用这套话去对付学生会发生什么相反的

---

① 惠特曼(1819—1892),美国诗人。

效果。这些话在他口中是那么真率,看来似乎可以挫折别人的讥讽。像雅善斯这种头脑简单的灵魂必然为我所最不能理解的。当你自己比他们的头脑稍稍复杂一点,在他们面前,必然地被强迫着演一套喜剧,一套不很诚实的喜剧,但那有什么办法?你无法和他们讨论或是辩解,你只好默认。雅善斯使他周围的人不得不变作虚伪,如果人没有他那种信仰的话。最初当我住在他家的时候,看到他外孙们对他撒谎,我很不平。但以后我自己也只能跟着走那一条路。

普洛斯贝·浮台尔牧师总是忙得不得了;他那位糊涂的太太,则完全生活在宗教诗情的梦境中,她完全失去了现实之感。管理孩子们以及主持学校全仗这位老祖宗。当我住在他们家的那时候,每月总有一次激烈的训话,结尾总是一番至情的告诫:

"从此以后我们大家决不隐瞒。我们要进到这一个率直与真诚的新时代(他最喜欢用好几个字来表达同一样事情——这是他当牧师时遗留下来的老习惯),我们不许再有私见,这些隐藏在脑后的卑劣的私见。我们要能够做到眼对着眼,面对着面,自己问心无愧。对不对?大家都明白了吧?"

结果每次徒使他自己掉入更糊涂的泥坑,孩子们落入更虚伪的境地。

上面的这番话是特别对萝拉的一个弟弟说的,那孩子比她小一岁,而正在发育的过程中为爱情所颠倒的时候。(以后他上殖民地去经商,我就再没有见到他了。)有一天晚上,老人又来那一套训话,我就跑到他的办公室去见他,我想向他解释他所要求于他外孙的那种诚实,正因为他自己的偏执使对方无法接受。雅善斯那次几乎动气了。

"他只要不做出那种丢脸的事情来,那又有什么不能说呢!"他叫着说,那语调中是不容别人有插言的余地。

其实这真是一个好人;不仅是好人而且是德行的模范,或是人所谓的善心人。但他的判别力却和孩子一般幼稚,他重视我,由于他知道我没有情妇。他并不隐瞒我他希望看到我能娶萝拉做妻子。他怀疑杜维哀无法给萝拉做一个合适的丈夫,几次重复地对我说:"她的选择真使我奇怪,"随后又说,"不过我相信这是一个诚实的孩子……您看怎么样?……"自然我回答说:

"那是一定的。"

当一个灵魂深陷在虔信中,它逐渐就失去对现实的意义、趣味、需要与爱好。虽然我很少有和浮台尔交谈的机会,但我观察到在他也是同样的情形。

他们信仰所发的光芒蒙蔽了他们周围的一切，也蒙蔽了他们自己，而使他们都成为盲者。对我，我唯一的希望是想看清一切，所以一个虔信者用来包围自己的这一层浓重的虚伪之网，实在使我心惊。

我想引雅善斯谈及俄理维，但他则对乔治特别感觉兴趣。

"别让他发觉您已知道我要告诉您的这桩故事，"他开始说，"实际上，这对他是很荣誉的……试想您的小外甥和他的几个同学发起了一种组织，一种励志同盟会。入会的人非经过品德的考验不可，而且是被他们认为满意的，可以说是一种幼童'荣誉团'。您不觉得这是可喜的吗？他们每人在钮孔中挂一条小带子——虽然不很明显，但我却已注意到。我把孩子叫到办公室来，而当我问他这标记有什么用意时，最初他很心慌。这可爱的小东西以为我会责备他。以后，通红着脸，他很含糊地告诉我他们这小集团成立的经过。您看，这些事情，我们不应以一笑置之；那会伤了这些细密的情感……我问他何以他和他同学们不把这事情公开？我告诉他那会是一种很有效的宣传与布道的力量，他们的功劳会更大……但在他们那种年龄，人总喜欢带点神秘……为增加他的勇气起见，我就告诉他我在他那年龄时也曾加入过一种性质相仿的组织，那时每个会员都自称'信义骑士'。我们每人都从会长处领有一本小册子，在小册子中用绝对诚实的态度记下各人自己的过失，自己的疏忽。他就笑了。我很看出这小册子的故事引起了他的一种主意。我并没有坚持，但我相信他也会把这种小册子的制度介绍给他的同志们。您看，对孩子们第一应该知道怎么对付，使他们知道别人明白他们的心理。我答应他决不把这事对他父母泄漏，虽然我劝他自己告诉他母亲，那会使她非常快乐。但似乎他和他同学们有约在先，大家都不准泄露。我不应该再坚持。但在他临走之前，我们一同祷告，求上帝祝福他们的同盟会。"

可爱也复可怜的雅善斯老祖宗！我敢确信那小家伙欺蒙了他，而他所讲的一切无一字是真的。但乔治要不这么回答又有什么办法？……这事以后我们再想法来探取真相。

最初我已不认识萝拉住过的那间房子。室内已另铺了地毯；气象整个地不同了。我看莎拉也变了样子。虽然以前我以为是很认识她的。她一向对我很信任，她对我始终什么话都说。但我已有多月没有上浮台尔家去。她的外罩裸露出她的颈部和臂膊。她看去像是更长高了，更胆大了。她坐在俄理维的身旁,靠着他,后者很大意地躺在一张床上,似乎像是睡着了。自然他喝醉了,而不用说我见到他那种样子心中非常难受,但我从不曾见他有比这时显得更美的。说醉,他们四个人多少都一样。那个英国女孩子一听到阿曼那些醉话便捧腹大笑,那种尖锐的笑声使我震耳。阿曼什么话都说,一半也由于这种笑声更助长他的兴奋,更使他乐而忘形,笑声愈高,他就愈来得荒诞无稽。他假装着往他姊姊绯红的双颊上或是俄理维发烧的脸上去点他的烟卷,或是很无耻地把他们两人的脑门按在一起而装作自己烫焦了手指。俄理维与莎拉也就顺水推舟,这一切使我内心非常痛楚。但我知道还有更不成话的……

俄理维还假装着睡熟,阿曼突然问我对杜维哀有什么意见。我坐在一张很低的靠椅上,对他们的放肆与醉意同时感觉到滑稽、兴奋与不安;实际上,他们把我请来,我也感到相当受宠,虽然,我明知道我不应逗留在他们的一群中。

因为我想不出话可以回答他,就只好勉强笑着装作不睬,但他又接下去说了:"这儿的几位小姐们……"这时,那个英国女孩子就赶上去想用手堵住他的嘴,他一面挣扎,一面叫着说,"这几位小姐想到萝拉会跟杜维哀睡觉都非常生气。"

那英国女孩子撒开手,装作发怒:

"啊!他嘴里的话不能相信。这是一个说谎者。"

"我尽量对她们解释,"阿曼较沉静地接着说,"单靠两万法郎的嫁妆能找到那样的丈夫也该满足了,而且作为一个真正的基督教徒,她更应注重对方灵魂的品质,好像咱们这位牧师爸爸所说似的。是的,孩子们。而且如果不像美少年阿多尼斯①一样的人……或是举个眼前的例子,不像俄理维一样的人,都只配当鳏夫,那么再有什么方法可以繁殖人口……"

"多蠢!"莎拉喃喃地说,"别听他胡扯,他已不知道他自己说的是什么。"

"我说老实话。"

我以前从未听到阿曼说过这些话。我一向以为,而且此刻我也依然相信他的天性是温文而敏感的。我觉得他的卑野完全是一种姿态,一半自然出于醉意,但同时更为讨那个英国女孩子的喜欢。至于后者,无疑是长得很漂亮,不过爱听这种粗俗的话,其愚也就可想而知;但俄理维从中又能找到什么乐趣?……我决心以后告诉他我对这一切的憎厌。

"但您,"突然阿曼面向着我说,"您不在乎钱,您有的是钱来偿付这一份

---

① 希腊神话中的美少年。

高贵的情感,可否请您告诉我们,您为什么不娶萝拉呢?况且似乎您以前很爱她,而且人人都知道,她还为您生相思病呢!"

俄理维始终假装睡熟,这时才睁开眼来;我们的目光相遇,而如果我没有脸红,那是因为他们中没有一个人在注意我。

"阿曼,你这人真太不像话。"莎拉插言,意在替我解围,因为我无以置答。她起初是坐在床上,以后她就躺下,正和俄理维紧挨在一起。阿曼立刻跳过去,抢了一扇床脚后靠墙叠着的大屏风,取来打开了给那一对遮上,像丑角似的,永远是那种滑稽的腔调,他贴在我耳边,但高声说:

"也许您还不知道我姊姊是个婊子呢!"

这实在太够受了。我站起身来,把那屏风撞倒。屏风后的俄理维与莎拉立刻昂起身来。她的头发已全披散。俄理维站起来,跑到盥洗处,用水掠面。

"跟我来。我想给您看一点东西。"莎拉说着,挽住我的手臂。

她把房门打开,拉着我到扶梯口。

"我想这一定可以使一个小说家很感兴趣。这是我偶然发现的一本小册子:爸爸的一本日记;我真不懂为什么他把它随便放着。任何人都会拿来看。我拿走了为的不让阿曼看到。别告诉他。这并不很长。您花十分钟就可以把它看完,而且在临走之前交还给我。"

"但莎拉,"我定睛看着她说,"这实在是太不谨慎的事!"

她耸耸肩。

"啊!如果您那样相信,您一定会失望的。只有一个地方是顶有意思的,但也就……等一等,我指给您看。"

她从她贴身的胸衣内掏出一本小记事册,已是四年前的,她翻了一阵,打开了指着一段拿给我看。

"快念!"

在年月日下面,劈头我就看到括号内福音书的这段引语:

"对小事忠实的人对大事也一样,"接下去就是,"为什么我把戒烟的决心一再待诸明日?诚然这事仅为顺从美拉妮(此即牧师夫人)的意志。我主!赐我力量,摆脱这耻行的羁绊。"(我相信我是完全照日记中的原文摘引的。)——以后所记的是挣扎,祈求,祷告,奋发,但总是徒劳,因为天天翻来覆去全是那一套。再翻一页,突然所记的已是别的事情。

"这已很够令人感动,您看怎么样?"我念完以后,莎拉带讽意地努着

289

嘴说。

"我看事实比您所设想的更稀奇呢。"我忍不住不告诉她,虽然我责备自己不该对她谈这些,"您想那还是不到十天以前的事,我问您父亲是否他曾有过戒烟的决心。因为那时我自己感到实在吸得太凶了,而……总之,您知道他回答我什么?最初他就说,他以为别人对烟草的危害未免言过其实,至少对他,他自己从没有感到过任何严重的影响。而当我一再坚持,他终于对我说:'是的,曾有两三次我决心暂时停止吸烟。'我就问成效如何?他竟毫不踌躇地回答我:'那是当然的,既然我这样决定。'这真有点不可思议!"因为不愿在莎拉面前露出我在其中所猜疑到的虚伪,我就赶紧加上一句:"也许他已经把以前的事情忘了。"

"或是,"莎拉接着说,"由此可以证明这儿所谓'吸烟'是另有所指。"

说这话的难道真是莎拉吗?我愕然无语地瞧着她,简直不敢懂她的意思……正在这时,俄理维从室内出来,他已把头发梳平,衣服穿整,神情也显得更安宁了。

"走怎么样?"他毫无顾忌地当着莎拉说,"时候不早了。"

我们跑下楼,才到街上:

"我怕您误会,"他对我说,"您很可能以为我爱莎拉。事实并不……啊!自然我也并不讨厌她……但我并不爱她。"

我紧握着他的手臂不发一言。

"您也不应以阿曼今天对您所说的话来评断他的为人,"他继续说,"他只是无可奈何地扮演着戏中的一个角色。他内心与这很不相同……我也不知道怎么对您解释。他需要破坏,毁灭一切他所最心爱的。这情况还是不久以来的事。我相信他是非常不幸的,正为掩饰他这种内心的痛苦,他才自嘲自弄。他是一个很有傲气的人。他的父母丝毫不理解他,他们始终想把他教养成一个牧师。"

留作《伪币制造者》章首引语之一:
　　家……这社会细胞①。

保罗·布尔热②(泛引)

章目:细胞组织

---

① 细胞(cellule),此词同时可作囚室解,故此处所引,意在双关。
② 布尔热(1852—1935),法国小说家。

无疑没有一种牢狱（精神的牢狱）可以锁住一个勇毅的人，而一切引人反抗的决不一定是危险的——再者反抗可能歪曲人的个性（它可以使人变作冷漠，无情，或是倔强，阴险）。而一个不愿屈服于家庭束缚下的孩子，为自谋解放，往往消耗了他最可宝贵的青春之力。但无论如何，阻逆孩子的教育虽然压抑着他，同时却增强了他的力量。最可悲的是那些在谄谀下长大的牺牲品。为克服别人对你的奉承，这更需要何等坚强的个性才成！我曾看到过多少为父母者（尤其是为母者）在孩子们身上得意地发现自己最愚蠢的忌讳，最不公正的偏见，无知，虚惊……在桌上："别吃那个；你不看到那是肥的？把皮去掉。这没有煮熟……"傍晚在室外："啊，一只蝙蝠……快躲起来；它会跑到你头发上去。"……在他们看来，小金虫是会咬人的，蚱蜢是带刺的，蚯蚓会使人起疹子。智力，道德……各方面都是愚顽荒诞的那一套。

前天我回欧特伊，在环城火车中看到一个年轻的母亲哄着一个十岁的小女孩，在她耳边絮絮地说：

"你和我，我和你；别人我们都不睬。"

（啊！我也知道这些是所谓平民；但我们对平民也有愤慨的权利。那位丈夫坐在车厢的角落里，念着报，安闲而顺服，也许不一定是王八。）

试想是否还有比这更可怕的毒素？

前途是属于私生子的——"野子"这一字眼包含着多少意义！只有私生子是自然的产物。

家庭的自私……其可怕决不下于个人的自私。

十一月六日

我始终不惯虚构。但我处身在现实面前，恰似一个画家对他的模特儿一样，他对后者说：取这样的一种姿势，用这样一种我所需要的表情。在现社会所供给我的那些模特儿中，如果我认识他们的结构，我可以使他们顺我的意思动作；或至少在他们不自觉中我可以提出某些问题，随他们自己的意思去解决，那样，在他们的反应中我得到一种认识。纯粹出于小说家的立场，我才关切地感到对他们的命运有干涉与策划的必要。如果我更富于想象力，我可以布成很多错综的情节，挑动这些情节，观察它们的演员，而我自己则在他们的指挥下工作。

十一月七日

所有我昨天写下的,没有一点是真的。事情是这样:我对现实所发生的兴趣只由于把它当做一种造形物质;而我关心于未来可能产生的,远胜于对过去已存在的一切。我衷心地关怀每一生命的各种可能性,而痛悼受习俗所摧残的一切。

裴奈尔不得不暂时中止他的阅读。他感到眼花。适才他的注意力是那样地集中,他已感到透不过气来,像是在阅读的时间内他根本忘掉了呼吸。他把窗打开,尽量呼吸,以后再埋头来阅读。

他对俄理维的友情,不用说,是最热切的。他没有更好的朋友,由于他不能爱他父母,所以在这世间俄理维是他唯一所爱的。目今他一心系念在他朋友身上,这种系念也很可认为是超常态的;但对这友情,俄理维和他的看法似乎不很相同。裴奈尔愈往下念,愈感到惊奇,愈敬慕——虽然不是不带着某种痛楚——他朋友所表现的多面性,而这朋友,他却认为是自己认识得最清楚的。在这日记中所提的一切,俄理维以前从来没有对他谈起过。关于阿曼与莎拉,他根本不知道世间有他们的存在。俄理维在他们面前和在裴奈尔自己面前是那样地判若两人!在莎拉的寝室内,在那张床上,裴奈尔能认识他是自己的朋友吗?当他把整个精神贯注在这日记中时,在他满腔的好奇心以外,同时也掺杂着一种郁积的心境:憎恶,或是妒恨。这种心境仿佛和刚才他看到俄理维在爱德华怀抱中时所感到的差不多,即是自己未能身历其境的一种妒恨。这种妒恨,正像各种妒恨一样,可以被牵拉得很远,而种下日后种种的恶果。

不管它!我以上所说的只为使这"日记"的篇幅间留出一点空隙。如今裴奈尔已畅快地呼吸过了,不如让我们回到正题。他又开始阅读。

十三

对老人们不能有什么要求。

沃夫纳格[1]

---

[1] 沃夫纳格(1715—1747),法国道德家,作家。

爱德华日记(续)

十一月八日

拉贝鲁斯老夫妇又已迁居。他们新住的地方以前我没有到过,这是在未与奥斯曼大街交叉前圣奥诺雷郊区街一个凹入处的低楼上。我按铃。拉贝鲁斯出来给我开门。他穿了一件短袖衬衫,头上戴了一顶米色的睡帽之类的东西,以后我才发现是一只破长筒袜(无疑是他太太的),袜端打了一个结,垂下在腮前,摇摇摆摆,像是圆帽上的流苏。他手中拿着一柄带钩的火钳。显然我按铃时他正在那儿收拾炉子。因为他像有点不好意思,我就对他说:

"我停一会再来看您怎么样?"

"不必,不必……请进来!"他把我推入一间狭长的小房子内,那面对街开着的两扇窗户正和路灯相并,"我正等着一个学生(那是下午六点),但她给我打了电话,说不来了。见到您使我万分愉快。"

他把他的火钳放在一张圆桌上,像在解释他的衣冠不整:

"拉贝鲁斯夫人的女仆让炉子灭了;她只在早晨来一次;我只好自己动手……"

"我来帮您生火怎么样?"

"不必,不必……脏得很……但先让我去穿件衣服。"

他用小步跐跐地跑出,立刻又跑回来,穿了一件很薄的驼绒上衣,衣上的纽扣已全脱落,袖管也已磨损,旧得连施舍给穷人也有点不好意思的。我们坐下。

"您看我变了,是不是?"

我想否认,但又找不出什么话可说,我昔日所认识的容光焕然的面容如今变得那么颓丧,使我感到无限痛楚。他又接着说:

"是的,最近我衰老多了。我的记忆力也开始不如从前。当我弹奏巴赫的赋格曲时,我不得不看着乐谱……"

"多少年轻人要有您现在那样的记忆力已都会心满意足了。"

他摇摇头又说下去:

"啊!其实也不仅是我的记忆力变得衰弱。就说当我走路的时候,我自己总以为走得还相当快,但在街上,如今人人都赶过我。"

"那是因为现在人走路都走得更快了。"我说。

"唉！可不是？……这正像我教的钢琴课：学生们都嫌我的教法使她们进步太慢,她们想比我跑得更快。她们把我抛开……如今,人人都是急急忙忙的。我几乎一个学生也没有了。"最后一句他说得那么低声,我几乎没有听到。我知道他心中的惨痛,因此也不敢问他。他又继续说下去:

"拉贝鲁斯夫人不肯谅解。她总以为这是我的不对,说我不会拉住她们,更不知道招徕一些新的。"

"刚才您在等的那个学生……"我拙笨地问。

"啊！那一位,她也是其中之一,我帮她投考国立音乐学院。她每天上我这儿来练习。"

"那就是说她并不付学费的。"

"拉贝鲁斯夫人就为这事责备我！她不懂我感兴趣的就已只是这些钢琴课。是的,这些我自己真正愿意……教授的。最近我想得很多。对了……我正有点事情想请教您:为什么书本中从来很少谈到老人们？……我相信那由于年老的人已不能动笔,而年轻人则又根本不注意到他们,一个老头儿,这谁也不感兴趣……其实也不乏可谈的资料,而且有些是极值得知道的。譬如说:在我过去生命中的有些行动,如今才开始有点明白。是的,如今我才开始明白它们并没有在过去我做的时候所设想的那种意义……如今我才明白我这一生只是当着傀儡。拉贝鲁斯夫人捉弄我,我的儿子捉弄我,人人捉弄我,仁慈的上帝捉弄我……"

时已薄暮。我已几乎分辨不出这位我昔日老师的面容;但蓦地邻近路灯放了光,使我看出他颊上晶莹的泪影。最初,我不安地发现他鬓角上一个异样的疤痕,像一个凹空,也像一个洞;但他稍一转动,那疤痕也跟着移了位置,我才明白原来只是窗前铁栏上反照过来的一个花形图案的影子。我把手按在他枯瘦的臂膊上。他在打着寒战。

"您会受凉的,"我对他说,"您真不想我们来把火点上吗？……来吧。"

"不必……受点磨练也是好的。"

"什么！这是坚忍主义吗？"

"也有一点。同时因为我的嗓子不好,所以我从来不喜欢用围巾。我自始想克服我自己。"

"只要能胜利当然是好的;但如果体质经受不起……"

他握住我的手,像是告诉我什么秘密似的,用着一种很严肃的调子:

"那时才是真正的胜利。"

他把我的手放下,接着说:

"起先我担心您起程前不会来看我。"

"起程上哪儿?"我问。

"我不知道。您常常在旅行。我有点事情早想告诉您……我不久也预备起程;我也一样。"

"什么? 您也有意思去旅行吗?"我拙笨地问,装作不懂他的意思,虽然他的语调是那样神秘地庄重而严肃。他摇摇头:

"您很明白我说的是什么意思……当然,您一定明白;我知道时候快到了。我已入不敷出,而那在我是不能忍受的。我自许决不超过某一点。"

他语调中过分的兴奋使我感到不安,他又接下去说:

"是不是您也以为这是下策? 我从来不懂为什么宗教不容许这条路? 最近我思索得很多。当我年轻的时候,我过着一种极严峻的生活;每次当我拒绝一种诱惑时,我就对自己坚强的意志力感到庆幸。那时我不懂得,自己以为得了解放,结果却愈来愈使自己成为自尊心的奴隶。每次我克制自己,战胜自己,徒使我自己多加上一重枷锁。刚才我说上帝也捉弄我,我所指的就是这意思,他使我把自己的自尊心认作是一种德行。上帝揶揄我,跟我开玩笑。他像猫捉弄老鼠似的捉弄我们。他把种种诱惑放在我们面前,他明知道我们无法拒绝;但如果我们真拒绝了,则他又加倍地对我们报复。为什么他要那么怀恨我们呢? 而为什么……但我这老头儿所提出的这些问题一定使你讨厌。"

他用双手托着头,像一个在赌气的孩子似的,那么长时间地静默着,我都开始怀疑是否他还知道我的存在,怕打断他的沉思,我也面对着他不敢稍动。虽有邻街的喧扰声,但这斗室内的空气却异样地对我显得岑寂。路灯的灯光像舞台前的脚灯似的自下至上迷幻地照在我们身上,但窗侧的两堵黑影似乎愈来愈近。我们周围的夜色凝结起来,像严寒下静水的凝结,一直凝结到我心头。终于,我打算摆脱这种困境,我大声地呼吸,预备起身告辞,但出于礼貌,而且为打破这种魔力起见,便问道:

"拉贝鲁斯夫人近况如何?"

老人似乎苏醒过来。最初他带着疑问地重述我的话:

"拉贝鲁斯夫人……"你会说这些字音似乎对他已失去一切意义,但突然他靠近我说:

"拉贝鲁斯夫人有着一种可怕的病……这使我非常痛苦。"

"什么病?"我问。

"啊!没有什么,"他耸耸肩说,又像若无其事,"她完全疯了。她已一无理智。"

很早我就猜疑到这对老夫妇间不断的龃龉,但痛感无从探悉实情。

"可怜的朋友,"我悯恤地说,"但……那是什么时候开始的呢?"

他思索了一阵,像是没有理解我的问语。

"啊!那已很久了……自从我和她最初认识就是这样的。"但立刻又改正过来,"不,实际说,那是发生在我儿子的教育问题上,从那时起一切才开始不同了。"

我惊愕了一下。因为以前我以为拉贝鲁斯夫妇是没有孩子的。他从他的双手间抬起头来,用着一种更沉静的调子说:

"我从来没有和您谈起过我的儿子不是?……听我说,我想告诉您一切。今天您必须明白一切。我所对您说的,我不能对第二个人说……是的,那是从我儿子的教育问题开始。您看,那不已是很早了吗?我们初期的结婚生活是极融洽的。当我娶拉贝鲁斯夫人的时候,我自己还是很纯洁的。我天真地爱她……是的,这是一个最适当的字,而我从来不承认她有什么缺点。但对于孩子的教育,我们两人意见不同。每次我想训斥我儿子的时候,拉贝鲁斯夫人就帮着反对我。看她的意思,似乎样样都得依从他。他们母子联合起来反对我。她教他说谎……还不到二十岁,他就有了一个情妇。这是我的一个女学生,一个年轻的俄国女孩子,音乐方面造就很高,我对她期望很大。这事拉贝鲁斯夫人全盘知道;但对我,向例他们一切都对我隐瞒。自然,我并不知道她已有孕。我说,我一点都不知道,一点都不疑心。有一天,他们对我说我的女学生不很舒服;她一时不会来受课。当我说想去看她,他们又说她已换了住址,她在旅行……一直到很迟我才知道她为生产已回波兰。我的儿子也跟着去了……他们同居了几年;但未经结婚他就死了。"

"那么……她,是不是您以后又见过她呢?"

人们会说他是在那儿赌气:

"我不能原谅她欺骗我。拉贝鲁斯夫人始终和她通信。当我知道她的处境非常困难,我就给她寄点钱去……但那也是为那个小东西的缘故。但寄钱等等,拉贝鲁斯夫人一点不知道。那一位,她也不知道钱是我寄的。"

296

"而您那孙儿呢？……"

一种神秘的微笑浮漾在他的面部。他站起身来。

"等我一会儿。我去把他的相片拿来您看。"于是他又伸着头急步跑出室外。回来时，他的手指颤抖地在一个满满的书夹内搜寻那张相片。他靠近我，把那张相片递给我，低声说：

"这是我从拉贝鲁斯夫人那里取来的，她不知道，她还以为是把它丢了。"

"他几岁了？"我问。

"十三岁。但看上去似乎不止，是不是？他的体质很弱。"

他的眼眶又充满了眼泪。他的手伸向相片，似乎想把它立刻收回来。我靠近路灯半明的灯光。我觉得那孩子似乎长得和他很像，同样的凸额，同样带着梦幻的眼睛。我以为他听了这话一定会很高兴，但他否认：

"不，不，他是像我兄弟；像我那位已故世的兄弟……"

孩子穿着一件俄国式的绣花斗篷，样子有点显得古怪。

"他现在在哪儿？"

"那您叫我怎么知道呢？"拉贝鲁斯绝望地喊着说，"我不对您说了别人什么都瞒着我！"

他已把相片收回，看了一会儿，重又放入他的书夹内，再把书夹插入在他的口袋中。

"当他母亲来巴黎时，她只去看拉贝鲁斯夫人，如果我问起，后者就回答说：'您问她自己好了。'她口上那么说，心中却着实不愿意我真去看她。她一向妒忌得很。凡是我喜欢的一切，她都设法把它抢走……小波利在波兰受教育，我想大概进的是华沙的一所中学校。但他常和他母亲出去旅行。"突然他又转作很兴奋的调子，"您说！您能不能相信我们可以爱一个从不曾见过面的孩子？……您想！这小东西，是我如今在世上最心爱的了……而他自己竟不知道！"

他的语声不时被他的呜咽打断。突然他从椅上跃起，投向，几乎是扑倒在我的怀里。我尽量想给他一点安慰，但对他的痛苦却实在无能为力。我站起身来，因为我感到他瘦弱的身躯已滑在我身上，我相信他快跪下地去。我把他托住，紧倚着他，像对孩子似的轻拍着他。他恢复过来。邻室有拉贝鲁斯夫人叫唤的声音。

"她快来了……您不一定想见她，是不是？……而且，她已完全变作一个聋老太婆。赶快走吧！"当他送我到扶梯口时，又说，"别老不来看我（他的声音中带着祈求）！再见！再见！"

十一月九日

我觉得，直到如今文学中似乎忽视了某种悲剧意味。小说一般只注意到故事的起落，艳遇或是厄运，人情或是欲情，再是人物特别的性格，但完全忽略了生命的本质。

把一桩故事安放在道德的观点上，那是基督教的一种企图。但实际却又并没有真正的所谓宗教小说。有些小说以启发与教化为目标，但那与我所说的又全无关联。道德上的悲剧——譬如说像福音书中那句令人深省的话："如果盐失去了盐味，可用什么叫它再咸呢！"我所指的就正是这一种悲剧意味。

十一月十日

俄理维快到会考了。菠莉纳希望他以后能进师范大学。他的前途已全策划得很好……如果他真能是个没有父母、没有依靠的人，我一定会把他收作我的秘书。但他并不关心到我，也不曾发觉我对他的一番用心；而如果我引他去注意，一定反会使他讨厌。正为避免他讨厌，我才在他面前特别装作冷淡，疏远。只有乘他不看到我时，我才敢细细地观赏他。有时在街上我就暗暗地追随着他，而他并不知道。昨天我正这样地走在他背后，他突然往回走，我来不及躲避：

"你急着往哪儿去？"我问他。

"啊！哪儿也不去。愈是我没有目的的时候，我像愈显得匆忙。"

我们一同走了几步，但双方都想不出话可说。他一定因为遇到我而感心烦。

十一月十二日

他有父母，有长兄，有同学……整天我就那么自语，而我实在是多余的。他缺少什么，无疑我都可以为他补足；但他什么也不缺。他什么也不需要。如果他的和蔼可亲使我恋念，这其中决不容许我能另作解释……唉！多可笑的句子！我不期然地把它写下，而此中显露着我心头的双重冲突。我明天动身去伦敦。我突然下了这个离开的决心。这已是时候。

因为不想走所以才决定走……某种对险巇的爱好,对宽容的嫌恶(我是指对自己),这也许是我幼年所受的清教徒教育中最难扫除之点。

昨天在史密斯文具铺中买了一本已完全是英国式的抄本,用来替代这本旧的。我已不想在这上面再继续写。一本新抄本……

唉!如果我能把自己也丢开!

十四

有时在生活中所发生的意外,如果不带一点闯劲是无法解围的。

拉罗什富科[①]

裴奈尔最后念到夹在日记中的萝拉给爱德华的那封信。他眼前一阵昏眩:他无法怀疑这一位在信上哀诉求援的女人会不是昨夜俄理维和他谈的在门外哭泣着被文桑·莫里尼哀所抛弃的那个情妇。而裴奈尔立时感到:由于他朋友俄理维以及爱德华日记所汇合成的双重报告,这一会儿,他自己是唯一对这情节认识得最清楚的人。但这一个优越地位他是不能长久保持的,要动手就得快,而且得谨慎。裴奈尔立刻打定主意。他没有忘却在爱德华日记中所念到的一切,但他的注意力却已整个集中在萝拉身上。

"今天早晨,我还不知道该做的究竟是什么;如今,我已不再怀疑,"他自语着,闯出室外,"像那一位所说似的,主要的是救萝拉。攫取爱德华的手提箱并不是我的义务,但既得以后,我在这箱中却真正地掏出了一种迫切的义务之感。如今重要的是:在爱德华未见萝拉之前设法先去见她,把自己介绍给她,而尤其要绝对使她不把我仅看做是一个无赖之徒。其余一切全无问题。如今我的皮夹内有的是可以和任何一位慷慨为怀的爱德华一样来援助那不幸者的一切。唯一使我为难的是采取什么方法。因为出身于浮台尔家的萝拉,虽是腹中怀着一个非法的婴儿,内心仍然一定是极高洁的。在我想象中,她很可能是那种女人:把别人一番好心递给她的钞票,因为方式不得法,抢来撕得粉碎,且把赐赠的人痛斥一顿。用什么方法把钱送给她?用什么方法介绍我

[①] 拉罗什富科(1613—1680),法国作家。

自己？难题在此。当人一离开坦道,随处都是荆棘。参加在这样复杂而曲折的一种情节中,我自己必然还嫌太年轻。但也许正由于我的不识世故却更能助长我的成功。编制一段率直的自白,一种使她能对我同情、使她能心动的故事。麻烦的是这故事必须在爱德华面前也同样可以适用,必须是同一故事而不露马脚。不管！总有办法。就看当时的灵机……"

他已跑到博讷路萝拉信上所写的地址。是一个极平常的旅馆,但样子还算整洁,合礼。由阍人的指点,他跑上三楼。他在第十六号房门前停住,整整衣冠,搜索一些可以应对的话,但什么也想不起来;于是,突然鼓着勇气,他敲门了。温柔得像修女似的一种语声,而在他听来还掺杂着一点胆怯,在室内说:

"请进来！"

萝拉服饰简朴,全身黑色,颇似戴孝。自从回巴黎后,几天以来她盲目地等待着能把她带出死巷的某一个人,或是某一件事情的到来。她已落入歧途,那是不成问题的。她自己感到迷失,她有这种可悲的习惯:不器重自己的力量而期望环境的转变。她不是没有德行的人,但她自己实在感到被弃后一无勇气。裴奈尔进门时,她的一只手不自主地放在脸上,像是一个忍住惊呼或是一个在强烈的日光前把眼睛遮住的人一样。她直立着,后退一步,正靠近窗前,她用另一只手抓住窗帘。

裴奈尔等待着她会问他,但她默不作声,等待着他先开口。他瞧着她,他想显露一点微笑,但心头却跳着。

"原谅我,太太,"他终于开口了,"这样地来打扰您。一位叫做爱德华的,我知道您认识他,今天早上已到巴黎。我有一些很要紧的事想告诉他;我想到您也许可以告诉我他的住址,而且……还请您原谅我那么冒失地跑来问您。"

如果裴奈尔不是那么年轻,萝拉一定会吓坏了。但他还是一个孩子。诚实的目光,豁朗的前额,温静的举止,微颤的语声,在他面前恐惧已早消失,继起的是好奇,关心,一种在一个真率而秀丽的孩子前所不能拒抗的同情。在说话中,裴奈尔的语调已变得更稳定一点。

"但他的住址我也不知道,"萝拉说,"如果他已在巴黎,我希望他一定立刻会来看我。告诉我您是谁。我可以转告他。"

裴奈尔想,这已是闯的时候。他眼前闪过一阵惊喜,他正视着萝拉:

"我是谁吗？……俄理维·莫里尼哀的朋友……"他有点踌躇,感到站不稳;但看她一听到这姓名脸色转成苍白,他果敢地说,"俄理维,也就是您那位无情的情人文桑的弟弟……"

萝拉摇摇欲坠,他只好顿住。她放在背后的双手无目的地寻找一点倚靠,但最使裴奈尔心慌的是她所发的哀鸣,一种非人的哀诉,更像受伤后的猎物（而突然猎人感到做刽子手的羞耻）,一种异样的喊声,一种那样地为裴奈尔事前所没有预料到的喊声,这使他感到浑身寒战。他突然领悟到这儿才真是现实,才是真正的痛苦,而他自己过去所感受的最多也只是夸张与游戏而已。一种情绪在他心中激动起来;这情绪对他是那么新奇而特殊,竟使他无法把它抑制下去,它一直升哽到喉头……怪事！他竟啜泣了？这可能吗？他,裴奈尔！……他抢上去把她扶住,跪下在她面前,杂着呜咽絮声地说：

"唉！饶恕我……饶恕我;我得罪了您……我知道您的困境,而……我希望能帮助您。"

但萝拉喘着气,自知已支持不住。她的目光搜索着一处可以坐下的地方,裴奈尔的眼睛一直仰视着她,早理会她的意思。他跳向放在床脚边的一把小靠椅,立刻抢来放在她身旁,后者就不自支地把身子落下去了。

这时发生一桩极滑稽的趣事,而我很想把它略去;但这趣事却是决定裴奈尔与萝拉间接近的关键,而同时意外地把他们从难解的局面下释放出来。因此我不想故意地把这场景加以铺叙：

按萝拉所付的房金而论（我是说：按旅馆老板所定的房金而论）,本来就不能希望有精致的家具,但无论如何家具应该是坚固的。如今,裴奈尔推到萝拉跟前的这一把小靠椅却是一把跛椅,就是说它很喜欢把其中的一只脚提起,像鸟似的藏在翅膀下,这在鸟是一种极自然的姿势,但对一张靠椅,却是极少见而深感抱憾的事,所以它特别把这些残缺隐藏在密列的流苏下。萝拉知道她自己的椅子,知道坐下去时非特别小心不可,但仓促间,她已不及考虑,一直到椅子在她身下摇摆时她才记起来。她叫了一声,但这叫声跟适才的哀鸣却是完全不同的,她滑在一边,片刻间发觉自己已坐在地毯上,正好落在赶去搀扶她的裴奈尔的手臂中。慌张,而又觉得好笑,他已不觉跪在地上。萝拉的脸正对着他的脸。他看到她满面羞红起来。她挣扎着支起身来,他帮着她。

"跌痛了吗？"

"没有,谢谢,幸亏有您。这靠椅真够滑稽,其实已修理过一次……我相

301

信如果把它那只脚放正的话,它是不会塌下去的。"

"我来修理它,"裴奈尔说,"行了! ……您爱再试一下吗?"他立刻又接下去说,"对不起……不如让我先来试一下。您看,现在它很不错了。我把两腿跷起都没有关系(他笑着那么做)。"于是,从椅上起来,"您再坐吧,如果您允许让我再留片刻,我拿一张凳子来。我坐在您身边,看守着不让您再掉下去。别怕……我还有别的事想替您设法。"

他那谈笑风生,他那态度的谨慎,举止的文雅,使萝拉不能不微笑起来:

"您还没有告诉我您的姓名呢!"

"裴奈尔。"

"对;但您的姓呢?"

"我没有姓。"

"就说您父母的姓。"

"我没有父母。也就是说:我自己正像您所等待的那个孩子一样,是私生子。"

突然萝拉面上的笑影消失了;这样固执地想知道她的私生活,想揭破她的底细,使她感到一种凌辱:

"但您到底怎么知道的呢? ……谁对您说的呢? ……您没有权利来知道这些事……"

裴奈尔如今已开了口,他的语声就变得激昂:

"我同时知道我的朋友俄理维所知道的以及您的朋友爱德华所知道的一切。但他们两人都只知道您秘密的一面。全盘都接头的恐怕就只您和我两人了……"他又更温柔地加上一句,"您明白所以我也非成为您的朋友不可。"

"男人们真够不谨慎!"萝拉凄然说,"但是……如果您没有见到爱德华,他就不会对您说的。他写信告诉您的吗? ……是他派您来的吗? ……"

裴奈尔给问住了;刚才他说得太快,尽顾到自己虚张声势的快乐。他只好否定地摇摇头。萝拉的面色愈来愈阴沉。正当这时,有人敲门。

不自主地,一种共同的情绪把两人团结在一起。裴奈尔自忖已落圈套;萝拉感到被人发现的焦灼。他们两人面面相觑,正像两个同谋犯互相目语。叩门声又响了。两人不约而同地回答说:

"请进来!"

爱德华已先在门外窃听片刻,他奇怪萝拉的室内会有语声。裴奈尔最后所说的几句话已使他得了暗示。他明白其中的用意,他不能不判定那说话的正是窃取他箱子的小偷。立刻他就有了主意;因为爱德华正是那种在平凡的日常生活中感到疲累,而在突发的事情前感官特别灵敏而活跃的人。他把门推开,但站在门口,微笑地看看裴奈尔,又看看萝拉。他们两人都已立起身来。

"亲爱的朋友,"他对萝拉说,并且向她示意,似乎要教她暂时先压住情感,"可否让我先和这位先生谈一谈,如果他愿意到走廊上来一下。"

当裴奈尔一跑到走廊上,他的微笑中显得更带讽刺。

"我早想我一定会在这儿找到您。"

裴奈尔知道自己被捉住了。他只能用果敢一法去对付,他便决定孤注一掷:

"我也希望会在这儿遇到您。"

"第一,如果您还没有办这件事(因为我愿意相信您是为办这件事而来的),您就下楼去,向柜上把杜维哀夫人的账目付清,就用您在我提箱中所取的钱,而我相信您大概一定带在身边。十分钟以后再上来好了。"

这一切说得相当严肃,但语调中丝毫不含威吓的意味。这时裴奈尔才又泰然起来。

"是的,我的确为这事而来。您并没有猜错。而我开始相信我并没有猜错。"

"您是什么意思?"

"就是说您也正就是我所希望的人。"

爱德华无法撑住那副严肃的态度。他心中非常得意。他嘲弄地轻轻点一点头:

"感谢您的盛意。就看我们相互的关系如何了。我想既然您在这儿,大概您也一定念过我那些纸片了吧?"

裴奈尔不动声色,正视着爱德华的目光,而且果敢地,喜悦地,绝不谦逊地报以微笑。他躬身行礼:

"那是当然的。此来本为趋奉。"

于是,像神话中的小妖魔似的,他匆匆跑下楼去。

当爱德华回到萝拉的室内的时候,她正在啜泣。他跑近去。她把头靠在

他的肩上。这种感情冲动的表现使他局促,使他几乎不能忍受。但他禁不住轻轻地拍着她的背,像对一个在咳嗽中的孩子似的:

"我可怜的萝拉,"他说,"您看,您看……理智一点吧!"

"啊!让我哭一会儿,那对我更痛快一点。"

"但无论如何总得先打算如今您预备怎么办。"

"您让我有什么办法?您让我上哪儿去?您让我能向谁说呢?"

"您父母……"

"但您很认识他们……那结果只能使他们绝望。为我的幸福他们什么都做到了。"

"那么杜维哀?……"

"我永远再不敢见他。他的心地是那么好。您别以为我不爱他……如果您知道……如果您知道……啊!告诉我,您并没有太瞧不起我。"

"亲爱的萝拉,这正相反,这正相反。您怎么会那么想呢?"他又开始拍着她的背。

"真的,在您身旁,我不再觉得可羞。"

"您在这儿有几天了?"

"我已不知道。我活着就为等着您来。有时,我真再不能活下去。如今,我觉得这儿一天也不能再留了。"

她啜泣得更厉害,几乎痛哭起来,但声音像是被什么哽住似的。

"把我带走吧!把我带走吧!"

爱德华愈感到局促起来。

"听我说,萝拉……安静一点。那……那一位……我连他的名字也不知道……"

"裴奈尔。"萝拉喃喃地说。

"裴奈尔一忽儿就会上楼来。起来吧!让他看到多不好意思。勇敢一点!我们总可以想出办法来,我一定答应您。您看,擦擦眼泪吧!尽哭是无济于事的。您对镜子去瞧瞧。您满脸都哭红了。用水洗个面吧!当我一看到您哭,我就什么主意也没有了……您听!他已来了,我听到他。"

他跑到门口,把门打开,让裴奈尔进来;这时萝拉正转着背,在梳妆台前忙着整容。

"如今,先生,可否请问什么时候我可以取回我的东西呢?"

说这话时他正视着裴奈尔,唇边始终折叠着这一贯讽意的笑影。

"先生,随时都可璧还,悉听尊便;但我必须坦白地对您说,这些您所失去的东西,对我实在是更切需。我相信,这事您不难理解,如果您知道我的故事。现在我只告诉您一点:从今天早晨起,我无寓,无家,更无栖身之处,如果我没有遇到您,我早预备跳水了。今天上午当您和我的朋友俄理维谈话时,我一径跟在您后面。他曾详细地和我谈到您,我真想和您有接触的机会。我正在想找一个借口,找一种方法……所以当您把行李票扔掉时,我真对天自庆。啊!别把我看做一个小偷。如果我把您的手提箱取走,最大的原因是想借此得识泰山。"

裴奈尔把他的话一倾而出。一种奇特的光辉闪耀在他的言辞中,在他的面容上;人会说这是恩德的感应。在爱德华的微笑中可以看出他也感到这孩子的可爱。

"那么眼前……"他说。

裴奈尔知道这已是得寸进尺的时机:

"眼前您不是需要用一个秘书吗?我不能相信我会太不称职,当这一切对我是那么愉快的事。"

这次爱德华可真笑了。萝拉也感兴趣地瞧着他俩。

"真的吗?……好吧,我们瞧着再决定。明天,如果杜维哀夫人允许的话,您在这同一时候到这儿来找我……因为我和她也有好些事情要商量。我想您是耽搁在一个客栈中吧?啊!我并不想知道在哪儿。那和我没有关系。明天见吧!"

他伸手给他。

"先生,"裴奈尔说,"在离驾之前,敬敢以此奉告:在圣奥诺雷郊区街住着一位年老而可怜的钢琴教师,我想他姓拉贝鲁斯,如果您能去看他,他一定会非常高兴的。"

"好家伙!这开场倒不坏,您对您未来的职务大概一定很能胜任。"

"那么……真的,您愿意收容我吗?"

"我们明天再谈吧!再见!"

爱德华在萝拉身旁耽搁了一阵就上莫里尼哀家去。他希望能再看到俄理维,和他谈谈他的朋友裴奈尔。但他只见到菠莉纳,在他家逗留了很久,结果

305

却仍是扑了一个空。

同天傍晚，俄理维因为接到他哥哥向他转达的恳切的邀请，正上《铁杠》的作者巴萨房伯爵家去。

十五

罗培耳·得·巴萨房看到俄理维进来，说：

"我正在担心也许您哥哥没有给您转达消息。"

"我到迟了吗？"后者说，小心地，几乎是用着足尖跑近去。他手中握着帽子，罗培耳把它接过来。

"放在那儿吧！不必拘束，请在这张靠椅上坐吧，我想您不至于会太不舒服。照挂钟看，您一点没有迟到；但我想见您的愿望却比时钟跑得更快。您吸烟吗？"

"谢谢！"俄理维把巴萨房伯爵递过来的烟盒推开。他的谢绝完全出于胆怯，因为内心他很想尝尝这些装在盒子内的龙涎香味的上等烟卷，不用说，这一定是俄国烟。

"是的，我很高兴您终于来了。我正担心也许您因预备会考忙不过来，日期是哪一天呢？"

"笔试就在十天之后。但我已不太预备，我自己想已经差不多，就怕不要太疲累了。"

"目下是否您会拒绝干别种工作呢？"

"不……如果事情并不太繁重。"

"我告诉您为什么我让您来看我。第一自然是盼望见您。那天晚上在戏院中趁休息的时间，我们已有过简短的交谈……您那晚对我所说的使我很感兴趣。也许您已不记得？"

"并不，并不。"俄理维说，但他相信自己只说过一些全无意义的话。

"但今天我有一点很实际的事情要和您商量……我相信您认识一个叫做杜尔美的犹太人吧？他不也是您的一位同学吗？"

"我才和他分手。"

"唉！你们是常见面的？"

"是的，我们约定在卢浮美术馆见面，商谈他预备主编的一个杂志。"

罗培耳不自然地大笑起来。

"哈！哈！哈！主编……他倒真了不起！真跑得快……他真那么对您说吗？"

"好久以前他就开始和我谈起这件事情。"

"是的,这事我的确已经过相当时间的考虑。那天,我偶然问他愿不愿意接受和我一同阅读稿件,他就因此立刻自称担任主编。我也不理他,而立刻……这真像他那种人,您看对不对？这种家伙,也正该让他神志清清才对……您真不吸烟吗？"

"好吧,就来一根,"这次俄理维接受了,"谢谢！"

"俄理维,我想对您说……您愿意我就叫您俄理维吗？因为称您'先生'总不大合适,一来您太年轻;二来我和令兄文桑太熟,因此也不便单叫您的姓。好吧,俄理维,我想告诉您,我信任您的趣味比西谛·杜尔美的真不知高出多少倍。您愿意接受编辑这一个文艺刊物吗？自然,多少在我的指导下;至少在开始的时候。但我不愿意把自己的名字印在封面上。这理由以后我再和您解释……您来一杯葡萄酒吧,嗯？我有很好的。"

他伸手在一张小饮食柜上取过一瓶酒来,倒在两只玻璃杯中。

"嗯,您看如何？"

"真的,滋味很好。"

"我不是说葡萄酒,"罗培耳笑着说,"而是问您刚才我向您提的那件事。"

其实俄理维是假装不懂。他怕自己接受得太快,又怕显露自己内心的喜悦。他羞红了脸,含糊地说：

"我的会考使我不……"

"您刚才不是对我说您已不把考试太放在心上？"罗培耳打断他的抗议,"而且杂志也并不立刻就出版。我正在想是不是把创刊号放到开学时出版更合适。自然,您也先得有个打算。至少在十月以前就得把最初几期的稿件筹齐,所以这个夏天我们需要常常见面,共同商讨。假期中您有什么计划没有？"

"啊！我也不很知道。我父母很可能上诺曼底去,像往年一样。"

"您也得和他们同去吗？……您能同意和他们分开一阵吗？……"

"我母亲不见得能同意。"

"今晚我会和您哥哥一起吃饭,我可以向他提一提这件事情吗？"

"啊！文桑,他不和我们同走。"以后又觉得自己答非所问,他就补充说,"那不会有什么结果的。"

"可是,如果对您妈能说出适当的理由？"

俄理维不做声。他很爱他母亲,罗培耳提到他母亲时这种讥嘲的语调使他很不乐意。罗培耳也知道自己进得太快了。

"那么,您很欣赏我的葡萄酒吧,"他故意打岔说,"再来一杯如何？"

"不必,不必,多谢……但滋味的确很好。"

"是的,那天晚上我们初见时,我就惊觉到您见解的确切与成熟。您不预备从事批评工作吗？"

"不。"

"写诗？……是的,我知道您写诗。"

俄理维脸又红了。

"是的,您哥哥泄漏了您的秘密。自然,您还一定认识不少可以合作的年轻人……将来这杂志应该成为青年阵线的台柱。它成立的理由也就在此。我希望将来您能帮我起草一篇卷首的宣言,内中指出,但也不必太确定,文学上的新倾向。我们以后再来商量。譬如选定两三个重要的形容词,不必一定要新名词,普通极常用的都可以,但我们给它加上一种新的意义,用来作为口号。譬如福楼拜以后,人用:'音调和谐的,有节奏的';勒贡特·德·列尔①以后,用:'神圣的,确切的'……譬如说用:'活跃的',您看如何？嗯？……'潜意识的,活跃的'……您说不好吗？……或是'基本的,健全的,活跃的'？"

"我想我们可以找到更好的,"俄理维冒昧地说,一面微笑着示意不敢苟同。

"来吧,再来一杯葡萄酒……"

"别太满了,我恳求您。"

"您看,象征主义派最大的弱点在乎仅仅建立了一种美学原理。文学中任何主义的出现,除了它特别的笔调以外,一定还带有一种新的伦理观,新的条规,新的项目,对于爱情或人生的新见解。而象征主义,说来很简单:它不顾人生,不求理解人生;它否认人生;它把人生丢开不睬。这简直是荒谬绝伦,您说对不对？这些都是胃口不很好的人,而且也不是美食者。和我们实在太不

---

① 德·列尔(1818—1894),法国诗人。

同……是不是？"

俄理维已喝干第二杯葡萄酒，吸完第二根纸烟。他半闭着眼睛，躺在那舒适的靠椅中，不做一声，轻轻地用点头表示同意。正当这时，门铃响了，立时进来一个男仆，把一张名片递给罗培耳。罗培耳接过名片，瞧了一眼，把它放在身旁的书桌上。

"好的。请他等一等。"仆人出去了，"听我说，小朋友，您很使我喜欢，我相信我们将来一定能合作。但这会儿我必须接见一位客人，他希望我能单独和他见面。"

俄理维站起身来。

"我带您从花园出去，如果您同意……唉！我想起来了！您愿意不愿意要一本我新近出版的书？这儿我正有一本用荷兰纸精印的……"

"我并没有等待您送给我才看。"俄理维不很喜欢巴萨房那本书，所以用了这一句既不愿谄谀他而也不想得罪他的话。是否巴萨房已在他的语调中觉察出某种淡然的鄙弃？他很快接下去说：

"啊！不必提起。如果您告诉我说喜欢那本书，我势必再不能信服您的趣味，或是您的诚意。不，这本书的缺点，我比任何人都知道得清楚。我把它写成得太快。老实说，当我一面在写的时候，我心中却早在想下一本书。唉！这尚未完成的那本我很当心，我把它看得很重要。将来您一定会知道；您一定能看到……但这会儿，实在对不起，我得接见那位客人……除非……但那也不行；我们相识太浅，而您父母一定在等您回去吃饭。好吧，再见！希望不久再能见面……我把您的名字写在书上吧；请允许。"

他立起身来，走近书桌。当他低头在写时，俄理维跨前一步，把刚才仆人送来的名片斜眼瞧了一下：

维克多·斯托洛维鲁

这名字与他毫不相干。

巴萨房把《铁杠》递给俄理维，他想看书面内的题字。

"您以后再看吧！"巴萨房说着替他把书夹在腋下。

直到街上，俄理维才启视巴萨房伯爵题赠的几行字。题词是那本书中摘下来的章首引语之一：

奥浪笃，再走前几步吧！我还不敢确信完全明白您的意思。

309

下面又加写：

　　致未来之友

　　俄理维·莫里尼哀

罗培耳·得·巴萨房伯爵

　　这几行含义不明的字句使俄理维沉思起来，但归根结底，他尽可以随自己的意思去解释。俄理维到家时，正值爱德华倦于等待后怅然离去。

十六

　　文桑所受的实证教育使他无法相信超自然的一切，魔鬼所利用的正是这一点。魔鬼对文桑不从正面进攻，他暗中给他一种阴险的侧击。他最得意的战略之一是使我们把自己的过失信作是一种成功。文桑不得不硬着心肠用冷酷的态度对待萝拉，就因为他的天性是善良的，而他所以那样做，就在使他自信这是他意志克服良能的成功。

　　把这段故事中文桑性格的演变细细分析起来，可以区辨出几种不同的阶段，为使读者明了起见，我把它们逐项分列出来：

　　一、动机纯正时期。温厚笃实。自知必须补偿过失。例如对萝拉所尽的道德上的义务：拟把他父母苦心为他积聚的那笔开业费留给萝拉分娩之用。这不是他愿意牺牲自己吗？这动机不是很合礼，大量，仁慈？

　　二、不安时期。疑虑踌躇。觉得这笔留给萝拉的款子也许数目太小，当魔鬼用赢钱的可能性来炫惑文桑时，文桑心中不早已预伏一种顺从的倾向？

　　三、灵魂之顽强不屈。钱输后，自觉非"超然于厄运"之外不可。借着灵魂"消极的勇气"，他向萝拉供认自己在赌博中的失利，并乘此机会，与萝拉决绝。

　　四、放弃最初纯正的动机。为辩护他的行为起见，文桑必须捏造一种新的伦理观，把昔日的善良认作是自欺；因为要制胜他的道德观念，魔鬼也非用一套道德上的理由使他置信不可。"内在说"，"瞬间整体说"，"逍遥说"。

　　五、得胜者之沉醉。蔑视隐讳。称霸。

　　自此，魔鬼已得胜利。

　　自此，自以为是最自由的人，实际却已成魔鬼掌握下的傀儡。魔鬼还不称心,除非文桑把他弟弟俄理维也送入魔鬼的代言人巴萨房的手中。

可是,文桑并不是心地不良的人。不拘他的际遇如何,他始终并不沾沾自喜,他心中仍是不安的。附带还可以补充几句:

摩耶①的一切五光杂色的奥秘,我相信,人通称之为"异域风光",在那境地中我们的灵魂自感异乡孤客,失去一切凭借。有时某种德行始终拒抗,因此魔鬼在进攻前,先使环境迁移。无疑,如果他们当时不在一种新的天地中,不和他们的家里人以及过去的种种记忆远隔,不失去他们自己行动的责任心,萝拉决不会以身许之,文桑也决不敢引诱她。无疑他们在波城的种种关系,当时他们是绝不考虑到会有后果的……关于这一层还有很多意见可以抒发,但上述种种已足使我们对文桑作更进一层的认识。

在莉莉安身旁,最初他也同样感到处身新环境中的局促。

"莉莉安,请别笑我,"当天晚上他对她说,"我知道你不能了解我,但我必须当你是了解我一样的对你说话,因为自今以后我已无法把你从我的心中分开。"

莉莉安躺在一张长沙发上,他半倚在她的足前,把头爱恋地靠在他情妇的膝上,她爱恋地抚摸着它。

"今天早晨使我不安的……是的,也许就是畏惧。你肯暂时严肃一点吗?为了解我,你肯暂时忘去,我不说你所相信的,因为你不信一切,而正是暂时忘去你的不信一切?你知道我也不信一切;我相信我一切都不相信,一切都不再相信,除了相信我们自己,相信你和我两人,相信我们间的生活。相信由于你的缘故,我可以成为……"

"罗培耳说七点钟来,"莉莉安把他的话打断,"我并不是催你,但如果你不说快一点,我怕当你说得顶有意思时,他会闯来把我们打断。因为我猜想你不见得能喜欢当着他的面说。这真奇怪,今天你说话自以为非小心不可。你真像一个瞎子,走一步,用棒试探一步。可是你看我倒很严肃,但何以你没有自信?"

"自从认识你以后,"文桑接着说,"我有绝对的自信。我觉得我能做很多事;而你看,每次我都成功。正因为这缘故所以我感到有点恐惧。不,你别做声……今天整天我想着早晨你对我讲的关于'拉·布尔戈尼号'的沉没,以及

---

① 古代印度吠檀多派的术语,即空幻之境。

那些想攀登救生艇的人被砍去手腕的事。我也觉得似乎有某些东西想攀登到我的救生艇上来——为使你了解我的意思,所以我就用你的譬喻——而我想阻止它上来……"

"怯懦的家伙!你希望我来帮你把它淹毙……"

他不作理会地继续说:

"我把它推开,但我听到它的声音……一种你从没有听到过的声音;而我在幼年时曾经听到过……"

"这声音说些什么呢?你不敢重说。我并不奇怪。我打赌那里面带着不少的教理,嗯?"

"但,莉莉安,你得了解我。我如果要摆脱这种种思虑,唯一的方法就只能先把它们告诉你。但如果你听了就笑,我只好把它们存在心中,而结果它们就会把我毒害。"

"那么说吧,"莉莉安颇带一点迁就的神情,但看他不发一言,而且稚气地把自己的前额隐藏在她的短裙中,又说,"说吧,你还等什么呢?"

她把他的头发揪住,逼着他把头抬起来。

"好家伙,你看他真若有其事!面色都白了。小宝贝,听我说,如果你只知道装孩子,那我可受不了。人应该说干就干,而且你知道:我不喜欢那些暗地玩花样的人。如果你想把人救上你的小艇来,你救就是了,但偷偷摸摸地干,那你就是玩花样。玩是可以的,但那也得有诚意;而且我告诉你,这只为使你成功。我相信你可以是个很有作为、很能出人头地的人。我觉察出你自身中的一种无上的智慧与力量。我愿意帮助你。很多女人往往毁灭她们自己所爱的人的前程,而我却是相反。你已经对我谈过你想放弃学医而专心从事自然科学的愿望,你自恨经济能力不许可……可是你正从赌博上赢了钱,五万法郎,这数目也不算小。但答应我以后你不再赌博,我可以把一切款项任你处置,条件是如果别人说你受人供给,你能毫不挂心。"

文桑已站起来,他走近窗口。莉莉安继续说:

"第一件事,为了使和萝拉的关系告一结束,我以为最好把你以前答应她的五千法郎送去。如今你有了钱,为什么不守信?是否你想使你自己多加一重对她的罪状?我一点不喜欢你这种做法。我最恨卑怯的行动。你不懂砍人手腕的方法。这事了结以后,我们到对你工作最适宜的地方去度夏。你曾和我提起罗斯科夫,我倒喜欢摩纳哥,因为我和公爵认识。他可以带我们上他的巡洋舰,而且你可以在他的学院中工作。"

文桑默不作声。他不愿告诉莉莉安,而这事是很久以后他才对她说的,他来此以前,曾上萝拉绝望地在等着他的那个旅馆去过。希望终于可以推开责任,他就在一个信封中封了她已不再希望的五千法郎。他把这信封交给一个侍役,自己在进门处等候侍役交到后的回音。不到一会儿,侍役从楼上下来,原封带回,在信封上萝拉批道:"太迟了。"

莉莉安按铃,叫人把她的大衣取来。等女仆出去以后,她说:

"唉!他没有到以前,我想先告诉你:如果罗培耳向你建议存放你那五万法郎,千万别相信他。他很阔,但他手头常缺钱用。你瞧,我听到他汽车的喇叭声。他早来半小时,但也好……至于我们刚才所说的……"

罗培耳进门就说:"我来得太早了,因为我想我们上凡尔赛去一定是很有意思的。你们以为怎么样?"

"不好,"格里菲斯夫人说,"那些喷泉的声音叫人讨厌。我们不如上朗布依埃去吧;时间也来得及。虽然餐馆不及凡尔赛,但我们可以谈得更痛快。我希望文桑会告诉你一些鱼类的故事。他知道其中有些是很可惊奇的。我不敢断定他说的是真是假,但总之比世上最动人的小说还更有意思。"

"小说家的意见也许不一样。"文桑说。

罗培耳·得·巴萨房手上拿着一份晚报:

"您可知道勃吕涅新任了法院办公厅的主任?这该是您父亲受勋章的机会了。"他面向着文桑说。后者耸一耸肩。

"我亲爱的文桑,"巴萨房接着说,"如果您不向他请求一点小小的照应——而且他准会乐意地拒绝您的——他一定认为您太不识世故。"

"您何不先从您自己开始?"文桑反诘说。

罗培耳撇一撇嘴:

"不。在我,献点殷勤又算什么,我不怕别人讨厌。"他又转向莉莉安,"您可知道如今上了四十年龄的男人,既无痘疮,又无勋章,那可实在是少有的!"

莉莉安微笑地耸一耸肩。

"就为说得漂亮,他倒不惜多白几根头发……说,这是您下一本作品中的引语吗?夜间太凉……你们先下楼,我取大衣就下来。"

在扶梯上文桑向罗培耳说：

"我以为您不愿再见他了？"

"谁？勃吕涅？"

"您把他看得那么蠢……"

"亲爱的朋友，"巴萨房在梯级上停住，一面拉住文桑，他已看到格里菲斯夫人正下楼来，因此故意迁延时间，意思希望后者也能听到，"您知道，我朋友中认识较久的没有一个不给我愚蠢的印象。我敢说，勃吕涅还算是比别人更强的。"

"比我强，也许？"文桑说。

"但这并不妨害我依然是您最好的朋友；您也知道。"

"这就是巴黎人所谓的'俏皮'，"莉莉安加入说，"小心点，罗培耳，世间没有比这陈腐得更快的！"

"亲爱的，您放心好了：字只印在纸上时才变得陈腐！"

他们上了汽车，车就开了。因为他们始终斗心说话，我也无须在此赘述。他们在一家旅馆的凉台上晚餐，面对着暮色笼罩下的花园。静夜中，他们的谈话渐渐沉滞起来；被莉莉安与罗培耳怂恿着，最后只剩文桑一人的语声。

十七

"如果我不对'人'那么感兴趣，我对动物会更感兴趣。"罗培耳说。而文桑就回答：

"也许您以为人和动物的差别很大。其实动物饲养学上任何伟大的发现没有不与人类的认识有关的。这一切相互作用；我相信一个以心理小说家自居的人，如果不识自然律，忽视自然界的现象，很少有不自招后患的。在您借我的龚古尔兄弟的《日记》中，我读到一段关于参观植物园中博物陈列馆的记事，其中你们这两位动人的作家慨叹大自然——或是善良的上帝——缺乏想象。这种无理的亵渎适足表示出他们自身智能的愚蠢与幼稚。实际，其中有着多么复杂的变化！大自然似乎做过种种试验：如何生存，如何动作，以及如何适应物质与其法则。古生物学中生物逐步的演进以及抛弃一切不合理、不雅观的部分，这已该是一个多大的教训！而某些形体的存留又是多么合于经济！就此细作观察，不难解释何以有些生物又会消灭。我们在植物学中也可以得到同样的教训。当我细察一根树枝时,我注意到每一叶腋中隐藏着一枚幼芽,到第二年它就生长起来。当我看到如许的幼芽,其中最多只有两枚能得到发育,而正由于它们的生长,就把其余的幼芽全摧萎了。这现象使我不能不想到在人类也有同样的情形。发育最自然的幼芽往往总是顶芽——也就是那些与主干距离最远的。只在躯干或是拱干把树液驱入主干附近的树芽时,后者才能从沉睡中苏醒。人们就利用这点使劣种得到良果,因为如果任其自由伸展,结果只能产生很多的叶子。唉!一个果园或是一所花园真是一个最适宜的学校!而一个园艺家往往很可能是一个最好的教育家!只要您稍肯从事观察,不拘是一个家禽饲养场,一个犬舍,一个水族缸,一个兔圈,或是一个畜栏,相信我,您能比在书本中或是比这多少带矫饰的人类社会中学到更多的东西。"

以后文桑谈到选种。他解释收获者普通所用的方法,他们对于最壮健的样种的选取,以及某次一个大胆的园艺家异想天开的实验:他因痛恨旧习,或者可以说出于挑衅,特别相反地选取了作物中最质弱的,而结果都开放了无数美丽的花朵。

最初罗培耳只是无精打采地听着,心想最多是些令人厌倦的话,但这时他却也打起精神来了。罗培耳的倾听在莉莉安看来是对她情人的一种颂赞,因此使她非常欣喜。

"你应该告诉我们那天你对我所说的鱼类,以及它们对海水盐度的适应……我没有弄错吧?"她对他说。

"除了某些区域,"文桑接着说,"这种盐度几乎是不变的;而海中动物普通只能生存在那些浓度变化很微弱的水中。但上次我所说的那些区域中也不是没有动物的生存。这些区域中海水极易蒸发,水量的减少完全与盐的结晶成比例;或是相反的那些区域,由于淡水不断地流入使盐融化,也即减低海水的盐度——这些区域往往位于大江的入口处或是接近大海流,也即普通所谓湾流。有些叫做狭盐性的动物一到这些区域就疲弱不堪,奄奄待毙;因为那时它们已无力抵抗另一种叫广盐性的动物,结果无可逃避地成为后者的食饵。所以广盐性的动物特别喜欢生活在大海湾的边际,那儿由于海水浓度的转变使狭盐性的动物跑来送死。你们已经明白所谓狭盐性的就是那些只能在同一盐度下生活的动物;而广盐性……"

"则是那些狡猾的。"罗培耳插言。他把一切观念都加以主观的解释,而在任何学理中只考虑到他自己可以利用的那一部分。

"但它们中大多数都是很残忍的。"文桑严肃地加上一句。

"我对你说过这可与任何小说媲美……"莉莉安醉心地喊着说。

文桑出神似的并不理会自己的成功。他异常地严肃，像是在自语似的，他用一种更低沉的调子接下去：

"近来最惊人的发现——至少对我自己是最得益的发现——是海底动物自身的生光器官。"

"啊！讲给我们听吧！"莉莉安说。她已顾不到别的，她的烟卷自动地灭了，而适才送上来的冰淇淋也已在杯中融化。

"你们都知道日光不能深入海底，海底的深度黝不可测……在这深渊中人们很久以来相信是没有生物居住的。以后由于淘浚工作的开始，在这些海底的冥府中打捞出很多奇异的动物。起初人们都以为这些动物是瞎的。试问在黑暗中，何须有视觉的需要？显然它们是没有眼睛的，它们是不会有，而且也是不应该有的。可是仔细审察以后，人们惊骇地发现有些动物是有眼睛的，以后又发现几乎每一动物都是有眼睛的。而且，有些动物还有极敏感的触须。人们还不肯相信，人们感到惊奇：为什么有眼睛？作什么用？敏感的眼睛，但对什么需要敏感？……最终才发现这些人以为应该是漆黑的动物，每一个都在它自己面前，自己周围，放射出一种光来，闪耀，照明，光芒四射。夜间，从海底取出把它们倒在船身的甲板上时，黑夜顿时闪耀得令人眼花。浮漾、跳动、杂色的火光，像夜间的灯塔，像闪耀的星宿，像珠宝。曾经亲眼见过的人都说这种绚烂的景象简直无法形容。"

文桑沉默了。长时间地他们都各不做声。

突然莉莉安说："我冷了，我们回去吧！"

莉莉安坐在司机身旁，借玻璃窗挡住一点夜间的凉风。两个男人则坐在车身的后部，敞开着车篷，继续谈话。在晚餐的整段时间内，罗培耳始终缄默，倾听文桑谈论，如今该轮到他说话了。

"老文，像我们这种鱼，在静水中就奄奄待毙，"他拍着他朋友的肩膀说。他对文桑常不拘礼节，但不能忍受对方出以同样的态度，好在文桑根本没有这种意思，"您可知道，我觉得您真可惊！真配当一个讲师！实在说，您真该放弃学医。开药方，诊病人，瞧您就不像。比较生物学讲座或是类此的事，那才是您所需要的……"

"我也早想到。"文桑说。

"这事莉莉安应该很能帮您忙,如果她把您的研究工作告诉她的朋友摩纳哥的公爵,我相信,他对这一门……我想我必须告诉她。"

"她早对我提过了。"

"那么,必然在我无从帮忙?"他装出苦恼的神情,"其实,我自己倒正有一件事情想请您帮忙。"

"那就该是我报答您的时候了。您大概以为我是健忘的。"

"什么!您还想到那五千法郎吗?但,亲爱的,您已早还清了!您对我什么都不欠……也许这点友谊除外。"他把一只手搭在文桑肩上,几乎是用温柔的语调补充一句,"就全凭这点友谊我才想向您提出一个请求。"

文桑说:"我听着。"

但立刻巴萨房反过来说,意思显得焦急的是文桑:

"您真急!从这儿到巴黎,我们还有的是时候。"

巴萨房最擅长把自己的部署,或是他自己想否认的一切放在别人肩上。于是,他装作抛开他的正题,正像那些钓鲈鱼的人,怕鱼受惊后不肯上钩,先把食饵抛得很远,以后在不知不觉中把它曳引过来:

"对了,我感谢您把您兄弟引来。最初我倒怕您会忘了。"

文桑做了一个手势。罗培耳继续说:

"以后您遇见过他吗?……没有时间,对不对?……那我就奇怪您连我们所谈的是些什么也不问我。对您,这大概无所谓。您对您兄弟毫不发生兴趣。俄理维想什么,他感到什么,他的现状,他的理想,总之,对于这些事您从来不曾挂心过……"

"这算是责备吗?"

"那还用说!我对您这种冷漠既不理解,也不能容忍。当您在波城生病时,那还情有可原;您只应该想到您自己,自利主义本来就是治疗的一部分。但如今……您看,在您眼前是这一个蠕动中的年轻的生命,这一个正在觉醒中的智慧,他有着远大的前程,他正等待有人指导他,支持他……"

说这话时,巴萨房大概忘了他自己也正有这么一个年轻的兄弟。

可是文桑一点不傻。这种夸张的谴责早预示给他其中并无诚意。他看出巴萨房的义愤别有用意,他默不作声,静待下文。但罗培耳停住了;他在文桑手上纸烟的火光下窥出后者嘴角所起的皱纹,这其中,他看出是对他的讽嘲;

本来,罗培耳怕别人的讥刺甚于一切。也许由于这缘故,他不能不改变语调。我奇怪是否文桑与他两人间突然直觉地感到一种默许……总之,他又装作很自然地说下去,调子里颇含"对您本来用不到隐瞒"的意思:

"对了,我和俄理维谈得很投机。这孩子实在使我喜欢。"

巴萨房尽力注意文桑的目光(因为夜色并不太黑),但后者一无表示。

"也就为这点小小的事情,我亲爱的莫里尼哀,我希望您能从中帮忙……"

但他又觉得这儿还该作一停顿,或是说再度释手:正像一个老练的演员,知道自己有掌握观众的吸引力,但想借此再给自己,同时也给观众一个证明。因此他把身子伏向莉莉安,高声地,像是为衬托出他语意中的关切:

"亲爱的朋友,您真觉得您不冷吗?我们这儿有一件披氅没有人用……"

但并不等她回答,他又倒身在车垫上,挨着文桑,换了低沉的调子:

"事情是这样:今年夏天我想把您的兄弟带走。是的,我坦白地告诉您;我们间,多绕弯有什么用?……我无缘得识令尊令堂,他们一定不放心俄理维跟我同走,所以希望您能积极地从中说项。我相信您有办法说服他们,我设想您懂得他们的心理,由此您应该知道从何入手。这事您肯为我帮忙吗?"

他静候片刻,但因文桑默不作声,他又继续下去:

"文桑,听我说……我不久就预备离开巴黎……行踪未定。我亟须一位秘书同行……您知道我在创办一个杂志。我也已和俄理维谈起。我正需要有他那样才能的一个人……但我并不单从自私自利的观点出发。我的意思是认为像他那样的才能在这工作中正可以得到正当的发展。我向他建议请他担任总编辑……以他那样的年龄,身任一个杂志的总编辑!……您也该承认这并不是平常的事。"

"正因为这不是平常的事,所以我怕我父母反会惊惧。"文桑终于把目光转到他身上,凝视着他。

"是的,您这话应该是对的。也许不提这一层更好。您不妨特别着重于这次旅行对他的益处,好不好?您父母应该明白像他那种年龄需要多做旅行,增广见闻。总之,您和他们谈判一下,如何?"

他吸一口气,点上一支新的烟卷,继续原来的调子:

"既然您很愿帮忙,我也正想替您办点事,最近有人向我建议某项投资,是一个破例的机会,我相信我可以替您设法……我那位在一家大银行供职的朋友,他是特意留给几个熟朋友的。但这事您千万别告诉莉莉安。因为实际我所有的股额不多;我不能同时摊给你们两位……您昨晚所赢的五万法郎?……"

"我早安置好了。"文桑淡然回答,因为他记起莉莉安事前给他的关照。

"那也好,那也好……"罗培耳立刻接言表示不在意,"我并不坚持。"接着又用"我不会怪您"那种调子,"如果您决定变计,就赶快告诉我……因为,过了明天下午五点,就再无法挽救。"

文桑自从看穿巴萨房伯爵以后,倒反更觉得他这人有意思起来。

十八

爱德华日记

午后二时

失落提箱。也好。其实箱内除了我的日记,别的倒都没有什么。不过我也太重视我的日记了。其实,这次意外,颇饶兴味。仍盼能取回我那些稿件。试问谁会念它们呢?……也许,因为遗失了,所以自己过分地把它们看得重要。那本日记于我出发赴英国时中止。在英国所记的另有一本小册,如今我已回到法国,就把英国的那本撇开。我这时新写的这一本预备以后时时放在袋中,这可说是我自己随身所带的一面镜子,一切我在现实生活中所遇到的,除非我在这面镜子中看到它们的反影,否则对我是不存在的。但自从回来以后,我一直像生活在梦中。与俄理维的谈话,想来真令人难堪!而最初我自己预想应该是多么愉快的事……但愿他也和我一样失望;一样对他自己失望,同时对我失望。唉!我自己无话可说而竟使他也无话可说。每一个真正哽在心头的字是多么不易表达!脑筋中一掺杂心头的情感,理智活动就整个地显得愚钝,停顿。

午后七时

我的提箱已找到;或是至少那个取提箱的人我已找到。而他又正是俄理维最亲密的一个朋友,所以只要我愿意,很快就可以造成一重新的关系。危险的是,我对任何意外发生的事都那么感到兴趣,结果往往忘去原来的目的。

重见萝拉。我对人的善意一遇困难,或是不能不与传统、凡庸、习俗相搏斗时,便不自制地激怒起来。

访拉贝鲁斯老人。给我开门的是拉贝鲁斯夫人,我已两年多不曾见到她,但她却立刻认出是我。(我想他们不常有客人。)而且,她自己也无甚变更;但(是否因为我对她先有成见的缘故)她的面色显得较前更冷酷,目光更尖酸,笑容也变得更虚伪了。

"我怕拉贝鲁斯先生不一定能见您。"她立刻对我说,显然她希望独占我;而且凭着她的耳聋,不等我问她,就又回答说:

"不,不,您一点不打扰我,进来就是。"

她把我带到平时拉贝鲁斯授课的那间房子,室内的两扇窗是对院子开着的。我一踏进门,她就开口:

"能和您单独谈谈使我特别感到愉快。我知道您对拉贝鲁斯先生深切的交谊,而如今他的景况实在令我担心。他很听从您的话,您是否能劝他自己保养一点呢?至于我,一切我对他所说的,他全认为是无中生有。"

于是她就唠唠不休地诉说起他的罪状来:老头儿因为想使她难堪,故意不肯自己保养。他不该做的他去做;他该做的他却一件也不做。不管天气如何他都要出去,又从来不肯披上围巾。吃饭的时候他不吃:"先生不饿",而她也想不出方法使他胃口变好;但到夜间,他就起来,上厨房去乱翻一阵,也不知在煮些什么吃。

自然这一切也不是老太太自己编造出来的。不过从她的诉说中,可以看出本来是一些无关轻重的小事情,因为错解的缘故,意思就像变作很严重,而现实反映在这老妇人简单的脑筋中却又正好是一团可怕的黑影。但在老头儿这方面,又何尝不误解老太太的种种好心与谨慎?结果老太太自己看做是个殉难者,而在老头儿眼中却正是一个刽子手。对这对老夫妻我只好不下断语,不求理解;或是说,和一般的情形一样,我对他们愈认识,我就愈难下冷静的断语。事实是:两个本应在生活中互相凭依的人,结果却各使对方感到极度的痛苦。我常观察到夫妻间每因某一方面性格上一点小小的差异而酿成对方心理上莫大的恼怒,因为"共同生活"使这凸出处适成摩擦的中心。如果这种摩擦是双方共感的,那末夫妻生活的痛楚必然像在地狱一样。

拉贝鲁斯夫人状似神话中女面鹰体的妖妇:在乌纱包着的假发下,她那灰色的脸显得更僵硬,伸出在黑色的无指手套外的枯瘦的手指简直就像爪子。

"他骂我是他的侦探,"她接着说,"白天他睡得很多;一到晚上,起初他假装入睡,但当他以为我已睡熟的时候,他就起来。他在旧纸堆中乱寻乱翻,有时一面哭,一面念他故世的兄弟的旧信直到天明。他要我忍受这一切而不许我说一个字!"

接着她又怨老头儿想把她送入养老院去;她加上说:这事特别使她难堪,正因为老头儿已不会一个人过活,他非有她的照料不可。但这种悯怜他人的语调不能不使人感到其中的虚伪。

正当她作这种种哀诉时,客厅的门在她身后轻轻地开了,她还没有听到,拉贝鲁斯已进入室内。当老妇人说那最后几句话时,他讽嘲地对我微笑着,一面用手指着自己的前额,意思是说他太太是个疯老太婆。接着他便急躁地,凶狠地说(我都不能相信他会有这种态度,老妇人对他的非难似乎也非无因,但也许由于要使她听到非如此不可):

"夫人,走吧!您应该懂得您这种呶呶不休使先生疲倦。我的朋友不是看您来的。请您走开。"

老妇人就反抗说她坐着的靠椅是她自己的,她决不让开。

"既然这样,"拉贝鲁斯冷笑着说,"对不起得很,我们就让您在这儿。"他向我回过头来,转作温和的语调说:

"来吧;让她坐在那儿好了。"

我勉强地点了点头,跟着他跑进旁边的那间房子,这正是上次我来看他时所坐的那一间。

"我很高兴您能亲听她的谈话,"他对我说,"整天她就是那一套。"

他跑去把窗关上。

"这街上的喧声使人说话也听不清,我整天的工作就是去关这两扇窗,而拉贝鲁斯夫人整天的工作就是去把它们打开。她借口说她透不过气。她总爱夸张。她不肯承认室外的空气比室内的更热。可是我那儿有着一个寒暑表;当我指给她看,她就说寒暑表上的度数是不管事的。她明知道她自己是错的,但非说她有理不成。她最得意的事是和我作对。"

但当他说话的时候,我看出他自己的脑筋实在也不很正常。他又接下去,而且语调愈来愈兴奋:

"她自己在生活中的种种乖僻,结果把罪过完全推在我身上。她的判断全是错误的。所以,您看,我可以这样对您解释:您知道外界的影像印在我们脑膜上时全是反的,平时我们靠某种神经器官把它们调整过来。事实是,在拉贝鲁斯夫人,她就没有这种调整器官,所以在她脑筋中,一切依然是反的。您想想,这样的情形是不是会教人痛苦?"

必然,他在自己的解释中得到不少宽慰,所以我避免打断他。他又继续说:

"拉贝鲁斯夫人总是吃得太多。可是,她就认为吃得多的是我,如果她刚才看到我手上有一块巧克力(这是我主要的食品),她又该呶呶地说:整天不断地咬嚼!……她监视我,她谴责我不该晚上起来偷偷地弄东西吃,其实只因为有一次她发觉我在厨房中煮一杯巧克力茶……您说叫我怎么办?吃饭时,她坐我对面,她那副把鼻子伸到盘中的贪婪的样子,看了就叫我吃不下饭。结果,她反说我故意刁难,为的想使她难受。"

他停了一下,接着像是在一种诗情的激发中:

"我倒真钦佩她对我的谴责……譬如,有时她坐骨神经痛时,我就怜恤她。于是她就耸了一耸肩膀把我打住:'别装假慈悲!'而一切我所做的,我所说的,在她都认为是想使她痛苦。"

我们同在室内坐着。但他一会儿起来,立刻又坐下,显然是一种病态的不安:

"您可能想象?在每间房内有的家具算是她的,有的算是我的。刚才您已亲眼看到过她的靠椅。当女仆收拾房间时,她就对她说:'这一件是先生的,您别动吧。'有一天,我偶不小心,把一本精装的乐谱放在一张她的小圆桌上,夫人立刻拿来扔在地上了。书角全给折断……啊!这样是无论如何过不下去的……但,您听我说……"

他抓住我的手臂,把声音放低一点:

"我已打定主意。她不断地恐吓我,如果我再继续这样,她就只能住到养老院去了。我已留起一笔款子,我想大概够付她在圣悲利纳的膳宿,人们说那养老院比较算是最好的一个。我如今所教的钟点课从收入方面说,几乎等于零。不久以后,我手头的钱就会花光,到那时我就不能不动用那笔款子。我实在不愿意。于是,我立下这个主意……打算在三个月以后实行。是的,我日期也已定好。当我想到此后每一小时我更接近这一刻的到来,您知道这对我是多么大的一种慰藉。"

他原来已很靠近我,但他更移近一点:

"此外我还留开一份年金证。啊！数目自然不大,但在我已别无他法。这事拉贝鲁斯夫人全不知道。我把它放在我的书桌内,外面有一个信封套着,信封上是您的名字以及附带的说明。我可否把这事托付给您？我对这类事情完全外行,但我曾和一位律师谈过,他说这笔年金可以直接由我孙儿具领,但非到他成年后,证书上方能正式换他的名字。我想看在我们情分上,希望您能从旁促其实现,也许对您并不是一个过分的要求。我太不能相信这些律师……或是,您为使我安心起见,不如现在就把这信封带走……行不行？……我去取来。"

他按着惯例迈着小步跟跄地出去了,回来时手上执着一个大信封。

"原谅我把信封已粘上了;这只是手续。您拿走吧！"

信封上在我的名字下,我瞥见用正楷书写的:"待本人故世后启封。"

"赶快放在您的口袋中,使我可以放心。多谢您……唉！我一直在等着您来……"

在这一种严肃的瞬间,我常感到自身中一切仁慈的情绪顿时会转成一种几乎是宗教的出神之感,一种热诚,一种使自身感到崇高,或是说得更切实一点,一种使自身超脱一切私利的联系,像是失去自己,失去一切个人的情绪。一个不曾有过这种实感的人,必然在这儿很难理解我的意思。但我觉得拉贝鲁斯倒是有同感的。一切在我这方面的客套与辞令都是多余的,不需要的,而且在我认为是不应该的,因此我只紧紧地握着他那只落在我手中的手。他的眼睛放射出一种异样的光辉。在另一只适才拿着信封的手上,他还有一张纸条:

"这儿是他住址,因为现在我已知道他在哪儿。'萨斯费',这地方您可知道？这在瑞士,但我查了地图并没有找到。"

"是的,"我说,"这是近切尔维诺峰的一个小村落。"

"这地方很远吗？"

"也许不至于远到我不能去。"

"什么！您打算去吗？……啊！您真是个好人！"他说,"我自己实在太老了。而且,因为他母亲的缘故……我也不能去。可是我觉得如果……"他踌躇着在搜索一个适当的字眼,"只要我能见到他,我就可以安心瞑目了。"

"可怜的朋友……我总尽一切人力所能做到的设法把他带回来。您一定能见到小波利,我答应您。"

"多谢……多谢……"

他激动地把我抱在他的手臂中。

"但您也得答应我不再去想……"

"啊！那是另一回事。"他顿时把我打住。而想不使我坚持，为转移我的注意力起见，立刻他换了话题：

"试想前些天一个以前我学生的母亲想请我去看戏！那已是一月前的事。是法兰西剧院的日场戏。二十年来，我已不曾踏进过戏院。那天上演的是雨果的《欧那尼》。您知道这剧本？像是演得很不错，因为人人都看得非常出神。但对我，我痛苦得不能言喻。如果不是由于礼貌，我绝对等不到散场……我们是坐在一个包厢中。我的朋友们竭力劝我耐心一点。我真想诘问观众。啊！怎么可能？怎么可能？……"

最初我不明白他指的是什么，我就问：

"那些演员让您觉得可气吗？"

"当然。但他们怎么敢把这种猥亵的东西搬到舞台上去？……而观众反大声喝彩！戏院中还有好些孩子们；做父母的明知这个剧本却还把孩子们带去……这简直是不可思议。而这样的东西竟在一个国家剧院上演！"

这一位老实人的愤怒颇使我想发笑。这时我简直忍不住大笑了。我向他争辩：任何戏剧艺术是不能不描写情欲的。他就反驳说，无论如何情欲的描写总是一个坏例子。这样，辩论继续相当时候，我就把激情的部分与乐队中的某种铜乐器的怒号作比：

"譬如说，贝多芬某一交响曲中双管喇叭的加入，那您不是很叹赏的吗？……"

"但我并不叹赏，谁说我叹赏这种喇叭声？"他几乎盛怒地叫喊起来，"我怎么能叹赏我所讨厌的？"

他全身战栗。他语调中的愤慨，或几乎可说是敌意，不但出于我的意外，而且竟使他自己感觉惊异，因为接着他就用一种很沉静的语调：

"您可注意到近代音乐最大的努力，即在使往日我们认为不调和的谐音听来可以忍受，或者竟使人感到某种愉快？"

"对呀！"我说，"最终一切都应转入和谐。"

"和谐！"他耸耸肩重复我的话，"在我看，这只是使人习惯作恶。以后感觉也迟钝了，纯洁也不要了，反应也差了，一切都容忍，接受……"

"依您这样说,人就不敢再给孩子们断奶了。"

但他并不理会我,只顾继续下去:

"如果人再能觅回少年时代那种不甘妥协的刚愎,那时使我们最感愤慨的恐怕就应是自身今日的情况。"

时间已不容许我们再来一次目的论的探讨,我企图把他引回本题:

"我想至少您并不主张把音乐减作唯一表现沉静的工具?如果这样的话,一个谐音就成,一个连续的纯谐音。"

他握住我的双手,出神地,目光消失在礼赞中,几次重复地说:

"一个连续的纯谐音,是的,正对,一个连续的纯谐音……"可是又黯然加上说,"但我们整个宇宙却正在不谐和的淫威之下。"

我向他告辞。他送我到门口,和我亲了亲,口中仍喃喃地说:

"唉!决定这谐音的来到可真不易!"

第二部　萨斯费

一

裴奈尔寄俄理维的信

老俄：

我先要告诉你，我已放弃会考。将来你没有遇到我，你一定就会知道。我预备在十月那期再考，一个唯一的机会让我出发去旅行。我毫不犹疑地接受了，而我并不后悔。当时事情非立刻决定不可，我连考虑的时间也没有，连和你去告辞也来不及。关于这一点，同时我的旅伴也嘱我向你表示他的歉意。因为你可知道把我带走的是谁？我想你一定已猜到……这人就是你那鼎鼎大名的舅父爱德华，我就在他到巴黎那天下午遇到他的，而且在一种极奇特而动人的境遇之下，这事以后我还得详细报告你。总之，这次的历险，一切都是那么奇特，当我此刻回想起来，我的头还在那儿直转。此刻我还不敢相信一切都是真的，我还不敢相信给你写信的就是我自己，而地点则是和爱德华同在的瑞士……好吧，反正都得告诉你，但你看后千万把这信撕毁，一切你自己知道就是。

试想这一位被你哥哥文桑所遗弃的可怜的女性，也就是那天晚上在你门口啜泣的那一位（而你真傻，竟不敢给她开门——原谅我的直白）却正是爱德华的至友，也就是浮台尔自己的女儿，你朋友阿曼的姊姊。实在我不应该把这一切告诉你，因为这与一个女人的名誉有关，但如果我一字不提，心中可又闷不住……我再次声明：千万别对人说。她才结婚不久，这事你知道；也许你也知道她结婚不久以后就生病，而以后上南部去疗养。就在波城，她第一次和文桑认识，这事也许你多少知道。但你所不知道的是这事还有后文。是的，老俄！你那位宝贝哥哥替她放进一个孩子去。她回巴黎时腹中怀孕，因此她不敢在她父母前露面,自然更不必提再回她夫家去。结果你哥哥把她抛弃了,其中经过,你早知道。我避免批评,但有一点可以告诉你,即是萝拉·杜维哀对他绝无一字的谴责或怨愤。相反,她自作种种解释,原谅他的行动。一句话,这实在是一个极难得的女人,一副少有的好心肠。同样称得上难得的,那就是爱德华。因为她既不知道做什么好,又不知道往哪儿去,他就向她建议把她带往瑞士;同时他向我建议陪他们同走,因为他自己对她完全出自友谊,所以如果两人单独旅行,在他感到极不方便。因此我们三人同走。这事是下午正五点才决定的,正好只有他自己收拾一下行箧,以及给我置备一点行装的时间(因为你知道我离家时什么也没有带)。当时爱德华为人的可爱是你所不能想象的,而他还不断地说帮他忙的是我。是的,老俄,你说的确是真话,你这舅父真可称得上是个人物。

这次旅行相当辛苦,因为萝拉已非常疲累,为她身体着想(她已有三个月身孕),处处都得极度慎重;而我们决定去的地点(其中原因解释起来太长),到达却又相当困难。再者萝拉不肯自己小心,非别人勉强她不可,这使事情弄得更复杂。她不断地说:如果发生一点意外,在她是求之不得。由此你能设想到我们为她所费的种种苦心。唉!朋友,这真是一位令人敬佩的女性!和她认识以后,我自己感到判若两人。我不敢再有某些想头,我约束自己心头的邪思,否则我怕自己会不配站在她的面前。是的,在她身旁,你不自禁地会肃然起敬。但这并不妨碍我们三人间能谈笑自如,因为萝拉并不是那种矫作拘谨的女人——所以我们什么都谈;但你可以相信我,在她面前,多少以前我动辄打趣的事物,如今我把它们都看得非常严肃。

你一定会相信我爱上她了。老俄,你并没有猜错,这岂不疯狂?看我爱上了一个腹中有孕,而不用说是我所尊敬的女人,是我连用手指碰她也不敢的女人?你知道我并非登徒子……

历尽千辛万苦(因为车子无法上山,我们给萝拉雇了一乘轿子),当我们到达萨斯费时,旅馆却只能供给我们两间房间,一间双铺的大房间以及一间小的。在旅馆主人面前讲定那间小的留给我——因为不愿使萝拉露面,所以她和爱德华在表面上权作夫妇;但每晚住那小房间的是她,而我和爱德华同住在那间大房间内。为瞒过那些旅馆的侍仆,每天早上就得有一番大移动。幸而两间房间是相连的,这使事情比较好办。

我们抵此已六天。我拖延到今天给你写信,实在因为最初在这新环境中我有点感到身不自主。如今我才慢慢感到有点习惯,慢慢使我自己恢复起来。

爱德华和我已登过几次山,非常有趣。但实在说,这地方并不使我太喜欢;爱德华也有同样的感觉。他觉得这儿的景物太带"夸张"。实际也正是这话。

这儿最好的自然是空气,极度清新的空气,它使你的肺部感到舒畅。可是我们不愿长时间让萝拉独自留在旅馆,因为,不用说,她不能伴我们同行。旅馆中的生活也相当有意思。各国人都有。我们特别和一位波兰籍的女医生最有来往,她和她的女儿以及一个由她看护的小男孩在此度暑。而我们来此的原因,也可说就为探访这个男孩。这孩子精神有病,那位女医生在应用一种最新的治疗法。这实在是一个很可爱的孩子,但使这小东西最得益的,是他疯狂地爱恋着那位女医生的女儿;后者比他大几岁,而实在是我生平所见到的最美丽的小女孩。自晨至暮,他们从不分手。两个孩子相互非常和洽,因此没有人想到去打趣他们。

我还没有好好地工作过,而且从出发以来,连一本书也不曾翻开过;但思索得很多。爱德华的谈话非常引人入胜。他很少直接和我说话,虽然表面上他把我当做他的秘书;但他和别人闲谈时我总听着,尤其和萝拉谈得最多,他喜欢把他自己的各种计划告诉她。你不能设想我在其中所得的益处。有些天我对自己说,我应把这些谈话记录下来,但我相信我都记在心头。有些天我竭诚地想到你,我说在这儿的应该是你,但我对这次临在我身上的一切并不抱憾,也不希望有任何变动。至少请你相信,我并不忘怀仗你我才认识爱德华,而我今日的幸福全是你的赐予。当你再见到我时,我相信你会说我已变了;但我只能是你更亲密的朋友。

星期一

附笔:这时我们正登山回来。攀登雅拉岭——向导者用绳子和我们牵在一起,冰岩,绝壁,雪崩……夜宿一避身所,四围皆雪,与其余的那些旅行者挤在一起,不用说一夜未曾合眼。翌晨,黎明前启行……这次!朋友,我再不能说瑞士是个无味的地方。当你在那山顶时,极目不见耕作,不见草木,不见一切人间的贪婪,愚顽,你想放歌,大笑,啼哭,高飞,从天空跃下,或是肃然下跪。祝你愉快。

裴奈尔
星期三

裴奈尔为人太直爽,太自然,太纯洁,他对俄理维太欠认识,因此不疑心到这信会在俄理维心中掀起如许漆黑的妒恨,一种掺杂着忧愤、绝望与怒恨的潮浪。他自感同时在裴奈尔与在爱德华心中有着另一个人替代了他。他自己完全被他们两人间的友谊排挤出来。裴奈尔信中有一句话尤其使他难堪,如果裴奈尔预先觉到这句话能在俄理维心中起这样的反应,他是决不会写上的:"同住在那间大房间内"。他把这句子重复地自语着——而妒恨之蛇在他心头展开,绞绕。"他们睡在同一房间内!……"立刻他会有什么不能想到呢?他的脑筋中充满着种种不洁的幻想,而他竟不设法把它们驱走。他并不特别妒忌裴奈尔,或是妒忌爱德华;而是同时妒忌他们两人。他轮流地臆想着这一个,一会儿又是那一个,一会儿又是两个在一起,而同时引起自己对他们的艳羡。他在正午时收到这信。"唉!原来如此……"以后他就一直反复地说着这句话。即晚,地狱之魔闯入他的心头。翌晨他就投奔罗培耳家。巴萨房伯爵正等待着他。

二

爱德华日记

我全不费力地找到了小波利。我们到后的第二天,他出现在旅馆的台阶上,在一架为旅客所设的望远镜口眺望远山。我立刻就知道是他。不久,一个比他长得稍高的小女孩跑到他身边。我坐在客厅敞开的玻璃窗前,离他们很近,因此他俩的谈话字字听得清楚。当时我很想和他说话,但我相信先和那女孩子的母亲有了接触比较来得谨慎。这是一位波兰籍的女医生,波利就由她在看护,她无时不在注意他的一切。小勃洛霞非常可爱,她大概已有十五岁。她那金栗色的长发束成发辫一直垂下腰际,她的目光和语声仿佛都是天使一样的。我记下这两个孩子的对话:

"波利,妈让我们别动那千里镜。你不愿意过来散散步吗?"

"是,我很愿意。不,我不愿意。"

这两句相反的话是一口气说出来的。勃洛霞只注意到第二句,便问:

"为什么不?"

"天太热,天太冷。"(这时他已离开望远镜。)

"波利,听话些!你知道我们一同出去妈妈一定很高兴,你的帽子放到哪儿去了?"

"Vibroskomenopatof. Blaf blaf."

"这是什么意思?"

"没有什么意思。"

"那你为什么说?"

"为让你不懂。"

"你说那根本没有意思,自然我懂了也无用。"

"但如果那算是有点意思,你也一样不会懂。"

"人说话是为让别人懂。"

"你可喜欢我们来造几个字,那些字只有我们两人能懂?"

"你先学好了法文再说。"

"我妈,她能说法文,英文,罗马文,俄文,土耳其文,波兰文,意大利文,西班牙文,贝鲁文,齐齐都文。"

这一切说得非常快,像是在一种诗情的怒放中。

勃洛霞笑了。

"波利,为什么你整天胡说?"

"为什么你总不相信我跟你说的?"

"你跟我说真话时我就相信。"

"怎么你才知道是真话?你那天跟我讲天使时,我倒很相信你。勃洛霞,告诉我!你相信不相信如果我一心祷告,我也能看到天使?"

"也许你能看到他们,如果你以后不再说谎话,如果上帝愿意你看到他们。但如果你的祷告只是想看看他们,上帝就一定不让你看到他们。如果我们肯做好人,有很多好看的东西我们都能看到。"

"勃洛霞,你是个好人,所以你能看到天使。我总是个坏人。"

"为什么你总想做坏人?你肯过来,我们两人到(这儿是一个我听不懂的地名),在那儿,我们两人一同祷告上帝和圣母救你不再做坏人。"

"是。不;听我说:我们去找一根棒,你拿一端,我拿另一端。我把眼睛闭上,我答应你到那儿以后我才把眼睛睁开。"

他们稍稍跑远了;而当他们跨下台阶,我还听到波利的声音:

"是,不,别拿这端。等我把它擦干净了。"

"为什么？"

"因为我已拿过。"

当我独自用完早餐，正在想法去接近莎弗洛尼斯加时，她却自动跑来了。她手上拿着我最近出版的一本书，这颇引起我的惊奇。她非常和蔼地微笑着，问我她荣幸地见面的是否正是那书的作者；立刻她就对我的书加了一番赞许。她的意见，她的颂扬与批评，在我认为比我一向所惯听的高明得多，虽然她的观点完全不是从文学出发。她对我说她所唯一感兴趣的是心理的以及一切有关阐明人性的诸问题。但她又加上说："真能抛弃现成的心理来写作的诗人，戏曲家，或是小说家实在不可多得。"（我就对她说："能使一般读者满意的唯有这种现成的心理。"）

小波利是他母亲托付给她同来过暑假的。我尽力不显露自己所以对他感兴趣的原因。"这是一个极柔弱的孩子，"莎弗洛尼斯加夫人对我说，"他母亲来往的社交界对他全无益处。她最初说和我们同来萨斯费；但我不能接受管理这个孩子，除非她完全把他交给我；否则我的治疗是不会见效的。"

"试想，"她又接着说，"她使这小东西生活在一种不断兴奋的状态下，这只能更增加他精神的失常。自从他父亲去世以后，他母亲就只能自己谋生活。她是个钢琴家，而我可以说，她的演奏是很难有敌手的，只是一般的听众不能欣赏其中的微妙。她就决定在音乐会中，在游艺场中，在剧院中演唱。她把波利带在一起；我相信这孩子的失常不能不归咎于这种戏院中不自然的气氛。他母亲非常喜欢他；但实在说来，如果能让他和他母亲分离，对他倒是更好的。"

"他究竟发生了什么？"我问。

她笑了：

"您想知道的是他的病名？唉！如果我背一个好听的学名对您也是一样。"

"就请您告诉我他是什么病。"

"他犯种种小毛病，怪习，幻想，即是一般所谓一个神经质的孩子，而普通治疗都着重注意卫生以及使病者能在新鲜空气中休养。其实一个健全的体格是不会让这些毛病自由发展的。体质虚弱固然能助长这些毛病，但它们所以发生却并不一定由于虚弱的缘故。我相信这种病症的根源往往种下在一个人生活中所受到的某件事情的打击，而我们需要设法去发现的就是这件事情。

病者只要知道他致病的起因，他的病也就一半治愈了。但这种起因病者自己往往记不起来，它像隐匿在病的阴影中；我的工作就是要在这隐蔽后面去探找致病的起因，设法把这起因放在阳光下，也即放在我们视觉可及的境地。我相信正像光能澄清污水，同样，明晰的目光不难洞烛病者的内心。"

我就告诉莎弗洛尼斯加昨天我所窃听的波利与她女儿的谈话，从那谈话看来，我觉得波利离治愈的阶段似乎还远得很。

"这就是因为我对波利已往生活中必须认识的一切还嫌不足。我开始这种治疗还是不久以前的事。"

"您所用的是什么方法呢？"

"啊！简单得很，我就让他自己随意谈话。每天我在他身边消磨一两个钟点。我试着问他，但问得很少，因为最重要是取得他的信赖。我已经知道好些事，我正在探究很多别的。但那小东西还在自卫，他怕羞；如果我太坚持，如果我不觅取他的信赖，结果一定会和我所预期的相反，即是无法使他自己尽情吐露。他会反抗。所以在我未能克服他的审慎与拘谨以前……"

她所谈的这种讯问方式在我认为相当偏执，使我忍不住不起抗议；但我的好奇心胜于一切。

"您的意思是您等待着这小东西会告诉您一些不洁的秘密？"

如今是她抗议了：

"不洁？在诊察中就无所谓洁与不洁。我需要知道一切，而尤其是人们最想隐瞒的一切。我必须设法使波利自供。在没有完全知道他过去以前，我是无法治愈他的。"

"那么您猜想他有可以向您供认的事？原谅我，我的意思是您是否能自信他所供认的不正就是您自己所暗示他的呢？"

"自然我必须不断地预防这一点，这正是所以使我滞缓的原因。我见到一些笨拙的法官无意地给孩子很多臆想的证据，而诘问之下，这孩子就自然地撒起谎来，一口咬定是他自己所亲历的，而使很多想象的罪状成立了实证。我的职务是让孩子自己无意中吐露出来，而绝不从旁给以暗示。因此非有极大的耐心不可。"

"我认为这儿所用的方法，其效力完全须看执行者自身的价值而定。"

"这话我不敢说。不过我可以对您保证，当您有过相当时间的经验以后，您不难把握住一种特殊的智巧，一种预知，或是说一种直觉。自然有时也很可能扑空;重要的是不应太固执于某一点。譬如说,您可知道每次我们谈话是怎样入手的?波利总先告诉我他夜间所做的梦。"

"谁知道他的梦不是造作的?"

"而如果他真造作?……一切由病者的想象所造作的全是带有启示意味的。"

她停了一忽儿,又接着说:

"*造作,病者的想象*……不!这都无关。我们每每受字面的拘束。波利在我面前简直就是一面做梦一面说话。每天早晨他总有一个钟点在这种半醒的状态下,那时在脑筋中所出现的种种意象往往不受我们理智的支配。它们的结合并不依照正常的逻辑,而全借机遇的化合。它们应顺着一种神秘的内在的要求,而这种内在的要求正是我最需要知道的;所以我在一个孩子的这些呓语中听得的启示远胜于一个最理解这些问题的人所下的缜密的分析。天下不少事情超出理性的支配,所以一个想理解生活的人,如果只应用他的理性,就正像想用火钳把火钳住的人一样。结果留在他眼前的只是那瞬息即灭的一片木炭。"

她又停住了,顺手翻着我的那本书。

"你们对于人性的理解是真够肤浅的。"她喊出来,突然她又笑着加上说,"啊!我并不特别指您。当我说:你们,我的意思是:你们小说家。你们小说中的人物大都是临空构成的,他们既没有一个基础,也没有一个可以落脚的地方。我倒相信能把握真理的还是诗人;一切仅借智力所创造的全是假的。但我此刻所谈的实在于我自己无关……您可知道我对波利所以无从入手的缘故?就因为我相信他是非常纯洁的。"

"为什么因此反使您无从入手?"

"因为在这情况下我就无从探发病之所在。像他那种神经上的错乱,普通十有九次都源由于一种羞于告人的秘密。"

"也许这种秘密我们人人都有,"我说,"但幸而它并不使我们每人都得病。"

正当这时,莎弗洛尼斯加夫人看到勃洛霞从窗前经过,她就站起身来,指着她女儿对我说:

"您看,外面的那位才真是波利的医生。她在找我,我得去瞧瞧,但我相信我们以后还有再谈的机会,是不是?"

事实上我很懂得莎弗洛尼斯加所责备于小说的一切；但这儿她忽视了某些艺术上的理由，某些更高的理由。这使我想到一个好的小说家决不是一个高明的自然科学家所能承当的。

我已把萝拉介绍给莎弗洛尼斯加夫人。她们似乎很能投合，因此我也感到很愉快。有时当我知道她们在一起闲谈时，我可以一无挂虑地离去。我所抱憾的是裴奈尔在这儿找不到一个适当年龄的同伴，但至少他有会考需要预备，这样每天也可以消磨他几个钟点。我自己可以继续从事于我的小说。

三

虽然双方"各尽其力"，但除了表面以外，骨子里爱德华与裴奈尔中间始终有着间隙。同时萝拉也并不感觉满意。而实际她怎么能满意呢？环境迫她扮演这一个与她天性相反的角色，她的诚实使她无法胜任。像那些命定作贤妻的温顺的女性一样，她需要种种礼仪当做自身的支柱，一旦失去了这些，她就感到软弱无措。目今她与爱德华的相处愈来愈使她不自然起来。最使她痛苦，而在她每一思及所最不能忍受的，即是自己全仗着这位保护者生活，或是说，自己无以图报；或者说得更确切一点，即是爱德华从未向她索取任何代价，虽然在她自己是预备着什么都可以允诺的。蒙田曾引塔西佗[①]的话："恩惠只在清偿的条件下，受者才是舒服的。"无疑这话仅适用于一些心灵高贵的人们，但萝拉自己就正属于这一类人。她正愿有赐于人，而结果她却不断地受人之赐，这才引起她对爱德华的反感。而且，当她回忆昔日的一切，使她感到颇受爱德华的愚弄。爱德华唤醒了她心头的爱，既而径自离去，徒使这爱情在她心中根深蔓延，却无所依从。日后她种种的过失：顺从着爱德华的劝告与杜维哀结婚，以及婚后不久一无考虑地受春情的诱惑，其潜在动机，不皆发轫于此？因为，她自己不能不承认，当她在文桑的怀抱中，她所寻觅的仍是爱德华。但由于无以解释她这位恋人的冷淡，她就觉得应负这责任的是她自己，以为如果她长得更美，或是更果敢一点，她应该能制胜他；同时，由于无法怨恨他，她就自怨、自辱、自蔑起来，觉得自己一无德行，一无自容的理由。

---

① 塔西佗（约55—约120），古罗马历史学家。

再加由于卧室问题使他们不得不东西歇宿,这在她的同伴们也许很有意思,在她却颇感有失身份。她觉得很难长此以往,但也无从考虑妥善的办法。

萝拉唯有以居母居姊的地位在对裴奈尔的爱护中汲取些微的慰藉与喜悦。她很体会到这俊秀的少年对她的敬慕。这一种对她的爱重又挽救了她对自己的轻视与菲薄,使她不致踏入任何最怯弱的人在同一心境下可能果决地踏入的绝途。每天早晨,当裴奈尔不在黎明前出去登山(因为他爱早起),他就在她身边温习两小时英文。他在十月间应该参加的会考正是一个适当的借口。

至于他的秘书职务实际只是一个空名,用不着他花去多少时间。当裴奈尔最初接受这职位时,他幻想着自己已坐在一张办公桌前,替爱德华笔录腹稿或是誊清稿件。但爱德华从不令人笔录;至于他的文稿,如有的话,也始终锁在箱内。一天内任何时间裴奈尔都可以自由支配。他的工作热诚只等待着爱德华能善为利用,因此对于他自己的假期,以及由于爱德华的慷慨使他能有这相当舒适的生活,这一切他都不以为奇。他决定不让他自己多作疑虑,我不敢说他相信神明,但至少他相信他自己的命运,而他认为正像他肺部所呼吸的空气一样,某种幸福对他是应得的。爱德华即是这幸福的赐予者,正像波舒哀所谓宣教师是圣理的赐予者一样。此外,裴奈尔把现状看做是一时的,只要他对自己所估量的才具能得显身的机会,他自信不难有清偿的一天。颇使他忧愤的,是爱德华不曾赏识他某部分天资上的特长,而他认为这正是爱德华自己所缺少的。"他不知道善用我,"裴奈尔那样想着,一面隐忍住自己的自尊心,但立刻又达观地加上说,"管它!"

果尔,爱德华与裴奈尔之间的隔膜又自何而起?在我看,裴奈尔正是那种在对抗的形势下才能保持自信的人。他不能忍受爱德华对他所处的优越地位,因此每当须受对方的影响时他就抵抗,而爱德华本无约束裴奈尔的意思,因此对他的执拗以及随时准备自卫或至少自避的态度,倒反交替地感到自恼自苦起来。他自问这事是否正是他自己的荒谬:把这两人带在一起而结果却使他们联合起来对他反抗。无法洞彻萝拉内心的秘密,他把她的退让与隐忍看做是对他的冷淡。如果他真把她的情感看清楚了,那时他会更感烦恼,这一点萝拉自己很明白;所以她只能把这被弃的恋情尽量地敛忍掩饰。

用茶的时候三人总同聚在那间大卧室内。由于他们的邀请,莎弗洛尼斯加夫人也常一同加入,尤其在波利与勃洛霞出去散步的日子。虽然两人都年幼,她却很让他们自由;她对勃洛霞极信任,知道她是一个很谨慎的女孩子,特别当她和波利在一起,而波利也特别听从她。地点也颇安全,因为他们决不会冒险入山,或是攀登旅馆附近的巉崖。那天两个孩子得了允许,答应顺着大路上冰岩山脚去玩;莎弗洛尼斯加夫人被邀用茶,而且受裴奈尔与萝拉的怂恿,就大胆地要求爱德华报告一点关于他在计划中的小说,如果这对他并不讨厌的话。

"那没有关系;不过我也没有什么可讲。"

但当萝拉问他(显然问得太不恰当)"这书大体与什么相仿",他就几乎生气了。

"与什么也不相仿!"他叫着说;但他立刻接下去,而且似乎本就等待这种挑衅似的,"为什么再做别人先我而做的,或是我自己已早做过的,或是别人和我一样能做的?"

爱德华才说完这话,却又觉得有点失言。他深感自己语意的荒谬与失礼,或是至少他怕使裴奈尔会发生这种印象。

爱德华是一个异常敏感的人。每当有人和他提及他的工作,尤其是让他报告他自己的工作,他就立刻感到狼狈不堪。

他一向蔑视作家们惯有的自负,因此特别苛于责己;但他很愿受人器重以作自己谦逊的报偿。失去这器重,谦逊也就化为乌有。裴奈尔的尊敬是他所最重视的。是否由于想博得他的尊敬,爱德华在他面前才显得那么焦躁不定?爱德华自知结果会适得其反,他知道而他不断地自作警戒;但不拘具有任何决心,当他在裴奈尔面前时,他的举动立刻正和他的心愿相反,他就立刻感到自己语调的荒谬(而实际确是如此)。如说他是爱他的缘故,则又从何说起?……但不,我并不相信。小小的一点虚荣,正和大量的爱一样,足够使我们变得矫饰。

"难道因为在一切文学门类中,小说始终是最自由,最 lawless[①]……"爱德华发着议论,"难道由于这缘故,正因为畏惧这种自由(因为那些追求自由最烈的艺术家,当他们得到自由时,往往最易惶惑不安),所以小说始终那么胆小地紧揪住现实?我并不单指法国小说。俄国小说和英国小说也一样,不拘它如何超脱约束,结果仍逃不出模拟一途。它唯一的企图,也就是更接近自然

[①] 英文:无法则,无成规。

一点。小说从不曾有过像尼采所说的'外围突破',或是像希腊剧作家的作品与法国十七世纪的悲剧,由于自愿与现实生活隔离而产生一种风格。是否你们还能举出比这些更完美、更近人情的作品?但正因为深入人情,所以它们无须以此表彰,或是至少无须表彰自己的真实性。而这才称得上是一件艺术品。"

爱德华已站起身来,由于太怕自己像在课堂中讲解,一面说,一面他就倒茶,以后又来回地走,以后又挤一点柠檬汁放在茶中,但仍继续说着:

"因为巴尔扎克是一个天才,又因为每个天才对他自己的艺术都另创一种确切与唯一的解答,人就传言,认为小说的真髓即在'与户籍争雄'。巴尔扎克建立起他的作品,但他从不自称替小说立下法典,他那篇关于司汤达的文章就是一个明证。与户籍争雄!好像世间还不曾有太多的张三李四!试问我与户籍何关?户就是我自己,艺术家;有籍或无籍,我的作品决不与任何事物争雄。"

爱德华更加兴奋,但也许是稍带做作的,便又坐下。他装作绝不注意裴奈尔,实际他每句话都是为他而说的。单独和他在一起,他就说不出话;因此他颇感激这两位女太太的鼓动。

"有时我感到在文学上没有能比,譬如说,拉辛作品中米特里达特①和他儿子们的那段论争更使我喜欢;谁都知道从没有一个父亲和他的儿子们可能有这样的对话,但任何父子都能(而我更应说:定能)认出自己的面目来。局部的和特征的描绘必然多加上一重限制。没有一种心理真相不是特殊的,这话固然很对;但一切属于艺术的却都是普遍的。所以,整个问题就在这儿:由特殊来表达一般;使一般由特殊中表达出来。你们允许我点上烟斗吗?"

"请便,请便。"莎弗洛尼斯加说。

"对了,我所希望的一本小说就要像《阿达莉》②,《伪君子》③,或是《西拿》④那样,不离现实,同时可又不是现实,是特殊的,同时却又是普遍的,很近人情,实际却是虚拟的。"

"而小说的主题?"

---

① 拉辛悲剧《米特里达特》中的人物。
② 法国剧作家拉辛的悲剧作品。
③ 法国剧作家莫里哀的喜剧作品。
④ 法国剧作家高乃依的悲剧作品。

337

"它用不着主题，"爱德华紧接着说，"也许最使人惊奇的就在这点。我的小说没有主题。自然，我知道我这话听来颇显愚蠢。如果你们愿意的话，我们就说其中没有一个唯一的主题……像自然主义文学派所谓'生命的一切片'。他们最大的缺点就在把刀始终切在同一方面，也即时间的纵面。但为什么不切在幅面？或是往深的方面？在我，我就根本不愿动刀。请你们明白我的意思：我要把一切都放入在这本小说内，决不在材料上任意加以剪裁。自从我开始干这工作，一年以来，一切我所经历的我全放在里面，或是设法使它加在里面：我所见的，我所闻的，一切由我自己或是由别人的生活中所知道的……"

"而这一切都使它合乎文体？"莎弗洛尼斯加装作极感兴趣地说，但无疑语意中稍带讽刺。萝拉无法忍住微笑。爱德华略微耸一耸肩，接着说：

"但我的计划并不止此。我是想一面采纳现实，一面衬托出刚才我所说的：使现实文体化时所下的苦心。"

"可怜的朋友，您会把您的读者们窒闷死的。"萝拉说着，已无法隐藏她的微笑，就索性大笑起来。

"不见得。听我说，为得到这种效果，我用一个小说家当做小说中的中心人物；而这书的主题，如果你们一定要有一个主题的话，正就是小说家如何把眼前的现实用作他小说中的资料时所起的一种挣扎。"

"是，是，我大体懂得您的意思，"莎弗洛尼斯加几乎已被萝拉的笑声所引动，但很客气地说，"这可能是一本相当奇特的书。但您知道，在小说中放入一些知识分子总是一件危险的事。他们会使读者头痛；从他们口中所出的谈吐又不能不是一些废话，而一切与他们所接触的，必然带着一种抽象的气氛。"

"而不用说，我知道结果是什么，"萝拉叫着说，"您小说中的小说家除了描写您自己以外，您再没有别的办法。"

近来当她和爱德华说话时，每取这种讥刺的语调，她自己也很奇怪。而尤其使爱德华难堪的是他在裴奈尔阴险的目光中窥出某种响应。爱德华立即抗议：

"但不，第一我得想法使这小说家是一个很不可爱的人物。"

萝拉更进迫一步。

"对！人人都可以认出这就是您自己。"她大笑着说，这坦直的笑声把其余三人也都引笑了。

莎弗洛尼斯加竭力恢复正经,问道:

"那么这书的计划已定妥了?"

"当然没有!"

"什么!当然没有?"

"您应该明白,一本这样的书,根本就不可能有所谓计划。如果事前我先有任何决定的话,一切都将显得非常做作。我就等着按现实给我的吩咐做去。"

"但我相信您的意思是要和现实隔离。"

"我的小说家想躲避现实;但我自己,我将不断地使他正视现实。实在说,这就是书的主题:现实所提供的事实与理想的现实这两者间的一种斗争。"

他语意的不合逻辑是很显然的,且也无从掩饰。事实很清楚:在爱德华脑筋中潜伏着两种互不相让的要求,他耗尽心计想把它们调和起来。

莎弗洛尼斯加又和气地问道:

"您这工作已很有进展了吧?"

"那看您怎么说。其实,说到书的本身,我还一行也未曾动笔。但我已费过很多力。每天我都不断地想。我的工作方法非常特别,我可以告诉你们:我在一本小册子上逐日记下这小说在我脑筋中的演变。是的,这是我保存的一种日记,正像大人替孩子所记的日记一样……换句话说,我并不以克服困难就算满足,每种困难,各种困难(而一切艺术品都不外是解答无数大小难题的总和或产物),我都加以研究,加以说明。也可以说这小册子的内容即是随时对我自己的小说或是对一般的小说的批评。试想如果狄更斯,或巴尔扎克也曾同样保留这样的小册子,这我们该多有兴趣。如果我们能有《情感教育》或是《卡拉马佐夫兄弟》的日记!这些书的萌芽及其写作经过!这一定会非常动人……而比作品本身更有趣……"

爱德华巴不得他们要求他宣读他自己的这些日记,但三人中竟无一理会。相反,萝拉却惋惜地说:

"我可怜的朋友,这本小说,我早看出您是写不成的。"

爱德华咆哮起来:

"好吧!但我可以对您说这话:书的成败于我无关。是的,如果我不能把这书写成,那因为这书的写作经过比书本身更使我感兴趣;至少这写作方法自有它的地位,而这已很够了。"

莎弗洛尼斯加低声问道:

"您不怕脱离现实会迷失在极端抽象的领域?这结果不是一本活人的小说,而是一本思想小说?"

爱德华加重地回答:

"那就最好!由于那些笨伯们的迷误,难道我们从此一笔抹煞思想小说?冒着思想小说的名,至今人所供给我们的,实际仅是那些可诅咒的论文小说。但你们很明白,这完全是两回事。思想……我承认我对思想比对人更感兴趣,比对一切更感兴趣。思想有它自己的生命,有它的斗争,它们和人一样,能痛苦呻吟。无疑,人可以说,我们认识思想还是由于人的缘故,正像我们看到芦苇摇头才知道那儿有风经过;但风本身毕竟比芦苇更为重要。"

"风并不借芦苇而存在。"裴奈尔试探着说。

爱德华早等待着他的插言,这时便更兴奋起来。

"是的,我知道,思想须借人才能存在;但感人的地方就在这点:人不能不为思想牺牲。"

裴奈尔自始至终静听着爱德华的议论。他自己是个持怀疑论的人,在他看来,爱德华几乎就是一个妄者;可是在最后的瞬间,爱德华的雄辩颇使他感动。他觉得自己的思想一度受到动摇。但他想:风过后芦苇不久就又抬起头来。他记起在课堂中念过:支配人的是欲念,并非思想。这时爱德华又接下去说:

"我想取法的是颇像音乐中赋格曲的那种技巧。我想不出在音乐中可能的,何以在文学中就一定不可能……"

莎弗洛尼斯加就答辩,说音乐是一种数理艺术,而且像巴赫的曲子一样,排除感情与人性,完全以音律作出发,结果成就一种沉闷的抽象的杰作,一座艺术的宫殿,除了极少数的内行以外,别人不得其门而入。爱德华立即抗议,他认为这宫殿是最堪惊叹的,是巴赫毕生最高的成就。

"从此以后,"萝拉补充说,"人也就不再想起赋格曲来。人类的情感从那儿被排挤以后也就另觅归宿了。"

机巧微妙的用字开始替代了辩论。一言不发的裴奈尔,这时已在椅上烦躁起来,他再忍耐不住,便用他对爱德华说话时那种一贯极度尊敬而又颇带玩笑的语调说道:

"先生,原谅我知道了您的书名,好在对这过去的冒失您已不以为意。但这书名很像预示着一桩故事似的?……"

"啊!快告诉我们是什么书名。"萝拉说。

"亲爱的朋友,如果您愿意的话……但我先告诉您,我很可能再改书名。我怕这原来的易生误解……好吧,裴奈尔,请您告诉她们。"

"我可以吗?……《伪币制造者》,"裴奈尔说,"但如今,再请您告诉我们:这些伪币制造者……究竟是指哪些人呢?"

"那我也不知道。"爱德华说。

裴奈尔与萝拉默默相对,两人的目光同时又转向莎弗洛尼斯加。有人长声叹息;我想大概准是萝拉。

实在说,爱德华所谓伪币制造者,最初指的是他的某些同行,而特别是巴萨房伯爵。但不久涵义转移得很广,随着灵机来自罗马或是别处,他的主人公或成神甫或成党羽。如果任他的脑筋自由活动,立刻它就在抽象中活跃起来。逐渐,兑换、贬值、通货膨胀等意象侵入他的书中,正像卡莱尔①在他的《旧衣新裁》中,关于服装的种种理论侵占了人物的地位。爱德华不能把这一切明说,只好呆呆地不发一言,而这不知所对的沉默使其余三人都局促起来。最后他便问道:

"你们手上曾用到过假钱吗?"

裴奈尔说"是";但他的回答被两位太太的"不"遮没了。

"好吧!设想这儿是一枚十法郎的金币,而它是假的。因此实际它只值几分钱。但只要你不发现它是假的,它就值十个法郎。我就从这意境出发……"

"但为什么用一种意境作出发?"裴奈尔焦切地把他的话打断,"如果您一开始就详细地陈述一件事实,意境自然就能包含在里面。我要写伪币制造者的话,我就先把这假钱提出来,就是您刚才所说的……而这儿就是。"

说着,他就从裤袋中掏出一枚十法郎的小金币拿来掷在桌上。

"您听这声音多好!几乎和真的完全一样。您可以赌咒说它是真的。今天早晨一个开食品铺的人混用给我,我一点没有发觉,正像他说当时混在他手上时一样。我相信分量是有差别的,但它的光彩很好,而声音几乎和真的一

---

① 卡莱尔(1795—1881),苏格兰作家、历史家。

样;外面涂的是金,所以实际几分钱倒不够,但内部是玻璃做的。用久以后,它就变作透明。所以别擦它,否则您会把它弄坏。您看边上已经有点不成了。"

爱德华已把它取在手中,一面细心地赏玩着。

"但那开食品铺的人是从哪儿得来的呢?"

"他已不知道。他相信这假钱在他抽屉中已有好几天。他故意开玩笑混用给我,想着我是否会受骗。我正要接受,但那个人很诚实,他就向我说破了,以后我花五个法郎把它买来。他想保留起来拿给他所谓的'业余鉴赏者们'看。我想这其中最有资格的自然是《伪币制造者》的作者,所以特意把它买了回来。但如今您已仔细看过,就请还给我吧!很可惜,我看出您对现实并不发生兴趣。"

"那倒不,但现实使我感觉不安。"爱德华说。

裴奈尔就接着说:"这可真是憾事。"

爱德华日记

莎弗洛尼斯加,裴奈尔,与萝拉询及我的小说。为什么我竟随便发表了意见?而我所说的却又全是些废话。幸而两个孩子的回来把谈话打断。他们像是跑了不少路,气急得满脸通红。勃洛霞一进门,就扑在她母亲身上。我想她一定是受了什么委屈。

"妈,你该教训一下波利。他要光着身去躺在雪地上。"她叫着说。

莎弗洛尼斯加转向波利。他低着头站在门口,目光中颇带怨恨。她装作没有理会到这孩子异样的表情,很委婉地说道:

"波利,这在晚上是不应该的。你喜欢的话,明天早晨我们同去;而且你先可以光着脚试一试……"

她温柔地抚摸着她女儿的前额,但后者突然倒在地上,开始痉挛。我们都相当受了惊。莎弗洛尼斯加把她抱起,让她躺在一张沙发上。波利站在那儿张大着眼,出神地看着这一场风波。

我相信莎弗洛尼斯加的教育方法在理论上是值得赞许的,但对孩子们的抗拒,她的认识也许嫌欠缺一点。

事后当我单独和她在一起时(因为勃洛霞没有下楼来用餐,所以餐后我就上楼去探问消息),我对她说:

"您似乎太相信以善制恶。"

"的确,"她回答我说,"我坚信善能制胜。这我颇有自信。"

"可是,正因自信太强,有时您会犯错误……"

"每次我的错误,就都因为自信还不够强的缘故。今天当我让孩子们出去时,我对他们显露了一点不安,他们也觉到,所以就发生出事情来了。"

她握住我的手,说:

"您像不很相信感悟的功效……我的意思是:由感悟而生的实际力量。"

"的确,"我笑着说,"我不是神秘主义者。"

她就非常感奋地大声说:

"我自己,我衷心地相信,没有神秘主义,这世间也就无从产生任何伟大的、美的事物。"

在旅客登记簿上发现维克多·斯托洛维鲁的名字。据旅馆主人的报告,他在这儿差不多住了一个月,是我们到的前两天才离开萨斯费的。否则我倒真想能再见到他。莎弗洛尼斯加也许和他认识,我可以向她探听一下。

四

"萝拉,我早想问您,"裴奈尔说,"您看是否在这世间能有任何不容置疑的事物?……我竟怀疑是否我们可以用'怀疑'作为凭借;因为我想,至少'怀疑'永远是可以存在的。我可以怀疑一切事物的真实性,但我不能怀疑我自己'怀疑'的真实性。我希望……如果我的话说得太带学究气,千万请您原谅;我本性是最不带学究气的,但我学的是文哲,而您不能相信这些不断的论辩怎样地在我脑筋中养成了习惯。我向您发誓以后我要设法纠正。"

"但为什么来这一套?您希望?……"

"我的希望是写一本关于一个人的故事。这人最初有任何决定必先和人商量,向人请教,正像巴奴日①一样;但经验告诉他,各人对任何事物的意见都是互相矛盾的,他就立计除自己以外不再听别人的话。一跃他就变成一个非常坚强的人。"

"这是老年人的一种计划。"萝拉说。

"我比您所设想的懂事得多。几天以来,我和爱德华一样,预备了一本小

---

① 法国小说家拉伯雷的长篇小说《巨人传》中的人物。

册子。每当我可以找到两种相反的意见时,我就把正的写在右页,反的写在相对的左页。譬如说,那天晚上莎弗洛尼斯加告诉我们,她让波利与勃洛霞开窗而睡。的确,她当时的解释我们认为完全合理。但昨天在旅馆的吸烟室中,我听到那位新到的德国教授正持相反的论调,而我承认他所说的更为合理,更有论据。他说睡眠的时候,最重要的是尽量减少消耗以及限制生命的对流,即是他所谓的碳化;只在这种情况下,睡眠才真养神的。他列举鸟类把头躲在羽翼下,以及一切动物都蹲伏而睡,为的减少呼吸;他说和自然最接近的居民也有同样的情形,无知识的乡下人夜间都隐匿在屋角中,阿拉伯人非在露天宿夜不可时,就把斗篷的兜罩在面上。但当我再回想到莎弗洛尼斯加以及她在管理的两个孩子,我觉得她的办法也没有错,而对别人有益的,对这两个也许反而有害,因为,假如我没有弄错,这两个孩子似乎都有初期肺结核的症状。总之,我想……但我使您厌倦。"

"请您不必多心。您刚才说?……"

"我已忘了。"

"啊!他赌气了……别怕羞,尽管说出您的意思来。"

"我刚才说,任何事物只能对某一部分人,而决不能对人人都是有益的。任何事物,除了相信者自己以外,决不能让人人都认为是对的;也没有任何方法或理论可以笼统地应用在每一个人身上。因此,做任何事,如果有选择的余地,我们至少可以自由选择;如果不能自由选择,事情就更简单。这一切对我是如此(我不说绝对如此,而对我是如此),在这情形下我才能尽量发挥我的能力。我憎恨游移,因此我不能同时再持怀疑。蒙田的'软枕'对我的头并不适宜,因为我尚无睡意,且也不愿休息。从以往我所理想的到今日我所经历的,这其间的过程很长。我怕有时自己起身得太早。"

"您怕?"

"不,我什么也不怕。但您可知道我已变了很多,或是至少我今日的心境与当日离家时的已全不相同。自从遇到您以后,立刻我就放弃追求我所憧憬的自由。也许您不很知道我完全听着您的指挥。"

"这是什么意思?"

"啊!您早明白。为什么您要追问?难道您还等待我的招认吗?啊,我恳求您,别隐匿您的微笑,我受不了。"

"您看,好孩子,至少您的意思并不是说您已开始对我有了情感。"

"啊！我并不是开始,"裴奈尔说,"也许您自己才开始觉得就是;但您不能阻止我。"

"以前我对您一无顾忌,这对我是最愉快的事。此后如果随时我都需要提防,像是对一团燃烧着的火似的……但请您想想,不久我就会大腹便便,我相信单就这畸形的外表就足够把您医好。"

"这是对的,如果我所爱的只是您的外表。而且第一我没有病;如果爱您就是病,那我宁愿永远生病。"

他说这话时非常严肃,几乎带着悲哀。爱德华或杜维哀从没有像他那样温柔地注视过萝拉,而且目光中的敬意使她决不致认作轻蔑。她随手翻弄着放在她膝上的一本英文书,谈话已使他们的阅读中断。她并不像在倾听,这反使裴奈尔能不太局促地继续说下去:

"我以前把爱情幻想作火山那样的东西;至少我以为我自己的爱情应该是属于这一类的。是的,当时我相信我只能粗暴,毁灭,拜伦式地爱一个人。但我对自己的认识是多么错误!萝拉,您使我认识我自己,而他和我以前所自信的又那么不同!过去我扮演着一个可怕的人物,而我尽力使自己和他相似。如今当我想起我离家前给我父亲留下的那封信时,我感到万分惭愧。过去我自认是个叛徒,一切阻挡我的欲望的,我就把它打倒;但如今,在您身前,我连欲望也没有了。我曾追求自由像是一件至高的财宝,但我才得自由,却立刻又来拜倒在您的……唉!如果您知道这些印在脑筋中的文人的套语多令人恼怒,当自己想表达一种真实的情感时,它们就都挂在口边。但这情感对我是那么新奇,我还想不出要如何表达才好。既然您讨厌用爱情这两个字,姑且就说这是一种倾慕。以前我所认作超越一切的自由,您的权力已把它拘禁起来。一切我内心的暴躁,乖戾,都和谐地围绕着您舞蹈起来。一切与您无关的思虑我都把它抛开……萝拉,我并不要求您爱我;我还只是个中学生,我不配您的注意,但如今我唯一的努力,就是为不辜负您对我的……(唉!这一个讨厌的名词!)……器重。"

他跪下在她跟前,虽然她早把椅子往后退避,裴奈尔的头已贴着她的衣裾,他双手垂在身后,适成一种膜拜的姿势;但当他觉到萝拉的手按在他的额前时,他把自己的嘴唇紧吻在她的手上。

"裴奈尔,您多孩子气呀!我自己也并不是自由的人。"说着,她把手缩回,"好吧,您不妨读这信!"她从内衣中取出一张折皱的纸,递给裴奈尔。

裴奈尔最先就瞥见信上的署名。他并没有猜错,这信是法里克斯·杜维哀写的。他把信执在手上,并不立即阅读。当他抬头看萝拉时,她已满脸是泪,裴奈尔顿时感到自己心中又失去一种情谊,一种我们各人对自己,对往日的自我的微妙的联系。他开始读信:

萝拉吾爱:

　　为此行将坠地之婴儿,余立誓喜爱此子一若己出,务恳从速回家。如能回来,余绝不追究既往。毋自责过甚,此徒增余之伤痛耳。余以至诚盼汝归来,万勿再作观望。

裴奈尔在萝拉面前席地坐着,他避开她的目光问道:"您什么时候收到这信的呢?"

"今天早晨。"

"我还以为他一切全不知道。您曾给他去了信吗?"

"是的,我已把一切都向他承认了。"

"爱德华知道吗?"

"不,他不知道。"

好一会,裴奈尔低着头默不作声,然后又向她转过脸来:

"但……现在您打算怎么办?"

"您是真意问我吗?……我决定回去。我嫁在他家,我应和他共同生活。您也很知道。"

"是的。"裴奈尔说。

长时间的沉默。裴奈尔又先开口:

"您相信一个人真能爱别人的孩子像爱自己的一样吗?"

"我不敢说;但我希望如此。"

"在我,我倒相信。相反,我并不相信有些人愚蠢地称作'血统的报应'。是的,我相信这种盛传的报应不过是一种神话。我读到过在大洋洲岛屿上的某些部落中,以别人的孩子立嗣是很普遍的风俗,而对承继过来的孩子往往比对自己的更喜欢。我记得很清楚,那书上用的是'更宠爱'。您知道我这会儿正在想什么?……我在想那一位代替我父亲的人,他从不曾在语气或行动中透露我自己不是他的亲生子。我给他的信中我曾说我始终感到某种区别,其实这是我的谎话;相反,他对我特别喜欢,而这我自己也很知道;因此我对他的举动非常不该,我的这种忘恩负义是理不容赦的。萝拉,我正想问您……您看我应否求他饶恕,回到他身边去?"

"不必。"萝拉说。

"为什么?如果您,您回到杜维哀那儿去……"

"您刚才不是说万事适用于甲就未必适用于乙。我自己觉得怯弱;您有胆量。诚然普罗费当第先生可能很爱您;但如果我信从您对我说的关于他的为人,我看你们两人间是很难互相谅解的……或是至少,您等着再看。但用不着垂头丧气地回去。您愿意我把一切坦白地告诉您吗?您刚才的意思如说为他,毋宁说是为我而说的;为的想得到您所谓我对您的器重。裴奈尔,如果我感到您的行动专为得到我的器重,那您是得不到的。除非您很自然,否则我是不会喜欢您的,裴奈尔,把忏悔留给我,它不是为您而设的。"

"当我听到您叫我的名字时,我几乎自己也对它喜欢起来。您知道在家里时最使我嫌恶的是什么?那就是奢华。种种舒适,种种方便……那时我自己感到已成一个无政府主义者。如今,相反,我相信我倾向保守主义者了。那天我听到一个边境的旅行者把走私谈得津津有味,他说:'盗窃国家与别人无干。'我当时非常愤慨,才突然起了这种觉醒。由于抗争,我才突然明白国家两字的意思。我开始敬爱国家,唯一的理由就因为别人欺侮它。以前我从不曾考虑过这些事。他还说:'国家只是一种契约。'但真能基于大众的诚意而建立的一种契约,该是多值得令人赞叹!可惜世间并不都是诚实的人。今日如果有人问我最高的美德是什么,我会毫不犹豫地回答:诚实。啊!萝拉!我愿在自己的一生中遇到任何打击,都不失纯洁,诚实,可信。几乎所有我知道的人都是假的。不炫示,不自作高明……但人们都希图欺蒙,只讲究外表,结果连自己是谁也无从辨识了……原谅我对您说这一套话。我只是告诉您自己夜间的感想就是。"

"您是在想昨天您拿给我们看的那一枚假币。当我离去时……"

说到这儿她又顿住。她的眼眶中已噙着眼泪,在她忍泪的挣扎中,裴奈尔看出她唇间的战栗。

"那么,您毕竟要离去,萝拉……"裴奈尔凄然说,"我怕您走后,我会感到自己一无所用,或是很少……但告诉我,我正想问您:如果爱德华……我真不知怎么说才好……(这时萝拉脸已通红)如果爱德华更可取的话,您会离去吗?当时您会一样去信直认吗?啊!您别抗议。我知道您对他想些什么。"

"您说这话,因为昨天他发议论时,您发觉我在微笑,所以您就认为我们和他的观点相同。但您错了。实在说,我自己也不知道我对他作什么感想。他永远不能老是同一个人。他对一切都无牵挂,但对他自己的遁逸则比对一切都更忠心。您不宜对他下判断,因为您和他相识的时间太短。他是一种不断地破坏而又建设的人。人以为已把他抓住……但和普洛透斯①一样,他早摇身变形。他随着他自己所爱的对象变。因此,想理解他,就非爱他不可。"

"您爱他。啊!萝拉,我所妒忌的既不是杜维哀,也不是文桑,而就是爱德华一人。"

"为什么要妒忌?我爱杜维哀,我爱爱德华,但这是两种不同的爱。如果我应爱您的话,那又该是另一种爱。"

"萝拉,萝拉,您并不爱杜维哀。您对他的是一点同情,一点怜恤与尊敬,但那并不是爱。我想您忧郁的原因(因为您很忧郁,萝拉),是生活把您分裂了,您的爱情始终是有缺陷的。您想整个奉献给一个人,结果却分配在几个人身上。在我,我觉得我自己是不可分的,我只能整个地奉献给人。"

"您还不到说这话的年龄,您太年轻。您不能确保将来生活不使您也有这种'分裂',好像您所说的。我只能接受您对我的这点……热诚,其余的要求非在别处取得满足不可。"

"这可能吗?您将使我事先对自己与对生活都起了憎恶。"

"您对生活还一无认识。您可以对它存种种希望。您知道我过去的错误是什么?即是对生活整个失去了希望。就因为当时我自认已一无希望,我才堕入自弃。我在波城度过春天,好像那已是我最后的春天,好像一切与我已都不相干。裴奈尔,现在我已受了惩罚,我可以告诉您:千万别对生活绝望。"

对于一个热情的年轻人,这些话能有什么效力?实际萝拉的感想也并不全对裴奈尔而发的。基于同情,她不自禁地在他面前吐露出来。她不善假托,不善克制。正像当她想到爱德华时无法遏制她的兴奋而泄露了她自己对他的爱一般,如今她又不自禁地对人谆告起来,这种喜好训诲的习惯无疑是她父亲留下来的。但裴奈尔最讨厌别人的谏净与忠告,对萝拉的也无例外。他的微笑已给萝拉一种暗示,后者便沉静地问道:

"您回巴黎以后,是否还预备给爱德华做秘书?"

---

① 希腊神话中变幻无常的海神。

"是的,如果他肯用我;但他不让我做任何工作。您知道使我感兴趣的是什么?那就是帮他写那本书,正像您昨天对他所说一样,他一个人是永远写不成的。我认为他所说的方法太不合理。一本好小说不能是那么不自然的。最初须听取别人的叙述,对不对?而平铺直叙就很可以。当初我以为我能帮他点忙,譬如他当时需要一个侦探,也许我倒能称职,他可以研究由我的侦察所发现的事实……但和一个理想家相处,一无可为。和他在一起,我自己只配做个新闻记者。如果他一味固执,我就只好给自己工作。我非生活不可。我可以在新闻界服务。有空时我就写诗。"

"因为和记者们在一起,必然您自己就会感到是个诗人。"

"啊!别取笑我。我知道我有点可笑;但您别太把我戳破了。"

"别离开爱德华;您可以有助于他,同时让他也帮您的忙。他为人是很好的。"

午餐的铃声响了。裴奈尔站起来。萝拉握着他的手:

"还有一句话:您昨天给我们看的那枚假币……当我离去时,您愿意……"她鼓着勇气说了出来,"……把它留给我作纪念吗?"

"就在这儿,您收着吧!"裴奈尔说。

五

人类精神上的一切疾病,人每自以为治愈了,其实正似医学上所谓:只是把它们驱散了,而又换上一些新的疾病。

圣伯夫《星期一谈话》 页一九

爱德华日记

我开始窥出我书中所谓"深奥的题旨",无疑,这即是现实世界与我们观念中的世界两者间所生的冲突。表象世界所及于我们的诸相,以及我们各人对它的特有的解释,构成我们生命上的戏剧。现实的抗拒使我们一己的理想不得不移诸梦境,希冀,与来世;现世所受的委屈同时滋长我们对来世的信念。重视现实的人们以事实作出发,不使一己的见解与事实相悖。裴奈尔是现实主义者。我怕不易和他相处。

莎弗洛尼斯加说我一无神秘论者的气味，我真不解当时何以我竟能默认？其实我很同意她的意思：如无神秘主义，人间也就无从产生伟大的成就。但当我对萝拉提及我的书时，她所责备于我的，不正就是我的神秘主义吗？……总之，这事留给她们去辩论吧！

莎弗洛尼斯加又和我谈到波利，她自信波利已把一切全盘向她供认。这可怜的孩子身上已再无屏障足以招架这位女医生炯利的目光。他已被放在赤裸的状态下，莎弗洛尼斯加把组成他精神活动的最细密的机轮一一拆下，安置在光线下，正像一个钟表匠处理他在收拾的钟表零件一样。如果此后这小东西仍不能改正过来，那时就再无别的办法。以下即是莎弗洛尼斯加对我所作的叙述：

九岁光景，波利在华沙入学，和他一位同班生名克拉夫脱的相稔，这孩子比波利大一二岁。他第一次教他那秘密的手技，孩子们愚昧地体味到这种不容言说的滋味，就信为是"魔术"。这就是他们替这恶习所取的名字。也许由于他们曾听到或是读到过，说魔术可以使人玄妙地得到一切，可以使人变成神通广大……他们自己真以为发现了一种秘密，它可以借幻感来补偿现实的缺憾。他们乐意地沉溺在这种虚无飘渺的境界，从过度的想象中取得肉欲的快感。自然，莎弗洛尼斯加并不曾使用这类名词，我倒更希望她能切实援引波利自己所用的名词，但她说她能得到这些线索已是煞费苦心，虽然这些都是从隐约吞吐、欲言复止的假托中探找来的，但她确能担保非常可靠。她又补充说：

"我早怀疑波利始终佩在身边的那团羊皮纸条，如今我才算找到了解释，这纸条装在一只小袋中，这小袋和他母亲强迫他佩带的圣章同挂在他的胸前——纸条上写的是笔迹稚气而工整的几个大字：

瓦斯　电话　十万卢布

但他始终不肯告诉我什么意义，我追问时，他总回答：'没有任何意义，这是魔术。'我所能探得的就尽于此。如今我才知道这些暗号全是这位魔术大王克拉夫脱老师的手迹。在孩子们的心目中，这几个字颇像一种符咒，专为用作开放他们所耽逸的这猥亵天堂的暗号。波利把这羊皮纸条称作是他的'护身符'。我费了很多周折他才把那东西拿给我看，要让他把那东西解除自然更费心计（那时我们来此不久）；因为我愿他从此得到解脱，正像如今我知道他以前确已戒除了他的恶习。我存着这点希望，觉得这'护身符'一旦消灭以后,他今日所有的种种怪习气也就不难肃清。但他屡次坚持,而他的病也始终隐匿在这最后的壁垒中。"

"可是您说他早已把他的……习惯戒除。"

"但接着在精神方面就出了毛病。波利为摆脱他的习惯,非对自己加以遏制不可,无疑他的精神失常由此而起。我从他那儿知道,有一天当他正在'玩魔术'时——这是他自己的用语——他被他母亲发现了。但为什么她自己始终没有把这事告诉过我?……难道由于不好意思?……"

"当然因为她相信他已把这恶习戒除了。"

"这多可笑……而因探索这事害我空费多少时间!我对您说过,我相信波利是一个非常纯洁的孩子。"

"您同时还说正因为这缘故才使您束手无策。"

"您看我当时说得可不很对!……他母亲早应预先告诉我。如果当时我立刻知道有这一回事,波利这时早就治好了。"

"但您又说他今日种种的毛病是事后才发生的……"

"我是说它们的产生含着一种抗辩的意义在内。我想象他母亲一定呵斥他,训诲他,或竟哀求他。不料这时他父亲又正去世。别人告诉波利说他暗地的行动是罪大的过失,他自己也信以为然,觉得已因此得了惩罚;他认为他父亲的死他自己是应该负责的。他把自己信作是一个该入地狱的罪人。他害怕起来,就在这时,正像一只困兽,他很弱的体质中就制造出一大堆的遁词用以解除他内心的痛楚,但这也不啻是他自己的招认。"

"如果我并不误解您的意思,是否您就是说倒不如让波利安心去继续他的'魔术'练习?"

"我认为要治愈他并不一定需要去恐吓他。他父亲死后生活上的变迁已足使他对这事淡忘,而离开华沙也就可以使他避免再受他朋友的影响。单借恐吓是得不到什么好结果的。当我知道这事的真相以后,和他提起过去的一切,我就使他明白:可耻的是他不去追求真正的幸福,而偏爱幻想中的幸福。我又对他说,经过一番努力所得的报偿才是真正的幸福。总之,我绝不把他的恶习形容得漆黑可怕,我只很明白地告诉他,这仅是一种贪懒的习惯;实际,我也的确这样相信;不过是一种最隐秘,最阴险的惰性……"

她说到这儿,我就记起拉罗什富科《箴言集》中的一段,我想指给她看。虽然我能背诵,但仍去把那本小书找了来,因为我每次旅行没有不把它带在身边的。我念给她听：

"在一切欲念中,我们自己所最不注意到的是惰性;它是一切欲念中最厉害,最阴险的一种,虽然它的暴力并不明显,而为它所破坏的一切也不易发现……借惰性取得安息是心灵所感受的无上乐趣,人每能因此突然放弃最热烈的追求,最坚定的决心。为给这欲念以一种真确的概念,我们必须说惰性正像是心灵的福佑,它对心灵所感受的遗憾给以慰藉,它替代了一切未曾获得的幸福。"

莎弗洛尼斯加便对我说："难道您以为拉罗什富科写这一段文章时,他暗地所指的就是我们刚才所谈的那些事吗？"

"也很可能;虽然我并不相信。我们这些古典作家们的作品每蕴藏着无穷的解说。他们文字真确性的令人可爱正因为不走极端。"

我要求她把波利那驰名的"护身符"拿给我看。她说她已没有,她早已给了另一个人,那人对波利很感兴趣,要求她把波利的"护身符"送他作为纪念。"那位先生叫做斯托洛维鲁,是我在您到这儿以前遇到的。"

我告诉莎弗洛尼斯加我曾在旅馆的登记簿上看到这人的名字,而我很想知道是否就是同一个人。据她对我的描写,无疑决不会是另一个人;但她所能告诉我的关于他的一切,无一能满足我的好奇心。我仅得到这样一个概念:这人很和气,很殷勤,她认为他很聪明,但也颇带惰性,她又笑着加上说："如果我还敢再用这字的话。"我也和她谈了我所知道的斯托洛维鲁,由此必然不能不提到昔日我们相处的补习学校,以及萝拉的一家人(萝拉自己也已把她的身世告诉过她),最后谈及拉贝鲁斯老人,他和小波利的亲属关系,以及我来此时曾允诺把这孩子给他带回巴黎等等。因为莎弗洛尼斯加曾对我说过,她并不以波利再和他母亲同住为然,这时我就顺口问她："何不把他放在雅善斯补习学校呢？"对她提出这建议时,我尤其设想到老祖父莫大的喜悦:知道波利已回来,住在他老朋友所办的学校,他随时都能去看他……但替孩子着想我并不以为把他送入那学校对他会有什么益处。莎弗洛尼斯加答应再作考虑;但我所告诉她的一切使她极感兴趣。

莎弗洛尼斯加认为小波利已臻痊愈,这已足证实她治疗的得法。但我怕她言之过早,自然我不愿和她争辩;而且我承认这孩子的种种怪癖几乎已全消除。但我总觉得:为避免医生时刻监视的目光起见,他的病症只是更往身体的内部隐匿起来,而如今且已波及他的心灵。正像当时手淫的习惯革除以后接着神经就起扰乱,如今则又转作某种不易觉察的忧惧。莎弗洛尼斯加眼见波利追随勃洛霞投向一种稚气的神秘主义,而深感不安,这也确是事实。以她的智力,她不难理解眼前波利所追求的这种新的"心灵的福音",与他昔日借手技所得的,两者间实在相差无几,而虽然身体方面所受的损害较少,但一样不借努力,而仅是一种虚无飘渺的梦幻。但当我对她提到这一点时,她就回答说,像波利与勃洛霞这一类孩子不能不有一种离奇的粮食,一旦废止,勃洛霞会堕入绝望之境,而波利会趋向一种极低级的唯物主义!此外,她又认为她不该去打破孩子们的热望,她明知他们的所谓信仰纯属子虚,但她愿认作是一种求升华、求晋级的企图,是启导,是自护……以及诸如此类的用词。她自己对教会的教义并不相信,但她承认"信心"的灵验。她很感动地谈起这两个孩子同念《启示录》时的虔诚与热切,他们灵魂的洁净,以及他们与天使的交谈。和一切女人一样,莎弗洛尼斯加处处自相矛盾。但她说得对:我的确不是一个神秘主义者……但也不是个带惰性的人。我很希望雅善斯补习学校与巴黎的环境能将波利养成为一个实干苦干的人,使他从此摆脱一切虚幻的追求;这才是他真正的得救。我相信莎弗洛尼斯加已同意把波利交托给我,但无疑她会一同送他到巴黎,亲自替他设法安置在雅善斯家,这样,她使波利的母亲可以安心,她自信不难得到她的赞同。

六

有些缺点,用之得法,比德性更光辉。

拉罗什富科

俄理维给裴奈尔的信

老裴:

让我先告诉你我已顺利通过会考。但此事无关紧要。一个千载难逢的机会让我也能出去旅行。当时我尚在犹豫;但接读来信,我就毅然下了决心。最初,自然我母亲不很赞同,但文桑很快把她说服了。他这次那么替我帮忙,倒是我事前不曾设想到的。你来信中提到他的事,按实际情形说,我不能相信他的举动全出于自私。在我们这年龄,每易苛于贵人。很多事我们初看认为值得非难,或竟觉得可恨,其实还因为我们不曾明白探究其中的动机。文桑并没有……但这事说来太长,我想告诉你的事还多着呢!

第一,先让你知道给你写这信的是新杂志《前卫》的总编辑。经过几番考虑后,我才接受担任此项职务,罗培耳·得·巴萨房伯爵认为我颇能称职。实际这杂志的后台是他,但他不很愿让人知道,因此封面上只印我的名字。第一期拟于十月出版;千万请你写点东西寄来。我会感到非常难受,如果第一期的目录上我的名字旁不见你的名字。巴萨房的意思,希望在第一期中有些崭新的材料,因为他认为一个初诞生的杂志最怕别人说它胆怯,这一点我也很同意。我们对这事谈得很多。他要我执笔并供给他相当冒险的一篇短篇小说的题材。我生怕惹起我母亲的反感,所以对这事感到相当棘手;但也管不了这许多。正像巴萨房所说:人愈年轻,闹出事来也就愈不易招祸。

我是从维扎沃纳给你写信。这是科西嘉某一高山山腹中的一个小村庄,隐蔽在一大森林中。我们住的旅馆离村庄相当远,正适宜于游客远足的起点。我们来此已有几天。最初我们住在离波尔托湾不远的一家旅店。四周绝无人迹,早晨我们总在海湾中入浴,纵使你整天脱光着身子也无关系。这生活可真有意思;但天气太热,因此我们不能不回到山中。

巴萨房真是一个痛快的旅伴。他一点不固执他自己的头衔,他要我直截称他罗培耳;而他把我的名字改成了:橄榄[①]。你说,这多有意思?他想尽方法使我忘去他的年龄,你可以相信我,这点他的确成功了。最初我母亲听说我要和他一同去旅行,着实吃惊不小,因为她不认识他。我因怕使母亲担心也踌躇起来。未接你来信之前,我几乎已决定作罢。结果文桑替我在母亲面前说妥了,而你的来信又突然给我增加不少勇气。出发前的那几天全花在跑公司上。巴萨房是那样慷慨,他什么都要替我代付,倒反使我不能不屡次阻拦他。但他认为我的服饰太褴褛;衬衫,领带,袜子,没有一件使他喜欢。他屡次说如果我和他同行,我那些不合式的服饰实在使他太难堪——换句话说,太不能中他的意。自然为避免使妈疑

[①] 俄理维(Olivier),作普通名词用时,意即橄榄树,更变词尾即成橄榄(olive)。

心,买来的东西全送在他家。他自己就非常讲究;而他的鉴别力很高,以前很多我认为过得去的东西,今日对我都显得非常丑陋。你不能设想他跑入铺子去可真有意思。他说话真俏皮!我顺便举一个例:那天我们去布伦塔诺取他在修理的那支钢笔。当时他身后一个大个儿的英国人想抢在他前面,罗培耳稍稍用力挤了他一下,那人就开始向他嘟哝起来。罗培耳回过头去,若无其事地说:

"大可不必。我不懂英文。"

那人恼了,用纯粹的法文回答说:

"先生,您应该懂才对。"

于是罗培耳很有礼貌地微笑着说:

"您看,我不是说了大可不必。"

那个英国人涨红着脸,却再想不出怎么说才好。他已中计。

另一天,我们在奥林匹亚看戏。中间休息时,我们在大厅中闲步。有很多私娼在那儿来回逡巡,其中两个模样颇穷酸的过来和他搭讪:

"亲亲,请一杯啤酒吧?"

我们和她们在同一张桌上坐下。

"伙计!给姑娘们来一杯啤酒。"

"先生们呢?"

"我们?……啊!我们来香槟酒。"他很大意地说。他就要了一瓶酩悦香槟,我们两人饮起来。那时你看那些女人才叫够有意思!……我相信巴萨房最讨厌妓女,他说他从不曾去过妓院,意思是让我知道如果我上那些地方去,他决不能原谅。所以你看这实在是一个很正派的人,虽然他的态度与谈吐常带冷嘲——好像有一次他说:在旅行时,如果 before lunch① 还不曾遇到至少五个可睡的女人,他就把这日子称作"倒霉的日子"。我顺便对你提一句,至今我不曾再有过……——你懂得我的意思。

他教训人的方法非常别致。有一天他对我说:

"小东西,你看,做人最要紧的是不让自己沉沦下去。一次又一次,以后自己也就忘了自己在走的是什么路。以前我认识一个很不错的年轻人,他本来是打算和我女厨子的女儿结婚的。有天晚上,他偶然跑入一家

---

① 英文:中饭前。

小珠宝铺,把开铺子的人杀了。以后他盗窃,以后他隐匿,你看,他已跑到什么路上去!最后一次我看到他时,他已变作一个骗子。所以你千万要当心。"

他随时都是这样。我听了也并不讨厌。我们离开巴黎时原打算以后尽量工作,但至今除了洗海水浴,晒太阳,闲谈,别的几乎什么也没有做。他对任何事物都有他自己极新奇的议论与见解。经我不断的敦促,他告诉我不少海底动物的故事,它们有他所谓的"自身的光",因此用不着日光。他又把这与"神光"并论……我很能用这些材料写下不少极新的理论。我那么粗枝大叶地对你说,自然显不出什么,但当他谈起时,我可向你担保真像小说一样娓娓动听。平日,人们都不知道他对自然科学很有研究;但他故意隐藏起他对这方面的知识。他说这是他私人的珠宝。他说只有那些市侩气的人才沾沾自喜把自己的首饰逢人献宝,而尤其如果那些首饰是赝品。

他能很巧妙地运用人物,意象,见解,换句话说,他对一切都能利用。他说生活中最高的艺术并非享受而是如何去善用。

我已写成一点诗,但因自己并不满意,所以不预备寄给你。

再见,老裴。到今年十月时,你可以发现我也变了。每天我都增加一点自信。知道你在瑞士生活,使我很觉愉快,但你看,我自己丝毫用不着羡慕你。

俄理维

裴奈尔把这信递给爱德华看,但爱德华绝不显露这信对他所引起的骚动的情感。俄理维对罗培耳的种种恭维令他生气,最后引起他对罗培耳的怀恨。他自己的名字在这信中一字不提,俄理维似乎已把他忘了,这尤其使他暗自伤心。他竭力想辨认信后用浓墨涂抹掉的三行附笔,但终无结果。原文是:

"告诉我舅父说我时时想念他;我不能原谅他把我丢下,而这致命的创伤永远存留在我的心头。"

这一封在愤慨中所写的耀武扬威的信,唯一衷心的吐露也就是附笔中的几句,但俄理维用墨涂去了。

爱德华一言不发把这封难堪的信交还裴奈尔;裴奈尔也一言不发把信接回手中。我已说过他们两人间不常说话,尤其当两人单独相对时,每每重压着某种奇特而难以言喻的拘束。(我不爱用"难以言喻"这四个字,因一时想不起适当的,故暂代用。)但当晚两人回卧室后正拟就寝,裴奈尔用了很大的勇气,终于哽着喉问道:

"萝拉有没有把杜维哀寄她的信拿给您看?"

爱德华一面上床一面回答说:"我早相信杜维哀不会拒绝。他这人很不错。也许嫌懦弱一点,但很不错总是事实。我相信将来他一定会溺爱这孩子,而这小东西也一定要比他自己所生的来得更为结实,因为我看他自己并不太强壮。"

裴奈尔太喜欢萝拉,这使他对爱德华的这套风凉话不能不感到惊异,可是他并不表示出来。

爱德华把灯吹灭,继续说道:"我本以为这事除了绝望简直一无办法,如今这样结束倒是最适宜不过的。人谁无错误?重要的是事后不一味坚持……"

"当然!"裴奈尔回答这话为的避免再作讨论。

"但是裴奈尔,我不能不向你直说:我怕我们相处也多少是……"

"一种错误?"

"是的,虽然我很真心待您,但几天来我常想到我们中间恐怕是生来不容易合作的,而觉得……(他踌疑片刻,思索适切的字)继续与我相处倒反使您迷途。"

爱德华不把这话说出以前,裴奈尔原是同一想法;但要使裴奈尔否认,也就没有比这话最为适宜。爱与人背道而驰的性格使他立刻起来抗议:

"您对我还不太认识,而我对自己也不够认识。您并不曾给我一个试验的机会,如果您对我并没有特别过意不去的地方,可否让我再等待一些时候?我承认我们的性格很不同,但我觉得唯其如此,对您对我也许都更能有点益处。我相信如果我能帮您忙,那多半就由于我们相异之处,由于我所能贡献给您的一点新的东西。如果我有失误的地方,请您尽管告诉我,我决不是爱诉苦或是喜回骂的那种人。但,这儿我对您有一个提议,也许这有点傻气……如果我不误解的话,小波利似乎有进浮台尔-雅善斯学校的意思。莎弗洛尼斯加不是曾向您表示她怕小波利在那儿会感到人地两疏吗?如果由萝拉介绍,我是否在那儿能有希望得到一个监堂之类的位置?我需要谋生。服务方面,我并不计报酬,能供给我膳宿就行……莎弗洛尼斯加对我颇表信任,而波利和我也很能相处。我可以保护他,帮助他,做他的老师,做他的朋友。而其间我仍可以为您工作,随时都愿为您效劳。您说您以为怎么样?"

为表示郑重起见,他又加上说:

"我对这事已有过两天的考虑。"

但这话并不可靠。如果这美丽的计划不是即口而出,他早该事前就告诉过萝拉。可靠的,而他并没有说的是:自从他最初不经意间窃读爱德华日记以及日后与萝拉相识以来,他不时想及那个浮台尔学校。他希望结识俄理维的朋友阿曼,虽然这人俄理维从不曾向他提起过。而他更希望认识萝拉的妹妹莎拉;但这只是他私心的好奇,为萝拉起见,他连对自己也不敢承认。

爱德华一言不发;虽然他赞同裴奈尔向他提出的计划,而如果这计划能使裴奈尔得到一个歇身之所,他自己并不坚持把他留在身边。裴奈尔也把蜡烛吹灭,又接着说:

"您别以为我全不理解您的书以及您所设想的冲突,即是无情的现实与……"

爱德华插言道:"我并非设想,事实就在那儿。"

"正是这话,所以我替您带回一些事实,给您作为斗争的资料,岂不是最合适的吗?我可以替您留意。"

爱德华怀疑是否裴奈尔的话中暗带讽示。实际是他自己感到有点受辱,因为裴奈尔太能说话。爱德华终于说道:

"我们再作考虑吧!"

经过很长的时刻,裴奈尔仍无法入眠。俄理维的信使他困恼。最后实在忍不住,而他听到爱德华也还在床上来回翻覆,他就轻声问道:

"如果您也没有睡熟,我还想再问您……您对巴萨房伯爵作何感想?"

"您自己就能设想。"爱德华说,一忽儿以后,仍又反问:"您呢?"

"我吗?"裴奈尔愤然说,"我想杀死他。"

七

到达山巅以后,旅行者坐下来,举目四顾,然后再定下山之计;他亟思辨认他所走的这条险道在暮色中——因此时夜已来临——究竟会把他引向何处。同样,一个未先布局的作者停下笔来,透一口气,忧然自问:他这故事究竟会带他到何种境地?

　　我怕爱德华把小波利交托雅善斯家很可能是一件冒失的事。但又从何阻拦?每个人的行动都依据他自身的法则,在爱德华,他的法则即是喜好不断地尝试。不用说,爱德华有他善良的心地,但为别人的安静着想,我倒更愿意他能多考虑实际的利益问题。因为他的善良每每有着好奇作背景,所以常会产生可怕的结果。他认识雅善斯学校,他知道这个以道德与宗教来装门面的学校中孩子们所呼吸到的那种带有毒素的空气。他认识波利,认识他的温情与娇嫩。他早应预计到他在那儿会受到何种打击。但他仅考虑到孩子易失的纯洁在雅善斯老人的严教下可以得到保护,援助,与支持。他也不知是听了谁的这种诡辩?无疑指使他的是魔鬼,因为来自别人他还不至于会听从。

　　爱德华使我恼怒或竟使我生气已不止一次(当他谈及杜维哀时即其一例)。我希望我并不曾太明显地表示出来;但此时直说也已无妨。他对萝拉的态度,有时纵使非常慷慨,但仍不免引起我的反感。

　　爱德华使我不喜欢的,是他那些自造的理由。为什么如今他还想自找解释,以为是在替波利谋福利?对别人说谎姑不必说,但又是对自己!溺毙孩子的激流难道他认为可以替孩子解渴用吗?……我并不否认世间有对自己一无利害关系的仗义行为;我只说即在最美的动机后面也每每隐匿着一个机巧的魔鬼,人自以为占他的便宜,而从中取利的却正是他。

　　夏季使我们小说中的人物东西分散,我们就利用这机会来对他们细作检讨。而且我们也已正达到故事的核心,一度松弛,此后它将以新的动力直奔前程。处理一件阴谋,在裴奈尔断乎还太年轻。他自信能保护波利,其实最多他也只能尽看守之职。我们已看到裴奈尔转变,情欲会更使他改样。我在一本小册子上找出过去我对他所下的判断:

　　"我早应提防到像裴奈尔在他故事开端时的那种过分的行为。由他以后的步骤作观察,我觉得当时他已像把由家庭中所受的抑郁的积储一泻而尽。自此,他生活在反动中,像是对他自己的行为所发的抗议。他固有的反叛与对抗的习惯促使他反叛他自己的反叛行为。无疑在我的这些主角中没有再比他更使我失望的,因为在这些人中我从不曾有对他似的抱着更大的期望。我想这也许由于他自己解放过早的缘故。"

　　但这判断我已觉得并不十分准确。我相信他仍是很有希望的。他有丰富的同情心,他勇于义愤。在他身上我感到某种雄劲与力。他爱听自己说话,但那也因为他善于发挥。我对一些容易表达的感情每抱怀疑。他是一个好学生,但真正新的情感决不能那么自如地流注于已习得的形式中。稍加构思他准会讷讷难言。他已读得太多,记得太多,而从书本中所学得的又远多于从现实生活中所学得的。

  我始终抱憾的是裴奈尔在爱德华身边占据了俄理维的位置。事情的发生太不凑巧。爱德华所爱的是俄理维。为使他成人,他什么不能做到呢?他怎能不以爱慕去指导他,帮助他,使他与自己的旨趣相接近?必然,巴萨房会使他堕入深渊。没有再比这种一无忌惮的虚伪对他更有害的。我曾希望俄理维知道自卫;但他天性温顺,经不起别人对他的恭维。一切都使他沉醉。而且,从他给裴奈尔信上的某些语调中,我还看出他是一个颇带自负的人。色情,怨恨,自负,他是那样地落入在这一切的掌握中!我怕爱德华再把他找回时已将失之过晚。但他还年轻,我们有理由替他乐观。

  巴萨房……自以不提为妙,除了如格里菲斯夫人式的女人以外当没有比巴萨房之类的男人最易招祸,但同时也最受人欢迎。我承认最初我对前者还相当重视。但很快我发现我自己的错误。如格里菲斯夫人之类的人物可说是用彩纸糊成的。来自美利坚的很多,但美国也并非唯一的产地。财富,智慧,美,这类人似乎全齐备,所缺的是灵魂。我相信文桑不久应能自觉。在这些人的肩头既不觉有过去的重担,也不知有任何约束。她们是无法,无主,无疑惧,逍遥自在,她们令小说家绝望,因为从她们身上决不能求得任何有价值的反应。我希望一时用不着再和格里菲斯夫人见面。我所惋惜的是她把我们的文桑也带走了。我对文桑较感兴趣,但与格里菲斯夫人结识以后,他也变得俗不可耐;他的天分不低,但经她的折磨,他已失去他固有的骨骼。这是颇足令人惋惜的。

  如果此生我再有创作一个故事的机会,其中应是些受过生活磨练的人物,不是为生活所消沉,而是为生活所尖锐化了的人物。萝拉,杜维哀,拉贝鲁斯,雅善斯……此辈与我何关?他们并不是我找来的;由于追踪裴奈尔与俄理维我才和他们在途中相值。算我倒霉,此后我已不能把他们抛开。

第三部　巴黎

当我们再能得到一些新的可靠的地域志时——在这情况下,但只能在这情况下,把所载的事实搜集起来,仔细相互比较,相互印证,我们才能再提及问题的全体,而作进一步的确切的探究。采取任何别种方法,那都只是,根据两三个简单而笼统的概念作一迅速的鸟瞰而已。其结果,每将特殊的,个别的,例外的置诸不问——换言之,也即忽略了问题中最有兴趣之点。

吕西安·费弗尔[①]

《大地与人类的进化》

一

回返巴黎,并不曾带给他一点乐趣。

福楼拜《情感教育》

爱德华日记

九月廿二日

酷热;沉闷。早回巴黎一周。

我的急性每每使我及时前往。如说因为热心宁说由于好奇,以先睹为快。我永不能安息自己的渴念。

带波利去看他祖父。昨日莎弗洛尼斯加已事先去通知他,回来时告诉我拉贝鲁斯夫人已进养老院。谢天谢地!

按过门铃,我把那小东西留在扶梯口,因为觉得不参与他们的初次相见也

[①] 费弗尔(1878—1956),法国历史学家。

许更为合适；我太怕老人的感恩。事后,曾问那小东西,但一无所得。重见莎弗洛尼斯加时,她对我说孩子也不曾告诉她什么。按照事先约定,她是一小时以后去把他领回来的。给她开门的是一位女仆。莎弗洛尼斯加发现老人独自坐在棋盘前,孩子则在屋子的另一端角落上发呆。

拉贝鲁斯颇显狼狈地说：

"真怪！起先他像很感兴趣；但突然他就厌了。我怕这孩子缺少耐性……"

把这一老一小留在一起太久实在是一种错误。

九月廿七日

今晨,在奥德翁戏院围廊下遇见莫里尼哀。菠莉纳与乔治后天才能回来。两天来莫里尼哀独自在巴黎,设若他也和我同样感到烦闷,那他见到我时所表露的欣喜也就不足为奇。我们便同坐在卢森堡公园中,等待午餐的时刻,因为我们约定一同去吃饭。

莫里尼哀对我谈话时故作趣论,有时竟或失检,无疑在他以为这是一个艺术家所爱听的。同时也因为他想显得自己还很年轻。

"其实我本性是一个很热情的人。"他先向我声明说。我懂得他的意思是说：一个很好色的人。我报以微笑,正像听到一个女人说她自己的大腿漂亮时别人对她所发的微笑一样。这微笑中的意思是："一定的,我自来就相信。"过去,我所见到的他,始终是一个法官,如今脱去长袍才现了原形。

我等待着直到我们在福约饭馆坐下时我才向他提及俄理维。我对他说我最近从他的一位同学那里得到他的消息,才知道他和巴萨房伯爵正在科西嘉旅行。

"是的,这是文桑的一位朋友,他愿意把他带去。因为俄理维在会考中的成绩顶出色,她母亲觉得不应打消他这股兴致……这位巴萨房伯爵还是一位文学家。我想你总认识他。"

我并不隐瞒他我不很喜欢这人,而且也不喜欢他的作品。

他反驳说："你们同行间有时相互的批评总比较苛刻。我曾试读他最近出版的小说,这书颇受有些批评家的赞誉。我并不发觉有什么了不起；不过,您知道,在这方面,我是外行……"

接着,由于我表示我怕巴萨房会对俄理维发生影响,他含混地补充说：

"说实话,在我个人,我并不赞同他这次旅行。但同时不能不顾到这一层:做孩子们的到某一年龄,您就无法管束他们。自来如此,实也无可奈何。菠莉纳,她和一切做母亲的人一样,还想紧跟着他们。有时我就对她说:'你使你那些孩子们讨厌。你不如顺他们自己的意思做去。你愈追问他们,结果倒反使他们得了暗示去实行……'在我,我认为孩子长大了,一味监视总是徒劳。重要的是,幼年教育时先给他们奠定一个良好的基础。但尤其重要的,就看他们出身如何。老朋友,您看是不是,遗传比一切都有关系。有些人根本无法补救,就是所谓的命定者。对这些人就不能不严格。至于那些天性善良的,那就不妨放宽一点。"

"可是您刚才说,"我紧接着说,"这次把俄理维带走并没有得到您的同意。"

"啊!得到我同意……得到我同意!"他把鼻子伸在菜碟中说,"有时人们并不征求我的同意。可注意的是在家庭中,自然我所指的是最和睦的家庭,做主的往往并不是做丈夫的人。您还没有结婚,您也许对这事实不感兴趣……"

"对不起,"我笑着说,"我可是小说家。"

"那么您一定能注意到一般并不一定由于做男人的个性软弱,所以才任他太太指挥。"

为使他欢心起见,我故意让步说:"的确,有些男人,个性很强,权威很大,但一到家中就变得跟小绵羊一样的帖服。"

"您知道这是什么缘故?……"他接下去说,"十有九次如果做丈夫的对他太太让步,那一定因为他有需要求人原谅的地方。朋友!一个有德性的女人处处占势。做男人的一弯腰,她就跳在你的肩上了。唉!老朋友,做可怜的丈夫有时是让人同情的。当我们年轻的时候,我们都希望有贞淑的太太,殊不知这点德性在我们自身要花上多少代价。"

臂节枕在桌上,双手托着下颌,我凝视着莫里尼哀。这位可怜虫并不自觉他所诉说的屈膝地位倒和他脊骨很相称。他不断地擦着额上的汗,吃得很多,如说是食而知味,宁说是那种贪吃的人,而尤其像是赏识我们所要的那瓶勃艮第陈酒。觉得有人能听他,理解他,而无疑更认为是同情他,他就高兴得把什么话都招认出来了。

"以我做法官的经验,"他继续说,"我曾知道不少女人对她们丈夫都是口从心违的……但当做丈夫的在别处另觅所欢,她们便又盛怒起来。"

站在法官的地位,他用过去式开始他的句子;但做丈夫的则用现在式接下去,其中无可否认地他显露了真身。一面吃着菜,他又俨然地补充说:

"人在自己胃口不好时总嫌别人吃得太多。"喝下一大口酒,又说,"老朋友,这就可以告诉您,何以做丈夫的在家庭中失去他的权威。"

我已很明白,我已发现,从他表面不相连贯的谈吐中,他想把自己失检的责任归罪于他太太的德性。我不禁想起,像木偶似的这些支离不全的人们还不太懂得用自私去把自己容貌的各部分一一配合起来。一不小心,自己就散成碎片。他缄默了。我感到自己有发挥一点感想的必要,正像对一辆跑了相当路程的车子一样,你想让它再跑,就非给它加油不可。我就试探说:

"幸而菠莉纳是一个敏悟的女性。"

他回答一个"是——的",但拖长得令人难信,然后又说:

"可是有好些事情她并不理解。您知道,一个女人不拘如何敏悟,总……而且我承认在这事件中我自己也太不机警。最初是我自己先和她谈及这桩小遭遇,那时我自信已早回头,而故事也决不会再有下文,岂知故事仍未结束……而菠莉纳的猜疑也永无止境。这真是所谓作茧自缚。日后我就不能不托假,撒谎……这就是舌头长得太长的报应。您说有什么办法,我生性太信赖别人……而菠莉纳却是一个最爱妒忌的人。您不能想象我曾费过多少心计。"

"这事由来很久了吗?"我问。

"啊!几乎已有五年;而我以为我已完全使她信服。哪知旧事又将重提!试想前天我一到家……再来一瓶波马特酒如何?"

"我已很够,请便!"

"也许他们有小瓶的。回家后我打算去睡一会儿。这天气热得使我实在受不了……刚才我在对您说,前天,到家后为整理文件起见,我把书桌打开。我拉出抽屉,那抽屉中所收的都是……我所说的那个女的所寄的信件。朋友,请您想想当时我所受的惊慌:那抽屉竟是空的。啊!我已烛见一切。两周前,我一位同事的女儿出嫁,菠莉纳和乔治曾回巴黎一次,我自己因事未能参加;您知道,那时我正在荷兰……而且,这些婚礼之类,本是女太太们的事。回到巴黎,在几间空屋中,闲着无事,借口整理,您知道女人们的脾气,总有点多心……她一定开始东探西翻……啊!自然不是存心。我并不责备她。但菠莉纳有爱整理的怪脾气……但如今她手上有了证据,您说我还能对她说什么呢?如果那小东西不直称我的名字也就算了!一个多和睦的家庭;当我一想起我得……"

这可怜虫又不能把他的心事尽情吐露。他用手绢吸着额上的汗,一面摇着纸片取风。我喝的酒比他少得多,心中也无从假装同情,我对他只感到嫌恶。我承认他是一家之长(但说他是俄理维的父亲在我始终是一种痛苦),一种端正、老实、隐退的中产阶级人物;但这样的人处身情场,实在使我认为可笑。他那笨拙而庸俗的谈吐与比拟尤其令我难受。我觉得他对我表示的情感既不能由他的面部,也不能由他的声调传达出来。这正像低音提琴试奏中音提琴的调子,它所得的效果只是一种不入调的嘎声。

"您说当时乔治和他母亲在一起……"

"是的,她不愿把他一人留下。但到了巴黎,他自然不老盯着她……但朋友,您看我们这二十六年来的婚姻生活中,我从不曾和她有过任何冲突,从不曾有过任何口角……当我想到这次不可避免的……因为菠莉纳两天内就回来……唉,不如不谈这些。对了,您对文桑有何感想?摩纳哥公爵,巡洋舰……真糊涂!……您没有听说吗?……是的,他正在亚速尔群岛附近监督测量与捕鱼。唉!对他,我倒真用不着关心!他自己已很能打出一条路来。"

"他的健康?"

"已完全恢复。像他那样聪明的天资,我相信他的前途无量。巴萨房伯爵曾很坦白地对我说,文桑是他所遇到的人中很出色的一个。他竟说:最出色的一个……但自然也应顾及别人的过于夸张……"

用完午餐,他点上一支雪茄,又继续说:

"告诉您俄理维消息的他那位朋友究竟是谁,我可以知道吗?不瞒您说我对我孩子们所来往的人一向特别注意。我认为这是非常重要的。幸而他们的天性都爱和上流人为伍。您看,文桑和公爵,俄理维和巴萨房伯爵……至于乔治,他已在乌尔加特找到一个小同学叫做亚达芒第的,而且这孩子不久要和他同进浮台尔-雅善斯学校。这是一个很安静的孩子,他父亲是科西嘉上议院议员。但我举一个例您就知道这事应如何谨慎。俄理维曾有一个朋友,他的家庭似乎是很不错的,那人叫做裴奈尔·普罗费当第,我还得说明他父亲是我的同事,是一个很出色的人,而且也是我所特别敬重的。但是……(自然这是您我间所说的话)……最近我听说我那同事并不是他真正的父亲,那孩子

365

只是顶他的姓！您看如何？"

"和我谈起俄理维的就正是这年轻的裴奈尔·普罗费当第。"我说。

莫里尼哀喷出大口的雪茄烟，他的双眉竖得很高，这使他额上满覆皱纹：

"我希望俄理维少和那孩子来往。我已得到不少对他不利的报告，而这也无足为奇。我们很知道在这种不三不四的孩子身上是不能存什么希望的。这并不是说私生子的品德就一定不如人，但这种乱杂与叛逆之果必然隐藏着后患……是的，朋友，应该发生的事情终于发生了：这个年轻的裴奈尔突然脱离了家庭，其实这本来就不能是他的家。他正像埃米尔·奥吉埃①所谓的'自谋生活'去了，但既不知他如何去生活，也不知他生活在哪儿。这出恶剧是这位可怜的普罗费当第亲口告诉我的，最初他为这事显得非常难受。我劝他不必把事情看得那么严重。总之，这孩子的出走倒使万事有了解决。"

我力言对裴奈尔颇为相识，并自信能保证这孩子的温厚诚笃（不必说，对窃箧故事自然一字不提）。但莫里尼哀立即又咆哮起来：

"这样说，我还非把别的事情也报告您不可。"

他就伸着脖子，放低声音说：

"我的同事普罗费当第遇到了一桩非常棘手的案子，一半由于这案子本身的难以处理，同时由于这案子可能引起的反响与后果。这是一桩很难令人相信的故事，而且谁也不愿希望真有其事……这真可说是一种聚娼的行为，一种……我都不愿意用这类下流的字，就说是一种茶社吧，但最伤风化的是大部分的顾客几乎都是很年轻的中学生。我已先告诉您这是难以置信的。无疑这些孩子们并不理解他们行为的严重性，因为他们简直就不回避。散学以后，他们就上那儿去吃点心，闲谈，和那些娘儿们打趣；而'把戏'就在邻接茶室的那些房间内演出。自然，并不人人都能进去，要有人介绍才许参加。这种把戏有谁在维持？房租有谁在负担？这一切都不难发现；但要从事调查就非极端谨慎不可，否则真到水落石出就怕会连累到很多有面子的家庭，因为人们怀疑主要的顾客就是他们的那些孩子们。所以我尽可能劝普罗费当第不必过于热心，他为这事像公牛似的东奔西撞，绝不想到他那牛角尖第一下……（啊！对不起！我并非存心要那么说；啊！啊！真够滑稽，我竟脱口而出）……就会顶穿他儿子的肚子。幸亏暑假把人人都解放了，中学生们也各自散开了，所以我

---

① 奥吉埃(1820—1889)，法国剧作家。

希望不必把这案子多作铺张,单用私下警告的办法把这事情淡忘了就算了事。"

"您有把握说裴奈尔·普罗费当第与这事有关吗?"

"并非绝对,但是……"

"您从何相信呢?"

"第一,他是一个私生子就是事实。您可以相信像他那样年龄的一个孩子,如果不是干下了太无廉耻的事决不至于弃家出走……第二,我看出普罗费当第自己也起了疑心,因为突然他对这事已不如从前那么热心了;我想说他似乎已转了方向。因为最近遇到他时,我问起这桩案子,他显得很不自然。他说:'我相信这事最后也不会有什么结果。'接着立刻他就改谈别的。可怜的普罗费当第!您知道,他实在不该受这冤屈!这是一个品德兼备的人,而尤其难得的,是一条好汉。您看,他女儿最近很美满地结了婚。我自己不及参加,因为那时我正在荷兰,但菠莉纳和乔治回来参加了。我已经对您说起过?现在我得回去睡了……什么,真的全由您破钞?不必!不必!大家好朋友,不如平分吧……不答应?那末,好,再见吧!别忘了菠莉纳两天内就回来。上我们家来谈谈!再有一事:以后别再叫我莫里尼哀,单称俄斯卡就行!……好久我就想对您有这要求。"

今晚接到萝拉之姊蕾雪的一张便条:

> 兹有要事相商。可否费神于明日午后驾临敝处一叙?不胜企祷之至。

如果是为和我谈萝拉的事,这就不必等到今天。她给我写信,这还是初次。

二

爱德华日记(续)

九月廿八日

我在楼下大自修室门口找到蕾雪。两个仆人正在洗刷地板。她自己也系

着围裙,手上拿着抹布。她向我伸手说道:

"我知道您决不会失信,"说时态度非常温顺忧郁,但仍不失微笑,是一种比美更动人的表情,"如果您不太急,最好先上楼去看看外祖父,回头再看我妈。他们要知道您来了而不去,一定会觉得很难受。但留一点时间给我,因为我有事必须和您商量。回头您再上这儿来找我,您看我正忙着监工呢。"

为顾面子起见,她从来不说:我正工作着呢!蕾雪把她自己的一生全埋没了,但没有再比她的德性更为谦逊谨慎。退让对她已成自然,以致一家人无一顾念到她不断的牺牲。这是我所认识的女性中最美的灵魂。

至三楼拜访雅善斯。老人已离不开他的靠椅。他让我坐在他的身旁,并立刻向我谈起拉贝鲁斯。

"如今他孑然一身使我颇为关心,我很想让他搬到学校来住。您知道我们是老朋友。最近我曾去看他。我想他太太进养老院对他的影响不小。他的女仆对我说,他已几乎片粒不进。我想平时我们都吃得太多,万事首重分寸,过多过少都免不了是极端。他觉得为他一人做饭大可不必;但和我们同吃,人多了也许能引起他的食欲。来此又可和他那可爱的孙儿朝夕相聚;学校离他的住处太远,否则平时很难见面。尤其我不愿让孩子独自在巴黎外出。我和拉贝鲁斯认识已久。他这人向来有点特别。这并不是他的缺点。他天生带点傲性,他要不自己出点代价,恐怕不肯接受我的邀请。所以我想不如请他担任监堂,这对他并不费力,而且尤其能使他容易消磨时间,并以解闷。他的数学不错,必要时可以替学生温习点几何或代数。如今,他已没有学生,他的家具与钢琴对他已无需要;他可以把房子退了,而搬来这儿住,尤其他可以省去一笔房租。我们就不妨收他一点膳宿费,免得使他挂心,免得使他因受人之惠而感拘束。希望你能及早提醒他,因为按他目下的起居,我怕对他的健康太不相宜。尤其两天之内就要开学。我们很信赖他,最好同时能知道他对这事是否也有诚意……"

我答应第二天就去看拉贝鲁斯。立刻他像放心了:

"唉,说回来,受您保护的那位年轻的裴奈尔倒真是一个好孩子。他很和蔼地跑来自愿替我们这儿尽点义务,他谈起担任低班的监堂,但我怕他自己还太年轻,不易受学生尊敬。我和他谈得很久,而我认为他是一个很有同情心的人。要锻炼成最好的基督徒就需要这种性格。深可惋惜的是他幼年的教育没有使他的灵魂走入正道。他向我自认他并没有信心;但他对我说这话时的语调却给我很大的期望。我回答他说,我希望在他身上发现养成一个勇敢的青年基督徒所必不可少的一切品格,而他必须时时念及如何善用上帝所赐予他的才智。我们又同念《圣经》中的喻言,而我相信优种并不曾落入在瘠土中。他显得很受我的话感动,而且答应再去细作考虑。"

裴奈尔已早把和老人的谈话告诉过我。我明知他对这些事情的看法,所以眼前的这一席话使我听了倒更难受。我起身告辞,但老人握着我伸过去的手,并不放松:

"嗳,告诉我;我已见着了我们的萝拉!我知道这可爱的孩子曾和您度了一个月的山居生活;看去这对她得益很多。我很高兴知道她已回夫家,她丈夫已该开始觉得忍不住这长时间的分离。可惜他的工作不容许他当时参加你们的旅行。"

我因为不知萝拉能对他谈了些什么,所以当时愈加感觉局促起来。我正脱手想跑,他却突然不由分辩地把我拉近他身边,靠着我的耳朵说:

"萝拉向我透露了她的喜讯;但千万小声!……她还不愿让人知道。我对您说,因为我知道您对这事已有所闻,而您我都是可靠的人。这可怜的孩子对我说时通红着脸显得很不好意思。她是那么寡言。当她在我身前跪下时,我们一同感谢上帝对他们夫妇的恩赐。"

我认为萝拉暂缓透露她的秘密也许更好,至少她的现状还不致使她非如此不可。如果她事先和我商量,我一定会劝她在未见杜维哀之前不谈一切。雅善斯可以不辨真相;但她家里人并不都像他一样容易受愚。

老人又搬弄了一些牧师们的论调,接着才对我说他女儿一定很高兴见到我,我便回到二楼浮台尔夫妇的住处。

重读以上所写的,我觉得令人可憎的倒不是雅善斯,而是我自己。而这也是我的本意。为预防裴奈尔再有窃看这日记的机会,我索性再为他添上几行。只要他继续有和老人接触的机会,他不难理解我的意思。我很喜欢这位老人,用他自己的口头语,我"尤其"尊敬他;但一在他身边,我自己就失去存在的余地,所以我才感到和他相处的困难。

我也很喜欢他的女儿牧师夫人。浮台尔夫人颇似拉马丁诗中的埃尔维尔①,一个年老时的埃尔维尔。她的谈话自有它的风趣。她常把一句话说一

---

① 法国诗人拉马丁诗作中常见女名,为诗人爱慕的对象。

半,这使她的意思蒙上一种诗意的轻浅。她用飘忽与未竟来造成无限。现世对她所缺少的她都待诸来世;这使她的希望扩大至无限。她在寸土中取得跃力。由于很少见到浮台尔,就容易使她想象她很爱他。此老无时不在起程中,忙着布道,开会,抚贫,探病,以及成千成万的琐事。他只在照面时和你拉一拉手,但因此也特别显出恳挚。

"今天实在不能奉陪。"

"不忙,我们到天堂时再见吧!"我对他说,但他连听这话的时间也没有。

"他连片刻的空闲也没有。"浮台尔夫人叹气说,"您要知道压在他双肩上的一切,从……因为谁都知道他从不拒绝,人人就都向他……当他晚上回家时,他每疲乏得连我几乎不敢再和他谈话,怕他……他全副精力花在别人身上,使他无暇再顾及自己的人。"

而当她和我谈话时,我不禁回忆起昔日我自己住在这学校时浮台尔回家时的神情。我常看到他双手托着头,享受这片刻的轻松。但那时我已想到这轻松,与其是他所盼望的毋宁说是他所畏惧的,而最令他痛苦的怕也就是给他一点反省的时间。

当一个年轻的女仆端上一个装满的托盘时,浮台尔夫人问我说:"您也用杯茶吧?"

"太太,糖已没有了。"

"我已告诉过你这些东西你向蕾雪小姐去要。快去……你已请过先生们了吗?"

"裴奈尔先生与波利先生出门了。"

"那末,阿曼先生呢?……快去!"

不等女仆离开,她就说:

"这可怜的女孩子是从斯特拉斯堡来的。她全无……样样都得告诉她……喂,你还等着什么呢?"

女仆又回过头来,像是一条被人踩着了尾巴的蛇:

"楼下的那位温课的教员要上楼来。他说不付他钱他决不走。"

浮台尔夫人的面色显出忧戚的烦恼:

"我还得说多少遍我不是管付账的?告诉他去见小姐。快去!……简直没有一刻钟的安静!我真不知道蕾雪在想些什么。"

"我们不等她用茶吗?"

"她向来不用茶……唉！这开学可真给我们不少麻烦。这些自荐的温习教员不是索价过高,便是自身太不成。那一位,爸爸本来就不愿意用他;但爸爸心肠太软。如今,倒是他来作威了。您刚才总听到那女仆所说的。所有这些人,眼中只有钱……好像世间就没有比这更重要的……暂时,我们倒也找不到一个替代的人。普洛斯贝始终相信只要祷告上帝,万事都能解决……"

女仆取了糖回来。

"你已请过阿曼先生了吗?"

"是,太太;他立刻就来。"

"莎拉呢?"我问。

"她两天后才能回来。她在英国,在她那位朋友家里,就是您在我们这儿遇见过的那小女孩家里。她父母都很和气,而我也很高兴莎拉可以稍稍……萝拉也一样。我发现她的面色好多了。在南部疗养以后,这次在瑞士的小住使她得益不少,而这也全仗您她才有这决心。就只有可怜的阿曼在整个假期中没有离开巴黎一步。"

"蕾雪呢?"

"是的,那倒是真的,她也没有。各方面都邀请她,但她宁愿留在巴黎。而且她外祖父也需要她。再说,在生活中,人也不能永远随己所欲;所以我就不能不时常提醒孩子们。人也应该想到别人。难道您以为我有机会去萨斯费我不会同样觉得有意思吗?而普洛斯贝,当他出去旅行时,您以为他是在求自己的快乐吗?阿曼,你知道我不喜欢你连衬衣的领子也不系就跑进这儿来。"最后一句是看到她儿子进来才说的。

"我亲爱的妈妈,您曾再三叮嘱我,教我不必重视外表,"他说着伸手给我,"而且也是凑巧,因为洗衣房的女人礼拜二才能来,而我留下的领子又都是破的。"

我记起俄理维谈起他同学时对我所说的话,的确我也看出在他顽皮的讥讽后面隐藏着一种深沉的表情。阿曼的面部显得俊俏。他的鼻子紧缩起来,弯曲在他单薄而苍白的嘴唇上。他继续说道:

"您可曾告诉您那位贵宾,今年冬季开场时,我们这戏班中新请了几位出色的名角:一位有思想的上议员的公子,以及年轻的巴萨房子爵,也就是那位名作家的弟弟?而您所认识的两位生力军还不计在内,而由此也愈显出他们的光荣来,那就是波利公子与普罗费当第侯爵。再加上其余几位,虽然他们的头衔与技艺尚待探悉。"

"您看他总变不了。"这位可怜的母亲对他的打趣微笑着说。

我真担心他会提到萝拉,因此不便久留,及早下楼去看蕾雪。

她卷着上衣的袖管,正在帮着安排教室,但看见我走近,赶紧把袖管放下。

"这次求您帮忙在我实在是万分惭愧的,"她把我带到间壁作补习用的一间小教室时就开始说,"我原想和杜维哀商量,而且他也曾请求我那样做的;但自从这次见到萝拉以后,我才明白我不能再作这打算……"

她脸色很苍白,而当她说出最后这几个字,她的下颌与嘴唇都颤动得抽搐起来,这使她一时不能把话继续说下去。为怕她难受,我便把目光转移到别处。门是早就关上的,这时她倚门站着。我想握住她的手,但她从我的手中脱开。终于,她像从无限的挣扎中哽咽着说:

"您能借给我一万法郎吗?今年开学时的收入看去相当可观,我希望不久就能偿还。"

"这款子什么时候需要?"

她不回答。

"我身边只有一千多法郎,"我接着说,"但明天,我就可把整数凑齐……如果必要的话,今晚也可以。"

"不必,明天就成。但如果在您方便的话,可否请把一千法郎先给我留下……"

我从皮夹中把钱取出递给她:

"一千四百法郎如何?"

她低着头回答说"好的",但说得那么轻,我几乎分辨不出来;接着她便蹒跚地跑向一张小学生坐的板凳前,倒下了,双肘支在桌上,手蒙着脸。我以为她在哭泣,但当我把手放在她肩上时,她抬起头来,我看到她的眼睛仍是干枯的。

"蕾雪,"我对她说,"您别因为有求于我而感到难受,我很乐意替您尽力。"

她庄重地凝视着我:"使我惭愧的是我必须请求您别把这事向外祖父或是妈妈提起。自从他们把学校的经济交我经手以后,我总让他们相信……总之,他们并不知道。所以我恳求您别向他们提起。外祖父老了,而妈妈又很操劳。"

"蕾雪,操劳的不是她……而是您。"

"她曾操劳过来;如今,她已累了,就轮到我,我自然责无旁贷。"

她仅仅简单地说出这几个简单的字。我并不感觉到在她的顺命中含有任何怨意,相反,这几乎是一种宁静。

"但您不必把事情看得太严重,"她接着说,"这只是一时的困难,因为有些债主已不耐再等。"

"刚才我还听到女仆在说一位温课的教员跑来索薪。"

"是的,他跑来向外祖父闹了一场,不幸我不能设法阻拦。这是一个粗野的人。我必须先去付钱给他。"

"您愿意我替您去吗?"

她略微踌躇,勉强想现出一点笑容。

"谢谢。但不必,不如我自己去……但最好您也出来,可以吗?我有点怕他。如果他见到您,他一定不敢再说。"

学校的前院有石阶与校园相通,中间隔着栏杆,那位教员就靠在栏杆上,双肘反支着。他戴着一顶奇大的软呢帽,吸着烟斗。当蕾雪和他在谈判时,阿曼跑近我身边。

"蕾雪可敲着您了,"他冷笑着说,"您在这千钧一发之际到来正好解救她脱离苦难。这又是我那位蠢货哥哥亚力山大在殖民地欠了债。她想把这事隐瞒我父母。她已经把她嫁妆的一半给萝拉装了门面;但这次可全盘倾出了。我敢担保她决没有对您说。她的谦让真使我生气。这真是人间一个最险毒的玩笑:每次有谁为别人牺牲,这人一定比那些人高出万倍……一切她替萝拉打算!这娼妇可真算是报答了她……"

"阿曼,"我怒色地喝住他,"你没有权利来批评你姊姊。"

但他发着急促的尖声继续说道:

"我批评萝拉正因为我并不比她强,我很知道。蕾雪,她,就从来不批评我们。她从来不批评人……是的,那娼妇,那娼妇……我对她所想的,我还不曾让人转告她,我向您保证……而您,您竟蒙蔽,竟袒护这一切!您不是不明白……外祖父,他,就不辨是非。妈妈尽量装作不懂。至于爸爸,他自己已整个交付给'我主';那就更方便。每遇困难,他就下跪祷告,而让蕾雪去想办法。他所要求的,最好是万事不作正视。他奔走,他自扰,他几乎永不在家。我知道在家使他气闷;但在这家庭中,我可会爆炸。他竟自寻陶醉,天哪!这

373

时候,妈妈忙着作诗。啊!我不是和她开玩笑,我自己也一样作诗。但至少,我知道我自己的下流,而我也从不冒充好人。您说这怎么能教人不作呕!祖父显得对拉贝鲁斯那么'关怀',实际倒是他自己需要一位温课的教员……"而突然又说,"那猪仔在那边敢对我姊姊说什么?如果他走时不向她行礼,我准一拳打烂他的嘴……"

他冲向那流氓,我相信他就会伸拳出去,但当他跑近时,后者带讽意地行了一个脱帽礼,就从穹门下消失了。这时为了让牧师进来,门正大开。他穿着礼服,头戴高筒帽,手上是黑手套,像是刚参加洗礼或是葬礼后回来似的。这位前任的教员和他互致敬礼。

蕾雪与阿曼跑上前去。当浮台尔和他们都走近我身边时,蕾雪对她父亲说:

"一切都办妥了。"

后者在她额上接了吻:

"孩子,你记得我常对你说的:上帝永不让信他的人绝望。"

接着就向我伸过手来:

"您已想走了吗?……那么改天再谈。"

三

爱德华日记(续)

九月廿九日

访拉贝鲁斯。女仆踌躇着不想让我进去:"先生不愿见客。"经我十分坚持,她才引我进入客室。百叶窗全关着。我那老师颓坐在一张直背的大靠椅上,在阴暗中我几乎不曾辨认出来。他并不起立,也不对我注视,只从旁向我伸出他那软弱的手,而这手,当我紧握以后,便又垂下了。我坐在他身旁,因此我看到的只是他的侧面。他的面部像是凝冻了的,冷漠得一无表情。偶尔嘴唇略微蠕动着,但不发一言。我开始怀疑是否他认识我。这时挂钟敲了四下;于是,像被时钟的机轮所推动,他慢慢转过头来,用着一种非人间的、沉重的语音,有力而平直地说道:

"为什么别人让您进来?我已叮嘱过女仆让她告诉任何来访的客人,说拉贝鲁斯先生已故世。"

我觉得非常痛苦,并不单由于这些荒诞的言词,而尤其是其中的声调,一种极端夸张而做作的声调,这出于平日对我那么自然、那么信赖的老师,在我实在还是初次经历。

"那女孩子不愿说谎,"终于我回答说,"别因为她给我开门而谴责她。能重见您在我实在是很愉快的。"

他木然重复说:"拉贝鲁斯先生已故世。"以后重又落入沉默中。我一时颇不高兴,正拟起身告辞,待改日再来探研这幕可悲的戏剧的起因。但这时女仆进来,端上一杯冒着热气的巧克力茶。

"先生振作点吧。今天他还什么也不曾用过。"

拉贝鲁斯不耐烦地惊跳起来,正像一位演员被另一笨拙的角色破坏了他的效果似的:

"等这位先生走后再说。"

但女仆才把门带上,他就说:

"朋友,劳驾给我去端杯水吧。一杯清水就成。我渴得要死。"

我在餐室中找到一个水瓶和一只玻璃杯。他把杯注满,一饮而尽,用他旧驼绒上衣的袖管擦着嘴唇。

"您觉得发烧吗?"我问他。

我这话立刻提醒他自己在扮演的人物:

"拉贝鲁斯先生并不发烧。他已无感觉。从礼拜三晚上起,拉贝鲁斯先生已停止生活。"

我正踌躇是否最好自己也参加他这幕戏剧:

"礼拜三可不正是波利来看您的那一天吗?"

他向我转过头来,提到波利的名字时,他的面部闪出微笑,像是昔日的微笑之影,而终于放弃了他在扮演的角色:

"朋友,对您,我不妨明说:上礼拜三是我生命中最后的一天。"他用更低的声音对我说,"正是……在结束这生命前我留给我自己的最后一天。"

看着拉贝鲁斯又回到这骇人的话题,使我感到万分痛苦。我明白过去他对我所说的话,我从不曾把它看做很认真,因为在我记忆中早已经淡忘了;如今我才责备起自己来。如今,我才回忆起一切,但我所奇怪的是他最初和我谈起时所订的日期比这更远,而当我向他道破这点时,他重又回复自然的语调,并略带讽意地对我招认,说他故意欺瞒我确实的日期,说他怕我加以阻拦或是因此赶回巴黎,所以才把日期定得较远,但说他曾接连几夜跪求上帝,让他在死前能见到波利。

"我还和'他'约定,"他加上说,"必要时,我得把行期展缓几天……正因为您曾向我保证能把他领回,您记得吗?"

我已握住他的手,它是冰冷的。他让它在我手中取暖,他用单调的语声继续说道:

"所以,当我知道您在假期结束前就能回来,而我不必暂缓行期就能重见到那孩子,我相信……我以为上帝已接受了我的祷告。我相信他是赞同我的。是的,我真这样相信。我并不曾立刻想到他始终是嘲弄着我。"

他把手从我手中缩回,带着较兴奋的语调:

"所以在礼拜三晚上我决定告一结束;而正是礼拜三的白天您把波利带来。我不能不说在见到他的时候,我并不曾感到我所预期的喜悦。以后我考虑过这层。显然我没有理由去希望这孩子见到我会感觉愉快。他母亲从不曾向他谈起过我。"

他停住了;他的嘴唇颤抖着,我相信他将哭泣。

"波利巴不得能喜欢您,但您也该让他有认识您的时间。"我插言说。

"孩子走后,"拉贝鲁斯只顾继续他自己的话,"夜间当我又是一人的时候(因为您知道拉贝鲁斯夫人已不在这儿),我便对自己说:'来吧,这正是时候。'您应知道我已故的兄弟曾留给我两支手枪,我始终放在床头前的盒子内,所以我就把盒子取来,当时我就坐在一张靠椅上,正像此刻一样,我装好一支手枪……"

他突然猛力转向着我,像是怕我怀疑他的话,重复说道:

"是的,我已把枪装好了。您可以去看:这会儿还装在那儿。但结果发生了什么呢?我也无从明白。我把手枪举向前额。许久枪口贴在我鬓角上,而我不曾射击。到这最后关头,我竟不能……这说来实在是可耻的……我没有勇气开枪……"

他愈说愈兴奋,他的目光变得更锐利,血色微微地染红他的双颊。他摇摇头正视着我:

"您看这怎么解释呢?一件我所决定的事情,对这件事情,几个月来,我不断地想……也许正因为这缘故,也许由于事前想得太多,反使我失去了执行的勇气……"

"这正像在未见波利之前,您已把见他时的快乐先在思索中耗尽了。"我对他说,但他继续讲下去:

"许久我把枪口贴在我的鬓角上。我的指头按在扳机上。我轻轻地扳动,但不够用力。我对自己说:'我快要用力扳动,而子弹就会射出。'我感觉金属的寒冷,而我对自己说:'我决不会再有这种感觉。但在这以前我必先听到可怕的轰击声……'试想!离耳朵那么近!……使我住手的特别是这一点:怕听枪声……其实真够荒谬,因为人一死去……是的,但我所希望的死,是像安眠一样;而一种爆炸声,它不会使人睡熟,它使人惊醒……是的,我所怕的必定是这个。我怕不曾使我睡熟,倒反突然把我惊醒。"

他似乎竭力使自己镇定,或宁说使自己能贯注精神,但他的嘴唇重又茫然启翕起来。

"这一切,"他接着说,"都是事后我才对自己所说的。如果我没有自杀成功,真正的原因却由于当时我并不是自主的。如今我说:我怕了;其实并不是那么回事。某种与我自己的意志完全无关,而是比我自己的意志更强的东西把我挡住……像是上帝不愿让我离去。设想一个牵线的木偶,它想在幕落以前离开舞台……站住吧!终场时还需要你。唉!你以为你想什么时候走就能什么时候走吗?……我才明白他们所谓自己的意志,实际只是上帝牵在手上使木偶行动的线索。您不懂这意思吗?让我来替您解释。譬如说,此刻我说:'我来举起我的右臂';而我就举起来。(他说时真举起右臂。)但由于这后面已有人把线牵动,为了使我想起并说出:'我要举起我的右臂'……要证明我并不是自主的,只需看如果必须举起另一只手臂时,我一定会对您说:'我来举起我的左臂'……不,我看出您并不明白我的意思……啊!如今我很明白上帝在开玩笑。一切他让我们做的,他装作使我们相信以为是我们自己愿意做的,他就以此取乐。这就是他的恶作剧……您以为我疯了吗?说起这点,试想拉贝鲁斯夫人以为……您知道她已进了养老院……对了,试想她以为那是一个疯人院,而我使她入院为的可以摆脱她,为的可以把她当做疯老太婆……您说这真是够奇怪的,任何一个路人也会比这终身相许的她更能多理解我一点……最初,我还每天去看她。但当她一窥见我,她就说:'唉!您又来了。在这儿您还来刺探我……'我只好不再去探望她,因为这只使她生气。您教我对生命再能有什么留恋,当我对别人已一无用处?"

他的呜咽抑住他的语声。他低下头,我以为他重将堕入在颓丧中。但突然他又奋起：

"您知道她临走前干些什么？她撬开我的抽屉，焚毁我已故的兄弟的一切遗简。她一向妒忌我的兄弟，而尤其在他死后。夜间，当她发觉我在那儿重读他的信札时，她便和我争闹。她叫着说：'唉！您就等着我去睡觉。您躲开我。'或是：'您不如去睡觉更好。您使您的眼睛疲累。'别人也许会说她体贴入微；但我很知道，这完全出于妒忌。她不愿单独让我和我兄弟留在一起。"

"那因为她爱您的缘故。妒忌中没有不含有爱的成分的。"

"但您不能否认这是可悲的事实：爱情不但没有使生活更幸福，倒反成了苦难……无疑，所谓上帝爱我们，就是如此而已。"

他愈说愈兴奋，而又突然说：

"我饿了，"他说，"当我想吃的时候，女仆总给我端来一杯巧克力茶。拉贝鲁斯夫人一定告诉她我不吃别的。可否请您上厨房……走廊中右手第二扇门……看是否还有鸡蛋。我像记得她说还有似的。"

"您愿意她给您预备一个油烤鸡蛋吗？"

"我想我能吃两个。能劳您驾吗？因为我说的话人都不听。"

"亲爱的朋友，"我回来时对他说，"您的鸡蛋一会儿就得。如果您允许的话，我可以陪着看您吃。是的，这使我高兴。刚才听您说您对别人已一无用处，这话使我非常难受。您似乎忘了您的孙儿。您的老友雅善斯先生向您建议请您上他学校去住。他托我转达他的意思。他想如今拉贝鲁斯夫人已不在这儿，您再没有别的牵挂。"

我原以为他会多少加以推托，但他连对方的条件也不打听。

"虽然我没有死成，但我也和死了差不多。这儿或那儿对我都一样，"他说，"您带我去就是。"

我和他说定后天来陪他同去，并在这期间内给他送两口箱子来，他可以把需用的衣服以及一切他喜欢带走的东西都装在里面。

"而且，"我又加上说，"您这房子的租期还没有满，随时您都可以回来取您所缺少的东西。"

他狼吞虎咽地吃了女仆端来的鸡蛋。我又替他吩咐了晚餐，看他一切已恢复了正常我才安了心。

"我太麻烦您了，"他重复说，"您真是好人。"

我对他说希望他把他的手枪交我保存，因为这对他已无用处；但他不愿意留给我。

"您再不必担心。我在那天所没有实行的,我知道此后我也永不会再去实行。但如今这两支枪是我兄弟给我留下的唯一的纪念品,而我愿它们随时能提醒我:我只是上帝手中的玩物。"

四

那天天气很热。从浮台尔补习学校开着的窗口,人们可以看到校园的树梢上还浮漾着大量未退的暑热。

这开学日对雅善斯老先生是一个演说的机会。他按例站在讲座前,面向着学生。讲座上坐着拉贝鲁斯老人。当学生们入室时他站立起来,雅善斯对他点首示意,他才重又坐下。他那殷切的目光最初就投在波利身上,这目光使波利感到局促,尤其当雅善斯在演说中给孩子们介绍新先生时特别提出老人与他们同学中某一位的关系。拉贝鲁斯却深苦不能遇到波利的目光。他以为这是孩子对他的冷漠,无情。

波利则想:"啊!但愿他让我安静一点!但愿他别让我受人'注意'!"他的同学们使他丧胆。散学时,他不能不和他们在一起,自学校至宿舍,一路上他听到他们的谈话。为求得他们的同情起见,他不是不希望自己也加入进去,但他娇洁的天性使他厌恶这一切,话到口边便又带住。他恼恨自己的拘束,竭力想设法掩饰,而为避免别人讥嘲起见,竭力装作欢笑,但这总是徒劳。在众人前,他显然像一个女孩子,这意识使他深自忧苦。

孩子们很快地形成小组。其中一个叫做莱昂·日里大尼索的当着中心人物,且已很有声势。他比别的孩子们年龄稍长,而且班次也较高,棕色的皮肤,黑头发,黑眼睛,但个儿既不很高,体格也并不特别魁梧,不过他正是人们所谓"厚脸皮"的那种孩子,一个真正无赖的狡童。即连小乔治·莫里尼哀也自认"拜倒";"而你知道,能让我'拜倒',确实是要有点了不起的!"那天早晨,他不就亲眼看到日里大尼索跑到一个抱着孩子的少妇跟前:

"太太,这是您的孩子吗?(他极谦恭地问道)这小子可长得真够丑,但您放心,他是活不长的。"

乔治一提到这事还止不住哈哈大笑。

"不见得吧!真有这事吗?"当乔治把这故事讲给他的朋友费立普·亚达

芒第听时,后者问道。

这类无耻的取笑使他们听得非常高兴,以为没有再能比这更俏皮的了。其实这并不稀奇,莱昂不过是从他表兄斯托洛维鲁那儿学来的,但乔治却不知道。

在课室中,为避开监堂者的视线起见,莫里尼哀与亚达芒第和日里大尼索同占了第五排的长凳。莫里尼哀的左手是亚达芒第,右手是日里大尼索,别人也叫他日里;波利坐在长凳最靠边的座位,他后面是巴萨房。

龚德朗·得·巴萨房从他父亲死后一直度着惨淡的生活,其实他以前的生活也并不愉快。许久他就认清想从他哥哥那儿得到任何同情或扶植是不可能的。他在布列塔尼度过暑假,这是他那忠仆赛拉菲把他带去的,而他就住在她家里。他的一切才能无从舒展。他工作。他要证明给他哥哥看,他自己比他还强,这一线潜在的希望刺激着他。他自愿在学校寄宿,为的可以不住在他哥哥家里,因为在巴比伦路的爵府只能唤起他凄惨的回忆。赛拉菲因为不愿离开他,便在巴黎租了房子,已故伯爵在他遗嘱上指定有他两位少爷给她的年金,她利用这笔小款项才能有这方便。她留给龚德朗一间房子,备他从学校回来时住宿。他把这间房子按他自己的趣味布置。每周他和赛拉菲同餐两次,她看护他并照料他的一切。在她跟前,龚德朗谈笑自如,虽然任何知心的话他仍未向她吐露。在宿舍中,他竭力避免受别人的影响,对同学们的取闹概不理会,且也不常参加他们的游戏。这也由于他对阅读比对任何非户外的游戏更感兴趣。他喜好运动,各种运动,但特别是个人的运动;这也由于他的孤傲,他的不喜随俗。按着季节的不同,礼拜天他出去溜冰,游泳,划船,或到乡间远足。他既不设法去克服自己的憎恶,也不设法去开拓自己的胸襟,相反,却使它坚定起来。也许他没有他自己所设想的,或是他自己想做到的那么单纯。我们曾看到过在他父亲临终的床前守灵的他。但他并不喜欢神秘,而每当他不能自主的时候,便感不快。如果他在班中名列前茅,这并非由于敏捷,而全是勤读的结果。如果波利知道去和他亲近,倒可以受到他的不少保护,但吸引波利的则是邻座乔治。至于乔治,他只听从日里,而日里则对谁也不加注意。

乔治有紧要的消息想转达给费立普·亚达芒第,但觉得给他写信总欠谨慎。

开学的那天早晨,他在开课的前一刻钟便到学校门口空守着他。当他在门口来回巡逻时,他才听到莱昂·日里大尼索那么俏皮地诘问一个年轻的女人;事后这一对狡童便接谈起来,而使乔治感到莫大愉快的,是发现了他们还将是这补习学校的同学。

散学时，乔治与费费终于遇见了。他俩和别的寄宿生们一同走回雅善斯寄宿舍，但故意离远一点，为的可以自由畅谈。

"你不如也把那东西收起来。"乔治先开始，指着费费还挂在钮孔中的黄丝带。

"为什么？"费立普问道，发现乔治的丝带已不挂在身边。

"人会把你捉起来的。好小子，我原想在上课前把这话告诉你，你要早到一会儿就赶上。我等在学校门口就为的通知你。"

"但我不知道。"费费说。

"我不知道，我不知道，"乔治学着他说，"但在乌尔加特分手以后你早该想到也许我有话想对你说。"

这两个孩子最挂心的是各人想占对手的上风。费费由于他父亲的地位与家境占到某些便宜，但乔治借他自己的大胆与傲慢又远胜费费。费费不甘示弱，必须加倍努力。他并不是个恶劣的孩子，但性格非常软弱。

"好吧，你有话想说，那就说吧！"他说。

莱昂·日里大尼索已挨近他们，听着他们的谈话。乔治也乐意让他窃听。早晨日里的谈吐使他非常吃惊，这时乔治也想同样给他一个报复，因此他装作很平淡地对费费说：

"小泼辣给关起来了。"

"小泼辣！"由于乔治的从容自若倒使费费惊叫起来。莱昂显得对这事很感兴趣，费费便问乔治：

"可以对他说吗？"

"随你便吧！"乔治耸耸肩说。于是费费对日里指着乔治："这是他的相好。"他又回头问乔治：

"你怎么知道的呢？"

"我遇到十里美，是她告诉我的。"

于是他告诉费费十二天前他回到巴黎时，想再去访问法院院长莫里尼哀曾指为"纵乐的场所"的那幢房子，如何发现门已封锁，如何他在附近徘徊，不久遇到了十里美，费费的相好，她告诉他在假期开始时警察局如何在这房子内搜查以及封闭等事。为这些女人与孩子们所不知道的是普罗费当第进行这件工作时曾煞费苦心，直等这些未成年的触犯者离散以后才肯下手，为的不使他们也一并打入网内以致牵连到他们父母的体面。

381

"哎哟！老乔……"费费不加批评，只连连地说，"哎哟！老乔……"意思是他和乔治可真算侥幸脱了身。

"这使你脊梁也发冷了吧？"乔治冷笑着说。但他自己也曾受莫大的惊吓，这是他认为无须再作招认的，尤其在日里大尼索面前。

从这段对话，人们可能把这些孩子看做比实际更为卑劣。其实，我敢相信他们类似的论调多半还为的相互示威，其中有着不少夸大的成分。总之，莱昂·日里大尼索听着他们；听着他们，而且鼓励他们继续说。当他晚上把这些话题报告给他表兄斯托洛维鲁时，后者一定会很感兴趣。

同天晚上，裴奈尔去见爱德华。

"今天开学的经过还不错吧？"

"不坏。"

由于接着他不再做声，爱德华说：

"裴奈尔先生，如果今晚您没有谈话的心境，别希望让我来催促您。我最怕审问人。但原谅我提醒您，您曾自愿替我服务，因此我有权利希望您会报告一点消息……"

"您想知道的是什么？"裴奈尔很勉强地回答，"是不是雅善斯长老那篇庄重的演说，其中他勉励孩子们'应抱少年之热诚共同奋发'？我把这些字眼全记住了，因为他曾反复用了三次。阿曼就说老人没有一篇演讲中不用到它们的。我和他同坐在课室中最后一排的板凳上，守望着孩子们进来，正像挪亚在方舟中守望他的动物一样。真是各类齐备：有反刍类的，有厚皮类的，有软体类的，以及其他种种无脊椎动物。演讲告终以后，当他们开始相互交谈时，我和阿曼注意到他们十句话中间便有四句是这样开始的：'我敢打赌你不……'"

"其余六句呢？"

"那就是：'我吗，我……'"

"这倒观察得不坏。其余还有什么呢？"

"有些在我看来都含有一种假造的性格。"

"这话怎么讲呢？"爱德华问道。

"我特别想到其中的一个，他坐在小巴萨房身边。小巴萨房在我看来倒只是一个沉静的孩子。我曾仔细观察他的邻座,那孩子似乎以古人的 Ne quid nimis① 拿来作处世的法则。以他的年龄,您不觉得这箴言的荒谬吗?他的衣服非常贴身,领带非常整齐,自上至下即连袜带的结也毫厘不差。在我和他简短的谈话中,他已赶紧对我申说,他认为随处都是精力的浪费,而像歌曲中的叠句一样,反复地说:'勿作无用的企图。'"

"可诅咒的节约。"爱德华说,"这应用在艺术上适成烦赘。"

"为什么?"

"因为他们什么也不忍割爱。其余还有什么呢?您一点也不和我谈到阿曼。"

"这一位,倒是一个稀有的角色。其实我倒并不喜欢他。我不爱畸形的人物。不用说,他决不是傻子;但他的心力完全用来破坏,而且,特别是破坏他自己。他自己内心的善良,仁慈,高贵,温顺,他都认作是耻辱。他应该多多运动以作舒散。整天关闭着使他愈感气愤。他似乎很希望和我接近;我也并不躲避,不过我不能和他相合。"

"您不以为在他的冷嘲热讽后面隐蒙着一种过度的敏感,或是一种深沉的痛苦?俄理维倒那么揣想。"

"那也可能;我也对自己说过。我对他还不够认识。我其他的感想都欠成熟。我还得再作考虑,日后我再告诉您。今晚原谅我不能奉陪。我两天内还有考试;而且,我不如对您明说……我颇觉伤心。"

五

> 如果不是我的误解,唯有万物之花才是可取的……
>
> 费奈隆

俄理维当晚回到巴黎,一夜的休息已把精神恢复。天气非常晴朗。刮净了脸,洗了喷水浴,穿得整整齐齐,他便出门,周身意识到自己的力量,青春,与美。这时巴萨房还未睡醒。

---

① 拉丁文:中庸之道。

383

俄理维匆忙地跑向索邦①。这正是裴奈尔应受笔试的早晨。俄理维怎么会知道？但也许他并不知道，他是探问消息去的。他走得很快。自从裴奈尔在他那儿借宿的那天晚上以后，他再没有遇见过他的朋友。这其间，发生了多少变故！谁知道，也许他想在他朋友面前炫示自己，比想要和他见面的情绪还更迫切？可惜裴奈尔太不讲究服装！但这种趣味每是优裕的产物。俄理维得到这种经验完全由于巴萨房伯爵的缘故。

这天早晨裴奈尔应考的是笔试。他到正午才能出来。俄理维在院子中等着他。他遇到几个认识的同学，拉拉手，便又走开了。他的服装使他稍感拘束。但使他更为局促的是，当裴奈尔散场出来，跑往院子，向他伸出手去，叫着说：

"多漂亮呀！"

俄理维自以为再不会脸红，这时竟脸红起来。虽然这话的语调非常坦直，但叫人怎么能不看出其中的讽意呢？至于裴奈尔，他所穿的还是出奔时的那身衣服。他并不曾想到能遇见俄理维。他拉着他，边问边走。旧友重逢的快乐在他是非常突然的。如果最初他对他朋友服装的精致稍含微笑，实际并无恶意在内。他的心地非常坦直，并不爱讥刺别人。

"我们一同吃中饭，怎么样？是的，下午一点半钟我还得去考拉丁文。今天上午是法文。"

"满意吗？"

"是的，我自己倒满意。但我不知道我的议论是否能合阅卷人的口味。题目是论述拉·封丹的四句诗：

　　我，巴那斯山之蝶。
　　恰似善心的柏拉图喻作人间杰作之蜜蜂。
　　一身轻捷，掠过各事各物。
　　穿梭花间，来回翩跹。

你说，要是你，你会发表一些什么意见？"

"我会说拉·封丹用这些诗句来描写他自己，同时也就是替艺术家所作的一幅肖像，所谓艺术家即是只对外在世界，对表面，对花感兴趣的人。接着

---

① 巴黎大学文理学院所在地。

我就用一幅学者的,也即探究与发掘者的肖像来作对比,而最后证明学者所探究的正是艺术家所得到的。从事发掘的人,愈发掘愈深陷,愈深陷愈成盲目;因真理即是表象,神秘即是形象,而人身上最深奥的即是他的皮囊。"

这最后的句子,俄理维是从巴萨房学来的,巴萨房自己又是有一天听保罗·安布罗兹在一个沙龙中演讲时带回来的。一切未经印刷成帙的,在巴萨房认为都是合法的获得,也即他所谓的"游思",总之,是别人的意思。

裴奈尔从俄理维语调中的某种犹豫,觉出这决不能是他自己的句子。当时俄理维的声音很不自然,裴奈尔正想问:"这是谁说的?"但除了不愿开罪他的朋友外,他还怕听人提到巴萨房的名字,这名字是俄理维至今谨慎地带住在口边的。因此裴奈尔只好觊觎地迫视着他的朋友;而俄理维又再度脸红起来。

听着伤感的俄理维发表与他所认识的完全相反的见解,裴奈尔的惊愕几乎立时转成激烈的愤慨,像是一阵突发的、惊袭的、难以抗拒的旋风。但这些见解固然在他认为荒谬,他的愤慨却并不纯然对此而发。退一步说,这些见解也不像一般所设想的那么荒谬。他很可以拿来和他自己的对列在他那本记载相反意见的小册子上。果真这些见解是俄理维自己的,他不会对他朋友,也不会对他朋友的见解,发生愤慨;但他觉得后面还隐藏着另一个人,因此这愤慨是对巴萨房而发的。

"人们用来摧残法国的,正是这类见解!"他以沉着而激怒的语声喊着说。他故意张大其词,企图高凌于巴萨房之上。而他所说的使他自己也惊异起来,像是他的言词先于他的思想。而实际上他上午试卷中的主意确是从这思想出发;但为谦逊起见,他厌恶在自己的语汇中,而尤其在和俄理维谈话时,显露他所谓的"夸大的情感"。因为一经表达,这些情感在他便认为不够真切。因此俄理维从不曾听到过他朋友提到"法国"的利益,这次是轮到他来表示惊异了。他瞪大着眼,已想不起再作微笑了。他已不认识他的裴奈尔。他茫然追随着说:

"法国?……"接着为卸却责任起见,因为裴奈尔说的决不是戏言,"但是,老裴,这并不是我的意思,这是拉·封丹的意思。"

裴奈尔几乎变成挑衅:

"天哪!"他叫着说,"我早知道这不是你的意思。但是,朋友,这也不是拉·封丹的意思。如果他只凭借这点轻浮,何况这种轻浮他自己在晚年也很追悔,他决不能成为我们所景仰的艺术家。这正是今天上午我在论文中所发

385

挥的,我还用了很多引证去增强我的论据,因为你知道我的记忆力相当不错。但不久撇开拉·封丹,论及有些浅薄的人们以为这种无忧无虑、谐谑讽嘲的精神可以在他的诗品中找到依据,我便对这有时使我们在国外名誉扫地的所谓'法兰西精神'痛加了一通评责。我说那种精神只能认作是法兰西的怪相,连微笑也称不上;而真正的法兰西精神是一种探究的、推理的、仁爱的、深智洞察的精神;如果拉·封丹不受这种精神所激励,也许他一样可以写出他的短篇故事,但决不会产生他的寓言诗,也不会有这篇令人惊叹的书简(我表示我知道其中的来历),今天给我们用作论题的诗句就是从那儿引来的。是的,老俄,全篇就是辩驳,很可能我会因此落第。但我不在乎;我非那样说不可。"

俄理维并不特别坚持他适才所发表的意见。他只是顺从了一时想炫耀的心理,才装作漫不经意地引了一句以为足以使他朋友惊愕的警句。如今后者来势汹涌,他唯一的办法只能鸣鼓退兵。他最大的弱点由于他需要裴奈尔的友情远胜裴奈尔需要于他的。裴奈尔的议论使他感到羞辱与屈服。他自恨开口太快,如果他先让裴奈尔发言,他定会追踵唱和,如今则已失之过晚。但他如何能想到曾几何时,这叛逆的裴奈尔,竟成了巴萨房认为只应以微笑置之的这些情感与思想的辩护者?微笑,无疑这时他已再没有这样的心绪;他所有的,是羞辱。他既不能收回自己的话,更不能对裴奈尔真切的情绪起而抗辩,他只求设法自卫与闪避:

"既然这些都是你写在文章中的,那末至少不是对我而发的……那就没有什么。"

他说这话时颇感困惑,绝不是他自己自然的声调。

"但至少现在我是对你而发的。"裴奈尔接着说。

这句话正刺中俄理维的心坎。裴奈尔说时固然并不带有敌对的用意,但听者如何能不这样解释?俄理维不再做声。裴奈尔与他之间已造成一道深渊。他思索着用些什么论题才能把深渊两岸的间隔重又连接起来。他终竟一无所获。"难道他不理解我的窘困吗?"他自忖着;而结果更增加他的窘困。也许他还用不着忍泪,但他实觉心酸。这也是他自己的过失:如果他预期的愉快较淡,这次会见又何致使他如此伤心。这情形和他两月以前欣奋地去迎接爱德华是一样的。在他也许永远如此,他自语说。他真愿弃绝裴奈尔,忘去巴萨房,爱德华,从此摆脱一切……突然,一桩意外的遭遇打断他这阵灰暗的思潮。

他们正走在圣米歇尔大街,俄理维迎面瞥见他的小兄弟乔治。他抓住裴奈尔的手臂,立刻转背拖着他急忙跑开。

"你相信他看到我们吗?……我家里还不知道我已回巴黎。"

当时小乔治并非一人,同行还有莱昂·日里大尼索与费立普·亚达芒第。三个孩子正谈得起劲,但这并不妨碍乔治的所谓"顾盼"。为倾听他们起见,我们暂时离开俄理维与裴奈尔。况且我们这两位朋友跑进一家饭馆以后,目前吃比说更忙,这使俄理维也放下心来。

"好吧,那么你去。"费费对乔治说。

"啊!他怕!他怕!"后者还刺着说,语调中充满着正足以激动费立普的讽蔑。而日里大尼索显作全不介意:

"我的羔羊们,如果你们不想干,不如立刻就说。我要找几个比你们更有胆量的家伙并不困难。好吧,快还给我。"

他转向乔治,后者手心中紧握着一枚钱币。

"看我去吧!"乔治突然鼓起勇气嚷着说,"跟我来!"(他们正在一家烟草铺前面。)

"不,"莱昂说,"我们在路角等你。费费,来吧!"

片刻以后乔治从铺子内出来,手上执着一包称作"上等"的纸烟,分赠给他的朋友们。

"怎么样?"费费关心地问。

"什么怎么样?"乔治故意冷冷地反诘着说,像是自己适才所做的事突然已变作那么自然,在他已不值一提。费费却坚持着:

"你把它用出去了吗?"

"自然啰!"

"别人什么也没有说吗?"

乔治耸一耸肩:"你希望别人说什么呢?"

"零钱也找给你了?"

这次乔治已不屑置答。但因对方还带疑惑与胆怯,并坚持着:"拿出来看",乔治便把钱从袋中取出。费费数着,果然是七个法郎。他还想问:"至少你相信它们是真的吧,这一些?"但他忍住了。

乔治是花了一个法郎买这假钱的。当时说定找回的钱以后大家平分。他递给日里大尼索三个法郎。至于费费,活该一文也不能到手;至多给他一根烟

387

抽，这可以让他受一次教训。

由于这初次成功所得的鼓励，如今费费也很想一试。他要求莱昂也卖给他一枚。但莱昂看出费费畏葸不足恃，而特别为使他警醒起见，故意对他先前的怯懦表示某种鄙弃，并且佯作恼怒。"他早不打定主意；没有他，我们一样干。"加之初次尝试以后，紧接着再作第二次的冒险，莱昂认为太不谨慎。而且，如今时间已太迟。他的表兄斯托洛维鲁等候他去午餐。

日里大尼索并不愚笨到自己不会把这些钱币流散出去；但遵从他表兄的吩咐，他设法觅取同谋。他将报告他这次任务的圆满完成。

"有门第的孩子们，你知道，我们所常需要的正是他们，因为事后万一破案，家长们会设法去暗中了结。"（对他说这话的是他的临时保护人斯托洛维鲁表兄，其时他们正在午餐。）"只是把这些钱币逐一脱手的办法总嫌倾销得太慢。我有五十二盒的存货，每盒二十枚。每盒应售二十法郎；但你知道，并不能随便售给任何人。最好能组织一种团体，加入的人应先备担保品。必须使孩子们卷入旋涡，呈缴足以牵制他们父母的一切。在出让钱币以前，你先得使他们明白这一点。啊！自然用不到恐吓他们。对孩子们永远不应加以恐吓。你对我说莫里尼哀的父亲是法官？很好。那末亚达芒第的父亲呢？"

"上议院议员。"

"那就更好。这点世故你得有的。你知道任何家庭都有它的秘密，被人发现时当事人就会不寒而栗。应该让孩子们去搜索，免得使他们闲着无事。平常他们在家里都觉得气闷，而且，这可以使他们学习去观察，去探究。事情很简单：谁不带什么来，就不给谁。当有些家长们知道自己落在别人手里时，为堵口起见，他们就不惜偿付最高的代价。自然啰，我们并不存心想要挟他们；我们都是正直人。我们只是想牵制他们。以他们的沉默换取我们的沉默。他们不做声，而他们让别人也不做声，那么我们也就不做声。喝一杯祝他们健康吧！"

斯托洛维鲁斟满两杯酒。他们碰杯共饮。

"使国民间，"他继续说，"发生互相的联系不但是好的，而且是必须的；一些健全的社会就是这样形成的。也就是互相牵制！我们掌握小东西们，这些小东西们又掌握他们的父母，他们的父母又掌握我们。真可谓万无一失。你明白吧？"

莱昂洞若观火。他冷笑着。

388

"小乔治……"他开始说。

"什么？小乔治……"

"莫里尼哀；我相信他已懂事。他私窃了奥林匹亚的一个女演员给他父亲的一些信件。"

"你看到了吗？"

"他拿给我看的。他和亚达芒第在谈论，我从旁听着。我相信他愿意让我听到；总之，他们对我并不顾忌。我事先已准备，而且和你所说的花样一样，先取得他们的信任。乔治对费费说（自然为的对他示威）：'我的父亲，他有一个情妇。'费费不甘示弱，还刺说：'我的父亲，他有两个。'这根本就滑稽，并没有什么了不起的。但我跑近他们身边，我对乔治：'你从何知道呢？'他对我说，'有信件为证。'我装作不信；我说：'别开玩笑……'总之，我步步不肯放松；最后他就对我说这些信件他还带在身边；他从一本厚书夹中取了出来，而且拿给我看。"

"你念了吗？"

"来不及。我只看到这些信件都是同一人的笔迹；其中有一封的称呼是：'我亲爱的大宝宝'。"

"署名呢？"

"'你的小白鼠'。我就问乔治，'怎么会在你手上呢？'于是，他大笑着从裤袋中抽出一大串钥匙，对我说：'每个抽屉的都有。'"

"费费公子说什么呢？"

"一言不发。我相信他心里很妒忌。"

"乔治会把这些信交给你吗？"

"必要的话，我有办法。我不想向他要。他一定肯给，如果费费也拿出他的来。这一对各不相让。"

"这就是人们所谓的竞争。而在寄宿舍中你没有看到别人的吗？"

"我可以去找。"

"我还想叮嘱你……寄宿生中有一个叫做小波利的。那一位，你可以不必惊动他。"他略一停顿，接着低声说，"暂时别惊动他。"

这时俄理维与裴奈尔已在大路上的一家餐馆内坐下。俄理维心头的忧念在他朋友温暖的笑容前宛如阳光下的冰霜消融了。裴奈尔避免提及巴萨房的名字,俄理维无形中已体会到这种感觉,但这名字挂在他口边,无论如何,他非说不可。

"是的,我们回来得比我对家里所说的日期更早。今晚阿尔戈同人举行聚餐。巴萨房坚持参加。他希望我们的新杂志能够和它的老前辈友善相处,而不站在敌对的地位……你应该来参加,而尤其……你最好让爱德华也能来……或是不在聚餐的时候,因为那必须有请柬,但餐后就成。地点是万神庙酒家二层楼的一间大厅内,阿尔戈的主要撰稿人都会列席,而其中有几位已答应与《前卫》合作。我们的创刊号几乎已准备好了;但,告诉我……为什么你一点稿件也不寄来?"

"因为我现成的什么也没有。"裴奈尔无精打采地回答说。

俄理维的声音几乎像是哀求:

"在目录上,我已把你的名字写在我的旁边……需要的话,我们延缓一点也可以……不拘什么,但总得有一点……你原先几乎已答应我们……"

裴奈尔不忍使俄理维难堪,但终于硬着心肠:

"老俄,我不如立刻就对你说:我怕我不能和巴萨房合作。"

"但既然主编的是我!他让我有绝对的自由。"

"而且使我感到不快的正就是给你寄一点'不拘什么'。我不愿意'不拘什么'都写。"

"我刚才说'不拘什么',正因为我知道你笔下的'不拘什么'都会是有价值的……正因为那决不会是'不拘什么'。"

他不知道怎么是好。他讷然难吐。如果没有他朋友在他身边,这杂志对他也就失去了兴趣。共同创始,这该是多么美丽的梦!

"而且,老俄,如果我已开始觉察到我所不愿做的,我还不很知道什么是我所要做的。我还决不定是否我会写作。"

这声明使俄理维更为狼狈。但裴奈尔又接着说:

"一切我能挥笔写成的决难使我自己满意。正因为我可以写得很流畅,这才使我痛恨流畅的文字。这并不是说只要艰难的我就喜欢;但我觉得现今的文人们实在把写作看得太容易。如果要写一本小说,我对别人的生活还欠认识;而我自己也还没有生活经验。诗使我感到厌倦。亚历山大诗体①已变

---

① 法语诗常用诗体,诗句以十二音节构成。

作陈腐不堪,自由诗则一无格调。今日唯一使我满意的诗人只有兰波。"

"这正是我在卷头语中所说的。"

"那就更用不到我来重说。不,老俄,不,我真不知道是否我会写作。有时我感到写作妨碍生活,而行动比文字更能使人表达自己。"

"艺术作品是不朽的行动。"俄理维胆怯地插言说,但裴奈尔不作理会。

"兰波最使我景仰的,即是爱生活。"

"但他的生活是个失败。"

"从何而论?"

"啊!那,老裴……"

"我们不应对别人的生活从外表去下判断。退一步说,纵算他的生活是个失败,至少他曾经历过厄运、穷困与病患……这样的生活,我还是羡慕的;是的,即连他最终污浊的结局,我羡慕他的生活仍远胜于……"

裴奈尔的话没有说完,他正想举出一个当代的名人,但在太多的人名前,他感到踌躇了。他耸一耸肩,又接着说:

"我仿佛在自身中感到种种非凡的抱负,犹如心底汹涌的波涛,翻腾激荡,难以晓喻,而我并不设法去理解,也不愿加以注意,以免阻碍它们的发展。不久以前,我还不断地分析自己。往常我有这种自问自答的习惯。如今,就是我自己想有,也不可能。这种怪习气不知不觉中突然消失了。我想这种自语,这种'内心问答'像我们的教员所说似的,源于某种矛盾;一旦我开始爱我自己以外的另一人,爱另一人甚于爱我自己时,这种心理上的矛盾也便不复存在了。"

"你是指的萝拉,"俄理维说,"你始终那么爱她吗?"

"不,"裴奈尔说,"我愈来愈爱她。我相信爱情的本质在于不能保持同一的局面,不进则退,它和友情所不同的正由于此。"

"可是,友情也会淡薄下去。"俄理维凄然说。

"我相信友情的范围不能那么大。"

"说……如果我问你一句话,你不会见怪吧?"

"那看是什么。"

"因为我不愿意使你见怪。"

"如果你藏着不说,也许我更见怪。"

"我想知道你对萝拉是否也发生一种……欲念?"

裴奈尔突然变成非常严肃。

"这也正因为是你……"他开始说,"好吧!老俄,这事情非常奇怪,自从我认识她以后,我一切欲念都消失了。我,你还记得那时候,我可以同时对街上遇到的二十个女人起念头(而也由于这缘故反使我无从下手);如今我相信除了她,我从此再不能对别种形体的美发生兴趣。除了她的,我再不会另爱别一个面貌,别一对嘴唇,别一线目光。但我对她的纯粹是崇拜,在她身边,任何肉体的思念在我都认为是亵渎。我相信过去我对自己的认识是错误的,实际我的本性非常纯洁。由于萝拉的缘故,我的各种本能都起了升华。我感到自身中弃置着巨大的力量。我愿加以应用。我羡慕查尔特勒修会的修士,借规律去克制一己的傲慢。我羡慕那种人,对他,人可以说:'我信任你。'我羡慕军人……不,或是不如说我对谁也不羡慕;但我内心的骚动紧迫着我,我渴望能使它驯服。这正像在我体内的蒸汽,它可以发着咝声向外奔逸(这就是诗),它可以推动活塞与机轮,它也可以使机器自身爆炸。你知道有时我感到最适于表达我自己的动作是什么?那就是……啊!我知道我是不会自杀的,但我很能体味德米特里·卡拉马佐夫①的意思,当他问他兄弟是否理解人的自杀可以由于热情,或是仅由于生命的逾量……由于爆炸。"

他全身中发射出一种异样的光辉。他是多么能表达自己啊!俄理维出神地注视着他。

"我也明白,"他胆怯地絮声说,"人可以自杀,但那除非在经历一种极强烈的快乐以后,相形之下,此后的生命已成黯然无光,使人想到:好了,我已满足,此生我再难……"

但裴奈尔并不注意他。他沉默了。空谈何益?他自己的天地重又阴沉起来。裴奈尔取出他的表:

"我该走了。那末,你说,今晚……几点钟?"

"啊!我想十点很来得及。你来吗?"

"好的;我设法把爱德华引来。但你知道:他不很喜欢巴萨房,而文人的集会更使他头痛。如果来,完全为的是看你。你说,考完拉丁文以后我们还能见面吗?"

俄理维并不立时回答。他绝望地想起自己已答应巴萨房四点钟上预备承

---

① 陀思妥耶夫斯基小说《卡拉马佐夫兄弟》的主要人物。

印《前卫》的那家印刷所相见。如果能脱身,任何代价在他又算什么呢!

"我很希望,但可惜我先有了约会。"

外表上他绝不显露自己的苦恼,裴奈尔说:

"那就算了。"

两个朋友就此分手。

俄理维原拟对裴奈尔所说的话一字未提。他怕已使他不悦。他对自己也不满意。早晨他还那么欢忭,这时却垂头丧气地走着。巴萨房的友谊当初在他认为是非常光荣的,如今反使他烦恼;因为他感到裴奈尔的非难由此而起。今晚在席间如果他再见到他的朋友,在众人的目光下,他很难和他有说话的机会。除非事先他们有了谅解,否则这宴会决不会有趣的。而激于虚荣,他竟不假思索,偏把爱德华舅父也邀在一起!在巴萨房身旁,在前辈,同行,与《前卫》未来的撰稿人之间,他必须炫耀一番,爱德华会因此对他更起误会,永难剖解的误会……如果至少他能在宴会以前先见到他!这时立刻见到他!他会扑上去抱住他;也许他会痛哭起来;他会把一切都告诉他……四点以前,他还有时间。赶快,来一辆汽车。

他把地址告诉车夫。他到达门前,他的心跳着,他按铃……爱德华却外出了。

可怜的俄理维!为什么偏躲避着他自己的父母而不径自回到他们身边?否则他会在他母亲那儿遇见他的舅父爱德华。

六

爱德华日记

小说家们欺蒙我们,当他们只铺叙人物而不顾及环境的压力的时候。决定树木的形状是树林。留给每一棵树木的地位是多么有限;多少新芽因而枯萎;每一棵树尽可能往空隙处抽放它的嫩枝;玄秘的枝条,每是窒息的产物。除往高处伸展别无出路。我不理解何以菠莉纳不萌发玄秘的枝条,我更不理解她还等待何种更大的压力。过去她不曾对我有过类似的接近的谈话。我承认我不曾猜疑到在幸福的表面下她所隐藏的种种苦恼与容忍。但我认清除非她也是一个极粗俗的灵魂，否则决不能不对莫里尼哀感到失望。从我前天和他的谈话中，我已能测知他的限度。菠莉纳当时怎么可能嫁他呢！……唉！最可悲的贫匮，个性的贫匮，是隐蔽的，不经长时间的接触不易发觉。

　　菠莉纳勉力在众人面前，而尤其在孩子们面前，隐藏俄斯卡的缺陷与弱点。她用尽心计使孩子们尊敬他们的父亲；而这确不是容易的事，但她竟安排得使我也被蒙蔽了。她提到她丈夫时从不带轻视的口吻，但看去像是不作计较，其中却别含深长的意义。她叹息他对孩子们已失去了尊严，而当我对俄理维和巴萨房相处表示遗憾时，我看出如果这事凭她做主，这次去科西嘉的旅行是决不会实现的。

　　"我并不赞成他们去，"她对我说，"而这位巴萨房先生，实在说来，并不使我喜欢。但有什么办法？明知自己无法拦阻的事，我宁愿慨然允诺。俄斯卡，他可总是让步；他对我也让步。但当我认为对孩子们的有些计划应该反对或拒绝时，我就丝毫得不到他的支持。文桑也夹在里面。到那时我还借什么去拒绝俄理维的要求，除非自愿失去他的信任？而我唯一关心的也就是孩子们的信任。"

　　她正补着旧袜子，我想是俄理维所不要了的。她停住了，往针上穿一根线，接着便更低声说，仿佛是更知心也更伤心：

　　"他的信任……如果至少我还自信能保持的话；但不，我连他的信任也失掉了……"

　　我试作辩解，虽然自己并无把握，她却微笑了。她放下针线，接着说：

　　"您看，我知道他在巴黎。今天早晨乔治还遇见他，他顺便说起，而我也装作没有听到，因为我不喜欢看他告发他的哥哥。但总之我知道，俄理维躲避着我。当我以后见到他时，他准以为非对我撒谎不可，而我也只好装作相信，正像每次他父亲躲避我时，我也装作相信。"

　　"那由于怕使您难过。"

　　"他这样做倒使我更难过。我并不是狭量的人。多少小过失我都容忍，我都装作看不见。"

　　"现在您所说的是指谁？"

　　"啊！父子都一样。"

　　"装作不看见，等于您对他们也是撒谎。"

　　"但您让我有什么办法？我不叹苦已很不易，至少我不能再加赞同！不，您看,我对自己说,迟早人会抓不住,纵有衷心的爱也无补于事。再有什么可说？爱人反使人苦恼,反使人讨厌。结果,我只好把这份爱也隐藏起来。"

"现在您是在说孩子们吧。"

"这话是什么意思？难道您以为我对俄斯卡已无爱可言？有时我也那么想；但我也对自己说,我不更进一步去爱他,为的是怕自己太受痛苦。而……是的,您的话应该是对的,如果就俄理维而论,我倒宁愿痛苦。"

"文桑呢？"

"所有我和您谈到关于俄理维的,几年以前,都是我可以为他而说的。"

"我可怜的朋友……很快,您这些话又可以用在乔治身上了。"

"但慢慢人就忍受下去了。我对生活并没有太大的要求。经验让我对生活的要求让步……愈来愈让步。"她又温柔地加上说,"而对自身,则愈来愈苛求。"

"您这看法,倒已几乎成为基督徒了。"说着我也微笑了。

"有时我对自己也这么说。但仅此也不能成为基督徒。"

"同样,要达到这地步单凭基督徒也不成的。"

"我常想,让我对您说吧,您可以代他们的父亲和孩子们谈谈。"

"文桑离得很远。"

"对他已太迟。我在想的是俄理维。我当时倒希望您会把他带走。"

这几个字突然使我想象到一切可能发生的事,如果当时我不轻率地接受那桩意外的遭遇。我不禁一阵心酸,而一时竟想不出一句可以回答的话,眼泪已出现在我的眼眶。希望给自己的狼狈加以一种疑似的动机,我便叹息说：

"我生怕对他也已太迟了吧！"

于是菠莉纳握住我的手,感叹着说：

"您实在太好了。"

看她如是误解我的意思,自己越发踌躇不安,使她明了实情既不可能,我希望至少能把谈话转移目标,我便问：

"乔治呢？"

"他比那两个孩子更使我费心,"她回答说,"我对他谈不上已失管教,因为他一向既不信任,也不服从。"

她踌躇片刻。无疑,她想说的话在她是煞费考虑的。

"今年夏天发生了一桩严重的事情,"她终于接着说,"这事说来使我很痛

395

心,而尤其我对事情的本身至今还相当怀疑……一张一百法郎的钞票从我平时放钱的衣柜中不翼而飞。我不敢声张,为的怕错疑到别人身上。旅馆中侍候我们的女仆是一个年轻的小姑娘,我看那人是诚实可靠的。我当着乔治的面说起失钱的事,意思也就是我多少疑心到他。但他并不慌张,也不脸红……我反怪自己不该猜疑,我希望也许是自己的错误,我便把账目重加检点。不幸事实很明显:始终缺少一百法郎。我几经犹豫,结果仍没有质问他,原因是怕他偷了钱又给他自己加上一重说谎的罪。这是否是我的不对?……是的,如今我责备自己当时不够积极,也许我是怕应该严厉处置,而又不能严厉处置。我只好装作不知道,但您可以相信,我心里是非常难受的。眼看着时间过去,而我说,现在已来不及,罪与罚,两者已相去太远。况且能用什么去责罚他?总之,我一无表示。我很怪自己……但我又能有什么办法?我曾想把他送到英国去。对这事我曾想征求您的意见,但当时我不知道您在哪儿……至少我并不对他隐瞒我的忧念与焦虑,我相信他也会觉到的,因为您知道,他的心地不错。如果这事果真是他干的,我希望不必去责备他,他自己一定会责备自己。我相信以后他不会再干那样的事。他在那儿的一个同伴很阔绰,无疑他也跟着花钱。无疑我没有把衣柜关上……归根结底,我不能确定是他干的。旅馆中来往的人很多……"

我真佩服她替孩子辩护的周到。

"我希望他会把钱归还原处。"我说。

"我也屡次对自己那么说。但他既不归还,我希望由此可以证明他的无辜。我也想他恐怕不太敢。"

"您对他父亲说起过吗?"

她踌躇片刻。

"不,"她终于说,"我不希望让他知道。"

无疑她像听到邻室中有声音,她看了并没有人,便又在我身旁坐下。

"俄斯卡对我说那天您和他一同吃的午饭。他在我面前对您非常称赞,我想多半因为您一定听着他说。(说这话时她凄然微笑。)如果他告诉了您什么秘密,我并不想知道……况且他的私生活我知道得比他以为的更多……但自从这次我回来以后,我不明白他心里有了什么。他显出非常温柔,竟可以说,非常低声下气……倒几乎使我感到拘束。他好像是怕我。其实他大可不必。很早我已知道他在外面的关系……连对方是谁我也知道。他以为我不明白,还想尽方法来隐瞒我;但他做得那么笨拙,他愈隐瞒,结果倒愈明显。每次他想出去时,他装作很忙,不快乐,满肚子像有什么心事,而我明知道他是寻乐去的。我很想对他说:'但是,朋友,我并不拦阻你;你怕我妒忌吗?'我要是笑得出来,我真会大笑一通。我唯一担心的,倒是别让孩子们发觉。他自己是那么大意,那么笨拙!有时,他自己并不知道,我还不得不帮他的忙,好像我是他的同党。您可以相信,最后我几乎把这事看做非常好玩。我想法替他辩解。我把他乱扔的信件放回到他大衣袋中。"

"果然,"我对她说,"他怕您已发觉了什么信件。"

"是他对您说的吗?"

"他所以胆怯起来就因为这缘故。"

"您以为我会偷看他的信件吗?"

这像伤了她的自尊心,她昂起头来。我赶紧补充说:

"这些信件并不是他在无意中遗失的,他说他放在抽屉中而如今已找不到。他以为是您拿了他的。"

这话使菠莉纳脸色变白,突然我体会到这疑虑使她所受的打击。我后悔失言,但已来不及。她躲开我的目光,自语着说:

"但愿落在我的手上也就好了!"

她似乎已无力挣扎。

"怎么办?"她重复说,"怎么办?"于是她又抬头注视着我,"您,您不能和他说吗?"

虽然和我一样,她也避用乔治的名字,但很明显她心中所想的是他。

"我可以试一试。我可以考虑一下。"我对她说,一面起身告辞。当她送我到外客厅时,说:

"我恳求您不必对俄斯卡说。让他继续疑心我好了;继续让他相信他自己所相信的……那样更好。有空再来看我!"

七

俄理维未能遇见爱德华舅父,颇感懊丧,不堪孤寂,他那渴求友情的心使他转到阿曼身上,他便走向浮台尔寄宿舍。

阿曼引他到自己室内。通到那儿去的是一道后扶梯。斗室的窗对后院开着,那儿正是邻宅的厕所与厨房。一个铅质合成的反光器使阳光自上阴惨地反照进来。室内弥漫着一种刺鼻的臭味,空气非常恶劣。

"但我也习惯了,"阿曼说,"你知道我家里人把最好的房子全留给出钱的寄宿生住。这也是当然的。我把去年住的那间让给了一位伯爵,就是你那位大名鼎鼎的朋友巴萨房的老弟。那可真配贵人住的,可惜受蕾雪那间房子的监视。这一带有不少房子,但并不每间都是孤立的。所以可怜的莎拉今天早晨从英国回来以后,想上她新被派定的寝室去就非经过父母住的房子不可(这对她当然很不方便),否则就得经过我的房子,这房子原来也就是一间盥漱室或是一间堆房。这儿至少我有出入自由的便利,谁也管不着。这比仆役们住的阁楼总强得多。实在说来,我倒喜欢住得简陋一点;我父亲会说这是爱好苦行,而他会向你解释:有损于身体的必然使灵魂得救。况且他也从不上这屋子来。你知道他事情多得很,哪能顾到他儿子的居室。我爸爸实在是个人物!他对生活中所发生的重大变故,总能背出一大套抚慰的话。倒是动听!可是他从没有谈话的时间……你看我满壁上的图画,早上看更有意思。那是一张彩色的铜版画,出自保罗·乌切洛①的一位高足的手笔,是为兽医用的。这位艺术家以惊人的总合笔法把造物主用来净化马类灵魂的百样病痛全集中在一匹马上,你可以注意到它的目光多么含神……那是一幅象征意味的百寿图,从摇篮起一直到进入坟墓。构图虽不足道,但立意很高。稍远,你可以欣赏提香画的一个娼妓的照片,我把它挂在床头,为的给我引起一点淫念。这扇门,就是通莎拉那间屋子的。"

这室内几近龌龊的景象使俄理维深感痛苦,床铺未经整理,盥洗台上盆中的水也未倒去。

"是的,房子是我自己收拾的。"阿曼说,像是回答他朋友探索的目光,"你看,这是我的书桌。你想象不到这室内的气息所给我的灵感:

  一间堪人恋念的小屋的气息……

我最近的诗《夜瓶》写作的初念就是因这气息而起的。"

俄理维来找阿曼原是想和他谈谈他自己的杂志以及取得他的合作。这时他已不敢再提。但阿曼自动地开始了。

---

① 乌切洛(1397—1475),意大利雕镂师,画家。

"《夜瓶》,这是多么美的诗题!……加上波德莱尔的这句诗作为题语:

　　你可是等待眼泪的墓瓶?

我在诗中又用陶匠造物的典故(永远是新鲜的)。他把每个人都塑成瓶的形状,也不知究系用来装什么的。而在诗意的冲动中我把自己比作上面所说的夜间用的瓶子。这意念,正是我对你所说的,是由于呼吸这室内的臭味自然地引起的。诗中的首句尤其是我的得意之作:

　　年及四十而未患痔疮者……

为使读者安心起见,最初我用的是'年及五十……',但那样便有失音调的谐和。至于'痔疮',这无疑是法文中最美丽的字……意义姑置诸不论。"他冷笑着加上这最后一句。

俄理维戚然无言。阿曼继续说:

"不用说我这夜壶承你那样的香水瓶来拜访,实在三生有幸。"

"而你除此以外再没有写别的吗?"俄理维最终绝望地问道。

"我本想把我的《夜瓶》投给你这闻名的杂志,但从你的'除此以外'这口气听来,我看出它难望得到你的喜欢。在这种情形下,诗人永远有话可说:'我写诗不是为讨别人的喜欢',而自信他所产生的是一首杰作。但我不必隐瞒你,我自认我的诗狗屁不通。而且,我也才写成第一行。而我说'写成',也不过是一种语气,因为我是即口而出专为礼敬你这位上宾的……不,但真的你想发表我的东西吗?你希望我帮点忙吗?那么你不认为我不能写出一点像样的东西来吧?你能辨认出我苍白的前额上足以启示天才的烙印吗?我知道这儿单凭镜子是看不真的;但一如水仙少年①,当我在镜子中自作端详时,我看到的只是一副落魄相。也许这只是光线阴暗的缘故。不,我亲爱的俄理维,不,今年夏天,我只字无成,如果你的杂志等我的稿子,那你就算倒霉。关于我自己已谈得很不少……那么,你在科西嘉一切都很好吧?你旅行得很快活吧?得益很不少吧?你的疲劳已大为消除了吧?你很……"

俄理维已忍无可忍:

"阿曼,少说吧;用不着取笑!如果你以为我觉得那有意思……"

"对呀,我呢!"阿曼大声说,"唉!不,我亲爱的,并不!我还并不那么蠢。

---

① 指希腊神话中美少年那喀索斯,因迷恋水中自己的倒影而死。

399

我知道我对你说的全是胡扯,这点聪明我还有的。"

"那么你不能正经点说吗?"

"好吧,既然你喜欢正经,那我们就说正经话吧!我的大姊蕾雪已开始失明。最近她的目力大为衰退。两年来她看书时已非戴眼镜不可。最初我以为她另换镜片就行,但已无效。经我劝告,她才去让一位专家诊察。原因像是由于网膜感性的消退。你知道这完全是两回事:其中有的是水晶体的失调,那可以用镜片去补救。但纵使镜片已使视像离远或接近,视像不能充分印在网膜上,因此传达到脑中时,这形象就模糊不清。我这话明白吗?你几乎不认识蕾雪,所以别以为我是想使你可怜她的命运。那么为什么我对你谈起这一切呢?……就因为,想到她的情形,我感到观念和形象一样,出现在脑中时清晰的程度不同。一个资质愚钝的人,他所得的直觉是模糊的,但正因为这缘故,他不很明白自己的愚钝。非当他发现自己愚钝时,他才开始感到痛苦,但他要能发现自己的愚钝,他自己非先成为一个聪明人不可。如今,请设想这样一个怪物:一个很理解自己的愚钝的呆子。"

"那当然他已不成其为呆子。"

"但亲爱的,相信我,他是,我很知道,因为这呆子就是我自己。"

俄理维耸一耸肩。阿曼继续说:

"一个真正的呆子除他自己的观念以外一无所知。而我,我还知道'以外'。但我仍不失其为呆子,因为这'以外'的一切,我知道我永远不能达到……"

"但是,我可怜的朋友,"俄理维在同情的激动中说,"我们大家都生来想做一个完人,而我相信资质最高的人正是对他自己的限度最感痛苦的人。"

阿曼推开俄理维抚慰地放在他臂上的手。

"别人感觉到他们自己所有的,"他说,"我只感觉到自己所缺的。缺乏金钱,缺乏力量,缺乏智能,缺乏爱情。永远是缺乏;我始终兜不出缺乏的圈子。"

他走近盥洗台,用一个刷头发的刷子在盆内的脏水中打湿了,把他的头发在额前贴成一个鬼脸。

"我已对你说我只字无成;但最近这几天我有一篇论文的计划,我想就称作:论不及。但自然,想动笔,我的力量不及。我希望能……但我使你讨厌。"

"说吧,你开玩笑我才讨厌。如今,你使我很感兴趣。"

"我希望在自然界的一切中探求这极限点,超此则万物失其存在。我试举一例你就明白。报上最近登载着一个工人因触电致死的经过。他大意地安设电线,电压并不太高,但当时似乎他身上正流着汗。大家认为他致死的原因是由于皮肤上的汗湿,致使电流包围他的全身。如果他的身上干燥一点,这意外就无从发生。但注意汗珠一滴一滴地……再一滴,万事完结。"

"我不明白……"俄理维说。

"那由于例子选得不好。我的例子往往选得不合适。再举一个例子吧:一只救生船救起六个遭难的人。十天来他们受风浪的飘荡。三个已死,两个救活了。第六个已失去知觉。人们还希望把他救活。但他的体力已达极限点。"

"是的,我懂,"俄理维说,"早一刻钟,也许他还能得救。"

"一刻钟,你说得倒好! 我则计算最后的刹那:还来得及……还来得及。再来不及了! 我的心力就徘徊在这狭窄的棱角上。我随处从事探索这条及与不及间的界限。抵抗力的限度……你看,譬如我父亲的所谓诱惑。人还抵抗着,绳子已紧张得快要折断,魔鬼拉着……稍一用力,绳绷断了,人就罚入地狱。如今你明白吗? 稍轻则不及。上帝可能不创造世界。一切可能不存在……'世界可能另换一副面目,'帕斯卡尔①说。但单说'如果克娄巴特拉的鼻子稍短的话',在我不能认为满足。我坚持着问:稍短……究竟短多少? 因为很可能很微很微地缩短一点,是不是? ……渐进;渐进;接着,突然一跳……'Natura non fecit saltus'②,好一个玩笑! 在我,我正像渡越沙漠的阿拉伯人,他已将干渴而死。我已踏入这千钧一发之际,你知道,一滴水……或是一滴眼泪还能使他得救……"

他的语声哽噎住了,这凄恻的情调使俄理维意外地感到痛苦。他更和缓而几乎是委婉地说道:

"你记得:'我曾为君泣泪……'"

俄理维自然记得帕斯卡尔的句子,他还深惜他朋友的引证与原语颇有出入。但他忍住了未加改正:"我曾为君泣血……"

阿曼的兴奋即时消沉。他耸一耸肩:

---

① 帕斯卡尔(1623—1662),法国作家,哲学家。
② 拉丁文:自然界中无跃进。

"这有什么办法？有些人马到成功……你可明白如今自己始终'在界限上'的这种感觉？我永远不会有什么成就。"

他开始笑了。俄理维心想那是用来掩饰眼泪的。他也想说一番话，告诉阿曼他如何受他言语的感动以及在他这些激忿的反语后自己所体会到的沉痛。但他和巴萨房约定的时间已很紧促。他取出表来：

"我该走了，"他说，"今晚你有空吗？"

"什么事？"

"到万神庙酒家来找我。今晚阿尔戈同人聚餐。你可以在餐后来。很多带点狂浪的大小名人都去参加。裴奈尔·普罗费当第答应也来。这一定会怪有意思的。"

"我没有修面，"阿曼快然说，"而且在这些名人中间你让我去干什么？但你知道吗？莎拉今天早晨已从英国回来，请她去吧！我相信这一定会使她很感兴趣。我就说是你请她的，好不好？裴奈尔可以把她带去。"

"就这样吧！"俄理维说。

八

当时约定裴奈尔与爱德华一同晚餐以后，快近十点时来接莎拉。经阿曼的通知，她很乐意地答应了。九点半光景，她回到她自己的卧室，她母亲陪伴着她。上她卧室去，先得经过她父母的卧室；但从莎拉的卧室，另有一扇看去像是封锁着的门通至阿曼的卧室，至于阿曼的卧室，我们已说过，是在后扶梯口。

莎拉在她母亲面前假托就寝，要求任她安眠。但留下她一人时，她就立刻跑近梳妆台，把自己的嘴唇与双颊修饰成益发鲜艳。这道封锁的门正隐藏在梳妆台后，台子并不太重，莎拉自己能轻轻地把它移开。她就开了那扇秘密的门。

莎拉怕遇见她的弟弟，她怕他的嘲笑。其实他姊姊一切大胆的行动，阿曼每加赞助。别人会说他也从中取乐，实际他这一时的纵肆只为事后可以下批评，下更严格的批评，因此莎拉也分不清他的乐助是否结果反在替监察官服务。

阿曼的卧室空寂无人。莎拉在一张矮小的椅子上坐下，一面等待，一面沉思。为预示反抗起见,她养成自己漠视一切淑德。家庭的束缚增强她的活力,激起她的反抗性。在英国期间,她的胆量已锻炼成熟,和那位寄宿的英国女孩子阿柏丁小姐一样,她已决心争取她的自由,不顾一切,以求解放。她甘冒一切蔑视与非难,担当任何挑衅。与俄理维的接近已使她克服天性的羞涩与固有的贞洁。她的两位姊姊正是她的前车之鉴。蕾雪虔敬的隐忍在她认为是受骗,萝拉的婚姻她只看出是一种惨淡的交易,结局成为奴役。她自认她所受的教育,她给与自己的教育,都不适于充当她所谓的贤妻良母。她不能认为她未来的丈夫能在任何方面优越于她。她不和男人们一样也通过考试?对于任何问题,她不也有她自己的观察与意见?尤其是两性间的平等;而她认为一切日常生活中,以及商业,或竟政治,女人常表现出比男人更有理智……

扶梯上有脚步声。她耸耳细听,随即轻轻地把门打开。

裴奈尔与莎拉尚未相识。走廊无灯,黑暗中两人难以辨认。

"莎拉·浮台尔小姐吧?"裴奈尔低声说。

她很自然地握住他的手臂。

"爱德华在路角的汽车上等着我们。他怕遇见您的父母所以没有下车来。在我就没有什么,您知道我就住在这儿。"

裴奈尔事先已把那道出入车辆的门半开着,以免引起看门人的注意。片刻以后,汽车把他们三人送到万神庙酒家门口。当爱德华打发车夫时,他们听到时钟正报十点。

筵席已散。盘碟已撤清,但桌上还堆满着咖啡杯,酒瓶,酒杯。人人抽着烟,室内已不堪呼吸。阿尔戈的社长夫人台勃鲁斯太太要求流通空气,她的尖嗓子打破一切人的语声,有人把窗开了。但朱士丁尼想作一番演说,"为听音清晰起见",又让人立刻把窗关上。起立后,他用一把茶匙敲着杯子,却仍无人理会。阿尔戈的社长,人也称他台勃鲁斯主席,起来干涉,喧声才略告平息,而朱士丁尼沉闷的声调顺势而下。源源不绝的比喻用来遮掩他思想的庸俗;他用铺张的说法来显出他自己的机智,而对每一个人都下了一番空洞的恭维。第一段告终时,掌声四起,爱德华、裴奈尔与莎拉就在这时进入会场。有些人还不停地鼓掌,无疑在喝倒彩,像是希望演说就此中止;但朱士丁尼决不气馁,他又滔滔地继续了。如今是替巴萨房伯爵锦上添花,他谈到他的《铁杠》俨然像是一部新的《伊利亚特》。人人举杯祝贺。裴奈尔与莎拉和爱德华一样都没有酒杯,才使他们免此一举。

403

朱士丁尼演说的终段是预祝新杂志及恭贺它未来的主编人"诗神之宠儿,年少英俊的莫里尼哀,不远的将来,桂冠就会落在他纯洁而高贵的头上"。

俄理维守在门口,为的可以立刻迎接他的朋友们。朱士丁尼荒诞的恭维显然使他受窘,但他无法避免随之而起的喝彩声。

这三位用完清淡的晚餐跑来参加的人与会场的情调自难谐和。类似的集会中,迟到者很难或很易理解他人的兴奋。他们的判断是不合时的,纵非出自心愿,他们对他人的批评也往往不留余地;至少对爱德华与裴奈尔,这是事实。至于莎拉,这环境中一切对她都是新的,她心中只想到如何去增长见识,只顾念着如何去仿效别人。

裴奈尔一无相识者。俄理维牵着他的手臂,想给他介绍巴萨房与台勃鲁斯。他推辞着。巴萨房乘机插入,他走近裴奈尔,向他伸出手去,使他不好拒绝。

"常听到谈起您,实在久仰得很。"

"彼此,彼此。"裴奈尔说这话时的声调使巴萨房一番好意败兴而返。但立刻他又跑近爱德华去。

虽然爱德华常出外旅行,而且住在巴黎时和别人也很疏远,但在宾客中倒不乏相识的人,且也毫不感到局促。其实他只是性情孤僻,但同行中都以敬而远之的态度对他,他也就以高傲自认了。他乐于听人说话,自己则很少发言。

"令甥使我盼望阁下光临,"巴萨房以婉转而几乎低微的语声开始,"我不胜欣喜,因为正想……"

爱德华冷酷的眼色把他的话中途截断。巴萨房虽巧于笼络,善事奉承,但必须对方乐怀相助,他才能焕发自如。不过他也不像有些人一样,既失自信,便一蹶不振,所以很快他又恢复过来。他昂起头,以白眼相报。爱德华既不赏脸,他也自有对付的办法。

"我正想请教……"他继续说,像是追想起他原来的话,"令甥中我和文桑交谊最深,未知阁下是否知道他的消息?"

"不。"爱德华冷淡地说。

这"不"又使巴萨房陷于僵局,他不知道这意思应该是一种挑衅式的否认,还仅是对他发问的回答。但爱德华立刻加以补充,才无意间替他解了困围:

"我只在他父亲处听说他和摩纳哥的公爵同在旅行。"

"不错,我曾托我的一位女朋友替他介绍公爵。我自幸得计,这多少可以使他淡忘和那位杜维哀太太间的关系……据俄理维说,您和这位太太相识。我怕文桑会在这不幸的事件中断送他自己的前途。"

鄙夷,蔑视,垂怜,这些姿态都是巴萨房的拿手;但他只求占得爱德华的上风,胜此危局。爱德华亟图还刺。但他独乏急智,无疑由于这缘故,他对社交界最感淡漠,因为在那种场合下,他一无施展的余地。他双眉紧蹙,巴萨房立刻察觉,知道来势不妙,他急便闪避。未及更气,他随即改变风格。

"和您同来的这位可爱的孩子是谁?"他微笑着问道。

"这是,"爱德华说,"莎拉·浮台尔小姐,正是我的朋友杜维哀夫人的妹妹。"

由于想不出更好的办法,他就把"我的朋友"四字特别提高,像是一枝暗箭;但它并未中的,巴萨房一任落空,随即说:

"可否请阁下代为介绍?"

他前后的话都说得相当大声,使莎拉从旁可以听到,当她向他们回过头来,爱德华再难推诿。

"莎拉,巴萨房伯爵慕名求见。"他强笑着说。

巴萨房已让人另取来三个杯子,他注满茴香酒。四人举杯向俄理维庆贺。酒瓶几乎已空,瓶底附着一些透明的糖质结晶,莎拉觉得很新奇,巴萨房便想用麦管把它们拨落下来。这时跑近一个类似傻子的人,打扮非常古怪,满脸涂着白粉,漆黑的眼珠,头发抹成像是一顶鼹鼠皮的小帽,他很费力地嚼着每个字音说:

"您取不下来的。把瓶子递给我,我来剖它的肚子。"

他抓住酒瓶,一下在窗槛上砸碎了,把瓶底献给莎拉。

"用这小小的锋利的多面体,这位温良的小姐不难钻通她的沙囊。"

"这小丑是谁?"她问巴萨房,后者已让她坐下,而自己坐在她的身旁。

"他是《愚比王》的作者阿尔弗雷德·雅里[①]。阿尔戈同人封他为天才,因为观众瞧不上他的剧本。无论如何这是剧坛上很久以来罕见的作品。"

"我很喜欢《愚比王》,"莎拉说,"而我很快活居然能遇见雅里。听人说他总是灌醉酒的。"

---

① 雅里(1873—1907),法国作家。其剧作《愚比王》之演出,曾在巴黎轰动一时。

405

"今晚就靠不住。我看他晚餐时喝了两大满杯纯粹的苦艾酒。他像并不觉到什么。您抽一根烟吗？不想让别人的烟味熏死就得自己抽烟。"

他侧过身去替她点火。她口中嚼着几粒糖质的结晶。

"但这只是凝结后的糖质，"她颇感失望地说，"我还以为一定是很硬的。"

她一面和巴萨房交谈，同时却向守在她近旁的裴奈尔送着微笑。她的眼睛欣喜得闪耀出一种异样的光辉。裴奈尔在黑暗中未及细看，这时忽然觉得她和萝拉非常相似，同样的前额，同样的嘴唇……只是她面庞的风致不及萝拉的温柔，而她的目光引起他心中的骚扰不安。他感到颇不自然，便把头转向俄理维。

"给我介绍你的朋友贝加吧。"

他已在卢森堡公园遇见过贝加，但从不曾和他谈过话。俄理维才把他介绍到这新环境来，这使生性羞怯的贝加颇感狼狈，每次他朋友用《前卫》的主要撰稿人之一的名义替他介绍时，他便脸红起来。实际上，他在我们的故事开端时和俄理维所谈起的那首寓意诗就要在这新杂志的卷头语后首篇的地位刊出。

"刊在我原来为你保留的地位，"俄理维对裴奈尔说，"我绝对相信你一定爱读。这是本期中最出色的一篇，而又那样地新颖！"

俄理维喜欢颂扬他的朋友们远胜于听别人对他自己的颂扬。当裴奈尔走近时，吕西安·贝加立起身来，他手中正端着一杯咖啡，但端得那样笨拙，情急中，他竟把一半泼洒在他的背心上。这时在他身旁听到雅里机械式的语声：

"小贝加快中毒了，因为我在他的杯中放了毒药。"

雅里戏弄贝加的腼腆，想使他失措为乐。但贝加并不畏惧雅里。他耸一耸肩，泰然喝尽他的咖啡。

"这人是谁？"裴奈尔问道。

"怎么！《愚比王》的作者你不认识？"

"想不到！他真的是雅里吗？我把他当做是个仆役。"

"啊！那可不见得，"俄理维略感困恼地说，因为他很矜夸他的大人物们，"你对他仔细看看，你不觉得他出奇吗？"

"他尽量装作那样就是。"裴奈尔说。他不喜欢他的做作，虽然对他的作品内心很表钦佩。

穿着马戏场中丑角的服装，雅里全身充分地表现出矫揉造作，尤其是他说话的腔调，顿挫字音，另创怪字，把有些字故意错用。阿尔戈的一群中好几位都争先地摹效着；但真能运用这种不分高低，不动声色，既无抑扬，又无起伏的声调的，唯有雅里自己。

"如果你认识他，你一定会觉得他很有意思。"俄理维又继续说。

"我觉得不认识更好。他看去非常狞恶。"

"这只是他的姿态。巴萨房相信他内心非常温良。但他今晚已喝得太过度。你可以相信，不带一滴水，不带一滴寻常的酒，喝的完全是苦艾酒和强烈的酒精。巴萨房担心他会干出什么离奇的事来。"

巴萨房的名字不由自主地挂在他口边，他愈想回避，愈不可能。自忿无法克制自己，企图摆脱，他便转换目标：

"你应该去和杜尔美谈谈。我怕因为抢了他主编《前卫》的位置，他对我一定恨入骨髓，但这不能怪我，我没有办法不接受。你应该设法替我解释，安慰他……巴……有人说他对我非常怀恨。"

他又绊着了，但这次没有绊倒。

"我希望他已把稿子取回。我不喜欢他写的东西，"贝加说，随即他又转向普罗费当第，"但是，先生，您，我想……"

"啊！别称我'先生'……我很知道我的名字既累赘，又可笑……如果我写作，我预备另用一个笔名。"

"为什么您什么稿件也不给我们？"

"因为我没有现成的。"

俄理维留下他两位朋友在谈话，他自己便跑近爱德华去。

"您来得真难得！我多么希望着能见到您。但我愿意在任何别处而不是在这儿……今天下午，我还到您家去叩过门。他们和您说了吗？您没有在家我感到非常懊丧，如果那时我知道哪儿可以找到您……"

他自幸表达得非常流利，回忆有一时期自己在爱德华面前每局促得哑然无言。但可惜这自如只由于他所说的都是套语，而又在酒后！爱德华看得很明白，心中自觉戚然。

"我当时正在您母亲那儿。"

"这是我回家后才知道的。"俄理维说。爱德华所用的"您"使他很感惊愕。他踌躇是否应该对他明说。

407

"是否此后您打算在这环境中生活下去？"爱德华凝视着他问道。

"啊！我决不受人牵制的。"

"您有这自信吗？"

这话说得那么认真，那么委婉，那么恳切……俄理维的决心立刻感到动摇。

"是否您认为我不应和这些人来往？"

"也许不是说全体，但其中的一部分必然无疑。"

俄理维把这复数看做是单数，以为爱德华特别指着巴萨房而言，这在他的内心的气象中，像是一道凄冷而炫目的电光穿透了自早晨以来积压在他心头的漆黑的乌云。他爱裴奈尔，他爱爱德华，他太不能忍受他们对他的蔑视。和爱德华在一起时，他自感奋发上进。而和巴萨房相处在在都是堕落，如今他已自己承认，但过去他何尝没有认清呢？和巴萨房接近，这种盲目不纯然是他自取的吗？伯爵为他做的一切，他对伯爵的感恩，这时都转变成怨恨。他切齿地加以否认。他眼前所见的更形成他对伯爵的憎恶。

巴萨房斜倚在莎拉身上，他的手臂围着她的腰身，而且愈来愈显迫切。他和俄理维间的关系外间已有谣闻，他正想借此淆惑视听。为的更引人注意起见，他决意想使莎拉坐在他自己腿上。莎拉一直不曾做什么自卫，但她的目光正在寻找裴奈尔的目光，当他们四目相遇时，她微笑着，像是对他说：

"您看别人对我多胆大。"

可是巴萨房深恐进攻过速。他缺乏经验。

"如果我再能灌她多喝一点，我不妨可以冒险。"他对自己说，一面把另一只闲着的手伸向一瓶蔻拉莎酒去。

俄理维从旁瞧着他，便抢先一步。他攫住酒瓶，为的不使落在巴萨房手中。但立刻他想到借酒精可以增加一点勇气，这勇气在他已渐感丧失，而他向爱德华倾诉衷曲却是必需的。

"如果早知道您要……"

俄理维斟满酒杯，一饮而尽。这时他听到在人群中逡巡的雅里从贝加身后掠过时轻声说道：

"现在我们要来解决小贝加了。"

后者突然回过脸去：

"再高声点说吧！"

雅里已经离远。他尖声反复着说：

"现在我们要来解决小贝加了！"他在绕桌一周以后便从袋中取出一支阿尔戈同人平时常看他在玩弄的大号手枪，开始瞄准。

雅里向称射击的能手。当时抗议声四起。在他那种酩酊的状态下，谁也不敢说他会不闹假成真。但小贝加要表现自己并不畏惧，便登上一张椅子，双手交叉在背后，采取了拿破仑式的姿势。这显然有点滑稽，有些人笑了，但笑声立刻又被掌声淹没了。

巴萨房赶紧对莎拉说：

"事情不妙。他醉得很凶。快藏在桌下吧！"

台勃鲁斯想把雅里拖住，但他脱身以后也登上一张椅子（而裴奈尔注意到他脚上穿的是一双舞蹈用的小软鞋）。面向着贝加，他伸臂瞄准。

"快灭灯！灭灯！"台勃鲁斯叫着。

爱德华站在近门处，便把电门关了。

听从巴萨房的嘱咐，莎拉已先起身。当人们都在黑暗中时，她立刻偎近裴奈尔，拖着他一同藏在桌下。

枪声响了。枪中所装的并非实弹。然而人们听到一声痛叫：原来纸塞正打中了朱士丁尼的眼睛。

当灯光亮时，人人都惊叹贝加的沉着，他依然站在椅上，不动声色地保持着原来的姿势。

当时主席夫人的歇斯底里却发作了。人们围拥着。

"这样的事也值得那么动情感！"

桌上缺水，雅里从椅上跳下，把手绢浸湿了酒精替她摩擦鬓角，借作道歉。

裴奈尔在桌下仅一刹那的工夫，但那瞬间已足使他感到莎拉火热的嘴唇热情地紧贴在他的嘴唇上。俄理维也和他们在一起，出于友谊，出于妒忌……醉意增剧他受人拥挤时所起的这种漆黑的醋意。当他也从桌下出来，他的头多少有点发晕。这时他听到杜尔美叫着说：

"快看莫里尼哀吧！他胆小得和女人一样。"

这已够受。俄理维不由自主地举手向杜尔美直冲过去。他觉得像在梦中挣扎。杜尔美立即闪避，像在梦中一样。俄理维的手空无所触。

混乱已至不可收拾。当一部分人忙着照顾那位在指手画脚的尖声叫喊的主席夫人时，另一些人围着杜尔美，他则大声嚷着："他没有打中我！他没有打中我！……"再一部分人拖着怒气冲冲的俄理维,他不受解劝,直想往前再冲。

打中与否,杜尔美应该自认吃了耳光,这是朱士丁尼揉着自己的眼睛竭力替他剖解的话,因为这与体面有关。但杜尔美毫不顾及朱士丁尼的所谓体面,他仍固执地反复说:

"没有打中……没有打中……"

"由他去吧,"台勃鲁斯说,"谁也不能勉强别人去交战。"

但俄理维大声宣布说,如果杜尔美觉得还未满足,他已准备再送他一个耳光,且决意和他一决胜负,他要求裴奈尔与贝加充当他的证人。两人中对所谓"仗体面"的决斗无一内行,但俄理维不敢另求爱德华。他的领带已松解,他的头发汗湿地披散在额上,他的双手痉挛地抖动着。

爱德华执住他的手臂:

"你像个疯子。快去抹一下脸吧!"

他领他上一间盥洗室去。

一出餐厅,俄理维才知道自己喝得多么醉。当他感到爱德华把手放在他的手臂上时,他以为自己已经晕倒,才一任别人把他带走。他只听懂爱德华用"你"对他说话,别的全不知道。像一片暴风雨前的凝云消散成雨,他觉得自己的心突然融为热泪。爱德华按在他额上的一块湿手巾使他从醉意中清醒过来。究竟发生了什么呢?他只模糊地意识到自己的举动像是一个孩子,像是一匹野兽。他觉得自己可笑也复可耻……于是,在柔情与痛苦的交织中,他投向爱德华的怀抱中,紧偎着他,啜泣说:

"把我带走吧!"

爱德华自己也大为感动。

"你父母呢?"他问道。

"他们还不知道我已回来。"

当他们穿过咖啡馆正要出门时,俄理维告诉他的同伴他想写个便条。

"今晚投在邮筒中,明天第一班邮差就能送到。"

坐下在咖啡馆的一张台子前,他写道:

我亲爱的乔治:

是的,给你写信的是我,而且是为求你替我办一件小事。我不必多此一举,告诉你说我已回巴黎,因为我相信今天早晨在索邦附近你已瞥见过我。当时我暂住在巴萨房伯爵家里（他记下地址），我的行李还在他那儿。但我决定不再上他家去，个中原因，说来太长，而且对你也不会有什么兴趣。我唯有恳求你去代取行李。偏劳种种，日后自会图报。有一只大箱是锁着的。至于室内的什物，请你替我装在小箱内，与大箱一并带至爱德华舅父处。车钱由我付还。明天正巧是星期日，接此信后，请即代为办理，至祷，至祷！

你的二哥
俄理维

又及：我相信你一定能把这事办理得很圆满。但如果你和巴萨房亲自交涉，千万要对他非常冷淡。明晨再见。

当时没有听到杜尔美出言不逊的人们，无从解释俄理维何以突然动武。他似乎已失去理性。如果他能保持镇静，裴奈尔定能同情于他，他并不喜欢杜尔美。但他认为俄理维的举动实在像个疯子，而结果反自取其咎。裴奈尔听着旁人对他的评责颇为痛心。他跑近贝加身边，和他订了约会。虽然事情本身可谓荒谬之至，但他们两人自当按理执行。他们约定翌晨九时同去访当事人再作谈判。

他的两位朋友离去以后，裴奈尔自觉再无逗留的必要。他的目光探索着莎拉，当他看到她坐在巴萨房的膝上，愤懑立时袭上他的心头。两人显然都已带醉意，但莎拉看到裴奈尔走近时便站起身来。

"走吧！"说着她便握住他的手臂。

她愿步行回家。路程并不远；途中两人默无一言。寄宿舍中，灯光已全熄灭。深恐引人注意，他们摸索着直到后楼的扶梯，然后点擦火柴。阿曼守候着。当他听到他们上楼时，他出来站在扶梯口，手中拿着灯。

"你拿灯吧，"他对裴奈尔说（他们昨天起已相互称"你"），"莎拉屋内没有蜡烛，你照着她……把火柴交给我，我可以去点灯。"

裴奈尔陪着莎拉到间壁的房间。他们才一进门，阿曼从背后用力一吹，把灯吹灭了，他嘲弄地说：

"晚安！但夜间少出声音。父母都睡在隔壁。"

他随即退身，从他们身后把门关上，加以反锁。

九

　　阿曼和衣躺着。他自知无法入眠。他等待夜尽。他沉思。他静听。全屋悄然,城市,整个自然界,岑寂无声。

　　反光器从狭隘的天空把微光投入他的室内时,薄明中他重又辨别出自己室内的丑陋,他随即起身。他走向昨夜他所反锁的那扇门,轻轻地推开一条缝隙……

　　莎拉卧室内的窗帘未曾掩蔽。黎明已透白在玻璃窗上。阿曼行近他姊姊与裴奈尔安眠着的床前。一张被单半遮着他们紧抱的肢体。这景象多美啊!阿曼凝视良久。他自愿化作他们的沉睡,他们的甜吻。最初他微笑着,突然他在床脚前弃置的被褥间跪下了。对什么神明他能如此合掌祈祷?他沉入一种难以言喻的情绪中。他的嘴唇颤抖着……

　　他走到门口,又转回身。他希望把裴奈尔唤醒。他必须在宿舍中未见人影以前让他重返自己的卧室。裴奈尔听到阿曼轻声呼唤便睁开眼睛。阿曼乘机逸出,让门开着。他穿过自己的卧室,跑下扶梯。他愿意在任何一个地方隐藏起来。他的存在会使裴奈尔见窘,他不愿遇见他。

　　片刻以后,他从自习室的窗口可以看到他掠墙而过,像一个偷儿……

　　裴奈尔未得长时间的安眠。但昨夜他已经历了比睡眠更舒适的遗忘,一种全身悚然怡然的交感。他滑入在一个新的日程中,茫然无以自释:松散,轻捷,新奇,宁静,闪跃,似一天神。他不使莎拉惊醒,轻轻地从她怀中脱身。但离开她,怎么竟无一吻,竟不回顾,竟未作至情的拥抱?这是否由于他的薄情,我不知道,他自己也不知道。他竭力不去思索,因为无从使昨夜空前的一页归并在他已往的事迹中。不,这只是附录,补遗,不能在书的正文中有它的地位——这书中,他生命的故事仍将一贯地重新继续,重复开始。

　　他回到和小波利合住的卧室。小波利睡得正浓,真是孩子!裴奈尔打开被褥,掀乱床单,以杜疑窦。他用大量的水盥洗。但看到波利使他想及在萨斯费时的情景。他回忆起那时萝拉对他所说的话:"我只能接受您对我的这点热诚,其余的要求非在别处取得满足不可。"这话曾引起他的不快,至今似乎还萦绕在他的耳际。他已不去追想,但今晨他的记忆异样地清晰活跃,他的脑筋偏又转动得非常敏捷。裴奈尔排除萝拉的面影,想消灭这种种回忆,且为防止自己的胡思乱想,抓起一本课本,强勉自己准备考试。但室内令人窒息。他跑下花园去工作。他愿意走出门外,在街上任意奔跳;他愿意跑向大海,舒散胸怀。他守在门口,一待看门的人把门打开,他便溜走。

他带着书跑入卢森堡公园,在一张长凳上坐下。他的幻想裊然出现,但这脆弱的游丝,一经指触,即便折断。他一想工作,立刻在他与书本之间盘桓着夜间的回忆,并不是那些刹那而尖锐的快感的回忆,而是一些有损他自尊的卑微可笑的细节。由于这次经验,此后他不至于再那么外行了。

快近九点时,他起身去找吕西安·贝加。然后两人同赴爱德华家。

爱德华住在帕西①一所大厦的顶楼。他卧室前面是一间很大的工作室。当俄理维黎明起身时,爱德华最初并不经意。

"我到躺椅上去休息一会儿。"俄理维曾那么说。爱德华因为怕他受凉,关照他把毛毯带走。稍后,爱德华自己也起身了。无疑其间他又一度入眠,因为这时他惊觉天色已大亮。他想知道俄理维如何安顿他自己;他想再看他一次,而也许冥冥中他已有了预感……

工作室内空无人影。羊毛毯留在躺椅跟前,并未打开。一种难闻的瓦斯气味使他顿觉有异。工作室的上端是一间用作浴室的小房子,气味无疑就是从那儿出来。他赶忙跑去,但最初无法把门推开,门后像有什么挡着,这正是屈倒在浴缸边的俄理维的躯体,衣服已脱去,满身冰凉,发青,且丑恶地污沾着呕吐之物。

瓦斯是从浴室暖水器上泄出的。爱德华便立刻把龙头关紧。这究竟是怎么回事?意外?充血?……他都不能相信。浴缸是空的。他把这奄奄一息的躯体抱回工作室,平放在敞开的窗前的地毯上。他温情地躬身跪着替他听察。俄理维仍能呼吸,但很微弱。于是爱德华不顾一切,设法挽救这行将绝灭的一息生命。他循环地举起软弱的双臂,紧压腰部,按摩胸膛,试着他记忆中救治窒息的一切方法,而苦于不能同时进行。俄理维闭着眼睛。爱德华用手指把眼皮揭起,但在无神的眼珠上眼皮又随即合上,可是心脏依然跳动着。他遍觅白兰地酒与嗅盐,终无所得。他已把水煮热,替他洗了上身与脸部,然后把这失去知觉的躯体安置在躺椅上,并给盖上毛毯。他想去请医生,但又不敢离远。每天早晨来打扫房子的女仆按例到九点才来。她一来到,他便打发她去

---

① 位于巴黎第十六区。

找区内的一位庸医，但深恐因此反惹出官厅的查究，临时又把她叫回。

当时俄理维已逐渐苏醒。爱德华坐在躺椅近旁，正对着他的头部。他细察这一无动静的面色，苦于无从打破其中的谜语。究竟由于什么？在夜间酒醉时也许能失慎出事，但清晨所下的决心必非无因。他决定暂时抛弃一切思索，等待俄理维清醒时自作口供。不到那时候，他决不离开寸步。他握着他的一只手，在手与手的接触中他集中他自己心头的疑问，他自己的一切思虑，他自己整个的生命。终于他似乎感觉俄理维的手在紧握中微弱地有了反应……于是他俯下身去，在这紧蹙着无限沉痛的额前印上自己的嘴唇。

有人按铃。爱德华站起来出去开门。来客正是裴奈尔与贝加。爱德华把他们挡住在进门处，一面通知他们；然后又把裴奈尔叫到一边，问他是否知道俄理维常有昏晕或错乱之类的征象？……裴奈尔恍然忆及他俩昨夕的谈话，特别是俄理维的有些用字，当时他虽不曾注意，此刻却清晰地重现脑际。

"是我先和他谈起自杀，"他对爱德华说，"我问他是否理解人的自杀有时仅由于生命的逾量，正像德米特里·卡拉马佐夫所谓的'由于热情'。当时我只顾到发挥自己的意见而未及注意其他的一切，但此刻我记起他对我的回答。"

"那么他回答了什么呢？"爱德华追问着，因为裴奈尔似有顾忌，不想续说。

"他说他认为自杀的可能性只在人们达到某种最愉快的阶段，而这种愉快此后只能每况愈下永不可追。"

至此两人面面相觑，不发一言，各自心中明白。爱德华终于转避目光，而裴奈尔却自恨失言。他们再回近贝加时，后者说：

"麻烦的倒是别人会相信他临阵胆怯所以才想自杀。"

爱德华早把决斗这回事忘诸脑后。

"那就装作若无其事好了，"他说，"把杜尔美找到，要求他带你们和他的见证人会面。到那时如果这桩傻事不能及时解决，你们再和那两位见证人从长解释也来得及。我看杜尔美并不想使事情实现。"

"我们决不把原因告诉他，"吕西安说，"这样可以让他去承当屈服的耻辱。因为我相信他一定会退让。"

裴奈尔便问是否能一见俄理维。但爱德华认为不如让他安静地休息为是。

裴奈尔与吕西安正要告辞,小乔治赶到了。他正从巴萨房家回来,但不曾取到他哥哥的行李。

"伯爵先生不在家,"别人那么回答他,"他没有命令留给我们。"说完这话仆人立刻把门关上了。

爱德华语调中以及其余两位态度上的某种严肃使乔治深感不安。他顿觉有异,便向他们探问。爱德华只得把实情向他透露。

"但不必告诉你父母。"

乔治得悉秘密,喜出望外。

"我决不会泄露的。"他说。那天早晨他本闲着无事,他便请求和裴奈尔与吕西安同上杜尔美家去。

三位小客人离去以后,爱德华便唤女仆把他间壁的一间客房收拾干净,以备安置俄理维。他随即蹑足回到工作室。俄理维静卧着,爱德华便又在他近旁坐下。他拿起一本书,但未经打开又把它搁下,一心注视着他朋友安眠。

十

及于灵魂或发自灵魂者,决非简单的事物。

帕斯卡尔

"我相信他很希望和您见面,"翌日爱德华对裴奈尔说,"早晨他问起我是否昨天您已来过。大约我以为他神志不清,而其实他已听到您的声音……他仍然闭着眼睛,但并不睡熟。他一字不提。他屡次把手按在额上,像是非常痛楚。每当我和他说话时,他便皱眉;但我一离开,他又把我叫回,要我在他的身旁坐下……不,他已不在工作室。我把他安置在我间壁的那间客房内,这样我有客人时可以不至于打搅他。"

他俩同入室内。

"我正来探问你的消息。"裴奈尔轻声说。

听到他朋友的语声时,俄理维的面色顿为焕发,几乎已带笑容。

"我正等着你。"

"如果我使你疲倦我立刻就走。"

"别走。"

说这话时，俄理维把一个手指放在唇边，像是要求别人不再向他说话。三天以内就要去应口试的裴奈尔，身边已无时不备着一本提要，这是为考试用的法宝。他坐下在他朋友的床头前，聚精会神地默诵起来，俄理维头面着墙像已睡熟。爱德华退守在他自己的室内，不时从开着的通至邻室的门间探视。每两小时，他让俄理维进一盅牛乳，这是从今晨才开始的。昨天整天，病人的肠胃未能容纳任何食物。

许久以后，裴奈尔起身告辞。俄理维转过脸来，向他伸出手去，并勉作笑容。

"明天你还能来吧？"

最后瞬刻间，他又把他叫回，示意让他俯下身去，好像他怕自己的语声不易远达，微弱地说：

"不，但你以为我够傻吧！"

然后，像是不使裴奈尔有分辩的余地，他又赶紧把一个手指放在唇边：

"不，不……以后我会向你解释。"

翌日。裴奈尔再来时爱德华接到萝拉的一封信，他便递给他看：

我亲爱的朋友，

我于匆遽间握管，期能防止一桩荒谬的不幸事件。如果这信能及时到达，我深信您一定能给我一臂之助。

法里克斯已出发来巴黎专程造访，意欲从您处求得我所拒绝给他的解释并探悉其人姓名以便与之决斗。我已尽力阻拦，但他意志非常坚决，我的种种解释反更增强他的决心。也许您是唯一可以劝阻他的人。他对您很信任，谅能计从。试想他平生从未手执武器，一旦为我而以生命作孤注之一掷，在我实不堪设想；而我私心所更忧惧的，唯恐因此反惹出笑话。

自我回来以后，法里克斯对我处处温存殷勤，但我不能以同等之情意相报亦系实情。由此我深感痛苦，而我相信他所以出此一途无非迫我恢复对他的重视与尊敬，此种举动在您难免认为莽率，而他则每日不忘，且自我回来以后，早具决心。他对我已加原宥，自系意中事；但对另一人则大有不共戴天之意。

我恳求您对他亲切招待，一若对我；如蒙不弃，则三生有幸焉。在瑞士期间,诸承殷切照拂,实为铭感,未及早申谢忱,深盼见谅是幸。当时生活,每一忆及,仍不禁神往,今日唯一之生趣,亦即重温此旧梦耳。

永远在忧念中而永远信任您的友人

萝拉

"您预备怎么办?"裴奈尔把信交还时问道。

"您要我能怎么办?"爱德华回答说,心中悻然不悦,但如若由于裴奈尔所提出的问题,倒不如说因为这问题先已在他心中生根,"如果他来,我便尽力招待。如果他和我商量,我便尽力劝他。而设法使他信服最好的办法莫若暂守镇静。像杜维哀这类寡能的人想出人头地结果总是失策。如果您认识他,您也一定会有同样的感想。萝拉却生来是扮演主角的人。我们每人都扮演着切合自己身份的一出戏,而承当自身悲剧的遭遇。这有什么办法?萝拉的悲剧由于嫁了一个傀儡。这是无法挽救的事。"

"而杜维哀的悲剧,则由于娶了一位优越的女性,结果在他总是望尘莫及。"裴奈尔接着说。

"总是望尘莫及……"爱德华应声说,"而在萝拉,何独不然?最有意思的倒是后者由于对自己过失的抱憾,由于忏悔,自愿向他屈膝;但不料立刻他却五体投地,比她俯伏得更低,结果反使他愈显貌小,而她则愈形伟大。"

"我对他很抱同情,"裴奈尔说,"但何以您不承认他的自逊不也就是他的伟大?"

"因为他缺乏诗情。"爱德华不容置辩地回答。

"您这话是什么意思?"

"他从不知忘身其境,因此他也永不会有崇高的感觉。别太追问我。我有我的见解,但它们不容衡量,而我也不去加以衡量。保罗·安布罗兹惯说一切不能以数计算的在他概不思量,我相信他是在'思量'这两个字上玩花样,因为,'在这笔账上'像一般人所说似的,上帝就无从包括在内。他的用意也就在此……但注意:我相信我所谓诗情也即人在神前自愿就范的心绪。"

"那不正就是'热情'一词的原义?"

"而也许就是所谓'灵感'。是的,我的意思就是如此。杜维哀是一种无灵感的人。我赞同保罗·安布罗兹认为灵感最足损害艺术的话;而我很相信克服诗意是任何艺术家的先决条件,但要克服诗意自身得先有这种诗意才成。"

"您以为这种神游的境界可以生理地去解释……"

"可了不起!"爱德华插言说,"类似的论调,果真郑重其事地去考虑,那也只配一些傻子们去干。无疑每种神秘的心理动机都有它相连的物质背景。再则,精神现象的显现,每有待于物质去作印证。由此,才有托身显灵之类的神秘。"

"相反,物质却决不需要精神。"

"那,我们也无从知道。"爱德华笑着说。

裴奈尔听他如此健谈,深感喜悦。平时爱德华守口如瓶,他今日的兴致显然由于俄理维在场的缘故。裴奈尔很领会。

"他对我谈话,心目中仿佛已在对他谈话,"他想,"俄理维才是他所需要的秘书。一待俄理维病愈,我自当引退,另觅出路。"

他如此设想,心中并无怨恨之意,因为如今他念念不忘的唯有莎拉,昨夜他又和她幽会,今晚还打算再去。

"我们已谈得离题太远,"他也笑着说,"那末您打算和杜维哀谈起文桑吗?"

"当然不。而且那有什么用?"

"但如果杜维哀不知对方是谁,您不以为他会因疑致疾吗?"

"这也可能。但这话似乎应该向萝拉说才对。要为她保守秘密至少在我就不能开口……而且,我连那人的行止也不得而知。"

"您是说文桑吗?……巴萨房应该很知道。"

门铃声把他们的谈话打断。莫里尼哀夫人正来探问她儿子的消息。爱德华把她引入工作室内。

爱德华日记

菠莉纳来访。无以应对,一时颇感失措;但至少我不能对她隐瞒她儿子的病状。至于这蓄意不明的自杀经过觉得大可不必提起,仅称病因由于急性肝症的发作,实际这也确是受窒息后的必然现象。

"知道俄理维在您这儿已使我安心不少,"菠莉纳对我说,"我对他的看护不见得比您更能周到,因为我很知道您爱惜他的程度不下于我。"

说这最后一句话时,她异然凝视着我。我是否能猜透她在这目光中所含的用意？在菠莉纳面前,我感到俗语所谓的"负疚之心",而期期然字不成句。必须说明的是两天来过度的感情冲动已使我失去自制之力。我的窘态一定非常明显,因为她又补充说：

"您的脸红最能证明……我可怜的朋友,别等待我会责备您。那除非您不爱惜他也许我会……我能看他吗？"

我领她到俄理维跟前。裴奈尔听到我们过去,已先退出。

"他多美丽呀！"她俯在床前低声地说,然后转身向我,"请您代我向他亲吻好了,我怕使他惊醒。"

菠莉纳必然是一位出众的女性,这决不是我的一朝之见,但我未曾料到她竟能如此体谅入微。不过在她亲切的谈吐与类似游戏态度的语调后我总感觉有点勉强（也许倒由于我自己尽力想装作自然的缘故）；从而我记起上次我们谈话时她所说的一句话："明知自己无法拦阻的事,我宁愿慨然允诺。"这话当时在我已不期然地认为是一种睿智卓见。菠莉纳显然竭力委曲求全,而且像是回答我的心事,当我们重又回到工作室时,她接着说道：

"由于刚才我自己的不以为意,我怕因此已得罪了您。有些思想上的自由男人们往往愿意独占。但至少我不能虚张声势地来责备您。我已从生活中得了教训。我很知道纵使是最洁身自好的孩子们,他们的纯洁也是朝不保夕的。而且我相信最贞洁的年轻人日后不一定是最模范的丈夫,"她又凄然微笑着加上说,"可惜更不一定是最忠实的丈夫。总之,他们父亲的榜样使我希望儿子们不如修点别的德行。但我怕他们在外干出荒唐的事或是与人有不名誉的结识。俄理维容易受人影响,希望您随时督促。我相信您能使他上进。他只倚靠您……"

诸如此类的言词使我益增惭感。

"您太嘉奖我了。"

除了这最平凡的套语以外,我竟想不出一句可以回答的话。她却委婉地接着说道：

"俄理维会使您受之无愧。试问什么能不受爱的感化呢？"

"俄斯卡知道他在我这儿吗？"我问这话为的使我们间的空气轻松一点。

"他连他已回巴黎也不知道。我早对您说过他对他的儿子们不太关心。所以我才托您劝导乔治。您已试了吗？"

"不,还没有。"

菠莉纳的面色立时阴沉起来。

"我愈来愈感觉不安。他那种逍遥自在的态度在我看来无非只是冷漠,傲慢,与自大。他的功课不错,先生们对他都很满意。我说不上我对他的焦心从何而起……"

她突然失去镇静,语调的激昂使我几难置信。

"您能设想我的生活已到什么田地?我把自己的幸福早置度外,但年复一年,还不得不把标准降低,我把自己的希望一一加以打消。我退让,我忍受,我对一切装作不闻不问……但最后,人总要有一个攀手之处,到这也不可能时!……夜间他到我身旁灯下来温习功课,有时当他从书本上抬起头来,我在他目光中所遇到的不是温情,而只是挑衅。这决不是我所应得的……有时我觉得自己对他的一番热情也顿时化作怨恨,我情愿此生永不曾有过孩子。"

她的语声是颤抖着的。我握住她的手。

"我担保将来俄理维会报答您的。"

她竭力恢复镇静。

"是的,我说得太过分,好像我自己不曾有三个儿子似的。不过我想起一个来,我就顾不及别的了……您会觉得我太不近理……但有时单借理性实在是不够的。"

"可是我最钦佩您的倒就是您的理性,"我很坦直地说,意思希望能使她安静下去,"那天您和我谈到俄斯卡时真不愧为明达……"

菠莉纳突然有点激动。她凝视着我,略一耸肩:

"当一个女人愈肯隐忍,她就愈显得合乎情理,这大概是千古如斯!"像是与人寻衅似的她呼喊着说。

这感想使我愤慨,正因为它一语中的。为的不使对方注意到,我赶紧接着说:

"关于信件的事,可有新的消息?"

"新的?新的?……您希望俄斯卡与我之间还能再有什么新的?"

"但他等待有个解释。"

"我也等待有个解释。整个生命的途中人所等待的也就是解释。"

"总之,"我接着说,心中颇感悻然,"俄斯卡未能释然。"

"但是,朋友,您很知道,万事都能释然,世间也就永无问题。至于如何去求解决,那是你们小说家们的事。在现实生活中,一切都继续着,决不能有所谓解决。人们在茫然中生存,至死不明所以,其间生命则适若无事地永远继续,继续。对此,像对其余的事情,像对其余的一切,听其自然以外,别无他法。好吧,改日再见。"

我对于发现在她语声中的某些新有的音调深感痛楚。这种攻势使我(也许并不在当时,但当我回忆起我们的谈话来)不能不想到菠莉纳对于俄理维和我的关系决不像她所说那么轻易听其自然,并不像她对其余一切那么容易听其自然。我希望相信她并不完全出于非难,而显露于她语气中的,似乎她对某些方面也深自欣慰。但潜意识中,她依然免不了有所妒忌。

稍后对一个实际在她不至于如此关切的问题上竟突如其来地大作发挥,在我看,除此以外,别无解释。说来很像当初她宽宏大量地把自己所心爱的移赠给我,结果突然发现她自身竟已空无所有。由此从她那些夸张得几乎不合情理的言词中,无形间泄露出她的妒忌之心。如果事后再作回想,她自己也一定会深感惊愕。

归根结底,他不禁自问:一个不甘隐忍的女性,她能处的是什么境地?他是指一个"束身自好"的女性……像是人们所谓的"束身自好"这四个字,应用于女性时,除了她们的"隐忍"以外还连带有别的意义似的!

傍晚,俄理维的气色已开始大为转佳。但精神的恢复随即产生忧虑。我尽力设法使他安心。

他们的决斗?——杜尔美已逃避到乡间,自无追踪而去的必要。

杂志?——已由贝加负责。

他留下在巴萨房家的行李?——这一点最难掩饰。我只好直认乔治未曾取回,但答应他明天由我自己去取。他像担心巴萨房会扣留行李来作抵押,这在我认为是绝不可能的事。

昨天当我写完这几页还滞留在工作室时,忽然听到俄理维在室内叫我。我直奔而去。

"如果我不是那么虚弱,应该由我跑去看你,"他对我说,"我想起床,但当我一下地,我的脑袋直晕,我怕要跌倒。不,不,我并不觉得什么;相反……但我有话想对你说。你必须答应我一件事……切勿追究前天何以我想自杀。我相信我自己也已说不上来。我很想说,但实在是不能……但你切勿因此认为我生活中有任何不可告人之处,所以不能让你知道,"然后,他把声音放得更低,"也不要以为我是由于羞愧……"

虽然我们在黑暗中,他仍用我的肩膀遮着他的头。

"或是如果我有认为可耻的,那只是那天晚上的宴会,以及我的醉态,我的咆哮,我的眼泪;再就是夏天这几个月……以及坐失和你见面的机会。"

他又一再声明过去种种譬如昨日死;他想从自己生命中铲除这一切,而这已毕竟做到。

我觉得他的辗转不安依然是虚弱的表现,因此像对摇篮中的孩子似的我只是一言不发地轻拍着他。他所需要的是休息,我以为睡意已使他变得沉默,但最后我还听到他低声絮语:

"在你身旁,我幸福得乐而忘眠。"

他到天明才放我离开。

十一

次日,裴奈尔清早就来。俄理维尚在安眠。裴奈尔和往日一样带着一本书在他朋友床前坐下,这可以使爱德华暂时脱身并践约替俄理维到巴萨房家提取行李。在这时刻,他一定在家。

旭日灿烂,秋风吹落枝头的残叶,一切明净如洗。爱德华三天来足不出户,这时心中感到无限痛快,仿佛驾着清风,乘着轻舟漂浮在无际的海上。心有所钟,加以美丽的晴天诚令人飘然欲仙。

爱德华知道搬运俄理维的行李非要一辆汽车不可,但他并不急促,他喜欢暂先步行。自己与整个自然界相契合的心境使他对于和巴萨房去办交涉的事深感不能调和。他自知这样的人是应受他唾弃的,但当他在心头重温过去的种种创伤时,他已不再感到彻骨之痛。这位在昨天还是他所憎恶的劲敌,如今他已完全去而自代,自然再无对他仇视的理由。至少,今晨他不能再有这种感觉。而另一方面他认为绝对不应表现出目前造成的形势,以致泄露他自己内心的喜悦,与其无法招架,何不索性避免这次会见。真的,为什么偏是他,他自己,爱德华,特地跑去见他?再说他凭什么名义上巴比伦路去索回俄理维的行李?接受这桩使命事前实在太欠考虑,他边走边想,而且这正是暗示俄理维有搬到他家去住的意思,这又正是他自己所不愿让人知道的……但这时他已无退步的余地。他已对俄理维有了许诺。至少,他在巴萨房面前必须显出非常冷淡,非常坚定。一辆出租汽车迎面而来,他便叫住了。

爱德华对巴萨房的认识不够透彻。他忽视了他性格中的一个特点。这位随时有所戒备的巴萨房决不肯轻易受愚。为了否认自己的败绩,他一向装作"非其所计",在他不论发生什么事情,他总表示"正符所愿"。当他一明白俄理维不再受他的驾驭,他唯一的顾虑即是隐藏自己的愤慨。他绝不更事追踪,致冒他人讪笑,相反,他勉力耸一耸肩,以一笑置之。他的情感从不曾强烈到使他自己失去控制的力量。有一部分人正以此沾沾自喜,实则他们没有辨清他们的自制力很少由于真正的修养,而只是某种个性上的贫乏所致。我不愿作笼统的论列,我以上所说的话权作对巴萨房而发。此公不难自作种种解说,诸如:他对俄理维正已发生厌倦;夏季的两个月来这桩奇遇对他已早失去原有的吸引力,如果再继续下去,反会使他自己的生活加上一重累赘。总之,他过去对于这孩子的美丽与风致,智慧与才具,都嫌估价太高;而且把主编一个杂志的责任委托给一位如此缺乏经验的少年,此中的困难,他正应及时有所觉醒。诸般考虑以后,斯托洛维鲁更适合于他的需要,当然是说当做杂志的主编人。他已给他去信并约定今晨接见。

我们不妨补充说,巴萨房并不曾认清俄理维对他弃绝的原因。他以为由于自己对莎拉的过分殷勤激起了他的醋意。这种观念与他愚顽的自负心正相吻合,这使他颇为自得,因此原来的怨恨也就从而平息了。

他等待着斯托洛维鲁,由于事前他有过立即引见的命令,爱德华适受其惠,未经通报便和巴萨房照面了。

巴萨房绝不显露出自己的惊异。幸而眼前他须扮演的角色正合他的性格,不致使他张皇无措。一待爱德华说明来访动机,他便说:

"您所说的实在使我感到万分愉快。那末,真的?您不惜亲自为他费心?那不太打扰您吗?……俄理维是一个可爱的孩子,但他在这儿使我已开始感到不胜其烦。我不敢对他表示,他是那么温厚……而我知道他不想回到他父母那儿。……可不是,人们一朝离开父母以后……但我想起他母亲和您不是异母姊弟吗?……或者多少有类似的手足之情?俄理维一定对我讲起过的。那么,他住在您那儿是最自然没有的事。谁也不会因此见笑(他说这话,实际倒也确是如此)。他在这儿,您知道,别人就说闲话。这也是使我希望他离开的理由之一……虽然,我对所谓'舆论'一向并不挂心。不!这不如说为他的

423

利益着想……"

谈话的开端总算不坏;但巴萨房不惜以虐人为乐,在爱德华的幸福上洒下几滴不义的毒汁。他惯于此道,谁也不易猜透……

爱德华渐感不耐烦起来。但突然他记起文桑,巴萨房应该知道他的消息。自然他早下决心,如果杜维哀来向他打听时,他绝不提起文桑,但为防备闪避起见,他认为自己有知道真相的必要,这可以坚定他的否定。他便乘机相询。

"文桑不曾给我写信,"巴萨房说,"但我接到格里菲斯夫人的一封信——您一定知道:就是那位后补者——信中很多是讲到他的,可不是,信就在这儿……实在,我不觉得能有不让您过目的理由。"

他便把信递给他,爱德华接看:

My dear①,

  从达喀尔以后,我们不会在大公的游艇上了。这信随艇寄发,但当您收到时,谁知道我们又在何处?也许会在卡萨芒斯河边,文桑想在那儿采集植物,我则巡猎。我已说不上是我带领着他,还是他在带领着我;或者,在我们身后作祟的是一位好冒险的魔鬼。我们在船上时先结识了烦闷鬼,是它把我们介绍给这位冒险鬼……唉!dear,不在游艇上生活过,决难认识烦闷为何物。有暴风时,己身与船身共起伏,那样的生活倒还有劲。但自特内里费开始,风平浪静,海中无波。

  ……巨镜
  令人绝望。

而您猜此后我以何自遣!借文桑泄恨。是的,我亲爱的,爱情对我们已太乏味,我们唯有相互泄恨。其实,这由来已久。是的,从我们上船时就已开始,最初不过偶有龃龉,心中暗怀敌意,但结果仍不免白刃相向。天气晴朗,敌忾愈盛。唉!如今我才知道对人用情之苦……

原信甚长,系八月二十五日寄发。

"我不必再念了,"爱德华说,一面把信交还巴萨房,"他什么时候回

---

① 英文:亲爱的。

来呢?"

"格里菲斯夫人没有提到回来。"

爱德华不曾对这信表示更大的兴趣,使巴萨房深感不快。他既已答应让他看信,对方的漠视在他不能不认为是一种侮辱。他擅自拒绝别人的赐予,但经不起自己的也遭别人拒绝。这信曾使他窃喜不止。他对莉莉安与文桑多少怀着同情,他还自信能对他们加惠乐助,但别人无此需要,他的同情也就立即淡薄下去。和他分手以后,这两位朋友竟不曾踏入幸福之境,这是值得他去思索的:这是他们自作孽。

至于爱德华方面,晨间欢洽的心境遭遇此类粗暴的情感的描写,心中自难释然。他中途把信递还,在他绝非出于做作。

巴萨房必须先发制人:

"唉! 我还忘了告诉您! 您知道我曾考虑让俄理维主编一种杂志? 自然,如今不必再提。"

"那还用说!"爱德华还刺说,而无意中巴萨房倒替他去了一桩心事。后者从爱德华的语气中自知已中其计,随即忍痛说:

"俄理维留下的东西全在他所住的那间房子里,您一定有汽车停着吧? 可以让人搬去。对了,他健康如何?"

"很好!"

巴萨房站起身来。爱德华跟着起立。两人极度冷淡地行礼作别。

爱德华的访问使巴萨房伯爵感到极度困恼。

"喔唷!"看到斯托洛维鲁进来,他才吐出一口闷气。

虽然斯托洛维鲁对他颇为倔强,但巴萨房自觉不难对付,或竟绰然有余。无疑他不是不知道对手的厉害,不过他自信很有把握,且亟思有以证明。

"请坐吧! 我亲爱的斯托洛维鲁,"说时把一张靠椅往他身前推去,"见到您,在我实在非常愉快。"

"既奉伯爵之召,敢不前来效劳。"

斯托洛维鲁每爱对他故意表示一种侍仆的傲慢,在巴萨房也已司空见惯。

"直截了当,大家所谓的打开天窗说亮话。您已干过各种行业⋯⋯这次我倒想让您担任一个真正独裁的位置。但先得声明这是纯粹关于文学的。"

"无妨!"而当巴萨房把纸烟盒递给他时,"如果您能原谅,我倒更喜欢……"

"绝对不能原谅。您一抽那些冒牌的雪茄烟,我这房子可该遭殃了。我始终不明白人抽这些东西能得到什么乐趣。"

"啊!我倒不是说我绝对喜欢。但这可以让别人不舒服。"

"总是和人作对?"

"不过也不必把我看做傻瓜。"

斯托洛维鲁并不直接答复巴萨房的建议,他认为先作一番解释来表明自己的立场更为合宜,别的以后自有办法。他便继续说道:

"慈善一道向来不是我所擅长的。"

"我知道,我知道。"巴萨房说。

"利己主义也不是,而这大概您并不知道……一般人想让我们相信,以为唯一能避免利己主义的则是采用一种更卑鄙的利他主义!至于我,我则认为如果有比个人更堪蔑视,更为卑劣的,即是众人。任何理由不能使我信服乌合之众可以产生完美的整体。当我一上电车或火车,我没有不希望发生一种不测的意外,使这龌龊的人群化成肉浆。啊!天哪,自然连我也在内。跑进一个戏院,没有不希望屋顶上的彩灯塌下或是一枚炸弹突然爆炸;当我自己必须同归于尽,如果我别无所长,至少我情愿把这炸弹藏在我的外衣内。您刚才说?……"

"不,没有,您继续说吧,我听着。您并不是那一类演说家,必须等别人的反驳来替您打气。"

"不过我似乎听您说想敬我一杯您那珍贵的葡萄酒。"

巴萨房微笑了。

"就把酒瓶放在您手边吧!"说着他把瓶递给他,"尽量地喝,但说吧!"

斯托洛维鲁倒满自己的酒杯,舒适地躺在他的靠椅上,便又开始:

"我不知道是否我称得上人所谓的刻薄;我不能那么相信,因为自己觉得心头还有着太多的憎与恨。总之我并不在意。很久以来,我克制足以使自己动心的一切,那是真的。但我并不是不懂'敬慕'为何物,或是类似的'盲目的忠诚',只是,生而为人,对人对己,我一律蔑视与憎恨。随时随地我不断听人反复说:文学,艺术,科学,最终都为谋取人类的福利;这已很够使我对这些东西作呕。但我不能不把这命题来做反面的考察,到那时,我才能舒一口气。是的,我衷心想象,适得其反,整个卑贱的人类协力在建造一种残酷的纪念物,一个为求精致的盘碟的光彩而不惜烧死他妻儿和他自己的裴奈尔·巴里西①。（这故事我们已早听厌！）我喜欢注意问题的反面；这有什么办法，我的脑筋必须头向地脚朝天才能得到平衡。而如果我不忍设想一个耶稣牺牲了自己为拯救我们日日相遇的这些忘恩负义令人骇怖的人群，至少想起这群腐臭的暴民中居然能产生一个耶稣，使我不能不感到满意，或竟某种快慰……仍然我宁愿别的，因为所有'这人'的教理不过使人类更进一步深陷在泥淖中。人间的不幸来自强暴者的自利主义。伟大的事物唯借主义的强暴才能产生。我们保护不幸者，弱者，佝偻病者，受伤者，这完全是错误；而我痛恨宗教，就因为它所教我们的尽是这些。泛爱主义者们自以为从大自然——动物界与植物界——的观察中可以发现伟大的和平，殊不知这种和平是由于在原始时代唯强者得繁荣，而其余一切全是废物，只能用作肥料。但人们看不透这一点，人们不肯承认这一点。"

"正是，正是，我很承认。接着说吧！"

"您说这是否可耻也复可怜……人想尽方法使马，使飞禽，使家畜，使五谷，使花卉各存优种，唯独对他自己，为他自己，却只能设法借医药去减轻痛苦，借慈善作掩饰，借宗教求慰安，借沉醉以忘忧。真正需要努力的是改良人种。但一切选择包含不适者的淘汰，而这却是我们这基督教社会所无法解决的。它竟不知负起铲除败类的责任，而这些人偏是最多产的。我们所需要的不是医院，而是育种场。"

"斯托洛维鲁，您说得真妙。"

"伯爵先生，我怕您也许至今对我有着误会。您把我看做是个怀疑主义者，而我却是理想主义者，神秘主义者。怀疑主义从来不曾产生什么良好的结果。而且谁都知道它所指向的路……是容忍！我把怀疑主义者看做是一些既无理想又无想象力的人们，也就是笨货……而我不是不知道健全的人类产生的一日，一切纤弱与多情善感的细腻都将随之消失，但也决不再会有人在那儿代为惋惜，因为与纤弱同时，纤弱的人也已早受淘汰。切勿误会！我的主张即是人所谓的'文化'，而我很知道我的理想古代一部分希腊人已早有所见，至少我愿意那么设想，而我记得刻瑞斯②的女儿科瑞初下地狱时对幽魂满怀同

---

① 巴里西(1510—1589)，法国制陶师，作家，对法国制陶术极有贡献。后以胡格诺派教徒之罪名被捕，死于巴士底狱。

② 罗马神话中的谷物女神。

情,但日后她嫁给普路托①而当下界的皇后时,荷马一提到她总称为'无情的普罗塞耳皮娜'。这有《奥德赛》第六曲为证。'无情的',这正是自认为有德性的人所必不可少的。"

"而您毕竟又回到文学上来……如果我们算是离题太远了的话。那么,尚德的斯托洛维鲁,我问您,您到底能否接受作一个杂志的'无情的'主编人呢?"

"实在说,我亲爱的伯爵,我应该向您直认:一切从人类排泄出的污秽物中,文学是其中最令我反胃的。我所看到的只是恭维与奉承。而我竟怀疑文学可以成为别的东西,除非它先把过去的一切扫除殆尽。我们借既定的情感生活,而读者自以为也有同感,因为一切印成白纸黑字的他全相信;作者借此投机,正像他以'习俗'认作是他艺术的基础一样。这些情感恰似筹码,所发的声音是假的,但竟通行无阻。而人人都知道'伪币足以消绝真币',结果有人把真的献给大众倒反被看做废纸。在这人人欺蒙的社会中,真实的人反被看做骗子。所以我必须向您申明:如果我来主编一份杂志,先得戳破纸老虎,废止一切所谓美丽的情感,以及这些汇票:文字。"

"好家伙,我倒真想知道您用什么方法。"

"让我来办,以后您自会知道。这事情我已屡经考虑。"

"您不会被人理解,人也不会来追随您。"

"看吧,最先进最觉醒的青年如今已都预感到诗歌的通货膨胀。他们知道在这些工整的韵律以及诗句陈腐的铿锵后面其实是空无所有。如果有人提议加以摧毁,登高一呼,不难四方响应。您是否赞同我们来建立一个学派,它唯一的目的就是打倒一切?……那使您胆怯吗?"

"倒不……只要人们不踩毁我的花园。"

"其间需要挂心的事有的是……但时机不可错过。我认识很多人都在等待有人发难呼应,都是一些年轻人……是的,我知道,那正中您的意思;但我得告诉您,他们并不轻易受愚……我常自问由于什么奇迹,绘画能占上风,而文学竟落伍至此?一向在绘画中受人重视的所谓'主旨',试看如今已销声匿迹!一个美的题材!那就让人觉得可笑。画家们已不敢再试人像,除非画中的人与对象绝不相似。如果我们这事情能办得好,而且只要您信任我,就决不

---

① 罗马神话中的冥王。

会有问题,我敢担保不出两年,明日的诗人如果他的作品被人理解,他一定会自认是一种耻辱。是的,伯爵先生,您肯打赌吗?任何字义,任何含意都将认为是反诗意的。我建议写作应以不合逻辑为主。'铲污者',用在杂志上是一个多美的名称!"

巴萨房毫不犹豫地倾听。

"在您的信徒们中,"稍停以后他接上说,"是否您那位年轻的表弟也在内?"

"小莱昂,那是一等的,而很多杂务他都熟悉。教导他真是一种乐趣。暑前,他认为和人竞赛班中的习题或是争取一切奖品全都可笑。这次开学以后,他变作非常正经,我不知道他打的什么主意,但我很信任他,而且尤其不愿意麻烦他。"

"您可以把他带来吗?"

"伯爵先生太开玩笑了,我相信……那么,您这杂志?"

"我们以后再谈。我需要把您的计划细作考虑。目今,您必须先替我寻找一个秘书,以前的那个已不能使我满意。"

"明天我就可以把小哥勃拉勿勒送来,我正要去看他,而您的工作他定能称职。"

"他也是'铲污者'一流的吗?"

"多少是。"

"Ex uno…"①

"不,不要把人人和他看做一样。这是一位折中派的。对您正合适。"

斯托洛维鲁起立。

"说回来,"巴萨房乘机说,"我还没有,我相信,还没有送您我那本书。我很抱歉初版的本子已没有……"

"反正我不预备把它转卖,那就没有关系。"

"印刷倒是顶好的。"

"啊!反正我也不预备去念它……再见!衷心效劳,而深幸能对阁下致敬。"

---

① 拉丁文:举一反三。

十二

爱德华日记

把俄理维的行李取回。归自巴萨房处立即工作。心旷神怡。此乐向未曾有。写《伪币制造者》三十页，无一顿挫，无一涂改。仿佛夜色中的景物突然受闪电的照明，整个情节自黑影中屹然涌现，而与我过去耗尽心力所臆造的绝不相同。至今我所写成的书想来颇似公园中的水池，轮廓非常整齐，也许称得上完美，但其中的止水一无生命。如今，我愿让水随其自然，顺势而流，时缓时急，形成无数水脉，绝不预事布置。

X认为一个好小说家当写作之前即应知道他的书以何收局。在我，我任我的书自由发展，我认为生命呈现在我们眼前的一切原无始终。所谓终者，未有不能看做是另一个新的起点的。"堪续……"我就想用类似的字来结束我的《伪币制造者》。

杜维哀来访。这必然是一位老实人。

由于我过分表示自己对他的同情，反使我不能不勉强忍受对方的感激。一面对他说话，我心中却复述着拉罗什富科所说的话："我不善对人悯怜，且愿自己绝无此种情感……我认为能体会已足，但必须随时避免自己有这种情感的发生。"可是我对他的同情是真实的，无法否认的，我自己感动得竟至下泪。实际我觉得我的眼泪所给他的安慰远胜于我的言辞。我竟相信当他看到我流泪时，他自己的悲哀已烟消云散。

我早坚决决定不向他道破诱惑者的姓名；但出我意外，他竟不曾问起。我相信当他不被萝拉的目光追随时，他的妒意也就立即淡忘。无论如何，他这次跑来看我，一路奔波，倒反使他消失了一部分的勇气。

他这事件中显有不合逻辑之点；他愤慨那人抛弃了萝拉。我向他点破，如果萝拉不遭抛弃，在他也决难旧巢重圆。他自愿爱那孩子一若己出。谁知道，如果没有那诱惑者，他还能尝到做父亲的滋味？这一点我避免使他注意，因为记起自身的缺陷，他的妒意便又发作。但这完全是从自尊心出发，所以不再使我感到兴趣。

像奥赛罗的妒忌,那是可以解释的。自己的太太和别人逍遥,这幅印象尽够使他刺心入骨。但是杜维哀那种人,如果也起妒意,那他早应自认命该如此。

而无疑他支持这种热情,潜意识中仅为掩饰自身个性的贫乏而已。幸福应该对他是自然的,但他必欲逞强,因此不尊重自然的,而尊重获得的。我不得不竭力向他解释简纯的幸福得之非易,且也远胜于烦恼。直等他平心静气才和他作别。

性格的矛盾。小说或戏剧中人物的行动自始至终不出吾人的意料……人让我们来赞赏这种一致,我则认为这适足表示这些人物是不自然的,造作的。

我并不以为矛盾就一定是自然的表现,因为我们遇到,而特别在女人间,很多的矛盾都是故意的;另一方面,我很赞叹在极少数人确有所谓"一贯的精神",但最普通的,则是其人的一致,非借自然,而仅由于矜持。愈是内心善良的人,他的可能性愈大,他愈善变,他很少让过去来决定自己的将来。人们拿来给我们做模范的:Justum et tenacem propositi virum①,其实这种人往往只是一片不受垦殖的瘠土。

我还认识另一种人,他们一心有意立异,他们所最关心的,即是对于某些习惯,既经认定以后,从此便一执不变,处处留神,决不放松。(我想到 X,当我请他喝一九〇四年酿的蒙哈谢酒,他便拒绝。"我只爱波尔多酒。"他说。但我说那就是波尔多酒时,立刻他把蒙哈谢酒也看做非常美味了。)

当我更年轻的时候,我常立下一些自以为高超的决心。我不很注意自己曾"是何种人",我所关心的是自己"应成何种人"。如今,我几乎觉得"听其自然"才是防止衰老的秘诀。

俄理维问我工作的是什么。我不禁和他谈起我的书,他似乎那样地感到兴趣,我竟把刚写成的一部分也念给他听。我怕他发表意见,知道少年时代的心理每趋极端,最难容忍别人可以有和他不同的观点。但他偶然小心地从旁所说的话在我都认为非常合理,且使我获益匪浅。

其实我的一思一动无不由他而决定。

---

① 拉丁文:正直与固执的人即是力的表示。

他对原定由他主编的那份杂志仍不放心,尤其是那篇巴萨房嘱他写的短篇小说,而他对此并不承认。我对他说巴萨房既已另拟计划,创刊号的稿件必有更动,他可以把他的原稿索回。

接待法官普罗费当第先生,他的来访,实在出乎我意外。他擦着额上的汗,呼吸非常紧张,我觉得与其由于爬到我的第七层楼使他喘不过气,毋宁说是他自感局促的缘故。手中握着他的帽子,我请他坐时他才坐下。这人仪表端正,身材适中,且极有风度。

"我想阁下是法院院长莫里尼哀的姻弟,"他对我说,"我来拜访阁下是为他孩子乔治的事情。我这举动可能在您认为冒失,但凭我对我同事的景仰与关切,我希望不难得到您的谅解。"

他略作停顿。我知道每天给我来打扫的女仆这时正在邻室,便站起来把室内的一扇门帘放下。普罗费当第报以会意的微笑。

"站在法官的立场,"他接着说,"我必须处理一桩对于我非常棘手的案件。令甥上次已被牵涉到某一案件……——自然这只是您我间能说的话——而且是一桩相当不名誉的案件,但以他那么年轻,我总希望他能善意改悔,束身自爱。而我不能不承认那一次在我已煞费苦心,一面必须不使事件扩大,同时又须不违背公理。如今再犯……但我还须声明,这次与上次性质完全不同……我不敢说乔治还能那么容易幸免。虽然以我和令姻兄的友谊,我应竭力使他免陷丑闻,但我几乎怀疑是否有让乔治幸免的必要。总之,我试着办,但我手下的属员,您知道,他们很出力,而我不准能阻拦他们。或是,您认为需要的话,现在我还有办法,但一到明天就再无能挽救。所以我想到您应该和令甥一谈,使他知道他所冒的危险……"

普罗费当第的来访——我想无须隐瞒——最初使我万分不安,但当我认清他此来既非怀有敌意,又非自居于制裁者的地位,我反觉颇饶兴趣。当他再说下去时,我的兴致也越发增加。

"市上伪币的流通已有相当时候。我接到报告。我还无从发现它们的来源。但我知道年轻的乔治——我愿意相信他是无心的——是使用与传布这些假钱中的一个。与这可耻的交易有关的一共有好几个,年龄都和令甥相仿。我并不怀疑,别人利用他们的无知,而这些别无知识的孩子们便落入在几个年长的作恶者的手中,上了他们的圈套。我们早可以把这些附和的孩子们加以逮捕，而且也很容易使他们招认这些假钱的来源。但我太知道，一件案子如果超过某一种程度，我们就再无法控制……也就是说一经审讯，再无后退的余地，到那时候即是我们所不想知道的，也势非让我们知道不可。以眼前的案子来说，我总想不借这些孩子们的口供，即能拘获其中真正的罪犯。因此我下令不必惊动他们。但这道命令不过是暂时的。我深愿令甥不至于强迫我另出主意。他应知道别人都睁眼瞧着。您即使恐吓他一下也未始不可，他已走入邪道……"

我保证说我尽力给他警告，但普罗费当第似乎不曾听到。他的目光茫然似有所失，他反复说了两次："正是人所谓走入邪道。"接着便不再做声。

我不知道他的沉默保持多久。不待他构思，我似乎已看出他的心事，而他自己尚未出口，我已先听到他所要说的话：

"先生，我自己也是做父亲的人……"

而他最初所说的一切已早消失，我们间只剩下裴奈尔一人的问题。其余的全是托辞，他来看我原来为的是他。

如果我不惯别人对我倾诉衷曲，如果种种情感的夸张令我厌烦，相反，这一种有节制的情绪最足打动我的心坎。他尽力遏制自己情感的冲动，过度的紧张，竟使他的嘴唇与双手发颤。他不能继续说下去。突然他以手掩面，吞声啜泣起来。

"您看，"他口吃着说，"您看，先生，一个孩子可以使我们变成非常不幸。"

何须再事规避？我自己也极度受到感动：

"如果裴奈尔看到您，"我大声说，"我敢担保他不能不怦然心动。"

可是实际我感到非常为难。裴奈尔几乎从不曾和我谈起他的父亲。我既知他脱离家庭，立刻我把类似的出奔看做非常自然，且认为这对孩子是最有益的。尤其，以裴奈尔的情形而论，同时还连带私生子的关系……但眼前这一位虽非他生父，但所发的情感，由于不是理智所能遏制，愈显强烈，由于自然流露，愈感真切。而站在这份爱心，这重悲伤之前，我不能不自问裴奈尔的出走是否出于合理。我自觉再不忍对他表示赞同。

"如果您认为我可以对您有点帮助，或是认为我有和他一谈的必要，"我对他说，"请尽管不必客气地告诉我。他的心地很好。"

"我知道。我知道……是的，您的力量很大。我知道今年夏天他和您在一起。我的消息不能不算灵通……我还知道他今天去应口试，我知道他正在索邦,所以特意选这时候跑来看您。我怕和他遇见。"

当时我的情绪突然中落,因为我发觉在他每一句话中几乎都带着这个动词"知道"。立刻我关心他的语意已不及我关心观察这带有职业性的口语。

他对我说他也"知道"裴奈尔的笔试成绩非常出色。其中一位主试员,正好是他的朋友,还特意使他知道他儿子的作文,而那似乎称得上是其中最杰出的一篇。他谈起裴奈尔时虽带赞赏,但语气颇有分寸,这使我怀疑,归根结底,是否也许他并不相信自己不是他真正的父亲。

"主啊!"他又加上说,"千万别和他提起这一切!他的性格是那么高傲,那么多疑!……如果他猜到自他出走以后,我仍不断地想念他,注意他……但您不妨对他说,您曾见到了我。(每一句话都使他透不过气来。)——唯有您可以对他说的,就是我对他并无怨恨,(随又用更低微的语声)就是我始终爱他……像爱一个儿子一样。是的,我很知道您知道……这您也可以对他说……(这时他的目光回避着我,嗫嚅难出,似在一种极度狼狈的情状下)即是他母亲已永远地……是的,今年夏天,离开了我;而如果他愿意回来,我……"

他未能把话说完。

一个魁梧健朗,遇事积极,在社会上有地位有声望的男子,而突然抛弃面具,使自己赤裸裸地和一个陌生人相对,这给当事人的我一种非常特殊的印象。这场合使我再次感到一个熟稔的人对我倾诉衷曲远不如一个不相识者的更易使我感动。此点当容后再作探解。

普罗费当第并不隐瞒他最初对我所怀的戒心,裴奈尔的脱离家庭而投奔我处在他终难自解。这也就是最初使他一直迟疑不想和我见面的缘故。我不敢和他谈起窃箱的故事,只说由于他孩子和俄理维的友谊,由于这重关系,我对他说,我们才成相识。

"这些年轻人,"普罗费当第接着说,"闯进社会去,自己并不知所冒的危险。正因为他们不识危险,所以才有胆量。但我们做父亲的,自己有这经验,反得替他们担忧。我们的挂虑使他们恼怒,而最好只能不向他们明说。我知道有时这种挂虑实在用得太笨拙而让人讨厌。与其再三叮嘱孩子说火会烫手,不如让他自己先去试试。经验的教训远胜于从旁劝告。我一向给裴奈尔最大的自由,以致使他竟信以为我对他不很关心!我怕这是他误会的起因,而结果他就出奔。事到如此,我仍相信不如任他做去;一面从旁对他注意,而不使他有所发觉。多谢上帝,这在我倒有办法。(显然此处普罗费当第又争回他的面子,他对自己手下警务组织的严密尤表自豪;这在他和我的谈话中已是第三次提到。)我认为必须使孩子的心目中不把这次的事态看做过于严重。我是否有向您申明的必要,这种不服从的举动,虽然给我留下很多痛苦,但结果反使我对他更生恋念?我自信由此正足表示他的勇气与价值……"

如今,此公自觉再无顾忌,话便滔滔不绝。我设法把话题引向我更感兴趣的方面,便直截问他是否曾看到过他最初和我所谈的假钱。我好奇地很想知道是否这些假钱和裴奈尔拿给我们看的那枚玻璃制品同属一类。我才一提到,普罗费当第面部的表情立即转变。他半合着眼睑,同时瞳孔中像是燃起一道异样的火焰;两鬓显出皱纹,双唇紧闭;注意力的集中使他面部的轮廓上曳。他先前对我所说的一切,这时已全成过去。法官遮没了父亲,除了他的本行一切皆不存在。他对我追问不放,随问随录,并说拟派人员赴萨斯费抄出旅馆登记簿中旅客的名单。

"虽然很可能,"他补充说,"这枚假钱只是由过路的坏人落入在您所说的杂货商人手中。"

对此我便申说萨斯费地处深山,绝非出入孔道,常人于一日内不易往返。他对这最后的报道特别满意,至此他便欣然告辞,并对我深致谢意,神情若有所思,但将乔治与裴奈尔则早忘诸脑后。

一三

裴奈尔在那天早晨不能不有这样的感觉:对于一个和他那样天性高贵的人,最大的喜悦莫过于给另一人以喜悦。而这喜悦在他竟无缘享受。他才由会考中以成绩优等入选,苦于无从向人传达,这可喜的消息沉压在他心头。裴奈尔很知道对这消息最感愉快的应该是他父亲,一瞬间他竟踌躇是否有立刻跑去向他报告的必要;但他的自尊心阻拦了他。爱德华?俄理维?那也显得把一张文凭看做太重要了。他已是文学士[①]。但这于他何补!如今才真是难题开始的时候。

在索邦的大院子中,他看到他的一位同学,和他一样也已录取,远离着别

[①] 法国学位名,通过中学毕业会考即可获得,也译做"业士"。

人,独自在哭泣。他臂上缠着黑纱。裴奈尔知道他丧母不久。一种广大的同情心驱使他跑向那位孤儿。他已走近,随又觉得自己的举动太显唐突,这荒谬的心理竟使他挨身而过,佯作不见。那一位看他迎面而来,随又避开,对于自己的落泪顿感羞愧。他重视裴奈尔,误认对方的动作出于蔑视,内心益觉痛楚。

裴奈尔进入卢森堡公园。他在一张长凳上坐下,正是那天下午他为借宿跑到公园来寻找俄理维的那个地方。风几乎是温暖的,碧空在叶落后的大树枝间向他露出笑容。人怀疑到是否紧接着的会是冬天;连公园中的鸽子似也未曾惊觉。但裴奈尔注目的并不是公园,他看到展开在他眼前的是生活的一片汪洋。人说海上有的是路,只是未经开辟,裴奈尔不知道哪一条是他自己的路。

正沉思间,他看到一位天使迎面而来,轻轻地滑着,轻得看去像是踏在水上一样。裴奈尔从不曾见过天使,但他毫不犹疑,而当天使对他说:"来吧",他顺从地起立,跟随他走了。他也就和在梦中相仿,并不十分惊异。以后他曾追忆是否当时天使握住他的手;但实际他们间保持着一点距离,并无接触。两人一同回到裴奈尔留下孤儿的那个大院中,决心想和他一谈,但这时院中已无人影。

裴奈尔走向索邦的教堂,天使仍陪伴着他,天使先进去,在裴奈尔这还是初次。这儿巡游着别的天使们,但裴奈尔的肉眼无法窥见。他被笼罩在一重无限的和平中。天使走近祭坛,当裴奈尔看他跪下时,自己也跪下在他的身旁。他从来不信任何神明,因此他不懂祈祷;但他心头充满着一种由衷的奉献与牺牲之情,他以身相许。他这时惶惑的心绪实非言辞所能表达。但突然教堂中的琴声响了。

"你曾同样献身给萝拉,"天使说,而裴奈尔感到自己的面颊上涔然泪落,"来吧,跟我走!"

当天使带着他时,裴奈尔几乎撞在他以前的一个同学身上,这人也才通过口试。裴奈尔平时把他看做是一个最疏懒的学生,而竟录取,在他颇为惊异。那人并不曾注意到裴奈尔,后者看他正把烛金付给教役手中。裴奈尔耸一耸肩,便跨出大门。

当他再回到街上时,他发现天使已早离去。他跑进一家烟草铺,正是一周前乔治试用假钱的那家铺子。此后他混用出去的已很不少。裴奈尔买了一包纸烟抽着。天使何以离开他呢？难道裴奈尔与他之间一无可谈吗？……正午的钟声响了。裴奈尔已饿，回到寄宿舍去？还是和俄理维去分享爱德华的午餐？……他确定自己袋中还有零钱，便进入一家饭馆。他正餐毕，耳畔听到一种轻柔的低语：

"你该付账了吧！"

裴奈尔回过头去。天使又已在他身边。

"你已该有个决定，"他说，"过去你只凭机遇生活。此后你仍愿一任命运做主吗？你有志服务，就该知道你的对象是什么。"

"教我，指导我！"裴奈尔说。

天使带裴奈尔到一个拥满人群的会场。会场的尽头是一个讲台，讲台上放着一张桌子，桌上铺着一方枣红色的桌布。一个还年轻的人坐在桌后发着议论。

"这实在是一种莫大的狂妄，"他说，"以为自己能有什么发现。试问我们所有的，哪一样不是继承前人的？我们乘年轻的时候都应知道自己依靠着一个过去，而支配我们的也就是这过去。我们的未来完全由它决定。"

当他把这论题发挥尽致以后，另一演说者登台，首对前一人的议论表示赞同，随即对不借信念而以一己出发的自负者施以抨击。

"我们继承前人给我们留下的一种信念，"他说，"它已历尽千百年的历史。这必然是最高的，而且也是唯一的信念；我们人人都应遵守。这是我祖先所留传，我民族所遵循，国有大难，未有不起于对这信念的否认。身为法兰西之良好公民都应有这种认识，一切成功之道，无不由此肇始。"

第二个人演说以后，接着又出来第三个。他对前两位有关他称为"他们党纲的理论"所作的精湛的阐述表示谢意；继谓这党纲的最大目的，即在借每一党员的努力以复兴法兰西民族。他以实行家自任，主张任何理论须借实行来贯彻它的目的，得到它的证明，而每一法兰西的良好公民都应自认是战斗中的一员。

"惜乎如许的力量，"他加上说，"都是孤立的，空费的！我国家何难不发扬光大，百业向荣，人尽其能，如果这些力量能团结起来，如果行事以法为本，如果人人各守岗位！"

当他继续演说时，台下已有一些年轻人来回散发入会单，以备听众签名加入。

"你既有献身的热诚,"天使从旁说,"还更等待什么?"

裴奈尔从散发人手中接过一张单子,纸上开头印的是:"余以至诚加入……"他念下去,随又回看天使,天使正在微笑。他再向会场观望,发现那些年轻人中还有那位刚才在索邦教堂中敬烛谢神的新学士;而突然,稍远处,他窥见他的那位长兄。自他自己离家以后,这还是初次照面。裴奈尔对他原无好感,而后者受他父亲的重视更使他不能不略怀妒意。他慌忙把手上的纸单团皱。

"你认为我应该签名吗?"

"是的,如果你对自己仍有怀疑。"天使说。

"我已不再怀疑。"裴奈尔说着把纸团抛向远处。

这时演说者还在继续。当裴奈尔再听时,那人正在告诫青年,谓人不欲自误,最可靠的办法莫过于不以一己之判断为判断,而应以长辈之判断为判断。

"所谓长辈,他们是谁?"裴奈尔问道;他胸中顿时感到莫大的愤慨。

"如果你上台去,"他对天使说,"如果你和他角力,你不难把他打倒……"

但天使微笑着:

"我倒想和你拚一下。今晚如何?……"

"好的。"裴奈尔说。

他们一同出门。他们走到大街。街上匆匆忙忙的人群看去全像有钱的人;各人对自己都很肯定,对别人都很淡漠,但在他们的自信中仍不免带有忧色。

"这是幸福的象征吗?"裴奈尔问道,一阵心酸使他顿觉泪涌。

天使又把裴奈尔带到贫民区域,此中的穷困是裴奈尔向未猜疑到的。夜色垂临。他俩迟迟徘徊在龌龊的高楼间,那儿寄生着疾病,卖淫,耻辱,罪恶,与饥饿。那时裴奈尔才握住天使的手,天使背面掩泣。

那晚裴奈尔饥腹而返,一进寄宿舍,也不和平日一样去找莎拉,便径登他和波利同住的这间卧室。

波利已上床,但还未入睡。他在烛光下重读当天早晨接到的勃洛霞给他的信。

"我怕,"他女友的信中说,"永远不能再见到你。我在回波兰时受了凉,不时咳嗽,虽然医生瞒着我,我自己知道已活不长久。"

听到裴奈尔行近,波利把信藏在枕下,赶紧将蜡烛吹灭。

裴奈尔走在黑暗中。天使跟着他进入卧室,夜色虽不十分朦胧,但波利只看到裴奈尔一人。

"睡了吗?"裴奈尔低声问道。波利没有回答,裴奈尔便以为他已睡熟。

"好,如今就剩我们两人。"裴奈尔对天使说。

波利模糊地看到裴奈尔辗转不息。他以为这是他的一种祈祷方式,才故意不打断他。但他很想和他谈谈,因为他心中有着无限的痛苦。起床后,他跪下在床前。他想祷告。但已止不住呜咽:

"啊,勃洛霞!你能看到天使,你应该做我的向导,你竟离开我!没有你,勃洛霞,我将成为什么呢?我将成为什么呢?"

裴奈尔与天使无暇顾及波利。两人相持直到黎明。天使退出时各人仍不分胜负。

稍后,裴奈尔也从室内出门,在走廊上和蕾雪相值。

"我有话和您说。"她对他说。从她凄切的语声中,裴奈尔立刻理会她想说的是什么。他不答一言,低着头,由于对蕾雪的怜恤,使他突然憎恨起莎拉,憎恨起他自己和她之间的暗夜销魂。

十四

近十点时,裴奈尔上爱德华家去,带着一个手提包,里面装的是他身边仅有的衣服、衬衫之类和书籍。他已向雅善斯老人与浮台尔夫人告辞,但行前未曾再和莎拉会面。

裴奈尔态度严肃。与天使一夜的苦斗使他变得更审慎。他已非昔日冒领提箱的窃儿可比,以为世间一切可以全凭果敢。他开始领悟他人的幸福每是出了最高的代价。

"我来求您收容,"他对爱德华说,"如今我又无栖身之地了。"

"为什么您离开浮台尔他们呢?"

"由于一些秘密的原因……恕我不能公开。"

爱德华在那天夜间的聚餐会中已相当注意裴奈尔与莎拉,也就大体猜到了其中的隐情。

"好吧!"他微笑着说,"我工作室内的躺椅,晚上可以供您使用。但事前我必须告诉您,您父亲昨天跑来看我。"他便把在他认为足以打动他的一部分谈话告诉了他。"今晚您应安宿的地方不是在我这儿,而是您自己家里。您父亲等着您。"

裴奈尔沉默不言。

"让我考虑一下,"他最后说,"但可否暂时我把行李留在这儿。我能见俄理维吗?"

"天气那么好,我劝他去吸点空气。我本想陪他同去,因为他体质还很弱,但他喜欢一个人去。好在他出门已有一个钟点,不久就能回来。等着他吧……但,我想在……您的考试如何?"

"我已录取,这是小事。我最为难的是如今我再做什么。您知道我最不想回家的缘故是什么?那就是我不愿意用我父亲的钱。您一定会认为我拒绝这种机会是荒谬的举动;但这是我对自己曾发过誓的。我必须保证自己是一个遵守诺言的人,一个可以信托的人。"

"我看这也不过是自傲而已。"

"您爱怎么称呼都可以:自傲,自负,自足……我既定的方针决不因此动摇。但我如今最想知道的是:一个人想生活,是否必须要有一个固定的目的?"

"看您怎么解释。"

"我为这事挣扎了一个晚上。我自身中感到的力量应如何应用?如何才能善用自己?是否自己应有一个目标?而这目标,如何选择?未达到这目标以前,从何辨识?"

"无目的的生活,即是凭偶然行事。"

"我怕您还不了解我的意思。当哥伦布发现美洲时,他事先知道他飘向哪儿去吗?他的目标即是勇往直前。他的目标,就是他自己,而这目标就永远在他眼前……"

"我常想到,"爱德华打断说,"在艺术上,而特别在文学上,只有那些往未知中追求的才有价值。要发现一片新天地最初非长时间地失去一切边际,独自摸索不可。但我们的这些作家们都怕大海,他们只是一些在岸边来回巡逻的人。"

"昨天,从试场出来,"裴奈尔只顾继续自己的话,"不知受了什么妖魔的恩惠,我竟跑去参加一个公共集会。人们正在讨论国家的光荣,效忠祖国,以及无数类似的问题,不禁使我怦然心动。我几乎就在一张纸上签了名,保证我自己对这必然在我认为是高尚而纯洁的理想尽力。"

"我很高兴幸而您不曾签名。但使您中止的原因是什么?"

"无疑由于某种潜在的直觉……"裴奈尔略思片刻,随又笑着说,"我想特别是那些党员们的脑袋,先从我在会场中所瞥见的我那长兄的脑袋数起。我看所有这些青年们似乎都怀着最纯洁的心,而且以他们这点有限的见解,也就配跟人呐喊,如果真让他们去开辟一己的途径,保持一己独立的精神,结果反使他们茫无所措。同时我对自己说,国家也正需要这大群效忠的国民;但我自己却万难列入其中。于是我才自问:既然我不能盲目生活,而同时又不能接受别人的法则,如何我才能替自己建立起一种法则来。"

"我觉得这回答很简单:即是在自身中觅取这法则,即是以发展自己为目标。"

"是的……我对自己所说的也就如此。但我并不因此有了进一步的办法。如果至少我能肯定自身中最有价值的地方,我也可以循这方向做去。但我连自己的优点何在也不得而知……我说我曾竟夜挣扎。天快亮时,我已不堪疲累,而我竟想不如先期应征,加入军队去。"

"把问题暂时抛开也不是谋解决的办法。"

"我也那么想,而且纵使暂时不管,结果军训期满以后,到那时这问题对我也许显得愈加严重。所以我来征求您的意见。"

"我没有意见可以贡献。您所需要的忠告只有从您自身中才能找到。正像您不去生活,您也就无从求得生活之道。"

"但在未能决定如何生活以前而竟生活得不好,那又如何?"

"那对您也会是一种很好的教训。只要是往上走的路,尽管走去就是。"

"不是说笑话吧?……不,我相信我懂得您的意思,而我愿意接受这信条。但像您所说,一面去发展我自己,但同时我总得找饭吃。如果在报端登一则堂皇的启事,譬如:'兹有有为青年愿就任何工作。'您看如何?"

爱德华开始笑了。

"再没有比'任何工作'更不容易找的。不如说得确切一点。"

"我常想到一份大报纸的组织下无数分门别类的机构。啊!我很愿意接受一个下级的职位:校对,监印……都成。我需要的待遇很低!"

他说话时显示出踌躇。其实,他所希望的是一个秘书的位置;但由于以往他们相互间所感到的沮丧,这事他不便向爱德华再提。实际上,如果那次秘书职务的尝试结果弄成那么狼狈,其咎不能归在他——裴奈尔身上。

"也许我可以,"爱德华说,"给您介绍进《大日报》,我认识他们的经理……"

当裴奈尔与爱德华谈论之际,另一面莎拉对蕾雪正有一幕最难堪的争辩。莎拉恍悟裴奈尔的突然离去实由于蕾雪的告诫,心中大为愤懑,她说她姊姊不让人有丝毫的痛快,她说她的德行已够让人掩鼻,她没有权利再来强人学她的榜样。

蕾雪自认不应受到类似的谴责,因为她始终处处牺牲自己,这时面色变得非常苍白,唇间发着战栗。她反辩说:

"我不能让你堕落。"

但莎拉呜咽着咆哮说:

"我不能信从你的天堂。我不希望得救。"

她决意立刻再回英国去,那儿有她的朋友可以招待她。因为,"毕竟她是自由的,而且她必须顺她自己的意志去生活。"这一场可悲的风波徒使蕾雪心碎。

十五

爱德华特意在学生们未到以前先去学校。自从开学以来,他不曾再见拉贝鲁斯,而他所希望的就是最先想和他有一谈的机会。这位年老的钢琴教员对于他所新任的学监的职务已算鞠躬尽瘁,换言之,也即弄成一败涂地。最初他尽力想受爱戴,但他的威望不足,孩子们乘机利用。他们把他的宽容认作是寡能,而异样地放肆起来。拉贝鲁斯再想严办,但已太迟。他的训斥,他的威吓,他的惩戒,结果只使学生们对他更起反感。如果他语声粗厉,他们报以冷笑;如果他大声拍桌,他们假装受了惊吓尖声叫喊;他们模仿他,叫他"赖皮老人"。他的讽刺肖像挨桌传递,画中把这位柔懦的老人形容得非常残暴,握着一支巨大的手枪(这手枪是日里大尼索、乔治与费费有一次在老人的卧室中私自搜索时所发现的),正在对学生们大事屠杀;或是,在他们面前跪着,合掌哀求,正像他初期的作风,"请发慈悲,小声一点吧。"这正像一只可怜的老鹿被围困在一群凶猛的猎犬中间。这一切爱德华全不知道。

爱德华日记

拉贝鲁斯在楼下一间最小的自习室中接见我,这是我所知道学校中最简陋的一间。全副用具包括对黑板放着的四张连在书桌上的板凳,以及一张草垫的椅子,拉贝鲁斯非让我坐在椅上不可。他自己煞费一番工夫想把过长的腿伸在书桌下面,结果是歪着身子蜷曲在一张板凳上。

"不,不。您放心,我这样很好。"

而他的语调与他面部的表情却在说:

"我实在太难受,而我希望这是显而易见的;但我愿意如此。我愈受罪,您愈难听到我的诉怨。"

我想找点戏言,但无法博得他的微笑。他摆出一副正经而又像是傲然的态度,用来使我们之间保持着某种距离,而为的使我明白:"这是您的恩赐让我留在这儿。"

同时,他表示对一切都非常满意,尤其,他避开我的问话,而对我的一再坚持显出颇不耐烦。可是,当我问起他的卧室,他突然说:

"实在离厨房有点太远。"因为我的惊疑,他又说,"有时,晚上,我必须吃点东西……当我睡不着的时候。"

我离他很近。这时我更移近一步,轻轻地把手按在他的手臂上。他用更自然的语调接着说:

"您须知道,我的睡眠很坏。当我睡熟的时候,我仍不忘我在睡眠。这不能称作真正的睡眠,是不是? 一个真睡熟的人他不觉得自己睡着;他只能在睡醒时,才发现自己已睡熟过了。"

随后他又靠近我,局促地反复追究:

"有时我不能不承认这许是我自己的幻想,而当我不相信自己睡熟时,其实我是真睡熟了。但我并没有真正的睡熟,这证据是,如果我想睁开眼睛,我的眼睛就睁开了,通常我并不爱那么做。您明白,是不是,我没有理由要那么做。单为证明给我自己看我并没有睡熟,这有什么用处? 为的希望能睡熟,我总是设法使自己相信我正睡着……"

他更靠近我一步,用着更低的语声:

"可是总有什么东西在那儿打扰我。别对人说……我并不是诉苦,因为

443

这根本是没有办法的;而人们无法改进的事情,那又何须诉苦,是不是……试想挨着我床的墙内,正和我头一般高的地方,总有什么东西发出声音。"

他说着兴奋起来,我建议让他带我到他的卧室去。

"是!是!"说着他立即起身,"也许您能告诉我那是什么……我自己,我总明白不了。跟我来。"

我们上了两道扶梯,接着穿过一条相当长的走廊。这一部分的房子以前我从不曾来过。

拉贝鲁斯的卧室临着街,虽小,倒还像样。我注意到他床前的小桌上,在一本祈祷书的旁边,放着那盒他坚持着带来的手枪。他抓住我的手臂,把床推开一点:

"那儿。过来……贴着墙……听到吗?"

好一会儿,我集中精神侧耳细听,但用了最大的努力也无从辨别出什么来。拉贝鲁斯有点急躁。这时正有一辆卡车过去,屋子有点震动,玻璃窗也发出声音。

"在这白天的时候,"我说,意思是想给他一点安慰,"刺激您的那种细微的声音全给路上的喧嚣盖住了……"

"对您是盖住了,因为您不会把它和别的声音分隔开来,"他气愤地叫着说,"在我,可不是,我依然能听到。不论在任何情况下,我始终能听到,有时我简直不能再忍,决定想对雅善斯或是房主人去说……啊!我并不一定想使这声音绝迹……但至少我想知道这究竟是什么。"

他似乎略事思索,随又接着说:

"这像是一种轻微的咀嚼声。为避免听到这种声音,我一切方法都试尽了。我把床从墙边移开。我在耳朵中塞上棉花。我把我的表挂在我想正是水管通过的那个地方(您看,我在那儿安了一枚小钉子),为的使这滴答滴答的表声把那另一种声音压下去……但这样,结果使我更疲累,因为我势必用更大的力量去把它辨认出来。这说来实在可笑,是不是?但既然我知道这声音总在那儿,我倒宁愿痛痛快快听到它……啊!我不应该对您谈这些。您看,我只是一个老头儿。"

他坐下在床边,出神地发愣。在拉贝鲁斯,暮年的昏沉如果说影响到他的智能不如说是毁灭了他的意志。不久以前还是如此坚强如此傲然的他,而今看他堕入孩子似的垂头丧气,我不禁想:虫已腐蚀到果子的核心。我想把他从绝望中解救出来,便和他谈到波利。

"是的,他的寝室就在我的邻近。"他说,一面昂起头来,"我来指给您看。跟我来。"

他引我到走廊上,打开邻室的门。

"您看到的那另一张床就是那位年轻的裴奈尔·普罗费当第睡的。"我觉得我不必告诉他,就在那天起裴奈尔已不会再回到那儿去睡。他接着说:"波利很满意他的同伴,我相信他们很能相投。可是,您知道,波利不常和我说话。他的性格很沉默……我怕这孩子有点薄情。"

他说这话时语调非常凄切,我不能不起而抗辩,向他保证他孙儿决非薄情。

"如果真像您所说,那么他很可以多有一点表示,"拉贝鲁斯接着说,"您看,这是个例子,早晨当他和别的孩子们上学时,我伏在窗口看他过去。他明知道……但他从不回过头来!"

我想试劝他,说波利无疑是怕在同学面前丢脸,而且深恐他们的讥笑;但正在这时,院子中传来大群熙攘的喧声。

拉贝鲁斯抓住我的手臂,语声也变了:

"您听!您听!他们进来了。"

我注意着他。他开始浑身发抖。

"这些小东西使您害怕吗?"我问。

"哪有的话,哪有的话,"他慌忙说,"怎么您竟以为……"随又很快说,"我得下去。休息的时间只有几分钟,而您知道接着就是自习,我得去监堂,再见,再见。"

他简直来不及和我握手便闯入走廊。立刻我听到他在扶梯上急促的脚步声。我因不愿在学生们面前经过,便又静待片刻。我可以听到他们的叫声、笑声和歌声。立刻钟声响了,突然一切回复静寂。

我就预备去访雅善斯,请他准许让乔治暂离课室来和我谈话。他不久就跑到刚才拉贝鲁斯接待我的那间小教室来。

一到我面前,乔治就认为应该采取一种满不在乎的神气。这是他用来遮掩他心虚的方式。但我不敢断定说他比我更感局促。他守着防线,因为无疑地准备来受训斥。当时我觉得他正尽速搜集武器以备和我对抗,因为,我还不

445

及开口,他就先问起俄理维的消息,但那样地带着嘲弄的语调,我简直就想送他一个耳光。他算占了上风。他那讥刺的目光,口角边嘲讽的皱纹,以及他那说话的语调,似乎都在说:"而且,您知道。我用不到怕您。"我立刻失去自信,而只求勿使自己显露出来。我原来预备好的一番议论这时使我突然感到已不合时机。我没有那种自充学监者所必不可少的声势。而且,衷心说,乔治太使我感到兴趣。

"我不是来叱责你的,"我终于那么对他说,"我只愿意给你一个警告。"而竭尽全力,我仍无法消除我面部的微笑。

"请您先告诉我,您是不是受了我妈之托而来的?"

"可以说是,也可以说不是。我曾和你母亲谈起你,但那已是几天前的事。昨天,为你的事情,我曾和一个你所不认识的人,一个很重要的人,有过一次很重要的谈话。他是专为你的事情来和我商谈的。他是检事。我是受他之托才来看你……你知不知道什么叫做检事?"

乔治突然失色,无疑刹那间他屏住呼吸。虽然他仍耸一耸肩膀,但他的语声是发着微颤的:

"那么,就把他,普罗费当第老人,对您所说的尽管说吧!"

这小家伙的镇定使我心慌。无疑,对这事情,单刀直入是最简单不过的;但我的性情偏又不爱往最简单的做而情愿绕着大弯。为解释一种事后在我立刻认为荒谬但确是很自然的行为,我可以说我实在很受惠于和菠莉纳最后的那次谈话。由那次谈话所得的感想,我已经将之以对话的方式应用在我的小说中,并且与其中人物的口吻很能相称。我很少直接利用现实生活中的材料,但这一次,乔治的"历险"倒对我非常适用,似乎我的书正等着它,它在我书中找到了最合适的地位,就连其中的枝节也无须加以更动。但我并不直接叙述他的"历险"(我是指他那次偷书的故事),人们只能从对话中看到一个侧面,以及这事可能引起的后果。我曾把这对话记在一本小册子上,凑巧这小册子正在我的袋中。相反,我觉得假钱的故事,单就普罗费当第所告诉我的,对我不能有什么用处。无疑,我之不立刻和乔治提到这一点,原因也就在此,虽然我是专为这事情而去看他的。因此我避开本题:

"我希望你先念这几行字,"我说,"你可以知道为什么。"我便把我的小册子打开在与他有关的那一页,递给他。

我再次声明:这举动,如今我已觉得荒谬。但正因为在我的小说中,我也预备采取同样的方式去关照我那位最年轻的主人公。我亟须知道乔治的反应。我希望由此可以得到启示……或竟可以知道我所写成的东西的质量。

我把有关的这一段录下：

在这孩子身上隐伏着一重漆黑的阴影，而为奥地伯关切的好奇心所注意。知道年轻的欧陀尔夫有偷窃的行为，这在他是不能认为满足的。他希望欧陀尔夫向他陈述他如何踏入这一地步以及他初次行窃时的感觉。孩子，纵使信任他，也决不能那样做。而奥地伯不敢质问他，深恐引起他做不诚实的抗辩。

某晚奥地伯与伊特勃朗一同晚餐，他便对后者讲起欧陀尔夫的情形，但不道姓名，而且把事实的经过安排成使对方无从辨认：

"难道您不曾注意到，"伊特勃朗便说，"对我们一生最有影响的那些行动，我是说，对我们的前途最带决定性的那些行动，往往是一些毫无考虑的行动？"

"我很承认，"奥地伯回答说，"这好像一列火车，人乘上去时并不假以思索，也不自问这火车开往哪儿。而且往往火车已把你载走，自己还不知道，到发觉时已来不及下车。"

"但也许我们所谈的这个孩子他还根本不想下车？"

"无疑，他还不想下车。眼前他就让火车带着他跑。两旁的景物吸引着他，至于火车往哪儿开，他并不关心。"

"您预备教训他一番吗？"

"大可不必！那决不会有效。这些他早听腻。"

"为什么他偷窃！"

"我不太知道。决计不会由于实际的需要。也许为获得某种方便，为的赶上那些比他更有钱的同学们……也许由于天生的倾向，觉得偷窃是一种乐趣。"

"这才真是可怕。"

"是呀！因为那样他干了一次就又会干第二次。"

"他的资质如何？"

"我很久以前以为他不及他的哥哥们一般聪明。但如今我怀疑是否这是我自己的失误，是否由于他不曾认清他自己的才能才形成我这方面对他不利的印象。他至今不曾善用他的好奇心；也可以说，他的好奇心还在胚胎时期，还停止在不假思虑的阶段。"

"您预备对他说吗？"

"我想使他认清其中的利害关系，一面是他由偷窃所获得的区区小利，另一面是由于他不正当的行为使他所丧失的一切：他亲属的信任，他们的以及我的尊重……这不能以数来计算的一切，只在经过莫大的努力，失而复得时，人才能体会它们的价值。有些人因此耗尽了他们的一生。我要替他点破在他的年龄所不会注意到的一切：那就是如果以后在他周围发生任何可疑的、暧昧的事情，别人猜疑的目光必然要落在他身上。他会眼看自己蒙受不白之冤而无法替自己洗刷。他过去的行为指定了他。他成了所谓的'焦头烂额'的人。最后，我想告诉他的……但我怕他的抗辩。"

"您想告诉他的？……"

"那就是他已经创了先例，而如果初次行窃须下决心，久之便习以为常……我也想告诉他，第一次人在不经意中所做下的事情往往无法补救地替他划定了他的面目，此后即凭最大的努力也永难磨灭这初次所留下的痕迹。我还想……但我不知道如何对他说才好。"

"何不把我们今晚的谈话记下？您就拿给他看。"

"这倒是个办法，"奥地伯说，"为什么不？"

当乔治阅读以上这段对话时，我的目光始终没有离开他；但他的面部绝不显露出他的心理。

"我应该继续念吗？"他问，一面预备翻开另一页。

"不必，他们的谈话就到这儿。"

"这很可惜。"

他把这小册子还给我，用着几乎是游戏的语调：

"我倒想知道欧陀尔夫念了这册子以后回答些什么。"

"对呀！我也等着想知道。"

"欧陀尔夫这名字太可笑。您不能替他另取一个名字吗？"

"这无关紧要。"

"他的回答也无关紧要。他以后怎么样呢？"

"我还不知道。那全凭你了。我们瞧着吧。"

"那样说来,您这本书倒需要我来帮您继续。但不,您必须承认……"

他停住了,像是有话不能直说。

"承认什么?"为的鼓励他,我紧接着说。

"您会上当,"他终于说,"如果欧陀尔夫……"

他又顿住。我自以为明白他的意思,便替他补充说:

"如果他成为一个诚实的孩子?……不,我的孩子。"而突然我的眼泪夺眶而出。我把手放在他的肩上。但他挣脱我的手:

"因为,如果他没有偷东西,您就写不出这段对话来。"

这时我才认清我自己的错误。事实是我对乔治的关切反引起他的洋洋自得,他以为自己能吸引人。我倒忘了普罗费当第,反是乔治自己提醒了我。

"那末您的那位检事,他对您说了什么呢?"

"他嘱咐我转告你:他知道你在使用假钱……"

乔治变了面色。他知道已无可否认,但还含糊地抗辩:

"那并不是我一人。"

"……而如果你不立刻停止,"我继续说,"他只好把你和你的同伴们加以逮捕。"

乔治的面色最初变得非常苍白,这时通红起来。他目不转睛地呆着,紧蹙的双眉使他前额的下部陷成两道皱纹。

"再见,"我伸手给他说,"我希望你同时转告你的同伴们。至于你,我就不必再说。"

他默无一言地和我握手,便又回到他的自习室去。

重读《伪币制造者》中我拿给乔治看的那几页,颇觉很难满意。我已在此录下乔治所念的原稿,但全章已势必重写。无疑不如直接对孩子说更为恰当。我必须想法如何能打动他。在现状下欧陀尔夫(乔治说得对,这名字有更改的必要)必然很难改过自新。但我仍希望使他纠正过来,不论乔治看法如何,总之这才是最有兴趣之点,因为最困难的也就在此。(此处我的论调倒和杜维哀相仿了!)不如把现成的故事留给写实的小说家们。

乔治回自习室后,立刻把爱德华的警告转达给他的两位朋友。所有爱德华为他窃书所发的种种议论对这孩子毫无影响；但假钱一事，很有使他们吃眼前亏的危险，自宜及早谋解脱之道。他们每人身边都还留着几枚，预备下一次有机会时混用出去。日里大尼索赶紧都拿来搜集在一起，把它们投入坑中。当晚他通知斯托洛维鲁，后者也立刻做了准备。

十六

　　同天，正当爱德华在那儿和他的外甥乔治谈话，这一面，俄理维在裴奈尔离去以后，又逢阿曼跑来看他。

　　阿曼·浮台尔已和先前大不相同；新修的面，微笑着，昂着头；一身棱角笔挺的新衣，但看去有点可笑，他自己觉得，而且也不想隐瞒。

　　"我早想来看你，但我实在忙！……你可知道我现在已是巴萨房的秘书？或是，你喜欢的话，就算是他所办的那份杂志的主编人。我不预备请你来帮忙，因为我看出巴萨房对你很不满意。而且这杂志断然是左倾的，所以它开始排斥贝加以及他的牧歌之类……"

　　"算它倒霉！"俄理维说。

　　"所以相反它欢迎我的《夜瓶》，而且我附带声明，如果你愿意，这诗是预备奉献给你的。"

　　"我认倒霉。"

　　"巴萨房还希望我这首天才的诗发表在创刊号的首篇；他的恭维倒使我弄得难以为情。如果你病后的听觉不怕疲累，我可以告诉你第一次我和这位《铁杠》的名作者会面的情形。这位鼎鼎大名的人物我以前只是间接从你口中得到一点印象。"

　　"你说好了，我很欢迎。"

　　"你不怕烟吗？"

　　"为使你安心我也抽好了。"

　　"你必须知道，"阿曼点上一支烟卷开始说，"你的背弃可苦了我们这位亲爱的伯爵。不是恭维你的话，这可不是容易的事，要再找你那么一位品德兼长多才多艺……"

　　"总而言之……"俄理维打断他说，这一大套的嘲弄已使他不能忍受。

　　"总而言之，巴萨房需要一位秘书。恰好他认识一个叫做斯托洛维鲁的，这人我也认识,因为他是我们学校中一个学生的老表,同时也是他的保证人。他认识约翰·哥勃拉勿勒,这人你也认识。"

"我并不认识。"俄理维说。

"好了!老俄,你应该认识他。这是一个怪特别、怪有意思的典型人物;这是一个化装成的枯皱的小娃,酒精是他生活中的必需品,醉时便能写出好诗。你可以在我们创刊号上念到。斯托洛维鲁就把他介绍给巴萨房,为的继任你的位置。你不难想象他踏进巴比伦路那所爵府时的神气。哥勃拉勿勒穿着满身污垢的衣服,一头乱麻似的头发披散在肩上,他看去像是总已有一个礼拜没有洗面。巴萨房,自命能控制一切,认为哥勃拉勿勒很使他喜欢。哥勃拉勿勒能装得温柔,喜笑,羞涩。他愿意时,他可以和邦维尔①的格兰瓜尔相仿。总之,巴萨房表示很受吸引,而且几乎决定用他。你要知道哥勃拉勿勒身无分文……当时他起身告辞:'在离去以前,我想,伯爵先生,我最好预先通知您,我有几种缺点。''我们谁没有缺点?''我还有嗜好:我吸鸦片。'巴萨房并不在乎这点细节,便说:'那也没有关系,我可以供给您最上等的鸦片。''是的,但我抽足了鸦片,'哥勃拉勿勒又接着说,'我就完全失去对文字的观念。'巴萨房只以为是戏言,强笑着向他伸出手去。哥勃拉勿勒继续说:'而且我还吃麻醉药。''有时我自己也吃。'巴萨房说。'是的,但受麻醉以后,我便不能不犯偷窃的行为。'巴萨房才开始觉得自己在受对方的愚弄。而哥勃拉勿勒既已发动,来势益发凶猛:'再就是我喝酒精,到那时我便把一切都撕毁,把一切都砸碎……'他便抓起一个水晶花瓶装作要把它扔在壁炉内。巴萨房从他手中抢出,说:'多谢您通知我。'"

"他就把他赶走了?"

"他还在窗口观望,看哥勃拉勿勒临走时是否替他在地窖中放下一颗炸弹。"

"但为什么你的那位哥勃拉勿勒要那样做?"俄理维一度沉默后问道,"从你对我所说的看来,他很需要这个位置。"

"但老俄,我们不能不承认,天下有这种人,他们的一举一动专为和自己的利益作对。而且,你愿意我告诉你吗:哥勃拉勿勒……巴萨房的奢华使他恶心;他的风雅,他的殷勤,他的谦让,他所装的那份'优越感'。是的,这一切使

---

① 邦维尔(1823—1891),法国诗人,剧作家。格兰瓜尔是他的喜剧《格兰瓜尔》主人公。

他恶心。我可以补充说,我自己很理解这一点……实际,你这位巴萨房真够让人作呕。"

"为什么说'你这位巴萨房'?你早知道我已不再见他的面。而且,如果你那么嫌恶他,为什么你要接受他所给你的位置?"

"那正因为我喜欢我所嫌恶的……鄙人自己也包括在内。而且,归根结底说,哥勃拉勿勒是个胆怯者;如果他自己不先感到跼蹐不安,他决不会说出那一大套话来。"

"啊!那倒不见得……"

"那可见得。他很感局促,而又最恨让自己所瞧不起的人使他感到局促。他的傲慢完全就为掩饰他的局促。"

"我认为那也太愚蠢了。"

"老俄,人人不能都和你一样聪明。"

"这话上次你已对我说过。"

"记性真好!"

俄理维决意不再让步。

"我竭力不把你的诙谐放在心上,"他说,"但上次你总算对我说了一些真话。那些话是我忘不了的。"

阿曼的目光显出不安,他强笑着说:

"啊!老俄,上一次,我对你所说的话只为顺从你的意思。你爱听低音的曲子,于是,为使你高兴,我才用蜷曲的灵魂,用帕斯卡尔式的呻吟,弹奏我的哀诉……你看有什么办法?我的嘲弄才真表现出我的诚恳。"

"你无法使我相信上次你对我说话时的态度会不是出于诚恳。如今,你才是开玩笑。"

"啊,你这份天真,可真不愧是一个天使的灵魂!像是我们每一个人并不都多少在有意或无意中开着玩笑。老俄,生命本身就是一出喜剧。但你我间的差别,在于我自己知道我在演戏,而……"

"而……"俄理维紧迫着。

"而我父亲,我们姑且不说你,他扮演着牧师,但他自己却完全蒙在鼓里。在我不论说一句话或是干一件事,总有一部分的我留在后面,瞧着另一部分的我在那儿受累,观察他,轻蔑他,嘲笑他,或是替他鼓掌。一个人把自己一分为二,你教他怎么再能诚恳?我几乎连这字眼作何解释也不知道了。这可说毫无办法:当我悲哀时,我觉得自己可笑,而我就笑;当我快乐时,我就那样愚蠢地打趣,结果使我自己想哭。"

"我可怜的朋友,你也使我想哭。我以前不以为你病成那样。"

阿曼耸一耸肩,另换一种语调:

"为的可以使你得到一点安慰,你愿意知道我们创刊号的内容吗?自然有我的《夜瓶》,此外有哥勃拉勿勒的四首歌,雅里的一篇对话,小日里大尼索的散文诗,最后是一篇定名为《烙铁》的长篇论评,其中声明我们这杂志的倾向。我们有好几个人共同在策划这篇杰作。"

俄理维无从插言,笨拙地辩驳说:

"没有任何杰作会是共同合作的产物。"

阿曼哄然大笑:

"但,亲爱的,我说'杰作',为的就是打趣。实际,连'作品'也称不上。而且第一,问题在于知道一般所谓'杰作'究竟指的什么。《烙铁》的任务正要来说明这一点。很多作品,人们公开地加以叹赏,原因只由于人人都在那儿叹赏,而至今没有一个人想说,或是敢说这些作品是愚蠢的。举一个例,我们预备在这期的首页印上一幅《蒙娜丽莎》的肖像,但替她在鼻梁下粘上两撇髭须。老俄,你将来可以看到,那才教人绝倒呢!"

"是否你的意思认为这幅画也愚蠢呢?"

"亲爱的,那倒不。(虽然我也并不认为它那样值得人惊叹。)你不明白我的意思。愚蠢的是人们对它的崇拜。向例人们一提到'杰作',就觉得非五体投地不可,《烙铁》(而且这也将是杂志的名称)的目的就为使人把这种崇敬看成滑稽,使人不信……还有一个好办法,就是让读者们来叹赏一个十足无聊的作家的无聊作品(譬如我的《夜瓶》之类)。"

"这一切巴萨房都赞成吗?"

"他觉得很有意思。"

"我看我的退出倒是上策。"

"退出……老俄,人愿意也好,不愿意也好,迟早都会走到这一步。这点智慧的感想提醒我也该向你告辞了。"

"再留一会儿吧,小丑……你刚才说你父亲扮演着牧师,这话从何说起?那么你不以为他真有信心?"

"敝'令尊大人'把他的生活安排成不能不那样。是的,他是职业性的信徒。一个信心教授。他终生的目的,终生的职务即是灌输信仰。至于想知道他所谓'自己的良心'中发生什么?……那就不便问他。而我相信他自己也从不曾自问过。他的方法是使自己从来没有反省的时间。他在他的生活中填满了成堆的义务,如果他的信心动摇,这一切会变成全无意义;因此他非有这些义务来牵制,来维持他的信心不可。他自以为信,因为他始终做成像是他信。他已失去'不信'的自由。如果一旦他的信心幻灭,老俄,那可不得了,那可真是大难!崩溃!试想,立刻我们全家将以何为生?老俄,这是必须考虑到的事实:爸爸的信心等于我们的饭碗。我们大家都靠他的信心吃饭。所以你要问我爸爸是否真有信心,你不能不承认这问题问得有点不妙。"

"我以为你们是靠学校的收入维持生活。"

"这也多少是真的。但你用这来打断我的诗境也就不够漂亮。"

"那么你,你已什么都不信?"俄理维戚然问道,因为他衷心很爱阿曼,而对他言行的荒唐深感痛惜。

"亲爱的,你似乎已忘记我父母想让我也成为一个牧师。他们就抱着这个目标来训练我,喂了我不少虔敬的教训,为的充实我的信心,如果我敢说……但可惜我没有这种天命,否则也许我可以成为一个惊人的宣教师。我的天命,就配写《夜瓶》。"

"我可怜的朋友,如果你知道我多么替你伤心!"

"你总有我父亲所谓的'一副好心肠'……所以我也不愿太辜负你的好意。"

他拿起帽子,几乎已经出去,但突然又转回身来:

"你没有向我问起莎拉的消息?"

"因为你能告诉我的,裴奈尔已都告诉了我。"

"他对你说他已脱离学校了吗?"

"他对我说你大姊蕾雪请他走。"

阿曼一手握着门上的把手,另一只手,用手杖挡着掀起的门帘。手杖误入门帘上的一个洞中,使得洞口扩大了。

"你爱怎么解释都可以,"他说,他面部的表情非常严肃,"蕾雪,我相信是这世上我所唯一敬爱的人。我尊敬她,因为她有德行。但我的举动没有冒犯她的德行。关于裴奈尔与莎拉间的一切,她绝不知道。是我对她讲的……而眼科医生还劝告她不要流泪!这真滑稽。"

"如今我应该把你看做诚恳吗?"

"是的,我相信我自身中最称得上诚恳的,就是痛恨别人所谓的'德行'。不必去求解释。你不知道幼年清教徒的教育对我们所能留下的影响。它使你心中存着一种愤慨,使你一生无法治愈……我自己就是一个例子。"他用冷笑来总结他的话,"对了,你应该告诉我,我那儿长的是什么?"

他放下帽子,走近窗口。

"你看,就在嘴唇上,在嘴唇里面。"

他靠近俄理维,用一个手指把他的嘴唇翻起。

"我什么也看不见。"

"看不见?那儿,在口角上。"

俄理维发现在接合处附近有一颗白点,心中稍觉有异。

"这是一颗鹅口疮。"他说,为的使阿曼安心。

但阿曼耸一耸肩。

"别信口雌黄!你,自命是一个诚恳的人。你知道鹅口疮吗?鹅口疮是软的,而且容易消去。这,这可是硬的,而且每周长大。它使我口中带着一种恶味。"

"这已很久了吗?"

"我自己发现已有一个多月。但像那篇'杰作'中所说:'我的病痛由来已久……'"

"阿曼,如果你不放心,你应该找医生检查。"

"还用你说!"

"那么医生说了什么呢?"

"我自己不是不知道应该去检查,但我结果还是没有去检查,因为如果这正是我自己所相信的病,我宁愿不知道更好。"

"这太蠢了。"

"可不是蠢!但多么合乎情理,我亲爱的,多么合乎情理……"

"蠢的是自己不想法去医治。"

"而且开始医治时又觉得'这已太迟'!这正是哥勃拉勿勒在他的一首诗中表达得最恰当的:

  事实如此;
  因为,在这下界,往往

455

舞先于歌。

这首诗以后你可以念到。"

"真是什么都可以成为文学。"

"你说:什么都可以。但是老俄,这已经够不容易。好吧,再见……唉!我还想告诉你:我接到亚力山大的消息……是的,你知道,我的大哥,他跑到非洲,起先诸事不利,把蕾雪寄给他的钱花个精光。现在他上卡萨芒斯安顿起来。他来信说生意兴隆,而且不久可以把借款全部偿还。"

"什么生意?"

"谁知道?橡胶,象牙,也许还有黑奴……总之,应有尽有……他要我也去。"

"你打算走吗?"

"明天就走,如果要不为军役的缘故。亚力山大属于我那一类的傻瓜。我相信我们一定很能相投……你说,你愿意看吗?他的信就在我身边带着。"

他从口袋中掏出一个信封,从信封中抽出好几页来,选了一页,递给俄理维。

"不必全念。就从这儿开始。"

俄理维就念:

两周来,我在我的小屋内收容了一个怪人,我和他住在一起。这人大概是中了当地的恶暑,最初我还以为是热昏所发的谵语,实际他精神错乱的程度很深。这男子——一个三十岁上下的人,身高体壮,长得不错,而从他的态度、言语,以及两只从未做过粗工的细净的手看来,必然出自人所谓的"有身份的家庭"——他自以为着了妖魔;或是,如果我没有误解他的意思,不如说他以为他自己就是妖魔。他必然遭逢了什么险遇,因为,在梦中或是在他常犯的神志恍惚的状态下(那时他就自问自答,像是不知道我也在旁边),他不断地提到把手切下。因为在那种状态下,他每四肢不安,一对可怕的眼睛直转,我便特别注意,不使他身边留下任何武器。除此以外,平时他是一个诚实的孩子,同时也是一个和悦的伙伴——你可以相信,这对长时间在孤独中生活的我,会是多么难得——而且他替我助理事务。他从来不谈起过去的生活,因此我也无从知道他究竟是谁。他特别对昆虫与草木发生兴趣,有时他的谈话显露出他是一个很有学问的人。他似乎也喜欢我,不想离去;我决意让他留在这儿,如果他自己愿意。我正需要一位助手,他的到来,正合时机。

  他从卡萨芒斯飘来时,有一个丑恶的黑人陪伴着他,我从那黑人的口中知道另外还有一个女人和他在一起,如果我没有听错,这女人大概在他们覆舟的那一天已淹死在水中。如果说这女人的溺毙我这位同伴应受嫌疑,这在我也不以为奇。在这地方,一个人想摆脱另一个人时,各种方法都有,而决不会有任何人出来干涉。如果有一天我能知道这故事的详细情节,我一定再写信告诉你——或是等你来时,我再和你面谈。是的,我知道……你还有军役的问题……认了!我等着就是。因为,你要知道,如果你想见到我,你必须自己来。至于我自己,我对回籍的欲望愈来愈淡薄。我在这儿所过的生活使我喜欢,可说完全合于我自己的理想。我的生意兴隆,文明的领子对我已像是一个铁箍,此后碍难再套在我的头上。

  信内附寄汇票一纸,你可以随意取用。上次的汇票是给蕾雪的。这次是给你的……

"其余的你不会有什么兴趣。"阿曼说。

俄理维一言不发地把信递还。他没有想到信中所说的凶手就是他自己的长兄。文桑已久无音信,他的父母还以为他在美国。实际上,俄理维对他并不关心。

十七

  莎弗洛尼斯加夫人到学校来看波利,他才得悉勃洛霞的噩耗,但离她的死已有一个月了。波利自从接到她那封凄切的信以后,一直再没有他朋友的音息。他看见莎弗洛尼斯加夫人走入浮台尔夫人的会客室——休息的时间他自己总是在那儿——全身穿着黑色,不等她开口,他已知道一切。室内就只他们两人。莎弗洛尼斯加夫人把波利抱在自己怀里,两人涕泗交流。她只不断地重复说:"我可怜的小东西……我可怜的小东西……"像是她尤其替波利伤心,像是当着这孩子无限的悲哀,她已消失了她自己母性的悲哀。

  浮台尔夫人经人通知也赶到了。波利的呜咽还未平息,他抽噎着站在一边让两位太太谈话。他但愿别人不再提起勃洛霞。浮台尔夫人没有见过这孩子,谈起她时就像谈到一个普通的孩子一样。就连她所发的问题,在波利看来,也庸俗得太不机敏。他希望莎弗洛尼斯加夫人不加回答,但看后者竟公然展览她自己的悲哀,使他深感痛楚。他珍藏起他自己的,像别人珍藏一件财宝一样。

必然勃洛霞所想的是他,当她临终的前几天问她母亲:

"妈,我那么地想知道……告诉我:人们所谓'青梅竹马'究竟指的是什么?"

这句刺心的话,波利希望只有他自己一人理解。

浮台尔夫人敬茶,也给波利一杯。这时休息的时间告终,他慌忙把茶吞下,辞别莎弗洛尼斯加夫人。她因事务的关系不能久留,第二天就回波兰。

在他眼中,全世界只留下一片荒漠。他母亲离他太远,总不在身边。他的祖父,太年老。即连他可信赖的裴奈尔也已离去……像他那样纤弱的灵魂总需要一个人可以接受他所呈献的高贵与纯洁。他缺少自负。他太爱勃洛霞,失去她,在他也即永远失去了爱的必要。他所希望看到的天使,从此,没有她,他如何再能相信? 如今,一切都成空虚。

波利回到自习室像人投入地狱一般。无疑他很可以把龚德朗·得·巴萨房当做一个朋友,这是一个诚实的孩子,而且两人正好都是同一年龄;但龚德朗总是埋头于他自己的工作。费立普·亚达芒第也不算坏,他巴不得能和波利接近;但他甘令自己受日里大尼索的指使,以致不敢再有一己的体验。他愈附和,日里大尼索就愈猖獗;而日里大尼索瞧不上波利。他语声的轻柔,举止的温雅,态度的羞怯,在在激动他,使他生怒。人会说他在波利面前感受到一种本能的嫌恶,这在兽群中,正是强者凌弱的表示。也许他是受他表兄的影响,而他的憎恨多少是属于理论的,因为这在他无非是一种咎责。他有理由去庆贺自己这份憎恨的情感。他很知道波利唯恐受他的轻视,他便借此取乐,故意装出跟乔治和费费共商策略,目的只在观赏波利那份惊疑的目光。

"啊! 可真够妙!"乔治便说,"能告诉他吗?"

"不必,他不懂。"

"他不懂。""他不敢。""他不会。"他们不断地用类似的公式去激动他。他对自己被排斥在圈外感觉异样的痛苦。他确是不很明白别人替他所取的这一个羞辱的绰号:"空空如也",或是因明白而更增加他的愤慨。为证明自己并不是他们所设想的那种懦夫,他有什么不能牺牲!

"我不能忍受波利,"日里大尼索对斯托洛维鲁说,"为什么你让我不必惊动他？他自己并不求安静。他总跟在我身边……那天他使我们笑痛肚子,他把'一个有胡子的女人'说成一个'带毛的女人'。乔治笑话他。而当波利发现自己的错误时,我看他快想哭了。"

日里大尼索又向他表兄提出好些问题,后者终于把波利的"护身符"交给了他,告诉他如何使用。

几天以后,当波利跑进自习室,在他自己桌上忽然发现这张在他已早淡忘了的纸条。这纸条以及由于这幼年时代的"魔术"所产生的一切,今日他已认为可耻,而且在他记忆中已早不存在。最初他竟认不出来,因为日里大尼索特意把纸上的符号

  瓦斯 电话 十万卢布

加上了一道红色与黑色的宽边,边上又画了一些猥亵的小妖魔作为点缀,而且说实话,倒是画得不坏。这一切,使这纸条愈增加一种迷幻的,或是日里大尼索所谓"地狱的"气氛,这在他认为最足以刺激波利。

也许这不过是戏谑,但这戏谑得了意外的成功。波利非常脸红,不发一言,左右顾盼,但不曾注意到隐在门后窥看着他的日里大尼索。波利无从猜疑到他,但也无从理解何以这护身符竟会在他桌上;这像是从天上飞来,或者宁说是从地狱涌现。对于同学间类似的恶作剧,波利原可以一笑置之,但这挑动他对过去的回忆。波利取了这护身符,赶紧塞在外衣内。这一整天,"魔术"演习的回忆紧缠着他。他一直挣扎着抵抗这阴险的诱惑,但到晚上,一进他自己的卧室,挣扎已归无效,他沉沦了。

他觉得自己已堕入深渊,但他自愿如此,而不惜把他自己的沉沦认做是一种乐趣。

但在不幸中,他内心仍蕴藏着如许柔情。他同伴们对他的轻蔑使他那样地感到痛苦,他甘冒任何危险,为的求得他们些许的重视。

这机会不久到来。

自从他们不得不放弃伪币的贩卖以后,日里大尼索,乔治,和费费很快就另找娱乐。他们最初所发动的一些荒谬的戏谑只能算做是插曲。正戏则有待日里大尼索来准备。

"壮士同盟会"创始的目的,唯一的兴趣就为不容波利加入。但不久日里大尼索认为更恶毒的办法莫若拉波利也一同加入。这可以使他不能不遵守某

些义务,而更进一步,甚或诱他陷入绝境。从此这主意在他心中生根,而且像一般发生在企业中一样,日里大尼索不很考虑事情的本身,而只顾使这事情实现的方略。这看来无所谓,但很多罪恶由此产生。加以日里大尼索是一个残酷的人;但在费费面前他觉得必须隐藏自己的残酷,因为费费完全不是这一路人,所以至终他信以为他们的举动只是一种游戏。

任何同盟会必须有它自己的箴言。日里大尼索胸有成竹,提议:"壮士视死如归。"这箴言便被采用,而且认为是西塞罗的名言。至于标记,乔治主张在右臂上刺字;但费费怕受痛苦,声言要找好的刺花匠非在港口不可。日里大尼索也反对刺字,认为留下一种无法磨灭的痕迹,以后反会使他们发生麻烦。总之,最主要的并不在乎标记,会友只需郑重宣誓就成。

过去关于伪币的交易必须以抵押品为条件,所以乔治就把他父亲的信件交了出来。而这些孩子们并无恒心,这事也就淡忘。总之,他们对于"入会条件"以及"会友资格"一无具体决定。既然只有波利一个是"局外人",而他们三人都是"当然"会友,自然没有多此一举的必要。相反,他们议定"凡会友有退避或畏缩者即以叛徒论罪,永远开除会友资格"。日里大尼索的目的在使波利加入,他对这一点最为坚持。

如无波利,这游戏便成索然无趣,而同盟会的精神也就无从发挥。为劝诱这孩子,乔治比日里大尼索更合条件;后者有引起他猜疑的危险。至于费费,他不够奸猾,且自愿引退。

在这段可憎恶的故事中,最使我惊心的也许就是乔治所扮演的这幕喜剧:他假装对波利突然发生感情。此前,他简直从来没有把波利放在眼中;而我竟怀疑是否他自己倒先弄假成真,是否他假装的情感已快变成真切的情感,是否当波利还报他的那瞬间,他自己的已经就是真切的情感。他靠在他身上,显出非常亲切;受日里大尼索的指示,他和他谈话……渴望求得些许尊敬与友情的波利,不上三言两语,就已中计。

于是日里大尼索就对费费与乔治宣布他所准备的计划。他已想好一种"测验",会友中应受测验的人当由拈阄决定;而且,为使费费放心,他解释他有方法可以使阄必然落在波利身上。这测验的目的就为考查他的勇气。

至于究竟以什么来做测验,日里大尼索还未加以说明。他怕费费会持异议。

"唉!那不成,我不来。"当稍后日里大尼索开始表示"赖皮老人"的手枪很可以取来利用,果然费费反对。

"但你真笨!这只是闹着玩的。"乔治先被说服,答辩说。

"而且,你知道,"日里又加补充,"如果当笨货在你觉得有意思,你说就是。我们并不需要你。"

日里大尼索知道用类似的论调来对付费费最为有效,同时他已预备了入会单,每一会友必须在单上亲自签名。

"不过你得立刻决定,因为,如果你签了名,那就来不及反悔了。"

"好吧!你别生气,"费费说,"把单子递给我。"他就签名。

"好小子,我倒很愿意,"乔治说,他的手臂温情地挽着波利的脖子,"不愿意你的倒是日里大尼索。"

"为什么?"

"因为他不信任你。他说你会临阵脱逃。"

"他怎么知道?"

"说你第一下就受不了。"

"让他瞧吧。"

"那末你真敢拈阄吗?"

"为什么不!"

"但你知道其中的条件吗?"

波利不知道,但他愿意知道。于是对方就替他解释。"壮士视死如归"此语用意何在我们以后就能知道。

波利感觉眼前一阵昏黑,但他隐忍自己内心的紊乱,竭力显出坚定:

"你真签名了吗?"

"在这儿,你看。"乔治把单子递给他,波利可以看到上面写着三个名字。

"是不是……"他胆怯地开始说。

"什么是不是?……"乔治打断他,而语声是那样粗暴,使波利不敢再说。乔治早猜到他想问的是什么,那就是是否别人也一样遵守条件,是否有人可以担保他们也不临阵脱逃。

"不,没有什么。"他说,但从此他就开始怀疑他们,他怀疑他们别有办法,他怀疑他们并无诚意。"管它!"他自己想,"他们爱逃就逃,我要证明给他们看,我比他们更有良心。"他随即正视着乔治:

"告诉日里,叫他信我就是。"

"那末,你真签名?"

啊!这已不成问题,他决不食言。他单说:

"如果你愿意。"于是他在这张可诅咒的纸上,在三位"壮士"的签名下,用工楷签上他自己的名字。

乔治喜洋洋地把单子送还给其余两位。他们一致认为波利精神可佩。三人开始计议。

"自然不装子弹,而且我们也没有。"费费的恐惧由于他曾听人说,如果情绪过分紧张,有时也能致死。他说他父亲曾引一个假装执行死刑的例子……但乔治使他噤口:

"你父亲是南方人。"

不,日里大尼索不装子弹。这不必要。拉贝鲁斯当日并没有从枪中把子弹取出。但这只有日里大尼索一人知道,而他故意不说。

他们把四个名字放在一顶帽子内;这是四张折叠成一样的小纸条。日里大尼索担任"拈"阄,已先预备下第五张纸条,写的也是波利的名字,他把这纸条藏在手中,像是全凭偶然,拈出的正是这一张。波利疑心有弊,但他默然无言。他自知劫数已定,分辩又有何益?他决不作任何表示来替自己辩护,而且纵使中阄的是另一个人,他也自愿替代他,他已那样地对一切感觉绝望。

"我可怜的朋友,你运气太坏。"乔治觉得不能不那么说。他的语调那样地带着虚伪,波利凄然凝视着他。

"这已注定。"他说。

以后他们就决定做一次演习。因怕惹人注意,大家主张暂时不用手枪。必须到最后关头,当人演"真戏"的时候,才去把它从盒中取来。总之,一切务须保守秘密。

因此,那天只对时间与地点作了一个决定。他们把地点用粉笔在地板上划了一个圆圈,就在自习室内靠讲台右手的一个壁角上,那儿原先有一道拱门,但如今是封锁着的。至于时间,就在上自习的时候。这必须使全班学生都能看到,那会使他们瞠目不知所措。

他们在室内无人时演习,那三位同党是当时唯一的见证人。其实这次演习说不上有什么意义,人们只证实从波利的座位到粉笔圈定的地点正好是十二步。

"如果你不畏缩,你一定可以走对。"乔治说。

"我决不畏缩。"波利说,这时刻不断的疑虑在他认为是一种侮辱。这小东西的坚定已使其余三位开始感服。费费认为不如适可而止,但日里大尼索表示不到最后关头决不放手。

"好吧,明天见!"他说,同时在口角边露出一种异样的微笑。

"我们对他亲个吻吧!"费费在热情中大声说。他想起壮士们的诀别,突然他把波利紧抱在自己的胸前。当费费在他面颊上左右亲着率直的响吻时,波利已禁不住流下热泪。乔治与日里都不理会,在乔治看来费费的举动有失尊严。至于日里,他压根认为可笑……

十八

翌日下午,钟声把学生们齐集在自习室内。

波利,日里大尼索,乔治,与费立普坐在同一条长凳上。日里大尼索取出表来,放在波利与他之间。表上正是五点三十五分。自习从五点开始,到六点才散。按规定波利应该在六点欠五分执行,正好在学生们离散之前,这很得计,因为事后他们可以躲开得更快。不久日里大尼索就对波利说:

"老波,你可只有一刻钟了。"说这话时他并不回头,声音是半高的,这在他认为更能衬托出语气的严重。

波利想起他最近所念的一本小说,其中讲到匪徒们在杀害一个女人以前,邀她祷告,为的可以使她先做死的准备。像一个外来的旅人,当他快出一国的国境时准备护照,波利在他心中,在他脑筋中搜索祷告,而竟一无所获。但他那样地感觉疲累,而同时又过分地感觉紧张,使他对这事并不特别关心。他奋力想思索,却一无足以思索的对象。手枪沉压在他的口袋中,他不必用手去摸就能觉到。

"只有十分钟了。"

坐在日里大尼索左手的乔治偷眼瞧着这一幕,但装作没有看到。他工作得非常紧张。从来自习不曾有过那么宁静。拉贝鲁斯已不认识他眼前的这群顽童,而这在他第一次透过一口气来。可是费费忐忑不安,日里大尼索使他觉得可怕,他担心这戏谑可能成为憾事。他心里怦怦地跳着,不时他听到自己发出一声长叹。最后,实在忍不住,他把他手头的历史笔记撕下了半页——因为他正在预备考试,但成行的字在他眼前乱跳,史实与年代在他脑筋中混作一团——赶快在纸角上写道:"你确实知道枪中没有子弹吗?"便把纸条传给乔治,他又转递给日里。但日里读后耸了耸肩,对费费头也不回,把纸条搓成一个小球,用指一弹,正好落在用粉笔标记着的地点。像是对自己的瞄准非常得意,他微笑了。这微笑,最初出于自然,至终不退,像是已被印在他的面上。

"还有五分钟。"

这句话几乎是大声说的。连费立普也听到了,一种无法忍受的惨痛袭上他的心头,虽然自习已快退课,他装作必须外出,或者他真得了疝痛也未可知,他举起手,同时用手指击桌,这是普通学生们对先生有请求时的表示,但不等拉贝鲁斯回答,便从长凳上一跃而出。去到课室门口,他必先经过教师的讲座,他几乎是跑着,他双腿发软。

费立普出去以后,波利几乎立刻接着也站起身来。在他身后勤奋地工作着的小巴萨房这时举眼看了一下。事后他告诉赛拉菲,说波利当时脸"灰白得骇人";但在这种境遇下,人没有不那么说的。而且,他几乎立刻又低下头去,一心致力于他的工作。事后他非常后悔。如果他早知如此,他必然会加以阻拦,他流着泪说。但他当时绝不疑心。

波利便前进到指定的地点。他的步伐滞重,目光坚定,像一个机器人,也更像是一个夜行人。他的右手握着手枪,但仍隐藏在外衣的口袋内,不到最后一刻他不取出。这不幸的地点,我已说过,正在讲台右手,那儿一道封闭的门形成一个壁角,因此教员在他的讲座上必须探头才能看到。

拉贝鲁斯探出头去。最初他不明白他孙儿在做什么,虽然他的动作异常严肃已足引起他的疑虑。为替他自己壮点声势,他用大声开始说:

"波利君,我请您立刻回到您的……"

但突然他发现那支手枪;波利已把它举在鬓角上。拉贝鲁斯明白了,立刻他感觉一阵寒冷,像是血液已在他血管内凝冻。他想起立,跑过去,阻拦他,叫喊……但他唇间只发出一种沙嗄的声音;他始终坐在那儿,全身瘫软,发着抖。

枪声响了。波利并不立刻倾倒。他的身子支持了一阵,像是挂住在壁角上,然后头部的重量下沉,落在肩上,全身才倒塌。

事后警察局派员来调查时,人们惊异于在波利身旁已不见那支手枪——我是指在他倒下的那个地点,因为人们几乎立刻就把这具小尸体搬运到一张床上。在这阵混乱中,当日里大尼索坐着不动时,乔治从他的长凳上跃出,并不受人注意地已把这武器窃走。最初他用脚一下把它拨在身后,当别人都围着波利,他敏捷地把它拾起,藏在他的外衣内,然后暗暗递给日里大尼索。各人的注意力都集中在一点,因此也无人留心日里大尼索,这才使他能乘机奔回拉贝鲁斯的卧室,把武器放还原处。以后警署搜索时,发现手枪依然在它的枪盒中,如果日里大尼索能想起把弹壳取出,人们可能以为波利用的也许是另一支枪。当时他必然已经心慌。一时的失误,而事后他责备自己的疏忽竟甚于忏悔自己的罪行!但拯救他的倒还得归功于这点失误。因为,当他下楼来重又混入在人群中时,一见人们抬着波利的尸体,他突然浑身发抖,显然是神经起了错乱。当时浮台尔夫人与蕾雪夺围赶来,都以为他由于情绪受了过度的激动。人们可以什么都设想,但决不敢设想这种不人道的行为可能出诸一个如此年轻的人。而当日里大尼索替自己辩白时,人都信以为真。费费交乔治转递给他的那张小纸条,当时他曾用指弹走,事后也经人从一张长凳下找到,这张团皱的小纸条也有助于他。必然,对于参与一种残暴的戏谑,这罪状他和乔治与费费都是无法脱免的;但他坚持当时他不知道武器内装有子弹,否则他是决不会发动的。只有乔治一人始终相信他应担负全部的责任。

乔治总算还能自拔,他对日里大尼索的钦佩终于一变而成极度的嫌弃。当晚当他一回到家里,他就投入在他母亲的怀中。而波莉纳感谢上天,由于这次可怖的事件,卒使他母子重圆。

爱德华日记

正因为我不自命能对任何事物加以说明,我不愿提供一桩事实而不先充分认识它产生的动机。我不想把小波利的自杀应用在《伪币制造者》中也就由于这原因。我对这件事情实在百思不解。再是,我对一般所谓"社会新闻"并无好感,它们给人以一种专断,真确,粗暴,而又荒谬的现实的感觉。我同意借现实来支持我的思想,证实我的思想;但决不能使现实先于我的思想。我不喜欢受意外的击袭。波利的自杀在我认为是一种"非礼"的举动,因为我事前不曾料到。

不拘拉贝鲁斯作任何感想,自杀总都不免带有一点卑怯的成分,无疑他会把他孙儿看做比他自己更有勇气。如果这孩子预知他这种可怖的行动对浮台尔一家会是如何的一种灾祸,他是无法被原谅的。雅善斯不能不把学校解散,

"至少是暂时的。"他说。但蕾雪担心破产。四个家庭已把他们的孩子领回。我无法劝阻菠莉纳不把乔治带走,尤其这孩子因他同伴的死受了沉重的打击,似乎已踏上自新之路。这伤逝竟引起如许意外的反响!俄理维也因这件事而受到莫大的感动。阿曼在他一贯傲世的态度下也顾恤起他一家人可能陷入的狼狈境地,而自愿用巴萨房留给他的余暇替学校服务,因为拉贝鲁斯老人显然对他自己的职务已无法胜任。

怀着危惧的心,我跑去看他。他在学校三层楼上他那间斗室内接待我。立刻他抓住我的手臂,态度神秘得几乎带着微笑,这使我非常惊奇,因为我原等待着他的眼泪:

"那闹声,您知道……那天我对您所说的那种闹声……"

"怎么样?"

"停止了。它已没有了。我不能再听到。任凭我多么专心也已无效……"

"我打赌,"像人们准备参加孩子的游戏似的,我对他说,"如今您该后悔听不到这声音了。"

"啊!不;不……这才真是一种安息!我是那样地渴望静寂。……您知道我在想什么?我是想我们生活在这世间永难知道什么是真正的静寂。即连我们的血液也在我们身体内不断地发出一种闹声;我们不再辨别它,因为我们从小就已养成了习惯……但我想有些东西,活着的时候,我们无法听到,有些和谐……因为这闹声把它们淹没了。是的,我想我们真正能听到的时候,应该是在死后。"

"您曾说您不信……"

"灵魂的不灭?我曾对您说过吗?……是的,您是对的。但请您懂我的意思,反面来说,我也不信。"

由于我不做声,他摇了摇头,用着非常郑重的语调,又继续说:

"您有否注意到,在这世间,上帝总是默然无言?说话的唯有魔鬼。或者至少,或者至少……"他又说,"……不拘我们如何专心,我们所能听到的永远只是魔鬼的声音,我们的耳朵不配听到上帝的语声。上帝之道,您曾否问过自己这究竟能是什么?……啊!自然我不是指常人言语中的'道'……您记得福音书上那第一句:'太初有道'。我常想'上帝之道',即是指整个创造。但魔鬼霸占了去。如今他的喧嚣淹没了上帝的语声。啊!告诉我:您不相信最后一个字仍须归于上帝？……而如果人死后'时间'已不存在,如果从此我们立刻踏进'永恒',您以为到那时我们能听到上帝吗……直接地？"

他开始感到一种强烈的痛苦,像是受了癫痫的击袭,而突然他呜咽起来:

"不！不！"他慌乱地叫喊说,"魔鬼与上帝原是一样东西；他们狼狈为奸。我们竭力想把世间一切的丑恶信为是由于魔鬼,因为不然我们如何能再有力量去原谅上帝。上帝捉弄我们,正像一只猫捉弄着老鼠一样……而这以后他还希望我们感谢他。试问可感谢的是什么？是什么？……"

然后又靠近我说:

"而您知道他做得最狠的是什么？那就是牺牲了他自己的儿子来拯救我们。他自己的儿子！他自己的儿子！……残忍！这是上帝的第一种面目。"

他倒在床上,头面着墙。好一忽儿,一阵又一阵地哆嗦着,以后,他像已睡熟,我才离去。

关于波利,他对我一字不提；但我认为他这种不可思议的绝望无形中也就是他痛苦的间接的表现,这痛苦的强烈使他还不能进一步去作沉静的体味。

我从俄理维口中知道裴奈尔已回到他父亲身边；而且,凭良心说,这也是他最好的归宿。由于偶然遇到了小卡鲁,得悉老法官身体欠安,裴奈尔再不能违背他良心的驱使。明晚我们还能见面,因为普罗费当第邀我和莫里尼哀、菠莉纳以及两个孩子一同晚餐。我很好奇地想认识卡鲁。

"中国翻译家译丛"书目

（以作者出生年先后排序）

第 一 辑

书　名	作　者
罗念生译《古希腊戏剧》	［古希腊］埃斯库罗斯 等
朱光潜译《柏拉图文艺对话集》《歌德谈话录》	［古希腊］柏拉图　［德国］爱克曼
纳训译《一千零一夜》	
丰子恺译《源氏物语》	［日本］紫式部
田德望译《神曲》	［意大利］但丁
杨绛译《堂吉诃德》	［西班牙］塞万提斯
朱生豪译《莎士比亚戏剧》	［英国］莎士比亚
罗大冈译《波斯人信札》	［法国］孟德斯鸠
查良铮译《唐璜》	［英国］拜伦
冯至译《德国，一个冬天的童话》	［德国］海涅 等
傅雷译《幻灭》	［法国］巴尔扎克
叶君健译《安徒生童话》	［丹麦］安徒生
杨必译《名利场》	［英国］萨克雷
耿济之译《卡拉马佐夫兄弟》	［俄国］陀思妥耶夫斯基
潘家洵译《易卜生戏剧》	［挪威］易卜生
张友松译《汤姆·索亚历险记》《哈克贝利·费恩历险记》	［美国］马克·吐温
汝龙译《契诃夫短篇小说》	［俄国］契诃夫
冰心译《吉檀迦利》《先知》	［印度］泰戈尔　［黎巴嫩］纪伯伦
王永年译《欧·亨利短篇小说》	［美国］欧·亨利
梅益译《钢铁是怎样炼成的》	［苏联］尼·奥斯特洛夫斯基

第 二 辑

书 名	作 者
钱春绮译《尼贝龙根之歌》	
方重译《坎特伯雷故事》	[英国]乔叟
鲍文蔚译《巨人传》	[法国]拉伯雷
绿原译《浮士德》	[德国]歌德
郑永慧译《九三年》	[法国]雨果
满涛译《狄康卡近乡夜话》	[俄国]果戈理
巴金译《父与子》《处女地》	[俄国]屠格涅夫
李健吾译《包法利夫人》	[法国]福楼拜
张谷若译《德伯家的苔丝》	[英国]哈代
金人译《静静的顿河》	[苏联]肖洛霍夫

第 三 辑

书 名	作 者
季羡林译《五卷书》	
金克木译天竺诗文	[印度]迦梨陀娑 等
魏荒弩译《伊戈尔远征记》《涅克拉索夫诗选》	[俄国]佚名 涅克拉索夫
孙用译《卡勒瓦拉》	
朱维之译《失乐园》	[英国]约翰·弥尔顿
赵少侯译《莫里哀戏剧》《莫泊桑短篇小说》	[法国]莫里哀 莫泊桑
钱稻孙译《曾根崎鸳鸯殉情》《日本致富宝鉴》	[日本]近松门左卫门 井原西鹤
王佐良译《爱情与自由》	[英国]彭斯 等
盛澄华译《一生》《伪币制造者》	[法国]莫泊桑 纪德
曹靖华译《城与年》	[苏联]费定